Rowan Coleman
Im siebten Sommer

Zu diesem Buch

Sie sind eine äußerst bemerkenswerte Frau und haben alles Glück, alle Zufriedenheit und alle Liebe der Welt verdient. Sie sind einzigartig. Jemand wie Sie ist mir noch nie begegnet…

Sieben Jahre ist es her, seit Rose Pritchard eine Postkarte aus dem kleinen Ort Millthwaite erhielt, mit Worten, die schöner waren, als alles, was sie bisher gelesen hatte. Sie stammten von Frasier McCleod, einem Kunsthändler, der auf der Suche nach Rose' Vater – einem berühmten Maler – in jenem Sommer vor sieben Jahren vor ihrer Tür stand. Es war Liebe auf den ersten Blick. Aber Rose war damals bereits verheiratet und hochschwanger mit ihrer Tochter Maddie. Frasier und Rose sahen sich nie wieder.

Doch Rose' Mann wurde von Jahr zu Jahr kontrollsüchtiger und grober. Eines Abends eskaliert die Situation und Rose packt die nötigsten Sachen, schnappt sich Maddie, verlässt überstürzt ihr Zuhause und fährt an den ersten Ort, der ihr in den Sinn kommt: Millthwaite.

Sie möchte ein neues Leben anfangen. Ihre Tochter in Sicherheit wissen. Und sich endlich auf die Suche nach der Liebe ihres Lebens machen, ganz egal, wie verrückt diese Idee ist. Denn tief in ihrem Herzen weiß Rose, dass es nie zu spät ist, um glücklich zu sein.

Rowan Coleman lebt mit ihrer Familie in Hertfordshire. Wenn sie nicht gerade ihren fünf Kindern hinterherjagt, darunter lebhafte Zwillinge, verbringt sie ihre Zeit am liebsten schlafend, sitzend oder mit dem Schreiben von Romanen. Rowan wünschte, ihr Leben wäre ein Musical, auch wenn ihre Tochter ihr mittlerweile verboten hat, in der Öffentlichkeit zu singen. Sie veröffentlichte bereits mehrere sehr erfolgreiche Romane.

Rowan Coleman

Im siebten Sommer

Roman

Aus dem Englischen
von Marieke Heimburger

PIPER

Mehr über unsere Autoren und Bücher:
www.piper.de
Aktuelle Neuigkeiten finden Sie auch auf Facebook, Twitter und YouTube.

Von Rowan Coleman liegen im Piper Verlag vor:
Einfach unvergesslich
Zwanzig Zeilen Liebe
Wolken wegschieben
Im siebten Sommer

Deutsche Erstausgabe
August 2017
© Rowan Coleman 2012
Titel der englischen Originalausgabe:
»Dearest Rose«, Arrow/Random House UK, London
© der deutschsprachigen Ausgabe:
Piper Verlag GmbH, München 2017
Umschlaggestaltung: FAVORITBUERO, München
Umschlagabbildung: PinkPueblo/Shutterestock (Vogel);
jointstar/Shutterestock (Rahmen)
Satz: Satz für Satz, Wangen im Allgäu
Gesetzt aus der Garamond
Druck und Bindung: CPI books GmbH, Leck
Printed in Germany   ISBN 978-3-492-30803-8

*Für Stanley Edward und Aubrey John,
geboren am 10. April 2012*

Allerliebste Rose,

unsere Begegnung neulich bei Ihnen zu Hause war nur kurz und doch sehr eindrücklich. Es ist keine Selbstverständlichkeit, einem so unvermittelt auftauchenden Fremden derart freundlich zu begegnen, und darum bin ich Ihnen umso dankbarer. Zwar konnten Sie mir nicht dabei helfen, das gesuchte Gemälde zu finden, aber was Sie mir alles über Ihren Vater erzählt haben, hat mich restlos fasziniert und tief berührt.

Ich frage mich, wie es sein kann, dass viele Künstler in der Lage sind, solche Schönheit hervorzubringen und gleichzeitig sich selbst und anderen so viel Leid anzutun. Ich wünsche Ihnen, dass Sie sich eines Tages mit Ihrem Vater versöhnen und Antworten auf Ihre Fragen finden werden.

Ich hoffe, Sie nehmen es mir nicht übel, wenn ich Ihnen schreibe, dass Sie eine äußerst bemerkenswerte Frau sind und alles Glück, alle Zufriedenheit und alle Liebe der Welt verdient haben. Sie sind einzigartig. Jemand wie Sie ist mir noch nie begegnet.

Alles Liebe,
Frasier McCleod

1

»Sagen Sie mal, wissen Sie eigentlich, wie spät es ist?« Die Stimme einer reichlich verärgerten Frau war nur gerade so durch die geschlossene Haustür zu hören.

»Ja, weiß ich, aber … Das hier ist doch ein Bed & Breakfast, oder?«, fragte Rose. Sie hatte ihre siebenjährige Tochter Maddie auf dem Arm, die schwer auf ihrer Hüfte wog, sich an ihr festklammerte und fröstelte. Es war Hochsommer, aber kalter Nieselregen tropfte ihnen vom Kopf, und Rose hatte vergessen, Maddies Jacke mitzunehmen. Sie hatte keine Zeit gehabt, an Jacken zu denken. Sie hatte überhaupt keine Zeit gehabt, sie hatte sich nur das vor langer Zeit gepackte und seither versteckte Bündel geschnappt, das vermutlich nur auf diesen Augenblick gewartet hatte. Sie hatte gerade genug Zeit gehabt, um abzuhauen.

»Wir schließen um Punkt neun Uhr abends!«, rief die Stimme. »Steht doch überall. Es ist drei Uhr morgens. Ich hätte gute Lust, die Polizei zu rufen.«

Rose holte tief Luft. Nein, sie würde jetzt nicht weinen. Sie war den ganzen Weg bis hierher gekommen, ohne zu weinen, und sie würde nicht zulassen, dass nach allem, was sie bereits durchgemacht hatte, jetzt ausgerechnet diese unbekannte Stimme ihre Augen zum Überlaufen brachte.

»Ich weiß, aber ... Bitte. Wir sind schon so lange unterwegs. Ich habe meine Tochter dabei. Wir möchten einfach nur irgendwo schlafen. Ich hätte ja im Voraus gebucht, aber ich wusste nicht, dass wir herkommen würden.«

Sie hörte Gemurmel von der anderen Seite der Tür, eine Männerstimme war hinzugekommen. Rose presste Maddie noch fester an sich und versuchte, das Zittern des Mädchens mit ihrer Umarmung zu mildern. Und auch das andere, weniger kostbare Bündel drückte sie fester an sich: ein nicht sonderlich großer, rechteckiger Gegenstand, den Rose eilig in eine Wolldecke gewickelt hatte.

»Sie haben ein Kind dabei?«, erklang die Stimme der Frau wieder.

»Ja. Ein Mädchen. Sie ist sieben.«

Beklommen hörte Rose, wie Riegel aufgeschoben und Schlösser geöffnet wurden. Dann, endlich, tat sich die schwere Holztür auf, gelbes Licht fiel hinaus in die Regennacht und ließ die Tropfen glitzern und schimmern. Eine Frau undefinierbaren Alters lugte durch den Spalt und betrachtete die durchnässten Gestalten. Dann trat sie einen Schritt zurück und öffnete die Tür ganz.

»Ich muss mich schon sehr wundern«, schimpfte sie, als Rose den Flur betrat. »Mitten in der Nacht hier reinzuwollen. Was sollen denn meine anderen Gäste sagen?«

»Du hast gar keine anderen Gäste.« Ein gut gebauter, bärtiger Mann Ende fünfzig in Jogginghose und Unterhemd lächelte Rose an, während er sprach. »Also reg dich nicht auf, Schatz. Ist doch alles gar kein Problem. Ich bin Brian, und das ist meine Frau Jenny. Jenny, du bringst die beiden nach oben und gibst ihnen ein paar Handtücher, und ich komme gleich mit etwas Warmem zu trinken hinterher. Wie wäre es mit einem heißen Kakao, junge Dame?«

Maddie vergrub ihr Gesicht noch tiefer an Roses Hals und schlang die Arme noch fester um ihre Mutter. Maddie war es noch nie leichtgefallen, sich an eine neue Umgebung zu gewöhnen, und dieses Mal war es sicher noch viel schwerer für sie, weil die Umstände, die sie hierhergeführt hatten, so traumatisch waren.

»Das ist sehr freundlich von Ihnen.« Rose war dankbar. »Ein heißer Kakao wäre jetzt genau das Richtige, stimmt's nicht, Maddie?«

»Wie gesagt, gar kein Problem.« Brian lächelte. »Irgendwelches Gepäck, das ich für Sie hereinholen soll?«

»Ich … nein. Kein Gepäck.« Rose lächelte schwach und hob den Ellbogen leicht, um auf das seltsame Bündel unter ihrem Arm hinzuweisen. »Nur wir und das hier.«

Jenny hob skeptisch die Augenbraue. Diese neuen und einzigen Gäste würden nichts Gutes mit sich bringen, da war sie sich sicher. »Normalerweise muss man hier im Voraus bezahlen, fünfundzwanzig pro Nacht. Sie haben doch Bargeld mit?«

»Ja, ich …« Rose versuchte, sich in die Tasche zu fassen, während sie weiter das Kind und das Bündel festhielt.

»Herrjemine, Jenny.« Brian schüttelte den Kopf. »Nun lass die beiden doch erst mal in Ruhe. Das mit dem Geld regeln wir morgen früh. Okay, Mrs …?« Fragend sah er sie an.

»Ach so, Pritchard. Rose Pritchard, und das hier ist Maddie.«

»Gut. Ich glaube, Mrs. Pritchard muss jetzt erst mal die kleine Maddie ins Bett bringen.«

»Woher willst du wissen, dass sie nicht vielleicht eine psychopathische Mörderin ist?«, zischte Jenny ihrem Mann so zu, dass Rose es hören konnte.

»Angenommen, sie ist eine, dann vermute ich, dass sie zu müde ist, um uns heute Nacht noch zu erledigen. Und jetzt hör endlich auf mit dem Quatsch und bring sie nach oben.«

Erst als Rose Jennys beachtlichem Hinterteil die schmale Treppe hinauf folgte, bemerkte sie, dass die Vermieterin ein ziemlich gewagtes, rosafarbenes Negligé trug. Der zarte Stoff bewegte sich auf der steilen Stiege über Roses Kopf wie eine Qualle und ließ hier und da einen Blick auf die umfangreichen und delligen Oberschenkel seiner Trägerin zu. Kurz ging Rose durch den Kopf, dass vielleicht Jenny und Brian hier die psychopathischen Mörder waren, aber sie war von den vielen Stunden Fahrt und dem vielen Nachdenken über das, was passiert war, körperlich und geistig so erschöpft, dass es ihr schlicht unmöglich wäre, noch in dieser Nacht ein zweites Mal davonzulaufen. Schließlich hatte sie den Großteil ihres Lebens Anlauf nehmen müssen, um den Mut für ihre erste Flucht aufzubringen. Millthwaite war eine Ortschaft im tiefsten Lake District, die sich in keiner Weise je einen Namen gemacht hatte und von der entsprechend wenige Menschen je gehört hatten. Und doch war es genau hier, an diesem Ort im Nirgendwo, wo Rose auf eine zweite Chance hoffte.

Jenny öffnete die Tür zu einem Zimmer unterm Dach und schaltete das Licht ein. Das Zimmer war klein und sauber, unter altmodischen, bestickten Überwürfen in Altrosa standen zwei schmale Betten mit etwa dreißig Zentimetern Abstand. Das kleine Rosenmuster der Tapete wiederholte sich in den Vorhängen und den Schabracken, die vor etwa dreißig Jahren mal modern gewesen waren.

»Ich gebe Ihnen dieses Zimmer, weil es sein eigenes kleines Badezimmer hat«, erklärte Jenny, als Rose sich auf eines der Betten setzte, ohne Maddie loszulassen. Das Bündel legte sie neben sich ab. »Da sind frische Handtücher. Ich schalte den Durchlauferhitzer an, Sie wollen ja bestimmt duschen.«

»Im Moment möchte ich einfach nur schlafen«, sagte Rose und schloss kurz die Augen.

»Und Sie haben kein Gepäck außer dem Ding da?«, fragte Jenny sie, in der Tür stehend, während ihr Nachthemd sie seltsam lebendig umspielte. »Wo, sagten Sie, kommen Sie her?«

»Aus Broadstairs. In Kent«, sagte Rose, ließ Maddie auf das Bett gleiten und machte sich daran, ihr mit einem der Handtücher die Haare trocken zu rubbeln. Maddie drehte sich auf den Bauch und weigerte sich, der fremden Frau oder auch nur dem fremden Zimmer ihr Gesicht zu zeigen.

»Und da haben Sie nicht mal eine kleine Reisetasche mit?« Jenny bemühte sich nicht im Geringsten, ihre Neugierde zu verbergen – ebenso wenig wie ihr beträchtliches Dekolleté.

»Nein«, sagte Rose knapp und hoffte damit klarzustellen, dass sie das Thema nicht vertiefen wollte.

»Na ja. Da Sie Brian und mir jetzt ohnehin den Schlaf geraubt haben, suche ich Ihnen mal eben was zum Anziehen.«

»Nein, nein, bitte machen Sie sich keine Umstände«, rief Rose ihr hinterher, aber Jenny war bereits weg und sorgte dafür, dass Rose an ihrem Trampeln hören konnte, wie missmutig sie war.

Als sie einige Minuten später zurückkehrte, hingen ihr ein paar Kleidungsstücke über dem einen Arm und sie trug einen Becher dampfenden Kakaos in jeder Hand. Sie stellte sie auf dem Nachttisch ab, dann hielt sie ein rosa Nachthemd mit dem Glitzerschriftzug »Sex Bomb« hoch.

»Das ist von meiner Jüngsten, Haleigh«, sagte sie. »Nimmt sich gerade eine Auszeit in Thailand und nennt das ›Sabbatical‹, weiß der Teufel, warum. Na, jedenfalls ist an Haleigh nicht viel dran, ihre Sachen müssten Ihnen also einigermaßen passen.« Sie legte das Nachthemd ab und hielt einen Kinderschlafanzug hoch. »Und der hier ist von meinem Enkel, dem Sohn unseres Ältesten. Da ist Spiderman drauf, aber das wird ihr doch wohl nichts ausmachen, oder?« Sie legte auch den Schlafanzug ab und betrachtete Maddie. »Geht's ihr gut? Sie ist so still.«

»Sie ist todmüde«, sagte Rose und streichelte Maddie über das dunkle Haar. »Und durcheinander.«

»Gut. Also. Zwischen acht und halb neun gibt es Frühstück. Extras gibt's bei uns nicht, Sie müssen essen, was auf den Tisch kommt, und wenn Sie Kaffee wollen, müssen Sie selbst welchen kaufen. Ich halte nichts von dem Zeug. Ist unnatürlich. Ach, und das hier ist der Hausschlüssel. *Nicht verlieren.*«

»Danke«, sagte Rose und seufzte erleichtert, als Jenny ihr einen letzten missbilligenden Blick zuwarf und dann die Tür hinter sich zuzog. Rose stand auf und schloss ab, dann versuchte sie, ihrer Tochter das nasse Oberteil auszuziehen. Maddie quietschte ungnädig und kniff die Augen zu, um so die radikalen Veränderungen um sie herum zu ignorieren.

Veränderungen waren etwas, womit Maddie nur sehr schlecht umgehen konnte, und doch hatte Rose vor einigen Stunden beschlossen, sie aus ihrer gewohnten Umgebung herauszureißen und hierherzubringen. Hatte sie richtig gehandelt? Vorhin hatte sie das Gefühl gehabt, sie hätte keine andere Wahl, aber wie konnte sie sich dessen so sicher sein?

»Komm schon, Schatz, wir ziehen dir jetzt einen Schlafanzug an, und dann gehen wir schlafen.« Rose bemühte sich sehr, unbeschwert zu klingen, obwohl sie selbst hochgradig angespannt und verunsichert war.

»Wo ist Bär?« Maddie riskierte ein offenes Auge.

»Bär ist hier. Du weißt doch, dass wir Bär immer überallhin mitnehmen.«

Bär war gar kein Bär, sondern ein ziemlich oller Hase, den Maddie als Baby geschenkt bekommen hatte, aber Bär hatte schon immer Bär geheißen und würde das auch weiter tun.

»Wo ist mein Buch?« Damit meinte Maddie ihr Geschichtsbuch über das alte Ägypten, das sie sich nach einem Tagesausflug zum British Museum inständigst von Rose gewünscht hatte. Seither war Maddie wie besessen von Mumien, Pyramiden und allem, was sonst noch ägyptisch war. Sie stürzte sich auf alles, was sie zu dem Thema finden konnte, wahrscheinlich würde sie eine gute Kuratorin in einem Museum abgeben. Das Buch, das sie meinte, hatte sie schon unzählige Male gelesen, sie kannte es auswendig, und doch wusste Rose, dass sie es auch noch weitere Hundert Male lesen würde. Ihre Besessenheit von diesem Buch war einer der zahllosen Ticks, die sie in letzter Zeit entwickelt hatte und über die Rose sich aus Zeitmangel bisher kaum Gedanken oder Sorgen hatte machen können. Kinder konnten ziemlich exzentrisch sein, das war kein Geheimnis. Außerdem sagte jeder, dass Maddies obsessives Verhalten kein Grund zur Sorge war, und Rose wollte das gerne glauben, obwohl ihr Instinkt ihr etwas anderes sagte.

»Hier«, sagte Rose und zog das abgegriffene Buch aus der Handtasche. Gott sei Dank hatte sie es da bereits am Nachmittag reingesteckt, als sie mit Maddie wegen ihres Asthmas beim Arzt war, denn sonst hätte Rose es garantiert vergessen.

Maddie war zufrieden damit, dass das Buch neben ihr auf dem Kopfkissen lag, und ließ Rose ihr die nassen Sachen aus- und den Schlafanzug anziehen. »Spiderman mag ich nicht«, quengelte sie schwach, während sie kaum noch die Augen offen halten konnte. Vorsichtig schob Rose ihre Tochter unter die Bettdecke und machte das Deckenlicht aus, das grell aus einem rosa Lampenschirm mit Fransen herausschien. Sie wartete, bis ihre Augen sich an die Dunkelheit gewöhnt hatten, und schob dann das Bündel in der alten Wolldecke, die Rose seit ihrer eigenen frühesten Kindheit begleitete, unter Maddies Bett. Sie nahm sich einen Becher inzwischen lauwarmen Kakaos, kletterte in das andere Bett und genoss das Gefühl der kühlen Laken auf ihrer heißen, schmerzenden Haut. In der Hoffnung, schnell einzuschlafen, schloss Rose die Augen, doch obwohl ihr Körper vor Erschöpfung bebte, wollte der Schlaf sich einfach nicht einstellen. Irgendwann setzte Rose sich auf, lehnte sich an das velourgepolsterte

Kopfende des Bettes, starrte aus dem Fenster in die dunkle, verregnete Nacht und fragte sich nicht zum ersten Mal, seit sie den Motor ihres Wagens angelassen hatte und von zu Hause weggefahren war, was in aller Welt sie da eigentlich tat.

Nachdrückliches Klopfen an der Zimmertür zwang sie schließlich, die Augen zu öffnen. Sie wusste nicht, wann sie letztlich eingeschlafen war, aber ihr kam es vor, als sei es erst wenige Sekunden her. Sie rieb sich die Augen und sah sich um. Die Erinnerung daran, wo sie sich befand – und warum –, kehrte schubweise im Takt mit ihrem Herzschlag zurück.

»Ja?«, rief sie und setzte sich schwerfällig auf.

»Rose? Guten Morgen, haben Sie gut geschlafen? Es ist schon nach zehn. Wir wollten Sie nicht wecken. Aber Jenny würde Ihnen jetzt noch ein bisschen Speck auf Toast machen, wenn Sie Hunger haben?«

»Oh nein! Entschuldigung!«, antwortete Rose, stand auf und sah sich nach ihren Klamotten um.

»Soll ich ihr sagen, in zehn Minuten?«, hakte Brian nach, der offenbar eine großartige diplomatische Leistung vollbracht hatte, um Maddie und ihr ein verspätetes Frühstück zu sichern.

»Fünf Minuten!«, rief Rose, während sie bereits in Slip und Unterhemd schlüpfte. Maddie beobachtete sie aus ihren großen blauen Augen von unter dem Bettüberwurf, den sie bis zur Nasenspitze über sich gezogen hatte.

»Komm schon, Süße, es gibt Toast!« Rose strahlte ihre Tochter in der Hoffnung an, die Aussicht auf ihr Lieblingsfrühstück könne sie aus der Reserve locken.

»Aber es ist nicht das, was wir zu Hause haben«, sagte Maddie, nachdem sie den Bettüberwurf immerhin bis unters Kinn heruntergezogen hatte. »Es schmeckt bestimmt anders. Zu Hause mag ich Toast, aber hier ... nicht.«

»Das kann natürlich sein, dass es hier anderes Toastbrot gibt, mein Schatz. Aber es könnte sogar leckerer sein als das zu Hause. Das wirst du nur herausfinden, wenn du es probierst. Soll ich dir helfen, dein Kleid anzuziehen?«

»Ich will es aber nicht, wenn es nicht mein Toastbrot ist«, sagte Maddie und bezog sich damit auf die einzige Sorte Weißbrot, die sie mochte.

Rose schloss kurz die Augen und atmete tief durch.

Als sie beschloss, ihren Mann und ihr Zuhause zu verlassen, hätte sie vielleicht Maddies sehr eigene Ernährungsgewohnheiten etwas gründlicher bedenken sollen. Ihre Lehrerin nannte sie »extrem wählerisch«, aber ihre Lehrerin wusste auch nicht, dass Maddie regelrechte Angstzustände bekam, wenn etwas auf ihrem Teller lag, was da nicht liegen sollte.

»Du könntest es doch wenigstens mal probieren. Mir zuliebe. Wer weiß, vielleicht magst du es ja?« Rose lächelte ihre Tochter aufmunternd an.

»Ich mag es nicht, wenn es nicht mein Toastbrot ist«, maulte Maddie, und als sie ihrer Mutter die Treppe hinunterfolgte, fügte sie hinzu: »Wann können wir wieder nach Hause? Bevor die Schule wieder losgeht? Gleich nach den Ferien?«

Rose brachte es nicht übers Herz, ihr die Wahrheit zu sagen: Nie.

Im Flur angekommen, öffneten sie eine Tür nach der anderen auf der Suche nach dem Frühstückszimmer. Zuerst stießen sie auf ein Wohnzimmer für Hausgäste, das von einem riesigen Puppenhaus in einer noch größeren Glasvitrine dominiert wurde, von dem Rose Maddie förmlich wegzerren musste, und dann auf ein Arbeitszimmer, auf dessen Schreibtisch sich Papiere stapelten und ein uralter, im Grunde museumsreifer Computer thronte.

»Das hier ist kein Hotel, ja?«, begrüßte Jenny Rose und Maddie, als sie endlich das kleine Frühstückszimmer entdeckten, in dem sechs Tische fein säuberlich gedeckt waren, obwohl keine anderen Gäste im Haus waren.

»Na ja, doch, irgendwie schon«, sagte Brian und zwinkerte Rose zu. Dann schnappte er sich seine Schlüssel, gab Jenny einen Kuss und ging.

»Ich habe auch so genug zu tun. Auch ohne darauf zu warten, dass andere sich bequemen, mal aufzustehen!«

»Wir haben nicht von Ihnen erwartet, dass Sie auf uns warten«, sagte Rose. »Ich hätte mit Maddie auch auswärts frühstücken gehen können.«

»Kommt gar nicht infrage.« Jenny zeigte in einer unmissverständlichen Geste auf den Tisch neben dem Fenster. »Wo kämen wir denn da hin? Nein, nein, Tee und Toast sind gleich fertig. Und was ist mit dir, junge Dame? Möchtest du ein Glas Milch?«

»Ich mag keine Milch«, sagte Maddie.

»Dann vielleicht Orangensaft?«, fragte Jenny, und Maddie nickte.

»Soll das ›ja, bitte‹ heißen?«, schalt Jenny sie. Maddie nickte abermals.

Rose rieb sich das Gesicht und warf das lange Haar zurück, bevor sie wie so oft die Kunstpostkarte aus ihrer Tasche hervorholte. Sie schob Maddie ihr Buch über den Tisch zu und hoffte, es würde sie von dem Toast ablenken. Sie selbst las die kurze Nachricht auf der Karte, betrachtete die Bögen und Schlaufen der Schrift, die ihr über die Jahre so vertraut geworden war. Dann drehte sie die Karte um und besah sich das Motiv, das ihr inzwischen genauso vertraut war. Es war die Reproduktion eines Ölgemäldes, *Millthwaite aus der Ferne*, von John Jacobs. Diese Karte mit der handschriftlichen Nachricht war der einzige Grund, weshalb sie ausgerechnet hierhergeflohen war. Sie wusste, das war verrückt, aber es war so.

Frasier McCleod, der Absender der Karte, war der Grund, weshalb sie nach Millthwaite gekommen war, obwohl sie keine Ahnung hatte, wo er lebte und wer er überhaupt war. Diese Karte und dieser Ort waren das Einzige, was sie mit ihm verband. Seit ihrer nicht einmal eine Stunde währenden Begegnung vor über sieben Jahren hatte diese Karte Roses Glauben und Hoffnung genährt, dass Frasier McCleod möglicherweise das Gleiche für sie empfand wie sie für ihn. Dass Rose damals bei dieser einzigen Begegnung, als sie selbst schon seit Jahren verheiratet und außerdem hochschwanger war, die Liebe ihres Lebens getroffen hatte.

Jenny knallte einen Teller mit Toasts auf den Tisch, und Rose hielt gespannt die Luft an, als Maddie ein Stück nahm, es misstrauisch beäugte, es sich an die Lippen führte, daran leckte und vorsichtig daran knabberte, bevor sie schließlich herzhaft hineinbiss.

»Köstlich!«, sagte Maddie und nickte Jenny zu, die

gerade ein Glas Saft vor ihr abstellte. »Vielen Dank, das ist wirklich sehr freundlich von Ihnen.«

»Bitte, sehr gern geschehen«, entgegnete Jenny, ein klein wenig verwirrt von Maddies plötzlicher ausgesuchter Höflichkeit und Eloquenz. Aber so war Maddie nun mal: Sie wusste sehr wohl, was sich gehörte – nur fand sie meistens, dass es unnötig war.

»Kennen Sie das Motiv auf dieser Karte?« Rose nahm ihren Mut zusammen, Jenny zu fragen, bevor diese wieder in die Küche verschwand, um miesepetrig Speck zu braten.

Jenny nickte und zeigte dann auf die Wand über Roses Kopf, wo eine Reproduktion genau desselben Gemäldes hing, nur in einem größeren Format.

»Das hängt hier in fast jedem Haus«, sagte Jenny. »Es hat Millthwaite eine gewisse Berühmtheit beschert. Obwohl – da hat die eine Folge von *Wir ziehen aufs Land!* fast noch mehr gebracht ... Wie dem auch sei, Albie Simpson hat es mehr als genug Geld eingebracht.«

»Was meinen Sie damit?« Rose drehte sich auf ihrem Stuhl, um den Druck besser sehen zu können. Das Gemälde wirkte kühn und souverän, fast so, als hätte der Künstler sich bei der Arbeit daran gelangweilt und nicht abwarten können, endlich damit fertig zu werden und sich anderen Dingen widmen zu können. Es wirkte irgendwie nachlässig, ja fast schon hingerotzt, war aber gleichzeitig wunderschön.

»Der Künstler, John Jacobs, war Alkoholiker und im Dauerrausch. Vor vielen Jahren ist er mal im Pub aufgekreuzt und hat Albie das Bild als Bezahlung für eine Flasche Whisky angeboten. Albie – ein ziemliches Schlitzohr, wenn Sie mich fragen – hat sich drauf eingelassen, weil er fand, es würde sich gut über dem Tresen machen. Und da hing es dann. Bis vor ungefähr vier Jahren. Da ist dann plötzlich so ein geschniegelter Schotte hier aufgekreuzt und hat Albie fünftausend Pfund dafür geboten. Fünftausend!«

Jenny erwartete offenbar eine Reaktion von Rose, ein Staunen oder anerkennendes Pfeifen, und als diese ausblieb, machte sie ein enttäuschtes Gesicht.

»Na ja, jedenfalls hat Albie abgelehnt, keine Ahnung, warum – muss besoffen gewesen sein. Oder auch nicht, denn der Typ hat sein Angebot sofort und ohne mit der Wimper zu zucken, verdoppelt. Und ihm angeboten, einen Druck des Gemäldes anfertigen zu lassen, der dann statt des Originals über dem Tresen hängen konnte. Da hat Albie dann eingeschlagen. Der Mann bekam das Gemälde und Albie das Geld.« Jenny presste die Lippen aufeinander und schüttelte den Kopf.

Rose löste den Blick von dem Druck und strich mit den Fingerspitzen über die Handschrift auf der Karte. Ein gut gekleideter Schotte, der sich für John Jacobs interessierte und bereit war, viel Geld zu bezahlen, um an eins seiner Werke zu kommen. Das könnte er sein. Das könnte Frasier McCleod sein. Jetzt musste sie einfach nur mit dem Wirt sprechen, der vielleicht noch eine Telefonnummer oder eine Adresse des Mannes hatte, und dann ... Dann was?

Rose biss sich auf die Lippe, während Jenny einfach weiterplapperte; es schien ihr egal zu sein, ob Rose ihr zuhörte oder nicht.

Und dann einfach vor Frasiers Tür stehen und ihm sagen, dass ... Ja, was?

»Hallo, erinnern Sie sich noch an mich? Sie sind vor einigen Jahren auf der Suche nach Informationen über meinen Vater mal bei mir gewesen. Ich hatte geweint, und Sie waren sehr freundlich zu mir. Wir haben uns eine Weile unterhalten, und das Einzige, was ich danach je von Ihnen gehört habe, war eine Kunstpostkarte. Diese Karte habe ich seither wie einen Schatz gehütet. Ach ja, und im Übrigen glaube ich, dass ich Sie liebe. So, und jetzt können Sie gerne eine einstweilige Verfügung gegen mich erwirken.«

Rose musste blinzeln, als ihr klar wurde, was für einen Blödsinn sie da gerade veranstaltete. Sie war doch komplett übergeschnappt, sich wie ein Backfisch auf so eine aussichtslose Unternehmung einzulassen – und dann auch noch ihre Tochter mit hineinzuziehen. Frasier McCleod hatte ihr keinen verschlüsselten Liebesbrief geschrieben, er hatte sich bedankt, das war eine formelle Geste der Höflichkeit, der sie etwas andichtete, das nichts mit der Wirklichkeit zu tun hatte. Was, um alles in der Welt, tat sie hier? Und doch konnte sie nicht zurück. Sie konnte Maddie nicht wieder in das Zuhause bringen, das sie kannte, wo sie ihr Lieblingsbrot essen konnte, nicht wieder zurück zu der Schule, in der die nette Begleitlehrerin neben ihr saß und ihr dabei half, dem Unterricht zu folgen, und die in den Pausen mit ihr spielte, wenn keines der anderen Kinder das tat. Sie würde auf gar keinen Fall zurückkehren. Eine Kunstpostkarte, ein Gemälde von Millthwaite, mochte der Grund dafür sein, dass sie ausgerechnet hier war – weit weg von zu Hause und mit einer Traumvorstellung, die sich sicher schon bald in Luft auflösen würde. Aber die Postkarte und das Gemälde waren ja nicht der Grund dafür, dass sie überhaupt weggelaufen war.

»Na, wie dem auch sei, der alte Albie hat ein ziemlich langes Gesicht gemacht, als das Gemälde ungefähr ein Jahr später für die vierfache Summe verkauft wurde. Der Mann, der es verkauft hat, war so ein Kunst-Guru aus Edinburgh. Hat sich richtig gesund gestoßen daran und sich inzwischen wohl eine goldene Nase damit verdient, auch den restlichen Kram von dem alten Spinner zu verkaufen. Dieser verfluchte John Jacobs, jetzt sitzt er auf einem Haufen Geld. Wissen Sie, was ich dazu sage? Ich sage: Schade, dass er inzwischen nüchtern und trocken ist, sonst hätten wir alle hier nämlich vielleicht die Chance gehabt, an eins seiner Bilder ranzukommen. Ich hätte ihm gerne im Austausch für eins seiner Gemälde ein ordentliches Frühstück serviert.«

»Was meinen Sie damit?« Plötzlich war Rose wieder in Jennys Redefluss eingetaucht. Ihr wurde so kalt, dass sie schauderte.

»Na ja, schließlich wohnt er ja gleich die Straße rauf.« Jenny sah in Roses entsetzte Miene. »John Jacobs lebt jetzt schon fast zehn Jahre da oben, und wie es heißt, ist er die letzten drei nüchtern gewesen. Früher haben wir ihn oft im Ort gesehen, im Pub, aber das hat stark nachgelassen, und das ist ja nur gut so, wenn Sie mich fragen. Der alte Geizknüppel. Streicht jede Menge Zaster ein, ja, aber glauben Sie mal nicht, dass er jemals was für die Gemeinschaft hier tun würde. Das Dorf siecht vor sich hin, und er sitzt einfach da oben wie ein König in seinem Schloss und pfeift darauf, was die anderen von ihm denken.«

»Das sieht ihm ähnlich«, sagte Rose langsam und wandte sich von Jennys Adlerblick ab, um nach Maddie zu sehen, die ihre Nase tief in das Buch gesteckt hatte. Bär saß ergeben neben ihr auf dem Tisch, während Rose von diesen Neuigkeiten ganz schwindlig wurde. Warum war sie nie darauf gekommen, dass der Künstler den Ort gemalt haben könnte, in dem er lebt? Warum war sie da bis jetzt nicht drauf gekommen? Sie hatte keine Ahnung, wie sie reagieren sollte.

»Wieso? Kennen Sie ihn etwa? Den alten Jacobs?«, wollte Jenny wissen.

»Ob ich ihn kenne?«, sagte Rose nachdenklich. »Nein, eigentlich nicht. Aber ich sollte ihn wohl kennen. Schließlich ist er mein Vater.«

2

Als Rose noch klein war, nahm ihr Vater sie im Sommer gerne mit zu seinen abendlichen Strandspaziergängen. Dann saßen sie im Sand, betrachteten die Farben des Himmels bei Sonnenuntergang und dachten sich Namen für jede Nuance zwischen Rot und Gold aus. Rose konnte sich erinnern, dass sie damals felsenfest davon überzeugt gewesen war, Johns absoluter Liebling zu sein, dass er sie mehr als jeden anderen Menschen auf der Welt liebte, sogar mehr als ihre Mutter. Und sie konnte sich daran erinnern, was für ein wunderbares Gefühl das gewesen war, diese Nähe zwischen ihnen, die ihr das Gefühl absoluter Sicherheit vermittelte, sodass sie nie vor irgendetwas Angst hatte. John war ein hochgewachsener Mann mit langen Armen und Beinen und Fingern, die immer in Bewegung waren, während er sprach, und die das Gesagte unterstrichen. Ständig wollte er der Welt mitteilen, was er dachte, weil er der Meinung war, die Welt würde das interessieren. Rose interessierte es, sie hörte ihm stets aufmerksam zu und sog seine Weisheit in sich auf. Sie war ihm treu ergeben.

Sein dickes schwarzes Haar trug er lang und ungekämmt, und Rose rieb wahnsinnig gerne ihre Wange an seinen Bartstoppeln, wenn sie ihn umarmte. Seit er vierzehn Jahre alt gewesen war, trug er dasselbe Brillenmodell, klein und rund wie das von John Lennon, obwohl es überhaupt nicht zu seinem kantigen Gesicht passte, und seine Kleidung und seine Haut waren stets farbverschmiert. Eine Umarmung mit ihm duftete nach dem Leinöl, mit dem er seine Farben anmischte, und Rose konnte sich erinnern, wie sie alle drei – John, ihre Mutter Marian und sie selbst – die Samstagvormittage im großen Ehebett der Eltern verbrachten, dort lachten und redeten und Toast aßen und die Laken vollkrümelten. Wie es Kindheitserinnerungen so an sich haben, schien immer die Sonne, der Himmel war immer blau, Marian lächelte immer, und John war einfach nur toll und schuf eine Welt um sie herum, in der Rose das Gefühl hatte, etwas Besonderes zu sein. Sie war nicht wie die anderen Mädchen in der Schule, deren Väter tagsüber zur Arbeit gingen und erst nach Hause kamen, wenn die Kinder im Bett waren. Ihr Vater war märchenhaft, betörend, aufregend und voller Liebe. Ja, die ersten Jahre ihres Lebens war Rose überglücklich, einen so interessanten Vater zu haben. Natürlich kam sie erst viele Jahre später dahinter, dass John die meiste Zeit betrunken gewesen war.

Rose hatte ihn zum letzten Mal gesehen, als sie neun Jahre alt war.

Das Idyll, in dem sie sich wähnte, zerbrach nicht von einem Tag auf den anderen. Es bekam Woche für Woche, Jahr für Jahr Risse, und als Rose etwas älter wurde, bemerkte sie, dass die Goldschicht, mit der John ihr Leben überpinselt hatte, immer dünner wurde und die dunklen Abgründe darunter offenbarte. Der Duft nach Leinöl und Farbe wurde immer häufiger überlagert von einer sauren

Whiskyfahne. Seine Anfälle von guter Laune wandelten sich in irrationale Wutausbrüche, während derer er Rose schon mal eine langte, wenn sie zur falschen Zeit am falschen Ort war. Und auch ihre Mutter bekam Schläge ab. Rose gewöhnte sich an, den Fernseher immer lauter zu drehen, wenn ihre Eltern sich anschrien, und zum Spielen in den Garten hinauszugehen, wenn ihre Mutter, den Kopf in den Armen verborgen, am Küchentisch saß und weinte. Sie kletterte nicht mehr samstagmorgens zu ihren Eltern ins Bett, weil ihr Vater gar nicht da war.

Der Tag, an dem er sie verließ, war ein genauso strahlend schöner Tag gewesen wie alle anderen Tage, an die Rose sich erinnerte. Die Sonne fiel durch das bunte Bleiglas in der Tür und zeichnete ein undeutliches farbiges Muster auf die Dielen im Flur. John hatte sie auf eine der unteren Treppenstufen gesetzt, war vor ihr in die Hocke gegangen und hatte ihre Hände genommen.

»Ich muss weg, Röschen«, hatte er gesagt.

Rose konnte sich erinnern, dass sie sauer auf ihn gewesen war: Er hatte sie noch nie Röschen genannt. Noch nie. Wieso fing er jetzt auf einmal damit an?

»Wie, weg?«

»Weg von hier, um irgendwo anders zu leben. Deine Mutter und ich, wir ... Ich muss weg. Ja. Aber ... Du wirst immer mein Röschen sein und ...«

»Ich bin nicht dein Röschen.« Rose legte die Stirn in tiefe Furchen. Sie erkannte diesen rotäugigen, lallenden Mann nicht wieder. Nicht einmal seine Stimme. »Wann kommst du wieder?«

»Ich komme nicht wieder.« Bei diesen Worten sah er ihr ganz fest und direkt in die Augen.

»Aber ich sehe dich doch wieder?« Rose wusste noch, wie ihre Stimme bei dieser Frage gebebt hatte, weil ihr langsam aufgegangen war, was da gerade passierte. Und doch war sie fest entschlossen, nicht zu weinen. John hatte es immer gehasst, wenn sie weinte.

»Natürlich«, hatte er gesagt. »Ganz oft, mein Rosa-Röschen.«

Er beugte sich nach vorn und küsste sie ziemlich feucht mitten auf die Stirn. Rose wollte die Arme um ihn legen, sich an ihm festklammern und ihn anflehen zu bleiben. Doch schon damals, mit nur neun Jahren, hatte sie gewusst, dass ihr Vater auch ihr zuliebe nicht bleiben würde. Dass, ganz gleich, wie sehr er sie liebte, er sie nicht genug liebte, um für sie zu bleiben.

»Bis bald!« Er hatte ihr zugezwinkert, seine Tasche genommen und die Haustür hinter sich geschlossen. Das war das letzte Mal, dass Rose ihren Vater gesehen hatte.

»Wer hätte das gedacht, dass der alte Miesepeter eine Tochter hat?« Jenny war aus ihrer Rolle als strenge Vermieterin geschlüpft und setzte sich nun mit einer Kanne frisch zubereiteten Tees zu Maddie und Rose an den Tisch. »Ich verstehe überhaupt nicht, wie eine Frau diesen Kotzbrocken an sich heranlassen kann. Der sieht doch aus wie ein Penner. Und riecht auch so.«

»Ich weiß es auch nicht.« Es war Rose extrem unangenehm, über ein Thema sprechen zu müssen, das sie immer noch so schmerzte. Die Nachricht, dass ihr Vater sich ganz in der Nähe befand, war ein solcher Schock für sie, dass alles, was in den letzten Stunden passiert war – sogar die Karte von Frasier McCleod –, darüber in den Hintergrund trat. Seit ihr Vater weg war, hatte sie tunlichst vermieden, an ihn zu denken, aber wenn sie es doch mal getan hatte, dann war das Bild von ihm sehr unscharf gewesen und eher die Vorstellung eines Mannes, den sie mal gekannt und dem sie mal vertraut hatte und der irgendwo existierte, aber nicht im echten Leben. Sie hatte ihn sich nie in einem Haus vorgestellt, und obwohl sie wusste, dass er mit einer anderen Frau verschwunden war, hatte Rose nie daran gedacht, dass diese Beziehung von Dauer sein konnte, dass er sich ein neues Leben mit einer neuen Familie und weiteren Kindern aufgebaut haben könnte. Rose holte tief Luft, als ihr klar wurde, dass sie möglicherweise Halbgeschwister hatte.

»John Jacobs ist also Ihr Vater, aber er ist nicht der Grund dafür, dass Sie hierhergekommen sind?« Jenny neigte den Kopf zur Seite und sah Rose fragend an.

»Nein, eigentlich nicht.« Rose rutschte auf ihrem Stuhl herum. »Ich wusste zwar, dass das Motiv dieser Karte von ihm stammt, aber ich hatte nicht damit gerechnet, ihn hier zu finden. Ich weiß auch nicht genau, womit ich gerechnet hatte.«

»Und warum sind Sie dann hier?« Jenny war offenbar nicht der Typ, der lange um den heißen Brei herumredete.

»Ich musste einfach weg, und dieses Gemälde hat es mir schon so lange angetan. Darum war Millthwaite der erste Ort, der mir einfiel. Das mag Ihnen ziemlich willkürlich vorkommen, ich weiß ...« Wie sollte Rose ihr erklären, dass es nur einen einzigen Ort gegeben hatte, an den sie hatte fliehen können – und das, obwohl sie über diesen Ort so gut wie gar nichts wusste?

»Sie mussten weg im Sinne von weglaufen oder im Sinne von mal für eine Weile rauskommen?«

Rose dachte, dass streng genommen beide Definitionen auf sie passten.

»Sie wissen doch, wie das manchmal ist.« Rose nickte Richtung Maddie und hoffte, Jenny würde den Wink begreifen und das Thema wechseln. Jenny strahlte und drückte sich den Teebecher an die Brust. Sie war offenbar entzückt, so vollkommen unerwartet so spannende Gäste bekommen zu haben.

»Ach, wenn mein Brian doch bloß hier wäre! Der wird völlig platt sein, wenn ich ihm erzähle, dass John Jacobs' Tochter bei uns wohnt. Wirklich. Das wird ihn total umhauen. Und der alte Stinkstiefel hat Sie also verlassen, ja? Als Sie noch klein waren?«

»Hmhm«, bestätigte Rose zögerlich, da sie es nicht gewöhnt war, darüber zu sprechen.

»Und ich wette, Sie haben nie auch nur einen Penny von dem vielen Geld gesehen, stimmt's?« Jenny richtete sich augenscheinlich auf einen ganzen Tratsch-Vormittag ein. »Dieser widerliche alte Geizknochen.«

»Als er ging, hat er mit seiner Arbeit kein Geld verdient. Wir haben vor allem von dem Gehalt meiner Mutter gelebt.«

»Aha. Hat die arme Frau also ausgesaugt und sie dann gegen ein neueres Modell eingetauscht.« Blitzschnell fasste Jenny die Ereignisse für sich zusammen.

Rose dachte an Tilda Sinclair, das »neuere Modell«, ebenfalls Künstlerin. Sie hatte für ihren Vater Modell gestanden. Statuenhaft und atemberaubend schön mit jeder Menge tiefschwarzer Haare und dunkelblauen Augen. Sie war aber gar kein neueres Modell, sie war weder jünger, dünner noch schöner gewesen als Marian. Lediglich anders. In jeglicher Hinsicht. Marian hatte von neun bis fünf in einem Büro gearbeitet – Tilda dagegen war ein kreativer Kopf, posierte tagsüber für Roses Vater und arbeitete nachts an ihrer eigenen Kunst. Marian war immer ordentlich angezogen und frisiert, sie war schlank und blond. Tilda war eine üppige Frau mit vielen Rundungen, die aussahen, als könne man sich vollkommen in ihnen verlieren. Rose war Tilda nie begegnet, und genau darum stellte sie sie sich als diese Sirene vor, als ein unwiderstehliches Wesen, das ihren Vater von seiner Familie weggelockt hatte. Er hatte sich nicht einmal mehr umgesehen. Hatte ihr Vater Marian ausgesaugt? Irgendwie schon, ging es Rose durch den Kopf, und sie spürte, wie ihr Magen sich beim Gedanken an ihre Mutter zusammenzog. Keine zehn Jahre, nachdem ihr Mann sie verlassen hatte, war sie gestorben.

»So was in der Art, ja«, sagte sie schließlich. Jenny schenkte ihr gerade eine weitere Tasse Tee ein.

»Und Sie gehen jetzt da hoch und stellen ihn zur Rede? Ich kann Sie gerne fahren. Das mache ich gerne, wenn Sie ein bisschen moralische Unterstützung brauchen. Oder auch nicht moralisch, mir ist das gleich.«

Maddie sah von ihrem Buch auf. »Wo gehst du hoch, Mum?«, fragte sie. »Wo sind wir noch mal?«

Rose fiel auf, dass Maddie seit ihrem überstürzten, verwirrten Aufbruch noch gar nicht richtig aus dem Fenster gesehen hatte.

Auf der Fahrt hierher hatte sie sich in den Schlaf geweint, und als sie ankamen, war es stockfinster gewesen.

Sie hatte nicht die geringste Ahnung, wie weit weg von zu Hause sie waren, was wahrscheinlich ein Vorteil war, denn das Wissen würde ihr nur Angst machen. Maddie war ein Kind, das nicht gerne weit weg war von allem, was sie kannte.

»Wir sind in Millthwaite«, antwortete Rose. »Wir machen hier ein bisschen Urlaub.«

»Und dann ... Was dann?«, fragte Maddie verunsichert.

Rose musste an Johns letzte Worte an jenem Morgen denken, als sie auf der unteren Treppenstufe gesessen und er ihr einen Abschiedskuss gegeben hatte: »Bis bald.« Das war nur eine von vielen Lügen gewesen – und jetzt musste sie Maddie anlügen.

»Dann wird alles wieder gut«, sagte sie. Wie wollte sie das Maddie je erklären?

»Ich muss nur noch eben staubsaugen, dann habe ich Zeit«, bot Jenny wieder eifrig ihre Hilfe an.

»Nein danke, Jenny«, lehnte Rose entschieden ab. »Ich bin nicht hier, um mit ihm zu reden. Ich weiß nicht mal, ob ich überhaupt je wieder mit ihm reden möchte.«

»Mit wem reden?«, fragte Maddie.

»Mit einem Mann, den ich von früher kenne und der hier ganz in der Nähe wohnt«, sagte Rose.

»Dein Vater«, sagte Maddie. Offenbar hatte sie die ganze Zeit zugehört. »Dein Vater wohnt hier in der Nähe, aber du willst ihn nicht sehen, weil er gemein ist.«

Maddie hatte die Gabe, sofort mitzubekommen, wenn etwas nicht stimmte. Als hätte sie mit ihren zarten sieben Jahren bereits begriffen, dass im Leben nicht alle Geschichten gut enden.

»Jedenfalls im Moment nicht«, sagte Rose und hoffte, damit der Wahrheit Genüge getan zu haben.

Just in dem Moment fing Roses Handy an zu klingeln, es schrillte unangenehm aus ihrer Tasche. Ohne überhaupt aufs Display zu gucken, wies Rose den Anruf ab und schaltete das Telefon dann aus.

»Aber irgendwann werden Sie ihn natürlich sehen und sprechen«, insistierte Jenny. »Schließlich hat Sie das Schicksal hierher verschlagen, oder etwa nicht? Ich meine, Sie tauchen mitten in der Nacht ohne ersichtlichen Grund hier auf und finden heraus, dass Ihr Vater, den Sie jahrelang nicht gesehen haben, hier lebt! Das ist doch Schicksal! Gott will Ihnen damit etwas sagen.«

»Schicksal.« Langsam wiederholte Rose das Wort. »Das klingt so, als hätte man keinen Einfluss darauf, was mit einem passiert, und daran glaube ich nicht. Ich glaube, wenn ich dem Schicksal die Führung überlassen hätte, dann wäre ich jetzt nicht hier. Ich bin hier, weil ich dem Schicksal trotzte.«

Jenny betrachtete sie eine Weile, während sie an ihrem Tee nippte. »Aber irgendwann werden Sie doch bestimmt zu ihm hochgehen, oder? Sie müssen dem alten Knurrhahn mal einen ordentlichen Schrecken einjagen!«

»Ich würde mir gerne Ihr Puppenhaus ansehen.« Zu Roses Erleichterung unterbrach Maddie Jennys Inquisition. »Ich mag gerne kleine Sachen.«

»Ach ja?«, sagte Jenny. »Das Puppenhaus ist aber nicht zum Spielen gedacht.«

»Warum nicht?«, wollte Maddie wissen.

»Weil es schon sehr alt und kostbar ist. Und weil es kaputtgehen könnte.«

»Dann hat also noch nie jemand damit gespielt?«, beharrte Maddie.

»Doch, schon. Ich, als ich noch klein war, und meine Haleigh hat es geliebt. Aber jetzt nicht mehr. Jetzt ist es antik, Liebes.«

Maddie seufzte und betrachtete eine ganze Weile die Zimmerdecke. Dann wandte sie sich Jenny zu und fixierte sie mit ihrem ganz eigenen, ziemlich durchdringenden Blick.

»Wozu hat man denn ein Puppenhaus, wenn keiner damit spielen darf?«

Rose stand in dem winzigen Zimmer vor der offenen Kleiderschranktür und betrachtete sich mit finsterem Blick im daran befestigten Spiegel. Seit Jenny wusste, dass Rose John Jacobs' verlassene Tochter war, spielte sie sich nicht mehr als strenge Vermieterin, sondern als hilfsbereite Ersatzmutter auf. Kaum hatte Rose geäußert, dass sie zum Pub gehen und mehr über den schottischen Kunsthändler herausfinden wollte, bestand Jenny auch schon darauf, ihr etwas Frisches zum Anziehen herauszusuchen.

»Ach, meine Sachen gehen doch noch einen Tag«, hatte Rose abgewinkt und dabei ihre Kleidung glatt gestrichen.

»Nein«, sagte Jenny. »Ich möchte nicht, dass meine Hausgäste wie Landstreicher aussehen, wenn sie in die Stadt gehen. Was sollen denn die Leute von mir denken? Ich habe einen ganzen Schrank voller Sachen, die Haleigh hier zurückgelassen hat und die Ihnen ganz hervorragend passen werden. Und was diese junge Dame hier angeht, für die werde ich bestimmt auch etwas finden, meine Enkel lassen immer so viele Klamotten hier liegen, wenn sie zu Besuch kommen. Sind allerdings alles Jungs. Aber das macht dir doch bestimmt nichts aus, oder, junges Fräulein?«

»Doch. Ich mag keine Jungs«, verkündete Maddie, aber das hörte Jenny schon gar nicht mehr, sie war bereits auf dem Weg, ihre Mission zu erfüllen.

Rose, die seit über zehn Jahren mit einem Arzt verheiratet war und sich angewöhnt hatte, stets Kleider oder hübsche Röcke und vernünftige Oberteile zu tragen und niemals Hosen, stand schließlich in einem Paar Hüftjeans mit einem Riss am Knie vor dem Spiegel. Hätte sie nicht ein etwas längeres schwarzes T-Shirt gefunden, dessen U-Boot-Ausschnitt ihr immer wieder über die eine Schulter rutschte, hätte man die untere Hälfte ihres Bauchs sehen können.

Rose war erst einunddreißig, und sie kannte viele Frauen ihres Alters, die sich so anzogen wie Haleigh und sich gar nichts dabei dachten. Und sie kannte auch ein paar – darunter zum Beispiel ihre Freundin Shona –, die sich wie moralbefreite Fünfzehnjährige kleideten.

Rose war aber schon immer konservativ gewesen oder zumindest, seit sie nicht mehr einfach nur Rose, sondern Mrs. Pritchard war. Richard hatte immer großen Wert darauf gelegt, dass sie nicht die falsche Art von Aufmerksamkeit auf sich zog, und ihr stets eingeschärft, dass an sie als seine Frau von der Umgebung gewisse Erwartungen gestellt würden. Und Rose, deren Jugendjahre so chaotisch und ein einziges großes Wirrwarr gewesen waren, hatte sich ihm gerne gefügt. Sie war ihm sogar dankbar gewesen. Durch die Heirat mit Richard war sie aus gleißender Hitze in eine wunderbare kühle Ruhe geraten. Rose besaß kein einziges Paar Jeans und schon gar keine Hüftjeans, und sie staunte nicht schlecht, dass die Sachen der neunzehnjährigen Haleigh ihr – wenn sie nicht temporärer geistiger Umnachtung anheimgefallen war, was unter den gegebenen Umständen nicht auszuschließen war – ziemlich gut standen.

Sie warf ihr langes Haar über die eine Schulter und drehte sich zu Maddie um, die sie vom Bett her beobachtete. Dem Mädchen war anzusehen, dass es mit der Jungs-Jeans, die Jenny ihr gegeben hatte, nicht zufrieden war. Das winzige pinkfarbene T-Shirt mit Las-Vegas-Aufdruck, das Rose in dem Haufen mit Haleighs Sachen gefunden hatte, stimmte sie aber wiederum ein wenig milde. Vor allem, dass der Schriftzug glitzerte, machte den Umstand, eine Jungs-Jeans tragen zu müssen, deutlich erträglicher. An Haleigh mochte Rose sich das Teil am liebsten gar nicht vorstellen, da es für ihren Geschmack viel zu viel Haut frei gelassen hätte, aber Maddie reichte es bis gerade so übers Knie. Sobald Rose sich wieder einigermaßen gefangen hatte, würde sie in die nächstgelegene größere Stadt fahren und ihnen beiden etwas zum Anziehen kaufen. Aber vorläufig würden diese gebrauchten Sachen es tun.

»Was meinst du?«, fragte Rose sie lächelnd und strich das schwarze Oberteil über ihren schmalen Hüften glatt. Maddie sah sie nachdenklich an.

»Daddy würde das nicht gut finden«, sagte sie.

»Ich weiß.« Rose wandte sich wieder dem Spiegel zu und zog den Ausschnitt des Oberteils so zurecht, dass beide Schultern züchtig bedeckt waren. Jedenfalls für ein paar Sekunden. »Aber Daddy ist ja nicht hier.«

»Mummy?« Rose sah ihrer Tochter im Spiegel in die Augen. »Mag Daddy mich noch?«

Rose biss sich auf die Lippe, wirbelte herum und schloss Maddie so heftig in die Arme, dass das Kind sich automatisch versteifte.

»Natürlich mag Daddy dich. Er liebt dich, mein Schatz.« Rose drückte Maddie einen Kuss auf die verzerrte Miene. »Du bist sein Augapfel, das weißt du doch.«

»Ich glaube nicht«, sagte Maddie. »Wer will schon einen Apfel in seinem Auge? Das tut doch weh.«

»Was ich damit meine, ist: Egal, was zwischen Daddy und mir vorgefallen ist, das hat nichts mit dir zu tun. Du bist nicht der Grund. Daddy liebt dich.«

Maddie wandte das Gesicht von Rose ab und presste die Lippen zu einem blassen, schmalen Strich aufeinander. Es fiel ihr offenbar schwer, das, was sie gesehen und gehört hatte, mit dem in Einklang zu bringen, was Rose über die Geschehnisse erzählt hatte, und Rose hatte keine Ahnung, was sie dagegen tun sollte. Sie wusste nur, dass Maddie sich auf keinen Fall schuldig fühlen durfte.

»Davon habe ich aber nicht viel gemerkt«, sagte Maddie. »Vorher ... als ... und als wir ins Auto gestiegen und hierhergefahren sind. Er war sehr, sehr wütend.«

»Ich weiß.« Rose strich Maddie den dichten Pony aus dem Gesicht. »Aber er war nicht wütend auf dich, sondern auf mich. Wegen etwas, das ich getan hatte.«

»Was denn?«, wollte Maddie wissen.

»Das ist unwichtig«, sagte Rose. »Wichtig ist nur, dass du weißt, dass Daddy dich liebt.«

»Werden wir denn ... müssen wir denn zurück? Wenn

wir nicht wieder zurückkommen, wird Daddy wieder sauer«, bohrte Maddie weiter.

Rose überlegte, wieder zu lügen, aber nur kurz. »Ich möchte Daddy eine Weile nicht sehen.«

»Und was machen wir stattdessen?« Maddies Stimme klang ängstlich. »Ich will ihn sehen! Am Samstag um Viertel vor drei wollen wir schwimmen gehen. Und Sonntag um eins gibt's Mittagessen. Huhn mit Kartoffeln, und ich kriege immer die Brust ohne Haut. Als ich Daddy das letzte Mal gesehen hab, war er wütend. Was, wenn er immer noch wütend ist?«

»Ich weiß, mein Schatz, ich weiß.« Rose beobachtete Maddies angespannte Miene. »Ich bin mir sicher, dass wir beiden irgendwo hier in der Nähe schwimmen gehen können. Und wir können in einem Pub mittagessen. Da gibt es bestimmt Huhn. Und ich mache die Haut für dich ab.«

»Aber so machen wir das sonst nicht!«, protestierte Maddie. »Wir gehen zu Hause schwimmen, und du machst das Huhn. Du weißt, wie ich es am liebsten mag, die Soße darf es nicht berühren.«

»Jetzt hör mal zu, Maddie«, sprach Rose sanft auf ihre verstörte Tochter ein und setzte sich neben sie aufs Bett. Ihre Hände behielt sie ganz bewusst bei sich, um ihr nicht noch mehr Angst zu machen. »Unser Leben wird jetzt für eine Weile etwas anders sein als sonst. Aber das ist nicht schlimm, wirst schon sehen. Ich passe auf dich auf. Ich weiß, dass das schwer ist, ich weiß, dass du es nicht magst, wenn Sachen plötzlich anders sind, aber glaub mir, ich werde nicht zulassen, dass dir etwas Schlimmes passiert.«

»Das hat Daddy auch gesagt«, brummte Maddie. »Und das war gelogen.«

»Ich hab noch mal drüber nachgedacht.« Jenny tauchte völlig unvermittelt in der Tür auf und zeigte auf Maddie. Rose fragte sich ein bisschen verärgert, wie lange sie wohl schon im Flur gestanden hatte. »Du hast recht, junge Dame, wozu hat man eigentlich ein Puppenhaus, wenn keiner damit spielen darf? Mein Urgroßvater hat es für seine Töchter gebaut. Als ich klein war, habe ich unglaublich viel damit gespielt, aber von meinen Kindern hat sich dann nur Haleigh dafür interessiert. Darum habe ich Brian gebeten, einen Glaskasten dafür zu bauen, damit ich es nicht jeden Tag abstauben muss. Hättest du Lust, damit zu spielen, während deine Mutter unterwegs ist? Ich kann die Vitrine für dich aufmachen.«

»Danke, aber ...« Rose wollte Jenny gerade erklären, dass Maddie nicht gerne in der Obhut von Fremden blieb, aber ihre Tochter fiel ihr ins Wort.

»Ja, bitte, das würde ich sehr gerne, danke«, ließ sie äußerst wohlerzogen verlauten.

»Bist du dir sicher, mein Schatz?«, fragte Rose misstrauisch nach.

»Ja«, erwiderte Maddie selbstsicher. »Ich liebe kleine Sachen, stimmt's nicht, Mummy? Und ich würde gerne etwas tun, bei dem ich nicht an zu Hause denken muss.«

»Sind Sie sich sicher?«, fragte Rose nun Jenny. »Ich meine, Babysitten gehört ja eigentlich nicht zu Ihren Aufgaben, oder?«

»Allerdings«, sagte Jenny in einem Ton, der klarstellte, wie unendlich entgegenkommend sie war. Dann wurde ihre Miene etwas weicher. »Aber wissen Sie, ich habe meine

Enkel schon fast ein Jahr nicht mehr gesehen. Haleigh lebt auf der anderen Seite der Welt und schreibt mir nur im Notfall mal eine E-Mail. Und ich weiß ja nicht, was mit Ihnen beiden los ist, aber ich kann es nicht haben, wenn ein Kind so verloren wirkt wie Ihres. Mir wird es guttun, mal ein bisschen Zeit mit jungem Gemüse zu verbringen. Und wenn Sie wiederkommen, können Sie mir haarklein erzählen, wie es gelaufen ist und wann Sie Ihren Vater besuchen und was Sie ihm sagen werden.«

Rose lächelte. Sie konnte Jennys offenkundige Neugier viel besser akzeptieren als ihre plötzliche überbordende Freundlichkeit, obwohl sie zugeben musste, dass Jenny *wirklich* freundlich war, außerdem machte sie sich offenbar Sorgen um Maddie, die sich inmitten eines Dramas befand, über das sie so gut wie gar nichts wusste.

»Alles gut, Mummy. Ich liebe kleine Sachen«, versicherte Maddie ihr. »Ich will nicht mit dir mitgehen. Ich glaube nicht, dass mir das gefallen würde.«

»Gut. Okay.« Rose fragte sich, ob sie ihre Tochter je verstehen würde. »Ich bin ja nur ein Stück die Straße runter. Wenn Sie mich brauchen, rufen Sie mich einfach an…« Rose musste an ihr Handy denken, das abgeschaltet in ihrer Tasche steckte. Sie hatte wirklich keine Lust, es wieder einzuschalten und zu sehen, wie oft Richard sie angerufen hatte, seine Nachrichten abzuhören oder seine SMS zu lesen. Er war ganz bestimmt stinksauer auf sie, und an allem, was passiert war, bevor sie mit Maddie aus dem Haus gestürzt war, würde er gnadenlos ihr die Schuld geben. Das Problem war bloß, dachte Rose, dass er damit vielleicht gar nicht so unrecht hatte.

»Liebchen«, sagte Jenny und fegte ihre Gedanken vom

Tisch. »Zu Fuß sind es fünf Minuten zum Pub. Wenn ich Sie brauche, rufe ich Ted an, und der kann Ihnen Bescheid sagen.«

»Ted?« Rose stellte sich einen knorrigen alten Einheimischen vor, der seinen Stammplatz an der einen Ecke des Tresens hatte, wo er den lieben langen Tag an einem Bier nippte und sich die Pfeife stopfte.

»Der Mittlere von meinen dreien. Ist da der Barkeeper. Wohnt auch da. Eigentlich keine richtige Arbeit, aber er mag das. So hat er wenigstens immer genug Geld für Bier, während er an seiner Karriere als Rockstar feilt. Eines Tages wird auch er mal erwachsen, und dann wird ihm aufgehen, dass es im Leben nicht nur darum geht, Spaß zu haben. Obwohl, seinem Vater ist das bis heute nicht aufgegangen.«

»Ted.« Rose lächelte. »Ich werde nach ihm Ausschau halten.«

»Keine Sorge.« Jenny schürzte die Lippen und ließ den Blick von Kopf bis Fuß über Rose und ihr neues Outfit wandern. »Er wird im Handumdrehen bei Ihnen sein.«

Rose drückte die Eingangstür zu dem traditionellen Pub mit dem Steinfußboden, der uralt aussehenden Einrichtung und den nikotingelben Wänden auf. Es war Mittag und entsprechend ruhig im The Bull. Rose sah lediglich zwei Wanderer und eine alte Dame, die in einer Ecke saß und an einem Flaschenbier nippte. Über dem imposanten Kaminsims hing, genau wie Jenny es ihr erzählt hatte, eine weitere Reproduktion von John Jacobs' *Millthwaite aus der Ferne*. Am Tresen lehnte ein junger Mann, vermutlich Ted, und blätterte in einer Zeitschrift.

»Ted?« Mit einem unsicheren Lächeln näherte sich Rose der Bar.

Ted sah auf und grinste breit. »Rose! Wo bist du bloß mein ganzes Leben gewesen?«

»Woher weißt du …?«

»Meine Mutter hat mir gesimst, dass du unterwegs bist«, erklärte er ihr. »Ich soll schön die Ohren spitzen und ihr berichten, was du mit Albie zu besprechen hast. Keine Sorge, mir ist es egal, weshalb du hier bist, es sei denn, du möchtest mich gerne auf einen Drink einladen, da würde ich glatt Ja sagen, übermorgen habe ich frei, habe allerdings einen Gig, aber du könntest gerne mitkommen und mein Groupie sein.«

»Wie bitte?« Rose musste lachen, war sich aber nicht sicher, ob er sie vielleicht bloß aufzog.

»Sorry.« Ted lächelte reumütig. »Ich wollte bloß witzig sein. Aber ich spiele wirklich in einer Band. Und übermorgen gibt es Live-Musik. Wenn du nichts vorhast, solltest du wirklich kommen und mich singen hören. Die Mädels liegen mir reihenweise zu Füßen, wenn sie mich erst mal singen gehört haben.«

Rose blinzelte ihn an.

»Versuche wieder, witzig zu sein«, sagte Ted. »Klappt offenbar wieder nicht.«

Ted sah wirklich ziemlich gut aus – und er war verdammt selbstbewusst. Rose schätzte ihn auf Anfang zwanzig. Er hatte wie Jenny kupferbraunes Haar, das ihm immer in die braunen Augen fiel, und trug ein blütenweißes, nur bis zur Hälfte zugeknöpftes Hemd.

»Na ja, ich bin ja schon längst kein Mädchen mehr, von daher werde ich die freundliche Einladung wohl besser ablehnen«, sagte Rose, der es schwerfiel zu verbergen, wie sehr er sie amüsierte. »Und du bist in der Tat ganz schön witzig, aber vermutlich nicht so, wie du dir das vorstellst.«

»Autsch.« Ted grinste und presste sich die Hände aufs Herz. »Gut, okay. Die Abfuhr nehme ich hin. Bis auf Weiteres. Aber damit du's weißt, liebste Rose, ich finde, du könntest durchaus noch als Mädchen durchgehen. Und du möchtest Albie sprechen, ja?«

»Ja, bitte.« Roses Herzschlag beschleunigte sich, als sie sich umsah. Unwillkürlich umschlossen ihre Finger das Handy in der Hosentasche. Vielleicht versuchte Richard jetzt gerade sie anzurufen. Vielleicht versuchte er herauszufinden, wo sie war, ob sie es irgendjemandem erzählt hatte. Ganz sicher war er außer sich vor Wut und grenzenlos frustriert darüber, dass sie außer seiner Reichweite war, sicher schäumte er, weil er die Kontrolle verloren hatte – über die Situation und über sie. Seltsamerweise bereitete es Rose tatsächlich ein gewisses Unbehagen, sich an einem Ort zu befinden, an dem Richard sie nicht erreichen konnte. Seit ihrem achtzehnten Geburtstag war kein Tag ohne ihn vergangen. Und jetzt stand sie in diesem Pub Hunderte von Kilometern von ihrem Mann entfernt und hoffte, mit dem einzigen Mann in Kontakt zu kommen, der bei ihrer ersten und einzigen und eher flüchtigen Begegnung so viele Gefühle in ihr ausgelöst hatte.

»Freut mich, Sie kennenzulernen, Rose.« Albie, ein athletisch wirkender Mann Ende fünfzig und so gar nicht das, was Rose sich unter einem Dorfschenk vorgestellt hatte, streckte ihr über den Tresen hinweg die Hand entgegen.

»Hat Jenny Sie auch schon informiert?« Lächelnd nahm Rose seine Hand.

»Die Gute ist nicht so aufgeregt gewesen, seit Mrs. Harkness' Au-pair von Mr. Harkness geschwängert wurde«, erklärte Albie ihr mit einem trockenen Lächeln. »Die arme alte Jenny. Lechzt ständig nach dem neuesten Tratsch, dabei passiert hier doch so gut wie gar nichts.«

»Aber Ihnen ist etwas passiert«, sagte Rose. »Bei Ihnen kam einfach so ein Kunsthändler hereinspaziert und hat Ihnen zehntausend Pfund gegeben.«

»Er hat sie mir nicht einfach gegeben. Er hat dafür das Gemälde bekommen, das viel mehr wert war als zehn Riesen.«

»Hat Sie das aufgeregt?«, fragte Rose. »Als Sie hörten, für wie viel er es weiterverkauft hat?«

Albie schüttelte den Kopf. »Frasier – also, der Kunsthändler – hat mich gleich angerufen, nachdem er es verkauft hatte. Und hat mir noch fünf Riesen gegeben, Finderlohn. Er hat's mir von sich aus angeboten, ich habe ihn nicht drum gebeten. Das fand ich schon verdammt anständig.«

Roses Herz machte einen Satz, als Frasiers Name so beiläufig in ihrem Gespräch fiel. Sie versuchte sich zu sammeln.

»Unbedingt ... Und haben Sie seine Nummer? Die von diesem Frasier? Oder seine Adresse?«

»Klar.« Albie nickte und verschränkte die Arme vor der Brust.

»Sie will, dass du sie ihr gibst, du Penner.« Ted verdrehte die Augen.

»Ach so. Ja klar. Kleinen Moment, bitte.«

Die Tür, die in den Raum hinter der Bar führte, war so niedrig, dass Albie sich ducken musste.

»Okay, was hat dieser Frasier, das ich nicht habe?«, fragte Ted lässig und rückte Rose etwas näher auf die Pelle. »Ich meine, abgesehen von jeder Menge Kohle und einem schicken Auto? Ach, und natürlich von Haaren, die aussehen, als würde er sie sich fachmännisch ondulieren lassen?«

»Du kennst ihn?«, fragte Rose fasziniert.

»Er ist ab und zu mal hier.« Ted zuckte die Achseln. »Hör mal, ich kenne ihn und ich kenne mich, und wenn du einfach nur einen Urlaubsflirt willst, dann bist du bei mir auf jeden Fall besser aufgehoben. Ich bin jünger. Ich habe mehr Ausdauer.«

»Du bist großartig«, lachte Rose. Sie fand diesen jungen übermütigen Mann sympathisch, dessen Augen verrieten, dass er ein Lachen unterdrückte. »Das Leben hier muss wirklich extrem langweilig sein, wenn du dich an so alte Frauen wie mich heranschmeißt. Oder ist das bloß deine Masche, um an zusätzliches Trinkgeld ranzukommen?«

»Ich gehe von der irrigen Annahme aus, dass mir keine Frau widerstehen kann.« Ted grinste sie an. »Ich will nicht lügen, meistens werde ich enttäuscht, aber ich bin jemand, für den das Glas immer halb voll ist. Und du bist nicht alt. Und du siehst klasse aus.«

»Es reicht!«, entfuhr es Rose. Sie wandte sich von ihm ab. Sein Blick war ihr plötzlich so unangenehm gewesen – eine Folge der vielen Jahre, in denen sie sich hatte angewöhnen müssen, selbst der geringsten Aufmerksamkeit von Männern auszuweichen.

»Tut mir leid!« Ted war etwas perplex angesichts ihrer

harschen Reaktion und ihrem Unbehagen. »Ich wollte dich nicht in Verlegenheit bringen. Ich wollte nur witzig sein. War blöd von mir. Ich bin ziemlich oft blöd, kannst jeden hier fragen.«

»Du hast mich nicht in Verlegenheit gebracht. Ich bin einunddreißig.« Rose ärgerte sich viel mehr über sich selbst und darüber, dass sie so überreagierte, als über ihn. Richard wurde immer so wütend, wenn er glaubte, andere Männer würden sich für sie interessieren, und richtig wild, wenn er auch nur den Verdacht hatte, ihr würde das gefallen. Die Angst, dabei gesehen zu werden, wie sie mit einem anderen Mann sprach, hatte sich über die Jahre derartig manifestiert, dass es Rose selbst jetzt, wo Richard nicht dabei war, schwerfiel, anders zu reagieren. Sie atmete tief durch und versuchte, sich zu beruhigen. »Ich bin nicht hier, um mit einem Jungen wie dir zu flirten, das ist alles.«

»Ich bin vierundzwanzig«, sagte Ted und neigte den Kopf zur Seite. Er war immer noch erstaunt über ihre heftige Reaktion. »Sieben Jahre Altersunterschied – das ist doch gar nicht so viel. Hör zu, tut mir leid. Ich bin dir ganz offensichtlich zu nahe getreten. Das war nicht meine Absicht. Ich bin kein schlechter Mensch, ehrlich. Ich bin ein ganz netter Kerl.«

»Glaub ihm kein Wort«, sagte Albie, als er mit einem Zettel in der Hand zurückkam. »Große Klappe, nichts dahinter. Ich warte immer noch darauf, dass er hier irgendwann verschwindet und sich eine richtige Arbeit sucht, aber irgendwie ist er immer noch hier.«

»Du liebst mich doch.« Ted grinste Albie an und tätschelte ihm den Rücken. »Und wenn ich und meine Band endlich nach London verschwinden, wird dein Umsatz in den Keller gehen.«

»Das Risiko nehm ich in Kauf«, entgegnete Albie fröhlich.

»Aber jetzt mal im Ernst«, wandte sich Ted wieder an Rose. Seine Augen funkelten vor lauter Charme, und er war sich dessen zweifellos bewusst. »Wenn ich irgendetwas für dich tun kann, solange du hier bist – dir die Gegend zeigen, dir Leute vorstellen, mit dir ausgehen –, dann sag einfach Bescheid. Ich beiße nicht, versprochen. Es sei denn, du bittest mich darum.«

»Ich glaube kaum, aber danke für das Angebot.« Rose konnte überhaupt nicht verstehen, wieso Ted sich so sehr für sie interessierte.

»Hier, bitte schön.« Albie reichte Rose eine aus einem Notizbuch herausgerissene Seite, und Rose nahm sie mit zitternden Fingern entgegen. Neben ein paar Telefonnummern und einer E-Mail-Adresse hatte Albie geschrieben: »Frasier McCleod – Kunsthändler – Edinburgh«. »Sie brauchen aber übrigens nicht extra nach Schottland zu fahren, wenn Sie mit ihm reden wollen. Er wird in ein paar Tagen ohnehin bei Ihrem Vater sein.«

»Was?« Rose blinzelte, und die ganze Farbe, die Teds ungeschickte Flirtversuche ihr ins Gesicht gezaubert hatten, verschwand auf einen Schlag wieder.

»Sie haben richtig gehört. Frasier ist ziemlich oft da, eigentlich jede Woche mindestens einmal. Schließlich ist er Johns Agent. Er sorgt dafür, dass er keinen Unsinn macht. Frasier war es, der das Storm Cottage für ihn gefunden und ihm geholfen hat, trocken zu werden. Für mich war das alles andere als eine günstige Entwicklung –

John war früher ein sehr guter Kunde, wenn Sie verstehen, was ich meine –, aber Frasier kümmert sich um ihn. Und er guckt oft mal auf einen Drink hier rein, von daher werden Sie ihm sicher früher oder später über den Weg laufen.«

3

Am Tag, an dem sich Rose und Frasier McCleod zum ersten und bisher letzten Mal begegneten, war es – wie üblich mitten am Nachmittag – sehr ruhig im Haus gewesen. Rose wusste, dass Richard nicht vor sechs Uhr aus der Praxis kommen würde, und sie selbst hatte nicht mehr viel zu tun, seit sie in den Mutterschutz gegangen war. In wenigen Wochen würde sie ihr Baby bekommen! Rose hätte gerne noch länger in Teilzeit am Empfang seiner Praxis gearbeitet, aber Richard war nicht zu überzeugen gewesen. Jeden Tag hatte er ihren Blutdruck gemessen, ihren Urin überprüft und sehr aufmerksam beobachtet, ob sie sich nicht mit irgendetwas übernahm. Aber weder Blutdruck noch Urin waren letztlich der Grund dafür gewesen, dass er sie – womöglich für immer, wenn es nach ihm ginge – nach Hause geschickt hatte. Nein, ihre geschwollenen Fußgelenke waren der Grund gewesen. Richard sagte, er wollte auf gar keinen Fall zu den Männern gehören, die ihre schwangere Frau so viel arbeiten ließen, dass ihre Fußgelenke anschwollen wie die einer alten Frau. Was sollten denn die Leute von ihm denken, wenn sie so aufgedunsen war, schließlich wusste doch jeder, dass sie es gar nicht nötig hatte zu arbeiten? Rose war ganz anderer Meinung gewesen, sie hatte es sehr wohl nötig zu arbeiten, sie musste dringend irgendetwas außerhalb der privaten vier Wände tun, wo sie im Prinzip nur noch nach Dingen Ausschau hielt, die sie wienern und polieren könnte. Aber das hatte sie nicht laut gesagt, weil sie wusste, dass Richard doch nur ihr Bestes wollte, dass er sie und ihr Baby beschützen wollte, und dafür sollte sie ihm dankbar sein.

Zwei Wochen war Rose schon zu Hause gewesen, und nachdem sie den Vormittag damit verbracht hatte, das ohnehin bereits makellose Haus zu putzen, alles fürs Abendessen vorzubereiten, die Wäsche wegzuräumen und in der sengenden Hitze des späten Augusttages einen Spaziergang zum Wasser und zurück zu machen, lagen immer noch mehrere leere Stunden vor ihr. Sie hatte nichts zu tun, außer sich vorzustellen, wie dieses Haus, das Haus ihrer Kindheit, das nach dem Tod ihrer Mutter ihr zugefallen war, bald wieder von Kinderlachen erfüllt würde. Von dem Lachen ihres Kindes. Es schien ihr fast unmöglich, dass dieses Haus, in dem sie einst so glücklich gewesen war, je wieder ein Haus des Lichts und der Liebe werden könnte. Die nur kurz unter der Oberfläche schlummernde tiefe Traurigkeit stieg wieder in ihr auf, und Tränen liefen ihr übers Gesicht. Sie hielt sich ihren Kugelbauch und wünschte sich so sehr, ihr Baby endlich im Arm zu halten. Gleichzeitig wollte sie es vor allem Bösen in der Welt und in diesem Haus beschützen.

Rose stutzte, als es an der Tür klingelte. Mit dem Ärmel wischte sie sich die Tränen weg, dann spähte sie durch den Spalt der Wohnzimmertür und erkannte die Umrisse eines Mannes jenseits des Bleiglasfensters. Richard mochte es nicht, wenn sie fremden Leuten die Tür öffnete, er sagte immer, im besten Fall handele es sich um Trickbetrüger, im schlimmsten um Räuber oder Vergewaltiger. Außerdem wollte er nicht, dass andere Leute sahen, wenn sie weinte. Ihre Privatangelegenheiten gingen niemand anderen etwas an, sagte er, zumal die Leute sich immer schnell das Maul zerrissen.

Aber es war gerade mal drei Uhr nachmittags. Stunden der Stille lagen vor Rose, bis Richard endlich nach Hause käme. Stunden wie diese, in denen die in ihr tobenden Gefühle sie völlig übermannten und hilflos machten. Vor ihrer Entlassung bei und durch Richard hatte sie des Öfteren Betrunkene, Drogenabhängige und eigensinnige alte Damen aus der Praxis manövriert – da würde sie doch wohl mit einem ganz normalen Vertreter fertigwerden. Richard unterschätzte sie ständig, dessen war Rose sich nur allzu bewusst. Nicht, dass sie ihm zeigen wollte, dass er sich irrte, ganz bestimmt nicht. Aber sie wollte es sich selbst ab und zu gerne zeigen, einfach nur, um sich daran zu erinnern, wer sie eigentlich war.

Sie strich sich eine Strähne hinters Ohr, straffte die Schultern und öffnete die Tür so, dass für den Besucher nur ihr Kopf und ihre Schultern sichtbar waren. Ein paar Sekunden lang sahen Frasier und sie sich einfach nur an, als seien sie gerade einem uralten Freund wieder begegnet. So jedenfalls erinnerte sie sich daran.

»Alles in Ordnung?«, war das Erste, das Frasier McCleod je mit seinem melodischen, sanften schottischen Akzent zu ihr sagte. »Haben Sie geweint?«

»Ich?« Rose betastete ihr Gesicht. Diese Art der Fürsorge war ihr fremd, sie brachte sie aus dem Konzept. »Nein, nein. Ich hab nicht geweint. Nicht richtig. Ich bin bloß erkältet.«

Frasier betrachtete ihr Gesicht noch eine Weile. Seine grünen Augen waren so unwiderstehlich, dass Rose sich nicht – wie sie es sonst immer tat, wenn ein Mann sie länger ansah – von seinem Blick lösen konnte. Sie ließ es zu, dass er sie betrachtete, und sie betrachtete ihn und fand Trost in seiner besorgten Miene. Wie lange war es her gewesen, seit jemand sie so angesehen hatte?

»Kann ich Ihnen helfen?«, fragte Rose schließlich und schien Frasier damit aus einer Art Trancezustand zu befreien.

»Tut mir leid, Sie zu stören. Ich bin Kunsthändler ...« Er reichte ihr seine Karte. »... und ich bin auf der Suche nach einem Künstler namens John Jacobs. Ich weiß nicht, ob Sie das wissen, aber er hat mal eine Zeit lang in diesem Haus gewohnt. In den späten Achtzigern. Und ich hege die wahrscheinlich vergebliche Hoffnung, dass Sie vielleicht eine Telefonnummer oder Adresse der Vorbesitzer haben.«

Rose sah auf die Karte. »Sie sind aus Edinburgh gekommen, um hier persönlich aufzutauchen? Bei mir?« Mit einem scheuen Lächeln blickte sie zu ihm auf. Ihr kam das alles reichlich bizarr vor, und doch stand er vor ihrer Tür, und sie ertappte sich dabei, sich darüber zu freuen. Sie freute sich, seine Stimme zu hören, sein Gesicht zu sehen. Er erinnerte sie daran, dass sie auch in der Welt jenseits dieser vier Wände noch existierte.

»Ja.« Frasier lächelte verlegen. »Ich habe neulich bei einer Auktion ein Gemälde von ihm erstanden und später für das Zehnfache weiterverkauft. Ich habe mich ein bisschen mit ihm beschäftigt und herausgefunden, dass das Interesse an seinen Arbeiten steigt. Ich weiß, das klingt verrückt, und ob Sie's glauben oder nicht, das ist mein Job. Ich folge meinem Instinkt quer durchs Königreich in der Hoffnung, eine große Entdeckung zu machen, die mein Leben verändern wird.«

Rose konnte sich noch erinnern, wie leicht es ihr gefallen war, ihm in die blassgrünen, fast aquamarinfarbenen Augen zu sehen. Er hatte etwas an sich, eine Aura des Anstands und der Güte. Seine Gesichtszüge waren sanft, und er sprach mit einer angenehmen Zurückhaltung. Eigentlich seltsam, dass ihr ausgerechnet diese Dinge als erste an ihm auffielen, wo doch andere Dinge sicher viel offensichtlicher waren: sein strohblondes Haar, seine Größe, seine breiten, starken Schultern, seine vollen Lippen, seine eleganten Hände. Aber all das war in Roses Augen sekundär. Für sie zählten die anderen Eigenschaften, aufgrund derer sie sich völlig unerwartet zu ihm hingezogen fühlte. Sie freute sich riesig, sich in der Gegenwart eines anderen Menschen auf Anhieb so wohlzufühlen.

»John Jacobs ist mein Vater«, sagte sie und war insgeheim hingerissen von seiner erstaunten Miene und davon, dass sie so eng mit dem Objekt seines Interesses verbunden war. »Er hat hier zusammen mit meiner Mutter und mir gelebt, bis ich neun war. Als er ging, blieb meine Mutter in diesem Haus, und als sie starb, reichte ihre Lebensversicherung aus, um die Hypothek abzubezahlen, und seither gehört es mir.«

»Rose.« Frasier hauchte ihren Namen mehr, als dass er ihn sprach. Rose bekam eine Gänsehaut. »Sie müssen Rose sein. Ich hätte nicht gedacht, dass ich Sie hier finden würde.«

»Sie wissen, wie ich heiße?« Jetzt wurde Rose ein klein wenig mulmig zumute.

»Und ob.« Frasier lächelte sie an. »Und ich habe die letzten Wochen jede Nacht von Ihrem Namen geträumt.«

Sie sahen sich in die Augen, und Rose ging plötzlich durch den Kopf, dass er vielleicht doch darauf spekuliert hatte, sie hier zu finden, aber als Frasier die Hoffnung in ihrem Blick sah, beeilte er sich, etwas klarzustellen.

»Hier.« Frasier zog ein Blatt Papier aus seiner Aktentasche. »Das ist die Kopie eines Entwurfs. Ich habe ihn für ein paar Hundert Pfund auf eBay gekauft. Es ist der Entwurf für ein Gemälde Ihres Vaters.«

Etwas zögerlich streckte Rose die Hand durch den Türspalt, nahm das Papier und betrachtete es. Ein Wirrwarr dicker schwarzer Striche formte sich zu einer Zeichnung von einem kleinen Mädchen, das – das Kinn auf die Hand gestützt – aus dem Fenster sah. Der Titel der Zeichnung war *Allerliebste Rose*.

»In dieser Skizze steckt so viel Liebe.« Frasier trat einen Schritt näher, sodass sie sie sich gemeinsam ansehen konnten. »Ich bin einfach ganz automatisch davon ausgegangen, dass Rose seine Tochter sein muss, obwohl ich kaum Informationen zu seiner Biografie finden konnte. Dass er mal hier gewohnt hat, weiß ich nur, weil ich über einen Zeitungsartikel der Lokalpresse gestolpert bin. Er wurde mal wegen Trunkenheit und Ruhestörung festgenommen.«

»Ja, das klingt ganz nach meinem Vater.« Rose musste den Blick von der Skizze abwenden. »Vielleicht möchten Sie hereinkommen? Ich erzähle Ihnen gerne, was ich über John Jacobs weiß, aber das ist wirklich nicht viel. Ich habe nichts mehr von ihm gehört, seit er weggegangen ist.«

Rose öffnete die Tür ganz, und ihr entging nicht Frasiers überraschter Blick, als er ihren dicken Bauch sah.

»Sie sind schwanger«, sagte er leise. »Hochschwanger. Herzlichen Glückwunsch.«

»Danke.« Ihr enormer Körperumfang machte Rose verlegen, als sie den unerwarteten Gast zur Küche führte. »Ich kann es selbst immer noch nicht richtig glauben. Selbst so kurz vor der Geburt nicht. Ich habe keine Ahnung, wie das geht, dieses Muttersein. Es heißt zwar immer, das kommt ganz instinktiv, aber ich kann mir das einfach nicht vorstellen. Im Moment bin ich ja auch nicht sonderlich instinktiv. Ich meine ... Ach, es ist alles zu viel. Manchmal überwältigt mich das einfach alles.«

»Haben Sie deswegen geweint, als Sie die Tür aufgemacht haben?«, hatte Frasier vorsichtig gefragt und auf dem Weg zur im hinteren Teil des Hauses liegenden Küche die eher billigen Drucke registriert, die Richard in den Fluren aufgehängt hatte. Das Haus hatte zu dem Zeitpunkt kaum noch etwas gemeinsam mit dem Haus, das Rose aus ihrer Kindheit kannte. Damals war es knallig und bunt gewesen, ihr Vater hatte oft direkt an die Wände gemalt und an allen möglichen und unmöglichen Stellen Bilder aufgehängt. Jetzt waren die Wände aller Zimmer in verschiedenen Beige-, Weiß- und Cremetönen gehalten. Das war eine von Richards ersten Amtshandlungen nach der Hochzeit gewesen – als sei er fest entschlossen, jegliche Spur von Roses früherem Leben auszulöschen. Rose hatte es gefreut, für sie war es, als wolle er ganz neu mit ihr anfangen, eine leere Leinwand schaffen. Ihr gefiel die Klarheit. Frasier rümpfte ein klein wenig die Nase und richtete den Blick dann wieder auf Rose. »Haben Sie geweint, weil Sie das alles überwältigt?«

Rose nickte. Sie spürte, dass sie Frasier nicht erklären musste, was »das alles« war, dass er es einfach wusste und sie verstand. Es fühlte sich extrem seltsam an, mit einem Mann, den sie gerade erst kennengelernt hatte, hier in ihrer Küche zu stehen und die größte innere Ruhe und das stärkste Gefühl der Zugehörigkeit seit ihrer Kindheit zu empfinden. Wahrscheinlich klammerte sich ihr wundes Herz an Strohhalme, an die geringsten Anzeichen von Güte oder einfach nur höflicher Sorge, und ihre Reaktion war in Wirklichkeit maßlos übertrieben. Aber so fühlte es sich nicht an. Für Rose fühlte es sich so an, als hätte sie soeben einen Seelenverwandten ins Haus gelassen.

Ungewöhnlich beschwingt befüllte Rose den Wasserkocher und bedeutete Frasier, sich an den Tisch zu setzen. Sie musste an Richard denken, wie er in der Praxis hinter seinem Schreibtisch saß, alten Damen freundlich nickend zuhörte und eine Erkältung nach der anderen diagnostizierte. Wenn er sie jetzt sehen könnte ... Rose ertappte sich dabei, wie sie angesichts ihrer stillen Rebellion und der Freude, die ihr diese unerwartete Begegnung bescherte, lächelte.

Sie reichte Frasier einen Becher Tee und setzte sich.

»Ich habe meinen Vater nicht mehr gesehen, seit er hier ausgezogen ist«, wiederholte sie. »Er hat damals jede Menge seiner Arbeiten zurückgelassen, das ganze Haus und sein Studio hinten waren voll davon. Dann hat meine Mutter eines Nachts ein großes Feuer gemacht. Ich glaube, das war Weihnachten. Das erste Weihnachten ohne ihn. Sie warf alles, was sie von ihm noch finden konnte, auf einen großen Haufen im Garten, schüttete Benzin drüber und zündete es an. Ist alles komplett verbrannt, das heißt, wenn dieses Gemälde in dem Haufen war, dann gibt es das nicht mehr.«

Frasier verzog bedauernd das Gesicht.

»Das grenzt an Frevel«, sagte er leise.

»Ja, so muss das für Sie aussehen.« Rose war vorher noch nie in den Sinn gekommen, wie traurig das eigentlich war, dass alle Erinnerungen an ihren Vater derartig mutwillig zerstört worden waren. Aber sie hatte ihn auch nie so gesehen, wie Frasier ihn offenbar sah: als einen talentierten, faszinierenden, bewundernswerten Künstler.

Rose hatte ihn einfach nur geliebt und irgendwann verloren, sie hatte mit der Zerstörung leben müssen, die er hinterließ. Auf einmal wollte sie unbedingt, dass Frasier verstand, warum ihre Mutter das getan hatte. »Das Leben ohne ihn war nicht einfach. Vor allem für meine Mutter nicht. Sie hatte ihn so geliebt, sie hatte viel dafür aufgegeben, um mit ihm zusammen sein zu können – ihr Leben, ihre Familie, die nie mit ihm einverstanden gewesen war. Als er ging, als er ihr all das plötzlich zum Vorwurf machte, hat er sie damit so verletzt, dass sie sich nie wieder richtig erholte. Sie setzte eine tapfere Miene auf – oder hat es zumindest immer wieder versucht –, aber letztendlich konnte sie einfach nicht ohne ihn leben. Ich glaube, sie hat an dem Tag, an dem er sie verließ, angefangen, sich umzubringen. Sie hat dann noch acht Jahre gebraucht, aber letztendlich hat sie es geschafft. Die Gemälde zu verbrennen, war ein Teil davon. Ein Ausdruck ihres Schmerzes.«

Als sie verstummte, hielt Rose sich unwillkürlich die

Hand vor den Mund – sie hatte keine Ahnung, wann sie zuletzt so lange am Stück geredet hatte, und vor allem, wann sie zuletzt so persönliche Dinge erzählt hatte. Das tat sie nicht einmal Richard gegenüber. Es war wohl besser, wenn sie aufhörte zu reden, bevor sie diesem Fremden, zu dem sie sich so hingezogen fühlte, noch mehr Intimitäten verriet und ihn damit vergraulte.

Frasier schwieg einen Moment, und Rose betrachtete seine langen Finger, die den Becher mit Tee umfassten. »Wollen Sie damit sagen, dass Ihre Mutter an gebrochenem Herzen gestorben ist?«, fragte er leise.

»Ja, ich glaube schon.« Rose hatte immer noch die Hand vor dem Mund und versank plötzlich ganz in sich selbst, als sie sich an den letzten Tag mit ihrer Mutter erinnerte. Marian war so glücklich gewesen, als sei ihr eine große Last von den Schultern genommen worden und als könne sie endlich Frieden schließen. Sie hatte Rose überredet, die Schule zu schwänzen, war mit ihr am Meer spazieren gegangen und hatte mit ihr Eis gegessen. Rose war an dem Abend in dem Glauben ins Bett gegangen, dass die dunklen Wolken, die ihre Mutter so lange geplagt hatten, sich endlich verzogen, und hatte so gut geschlafen wie seit Monaten nicht. Als sie am nächsten Morgen aufstand und Marian bereits aus dem Haus war, hatte sie sich nichts dabei gedacht. Und sie hatte sich auch keine Sorgen gemacht, als ihre Mutter noch nicht wieder da war, als sie selbst von der Schule nach Hause kam. Um kurz nach elf abends, als sie gerade angefangen hatte zu überlegen, ob sie irgendjemandem erzählen sollte, dass ihre Mutter den ganzen Tag über weg gewesen war, klingelte es an der Tür, und eine sehr freundliche Polizeibeamtin berichtete ihr, dass einige Kilometer die Küste herunter die Leiche ihrer Mutter angespült worden war. Sie trug einen Badeanzug, einen Abschiedsbrief gab es nicht. Es gab also gute Gründe, an einen schlichten, tragischen Unfall zu glauben. Aber Rose wusste, dass ihre Mutter an jenem Morgen mit dem Vorsatz ins Meer gegangen war, nicht wieder zurückzukehren, und ihr wurde klar, dass der letzte, perfekte gemeinsame Tag Marians Abschiedsgeschenk für ihre Tochter gewesen war.

»Das tut mir so leid, Rose.« Sie zuckte zusammen, als sie Frasiers Stimme hörte, und sah seine Hand über den Tisch auf ihre zugleiten. Sie kam wenige Millimeter vor der Berührung zum Stillstand.

»Das muss es nicht.« Rose lächelte schwach, zog ihre Hand weg und legte sie sich auf den Bauch. »Das Beste, was ich für mein Kind tun kann, ist, mein Leben nicht wie meine Mutter zu leben, es anders zu machen, nicht zuzulassen, dass die Lebensumstände mich brechen. Verstehen Sie mich nicht falsch, sie war ein wunderbarer Mensch und eine ganz tolle Mutter! Ich glaube nicht, dass irgendjemand mich inniger hätte lieben können als sie. Aber ich wollte nie zur Gefangenen der Dinge werden, die mir passiert waren. Ich will kein Opfer sein. Mein Vater ist ein Arsch, und meine Mutter ist tot, aber davon lasse ich mir mein Leben nicht kaputt machen.«

Es folgte ein kurzes Schweigen. Rose war es etwas unangenehm, dass ihre Rede so leidenschaftlich ausgefallen war, und wandte den Blick von Frasier ab. Ihre Wangen brannten. Alles, was sie ihm gerade erzählt hatte, entsprach der Wahrheit, aber bis zu diesem Augenblick war ihr selbst nicht bewusst gewesen, wie es ihr mit alldem ging. Sie hatte bisher nie den Mut gehabt, ihre Gefühle laut auszusprechen. Und jetzt saß sie hier, in ihrer makellosen Küche, mit Richards Kind unterm Herzen, und ihr ganzes Leben, ihr ganzes erfolgreiches Leben war bis zum Ende durchgeplant. Und doch wollte Rose am liebsten laut schreien. Sie fühlte sich gefangen.

»Sie sind eine bemerkenswerte Frau, Rose«, sagte Frasier, streckte wieder vorsichtig die Hand nach ihr aus und berührte Rose dieses Mal am Arm. »Ich kreuze hier ohne jede Vorwarnung auf, erkundige mich nach dem Mann, der Sie so sehr verletzt hat, und Sie bitten mich herein, machen mir einen Tee und ... na ja, und zeigen mir, wie man sein Leben leben sollte.«

»Nicht ganz.« Rose verkniff den Mund. »Tut mir leid, da ist gerade ein bisschen der Gaul mit mir durchgegangen, und bei Ihrer Suche nach meinem Vater habe ich Ihnen überhaupt nicht weitergeholfen.«

»Doch, haben Sie.« Frasier sah sie durchdringend an, seine Finger lagen auf der nackten Haut ihres Armes. »Sie haben mich daran erinnert, dass Kunst wirklich nur Kunst ist und nicht das echte Leben. Manchmal geht leider auch mir der Gaul durch, und ich vergesse das.«

»Aber Sie werden ihn weitersuchen?« Aus irgendeinem für sie unerfindlichen Grund hoffte Rose das. Vielleicht weil er, solange er nach ihrem Vater suchte, möglicherweise auch ab und zu an sie denken würde, und das würde sie sehr freuen.

»Ja«, antwortete Frasier entschieden. »Meine Erfahrung lehrt mich, dass fürchterliche Menschen nicht selten künstlerische Genies sind. Und das Werk Ihres Vaters fasziniert mich einfach zu sehr, als dass ich es jetzt ad acta legen könnte. Wenn ich ihn finde, soll ich Sie dann wissen lassen, wo er ist? Soll ich ihm von Ihnen erzählen?«

Rose schüttelte ohne zu zögern den Kopf, die Vorstellung, ihren Vater nach all den Jahren wiederzusehen, war ihr unerträglich.

»Nein. Auf keinen Fall. Ich bin fertig mit ihm, und er ist fertig mit mir, und ich möchte, dass das so bleibt«, sagte sie sehr entschieden. Frasier nickte, guckte aber etwas traurig.

»Mein Vater angelt für sein Leben gern, ich glaube, das macht ihn noch glücklicher als atmen«, sagte er, als wolle er ihr jetzt auch noch etwas Persönliches erzählen. »Fliegenfischen hat es ihm ganz besonders angetan. Bis zum Bauch in seinen Watstiefeln im Wasser stehen, wissen Sie?« Rose nickte und lächelte. »Ich fahre alle paar Wochen nach Hause und besuche meine Eltern. Meine Mutter kocht dann für eine ganze Armee, obwohl wir nur zu dritt sind, und mein Vater und ich gehen angeln. Ich hasse angeln. Ich hasse das kalte Wasser in den schottischen Lochs, die Haken, das Blut, die Kälte – ich finde das todsterbenslangweilig, und Fisch esse ich auch nicht. Aber ich gehe trotzdem mit, weil mein Vater es liebt und weil es das Einzige ist, was wir zusammen machen.« Frasier guckte etwas verwirrt. »Und ich habe keine Ahnung, warum ich Ihnen das erzähle.«

»Aber es freut mich, dass Sie es tun«, sagte Rose und lächelte. Automatisch wanderte ihr Blick zur Wanduhr, sie sah alle paar Minuten nach, wie lange es noch dauerte, bis Richard nach Hause kam.

»Na, ich geh dann mal besser.« Frasier verstand ihren Blick auf die Uhr als einen Hinweis und erhob sich. »Hat mich sehr gefreut, Sie kennenzulernen.« Er nahm ihre Hand und ließ sie nicht wieder los.

»Danke gleichfalls«, sagte Rose und entzog ihm ihre Hand. Sie eilte zur Tür, damit er nicht sehen konnte, wie sie errötete.

»Gut, dann sind wir jetzt also offiziell Freunde.« Frasier strahlte sie an und vertrieb so jegliche Traurigkeit und Anspannung.

Rose lachte und bekam darüber gar nicht mit, dass er bereits wieder hinter ihr war und sich ihr nun zuneigte, um sie auf die Wange zu küssen. Es war nur ein ganz kurzer Kuss, seine warmen Lippen berührten ihre Haut nur den Bruchteil einer Sekunde, und doch bekam sie Herzklopfen.

»Auf Wiedersehen, allerliebste Rose.« Als Frasier sah, wie sich Roses Augen entsetzt weiteten, fügte er hinzu: »Das ist der Titel der Skizze. *Allerliebste Rose*. So heißen Sie jetzt bei mir, wenn ich an Sie denke. Vielleicht denken Sie ja auch mal an mich. Und wenn nicht, ist es auch okay.«

»Ich habe mich wirklich sehr, sehr gefreut, Sie kennenzulernen«, sagte Rose etwas steif. »Auf Wiedersehen, Frasier.«

Sie lehnte sich von innen gegen die Haustür, nachdem er gegangen war. Ihr war ganz warm und leicht ums Herz vor Glück, und sie zwang sich, einen Moment darüber nachzudenken, was gerade passiert war. Rose überlegte, ob sie vielleicht ein klein wenig geflirtet hatte – aber es war doch anders gewesen als damals, als sie im Teenageralter mit den Augen geklimpert und sich schwungvoll die Haare über die Schulter geworfen hatte, um die Aufmerksamkeit der Jungs auf sich zu ziehen. Nein, sie hatte nicht geflirtet, sie hatte ... eine Verbundenheit gespürt. Sie war mit einem Menschen in Kontakt gewesen, der nicht Richard war oder einer von seinen Mitarbeitern, und das passierte selten genug, und genau das war so aufregend gewesen. Das und die Art und Weise, wie er ihre Hand gehalten und sie auf die Wange geküsst hatte. Rose lachte laut und tanzte summend in die Küche zurück, wo sie die Teebecher sorgfältig abwusch, abtrocknete und wieder in den Schrank stellte. Sie strich über ihr gesmoktes Oberteil, lächelte in sich hinein, sah sich in der Küche um und stellte den Stuhl, auf dem Frasier gesessen hatte, wieder exakt an seinen ursprünglichen Platz. In dem Moment ging ihr auf, dass alles, wirklich alles noch ganz genau so war wie vorher. Aber wieso fühlte es sich dann so an, als wenn alles anders wäre?

4

»Wir dachten, Sie hätten vielleicht Lust, mit uns zu Abend zu essen?«, begrüßte Jenny Rose, kaum dass sie das Haus betreten hatte.

»Mit Ihnen zu Abend essen?«, sagte Rose. »Sind Sie sicher?«

Es war ein freundliches Angebot, aber Rose vermutete dahinter doch eher Jennys unersättliche Neugier in Sachen John Jacobs' verlorene Tochter als reine Nächstenliebe.

»Ja«, sagte Maddie, die mit einer riesigen Schürze bekleidet hinter Jenny auftauchte. »Wir machen Knödel, Mummy. Ich weiß überhaupt nicht, was ein Knödel ist. Sieht ziemlich eklig aus.«

»Also, hat man so was schon gehört?«, brummte Jenny und kehrte kopfschüttelnd in die Küche zurück, dicht gefolgt von Maddie.

»Und? Ging hier alles gut?«, rief Rose ihnen hinterher. Sie blieb auf dem Weg zur Küche vor dem Wohnzimmer stehen und sah, dass die Glasvitrine, in der sich das Puppenhaus befand, offen stand und auch das Puppenhaus aufgeklappt war. Winzige Lichter blinkten darin, und jemand hatte mit großer Sorgfalt Miniaturmenschen rund um einen Esstisch arrangiert, auf dem jede Menge Miniaturessen stand.

»Wunderbar«, antwortete Jenny, als Rose in der Küche zu ihnen stieß. »Nimmt kein Blatt vor den Mund, Ihre Maddie. Gefällt mir.«

»Ja, sie kann ziemlich direkt sein.« Rose musste daran denken, wie Maddie es wirklich schon von klein auf immer wieder geschafft hatte, fremde Leute binnen Sekunden vor den Kopf zu stoßen. Sie schrak einfach nicht davor zurück, andere darauf hinzuweisen, dass sie fett oder klein waren oder sich ihrer Meinung nach geschmacklos kleideten. Das war ganz lustig gewesen, als sie zwei, drei, vier Jahre alt gewesen war, aber jetzt, mit sieben, sahen die Leute ihr das nicht mehr einfach so nach.

Maddie stand auf einem Hocker und verknetete Butter und Mehl miteinander. »Hat es Spaß gemacht, mit dem Puppenhaus zu spielen?«, fragte Rose ihre Tochter und legte ihr die Hände auf die Schultern. Maddie schüttelte sie wie üblich ab.

»Ja«, sagte Maddie. »Jetzt essen sie zu Abend, und danach sehen sie fern, es gibt allerdings keinen Fernseher, aber Jenny hat gesagt, Brian macht einen, wenn er nach Hause kommt.«

»Ach, ich weiß nicht, ob wir ihn damit belästigen sollen ...«

»Doch, er macht einen«, versicherte Jenny ihr. »Wir sind seit dreißig Jahren verheiratet, der Mann weiß, was gut für ihn ist.«

»Und du hast mich gar nicht vermisst?«, fragte Rose. »Oder Angst gehabt?«

»Nö«, sagte Maddie völlig gleichgültig. »Ich hab keine Angst, wenn ich was Interessantes mache, und ich habe etwas sehr Interessantes gemacht. Ich mag Jenny, die redet ziemlich viel und kommandiert herum, aber im Grunde ist sie sehr nett. Ich hab ihr von Daddy erzählt.«

»Ach ja?«, sagte Rose verunsichert.

»Ja, sie nimmt kein Blatt vor den Mund«, wiederholte Jenny und zog eine Augenbraue hoch, während sie etwas anbriet, das wie Rindfleischwürfel aussah. Was genau hatte Maddie ihr wohl erzählt? Hatte sie etwas über die letzten Minuten vor ihrer Abfahrt gesagt? Das konnte Rose sich nicht vorstellen. Für gewöhnlich blendete Maddie die Dinge, die ihr zu schaffen machten, mit Bravour aus und tat, als gäbe es sie gar nicht. Und wenn Jenny Bescheid wüsste, dann würde sie sich bestimmt nicht zurückhalten können und Rose wissen lassen, dass sie im Bilde war.

»Und, wie haben Sie sich mit meinem Ted vertragen?«, fragte Jenny.

»Er ist ziemlich ... selbstsicher.« Rose wusste nicht recht, wie sie ihre erste Begegnung mit Ted beschreiben sollte.

»Er ist ein Nichtsnutz.« Jenny schlug einen zärtlichen Ton an und verdrehte, an Maddie gewandt, die Augen. »Ich werde nie verstehen, wie ein Mann in dem Alter ohne richtige Arbeit und ohne richtige Freundin mit seinem Leben zufrieden sein kann. Er sieht einfach zu gut aus, das ist sein Problem. Mein Ältester sieht aus wie sein Vater, das macht die Sache einfacher. Und unsere Haleigh, na ja, die ist auch ein echter Hingucker, genau wie ich, und sie hat was in der Birne, ganz die Mutter. Das Problem mit Ted ist, dass er ein Traumtänzer ist, ein hoffnungsloser Romantiker, der ständig darauf wartet, dass die Liebe seines Lebens zur Tür hereinspaziert. Er tut immer so großspurig, in Wirklichkeit ist er aber ein Sensibelchen, mein lieber Ted, auch wenn er das Leben für meinen Geschmack einfach nicht ernst genug nimmt und Zeit mit dem Job im Pub und seiner sogenannten Band verschwendet.«

»Was ist ein echter Hingucker?«, fragte Maddie sie.

»Jemand, der ganz besonders hübsch ist, so wie du«, sagte Jenny und drückte ihr einen Mehlklecks auf die Nasenspitze, den das Kind sofort entschieden abwischte.

»Ich finde nicht, dass Sie ein echter ...«

»Er sieht wirklich blendend aus«, schnitt Rose ihrer Tochter das Wort ab, auf die Gefahr hin, damit den Anschein zu wecken, ganz begeistert von Jennys Sohn zu sein.

»Na ja, Sie wären nicht die erste verheiratete Frau, mit der er zu tun hat.« Jenny schürzte die Lippen. In ihre Missbilligung mischte sich unverkennbar auch ein gewisser Stolz. »Mein Brian musste sich schon mal fünfzehn Minuten lang zwischen Ted und Ian Wilkins' Gewehr stellen und dem alten Wilkins ausreden, unseren Jungen zu kastrieren. War monatelang Gesprächsthema Nummer eins.«

»Ich wollte damit nicht sagen, dass ich mich zu ihm hingezogen fühle ...«, wandte Rose entsetzt ein, und dann wurde ihr etwas zu spät klar, dass Jenny von jeder erwachsenen Frau erwartete, eine Schwäche für ihren Sohn zu haben, und dass jede abweichende Antwort bei ihr schlecht ankommen musste.

»Also, die meisten Frauen stehen auf ihn.« Jenny war offenbar beleidigt, weil sich Roses Begeisterung in Grenzen hielt. »Egal. Sie können schon mal die Äpfel da schälen. Ich möchte einen Crumble machen.«

»Ich freue mich darauf, diesen Ted kennenzulernen«, sagte Maddie altklug. »Er klingt wie ein sehr interessanter Zeitgenosse.«

Lange musste Maddie nicht warten, denn Jennys jüngerer Sohn tauchte unangemeldet zum Abendessen auf und grinste Rose breit an, als er in der Esszimmertür erschien.

»Na, Mum, alles klar?«, sagte er in dem Moment, als Jenny den Beef Stew und die Knödel servierte. »Habt ihr noch Platz für mich?«

»Ja, natürlich – wie kommen wir zu der Ehre?« Jenny machte ein strenges Gesicht. »Wochenlang hast du dich nicht blicken lassen, und jetzt schneist du einfach so rein, als wäre das hier ein …«

»Hotel? Bed & Breakfast? Och, ich dachte bloß, ich wollte gerne mal meine liebe Mutter wiedersehen.« Ted umarmte Jenny und drückte ihr einen Schmatzer auf die Wange. Sie kicherte wie ein kleines Mädchen.

»Schlawiner«, schalt sie ihn. »Jetzt setz dich und sei nett zu unseren Gästen. Rose kennst du ja schon, und das hier ist ihre Tochter Maddie.«

»Tagchen.« Ted lächelte Maddie an, die ihn unter ihren Ponyfransen hervor beobachtete und es offenbar nicht für nötig befand, seine Begrüßung zu erwidern.

Davon unangefochten grinste Ted Rose quer über den Tisch an, und Rose musste unwillkürlich ebenfalls lächeln. Er sah aus, als würde er ständig bereits den nächsten Witz vorbereiten, seine Augen und Lippen umspielte konstant ein Lächeln. Vielleicht machte er sich über sie lustig, dachte Rose verunsichert und zog das wieder mal von der Schulter gerutschte Top zurecht. Es war lange her, seit sie sich gefragt hatte, was andere Leute – geschweige denn Männer – über sie dachten, weil sie im Prinzip davon ausging, dass sie gar nichts von ihr dachten, jedenfalls nicht von ihr als Person. Sie war die Frau des Arztes, die Mutter des merkwürdigen Kindes, das nette Fräulein am Empfang. Wenn sie jetzt mal von dem fürchterlichen Schlamassel absah, den sie verursacht hatte, wenn sie jetzt mal so tat, als gäbe es den gar nicht, nicht so, wie es Maddie gab, dann wurde Rose plötzlich bewusst, dass sie keine Ahnung hatte, wie andere Männer sie wohl sahen, wie Frasier sie wohl sah, was er von ihr halten würde, nachdem sie einfach so alles hingeschmissen hatte und ihm nachgereist war. Er würde sie für übergeschnappt halten. Für eine vor mehreren Jahren gemachte flüchtige Bekannte, die irgendwie besessen und nicht ganz bei Trost war. Und er hätte recht! Rose wurde ihre Lage schlagartig und schmerzlich bewusst, während sie Maddie dabei beobachtete, wie sie in ihrem Essen stocherte und Ted düster ansah. Es war nicht recht, dass sie das Mädchen aus einer Laune heraus so weit von zu Hause weggezerrt hatte. Das sah ihr überhaupt nicht ähnlich, so handelte sie doch normalerweise nicht. Normalerweise tat Rose immer das Richtige, das Beste, das Sicherste. Diese Flucht war nichts davon. Sie konnte nicht weiter so tun, als sei nichts passiert, denn schon bald würden sich Konsequenzen zeigen. Es war jetzt über vierundzwanzig Stunden her, seit sie Richard verlassen hatte. Vielleicht rief er die Polizei an, meldete sie als vermisst. Schon sehr bald würde die Wirklichkeit sie einholen, über sie hereinbrechen und sie zwingen, sich dem zu stellen, was sie getan hatte.

»Wie läuft's bei der Arbeit?«, fragte Brian seinen Sohn

und sah von der Streichholzschachtel auf, die er mithilfe von etwas Alufolie und schwarzem Edding sehr akribisch in einen Puppenstuben-Fernseher verwandelt hatte. »Drüben in Keswick suchen sie Leute für den Sommer, schon gehört?«

»Läuft gut, Dad. Letzte Woche hatten wir einen Junggesellinnenabschied. Die Mädels waren echt krass. Zwischendurch dachte ich, die würden mich in Stücke reißen.« Ted sog den Duft des Essens ein, das seine Mutter vor ihm abgestellt hatte. »Du weißt doch, mit den Händen arbeiten ist nichts für mich. Ich muss auf meine Hände aufpassen, eines Tages werden sie uns reich machen.«

»Wie denn?«, wollte Maddie wissen. Sie testete einen Knödel mit der Zungenspitze an und legte ihn dann vorsichtig auf ihren Beilagenteller.

»Mit meiner Musik.« Ted grinste. »Ich werde mit meinem Lied die Welt erobern!«

»Mit welchem Lied? Wie geht das?«, fragte Maddie.

»Na ja, wenn ich Lied sage, meine ich natürlich alle meine Lieder, mein gesamtes Œuvre«, erklärte Ted.

»Summ mal eins«, sagte Maddie. »Summ mal eins von deinen Liedern.«

»Maddie«, hob Rose an, die wusste, wie hartnäckig ihre Tochter sein konnte, wenn sie sich erst mal in etwas verbissen hatte. »Lass Ted in Ruhe.«

»Ich sag ja nur, wenn er wirklich mit einem Lied die Welt erobern will, dann muss es schon richtig gut sein ...«

»Wie dem auch sei«, sagte Ted. »Was habt ihr beiden Hübschen denn morgen so vor?«

Rose sah zu Maddie, Maddie sah zu Rose.

»Was haben wir vor?«, fragte sie, plötzlich hörbar verunsichert.

»Noch nichts Besonderes«, sagte Rose. »Ich muss hier noch ein paar Sachen erledigen, und dann ...« Rose hatte keine Ahnung, was dann. Selbst wenn sie ihren Vater besuchen oder Frasier McCleod wiedersehen würde – was würde das schon ändern? Und was Maddie und sie danach tun würden, was danach wohl passieren würde, daran mochte Rose gar nicht denken.

»Ich könnte euch ein bisschen rumfahren. Sightseeing und so«, bot Ted an. »Nachmittags habe ich nicht viel vor. Wir können auf den Berg hochlaufen, die Aussicht genießen.«

»Ich geh nicht gern zu Fuß«, sagte Maddie.

Ted sah sie an und nickte. »Ich weiß, was du meinst, aber einen Berg hochlaufen ist nicht das Gleiche, wie zu Fuß zur Schule oder zum Einkaufen zu gehen. Das ist wie durch Wolken gehen. Und als würde man auf jede Menge Ameisen runtergucken.«

»Ich mag kleine Sachen«, räumte Maddie nachdenklich ein. »Und Wolken mag ich auch.«

»Soll ich euch gegen Mittag abholen?« Ted sah Rose an, die es sich überhaupt nicht erklären konnte, weshalb dieser fremde junge Mann so erpicht darauf war, Zeit mit einer verheirateten Frau und ihrer Tochter zu verbringen. Vielleicht hatte Jenny ihn auf sie angesetzt. Vielleicht war er ihre geheime Informationsbeschaffungswaffe.

»Ich kann uns ein Picknick machen«, fuhr Ted fort. »Ich würde höchstpersönlich die Brote schmieren, nur um euch vor dem Fraß zu bewahren, der euch hier vorgesetzt wird.«

Er zwinkerte seiner Mutter zu und erntete einen festen Knuff gegen den Arm für seine Frechheit.

»Jetzt sag doch auch mal was, Brian!«, forderte Jenny ihren Mann auf, der gerade einen perfekten Mini-Fernseher vor der entzückten Maddie abstellte.

»Wie bitte?«, brummte Brian. »Ist doch deine Schuld, dass er so ist. Du warst immer viel zu nachgiebig mit ihm, und jetzt hält er sich für unwiderstehlich.«

»Ich bin doch einfach nur nett zu ihnen!«, protestierte Ted.

»Ja, und was mir Sorgen macht, ist *warum* du nett zu ihnen bist. Wenn du ein richtiger Mann wärst«, schimpfte Jenny mit ihrem Mann, »wäre er jetzt nicht so renitent!«

Brian kicherte, schüttelte den Kopf und machte sich dann über seinen Teller her. Jennys Sticheleien tangierten ihn überhaupt nicht. »Nur ein richtiger Mann kann es dreißig Jahre lang mit dir aushalten, meine Liebe. Kannst jeden hier fragen, wen du willst – ich bin ein Held.«

»Was soll das denn jetzt bitte heißen?«, rief Jenny halb verärgert, halb amüsiert.

»Das soll heißen, dass du verdammtes Glück hattest, dass ich dich damals heiraten wollte.« Brian lächelte sie liebevoll an. »Dich olle Kratzbürste.«

»Das stimmt schon eher als das mit dem ›echten Hingucker‹«, meldete Maddie sich zu Wort und nickte zustimmend. Sie fand den neckenden Schlagabtausch wohl ziemlich unterhaltsam, obwohl weder sie noch Rose diese Art von Flachs innerhalb der Familie gewöhnt waren. Bei ihnen waren böse Worte immer böse gemeint, und boshafte Kommentare sollten immer verletzen. Rose war positiv überrascht davon, dass Maddie sich hier wie zu Hause zu fühlen schien und entspannt war. Ihr geliebtes Buch schien vergessen zu sein, und selbst Bär guckte etwas bedröppelt, wie er so allein auf dem Sofa im Wohnzimmer saß und, ohne zu blinzeln, Richtung Fernseher starrte.

»Ich glaube«, sagte Rose und unterbrach damit einen Kuss der Eheleute, den Maddie total eklig fand, »ich glaube, morgen habe ich schon was vor.«

»Ha! Da hast du deine Abfuhr!«, sagte Brian und schlug Ted gegen die Schulter.

»Nein, das ist es nicht«, sagte Rose. »Aber ich bin ja aus einem bestimmten Grund hierhergekommen, und ich weiß nicht, wie viel Zeit mir noch bleibt, um das zu erledigen.«

»Das hört sich ja fast an, als hättest du irgendeine Deadline.« Neugierig neigte Ted den Kopf zur Seite.

»Habe ich auch. Irgendwie«, sagte Rose. »Und darum halte ich es für das Beste, wenn ich es gleich morgen hinter mich bringe. Morgen gehe ich zu meinem Vater.«

Rose war nicht nach Millthwaite gekommen, um ihren Vater wiederzusehen, sie war hier auf der Suche nach einem Phantom, einem Hirngespinst, das genau so wirklichkeitsfern sein konnte wie ihre zahllosen Tagträume von Frasier. Aber ihr Vater war hier, in Fleisch und Blut, er war so präsent, dass sie ihn schlecht ignorieren konnte, ganz gleich, wie sehr sie sich das wünschte. Und irgendwie fand sie die Aussicht, ihren Vater wiederzusehen – was ihr sicher wehtun und sie maßlos enttäuschen würde –, weit weniger beängstigend als die Wiederbegegnung mit Frasier, der vielleicht völlig anders sein würde als in den

Träumen, an denen sie sich so lange festgeklammert hatte. Rose war noch nicht bereit für diese entscheidende Begegnung. Noch nicht.

Rose platzierte Bär auf dem Waschbecken und setzte Maddie auf den Boden der Duschkabine. Während das warme Wasser sanft auf ihre Tochter herabregnete, unterhielt diese sich angeregt mit ihrem stummen Freund. Rose ließ die Tür zum Badezimmer offen, setzte sich auf die Bettkante und schaltete ihr Handy ein. Es konnte sich sekundenlang gar nicht beruhigen vor lauter Klingel- und Pieptönen und eingehenden Nachrichten. Rose zog sich der Magen zusammen. Sie machte sich daran, ihre Mailbox abzuhören.

Er hatte ihr zum ersten Mal draufgesprochen, als sie Maddie gerade erst ins Auto gepackt hatte und weggefahren war. Da klang er ruhig, vernünftig, freundlich, entschuldigend – und doch implizierte er gleichzeitig, dass sie wieder einmal überreagierte, dass sie sich irrational verhielt, vermutlich übermüdet war, zu viel um die Ohren hatte, Hilfe brauchte.

»Komm einfach wieder nach Hause, Liebling«, liebkoste Richards Stimme ihr Ohr. »Komm nach Hause, ich kümmere mich um dich. Wir kriegen das schon hin.«

Rose löschte die Nachricht und hörte die nächste ab. Und die übernächste. Insgesamt hatte er ihre Mailbox mit über zwanzig Nachrichten gefüllt, von Mal zu Mal klang er wütender und frustrierter. Rose hörte sich von jeder den Anfang an und löschte sie dann, weil sie ja wusste, was kommen würde. Sie kannte seine Muster und Gewohnheiten in- und auswendig. Die längste Zeit ihrer Ehe hatte sie gelernt, seine Wut bereits in einem frühen Stadium zu entschärfen, nachzugeben, ihm zuzustimmen, zu nicken, zu lächeln und den Mund zu halten. Aber dieses Mal stand sie ihm nicht gegenüber, und ihre Mailbox fing die Wucht seines Zorns auf. Rose wusste genau, wenn sie wissen wollte, wie es ihrem Mann wirklich ging, dann musste sie lediglich die jüngste Nachricht abhören, die er um 19 Uhr 22 hinterlassen hatte – als sie gerade zu Abend aßen. Da hatte Richard sein wahres Ich gezeigt.

»Jetzt reicht es mir endgültig, Rose.« Seine Stimme war wie erstickt vor Zorn. »Ich gebe mir wirklich Mühe, ich versuche, mit deiner ganzen ... Überspanntheit umzugehen, aber dieses Mal bist du zu weit gegangen. Du kannst nicht einfach so verschwinden und unser Kind mitnehmen! Das wird ein Nachspiel haben! Jeder weiß, dass du in letzter Zeit nicht ganz du selbst gewesen bist, und jeder weiß, wie schwierig und unausgeglichen du bist. Und dass Maddie ein sehr sensibles Mädchen ist. Dir ist ja wohl klar, dass deine Eignung als Mutter ernsthaft infrage gestellt wird. Wenn du dich heute nicht bei mir meldest, bleibt mir nichts anderes übrig, als die Polizei zu informieren und zur Not auch die Behörden. Ich schwöre dir, Rose, ich werde dich finden, und wenn ich dich gefunden habe, dann sorge ich dafür, dass du Maddie nie wiedersiehst. Du hast noch bis Mitternacht Zeit. Wenn ich bis dahin nichts von dir gehört habe, Rose, dann gnade dir Gott.«

Rose schluckte den Kloß der Angst im Hals herunter, löschte die Nachricht und starrte das so friedlich in ihrer Hand liegende Telefon an. So machte Richard das immer, so gewann er immer. Er redete ihr ein, Dummheiten zu machen, überzureagieren, sich irrational zu verhalten, alles völlig falsch zu sehen und schließlich – das war in letzter Zeit hinzugekommen –, dass sie kurz davor war, den Verstand zu verlieren, dass ihre ohnehin labile Psyche kurz vorm Kollaps stand. Sie sei die Tochter eines Alkoholikers und einer Selbstmörderin, von daher sei es ja nicht weiter verwunderlich, dass ihr psychischer Zustand sich nun langsam der genetischen Veranlagung beugte trotz Richards Bemühungen, sich um sie zu kümmern.

»In deinen Augen bin ich dein Feind«, hatte Richard an jenem letzten Nachmittag zu ihr gesagt. »Dabei bist du selbst dir der schlimmste Feind. Siehst du das denn nicht? Wenn ich dich nicht beschützen würde, wüsstest du doch gar nicht, wie du überleben solltest.«

Und wenn er nun recht hatte? Immerhin saß sie jetzt hier in ihrem Postkartenversteck und jagte dem Absender hinterher, an den sie sich nur noch schemenhaft erinnerte, der eine Wahnvorstellung war. Was, wenn sie ihrer Mutter mehr ähnelte, als ihr lieb und bewusst war? Jeder, der die Situation von außen betrachtete, würde Richards Partei ergreifen. Jeder, der einigermaßen vernünftig war, würde das tun, und das war es auch, was ihr am meisten Angst machte. Richard war ein angesehener Arzt für Allgemeinmedizin, es lag durchaus in seiner Macht, seine Drohung wahr zu machen, und er hätte dabei alle auf seiner Seite. Aber zumindest einen Menschen gab es, der die Wahrheit kannte.

Rose spähte kurz ins Badezimmer, wo Maddie immer noch in der Dusche saß und sich vergnügt Lieder ausdachte, mit denen sie die Welt erobern konnte. Rose wählte die Nummer des einzigen Menschen auf der Welt, der ihr ein wahrer Freund war. Sie rief Shona an.

»Scheiße, Mann!«, begrüßte Shona sie. »Ich dachte schon, er hätte dich kaltgemacht. Dich unterm Fußboden versteckt. Mann, Süße, ich hab versucht, dich anzurufen, bin aber immer gleich an die Mailbox geraten, und die war voll. Wahrscheinlich voll von seinem Scheiß.«

»Woher weißt du, dass ich weg bin?«, fragte Rose. Sie hatte mit Shona keine Verabredung gehabt, zu der sie nun nicht aufgetaucht wäre, und sie telefonierten und simsten nur selten. Sie verabredeten sich immer persönlich.

»Er war heute Morgen hier, hat nach dir gesucht«, erzählte Shona. »Total freundlich und lieb und nett. ›Ich mache mir solche Sorgen um Maddie, Rose ist in letzter Zeit einfach nicht sie selbst gewesen, sie ist völlig unberechenbar‹ und lauter so 'n Scheiß. Ich hab ihm gesagt, dass ich dich seit Monaten nicht gesehen und darum keine Ahnung hab, was du so treibst.«

Rose wusste gar nicht mehr genau, wann Shona und sie angefangen hatten, ihre Freundschaft vor ihren jeweiligen Partnern zu verheimlichen, sie wusste bloß, dass sie nur auf diese Weise überhaupt befreundet sein konnten. Richard mochte es nicht, wenn sie Freunde hatte, die er nicht leiden konnte, und Shonas Freund … der hasste Rose von ganzem Herzen und gab ihr die Alleinschuld an Shonas und seiner Trennung. Shona machte oft Witze darüber, dass die ganze Heimlichtuerei rund um ihre Freundschaft fast genauso kompliziert war wie bei einer Affäre – nur dass sie keinen Sex hatten.

»Du hast ihn also verlassen?«, fragte Shona. »Was ist passiert, was hat das Fass zum Überlaufen gebracht? Was hat er getan?«

»Er …« Rose schloss die Augen. Wörter und Bilder

blitzten auf, zu schnell, um sie in einen Zusammenhang zu bringen, Wörter und Bilder, die sie selbst in der Erinnerung nicht ertragen konnte, noch nicht. »Ich konnte es einfach keine Minute länger aushalten. Und bevor ich mich's versah, hatte ich auch schon den Autoschlüssel in der Hand, und Maddie und ich waren weg. Er ist noch auf der Straße hinter uns hergerannt. Ich hab das alles nicht besonders gründlich durchdacht, Sho. Ich bin einfach abgehauen, und ... und jetzt weiß ich nicht, was ich als Nächstes tun soll.«

Rose wurde wieder schmerzlich bewusst, dass ihre Zukunft wie eine dunkle Schlucht vor ihr lag, dass ihre Pläne gerade mal die nächsten zwanzig Stunden umfassten. Sie hatte Angst.

»Ich kann gut verstehen, dass du abgehauen bist. War ja auch Zeit«, sagte Shona. Sie hatte Richard vom ersten Augenblick an nicht ausstehen können. Damals, vor vierzehn Jahren, hatten sie und Rose in einem Eiscafé gekellnert. Shona war eine richtig aufmüpfige, vorlaute, rotzfreche sexy Göre gewesen, während Rose eher alternativ und als Goth herumlief und stets eine extrem finstere Miene aufsetzte. Eigentlich passten sie überhaupt nicht zusammen, die schmale, blasse und düster aus ihrer rot-weiß gestreiften Uniform blickende Rose und die dralle Shona, die ganz entspannt immer mehr Knöpfe als nötig offen ließ und so ihr Trinkgeld aufbesserte. Und doch hatten die beiden sich sofort angefreundet, hatten einander zum Lächeln gebracht, wenn sie es selbst am wenigsten erwarteten, und als Rose so langsam Fuß fasste in der Welt der Erwachsenen, war es Shona, die ihr klarmachte, dass sie nicht den Rest ihres Lebens einsame Nächte in einem großen, leeren Haus verbringen musste, dass sie, wenn sie das wollte, reisen und studieren konnte, dass sie Männer kennenlernen und Spaß haben konnte, dass da draußen eine ganze Welt darauf wartete, von ihr entdeckt zu werden. Dass ihr Leben nicht nur aus ihrer Familie bestand und ihre Zukunft nicht nur aus ihrer Vergangenheit. Und in genau diesem Moment der Erkenntnis war Rose Richard begegnet und hatte sich unsterblich in ihn verliebt. Binnen weniger Monate gab sie ihren Job im Café auf und heiratete. Ihr Mann schuf ein Leben für sie, in dem nur sie beide existierten, in dem Rose nur für ihn existierte, in dem sie in den ersten Jahren auch nur für ihn existieren *wollte* und ihn entscheiden ließ, noch keine Kinder zu bekommen, wo sie arbeiten sollte, was sie anzog, ja sogar, was sie empfinden und denken sollte – und Rose hatte jeden seiner Wünsche bereitwillig erfüllt und sich völlig von ihm absorbieren lassen. Und so hatte sie Shona jahrelang kaum gesehen. Als sie sich dann wieder über den Weg liefen, geschah das zu einem für sie beide perfekten Zeitpunkt. Beide waren dankbar, einander wiederzusehen, sie brauchten sich gegenseitig, denn beide hatte das Leben, das sie führten – oder durch das sie geführt wurden –, verändert.

»Er will bestimmt, dass du dich meldest. Und zu ihm zurückkommst und weiter das brave Hausmütterchen spielst.«

»Stimmt«, sagte Rose knapp.

»Wo bist du, Süße?«, fragte Shona behutsam und etwas zögerlich, als wolle sie es gar nicht wirklich wissen.

Rose konnte die Zurückhaltung ihrer Freundin gut verstehen. Das Abhören von Richards Nachrichten und das

Gespräch mit Shona ließen ihre Situation real werden. Bis jetzt war alles eine Art Traum gewesen: eine nächtliche Flucht, eine exzentrische Vermieterin, ihr Vater, Frasier ... Selbst Maddie lebte sich einfach so ein und verstand sich mit Menschen, die sie kaum kannte. Rose kam es vor, als würde sich alles plötzlich wunderbar fügen, seit sie von Richard weg war, als sei alles ganz genau, wie es sein sollte. Aber das stimmte ja nicht, sie konnte nicht einfach so tun, als sei sie nicht dreizehn Jahre verheiratet gewesen und hätte es sich jetzt anders überlegt. Richard würde kommen, er würde sie finden, und Rose mochte sich nicht vorstellen, was dann passierte.

»Du erklärst mich für verrückt, wenn ich dir verrate, wo ich bin.«

»Das hat dein Mann schon getan, ohne zu wissen, wo du bist«, sagte Shona. »Also: Wo bist du? Jetzt sag schon. Hoffentlich irgendwo, wo es richtig schön ist und wo es kein Auslieferungsabkommen mit Großbritannien gibt.«

»Ich bin in Millthwaite«, sagte Rose und holte tief Luft.

»Millthwaite? Und das liegt an der Costa del ...? Scheiße, Rose, du bist doch nicht wirklich deiner Scheißpostkarte nachgereist!« Rose schaltete auf Durchzug, während Shona weitere Kraftausdrücke in die Leitung schleuderte, um die Nachricht zu verdauen.

»Ja, ich weiß, aber ... Irgendwo musste ich ja hin, Shona, irgendwo möglichst weit weg, und das war der einzige Ort, der mir eingefallen ist.«

»Du meinst, auf London, Leeds oder New York wärst du einfach nicht gekommen?«, fragte Shona ungläubig. »Millthwaite, Rose? Ausgerechnet Millthwaite? Was hast du dir vorgestellt? Dass dein Mr. Perfect, wie auch immer er heißt, da auf einer Parkbank sitzt und nur auf dich wartet?«

»Na ja, also« – Rose biss sich auf die Lippe – »sieht tatsächlich fast so aus.«

»Willst du mich verarschen?«, rief Shona.

»Er ist ziemlich oft in Millthwaite ... um meinen Vater zu besuchen, der ein Stück die Straße rauf wohnt.«

»Sag mal, hat der Wichser dir vielleicht tatsächlich was von den Antipsychotika gegeben, mit denen er immer gedroht hat?«, fragte Shona sie mit ihrer typisch derben Direktheit.

Rose kannte Shonas Art und wusste, ganz gleich, wie harsch sie sich ausdrückte, sie tat das nur, weil sie der einzige Mensch war, der sie wirklich aufrichtig liebte und nur ihr Bestes wollte. So war Shona nun mal: Schimpfte wie ein Kesselflicker über die Welt und ihren Zustand – und war gleichzeitig die liebste, loyalste, rücksichtsvollste beste Freundin, die es gab. Was manchmal schwer zu erkennen war, wenn sie sich so aufplusterte.

»Du weißt schon, die, die einen wegbeamen?«, fuhr Shona fort. »Bist du wirklich ganz sicher, dass du in Millthwaite bist und nicht in irgendeinem versifften Damenklo an einer Tankstelle, wo du auf dem Boden sitzt und diese komische Karte anguckst?«

»Ich weiß, das klingt verrückt.« Rose musste lächeln, weil Shona sich so aufregte. »Und wahrscheinlich ist es das auch. Ich bin hierhergekommen mit der Erwartung ... Eigentlich mit gar keiner Erwartung. Ich wollte einfach nur hier sein und nicht da. Und jetzt sind sie beide hier. Frasier und mein Vater.«

»Ich glaub, ich spinne.« Shona seufzte ratlos. »Hör mal, Süße, davon wird alles nur noch schlimmer. Dieser Frasier, der wird dich bestimmt nicht mal wiedererkennen, und wenn doch, dann wird er sich bedanken und die Fliege machen. Und was deinen Vater angeht, also, da wissen wir ja wohl beide Bescheid, was von dem zu halten ist, auch ohne dass ich das Wort, das mit A anfängt und mit Loch aufhört, noch mal erwähne. Er hat dich aus seinem Leben geschmissen, und du bist sehr gut ohne ihn zurechtgekommen. Was soll das alles jetzt bringen, wo du dich von Richard befreit hast? Du musst jetzt zusehen, dass du auf eigenen Beinen stehst – und nicht dafür sorgen, dass dich wieder jemand niederknüppeln kann. Du bist abgehauen, und jetzt sieh zu, dass du dich nicht wieder einfangen lässt. Wende dich von deiner Vergangenheit ab, statt sie aus der Versenkung zu holen.«

»Aber wohin soll ich mich wenden?«, fragte Rose. Tief in ihrem Inneren wusste sie, das Shona vermutlich recht hatte, aber Shona verstand auch nicht alles. Sie war der einzige Mensch, dem Rose je von der Karte erzählt hatte und davon, welch tiefen Eindruck Frasier bei ihr hinterlassen hatte, aber selbst ihrer besten Freundin Shona konnte Rose nicht beichten, wie präsent er seither jeden einzelnen Tag in ihren Gedanken und Gefühlen gewesen war. Das war einfach zu kostbar, zu intim und vielleicht auch zu verrückt gewesen, um es jemandem – selbst Shona – anzuvertrauen. »Zu dir kann ich nicht. Verwandtschaft habe ich nicht und auch keine Freunde, die nicht im Grunde Richards Freunde wären. Ich habe nur das Geld auf meinem Geheimkonto, sonst nichts. Mein einziger lebender Verwandter ist hier, auch wenn ich ihn nur zufällig gefunden habe und ich mir ziemlich sicher bin, dass ich ihn nicht sehen möchte. Aber das ist doch ein Zeichen, oder etwa nicht? Da hat doch das Universum seine Finger im Spiel und teilt mir mit meterhoher Leuchtschrift mit, was ich tun soll. Das kann ich nicht einfach ignorieren.«

»Du schaffst das nicht alleine«, sagte Shona. »Du bist nicht stark genug.«

»Jetzt redest du schon genau wie er«, sagte Rose traurig. Sie hatte sich von ihrer Freundin etwas mehr Unterstützung erhofft. »Ich bin nicht verrückt, Shona. Ich weiß wohl, dass es so aussieht, aber das stimmt nicht. Du warst nicht da, du weißt nicht, wie es mir geht. Ich muss Frasier wiedersehen – ich *muss* –, bevor ich irgendetwas anderes tun kann. Ich erwarte gar nichts von unserer Begegnung. Ich erwarte nicht, dass er mich an sich reißt und mich fragt, wo ich sein ganzes Leben gesteckt habe, aber ich muss ihn sehen. Ich muss wissen, ob das, was damals mit mir passiert ist, auch mit ihm passiert ist, denn selbst wenn er inzwischen eine Frau hat: Wenn ich weiß, dass es ihm ähnlich ging wie mir, dann komme ich zur Ruhe. Und dann weiß ich, dass es da draußen jemanden für mich gibt, der besser ist als Richard.«

»Selbst Hannibal Lecter wäre besser als Richard«, warf Shona bitter ein.

»Was ist los?«, fragte Rose. »Ich meine, jetzt mal abgesehen von mir und meinem Schlamassel. Geht's dir gut?«

Shona schwieg, und das konnte nur eins heißen: Ryan war wieder da. Wollte wieder Teil ihres Lebens sein.

»Was will er?«, fragte Rose und befürchtete bereits das Schlimmste. Der entscheidende Unterschied zwischen

Shona und Rose war, dass Rose Richard schon lange nicht mehr liebte – wenn sie ihn denn überhaupt je richtig geliebt hatte. Shona dagegen konnte einfach nicht aufhören, Ryan zu lieben, ganz gleich, was er ihr antat.

»Er will mich zurück«, sagte Shona leise. »Er will, dass ich ihm noch eine Chance gebe, er will es noch mal versuchen. Dass wir und die Jungs wieder eine Familie sind.«

»Aber du weißt doch, dass das nicht geht«, sagte Rose langsam, um sicherzugehen, dass Shona alles hörte. »Nicht nach letztem Mal. Er wird sich nie ändern, Sho.«

»Aber er klingt so traurig«, sagte Shona leise. Ihr harter Ton war jetzt zart und zerbrechlich. In Sachen Ryan würde sie wohl immer die Motte bleiben, die nur das Licht der Flamme sah, nicht aber deren Gefahr. »Er klang so einsam und verloren, und ich ... Ich vermisse ihn, Rose. Vielleicht hat er ja jetzt genug von anderen Frauen. Vielleicht meint er es dieses Mal wirklich ernst.«

Nein, tut er nicht, dachte Rose. Nicht dieses Mal und auch sonst nie. Sie konnte sich nicht selbst aus dunklen Schlünden retten und dabei zusehen, wie ihre beste Freundin in die Arme des Mannes zurücksank, der sich einen Sport daraus machte, sie immer wieder zu verletzen. Sie musste Shona davor bewahren, wieder denselben Fehler zu begehen – aber nicht, indem sie ihr das sagte. Das funktionierte nicht. Sie musste handeln und an ihre Freundschaft appellieren.

»Komm bitte hierher zu mir.« Rose sprach die Worte in der Sekunde aus, in der sie ihr in den Sinn kamen. »Komm hierher zu mir. Bitte.«

»Was?«, fragte Shona ungläubig. »Wovon redest du?«

»Komm hierher. Du hast selbst gesagt, ich bin nicht

stark genug, um das allein zu schaffen, und du hast recht. Ich brauche dich, Shona. Ich brauche dich hier an meiner Seite, und auch wenn du es nicht zugeben willst, du brauchst auch ein bisschen Zeit und Abstand, um dir zu überlegen, was du tun willst. Los, hau ab, genau wie ich, komm her und bring die Jungs mit, dann verstecken wir uns beide hier eine Weile. Ich helfe dir, einen klaren Kopf zu bekommen, und du sorgst dafür, dass ich mich Frasier oder meinem Vater gegenüber nicht komplett zum Affen mache.«

»Süße, ich kann nicht einfach so verduften wie du.« Immerhin hatte Roses Vorschlag sie so weit abgelenkt, dass sie wieder normal sprach. »Man wird mich vermissen.«

»Ja, vielen Dank auch«, sagte Rose.

»Du weißt, wie ich das meine. Meine Mutter, mein Job, Ryan ...«

»Ryan bist du doch scheißegal, Shona«, sagte Rose ziemlich brutal. Sie konnte sich einfach nicht länger beherrschen. »Er begehrt dich, vielleicht liebt er dich auch auf seine ganz eigene, verschrobene, kranke Weise, aber letztendlich bist du ihm doch egal. Wieso sonst hätte er wohl zig Frauen und vier weitere Kinder in ganz Kent verteilt? Du weißt, dass er immer nur dann zu dir kommt, wenn er pleite ist und keinen Schimmer hat, wo er sonst hinsoll.«

So, das waren die nackten Tatsachen, der Grund dafür, dass Rose unbedingt verhindern musste, dass Shona wieder denselben Fehler machte, und Rose hatte sie laut ausgesprochen, obwohl sie sich jetzt ein bisschen scheinheilig vorkam, weil sie nämlich niemals irgendjemandem – nicht einmal Shona – erzählen würde, was Richard ihr so alles angetan hatte. Aber jetzt ging es nicht um sie, jetzt ging es darum, Shona zu retten.

»Ich weiß, von außen betrachtet sieht das alles ziemlich krass aus, aber du weißt ja nicht ...« Shonas Stimme erstarb. Ihr war klar, dass sie nur wiederholen würde, was Rose gerade gesagt hatte. »Das weiß natürlich niemand. Wie es in einem drin aussieht. Wie es ist, Gefühle zu haben, die man gar nicht haben will, und Sachen zu denken, die man nicht denken sollte. Das ist wie ... Wie als wenn man eigentlich zwei Personen wäre. Eine, die weiß, was zu tun ist, und eine, die tut, was sie will, ohne Rücksicht auf Verluste.«

»Bitte, Shona, komm her«, flehte Rose mit besorgter Stimme. »Bitte komm und versteck dich eine Weile mit mir. Ich habe beschlossen, Richard nicht anzurufen. Ich werde ihn nicht wieder in meinen Kopf lassen. Irgendwann wird er mich finden, aber jetzt noch nicht. Wir haben Zeit, du und ich, nicht viel, aber ein bisschen schon, bevor uns alles einholt, und ich will das Beste daraus machen. Ihr könnt bestimmt im selben Bed & Breakfast unterkommen, im Moment sind wir hier die einzigen Gäste. Ich reserviere euch sofort ein Zimmer, nachdem wir aufgelegt haben, und dann kannst du mir ein bisschen den Kopf zurechtrücken und mich aufbauen, bis ich mich ihm wieder stellen muss. Und ich kann dir helfen, dich endgültig von Ryan zu lösen. Und überhaupt, wenn du hier bist, dann sieht es nicht ganz so krass nach Stalking aus, wenn ich Frasier *ganz zufällig* über den Weg laufe.«

»Okay«, sagte Shona so leise, dass Rose sich nicht sicher war, richtig gehört zu haben. »Okay. Ich leihe mir das

Auto von meiner Mutter und komme. Morgen. Aber ich komme nur, weil du mich brauchst. Und jetzt erklär mir mal, wo dieses gottverlassene Kaff namens Millthwaite eigentlich liegt.«

5

Rose saß in Jennys Wohnzimmer. Die Sonne kämpfte sich durch die silbernen Wolken und erhellte den blitzsauberen Raum. Maddie kniete auf einem der Essstühle und steckte den Kopf in das riesige, das 19. Jahrhundert imitierende Puppenhaus, wo sie die Bewohner um die neue technologische Errungenschaft des Fernsehgeräts herumgruppierte. Rose empfand eine erstaunliche Ruhe, wenn sie bedachte, welch turbulenter Tag vor ihr lag. Richard war ihr auf den Fersen, ihr Vater lebte allein irgendwo in den Bergen und hatte keine Ahnung, dass seine Tochter, die er über zwanzig Jahre ignoriert hatte, in seiner Nähe war. Und sie war dem Wiedersehen mit Frasier einen Riesenschritt näher.

Rose hatte nach einigem Nachdenken beschlossen, mit dem Besuch bei ihrem Vater nicht zu warten, bis Shona da war. Damit hätte sie bloß wertvolle Zeit verschwendet, bis Richard sie fand, und außerdem hatte Shona es so an sich, Rose den Spiegel der Wirklichkeit vorzuhalten, in den Rose nur ungern sah. Shona war der einzige erwachsene Mensch in Roses Leben, der sie nie anlog, der immer ehrlich zu ihr war. Wenn Shona sagte, dass etwas falsch oder krank oder völlig fehlgeleitet war, dann konnte Rose sicher sein, dass es stimmte. Bei ihrem ersten Wiedersehen mit ihrem Vater wollte sie lieber auf diesen scharfen Blick verzichten. Bei einem zufälligen, kurzen Treffen vor einigen Jahren – bevor sie im zweiten Anlauf beste Freundinnen wurden – hatte Shona Rose erstmalig vor Augen geführt, was für eine Ehe sie da eigentlich führte, und Rose hätte sehr gerne auf diese Entlarvung verzichtet.

Rose war damals dreiundzwanzig und seit fünf Jahren verheiratet. Sie lief wie jeden Tag, nur etwas später als üblich, vom Supermarkt zurück nach Hause, als sie kurz vor dem Ziel fast über Shona stolperte; sie war nur mit einem Baumwolljäckchen bekleidet und viel zu kalt angezogen für die Witterung und außerdem hochschwanger.

Rose geriet beim Anblick ihrer früheren Freundin in Panik, zog den Kopf ein und hoffte, unentdeckt an Shona vorbeizukommen. Nicht, dass sie nicht mit Shona reden wollte – sie hatte bloß keine Ahnung, was sie sagen sollte.

»Süße? Rose? Bist du das?« Shona hielt sie am Arm fest. »Du Scheiße, Rose, ich frag mich seit Jahren, was wohl aus dir geworden ist, seit du im Café aufgehört hast. Du warst ja plötzlich einfach so weg! Was ist passiert?«

Rose hielt die Luft an, als Shona sie umarmte, ihr auf den Rücken klopfte und sie schließlich wieder losließ.

»Hallo, Shona«, sagte Rose leise. »Schön, dich zu sehen. Hast dich ja gar nicht verändert. Also, abgesehen von dem da.« Sie nickte Richtung Kugelbauch.

»Die Katastrophe hier?« Shona lachte und legte die Arme um den Bauch.

»Ja, total crazy, oder? Ich wollte ja eigentlich noch gar keine Kinder, aber dann habe ich diesen Typen kennengelernt. Den Vater, Rose. Scheiße, der ist einfach perfekt.

Er liebt mich total, und ich weiß, dass er ein Hammer-Vater sein wird. Ich bin so happy!«

Shona quiekte und umarmte Rose noch einmal vor lauter Freude. Rose konnte förmlich spüren, dass Shona durch und durch glücklich war. Ein unbekanntes Gefühl.

»Oh Mann, ich rede wie ein Wasserfall und lass dich gar nicht zu Wort kommen! Also, sag schon, wie geht's dir so?«

»Ich? Ich habe geheiratet. Schon länger her.« Rose lächelte und versuchte, Shonas Überschwang nachzueifern. Sie selbst war auch mal so überschäumend gewesen, damals, als sie Richard heiratete, und auch noch eine ganze Weile danach. Sie hatte in dem Gefühl der Zugehörigkeit geschwelgt, in dem Gefühl, begehrt und verehrt zu werden, in dem Gefühl der Sicherheit. Erst als sie Shonas ganz frische Freude und Aufregung sah, wurde ihr bewusst, dass ihr Glücksgefühl inzwischen verschwunden war.

»Geheiratet! Mit achtzehn! Na ja, immer noch besser, als tot im Graben zu liegen«, frotzelte Shona. »Wir dachten alle, dieser widerliche Stalker hätte dich umgebracht!«

»Welcher widerliche Stalker?«, fragte Rose und lächelte verunsichert, weil sie den Witz nicht ganz verstand.

»Na, dieser schräge Typ, der wochenlang im Café rumhing. Der aussah wie aus 'ner Verbrecherkartei. Der nach Feierabend immer noch einen mit dir trinken gegangen ist. Iiiih, was für ein Widerling!« Shona schüttelte sich.

»*Widerling?*« Rose verschlug es kurz die Sprache. Ihr wäre nie in den Sinn gekommen, dass jemandem beim Anblick ihres gut aussehenden, angesehenen Arztmannes das Wort »Widerling« einfallen könnte. Sie zwang sich zu einem Lachen. »Also, dieser Widerling ist genau der Mann, den ich geheiratet habe, und ich bin sehr glücklich mit ihm, ja?«

»Ach du Scheiße!« Shona kicherte und schlug sich die Hand vor den Mund. »Ups, sorry! *Den* hast du geheiratet? Den, der aussah wie ein Serienmörder? Mit dem stechenden Blick und dem Mafiamantel?«

Shona amüsierte das offenbar sehr, und Rose musste auch lächeln.

»Ich finde überhaupt nicht, dass er aussieht wie ein Serienmörder«, hielt sie schwach dagegen. »Er sieht gut aus, dunkler Typ, ist groß und *Arzt*!«

»Im Ernst, ich freu mich für dich.« Shona grinste, als sie sich endlich wieder gefangen hatte. »Ist doch super, wenn man den richtigen Mann gefunden hat. Im Ernst, Rose, ich dachte, das wäre alles Bullshit, echt jetzt. Ich meine, meine Eltern haben sich gehasst und deine doch auch. Und dann ist es passiert. Ryan. Mein Ritter ohne Furcht und Tadel. Sag mal, wohnst du immer noch hier? Also, ich könnte das ja nicht. In dem Haus wohnen, in dem ich mit meiner Mutter gewohnt habe, die sich umgebracht hat. Da hätte ich viel zu viel Angst, ihrem Geist zu begegnen, aber egal, ich muss dringend pinkeln. Der Balg hier drin tanzt mir auf der Blase herum. Kann ich kurz mit rein?«

Unwillkürlich überlegte Rose, wie viel Zeit noch war, bis Richard aus der Praxis nach Hause kam. Sie sah über die Schulter zu ihrem Haus mit dem kurz geschnittenen Rasen davor und der tipptopp in Form getrimmten Ligusterhecke drum herum. Seit dem Tod ihrer Mutter waren keine Geister in dem Haus gewesen, im Gegenteil, es war vollkommen leer und verlassen gewesen, selbst wenn sie sich darin aufhielt. Jetzt war es Richards Haus, ihr und Richards Zuhause, und er füllte jeden Raum bis in den letzten Winkel mit seiner Gegenwart, selbst wenn er gar nicht da war.

»Ja, ja klar«, antwortete sie, zögerte aber, weil sie genau wusste, dass Richard es gar nicht gut fand, wenn Fremde im Haus waren.

»Gott, du bist echt meine Rettung! Und hast du auch Zeit für 'ne Tasse Tee, wenn ich schon mal da bin?«, fragte Shona fröhlich. »Ich frier mir echt den Arsch ab. Im Café haben sie mir gekündigt, als ich nicht mehr zwischen den Tischen durchkam. Ja, und was ist mit meinen Rechten?, hab ich gesagt, und die so: Wann hast du eigentlich zuletzt Steuern gezahlt? Ich so: Ja, okay, seh ich ein. Aber Ryan besorgt mir einen Mantel. Ich hab mir schon einen ausgesucht. Der ist perfekt!«

Shona plapperte einfach weiter, während sie Rose durch den Garten folgte.

»Obwohl, Shona, ich weiß nicht ...« Rose blieb an der Haustür stehen und sah auf die Uhr. Kurz vor fünf. In einer Stunde würde Richard nach Hause kommen und nach einem – oder sogar zwei – Scotch und seinem Abendessen verlangen. Nach einem langen Tag in der Praxis, an dem er mit Patienten über diverse Wehwehchen gesprochen, mit älteren Damen Konversation betrieben und sich wieder einmal mit seiner hitzköpfigen Sprechstundenhilfe in die Wolle bekommen hatte, die sich für qualifiziert genug hielt, um zu entscheiden, ob ein Patient einen kurzfristigen Termin benötigte oder nicht, und um deren Job Rose Richard schon so lange angebettelt hatte – nach einem solchen langen Tag also war das Letzte, was Richard wollte, dass das Geplauder, Gezänke und Geplapper sich bei ihm zu Hause fortsetzte. Es hatte seinen Grund, dass sie nie jemanden zu sich nach Hause einluden.

»Ach, jetzt komm schon, ich muss so dringend pinkeln«, drängelte Shona. »Wenn du mich jetzt nicht mit reinnimmst, mache ich mir hier und jetzt in die Hose!«

»Okay, aber nur ganz kurz«, gab Rose nach. »Ich muss dann gleich noch mal weg.«

Rose schloss die Haustür auf, legte den Schlüsselbund in die Schale auf dem Telefontischchen mit der Platte aus Rauchglas, das Richard ausgesucht hatte, und fragte sich, wieso sie Shona jetzt eigentlich angelogen hatte. Und in dem Augenblick ging ihr auf, dass ihre Ehe nicht ganz normal war. Denn wenn Richard herausfände, dass sie eine alte Freundin mit nach Hause gebracht hatte, würde er stinksauer werden – auch wenn Shona bei seiner Rückkehr längst wieder weg war.

»Klo ist unter der Treppe«, sagte Rose, ging in die Küche und setzte Wasser auf. Zum Abendessen wollte sie Schweinekoteletts und Püree machen. Sie konnte Kartoffeln schälen, während Shona ihren Tee trank, dann würde sie es noch schaffen. Hauptsache, Shona ging deutlich vor sechs wieder.

»Zwei Zucker, danke.« Shona kam mit verdächtig trocken aussehenden Händen von der Toilette und nickte zu dem Becher mit dem schwachen Tee, den Rose ihr schnell gemacht hatte.

»Ihr habt also keine Kinder?« Shona sah sich in der blitzsauberen Küche um.

»Nein, noch nicht. Wir genießen noch die Zeit zu

zweit.« Rose wiederholte einfach, was Richard immer auf diese Art der Nachfrage antwortete.

»Hm.« Shona rümpfte die Nase. »Ich kann's gar nicht abwarten, Mama zu werden. Das wird so klasse! Sobald irgendwo eine Wohnung frei wird, kriege ich die, aber das heißt, dass ich niemandem von Ryan erzählen darf. Ich hab bessere Chancen, wenn ich allein bin mit dem Kind. Ganz wohl ist mir ja nicht dabei, aber wenn ich mir angucke, wie den ganzen Polacken die Wohnungen hinterhergeschmissen werden … Ich meine, wozu bezahle ich schließlich Steuern?« Shona grinste. »Also, wenn ich welche bezahlen würde.«

Plötzlich sah sie sehr müde aus. Das wenig schmeichelhafte Licht des Winternachmittags ließ die Schatten unter ihren Augen und um ihren Mund noch dunkler wirken und sie deutlich älter aussehen, als die paarundzwanzig, die sie war. »Na ja, Ryan wird sich schon um uns kümmern, da bin ich ganz sicher.«

Shona strahlte wieder, und Rose lächelte, holte wie ferngesteuert das Messer aus der Schublade und fing an, Kartoffeln zu schälen.

»Du bist so eine richtige kleine Hausfrau, was?« Shona nickte zu dem Haufen Gemüse. »Arbeitest du gar nicht?«

»Nein.« Rose zuckte die Achseln und wusste selbst nicht, wieso ihr diese Antwort unangenehm war. Seit Monaten versuchte sie immer wieder, mit Richard darüber zu reden, dass sie gerne mehr arbeiten würde, aber jedes Mal, wenn sie davon anfing, wechselte er einfach das Thema oder fertigte sie ab mit einem: »Wozu denn? Ist doch gar nicht nötig.«

»Boah, hast du's gut! Du hast echt den Vogel abgeschossen, was? Ich muss so schnell wie möglich wieder arbeiten gehen, obwohl Ryan auch was verdient. Keine Ahnung, ob die Arschgeigen im Café mir den Job wiedergeben, wenn ich erst mal 'n Gör hab. Damals habe ich ihn ja auch nur bekommen, weil der Chef mal tief in mein Dekolleté gucken durfte. Weißt du, wie der mich mal in sein Büro gelockt hat und meinte, er wollte mal sehen, ob mir die Uniform passt? Da hat der mich überall betatscht. Gott sei Dank bist du gerade in dem Moment hereingeplatzt!«

Rose konnte sich noch erinnern, dass Mr. Harley ein deplaziertes gesteigertes Interesse an Shona und den anderen Mädchen hatte und ständig versuchte, sie unter irgendeinem Vorwand anzufassen. Sie selbst war damals so dünn gewesen, dass er ihr nur ein einziges Mal den Hintern getätschelt und darüber hinaus glücklicherweise kein Interesse an ihr gezeigt hatte.

»Okay, ich mach mich dann mal vom Acker. Bis ich meine eigene Wohnung kriege, wohne ich bei meiner Mutter, und die kriegt immer noch Zustände, wenn ich nicht rechtzeitig zum Abendessen da bin. Danke, dass ich hier aufs Klo durfte.«

»Kein Problem«, sagte Rose und sah mit großer Erleichterung auf die Uhr. Richard würde erst in zehn Minuten nach Hause kommen. Genug Zeit, um Shonas Becher abzuwaschen und alles so herzurichten, als sei niemand da gewesen.

»Hey, was hältst du davon, wenn wir zwei mal wieder einen trinken gehen und so richtig auf die Kacke hauen?«

»Super. Unbedingt«, sagte Rose, obwohl sie wusste, dass sie Shona höchstwahrscheinlich nie wiedersehen würde.

»Dann brauche ich bitte deine Nummer.« Im Flur blieb Shona so abrupt stehen, dass Rose in sie hineinlief. »Vorsicht! Hast du 'n Stift?«

»Einen Stift?« Rose wurde nervös, der Countdown bis zu Richards Rückkehr lief. Sie nahm den Stift, den Richard stets neben dem Telefon liegen haben wollte, und reichte ihn Shona.

»Und einen Zettel?« Shona zog eine Augenbraue hoch und lächelte. »Bisschen zerstreut, was?«

»Tut mir leid, ich ...« Roses Blick fiel auf den Notizblock neben dem Telefon. Richard würde es merken, wenn ein Blatt fehlte, und dann wissen wollen, warum. »Warte mal einen Moment ...« Sie lief zur Toilette und riss ein Stück Klopapier ab.

»Aber sonst geht's noch, ja?«, fragte Shona amüsiert, als Rose nicht ihre Telefonnummer, sondern die ihrer Reinigung auf das Stück Zellstoff kritzelte. Rose war sich in diesem Moment nicht nur sicher, dass sie Shona nie wiedersehen wollte – sie wollte sie jetzt auch aus dem Haus haben. Sofort.

»Na ja.« Shona nahm den Fetzen an sich, ohne die Nummer zu betrachten. »Bist halt immer noch durchgeknallt. Also, bis dann.«

»Bis dann«, sagte Rose und öffnete ängstlich die Tür. Aber es war zu spät. Richard kam bereits durch den Garten marschiert. Kaum sah er Shona in der Tür, huschte unbändige Wut über sein Gesicht, nur ganz kurz, aber Rose sah es trotzdem.

»Aha. Guten Tag«, sagte Richard. »Wen haben wir denn hier?«

»Das ist Shona«, erklärte Rose nervös. »Wir haben

damals zusammen in dem Café gearbeitet. Wir sind uns eben gerade zufällig über den Weg gelaufen, und sie musste dringend mal, da habe ich sie kurz mit reingenommen ... ganz kurz.«

»Ich bin schon weg«, sagte Shona, der Roses Unbehagen nicht entging.

»Ach, wieso denn?«, sagte Richard. »Komm doch mit rein, iss mit uns, guck ein bisschen mit uns fern. Wär doch nett.« Er lächelte, aber von Herzlichkeit keine Spur.

»Ja, nee. Wohl eher nicht.« Shona schauderte und musste sich an ihm vorbeidrängen, weil er nicht einen Millimeter zur Seite wich, um ihr Platz zu machen. Sie hielt das Klopapier hoch und winkte Rose damit zu. »Ich ruf dich an, ja? Wir machen uns einen netten Abend.«

Rose erwiderte nichts, drehte sich um und eilte zurück in die Küche, wo sie den benutzten Becher in die Spüle stellte und sich wieder daranmachte, Kartoffeln zu schälen.

»Du bist früh dran heute«, sagte sie ohne aufzublicken, als Richard mit seinem Scotch in der Hand hereinkam.

»Ja«, sagte er. »Und ich hatte mich eigentlich auf einen ruhigen Abend zu Hause gefreut. Stattdessen ist die Bude voll.«

»Die Bude ist doch nicht voll, nur weil Shona da ist«, widersprach Rose unsicher, schnitt eine Kartoffel in Viertel und legte sie in einen Topf mit kaltem Wasser. »Und außerdem ist sie ja schon wieder weg und war höchstens eine Minute hier.«

»Man braucht länger als eine Minute, um einen Tee zu trinken«, sagte Richard, nahm den benutzten Becher zur Hand und knallte ihn auf die Arbeitsfläche.

»Ist das denn so wichtig?«, fragte Rose ein klein wenig trotzig, bevor sie wieder den Blick senkte und die nächste Kartoffel viertelte. Sie zuckte zusammen, als Richard sie von der Arbeitsfläche weg und gegen den Herd schubste. Die Metallteile bohrten sich ihr schmerzhaft in den Hintern.

»Den ganzen Tag schlage ich mich mit kranken alten Damen, verdreckten Kindern und simulierenden Drückebergern herum, und weißt du, wofür? Für das hier. Für dieses Haus und für dich, damit ich, wenn ich nach Hause komme, wenigstens ein paar Stunden meine Ruhe und keine Idioten um mich herumhabe. Von daher, ja, ich würde schon sagen, dass es wichtig ist, Rose. Sehr wichtig sogar.«

Er nahm den Topf mit dem Wasser und den Kartoffeln und schleuderte ihn gegen die Wand. Mit lautem Getöse fiel er scheppernd zu Boden und landete in einer Pfütze Wasser zwischen säuberlich geviertelten Kartoffeln.

Rose japste, als sie sich jetzt daran erinnerte, wie sie sich damals vor Angst nicht gerührt und ihren Mann nicht angesehen hatte, während er sein Scotchglas leerte. Als er wieder etwas sagte, war seine Stimme ganz zahm. Zärtlich.

»Jetzt sieh dir an, wozu du mich gebracht hast«, sagte er.

»Entschuldigung«, sagte Rose. »Ich tu's nie wieder.«

»Braves Mädchen.« Richard küsste sie auf die Wange. »Na, dann schälst du jetzt wohl besser noch ein paar Kartoffeln, was? Ich sterbe vor Hunger.«

Rose hatte ihr Handy angelassen, damit sie immer sofort Shonas Nachrichten zum Stand der Dinge erhielt. Gegen zehn war diese immer noch damit beschäftigt, ihre Söhne zu organisieren und ein Auto zu finden, das sie leihen konnte – ihre Mutter war nämlich mit ihrer neuesten Flamme von der Bildfläche verschwunden. Dass auch Richard ihr wieder simste, überraschte Rose nicht. Seine Mitternachts-Deadline war ereignislos verstrichen, und sie wusste, dass er schier durchdrehen musste, weil er die Kontrolle über sie verloren hatte, über das, was sie tat, und darüber, wie sie auf ihn reagierte. Wenn es etwas gab, das er absolut nicht ertragen konnte, dann war es der Kontrollverlust über etwas, das seiner Ansicht nach ihm gehörte. Rose überlegte kurz, die Nachricht zu löschen, ohne sie überhaupt zu lesen, doch obwohl sie genau wusste, was drinstand, musste sie doch sichergehen. Die SMS war kurz und knapp und hätte unter anderen Umständen durchaus freundlich gemeint sein können: »Ich komme und hole dich.«

Rose zweifelte nicht daran, dass er sie irgendwie finden würde. Die Frage war, was sie mit der Zeit bis dahin anfangen sollte – zumal sie keine Ahnung hatte, wie viel Zeit genau ihr blieb. Sie beschloss, ihren Vater aufzusuchen.

»Maddie?«, wandte sie sich an den Rücken ihrer Tochter. Maddie plapperte fröhlich in verteilten Rollen der diversen Miniaturfamilienmitglieder.

»Ja?«, seufzte Maddie in ihrer eigenen Stimme, ohne sich umzudrehen.

»Ich muss mal weg. Willst du hierbleiben und spielen, wenn Jenny nichts dagegen hat?«

Maddie dachte kurz nach und drehte sich dann nach

ihrer Mutter um. »Du willst deinen Vater besuchen«, sagte sie und nickte.

»Stimmt. Und das könnte ein bisschen schwierig werden, weil ich ihn so lange nicht gesehen habe. Ich glaube, wir werden ziemlich viel miteinander reden.« Oder überhaupt nicht, dachte Rose. »Jedenfalls glaube ich nicht, dass es der richtige Zeitpunkt für dich ist, ihn kennenzulernen. Du kannst doch gut eine Weile ohne mich hier sein, oder?«

Maddie fixierte sie auf ihre ganz besondere Weise, als wüsste sie etwas, das Rose nicht wusste.

»Was passiert, wenn Daddy kommt?«, fragte sie schließlich und sah dabei irgendwie gequält aus.

»Dann werden wir einiges besprechen«, sagte Rose.

»Und dann?«, fragte Maddie so verunsichert, dass Rose nicht recht wusste, auf welche Antwort sie wohl hoffte.

»Ehrlich gesagt, das weiß ich selbst nicht so genau«, sagte Rose. »Ich weiß nur, dass wir beide zusammenhalten werden wie immer.«

Daraufhin schwieg Maddie ziemlich lange und beobachtete Rose von ihrem Stuhl neben dem Puppenhaus aus. Gerade als Rose dachte, sie würde noch etwas sagen, wandte sie sich wieder dem Puppenhaus zu und spielte weiter.

»Ich kann hierbleiben, kein Problem«, sagte Maddie über die Schulter hinweg.

Rose war gerade auf dem Weg zu ihrem Auto und überlegte, wie viel Benzin sie wohl noch hatte, als ein absurd großer Toyota-Pick-up neben ihrem Wagen stehen blieb und ihn blockierte.

Sie wollte sich gerade beschweren, als sie Ted auf dem Fahrersitz erkannte. Er grinste zu ihr herüber, was sie nur noch mehr ärgerte, weil sie natürlich dem Sohn ihrer Vermieterin gegenüber nicht unhöflich sein wollte.

»Morgen«, sagte er. »Na, was hast du vor?«

»Ich will meinen Vater besuchen, aber das geht dich ja wohl kaum etwas an!«, blaffte Rose, weil ihr in dem Moment alles zu viel war: Richards SMS, dass sie Maddie allein bei Jenny ließ, das bevorstehende Wiedersehen mit ihrem Vater. »Kann ja sein, dass ihr hier alle in so einer Art Big-Brother-Dorfgemeinschaft lebt, aber ich gehöre nicht dazu, also kümmere dich bitte um deinen eigenen Kram. Und fahr da weg, damit ich rauskann.«

Teds Lächeln erstarb. »Okay. Gut. Ich hab ja nur gefragt.« Er sah ziemlich beleidigt aus.

»Eben«, erwiderte Rose und stieg ein. »Ich komme sehr gut allein zurecht!« Sie wollte den Motor starten, doch der ruckelte und sprotzte nur kurz, dann waren auch die letzten im Tank verbliebenen Benzinschwaden verbraucht.

»Verdammt!« Wütend schlug sie gegen das Lenkrad. Sie schloss die Augen und nahm Anlauf, um Ted nun doch noch um Hilfe zu bitten. Sie ließ das Fenster herunter und winkte ihm zu, als er gerade wegfahren wollte.

Er hob eine Augenbraue und ließ ebenfalls das Fenster herunter. »Was?«

Rose seufzte tief. »Hast du vielleicht einen Reservekanister an Bord? Mein Tank ist leer.«

»Also, ich will mich auf gar keinen Fall einmischen ...«, sagte Ted.

»Ja oder nein?«, fragte Rose. »Wenn nein, wo ist die

nächste Tankstelle? Dann gehe ich da zu Fuß hin und besorge mir einen.«

»Das ist viel zu weit«, sagte Ted. »Komm, ich fahr dich. Ich warte draußen, und auf dem Rückweg kannst du Benzin besorgen.«

»Nein.« Rose war es unangenehm, dass er sich so großzügig zeigte, nachdem sie gerade ziemlich unverschämt zu ihm gewesen war. »Wieso bist du eigentlich so scharf darauf, nett zu mir zu sein?«

Ted sah sie perplex an, als hätte sie ihm eine absolut lachhafte Frage gestellt. »Ich kann dich auch einfach so hier stehen lassen. Ich weiß nicht, warum ich nett zu dir bin, aber eins kann ich dir sagen, lange bin ich's nicht mehr. Soll ich dich jetzt mitnehmen oder nicht?«

»Tut mir leid.« Mit einem Mal wurde Rose bewusst, dass das ihr in Fleisch und Blut übergegangene Misstrauen alles vergiftete. Ihr Magen verkrampfte sich, und ihr Herz raste. Wenn sie jetzt, wo sie sich darauf eingestellt hatte, nicht zu ihrem Vater fahren würde, wäre das eine ziemliche Enttäuschung, und außerdem wäre es vielleicht gar nicht schlecht, jemanden dabeizuhaben, jemanden, der ihr einfach nur helfen wollte. Jedoch war ihr diese Art selbstloser Hilfsbereitschaft so fremd, dass es ihr schwerfiel, sie als solche zu begreifen, geschweige denn anzunehmen. Das hatte sie Richard zu verdanken. Er hatte ihr über die Jahre ein extremes Misstrauen eingeflößt und sie von ihren Mitmenschen isoliert. Wenn sie Teds unerwartetes Angebot jetzt annähme, wäre das fast so etwas wie ein Akt der Rebellion gegen Richard. »Ich bin total gestresst und deswegen so schnippisch. Danke, das wäre sehr nett, wenn du mich mitnehmen könntest.« Rose wurde mit einem strahlenden Lächeln belohnt, und sie konnte nicht anders, als es zu erwidern. »Aber du musst mir versprechen, dass das nicht die Idee deiner Mutter ist und du in Wirklichkeit als ihr Spion unterwegs bist.«

»Du bist gerade mal fünf Minuten hier und hast meine Mutter schon voll durchschaut«, lachte Ted. Er sprang aus dem Wagen, kam zur Beifahrerseite, öffnete die Tür und half Rose auf den hohen Sitz. »Aber wenn du lange genug bleibst, um sie wirklich richtig kennenzulernen, dann wirst du sehen, dass sie zu den Hunden gehört, die bellen, aber nicht beißen. Sie bellt sogar ziemlich laut, aber in Wirklichkeit liegen ihre Mitmenschen ihr sehr am Herzen. Das habe ich wohl von ihr.«

»Wozu braucht ein Barkeeper eigentlich so ein Schlachtschiff von einem Auto?«, fragte Rose, als er auf den Fahrersitz sprang. Sie fand das sehr sympathisch, dass er seine Zuneigung zu seiner Mutter so offen zur Schau trug.

»Das hier ist nicht das Auto eines Barkeepers«, klärte er sie auf und grinste. »Sondern das eines Rockstars.«

Sie fuhren los, und sobald sie sich auf der in die Berge führenden Straße befanden und das Dorf hinter sich ließen, blendete Rose Teds fortwährendes Geplapper über sich selbst aus. Sie war mitten in der Nacht im Stockdunklen angekommen und hatte den Vortag im Dorf verbracht, darum war sie jetzt völlig überwältigt von der sich um sie herum auftürmenden Landschaft. Selbst an diesem feuchtwarmen Augustnachmittag, an dem die Hitze den bleischwer wirkenden Himmel tiefer hängen ließ, waren die Berge und Täler des Lake District wunderschön anzusehen. Die Landschaft unterschied sich sehr von dem, was Rose aus dem lieblichen, sanft ins Meer abfallenden Kent gewöhnt war. Hier sah die Erde aus, als sei sie gerade erst von einem wütenden Riesen auf der Suche nach irgendetwas aufgepflügt worden. Berge reckten sich gen Himmel, zu ihren Füßen lagen Felsen herum, über die sich weiß schäumend Wasserläufe ergossen. An Seen kamen sie auf der kurzen Fahrt zum Storm Cottage nicht vorbei, aber Rose war auch so schon von der Umgebung eingenommen und schwieg beeindruckt. Kein Wunder, dass ihr Vater sich hier mitten in der Natur niedergelassen hatte. Ihre wilde Unvorhersehbarkeit und kalte, schroffe Schönheit passten sehr gut zu ihm.

Ted lenkte den Pick-up auf einen großen, matschigen Hof, an dessen einer Seite sich eine große Scheune mit offen stehendem Tor befand. Linker Hand kauerte sich hinter einer halb verfallenen Trockenmauer ein verwilderter Garten gegen den Berg, und mittendrin duckte sich das, was wohl das Storm Cottage sein musste.

Rose kletterte wortlos aus dem Wagen und sah zum Cottage hinauf, dessen dunkle Silhouette sie an eine Kröte erinnerte, die sich vor einem gewittrigen Spätsommernachmittag in dieser unwirtlichen Gegend verkroch. Es sah ungepflegt und marode aus und wurde seinem Namen damit ganz gerecht – oder war das bloß Rose, die sich einbildete, dass das Gebäude irgendwie ihrem Vater ähneln musste, wie sie ihn sich vorstellte? Die Eigenartigkeit dieser Situation war ihr durchaus bewusst: Sie stand vor dem Haus ihres Vaters und war willens – wenn auch möglicherweise noch nicht ganz bereit –, ihn wiederzusehen. Und was noch seltsamer war: Er befand sich in diesem kleinen Haus und hatte keine Ahnung, dass sie davor stand. Rose war kurz davor, sein Leben zu verändern, in welche Richtung auch immer.

»Trau dich. Klopf an«, ermunterte Rose sich selbst. »Und lass dich nicht einfach wieder wegschicken. Er ist dein Vater, vergiss das nicht. Dein Vater. Vielleicht breitet er einfach die Arme aus, und alles ist gut.«

Eine Klingel gab es nicht, also hämmerte sie mit der Faust gegen das nasse, derbe Holz der Tür, wartete kurz und hämmerte dann noch einmal. Rose sah sich nach Ted um, der sie von seinem Wagen aus beobachtete. Sie überlegte, unverrichteter Dinge zum Bed & Breakfast zurückzukehren – ohne das große Wiedersehen, ohne die große Versöhnung. Irgendetwas musste passieren, so viel wusste sie. Richard würde kommen, und entweder würde er sie in ihr altes Leben zurückzwingen oder … Gott wusste, was oder. Ganz gleich, was passierte, irgendetwas musste passieren – sie konnte nicht einfach hier herumsitzen und darauf warten, dass ihr Mann sie fand.

Im Haus tat sich immer noch nichts, und Rose hatte sich gerade abgewandt, als die Tür sich doch noch öffnete.

»Sind Sie noch ganz bei Trost?«, herrschte eine wütende Männerstimme sie von hinten an. Rose straffte die Schultern und drehte sich wieder zur Tür um. Sie hob das Kinn an, um dem alten Mann in die Augen zu sehen. Er sah ihrem Vater kaum ähnlich, und doch wusste sie sofort, dass er es war. Natürlich war er älter geworfen. Kleiner. Der große, vitale Mann, dessen Bild sie immer vor Augen hatte, wenn sie an ihn dachte, war geschrumpft. Der kräftige, dunkelhaarige Mann, an den sie sich so gut erinnerte, war mager, sein Gesicht eingefallen und voller Furchen. Sein Haar war ergraut, aber er trug es immer noch schulterlang. Rose betrachtete ihn noch ein paar Sekunden länger, sie schaffte es nicht, den Blick von dem Gesicht zu lösen, das sie einst so heiß und innig geliebt hatte. Und dann fiel ihr auf, dass er sie ebenfalls prüfend ansah. Sie senkte das Kinn, um ihr Gesicht vor ihm zu verbergen. Sie wollte nicht, dass er ihr das Verstreichen von über zwanzig Jahren genauso ansah wie sie ihm, und wusste gleichzeitig, wie albern das von ihr war. Als er sie das letzte Mal gesehen hatte, war sie noch ein kleines Mädchen gewesen.

»Das hier ist ein Privatgrundstück.« Der Schock hatte den Zorn in seiner Stimme deutlich gedämpft.

»Erkennst du mich nicht wieder?«, fragte sie und suchte sein Gesicht nach Spuren von dem Mann ab, der sie auf die Stirn geküsst hatte und dann gegangen war. »Ich bin's, Rose. Deine Tochter.«

John Jacobs öffnete die Tür noch einen halben Zentimeter und starrte sie an. Stirnrunzelnd betrachtete er sie, und Rose fragte sich kurz, ob er sich überhaupt daran erinnern konnte, eine Tochter zu haben.

»Natürlich erkenne ich dich wieder«, sagte er dann ohne jeden Ausdruck in der Stimme.

»Hallo John«, begrüßte Rose den Vater, den sie nicht gesehen hatte, seit sie neun Jahre alt gewesen war. »Ich hab dich gefunden.«

Das klang, als hätten sie nur mal eben Verstecken gespielt, und doch fiel Rose nichts anderes ein. Seine Kiefermuskulatur spannte sich an, während er sie aus der Sicherheit hinter der Tür beobachtete und vermutlich überlegte, ob er sie hereinlassen sollte oder nicht. Und dann, ohne ein weiteres Wort, gelangte John Jacobs zu einer Entscheidung und trat einen Schritt zur Seite, um Rose in sein

Haus treten zu lassen. Rose warf einen kurzen Blick zum Wagen, holte tief Luft und ging hinein.

Sie hatte keine Ahnung, wie sie sich verhalten sollte, während sie sich in der Wohnküche mit dem alten Steinfußboden umsah, in der ein altes Sofa unter einem verstaubten Überwurf direkt vor einem Kamin stand. Ohne ihren Vater anzusehen, entledigte sie sich ihres Mantels und strich sich die Haare aus dem Gesicht.

John, der immer noch neben der geöffneten Haustür stand, seufzte schwer, schloss widerwillig die Tür, zuckte die Achseln und sah sie an.

»Gut.« Rose fuhr sich mit den Fingern durch das Haar. Sie rang um Worte. »Ich schätze, das ist ein ziemlicher Schock für dich. Für mich übrigens auch.«

John öffnete den Mund und schloss ihn wieder. Er wandte ihr den Rücken zu und richtete den Blick gegen die weiß getünchte Ziegelwand hinter dem alten Spülstein aus Keramik. Vielleicht hoffte er, wenn er nur lange genug wartete, dann wäre sie verschwunden, bis er sich wieder umdrehte, und er habe nur schlecht geträumt.

»Wie geht es dir?«, fragte Rose seinen Rücken. Sie riss sich sehr zusammen, bemühte sich, unaufgeregt und deutlich zu sprechen und sich in dieser unmöglichen Situation irgendwie angemessen zu verhalten. Johns Schultern war die Verkrampfung anzusehen, womöglich hoffte er, Rose mit schierer Willenskraft wieder aus dem Haus zu befördern. Rose biss sich so fest auf die Unterlippe, dass der Schmerz sie von der Beklemmung in ihrer Brust ablenkte. Er wollte, dass sie so schnell wie möglich wieder aus seinem Leben verschwand, das war deutlich zu spüren. Wenn ihr Leben ein anderes gewesen wäre, wenn sie nicht die

Fragen eines ganzen Lebens in die Zeit vor ihrer Begegnung mit Richard gepresst hätte, dann hätte Rose sich jetzt umgedreht und wäre gegangen, aber wenn ihr Leben ein anderes gewesen wäre, dann hätte sie jetzt vielleicht noch ihren Vater und ihre Mutter und hätte nicht mit achtzehn den erstbesten Mann geheiratet, der ihr einen Antrag machte. Ob er es wusste oder nicht, John hatte eine Serie von Ereignissen in Gang getreten, die sie heute, an diesem stürmischen Nachmittag, vor seine Haustür geführt hatte – und es war Zeit, sich den Konsequenzen zu stellen.

»Hör zu«, begann John in ziemlich abweisendem Ton. Seine Stimme klang ein wenig heiser, als sei sie es gar nicht gewöhnt zu sprechen, sein Blick war weiter an die Wand gerichtet. »Was haben wir einander schon zu sagen? Wir sind Fremde. Du hast bestimmt irgendwelche Gefühle und eine große Wut, über die du reden möchtest, aber weißt du was, Rose? Es wird nichts bringen. Es wird nichts ändern. Für dich nicht und für mich nicht. Die Dinge sind, wie sie sind. Ich habe kein Interesse an einer Versöhnung oder daran, dass wir einander das Herz ausschütten. Ich habe in meinem Leben keinen Platz für eine verlorene Tochter, und ich möchte den Platz auch nicht schaffen. Es würde einfach nichts bringen, verstehst du?«

Rose schwieg eine Weile, dann sagte sie: »Ich habe dich nicht gesucht.« Es war ihr wichtig, dass er das wusste. Es überraschte sie selbst, wie beherrscht ihre Stimme war, wie emotionslos und glatt. Die Flutwelle von Gefühlen, mit der sie gerechnet hatte, war ausgeblieben. »Und trotzdem bin ich irgendwie wegen dir hier in Millthwaite. Guck.« Sie ging zu ihm und hielt ihm die Karte mit seinem eigenen Gemälde vor die Nase. Er betrachtete sie mit zusammengekniffenen Augen, nahm sie ihr aber nicht ab. »Ich habe meinen Mann verlassen. Ich musste irgendwohin, und Millthwaite war der einzige Ort, der mir in den Sinn kam. Ich hatte keine Ahnung, dass du hier lebst, das habe ich erst nach meiner Ankunft erfahren. Und ich habe fast zwei Tage gebraucht, um mich dazu durchzuringen, herzukommen. Und jetzt bin ich hier, in deinem Cottage, und du stehst vor mir und ...« Sie hielt inne, betrachtete sein gealtertes Gesicht auf der Suche nach einer Spur des Mannes, den sie einst so verehrt hatte. »Du hast recht, ich kenne dich nicht. Und du kennst mich auch nicht. Und vielleicht würde es dir tatsächlich nichts bringen, über so einiges zu reden. Aber ich glaube, es hat seinen Grund, dass ich hier über dich gestolpert bin, und ich glaube, *mir* würde es sehr viel bringen. Und nach allem, was geschehen ist, würde ich sagen, du schuldest mir was, John. Meinst du nicht? Du schuldest mir sogar eine ganze Menge.«

John sah sie kurz an, zwischen seinen Brauen bildete sich eine steile, tiefe Falte. Dann senkte er den Kopf und wirkte, als hätte Rose ihn in die Enge getrieben. In dem schlechten Licht konnte sie ihn gar nicht richtig sehen, aber sie hatte den Eindruck, dass die runde Brille auf seiner Nase immer noch dieselbe war wie damals, als sie ihn zuletzt gesehen hatte. Gewundert hätte es sie nicht. Er hatte schon immer eine große Schwäche für bestimmte Gegenstände gehabt, die er wie Talismane in seiner Nähe hegte und pflegte. Die Brille hatte früher seinem Vater gehört, Roses Großvater, auf dessen Schoß sie als kleines Mädchen gesessen hatte. Plötzlich tauchten unscharfe Bilder aus ihrem Gedächtnis auf, ein Sommergarten voller Blumen. Es war typisch für ihren Vater, dass er einen solchen Gegenstand wie einen Schatz hütete, aber seine Familie achtlos wegwarf.

»Du kannst hier nicht bleiben«, sagte er schließlich.

»Das will ich auch gar nicht«, sagte Rose. »Und ich erwarte auch nichts von dir. Jedenfalls nicht mehr, seit ich deine Küche betreten habe. Aber jetzt, wo ich weiß, dass es keine großartige Versöhnung, keine Umarmungen, keine Tränen und keine Liebesbekundungen geben wird, bin ich mir gar nicht sicher, ob ich das überhaupt wollte. Das Einzige, was ich von dir will, John, sind Antworten. Als du damals gingst, hast du damit mein Leben für immer verändert, und ich möchte wissen, warum. Und ich möchte dir deine Enkelin vorstellen und dass du etwas über mich erfährst und über das Leben, das du damals zurückgelassen hast. Du musst mich weder mögen noch lieben. Ich will einfach nur, dass du mir zuhörst und meine Fragen beantwortest. Ganz ehrlich, ich finde, das ist das Mindeste, was du für mich tun kannst.«

Rose staunte selbst über ihre kühle Beherrschung. Vielleicht war das auch etwas, das sie im Zusammenleben mit Richard gelernt hatte: Im Angesicht unerträglichen Schmerzes jegliche Gefühle auszuschalten, sämtliche Nervenenden zu betäuben, damit nichts sie verletzen konnte – ganz gleich, was passierte.

John schwieg sekundenlang, und Rose ergriff abermals das Wort. Ihre Selbstbeherrschung und ihre Immunität gegenüber seiner Grausamkeit ließen sie kühn werden.

»Hast du was dagegen, wenn ich mir eine Tasse Tee mache?« Sie ging zum Herd hinüber, wo ein zerbeulter alter Kessel stand. »Möchtest du auch einen?«

»Rose«, sagte John leise. »Du kannst hier nicht einfach so aufkreuzen. Du kannst dich mir nicht einfach so aufdrängen. Ich sagte es bereits: Ich möchte das nicht.«

»Ich möchte das aber.« Rose verharrte, die Finger fest um den Griff des Kessels geklammert, und zwang sich, ganz ruhig und leise zu sprechen, als jahrzehntelang unterdrückte Worte des Zorns, von deren Existenz sie keine Ahnung hatte, in ihr zu brodeln begannen. »Du hast mich verlassen, als ich neun Jahre alt war, und ich habe dich seither nie um etwas gebeten. Bis heute. Ich möchte einfach nur eine Tasse Tee.«

John nahm ihr den Kessel ab und hielt ihn selbst unter den knarrenden Wasserhahn.

»Warum?«, fragte er müde. »Was wird es deiner Meinung nach ändern, wenn du mit mir redest?«

»Es wird mir helfen zu verstehen«, sagte sie leise, aber bestimmt. »Ich glaube, mir ist bis heute gar nicht klar gewesen, dass ich alles verstehen muss, was mir passiert ist, seit du weggegangen bist. Ich dachte wohl immer, ich könnte das einfach alles ignorieren, unter den Teppich kehren, weitermachen. Aber das kann ich nicht. Meine Ehe ist am Ende, meine Tochter ist ... ungewöhnlich. Irgendwie führe ich ein Leben, von dem ich das Gefühl habe, dass es gar nicht wirklich meins ist, und ...«

»Du gibst mir die Schuld«, sagte er. Es war eine Feststellung, kein Vorwurf.

»Ich weiß es nicht«, sagte Rose. »Ich glaube, ich gebe überhaupt niemandem die Schuld. Ich ... Ich muss einfach nur wissen, warum mein Leben sich so entwickelt hat, und zwar möglichst bald, weil ich glaube, dass ich nur *eine* Chance habe, es zu ändern. Ich habe in Millthwaite

Zuflucht gesucht, weil ... ich einem Hirngespinst hinterherjage. Und dann finde ich dich. Ich habe keine Ahnung, was als Nächstes passieren wird, aber ich weiß, dass das hier etwas zu bedeuten haben muss, und wenn nicht, dann muss ich eben dafür sorgen, dass es etwas bedeutet.«

Kopfschüttelnd stellte John den Kessel auf den Herd. Er entzündete ein Streichholz und hielt es an den Gasring, der kurz laut aufflammte und dann ruhig und blau vor sich hin brannte.

»Ich lebe allein, ich arbeite allein, ich betreibe keine Konversation. Ich spiele nicht mit Kleinkindern. Ich trinke nicht mehr. Seit fast drei Jahren habe ich keinen Tropfen mehr angerührt. Wenn ich mich auf mich selbst konzentriere, kann ich nüchtern bleiben und arbeiten. Und das will ich auf gar keinen Fall aufs Spiel setzen.«

»Nicht einmal für mich«, flüsterte Rose und musste an jenen letzten Kuss denken, den ihr Vater ihr auf die Stirn gedrückt hatte.

John schüttelte den Kopf. »Nicht einmal für dich.«

Rose holte scharf Luft, als hätte er ihr mit seinen Worten eine Ohrfeige verpasst. Vielleicht berührte ihn das mehr als alles, was sie zuvor gesagt hatte, denn auf einmal änderte sich seine Haltung kaum merkbar, als hätte er sie in dem Augenblick zum ersten Mal wirklich wiedererkannt.

»Na gut. Komm morgen wieder«, sagte er müde. »Wenn es das ist, was du brauchst, um zu deinem Leben zurückzukehren und aus meinem zu verschwinden, dann werde ich mein Möglichstes tun und deine Fragen beantworten. Aber ich warne dich: Dir wird höchstwahrscheinlich nicht gefallen, was du hörst. Und jetzt muss ich arbeiten. Mach die Tür hinter dir zu, wenn du deinen Tee ausgetrunken hast.«

John verließ das Cottage und ging vermutlich hinüber in die Scheune. Stocksteif blieb Rose noch einige Augenblicke in dem kleinen, schmuddeligen Wohnzimmer stehen und wartete darauf, dass Tränen, Gefühle, Verbitterung und Verletzungen sie übermannten – aber nichts passierte. Rein gar nichts. Sie stand nur wie angewurzelt da und war gefangen in diesem Moment, der ihr völlig surreal vorkam. Der Bann wurde gebrochen, als die Tür mit einem Quietschen aufging. Rose zuckte zusammen und sah einen unsicher aus der Wäsche guckenden Ted hereinkommen.

»Ich wollte bloß sichergehen, dass er dich nicht zerhackt hat oder so«, sagte Ted besorgt und trat näher heran. »Alles in Ordnung? Du bist ja weiß wie die Wand. Hast du ein Gespenst gesehen?«

»Kann sein. Irgendwie.« Rose schüttelte den Kopf. »Keine Ahnung, was da gerade passiert ist, aber ein normales Wiedersehen würde ich es nicht nennen.«

»Brauchst du was Hochprozentiges?«, fragte Ted. »Komm, ich bring dich runter zum Pub und geb dir einen Whisky aus.«

Rose wollte gerade das sagen, was sie immer sagte, wenn jemand ihr einen Drink anbot – »Nein danke, ich trinke keinen Alkohol« –, als ihr aufging, dass sie gar nicht wusste, weshalb sie keinen Alkohol trank. Sie war irgendwie immer davon ausgegangen, dass es mit dem Alkoholmissbrauch ihres Vaters zu tun hatte. Damit, dass ihr Mann es nicht wünschte. Damit, dass sie keinen Alkohol mochte. Aber in Wirklichkeit hatte sie nie selbst bewusst eine Entscheidung für oder gegen Alkohol getroffen. Da kam ein so merkwürdiger und schwieriger Tag wie dieser doch gerade recht.

»Gerne. Danke.« Sie nickte und gestattete Ted, sie zum Wagen zurückzubringen.

»Du wusstest, dass es nicht leicht werden würde«, sagte Ted, als der Pick-up zurück Richtung Millthwaite holperte, mit einem kurzen Zwischenstopp an der Tankstelle. »Ich meine, so ein Wiedersehen ist nie einfach, aber wenn der eine Part Künstler ist und dafür bekannt, ein unangenehmer Zeitgenosse zu sein, dann sind die Schwierigkeiten doch vorprogrammiert.«

Rose lächelte schwach. Es gefiel ihr, wie er eine so komplexe Situation so einfach zusammenfasste.

»Ja, da hast du wohl recht«, sagte sie.

Ted sagte erst wieder etwas, als sie im Pub saßen und Albie sie vom anderen Ende des Tresens beäugte.

»Du hast also deinen Mann verlassen, ja?« Ted legte das Kinn auf den verschränkten Armen ab, um unter ihrem Vorhang von Haaren hindurch Blickkontakt zu Rose zu bekommen. »Bist du abgehauen?«

»Ja.« Rose sah auf. »Jetzt sagst du bestimmt, ich stecke in einer Midlife-Crisis.«

»Ich sage gar nichts, ich habe ja keine Ahnung, was passiert ist. Ich fand nur …« Ted zögerte. »Ich fand, du sahst aus, als könntest du einen Drink gebrauchen.«

»Konnte ich auch«, sagte Rose. »Kein Wunder. Mein Vater hat getrunken, meine Mutter hat getrunken. Saufen liegt in der Familie, ich bin wahrscheinlich die Nächste, die daran zugrunde geht.«

»Das glaube ich nicht.« Ted legte den Kopf schief und sah sie forschend an. »Weißt du, wenn man in einem Pub arbeitet, dann entwickelt man einen Blick für echte Säufer, also für die, die einen Drink brauchen, um überhaupt irgendwie den Tag durchzustehen. Die haben so etwas an sich – selbst die, die ganz respektabel aussehen und wirken, als hätten sie sich im Griff. Du hast das nicht an dir. Und außerdem machst du ja wohl gerade ziemlich was durch. Das tut mir sehr leid für dich.«

Rose schüttelte den Kopf. »Das muss dir nicht leidtun. Ich brauche kein Mitleid. Ich bin schließlich losgezogen und habe es bis hierher geschafft. Ich mag auf dich ziemlich verloren wirken, aber ich sage dir, so stark wie jetzt bin ich noch nie in meinem Leben gewesen.«

»Ach ja?« Ted lächelte sie an, als wisse er es besser.

Rose erwiderte sein Lächeln. Sie hatte das Gefühl, mit jedem Schluck Whisky mehr aufzutauen.

»Das ist aber nicht besonders gentlemanlike, meine Worte anzuzweifeln«, sagte sie. »Willst du etwa behaupten, dass ich alt und müde und ausgelaugt aussehe vom vielen Kämpfen?«

»Überhaupt nicht.« Ted rückte ein bisschen näher zu ihr heran. »Im Gegenteil. Du siehst klasse aus.«

Rose schnaubte vor Lachen und verschluckte sich am Whisky. Sie hustete und prustete, während die Flüssigkeit überall da brannte, wo sie gar nicht hingehörte.

»Ach, Ted.« Sie lächelte ihn an. »Du bist jung und naiv und aus Gründen, die sich mir nicht erschließen, an mir interessiert. Aber du bringst mich zum Lachen, das schaffen nicht viele, von daher danke.«

»Gern geschehen.« Lächelnd trank Ted einen Schluck

von seinem Drink. »Und ich interessiere mich deshalb für dich, weil du interessant bist. Hier in der Gegend gibt es nicht so wahnsinnig viele interessante Frauen. Du bist wie so eine Femme fatale aus dem Kino, geheimnisvoll und gefährlich!«

»Oje, du weißt echt, wie man eine Frau einwickelt, was?« Rose lachte und überlegte, wie sich ihr Leben wohl entwickelt hätte, wenn sie jemanden wie Ted kennengelernt hätte, bevor Richard in ihr Leben trat. Sie selbst und ihr Leben wären sicher ganz anders gewesen, wenn sie einem Mann begegnet wäre, mit dem sie hätte lachen, dem sie unbefangen in die Augen hätte blicken können, einem Mann, der ihr das Gefühl gegeben hätte ... normal zu sein. »Sei froh, dass ich viel zu alt und erfahren bin, um auf deine Sprüche hereinzufallen.«

»Noch.« Ted nickte lächelnd. »Noch. Aber wart's nur ab, das wird sich ändern, wenn du zu meinem Gig kommst.«

»Ich komme aber nicht zu deinem Gig«, sagte Rose entschieden.

»Oh, doch«, sagte Ted. »Garantiert. Du kannst dich nämlich entscheiden zwischen einem Abend im Pub und einem Abend in der Gesellschaft meiner Mutter.«

»Klingt überzeugend.« Rose lächelte.

»Gut.« Ted schien sich aufrichtig zu freuen.

»Jetzt muss ich aber zurück zu Maddie.« Rose schob ihr leeres Glas über den Tresen zu ihm hin. Dankbar stellte sie fest, dass sie kein Verlangen nach einem zweiten hatte. »Danke fürs Fahren, Ted.«

»Jederzeit«, sagte Ted. »Ich bring dir den Kanister später vorbei.«

Rose spürte seinen Blick in ihrem Rücken, als sie den

Pub verließ. Wann hatte sie zuletzt ein Mann angesehen? *So* angesehen? Rose wusste es sehr genau.

Rose erinnerte sich lebhaft, wie sich das angefühlt hatte, von Richard bemerkt zu werden.

Sie war fast achtzehn gewesen und hatte erst, als er sie auf seine spezielle Art ansah, bemerkt, dass sie monatelang unsichtbar gewesen war. Schon bevor ihre Mutter gestorben war, hatte sie sich selbst unsichtbar gemacht, hatte den Kopf eingezogen, sich geduckt, ihre Arbeit so erledigt, dass sie keine Aufmerksamkeit auf sich zog. Sie war zufrieden damit gewesen, einfach nur Rose zu sein, das Mädchen, das immer mitzog, das irgendwie witzig war, nicht wer weiß wie hübsch, einfach nur die stille, unauffällige Rose. Die, die Shona jeden Samstagabend mit auf die Piste schleppte, obwohl dem Rest der Clique herzlich egal war, ob das Goth-Mädel dabei war oder nicht. Irgendwie waren diese wenigen Monate zwischen dem Tod ihrer Mutter und Richards Auftauchen mit die glücklichste Zeit ihres Lebens gewesen. Sie war nichts und niemand Besonderes – aber frei. Sie hatte genau die Freiheit gehabt, die eine Siebzehnjährige braucht, um richtig aufblühen zu können. Und dann tauchte Richard auf. Sah sie. Bemerkte sie. Und in dem Augenblick wurde ihr klar, wie sehr sie sich danach sehnte, von ihm gesehen und angesehen zu werden, angesprochen und angefasst. Wie sehr sie sich wünschte, dass er sie für etwas Besonderes hielt.

Als Rose an dem Tag Feierabend machte, wartete er vor dem Eiscafé auf sie. Sie sah ihn und zögerte kurz. Überlegte, ihn zu ignorieren und an ihm vorbeizueilen, als wüsste sie nicht, wer er war. Aber das konnte sie nicht.

»Hallo«, hatte er gesagt. »Wäre wohl ziemlich daneben, wenn ich dich fragen würde, ob ich dich zu einem Eis einladen darf, oder?«

Sein warmes Lächeln hatte ihr ein ähnliches Gefühl beschert wie der Whisky eben gerade.

»Ich würde am liebsten mein ganzes Leben kein Eis mehr sehen«, sagte sie, strich sich ein paar lose Strähnen aus dem Gesicht und zwang sich, ihm in die Augen zu sehen.

Er war deutlich älter als sie, Ende zwanzig vielleicht. Mit seinem eleganten Anzug und dem akkuraten Haarschnitt unterschied er sich deutlich von den Leuten, mit denen sie sonst so zu tun hatte. Die Jungs, mit denen Shona und ihre Freundinnen abhingen, waren genau das: Jungs. Kinder. Er war ein erwachsener Mann.

»Ich bin Arzt. Ich bin gerade bei einem Bewerbungsgespräch die Straße runter gewesen, für eine Stelle als Allgemeinmediziner. Ich kenne Broadstairs nicht besonders gut, ziehe aber vielleicht bald hierher und würde mich freuen, wenn mir jemand verraten würde, wo ich eine gute Tasse Tee bekommen kann.«

Rose zögerte und warf einen Blick über die Schulter, als würde jemand auf sie warten. Nicht, dass sie nicht mit ihm mitgehen wollte – sie wusste nur überhaupt nicht, was sie sagen sollte. Und wie.

»Kein Problem, wenn du anderweitig verabredet bist«, sagte Richard und wirkte dabei auf niedliche Weise nervös. »Du bist wahrscheinlich gerade auf dem Weg zu deinem superathletischen Freund, oder?«

»Nein!« Rose war selbst überrascht, dass sie lachte, es kam so selten vor. »Ich habe keinen Freund.«

»Das verstehe ich nicht.« Richard sah sie durchdringend an. »Du bist doch ein tolles Mädchen.«

Rose spürte, wie ihr heiß wurde. »Es gibt da was, wo die Taxifahrer gerne frühstücken. Da gibt's guten Tee.«

»Zeigst du mir, wo das ist?« Richard reichte ihr die Hand. »Ich bin übrigens Richard.«

»Ja, ich zeig's dir.« Rose schüttelte seine Hand, spürte jeden einzelnen seiner starken Finger und bemerkte plötzlich, dass sie wieder Kontakt zur Welt hatte. »Ich bin Rose.«

Stunden später, als der Mond schon hoch am Himmel stand und sie immer noch nonstop redeten, begleitete Richard sie zu Fuß nach Hause.

»Wohngemeinschaft?«, fragte er, als er an dem großen, dunklen Haus hochsah.

»Nein. Das Haus hat meiner Mutter gehört. Meine Eltern sind beide tot«, erklärte Rose ihm fast schon entschuldigend, weil sie fürchtete, ihr unkonventionelles Leben allein könnte ihn abschrecken.

»Du Ärmste«, sagte Richard. »Das ist bestimmt nicht schön, so ganz allein in einem riesigen alten Kasten zu wohnen. Warum verkaufst du es nicht und kaufst dir irgendwo anders was Neues? Dann könntest du ganz von vorne anfangen.«

Rose schüttelte den Kopf und wagte ein Lächeln. »Ich weiß gar nicht, wie man so was macht. Und außerdem glaube ich, muss ich damit warten, bis ich achtzehn bin.«

Richard hatte die Augenbrauen hochgezogen, und Rose war da erst aufgefallen, dass sie sich noch gar nicht verraten hatten, wie alt sie waren – es war nicht wichtig gewesen.

»Ich bin siebzehn«, erklärte Rose. »Im Oktober werde ich achtzehn.«

»Ich bin achtundzwanzig«, sagte Richard. »Macht das was?«

»Mir macht das nichts«, flüsterte Rose.

»Darf ich dich küssen, Rose?«, fragte Richard so leise, dass es auch fast ein Flüstern war.

Rose holte tief Luft und inhalierte den Duft der Rosen, die ihre Mutter so geliebt hatte und die gerade anfingen zu blühen.

»Ich hab noch nie ... Ich weiß nicht, wie das geht«, sagte sie. »Ich weiß nicht, was ich machen muss.«

»Du musst gar nichts machen«, flüsterte er.

Rose stand regungslos auf dem Bürgersteig vor ihrem Haus, umgeben vom Duft der Rosen, als Richard sie unendlich sanft und zärtlich küsste. Ihre Hände hingen einfach nur schlaff herunter, sie wagte kaum zu atmen, und doch fühlte sie sich mit jeder Sekunde, die seine Lippen ihre berührten, lebendiger.

6

»Scheiße, Mann, was ist denn hier mit dem Sommer los?«, war das Erste, was Shona Rose fragte, als sie aus dem zehn Jahre alten lila Nissan Micra stieg – dem Ein und Alles ihrer lieben Mutter. »Hat jemand vergessen, Bescheid zu sagen, dass August ist, oder was?«

Rose grinste erleichtert, als ihre Freundin endlich vor ihr stand. Sie hatten sich eine gefühlte Ewigkeit nicht gesehen, und schon allein die Tatsache, ihre Freundin jetzt in ihrer Nähe zu haben, hob Roses Laune beträchtlich. Die beiden Frauen umarmten sich.

»Hallo, Shona«, begrüßte Maddie sie. »Wo sind deine Kinder?«

»Bei ihrer Oma«, sagte Shona, und sobald das Mädchen enttäuscht wegguckte, sah sie jubelnd zu Rose. »Als ich sie dann endlich gefunden hatte, hat sie angeboten, ein paar Tage auf sie aufzupassen.«

»Ich wollte Tyler sehen. Ich mag Tyler, wenn er das spielt, was ich spielen will. Aber Aaron mag ich nicht, es ist mir egal, dass er nicht dabei ist.«

»Er lässt dich auch ganz lieb grüßen«, entgegnete Shona amüsiert. Sie gehörte zu den wenigen Menschen, in deren Gegenwart Rose sich nicht wegen Maddies Eigenart verkrampfte. Entweder kümmerte Shona Maddies mangelnde Höflichkeit nicht, oder sie fiel ihr gar nicht weiter auf. Jedenfalls quittierte sie sie nicht – wie die meisten anderen Erwachsenen – mit verschnupften Kommentaren, die nahelegten, Rose hätte ihrer Tochter gezielt beigebracht, anzuecken und Leute zu beleidigen. »Meine Mutter meinte, eine Reise in den Norden wäre nicht gut für die beiden, in erster Linie, weil sie glaubt, dass sich im Norden jede Menge Kannibalen und Trolle tummeln, also sind sie jetzt ein paar Tage bei ihr. Was so viel heißt wie: Her mit den Kerlen! Kleiner Scherz.«

»Na, das kann ja heiter werden«, murmelte Jenny, die plötzlich aus der Haustür trat, gerade so laut, dass sie es hören konnten.

»Wer ist das, Süße?«, fragte Shona Rose, stellte ein paar Plastiktüten mit ihren Sachen auf dem Bürgersteig ab, legte einen Arm um ihre Freundin und fischte gleichzeitig eine Schachtel Zigaretten aus der Tasche ihrer Jeansjacke. »Die Tourist-Info?« Sie beförderte äußerst geschickt eine Kippe zwischen ihre Lippen.

»Das ist Jenny. Meine … unsere Vermieterin.« Rose sah zu Jenny, die sich nicht viel Mühe gab, zu verbergen, dass sie nichts von Shona hielt. Und in der Regel war diese Art der Abneigung Shona gegenüber durchaus gerechtfertigt. Ihr Aufzug heute war in Sachen Seriosität auch wenig förderlich. Sie war in den engsten weißen Jeans aufgekreuzt, die Rose je gesehen hatte, und trug dazu ein extrem knappes rosa Top mit so tiefem V-Ausschnitt, dass wirklich wenig der Fantasie des Betrachters überlassen wurde. Zwischen Hosenbund und Topsaum quollen gut und gerne zehn Zentimeter ihres künstlich gebräunten Bauches hervor. Und genauso gefiel Shona sich. In der

Rolle des promiskuitiven, männermordenden Weibes. Was eigentlich nicht nur komisch, sondern regelrecht seltsam war, weil Rose genau wusste, dass Shona kaum mehr sexuelle Erfahrung hatte als sie. Mit fünfzehn hatte sie mal eine eher unkluge Geschichte mit dem ältesten Nachbarssohn laufen, mit dem war sie immer nach Feierabend im Café losgezogen, obwohl er wohl viel mehr auf sie stand als sie auf ihn. Und dann kam Ryan. Und obwohl der sie ständig betrog und immer anderen Frauen schöne Augen machte, hatte Shona praktisch keinen anderen Mann mehr angesehen, seit sie ihm begegnet war. Auch nicht, als er mit einer anderen Frau ein Kind bekam. Und doch konnte man, wenn man Shona in ihren ultrakurzen Tops und mit den riesigen, an den Ohren baumelnden Creolen das erste Mal sah, meinen, man hätte es mit einer modernen Ausgabe von Mae West zu tun.

»Hier ist Rauchen verboten.« Jenny nickte in Richtung der inzwischen brennenden Zigarette in Shonas Mund. »Und Trinken auch. Und Herrenbesuch auch.«

»*Herren*besuch?« Shona zog einmal kräftig an ihrer Zigarette und schnickte sie dann auf den Bürgersteig, wo sie einsam vor sich hin qualmte. »Keine Sorge, ich nehm nur echte Kerle mit ins Bett.«

»Ja dann!«, schaltete Rose sich betont fröhlich ein, schnappte schnell Shonas Tüten und trat die Kippe aus. »Wollen wir dir mal dein Zimmer zeigen, was?«

»Ich bin noch nie in meinem Leben so eine weite Strecke gefahren«, sagte Shona, als sie Rose die Treppe hinauffolgte, ihrerseits sehr dicht gefolgt von Maddie und Jenny. »Ich musste mir erst mal von meiner Mutter Kohle leihen, und die hat kaum für den Sprit gereicht, von daher schätze ich mal, dass ich mich hier irgendwann bei Nacht und Nebel vom Acker machen werde.«

»Sie zahlen natürlich im Voraus!« Jenny sprang sofort auf den Köder an, den Shona für sie ausgelegt hatte, und Shona amüsierte sich königlich.

»Keine Sorge, Jenny«, sagte Rose und öffnete die Tür zu ihrem Nachbarzimmer, um das sie Jenny für Shona gebeten hatte. »Shona macht Witze. Stimmt doch, Shona, oder?«

»Jepp.« Shona lächelte Jenny kurz an, und viel freundlicher war ihre Freundin gegenüber Menschen, die sie noch nicht richtig kannte, selten. Rose war bis heute nicht dahintergestiegen, warum Shona sich damals, als sie beide im Eiscafé kellnerten, ausgerechnet sie als Freundin ausgesucht hatte. Sie waren so verschieden gewesen – obwohl sie irgendwann beide in Beziehungen steckten, die sich mehr ähnelten, als ihnen lieb war. Vielleicht hatte das draufgängerische, witzige, allseits beliebte Alphatierchen Shona damals das Eis verkaufende, magere kleine Waisenkind betrachtet und sich selbst in ihm gespiegelt gesehen – nur eben hinter der eigenen tapferen, lustigen Fassade. Wie auch immer, Rose wollte es gar nicht so genau wissen, denn sie brauchte Shona, die einzige Frau, die ihr versicherte, dass sie trotz einiger Macken nicht komplett geisteskrank war. Sie wollte ihre einzige echte Freundschaft zu einem erwachsenen Menschen auf keinen Fall aufs Spiel setzen.

Maddie setzte sich gesittet auf Shonas Bett, während diese den Inhalt einer ihrer Plastiktüten in eine Schublade kippte. »Als du vorhin ankamst, hat Jenny dich vom Fenster aus gesehen und gesagt, du siehst aus wie ein Flittchen«, erzählte sie fröhlich.

»Maddie«, stöhnte Rose und verfluchte die besondere

Begabung ihrer Tochter, Unterhaltungen von Erwachsenen, die gar nicht für ihre Ohren bestimmt waren, wortwörtlich zu zitieren.

Shona sah Jenny an und zog eine gezupfte Augenbraue hoch.

»Frühstück gibt's zwischen acht und halb neun, Extras gibt's nicht, Kaffee auch nicht.« Jenny war offenbar entschlossen, sich von Shona nicht einschüchtern zu lassen.

»Ich nehm's, wie's kommt, und ich sage, was ich denke. So bin ich. Wenn Ihnen das nicht passt, wissen Sie ja, was Sie tun können.«

»Wisst ihr was?«, schaltete Rose sich mit beschwichtigend erhobenen Händen ein. »Ich mache uns jetzt allen mal eine richtig schöne Tasse Tee.«

»Ich muss jetzt weg«, sagte Jenny und guckte dabei, als sei es ihr überhaupt nicht recht, Shona unbeaufsichtigt in ihrem Haus zu lassen. Am liebsten wäre ihr wohl ein bewaffneter Wachposten gewesen. »Möchten Sie heute Abend wieder mit uns essen, Rose? Na, und die da wohl auch.«

»Klasse, danke«, sagte Shona. »Da es in diesem Kaff ja wohl keinen KFC gibt ... Was gibt's denn Köstliches? Haggis?«

»Gut, danke, bis später dann!«, sagte Rose und schloss die Tür, bevor Shona und Jenny sich vollends in die Haare kriegten.

»Warum tust du das?«, fragte Rose ihre Freundin, als sie Jenny die Treppe heruntertrampeln und wütend vor sich hin schimpfen hörten. »So bist du doch gar nicht. Du bist kein Psycho, also warum tust du alles dafür, dass die Leute dich dafür halten?«

»Weiß nich.« Shona zuckte die Achseln und sah zu Maddie, die fasziniert die einzelnen Teile aus Shonas Kosmetikbeutel zog und betrachtete. Kosmetikartikel waren quasi Neuland für sie, weil ihre Mutter sich so gut wie gar nicht schminkte. Maddies Faszination rührte allerdings weniger daher, dass sie ein Mädchen war, das sich gerne verkleidete und schminkte, als vielmehr daher, dass sie wahnsinnig gerne Dinge sortierte. Binnen weniger Minuten würde sie Shonas nicht unbeträchtliche Lippenstift- und Lidschattensammlung nach Farbtönen angeordnet aufgereiht haben. »Ich glaube, das ist einfacher, weil die Leute das von mir erwarten. Es ist viel anstrengender, ihnen zu beweisen, dass ich anders bin.«

»Aber ich weiß doch auch, dass du anders bist.« Rose schüttelte den Kopf. »War das so anstrengend, mir das zu beweisen?«

»Nee, aber ich glaube, das hat mehr mit dir zu tun. Du bist schließlich nicht ganz dicht, das ist jetzt ja quasi amtlich.« Shona sah zu Maddie, nahm einen grell pinkfarbenen Lippenstift zur Hand und gab ihn ihr. »Geh mal zum Spiegel und probier den aus. Sieht bestimmt super aus an dir.«

»Meinst du?« Misstrauisch beäugte Maddie den Lippenstift. »Aber ich bin doch noch ein Kind. Ich will nicht wie ein Flittchen aussehen.«

»Oh Mann, was bist du denn für eine Spaßbremse? Du sagst, du bist noch ein Kind? Dann benimm dich gefälligst auch so. Schmier ihn dir schön dick drauf, in mehreren Lagen!« Maddie wirkte immer noch nicht ganz überzeugt, trottete aber folgsam ins Bad, um mit Schminke zu experimentieren. Shona schloss die Tür hinter ihr.

»Der Wichser erzählt jedem, der es hören will oder auch nicht, dass du einen Nervenzusammenbruch hattest«, sagte Shona ihr plötzlich sehr ernst. »Dass du mit Maddie abgehauen bist und dass er sich Sorgen um deine psychische Verfassung macht und dass du in letzter Zeit sehr viel vom Selbstmord deiner Mutter geredet hättest.«

»Was?«, rief Rose und riss die Augen auf. »Er erzählt herum, ich wollte mich umbringen?«

»Nein, nicht direkt. Genau genommen sagt er alles mögliche andere und überlässt den Rest der Fantasie der anderen. Meine Mutter hat das von Yvette Patel gehört, die es von dieser Krankenschwester gehört hat, von dieser Margaret. Der hat er sich anscheinend ›anvertraut‹ und erzählt, wie sehr ihn das die ganzen Jahre belastet hat, deine Schwierigkeiten vor der Außenwelt zu verbergen. Und dass er sich riesige Sorgen um Maddie macht und um ihre Sicherheit fürchtet.«

»Aber das stimmt doch alles gar nicht!« Rose war entsetzt. Sie kannte Richard, sie wusste, wie glaubwürdig er sich selbst darstellen konnte. Das konnte er richtig gut. Das war sozusagen seine Spezialität: Leute einzuwickeln und dazu zu bringen, ihm zu vertrauen. »Ich will mich doch nicht umbringen! Im Gegenteil, ich will leben! Ich bin von ihm weg, um Maddies und mein Leben zu retten! Hat er schon bei der Polizei angerufen? Bei den Behörden?«

»Weiß ich nicht«, sagte Shona entschuldigend, weil sie Rose ansah, dass sie Angst hatte. »Aber eins weiß ich: Selbst wenn er da angerufen hat, wird nicht sofort eine landesweite Suchaktion gestartet, und ins Fernsehen kommt der Fall auch nicht so schnell. Die Bullen sind das gewöhnt, dass Paare sich im Eifer des Gefechts mal halb zerfleischen und mit sonst was drohen. Unsere Nachbarn haben alle naselang die Bullen gerufen, wenn Ryan und ich uns gefetzt haben, und nur zweimal haben die das wirklich ernst genommen. Und da mussten sie allen Ernstes von uns beiden das Einverständnis haben, dass sie eingreifen dürfen. Na, und ich schätze, das Gleiche gilt für die Behörden. Langweilig ist denen nicht, und die werden einen Teufel tun und sich von jetzt auf gleich an einer sinnlosen Treibjagd beteiligen. Auch wenn es der große Dr. Wichser ist, der sich bei ihnen aufplustert. Ich glaube, du hast noch etwas Zeit, so schnell musst du dir keine Sorgen machen. Wie ich bereits sagte, Rose hat 'ne Vollmeise und rennt irgendeinem Typen quer durchs Land hinterher, nur weil er ihr mal eine reichlich unschuldige Postkarte geschrieben hat.«

»Wem hast du das gesagt?«, fragte Rose alarmiert. »Du hast doch niemandem erzählt, wo ich bin, oder?«

»Natürlich nicht!«, sagte Shona sofort. »Das heißt doch. Meiner Mutter. Ich musste! Ja, selbst die wollte mir nicht ohne triftigen Grund ihr Auto leihen, mehrere Tage meine Kinder beaufsichtigen und mir 'ne Menge Geld mitgeben. Aber Mum hält dicht, das schwör ich dir. Du weißt doch noch, wie dankbar sie dir damals war, als du mir und den Jungs geholfen hast. Die verrät dich nicht.«

»Hoffentlich«, erwiderte Rose verunsichert und überlegte, was Richard wohl noch alles anstellen würde, um die ganze Welt glauben zu machen, dass sie das Problem sei. Dass sie labil, unzuverlässig und unglaubwürdig sei. Wenn jemand dazu imstande war, dann Richard.

»Jetzt mach dir mal keine Sorgen.« Shona legte beruhigend den Arm um Roses Schulter, küsste sie auf die Wange, drückte sie an sich und hob dann trotzig das Kinn. »Wir sind Hunderte Kilometer von zu Hause entfernt. Am sprichwörtlichen Arsch der Welt. Wer würde denn bitte auf die Schnapsidee kommen, uns hier zu suchen? Also, jetzt sag schon: Wo vögeln die Einheimischen? Ich hab gehört, hier auf dem Land treibt man es bevorzugt draußen an der frischen Luft.«

»Ach komm, als ob du dich darauf einlassen würdest!« Rose schüttelte den Kopf. »Das ist noch etwas an dir, was ich nicht verstehe. Dass du immer die Schlampe spielst, obwohl wir beide wissen, dass du gar keine bist. Du bist doch die größte Romantikerin unter der Sonne. Glaubst jedes Mal wieder an ein Happy End.«

»Na, an irgendwas muss man ja wohl glauben«, sagte Shona. »Weil was bleibt denn sonst? Und überhaupt, du bist es, die will, dass ich mich endgültig von Ryan trenne, da wäre es doch vielleicht eine gute Idee, dass ich mich mal langsam nach was Neuem umsehe.« Shona dachte nach. »Au ja! Vielleicht heirate ich einen Landwirt und fange an, Kuchen zu backen und so 'n Kram!«

Rose lachte. »*Das* will ich sehen!«

»Man kann nie wissen, ob aus dem Quickie im Auto nicht vielleicht noch die große Liebe wird!« Shona kicherte und knuffte Rose in die Rippen.

»Was ist ein Quickie im Auto?«, fragte Maddie, die mit einer fetten Schicht roter Farbe rund um den Mund aus dem Bad kam.

»Äh, das ist, wenn man zu schnell fährt«, sagte Rose.

»Hey, ja sag mal, *du* bist ja vielleicht hübsch!« Shona

drehte und wendete die kichernde Maddie. »Halt du dich mal schön an deine Tante Shona, die wird dir in Sachen Style noch so einiges beibringen.«

Rose betrachtete ihre knapp bekleidete Freundin, diese aufgeblasene Illusion einer taffen Sexbombe, die nichts mit dem echten Menschen dahinter zu tun hatte, und schüttelte den Kopf.

»Nur über meine Leiche«, sagte sie.

»Jetzt erzählen Sie schon«, sagte Jenny, als Rose, Shona und Maddie im Esszimmer auftauchten. »Wie lief's mit Ihrem Vater? Ich hab schon bei Ted angerufen deswegen, aber das undankbare Blag geht nicht ans Telefon.«

Rose plusterte ihre Wangen auf und sah zu Maddie, die noch keine einzige Frage zu der Begegnung mit ihrem verlorenen Großvater gestellt hatte. Das Mädchen hatte auch nicht so ausgesehen, als hätte es seine Mutter vermisst, als Rose nach dem großzügigen Whisky doch recht betüdelt wiederkam. Wenn überhaupt, dann schien sie ein wenig konsterniert zu sein, dass sie nicht weiter mit dem Puppenhaus spielen konnte und sich mit ihrer Mutter befassen sollte. Manchmal – nein, sogar ziemlich oft – fragte Rose sich, ob das Kind sie überhaupt liebte. Maddies Angstzustände, wenn sie von etwas Gewohntem, Bekanntem getrennt wurde, waren handfest, aber Rose hatte nicht den Eindruck, dass der Trost, den Maddie in diesen Situationen brauchte, notwendigerweise von ihrer Mutter oder ihrem Vater kommen musste. Ein Lieblingspulli oder Bär taten es auch. Und jetzt hatte Maddie so glücklich und zufrieden und entspannt einige Stunden in Jennys Gesellschaft verbracht, wie es Rose selten mit ihrer

Tochter vergönnt war. Sie für ihren Teil liebte Maddie mit einer Inbrunst, die sie nie für möglich gehalten hätte, und sie hoffte, eines Tages die Gewissheit zu bekommen, dass das kleine Mädchen sie auch liebte.

»Es lief so, wie ich es erwartet hatte, würde ich sagen«, antwortete Rose. »Es hat ihn völlig kalt erwischt, mich zu sehen, und er fand das gar nicht gut, dass ich bei ihm aufkreuzte. Er wollte einfach nur, dass ich wieder gehe.«

»Genauso geht's mir auch, wenn du Belinda Morris für mich zum Spielen einlädst«, sagte Maddie und entfernte sorgfältig alle grünen Bohnen von ihrem Teller. Sie bezog sich auf das Mädchen, das zwei Häuser weiter wohnte. Richard legte Wert darauf, dass es so aussah, als sei seine Tochter genau wie alle anderen kleinen Mädchen, und hatte darum die Freundschaft zwischen den beiden forciert. Rose musste aber schon bald die Kartoffeln aus dem Feuer holen, nachdem Maddie Belindas Mutter erklärt hatte, ihre Tochter sei »genauso blöd, wie sie aussieht«.

»Das ist doch schrecklich! Wie kann ein Mann sich bloß derartig von seinem Kind abwenden!« Jenny sah zu Brian, der schweigend Zeitung las. »Ich finde, du solltest etwas tun, Brian!«

»Ich?«, fragte Brian und wirkte gekränkt. »Was zum Teufel soll ich denn da tun?«

»Geh zu ihm. Red mit ihm. Du würdest niemals zulassen, dass jemand so mit deiner Haleigh umspringt wie dieser Mann mit Rose!«

»Stimmt. Weil ich nämlich Haleighs Vater bin«, sagte Brian.

»Und er ist ihrer«, beharrte Jenny, als würde das ihre Argumentation wasserdicht machen.

»Nein, nein, niemand geht da hoch«, sagte Rose, die Brian gerne zu Hilfe kommen wollte. Sie vermutete, dass er schon öfter unversehens inmitten irgendwelcher Fehden seiner Frau geraten war und sich dort auf sehr dünnem Eis befunden hatte. »Außer mir. Morgen. Er hat gesagt, er würde meine Fragen beantworten, ich muss mir also eigentlich nur überlegen, was ich ihn fragen will. Ich meine, ich habe natürlich total viele Fragen, aber ehrlich gesagt, weiß ich gar nicht, ob ich die Antworten wirklich hören will. Ich weiß nicht mal, ob ich wirklich Lust habe, noch mal hinzugehen.«

»Fragen Sie ihn, ob es ein Testament gibt«, schlug Jenny vor.

»Frag ihn, welches Bein ich ihm zuerst brechen soll«, fügte Shona hinzu.

»Frag ihn, warum ich ihn nicht kenne«, trug Maddie lässig bei, als würde sie die Antwort gar nicht wirklich interessieren – und doch war ihre Frage die, die alle am Tisch schlucken ließ.

»Ich komm mit«, sagte Shona. »Als dein Bodyguard.«

»Also, ich finde, ich sollte mit dir mitkommen«, sagte Maddie. »Schließlich ist er mein Großvater.«

Im ersten Moment graute Rose bei der Vorstellung, aber dann kam ihr in den Sinn, dass das vielleicht tatsächlich die beste Lösung war. Wenn Maddie dabei wäre, würde das einen Teil der Spannung aus der neuerlichen Begegnung mit John nehmen, sie hätte weniger den Charakter einer Konfrontation und mehr den eines einfachen Besuchs. Vielleicht würde es John so auch leichter fallen, mit ihr zu reden, weil er wüsste, dass sie nicht da war, um ihm Vorwürfe zu machen oder sich mit ihm zu streiten. Maddie war ein eigenartiges Kind, und es war nicht immer leicht, sie neuen Leuten vorzustellen, aber Rose hatte das Gefühl, dass John genau das an ihr gefallen würde.

»Das ist eine gute Idee.« Rose nickte. »Genau. Du kommst mit, Maddie.«

Maddie sah zu ihr auf, als hätte sie bereits vergessen, was sie gerade vorgeschlagen hatte. »Hmm?«

»Du kommst mit zu John«, sagte Rose.

»Das dürfte interessant werden«, sagte Maddie, an Brian gewandt. Ob es wohl schön war, der Welt hin und wieder so entrückt zu sein wie ihre Tochter?, überlegte Rose. Um sie herum tobte das Leben mit all seinen Höhen und Tiefen, doch sie bekam davon nur selten etwas mit. Es machte Rose ein wenig Angst, was da in Maddies Kopf vor sich ging – das Mädchen fürchtete sich immer wieder vor irgendwelchen eingebildeten Geistern und Kobolden. Im echten Leben dagegen hatte ihre Tochter erst einmal richtige Panik bekommen, und das war, als ihre kleine, heile Welt wie eine Seifenblase zerplatzte – in der Nacht, als sie Richard verließen.

»Ich auch.« Shona tat sich noch ein zweites Mal vom Chicken Pie auf, was Jenny äußerst verdrießlich beobachtete. Ihr finsterer Blick hellte sich allerdings ein klein wenig auf, als Shona brummte: »Hammerlecker, Mann.«

»Ich glaube, es ist besser, wenn nur wir zwei gehen«, sagte Rose. »Wir wollen ihn ja nicht vollends vergraulen.«

»Was soll das denn bitte heißen?«, echauffierte sich Shona lachend. »Und vor allem: Was zum Henker soll ich in der Zeit machen? In dieser Bruchbude verrotten?«

Rose wollte gerade antworten, da erschien Ted in der

Tür. Sein kupferfarbenes Haar war feucht vom Nieselregen, seine Lederjacke glitzerte vor Nässe.

»Herr, ich danke dir, dass du mich in den Himmel geschickt hast«, sagte Shona bei seinem Anblick und reagierte nicht im Mindesten darauf, dass Rose ihr mit dem Ellbogen in die Rippen knuffte.

»Aloha!« Ted nickte Shona zu und konnte den Blick nicht sofort von ihrem in jeder Hinsicht großzügigen Dekolleté abwenden. Dann lächelte er Rose und seine Mutter an. »Ich wollte nur eben den Backstage-Pass für meinen Gig morgen vorbeibringen.«

»Backstage-Pass?«, schnaubte Brian. »Ich wusste ja gar nicht, dass es in dem Pub überhaupt einen Backstage-Bereich gibt.«

»Doch, natürlich, wir haben doch das Séparée, das ist unser VIP-Bereich.« Ted lächelte Rose an. »Du kommst doch immer noch, oder?«

»Ich weiß nicht, ich habe noch gar nicht gefragt, ob …« Rose war viel zu besorgt gewesen, dass Shona Jenny zur Weißglut treiben könnte, als dass sie ihre Vermieterin hätte fragen können, ob sie abends auf ihre Tochter aufpassen würde.

»Mum, du passt doch auf die Kleine auf, oder? Damit Rosie morgen zu meinem Gig kommen kann?«

»Rosie?«, kicherte Shona. »Du gehst zu einem Gig, *Rosie*?«

»Aber natürlich.« Jenny lächelte Maddie an, die das ganze Gespräch minimal interessiert verfolgte. »Wir verstehen uns doch gut, Liebes, oder? Dann kannst du mir wieder von den Ägyptern erzählen.«

»Okay. Und ich denke mir einen Test für dich aus, mit

zwanzig Fragen, und dann geb ich dir eine Note«, schlug Maddie vor. Jennys entsetzte Miene nahm sie gar nicht wahr.

»Ja, oder wir gucken zusammen einen Film und gehen ganz spät ins Bett«, bot Jenny an.

»Oder wir machen einen Test«, sagte Maddie. »Obwohl ich ja auch ganz gerne zu dem Gig gehen würde, wenn du da das Lied spielst.«

»Welches Lied meinst du, Herzchen?«, fragte Ted.

»Na das, das die Welt verändern wird. Ich fände es gut, wenn die Welt sich verändern würde.«

»Weißt du was, ich bringe dir eine CD vorbei«, sagte Ted. Dann sah er zu Rose. »Also, was ist? Kommst du?«

»Aber natürlich kommt sie! Und ich auch!« Shona schnappte sich die Karte aus Teds Fingern und streckte in Erwartung einer zweiten die andere Hand aus. Ted rückte nur widerstrebend mit einem zweiten Ticket heraus. »Ach, und vielleicht kannst du schon mal irgendwo notieren, dass ich auf Drummer stehe!«

Kaum konnte Rose an Maddies Atem hören, dass ihre Tochter endlich eingeschlafen war, schlich sie sich nach nebenan zu Shona. Die schenkte gerade Rotwein in ihren Zahnputzbecher.

»Hier«, sagte sie und reichte ihn Rose. »Der ist für dich, ich trink aus der Flasche. Keine Sorge, ich schenk dir zwischendurch nach!«

»Im Zimmer darf nicht getrunken werden«, sagte Rose leicht nervös, nahm den Becher aber trotzdem entgegen und nippte an dem sauren Zeug. »Selbst schlafen dürfte man nur zu bestimmten Zeiten, wenn es nach Jenny ginge.«

»Ach, scheiß doch auf Jenny und ihre Hausordnung«, sagte Shona fröhlich und ohne jede Spur von Bösartigkeit. »Der war an der Tanke auf dem Weg hierher im Angebot, zwei Flaschen zum Preis von einer, und ich dachte, wir könnten ein paar Drinks gebrauchen, während wir uns auf den neuesten Stand bringen.«

»Das heißt, du willst mich ausfragen«, sagte Rose.

»Ganz genau. Also, trink aus.«

Rose dachte an das wohlige Gefühl, das der Whisky ihr beschert hatte, leerte den Becher mit dem billigen Wein in einem Zug und hielt ihn Shona hin, auf dass sie ihn wieder auffüllte.

»Hoppla, wo ist denn bitte die brave Streberin abgeblieben?«, fragte Shona amüsiert.

»Die ist abgehauen, noch nicht gehört?« Rose kicherte. »Also los, frag schon. Wer zum Henker ist Ted, stimmt's?«

»Ja, die Frage steht ganz oben auf meiner Liste. Wer zum Henker ist Ted, Ted ist nämlich ultrasexy!« Shonas Augen leuchteten. »Wenn auch viel zu jung für dich.«

»Er ist Jennys Sohn. Und er flirtet mit mir, aber nicht so richtig ernsthaft. Eher irgendwie … nett. Er ist echt süß, und ich glaube, er tut nur so, als würde er auf mich stehen, um mich ein bisschen aufzuheitern.«

»Hm, dazu kann ich nichts sagen.« Shona freute sich, dass Teds Aufmerksamkeit ihre Freundin ganz offensichtlich wirklich aufheiterte. »Aber dass er unbedingt möchte, dass du zu seinem Gig kommst, das ist echt. Richtig niedlich, fast wie so ein übereifriger junger Hund, der dich mit seiner feuchten Schnauze anstupst und mit dem Schwanz wedelt. Genau. Und beides macht er wahrscheinlich wirklich.«

»Shona!« Rose riss die Augen auf und musste angesichts der Verwegenheit ihrer Freundin kichern. »Mag ja sein, aber als er reinkam, wäre er dir fast ins Dekolleté gefallen – was das angeht, kann ich wohl kaum mit dir konkurrieren. Ich gehe also davon aus, dass sein Interesse an mir nachlässt, jetzt, wo du da bist.«

»Süße. Ted ist ein Mann. Männer sind von Natur aus so programmiert, dass sie auf Titten glotzen. Wenn Jesus statt Ted hereingekommen wäre, hätte der mir auch auf die Titten geguckt, weil sie einfach Hammer sind. Das hätte aber nicht geheißen, dass er nicht mehr Gottes Sohn ist.«

»O Gott.« Rose schlug sich die Hand vor den Mund und kicherte. Der Wein zeigte erste Wirkung, und Shona tat alles, um Rose gründlich abzulenken. »Jetzt werden wir bestimmt vom Blitz erschlagen.«

»Nein, werden wir nicht. Gott liebt meine Titten«, sagte Shona und füllte Roses Glas auf.

»Wie auch immer!« Rose richtete den Blick gen Himmel, als erwarte sie noch immer ihre gerechte Strafe. »Ted ist einfach nur ein Typ, der nett zu mir ist. Und nach allem, was du mir erzählt hast, gehe ich davon aus, dass meine Tage hier gezählt sind, von daher sollte ich vielleicht einfach mal richtig Spaß haben, solange ich kann. Wäre schließlich das erste Mal in meinem Leben. Als Teenager bin ich nie zu Konzerten gegangen, habe nie mit diversen Jungs rumgeknutscht und mir nie die Kante gegeben. Und auf irgendwelche grässlichen Frisuren habe ich auch verzichtet.«

»Stimmt.« Shona nickte nachdrücklich. »Ich finde, du solltest zu dem Gig gehen, Spaß haben, dein Haar schütteln und ein bisschen was von deiner verlorenen Jugend nachholen. Und dann solltest du mit ihm vögeln.«

»Spinnst du?«, platzte es aus Rose heraus. »Das will ich doch überhaupt nicht! Darum geht es mir gar nicht!«

»Ich meine ja nur – wenn du hinterher sowieso in den Knast oder die Klapse wanderst …«

»Wenn ich … Nein. Nein, so weit kommt es nicht.« Rose wusste zwar, dass Shona sie nur aufzog, aber sie hielt es nicht für ausgeschlossen, dass Richard mit seiner Manipulationsgabe die eine oder andere genannte Unterbringung für sie einfädeln könnte. Er erreichte eigentlich immer seine Ziele, und wenn er sie loswerden oder bestrafen wollte, dann würde er ganz bestimmt Mittel und Wege finden, um sie sich vom Hals zu schaffen.

»Und außerdem bin ich nicht hier, um mit irgendeinem jüngeren Typen in die Kiste zu steigen.« Rose erschauerte bei der Vorstellung. »Ich mag gar keinen Sex.«

»Du hast ja wohl 'nen Knall«, brummte Shona, dann trank sie einen Schluck aus der Flasche. »Du magst keinen Sex mit dem Wichser, und das ist ja auch verständlich. Der ist ein Arsch. Sex mit einem normalen Mann, einem, in dessen Adern warmes Blut fließt und der in seiner Freizeit nicht Fledermäusen die Köpfe abbeißt, wäre was völlig anderes, glaub mir.«

Rose wandte das Gesicht von Shona ab, bis das in ihr aufsteigende Gefühl von Übelkeit sich wieder gelegt hatte. Wie sollte sie Shona je erklären, dass sie allein beim Gedanken daran, dass ein Mann sie anfassen könnte – auch wenn dieser Mann Frasier war –, am liebsten so schnell wie nur möglich und über alle Berge davonlaufen würde?

»Ich bin wegen Frasier hier«, rief Rose Shona in Erinnerung. »Nicht wegen meines Vaters und schon gar nicht wegen Ted. Ich warte hier auf Frasier.«

»Und was, wenn er nicht kommt?« Shona neigte den Kopf zur Seite. »Ich meine, ja, er wird kommen, es ist bloß eine Frage der Zeit, bis du ihn wiedersiehst. Aber was, wenn er überhaupt nicht so ist, wie du ihn in Erinnerung hast? Was, wenn er fett und gemein ist und eine Glatze hat?«

»Niemals.« Rose lächelte. Das Bild von Frasier hatte sich ihr so unerschütterlich eingeprägt, dass für sie keine Abweichung davon möglich war. »Und wenn, dann werde ich es ja bald sehen. Albie hat gesagt, er ist jede Woche hier und sieht nach meinem Vater. Und wenn er nicht kommt, fahre ich eben nach Edinburgh.«

»Und was, wenn er glücklich verheiratet ist und fünf Kinder und einen Hund hat? Oder wenn er schwul und glücklich verheiratet ist und fünf Hunde und seinen eigenen Sadomaso-Keller hat? Denn seien wir mal ehrlich, Süße, diese beiden Szenarien sind wahrscheinlicher als das, was du dir erhoffst.«

»Ich weiß«, sagte Rose, obwohl sie gar nichts wusste. Sie verschloss die Augen viel fester vor der Realität, als sie je zugeben würde. Denn wenn sie sich in Sachen Frasier täuschte, dann hatte sie keine Ahnung, was sie als Nächstes tun sollte.

Rose strich sich mit den Fingern durch das lange braune Haar und sah ihr spitzes, blasses Gesicht im Spiegel. Es war immer dasselbe ängstliche, feige Gesicht. Sie war längst erwachsen und sah immer noch aus wie ein kleines Mädchen.

»Wirklich, ich weiß. Es ist nur ... ach, ich weiß nicht. Mir ist schon klar, dass es völlig bescheuert klingt, wenn ich sage, dass ein einmaliges Gespräch mit einem Mann vor sieben Jahren so eine Art ... Höhepunkt meines Lebens war. Andererseits – hast du dir mein Leben mal angeguckt?«

»Ja, ich habe mir dein Leben angeguckt, und es ist wegen genau diesem Leben und deinem Drecksack von einem Vater und deinem Arschloch von einem Ehemann, dass du dieser einen Begegnung eine völlig überhöhte Bedeutung beimisst. Mehr sag ich ja gar nicht. Ich will doch nur nicht, dass man dir noch mehr wehtut, Süße. Und ich fürchte, dass genau das passieren wird.«

»Und was ist mit Ryan?«, fragte Rose und ließ sich so schnell rückwärts auf Shonas Bett fallen, dass die Haare in ihrem Gesicht landeten.

»Hab ich doch schon gesagt«, antwortete Shona bockig. »Er will zu mir zurück, und ich überlege es mir.«

»Er will zu dir zurück, und du überlegst es dir? Und das findest du weniger verrückt, als dass ich meinem Hirngespinst Frasier quer durchs ganze Land hinterherreise?« Rose schnellte wieder hoch in Sitzposition. »Shona! Ryan betrügt dich! Und er wird es immer wieder tun. Keine Ahnung, was die anderen Frauen in ihm sehen – aber gut, er stellt ja auch keine hohen Ansprüche.«

»Was willst du damit sagen?« Shona sah sie spitz an.

Rose überlegte fieberhaft, wie sie sich ausdrücken sollte, damit Shona endlich auf sie hörte.

»Du bist so eine kluge, starke Frau. Warum bist du in

diesem einen Punkt bloß so vollkommen blind? Wenn du dich wieder auf ihn einlässt, wird er dich einfach weiter immer wieder verletzen. Ryan wird nie erwachsen werden.«

Shona versteckte sich hinter einem Vorhang aus Haaren, hielt sich an der Weinflasche fest und schwieg erst mal. Rose wartete gespannt auf ein Zeichen, dass das Gesagte bei ihrer Freundin angekommen war.

»Aber er hat gesagt, dass er sich geändert hat …«

»Ich fasse es nicht!« Rose warf die Arme in die Luft und ließ sich wieder rücklings aufs Bett fallen. »Shona! Hörst du dir eigentlich manchmal selbst zu?«

»Ja.« Shonas Augen blitzten trotzig auf. »Ich kenne ihn, niemand kennt ihn besser als ich. Ich bin doch nicht blöd, Rose. Ich weiß schon, worauf ich mich da einlasse, wirklich. Er hat sich geändert. Wenn ich ihm keine zweite Chance gebe, wer soll es dann tun?«

»Wieso hat er denn eine verdient?«, fragte Rose wütend.

»Weil er nicht so ist wie dein Wichser«, giftete Shona zurück. »Ryan ist kein schlechter Mensch. Er ist einfach nur dumm.«

»Aber du liebst ihn trotzdem!«

Rose konnte merken, dass ihre Wut bei Shona nur Gegenwehr auslöste. Es kostete sie einige Mühe, aber sie schlug wieder einen sanfteren Ton an.

»Shona«, sagte sie. »Meine schöne, mutige, wilde, verrückte Shona. Vor nichts hast du Angst – nur davor, allein zu sein. Aber du brauchst nicht allein zu sein. Es gibt Millionen Männer, die besser sind als Ryan!«

»Nicht für mich«, sagte Shona, und dabei lief ihr eine

Träne über die Wange. »Ja, ich weiß, wie sich das anhört, ich weiß, es muss fast unmöglich sein, das zu verstehen, aber er fehlt mir. Mir fehlt sein Schutz, wie er mich immer vor der großen Welt beschützt hat. Wenn ... Wenn ich doch nur noch ein Mal dieses Gefühl haben könnte, dieses Gefühl, mit Ryan zusammen zu sein und alles ist gut und er gibt sich richtig Mühe, lieb zu mir zu sein. Und dann gehen wir ins Bett, und es wird absolut einzigartig, er wird so liebevoll und zärtlich sein, und hinterher schlingt er seine langen, starken Arme um mich und hält mich fest, als wäre ich für ihn das Kostbarste auf der Welt, als würde er mich über alles lieben, und dieses Gefühl ... das ist ... das ist ...« Shona fehlten die passenden Worte. »Ich weiß nicht, ob ich das jemals wieder so empfinden werde, weil ich es nur mit ihm empfinden kann.«

»Natürlich wirst du das auch mit jemand anderem erleben können«, sagte Rose behutsam. »Und zwar mit jemandem, der nicht ständig in deinem Leben und dem deiner Kinder ein und aus spaziert. Guck mal, Shona, ich habe mich von Richard losgerissen, und ich weiß, dass die Sache noch lange nicht ausgestanden ist und ich mich ihm noch stellen muss und mich da sicher noch einiges erwartet, aber ... Wenn ich das kann, dann kannst du das auch. Du hast es ja schon getan. Jetzt musst du nur stark bleiben.«

»Ich hatte überlegt, mir die Haare zu färben.« Rose wusste, dass Shona das Thema aus Selbstschutz so abrupt wechselte – nicht aus Blasiertheit. »Und die hier gab's an der Tanke, aber jetzt bin ich mir nicht mehr so sicher. Was meinst du?« Shona zog eine Packung Haarfärbemittel aus der Tasche, auf der eine Schönheit mit goldblonder Mähne abgebildet war. »Passt die Farbe zu mir?«

Rose nahm ihr die Schachtel ab und betrachtete das Foto der kokett über ihre nackte Schulter blickenden Blondine, deren üppige Haarpracht sorglos um sie herum ausgebreitet war. Rose musste daran denken, dass sie die Haare seit ihrer Kindheit immer gleich getragen hatte: lang, glatt, kastanienbraun.

»Weiß nicht. Aber vielleicht zu mir«, flüsterte sie eigentlich mehr zu sich selbst und staunte über das, was da impulsiv in ihr aufstieg.

»Was?« Shona lehnte sich auf dem Schminkhocker gefährlich weit vornüber, um beim nächsten Mal besser zu hören, was Rose da sagte.

»Vielleicht passt blond ja zu mir. Warum nicht? Komm, wir probieren es aus.« Der Wein und die spontane Idee ließen sie kühn werden. »Du hast doch mal bei 'nem Friseur gejobbt, oder nicht? Schneid mir die Haare, ich weiß, dass du deine Schere immer dabeihast! Schneid sie ab und färbe sie mit dem Zeug. Ich will Miss Golden Sunshine sein. Ich will blond sein.«

»Ach, du Scheiße, machst du jetzt einen auf Britney Spears oder was?«, sagte Shona. »Ich kann dir doch nicht einfach die Haare absäbeln. Die Haare, das bist du.«

»Eben.« Rose wurde ein bisschen schwindlig, als sie vom Bett hochschoss und zum Frisiertisch stürzte, auf dem Shonas überdimensionale Kosmetiktasche stand. Tatsächlich ragte aus einer Seitentasche Shonas Haarschneideschere, die sie sich nun schnappte und mit der sie schon wieder zurück aufs Bett gesprungen war, bevor Shona sie ihr entwenden konnte. Rose gebärdete sich, als hätte sie gerade Excalibur aus dem Stein gezogen, und sprang wild auf der quietschenden Matratze herum. Teils entsetzt, teils entzückt sah Shona ihr dabei zu, wie sie sich ganz vorne eine Strähne abschnitt, nur fünf Zentimeter von der Kopfhaut entfernt.

»Jetzt komm schon!«, rief sie und wedelte mit der Strähne herum. »Jetzt *musst* du sie mir schneiden!«

»Mann, Rose!«, keuchte Shona. »Was machst du bloß? Jetzt setz dich wenigstens hin. Ich schneid dir die Haare jedenfalls nicht, solange du wild hier herumhüpfst.«

Shona nahm Rose die Schere ab und sah sich das Malheur an.

»Okay, also einen schicken Bob kannst du jetzt vergessen. Ich kann höchstens versuchen, alles kurz und fesch zu machen, mehr Möglichkeiten sehe ich da nicht.«

»Na, dann los!«, drängelte Rose. »Kurz und fesch schneiden und dann blond färben!«

»Bist du dir wirklich sicher, Rose? Das könnte auch ziemlich scheiße aussehen.«

»Ja, es könnte scheiße aussehen, aber vor allem wird es nicht mehr wie ich aussehen.« Rose schnappte sich die Weinflasche und nahm wieder einen großzügigen Schluck. »Die gute, alte, langweilige, brave, armselige Rose. Ich kann dir gar nicht sagen, wie sehr ich nicht mehr wie ich aussehen möchte. Ich bin das nicht, ich bin nicht das verhuschte, gefangene Mäuschen. Ich bin gefährlich und cool und …«

»Hochgradig geisteskrank, der Wichser hat also doch recht«, lachte Shona. »Na gut, weil du es bist. Ich kann ja auf dem Nachhauseweg noch mal an der Tanke halten und eine neue Packung kaufen.«

Sie platzierte Rose auf dem Hocker vor dem Frisiertisch und reichte ihr die Flasche Wein. Dann schwang sie die Schere. »So, und jetzt leg mal hübsch die Ohren an und bete, dass ein Wunder geschieht!«

7

Kopfschmerzen waren das Erste, was Rose wahrnahm, als sie am nächsten Morgen aufwachte. Kolossale Kopfschmerzen. Ihr Mund war staubtrocken, ihre Zunge fühlte sich an, als sei sie auf ihre dreifache Größe angeschwollen und habe sich über Nacht in ein Reibeisen verwandelt. Sie war sich sicher, wenn sie die Augen öffnete, würde ihr das zum Verhängnis werden. Sie überlegte, ob sie sich die Grippe, die Pest oder Schlimmeres eingefangen hatte – bevor ihr aufging, dass sie einen Kater hatte. Den ersten richtigen Kater ihres Lebens. Einen ausgewachsenen, veritablen Kater, der sie bei der geringsten Bewegung wünschen ließ, sie möge einfach von der Erde fallen und nie wieder zurückkehren. Sie war fast ein bisschen stolz darauf.

Das Zweite, was sie bemerkte, war Maddies Kreischen.

»Mummy! Mummy!«, schrie das Kind immer wieder vollkommen hysterisch. So panisch hatte Rose ihre Tochter noch nie schreien gehört – außer an dem Abend, als sie mit ihr vor Richard geflüchtet war. Aber woher kamen die Schreie? Rose schnellte aus dem Bett hoch und brauchte einige Sekunden, bis sie nicht mehr schwankte und sich gerade halten konnte. Bis die Verbindung zwischen Gehirn und Füßen wiederhergestellt war. Panisch sah sie sich nach ihrer kleinen Tochter um, konnte die immer noch kreischende Maddie aber nirgends entdecken. Roses Herz klopfte mehrere Male heftigst, bis sie begriff, dass der tätowierte Fuß, der auf der anderen Seite des Bettes unter der Decke hervorragte, Shonas war und dass sie sich nicht in ihrem eigenen Zimmer befand. Sie stürzte zur Tür, riss sie auf und fand die völlig aufgelöste Maddie im Flur. Sie hielt Bär und ihr Buch umklammert, während ihr die Tränen übers Gesicht liefen und sie den Mund weit aufriss, um abermals nach ihrer Mutter zu rufen.

»Alles gut, Maddie, ganz ruhig, ich bin ja hier.« Rose ließ sich vor Maddie auf die Knie fallen. Sie fasste sie bei den Schultern und packte fest zu, um das Kind aus seinem Angstzustand zu lösen. »Maddie! Maddie! Ist ja gut. Mach die Augen auf, sieh mich an. Ich bin hier, ich war bloß nebenan bei Shona eingeschlafen, Liebling. Es tut mir so leid. Maddie! Sieh mich an!«

Der kleine Körper zuckte immer noch bei jedem Schluchzer, doch Maddie beruhigte sich ein wenig und öffnete die zusammengekniffenen Augen. Und noch bevor Rose sie tröstend in die Arme schließen konnte, sah das Kind sie kurz an, fing wieder an zu kreischen, stürzte in ihr Zimmer und knallte die Tür hinter sich zu.

»Was ist hier bloß los?«, fragte Jenny, als sie ziemlich außer Atem und dieses Mal in einem schwarzen, verstörend durchsichtigen Negligé am oberen Ende der Treppe ankam. »Herrje, was ist denn mit Ihren schönen Haaren passiert, Liebes? Kein Wunder, dass das Kind so außer sich ist. Sie sehen ja aus wie … wie ein Punk!«

Roses Hand flog zu ihrem Nacken und spürte dort, wo gestern noch ihre langen Haare gewesen waren, nichts als

Haut und Stoppeln. Sie fuhr sich mit den Fingern durch das sehr kurze, ungewohnt samtweiche Haar und erinnerte sich dunkel wieder daran, worum sie Shona am Vorabend gebeten hatte. Wie sie dabei zugesehen hatte, wie ihre Haare Strähne für Strähne zu Boden fielen, als seien es die Haare einer anderen. Wie sie sich dann vornübergebeugt hatte, damit Shona ihr mit ihrem Damenrasierer die Nackenhaare ausdünnen konnte.

»Das ist total crazy«, hatte Shona gesagt.

»Gut«, hatte Rose nur erwidert, und danach konnte sie sich nur noch an quietschendes Gelächter im Badezimmer, an den Geruch von Chemie und ein leichtes Brennen auf ihrer Kopfhaut erinnern.

»Oh«, war alles, was ihr dazu einfiel, als ihr klar wurde, dass ihre langen Haare ab waren.

»Sie brauchen einen Hut. Oder eine Mütze«, stellte Jenny mit angewidertem Gesichtsausdruck fest. »Aber jetzt kümmern Sie sich besser erst mal um das arme Kind und erklären ihm, dass Sie nicht über Nacht von irgendwelchen bösen Friseuren entführt wurden. Obwohl ich mir da gar nicht so sicher bin.«

Betreten öffnete Rose die Tür zu ihrem Zimmer, wo Maddie sich komplett unter der Bettdecke verkrochen hatte. So hatte Rose sie lange nicht erlebt – das letzte Mal war Maddie gerade mal drei Jahre alt gewesen und hatte von einem Tag auf den anderen Angst im Dunklen gehabt sowie Angst vor all dem, was ihre Fantasie aus den Schatten machte. Der Wein, die fremde Umgebung, die Leichtigkeit, mit der Maddie sich ganz offensichtlich und für sie völlig untypisch in dem Bed & Breakfast ein- und an Jenny gewöhnt hatte, all das hatte Rose eingelullt in ein trügerisches Gefühl der Sicherheit. Rose waren so viele Dinge durch den Kopf gegangen, während Shona ihr die Haare schnitt und sie immer wieder die Irre im Spiegel sah, von der Richard allen erzählte – aber sie hatte keinen Gedanken an Maddie verschwendet und daran, dass es ihrer Tochter gar nicht gefallen würde, ihre Mutter so verändert zu sehen. Rose hatte in den sieben Jahren, die sie nun schon Maddies Mutter war, gelernt, dass das Kind gewisse Fixpunkte in seinem Leben brauchte, um sich sicher zu fühlen. Wie Norden auf einem Kompass. Gewisse Umstände, die, solange sie sich nicht änderten, dem Kind eine Grundsicherheit und ein Urvertrauen in die Welt gaben. Rose hatte Maddie aus ihrem Zuhause und von ihrem Vater weggerissen und angefangen zu glauben, dass Maddie womöglich dabei war, sich aus ihrem schwierigen Zustand zu befreien – diesem seltsamen Zustand, der sie sich von Tag zu Tag immer mehr von anderen Kindern hatte unterscheiden lassen –, dass sie anpassungsfähiger wurde und ungezwungener auf die Welt reagierte. Wie naiv sie gewesen war! Maddie isolierte sich selbst von allem, was um sie herum vor sich ging, indem sie ebendiese Vorgänge ignorierte und sich auf das konzentrierte, was ihr gefiel. Roses neue Frisur allerdings konnte sie nicht ignorieren.

»Maddie«, sagte Rose leise und setzte sich auf die Bettkante. Sie legte die Hand auf die Wölbung unter der Decke, die sie für Maddies Schulter hielt, doch was immer es war, Maddie wich zurück. »Es tut mir so leid, dass du allein aufgewacht bist. Ich war drüben bei Shona, wir haben geredet, und dann bin ich wohl einfach irgendwann eingeschlafen. Ich wollte dir keine Angst machen. Entschuldigung.«

»Ich dachte, du hättest mich hier allein gelassen.« Maddies Stimme klang dafür, dass sie sich weigerte, ihr Gesicht zu zeigen, erstaunlich ruhig.

»Ich würde dich nie allein lassen«, sagte Rose. »Weißt du das denn nicht? Ich würde dich nie verlassen.«

»Du hast Daddy verlassen«, sagte Maddie.

Rose fuhr sich wieder mit den Fingern durch die ungewohnt kurzen Haare und erhaschte im Spiegel des Frisiertisches einen Blick auf sich. Ihr war, als sähe sie eine Fremde. Die Frisur hatte sie völlig verändert. Auf einmal traten die Gesichtszüge, die der ihrer Mutter so ähnelten, viel deutlicher hervor. Die hohen Wangenknochen und das spitze Kinn hatten vorher so ernst und mädchenhaft gewirkt – jetzt hatten sie etwas Starkes, ja Kühnes an sich. Und ihre grauen, dunkel bewimperten und von dunklen Brauen umrahmten Augen wirkten auf einmal riesengroß in ihrem blassen, von hellblondem Haar umgebenen Gesicht. Wenn Rose dieser Frau auf der Straße begegnet wäre, hätten ihr Selbstbewusstsein und ihr Selbstvertrauen sie ziemlich eingeschüchtert. Nur eine Frau, die sich in ihrer eigenen Haut sehr wohlfühlte, wagte einen solchen Look. Dass die Frau im Spiegel tatsächlich sie selbst war, erkannte Rose nur daran, dass sie diese latente Angst im Blick hatte, die jederzeit ausgelöst und massiv werden konnte. Vielleicht war es das, was Maddie und sie gemeinsam hatten: dass sie beide ständig gegen die Angst ankämpften. In Maddies Fall war es die Angst vor Veränderung, in Roses Fall die Panik davor, dass sie doch wieder irgendwie in das Gefängnis ihres alten Lebens zurückgeworfen werden könnte und dass sich gar nichts ändern würde.

Wie um alles in der Welt sollte sie Maddie daran gewöhnen, dass sie jetzt anders aussah? Sie konnte es ihrer Tochter nicht mal verdenken, dass sie die neue Frisur schrecklich fand. Sie war sich ja nicht mal selbst sicher, ob sie ihr gefiel.

»Maddie.« Vorsichtig zupfte Rose an der Decke, in die Maddie sich fest eingewickelt hatte. »Komm schon, Maddie, jetzt guck dir meine neuen Haare doch erst mal richtig an. Ich weiß, dass das ein ziemlicher Schock für dich war, ich weiß, dass es sehr anders ist als vorher, aber wenn du genau hinguckst, wirst du sehen, dass die Frau mit der neuen Frisur immer noch deine Mummy ist.«

Maddie rührte sich nicht.

»Wenn du nicht guckst, kannst du's natürlich nicht sehen.«

Maddie seufzte schwer. »Ich komm nicht raus. Ich mag es da draußen nicht. Ich mag dich so nicht.«

»Hör zu, Maddie … Ich weiß, dass das nicht ganz fair von mir war. Alles um dich herum zu verändern. Natürlich war mir klar, dass dich das durcheinanderbringen würde, aber mir war nicht klar, wie sehr.«

»Ich bin ein sehr sensibles Kind«, sagte Maddie und wiederholte damit zu Roses Leidwesen das, was ihr Vater ihr so oft gesagt hatte. Rose war der Ansicht, wenn man einem Kind oft genug erzählte, dass mit ihm etwas nicht stimmte, dann glaubte es das irgendwann selbst.

»Du bist ein sehr tapferes Kind, das schon sehr viel mitgemacht und sich dabei wacker geschlagen hat … Möchtest du über das reden, was an dem Abend passiert ist, als wir von Daddy weggefahren sind? Darüber, warum wir wegmussten?«

Unter der Decke herrschte lange Schweigen. Dann hörte Rose ein »Nein«.

»Okay, aber kommst du jetzt bitte da raus und guckst dir meine Haare an? Ich weiß, dass ich jetzt ein bisschen anders aussehe, aber ich bin immer noch ich. Jetzt guck schon, dann wirst du sehen.«

»Ich will aber nicht gucken. Ich hab's schon gesehen, und ich find's blöd.«

»Also, ich finde es ... modern«, sagte Rose, war sich aber nicht ganz sicher, ob sie Maddie nicht auch ein wenig recht geben musste. »Jetzt komm schon. Bitte. Guck's dir an.« Sie zog noch einmal vorsichtig an der Decke.

Da endlich kroch Maddie unter der Bettdecke hervor. Ihr Kopf war ganz rot, ihr Haare feucht und durcheinander.

»Siehst du?« Rose strich Maddie die Haare aus den Augen, nahm ihre Hände und legte sie sich auf das Gesicht. »Immer noch dieselben Augen, dieselbe Nase, derselbe Mund, dieselben abstehenden Ohren. Immer noch dieselbe Mummy, nur mit einer anderen Frisur.«

Rose wartete geduldig, während Maddie sie ziemlich lange mit Händen und Augen untersuchte. Als sie schließlich die Hände sinken ließ und sich ein wenig zurücklehnte, sagte sie: »Ja, stimmt wohl. Bist immer noch du.«

»Also gefällt es dir?« Rose wagte ein hoffnungsvolles Lächeln.

»Nein«, sagte Maddie. »Du siehst dünn und alt aus.«

»Okay.« Plötzlich fühlte sich Rose ganz schlaff und gar nicht mehr energiegeladen und jugendlich. »Vielleicht gewöhnst du dich ja dran. Und ich vielleicht auch. Und wenn nicht, kann ich sie mir ja einfach wieder wachsen lassen.«

Maddie starrte sie noch eine Weile an und runzelte die Stirn, während sie versuchte, sich an das neue Aussehen ihrer Mutter zu gewöhnen.

»Mummy? Hast du dir die neue Frisur machen lassen, damit Daddy uns nicht finden kann?« Maddies Frage beunruhigte Rose. »Ist das so eine Art Verkleidung?«

»Wieso fragst du das, mein Schatz?«, fragte Rose vorsichtig.

»Weil wenn ja, dann will ich auch gelbe Haare.«

Das Frühstück entwickelte sich zu einer etwas heiklen Angelegenheit. Weder Maddie, Rose noch Shona schafften es bis halb neun in den Frühstücksraum, und aus irgendeinem Grund – vermutlich, weil sie weder von Roses neuer Frisur noch von Shona besonders viel hielt – hatte Jenny heute beschlossen, die Hardlinerin zu spielen. Bis Rose geduscht und sich angezogen hatte – heute trug sie über einer Leggings einen Jeansminirock und dazu ein rot-weiß gestreiftes, von der Schulter rutschendes Top, das Maddie für sie ausgesucht hatte –, standen nur noch ein paar Kellogg's Minischachteln und ein Krug mit lauwarmer Milch auf der Anrichte. Shona war Rose und Maddie im Morgenmantel, ungekämmt und mit dem verschmierten Make-up des Vortages im Gesicht sowie unter gebrummtem Geschimpfe und dem hochheiligen Schwur, nie wieder einen Tropfen Alkohol anzurühren, die Treppe hinuntergefolgt.

»Verdammt, ich brauch was Deftiges. Ich könnte ein Schwein schlachten«, sagte Shona, ließ sich auf einen Stuhl und den Kopf auf die Tischplatte sinken.

»Das wäre aber eklig«, sagte Maddie. »Und außerdem

kannst du dir die Mühe sparen und einfach Bacon essen, ist das Gleiche.«

»Genau«, maulte Shona. »Aber die Baconpolizei hat uns ja unserer Rechte beraubt.«

Rose hörte Jenny wütend mit Töpfen und Besteck herumlärmen und wagte einen Vorstoß in die Küche.

»Tut mir leid, dass wir so spät dran sind«, sagte sie, während Jenny geschäftig den Herd schrubbte. »Hat ziemlich lange gedauert, Maddie zu beruhigen.«

»Wundert mich nicht«, entgegnete Jenny spitz und weigerte sich, Rose anzusehen. »Das arme Kind braucht feste Strukturen und Abläufe, Eltern, auf die es sich verlassen kann, nicht irgendeine rastlose Mutter, die vor ihrem Mann wegläuft und sich von einer Minute auf die andere überlegt, die Haare zu färben.«

Rose holte tief Luft. Bis jetzt hatte Jenny ihr Handeln und ihre Beweggründe weder kommentiert noch kritisiert. Lag es wirklich nur an ihren Haaren, dass ihre Vermieterin so verstimmt war, oder steckte da etwas anderes dahinter? Während sie Jenny dabei beobachtete, wie sie verärgert vor sich hin wurstelte, stieg in ihr das so vertraute Gefühl von Unbehagen auf, das sie aus ihrem Zusammenleben mit Richard kannte: Sie wusste, dass sie irgendetwas getan hatte, was ihm missfiel, und dass er so lange mit ihr spielen und sie so lange quälen würde, bis er ihr schließlich – in der Regel begleitet von einem explosiven Wutanfall – offenbarte, welches Vergehens sie sich dieses Mal schuldig gemacht hatte. Tag für Tag, Stunde um Stunde, Jahr für Jahr war Rose auf Zehenspitzen um ihn herumgeschlichen, hatte ständig versucht zu erahnen, was sein nächster Zug, was sein nächster Gedanke sein würde – und gleichzeitig gewusst, dass sie sich ohnehin irrte. Sie wollte dieses Gefühl nicht haben, nicht hier, nicht jetzt. Das hier war ihr Neuanfang, und ganz gleich, von wie kurzer Dauer er sein würde, sie war fest entschlossen, hier und jetzt der Mensch zu sein, der sie schon immer hatte sein wollen.

»Ich weiß, dass wir relativ spät aufgestanden sind, Jenny«, sagte Rose. »Und dass wir gestern Abend noch ziemlich laut waren, und dass Sie meine neue Frisur nicht mögen, aber ... Sie sind doch sonst nicht so. Was ist los?«

Jenny knallte ein Brotschneidebrett auf die Arbeitsfläche, dass Rose zusammenzuckte.

»Wie lange bleiben Sie noch?«, fragte Jenny.

»Ich weiß es nicht. Bis ich noch ein bisschen mehr mit John geredet habe. Bis ich mit allen geredet habe, mit denen ich reden möchte. Bis ...« Bis mein Mann mich hier findet und unser kleines Abenteuer beendet. »Warum wollen Sie mich auf einmal loswerden? Wegen Shona?«

Jenny schürzte die Lippen. »Ich will nicht, dass Sie was mit meinem Ted anfangen.«

»Wie bitte? Es geht darum, dass ich zu seinem Gig gehen will? Aber das mache ich doch bloß ihm zuliebe. Glauben Sie, ich wäre hinter Ihrem Sohn her? Der ist doch nur halb so alt wie ich!«

»Stimmt nicht«, widersprach Jenny. »Er ist nur ein paar Jahre jünger als Sie. Mein Brian ist drei Jahre jünger als ich – ich weiß, sieht man ihm gar nicht an. Ich mache mir keine Sorgen um Ihr Alter, sondern um meinen Ted.«

»Ted!« Rose musste unwillkürlich lachen. »Ted ist doch gar nicht wirklich an mir interessiert. Ich bin ein neuer

Fisch im Teich, das ist alles. Er ist ein sehr netter junger Mann, Sie haben ihn wirklich gut erzogen. Und er ist witzig und bringt mich zum Lachen, aber ich glaube kaum, dass ich mehr für ihn bin als ein Projekt, etwas Neues, das ihn eine Weile fasziniert.«

»Hm.« Jenny schien es schwerzufallen, weiter sauer zu sein, aber sie wollte auch nicht nachgeben. »Normalerweise geht seine Begeisterung für eine Frau nicht so weit, dass er unbedingt will, dass sie zu seinem Auftritt kommt. Normalerweise sind es die Frauen, die von ihm begeistert sind.« Sie sah Rose von der Seite an. »Vielleicht sind Sie auch gar nicht mehr so gefährlich, jetzt, wo Sie sich Ihre schönen Haaren verhunzt haben.«

»Ich war auch vorher nicht gefährlich!«

»Es ist nur ...« Jenny hielt inne, als überlege sie, ob sie noch mehr sagen sollte. »Er macht immer einen auf Gigolo, aber in Wirklichkeit verliebt er sich immer viel zu schnell. Und ich will nicht, dass er sich in Sie verliebt.«

»Die Gefahr besteht überhaupt nicht«, versicherte Rose ihr. »Zwischen mir und Ted wird nichts passieren. Nichts läge mir ferner.«

»Hey!«, rief Shona aus dem Frühstückszimmer. »Wo ist hier die nächstgrößere Stadt? Ich halte das nicht länger aus, das arme Kind hier in Jungsklamotten zu sehen und dich, wie du krampfhaft einen auf jugendlich machst.«

»Das sagt die Richtige!«, rief Rose zurück. »Ich glaube, Carlisle ist die nächstgrößere Stadt.«

»Gut. Also, bevor wir irgendetwas anderes machen, gehen wir erst mal für euch beide Klamotten einkaufen«, sagte Shona, und als Rose dazukam, grinste sie Maddie an und wuschelte ihr durch die Haare. »Und vielleicht finden wir ja auch noch ein Schinkensandwich, wenn wir schon unterwegs sind.«

»Also irgendwie sehen Sie aus wie jemand, der aus einem Straflager entwischt ist«, sagte Jenny und beäugte abermals Roses Haare. »Und für Haleighs Sachen sind Sie wirklich ein bisschen zu alt.« Sie hielt ihr eine frisch abgewaschene Pfanne entgegen. »Hier, bitte schön. Braten Sie sich Ihren Bacon selbst, wenn Sie welchen möchten. Und räumen Sie gefälligst hinter sich auf.«

»Danke«, sagte Rose. »Machen wir. Obwohl – essen werde ich ganz bestimmt nichts. Dazu bin ich viel zu aufgeregt.«

»Wegen Ihres Vaters?«, fragte Jenny.

»Ja«, gestand Rose. »Ich dachte, er wäre mir egal. Ich habe allen Ernstes geglaubt, dass es mir schon längst nichts mehr ausmachen würde, dass er sich nicht um mich gekümmert hat. Ich bin nicht mal hier, weil ich nach ihm gesucht hätte. Aber ich habe ihn gefunden, und auf einmal frage ich mich, ob er mir vielleicht doch nicht so egal ist. Dass er mir sogar ganz und gar nicht egal ist. Dass sich jetzt vielleicht herausstellt, dass ich meinen Vater die ganze Zeit vermisst habe. Und das macht mich nervös, denn wenn ich etwas in der Richtung für ihn empfinde, dann muss ich damit rechnen, dass andere Gefühle folgen: Wut und Schmerz. Und er hat bereits sehr deutlich klargestellt, dass er nichts für mich empfindet.«

»Ach was.« Jenny schlug wieder einen sanfteren Ton an. »Wer sagt denn, dass er nichts empfindet?«

»Er«, sagte Rose schlicht. »Deutlicher hätte er kaum werden können.«

»Als die Kinder noch klein waren, hatten wir einen alten Collie«, erzählte Jenny plötzlich. »Von einem Bauern übernommen, der ihn auf seinem Hof nicht mehr gebrauchen konnte. Die gute Ginnie hatte Arthrose und war einfach nicht mehr schnell genug, aber ansonsten war sie gesund und hatte noch ein paar gute Jahre vor sich. Also hat Brian sie eines Tages mit nach Hause gebracht. Die Kinder waren ganz aus dem Häuschen und haben sich unglaublich um sie gekümmert. Wir alle eigentlich.« Bei der Erinnerung an damals lächelte Jenny. »Eines Tages war Ginnie allein draußen unterwegs, was hier normalerweise gar kein Problem ist, aber just an dem Tag schaukelte dieser große alte Laster durch den Ort. Ich war oben und konnte ihr schrilles Jaulen bis dahin hören. Ich bin mit ihr zum Tierarzt, aber der konnte ihr nicht mehr helfen. Sie musste eingeschläfert werden. War alles meine Schuld. Ich hatte das Gartentor offen stehen lassen. Es hat mir das Herz gebrochen – aber das hat keiner gemerkt. Ich habe nämlich die ganze Zeit so getan, als wäre es mir piepegal, dass Ginnie tot ist. Die Kinder haben geheult wie die Schlosshunde, Brian stand völlig neben sich, und ich war beinhart und eiskalt. War doch bloß ein Hund, hab ich immer wieder gesagt.«

»Und was genau wollen Sie mir damit sagen?«, fragte Rose verunsichert.

»Dass der Mensch ein ganz seltsames Verhalten an den Tag legen kann, wenn ihn ein schlechtes Gewissen plagt.«

Ein Shopping-Vormittag in Carlisle reichte nicht aus, um Rose komplett von allem abzulenken, aber er reichte aus, um ihr Selbstwertgefühl wieder ein bisschen zu stärken. Shona suchte ihr Sachen zum Anprobieren aus, die Rose im Traum nie in Erwägung gezogen hätte: enge Jeans, bunte Sommerkleider und gewagte Oberteile. Rose traute sich kaum, einen Blick auf ihr Spiegelbild zu riskieren. Dann beschloss sie, dass die schlanke Blondine im Spiegel nicht sie selbst war und dass sie für eine Fremde Klamotten aussuchte und anprobierte. Kaum hatte sie diesen Schalter im Kopf umgelegt, ließ sie nicht mehr Shona für sich aussuchen, sondern stellte selbst einige Sachen zusammen, die sie sich leisten konnte. Als Rose die letzte Einkaufstüte an der Kasse entgegennahm, wusste sie immerhin, wie ihr neues Ich aussah – wenn sie auch immer noch unsicher war, wie es sich anfühlte, dieses neue Ich zu sein. Auch Maddie machte es Spaß, mit ihrer Mutter durch die Geschäfte zu schlendern. Sie tat ihr Bestes, um ihre vertraute Kleidung eins zu eins zu ersetzen, und bestand darauf, ihre neue Hello-Kitty-Jeans sofort anzuziehen und ihre Jungs-Jeans in die Einkaufstüte zu stopfen.

Alle waren guter Dinge, als sie am frühen Nachmittag zurück ins Bed & Breakfast kamen – ein paar Stunden lang hatte Rose tatsächlich das Gefühl gehabt, im Urlaub zu sein. Bis ihr wieder einfiel, dass der Besuch bei ihrem Vater bevorstand. Selbst in ihrer schicken neuen Jeans und dem dunkelgrünen T-Shirt mit dem großen Rückenausschnitt fühlte Rose sich der Begegnung nicht gewachsen. Shona war ziemlich käsig, als Rose sich mit Weltuntergangsmiene für den Besuch bei ihrem Vater fertig machte. Sie wusste nicht genau, wie viel sie selbst am Vorabend getrunken hatte, aber Shona musste mehr getrunken haben. Shonas vormittägliche gute Laune befand sich im Sinkflug, und ihr sonst so gesunder Teint wirkte extrem blass.

»Mir gefällt deine neue Frisur«, sagte Shona, als Rose

ihre Tasche an sich nahm und auf Maddie wartete, die Bär und das Ägypterbuch dabeihaben wollte. »Steht dir. Da hast du echt Glück gehabt, ich hatte nämlich keine Ahnung, was ich da tat. Wer hätte das gedacht, dass die liebe, kleine, vernünftige Rose so abgehen könnte? Wenn du dich das nächste Mal betrinkst, sollten wir uns besser nicht in der Nähe irgendwelcher Tattoo-Studios aufhalten ...«

»Wieso? Ich wollte mir schon immer mal die Brustwarzen piercen lassen ...« Rose lächelte schwach. Der bevorstehende Besuch machte ihr zu schaffen.

»Hey, Süße«, sagte Shona, als sie Maddie die hintere Wagentür aufhielt. »Du darfst dem Arsch nicht zeigen, dass du unsicher bist. Du darfst nicht zulassen, dass er Macht über dich hat. Du weißt es doch genauso gut wie ich: Je mehr Tränen wir vergießen, desto mehr Macht haben sie über uns.«

Rose zögerte kurz, bevor sie die Fahrertür öffnete. »Du redest von unseren Männern, Shona. Nicht alle Männer sind so.«

Shona zuckte die Achseln. »Wenn du meinst. Trotzdem solltest du nicht vor ihm weinen.«

»Okay.« Rose legte die Hand auf Shonas Arm. Auf einmal wollte sie sie nicht allein hierlassen. Ab und zu erhaschte sie einen kurzen Blick auf Shonas wirkliches Leben, auf die Einsamkeit, auf die Schwierigkeiten, auf den ewigen Überlebenskampf und auf Shonas sehnlichen Wunsch, jemand möge kommen und alles in Ordnung bringen, und wenn es auch nur für kurze Zeit war. Diese Sehnsucht konnte Rose sehr gut verstehen. »Soll ich hierbleiben?«

»Hierbleiben? Wieso das denn?« Verdutzt sah Shona sie an. »Jetzt mach schon, verschwinde. Ich werde mir den Nachmittag damit vertreiben, die alte Schachtel zu nerven. Alles okay. Hör jetzt auf, nach Ausflüchten zu suchen, und verpiss dich.«

»Gut.« Rose nickte. »Drück mir die Daumen. Nachher beim Konzert erzähle ich dir dann alles. Bei einem Glas Limonade.«

»Du hast wohl einen an der Waffel«, sagte Shona, sah zu Maddie und verdrehte die Augen. »Das einzige Mittel gegen diesen Kater ist Wodka.«

Rose hatte einen richtigen Knoten im Magen, als sie den Wagen auf den Hof lenkte. Das Wetter war heute sehr schön: Stahlgraue Wolken wurden golden angestrahlt, und in diesem leicht surrealen Licht wirkte Storm Cottage wie ein weiß strahlendes Juwel gegen den dunklen Berg. Es sah viel weniger grimmig aus als am Tag zuvor. Rose schaltete den Motor aus und blieb eine Weile sitzen, während Maddie von hinten auf den Beifahrersitz kletterte und ihr ihre ganz eigene Solidarität entgegenbrachte.

»Sieht aus wie das Haus von einem Troll«, sagte sie, nachdem sie das Cottage eine Weile betrachtet hatte. Das war kein gutes Zeichen. Maddie hatte eine regelrechte Troll-Phobie entwickelt, nachdem sie in der Stadtbücherei eine äußerst anschauliche Märchenstunde besucht hatte, vorgetragen von einer Möchtegern-Schauspielerin, die offenbar glaubte, an einem Samstagvormittag die Royal Shakespeare Company beeindrucken zu müssen. Monatelang konnte Rose aufgrund von Maddies panischer Angst vor kinder- und ziegenfressenden Trollen und deren Verstecken mit ihrer Tochter nichts unternehmen – und zu Hause musste Rose immer erst jeden Winkel absuchen und für trollfrei erklären.

»Trolls wohnen unter Brücken, weißt du noch?«, sagte Rose und bezog sich damit auf ihren zweiten Büchereibesuch, als eine sehr freundliche Bibliothekarin extra ihre strenge Brille aufsetzte, um Maddie zu versichern, dass Trolle nur unter Brücken und nur in Skandinavien lebten und in Großbritannien überhaupt nicht heimisch seien. Sie hatte sogar ein Buch zu dem Thema zur Hand. Dieser Privatvortrag hatte Maddies Hunger nach Fakten bisher gestillt, und Rose hoffte, der Effekt würde noch länger anhalten. Sie war jetzt gerade nämlich überhaupt nicht in der Lage, mit den Spinnereien ihrer Tochter umzugehen – sie war ja von ihren eigenen überfordert.

»Und abgesehen davon«, fuhr Rose fort und sah quer über den Hof zur Scheune, aus deren angelehnter Tür helles Licht drang, »gehen wir gar nicht ins Cottage. Wir gehen in die Scheune. Und in Scheunen gibt es immer nur schöne Sachen.«

»Mum, ich habe Angst«, sagte Maddie und starrte zur Scheune, die sich steif vor dem Berg hinter sich behauptete.

»Ich auch«, sagte Rose.

»Du auch?« Maddie drehte sich auf dem Sitz zu Rose um und sah sie erstaunt an. »Aber du bist doch erwachsen?«

»Ich weiß«, sagte Rose. »Passt du auf mich auf?«

»Okay.« Für Maddie war diese Art, Verantwortung zu tragen, so neu, dass sie darüber glatt ihre eigenen Sorgen vergaß.

Rose holte tief Luft und stieg aus. Sie marschierte ums Auto, öffnete die Beifahrertür, nahm Maddies Hand und erlaubte ihrer Tochter, sie mit sich quer über den Hof zur Scheune zu ziehen. Ihr Herz raste immer schneller, je näher sie kamen. Ob John sich überhaupt daran erinnerte, dass sie heute wiederkommen wollte?

Rose hielt sich an Maddies Hand fest und betrat die Scheune. John stand mit dem Rücken zu ihnen vor einer riesigen, fast die ganze Wand einnehmenden Leinwand, seine weiß gekleidete Gestalt hob sich von den wilden Farben ab wie ein gemalter Blitz. Seine Nasenspitze war nur wenige Millimeter von dem Bild entfernt, und er war so versunken in seine Arbeit, dass er überhaupt nicht mitbekam, dass jemand hereinkam. Rose war das recht, sie beobachtete ihn noch ein paar Minuten bei der Arbeit und fühlte sich schnell in ihre Kindheit zurückversetzt: der Geruch der Farbe und wie sie sich an ihren Fingern anfühlte, ölig und klebrig; sie, wie sie die berauschenden Dünste der Geheimwelt ihres Vater einatmete, während sie ihm beim Arbeiten zusah, und wie sie sich ihm, wenn er sie ignorierte, meist viel näher fühlte, als wenn sie seine Aufmerksamkeit hatte. Schon als sie noch ganz klein war, hatte Rose gewusst, dass für ihren Vater, wenn er arbeitete, alles andere unwichtig war und dass er, wenn er nicht arbeitete, sich danach sehnte. Selbst bei ihren Strandspaziergängen oder wenn er sie herumwirbelte, bis die Welt um sie herum zu einem Farbbrei wurde, wusste sie, dass er lieber an seiner Staffelei stände. Ihr war klar, dasss ihr Besuch für ihn eine unwillkommene Störung sein würde.

Maddie vergaß völlig, dass sie auf ihre Mutter aufpassen sollte, löste ihre Hand aus Roses Griff und ging ein paar Schritte weiter, um zu sehen, was John da machte. Sie war offensichtlich fasziniert, machte aber keine Anstalten, ihn anzusprechen.

Rose war wie gelähmt, sie wusste nicht, was sie tun sollte. Sie sah sich um und zwang sich und ihre Gedanken zurück in die Gegenwart. Sie war fest entschlossen, die erwachsene Frau zu sein, die Hunderte von Kilometern gefahren war, sich von ihrem Mann getrennt und die langen Haare abgeschnitten hatte – und nicht das kleine Mädchen, das alles tun würde, nur um für ein paar Sekunden die Aufmerksamkeit ihres Vaters zu bekommen.

Es überraschte Rose nicht, dass John in dieses Gebäude, so verkommen es auch von außen ausgesehen hatte, mehr Geld investiert hatte als in das windschiefe Cottage. Den Innenraum teilte eine weiße Gipskartonwand, an der jetzt das Werk lehnte, an dem John gerade arbeitete. Die Tür zur zweiten Raumhälfte war mit einem Vorhängeschloss gesichert. Die verputzten Wände waren weiß gekalkt, und von oben sorgten lange, rechteckige Oberlichter dafür, so viel natürliches Licht wie möglich hereinzulassen. Für Tage, an denen solches knapp war, gab es überall riesige Tageslichtlampen, die den Raum in künstliches Sonnenlicht tauchten. An der Wand zu ihrer Linken lehnten weiße Leinwände, von denen einige größer als ihr Vater waren, und warteten darauf, bemalt zu werden. Auch eine bereits von ihrem Vater signierte, seltsam unzusammenhängende Darstellung der sie umgebenden Landschaft lehnte dort – noch feucht glänzend – an eine weitere.

»Dein Stil hat sich verändert«, sagte Rose zu ihrer eigenen Überraschung. John zuckte zusammen.

Er hatte still seine Arbeit betrachtet, die langen Arme um die Brust geschlungen, als umarme er sich selbst. Er löste diese Eigenumklammerung nicht, als er sich halb zu ihr umdrehte, und sollte ihr Erscheinen ihn erstaunen, so war ihm das nicht anzumerken. Obwohl sie sich gerade etwas anderes vorgenommen hatte, spürte Rose dasselbe Gefühl von Verunsicherung und Beklemmung in sich aufsteigen, das sie als kleines Mädchen gehabt hatte, wenn sie in sein Atelier geschlichen war, obwohl ihre Mutter es ihr untersagt hatte. Damals war sie über die staubigen Fußbodenbretter der umfunktionierten Garage gekrabbelt, hatte sich zu seinen Füßen gesetzt und ihm zufrieden schweigend dabei zugesehen, wie er mit seinen Pinseln Welten erschuf. Manchmal bemerkte er sie sehr lange überhaupt nicht, und wenn doch, dann hob er sie hoch und wirbelte mit ihr herum, bis sie kreischte vor Lachen. Dann legte er seine Pinsel zur Seite und ging mit ihr an den Strand, wo sie »interessante Sachen« suchten und so lange Steine sammelten und Muster in den Sand malten, bis das Abendessen längst kalt war und sie im Bett hätte liegen sollen. Oder er setzte sie mit ihrem eigenen Stück Pappe, Pinseln und einer Palette voller Farbkleckse an einen Tisch und sagte, sie könne dort bleiben, so lange sie wolle, sie müsse nur still sein. Und manchmal, ganz selten, wurde er wütend. Dann hob er sie auf, packte sie so fest am Arm, dass es wehtat, zerrte sie zurück ins Haus und warf sie ihrer Mutter vor die Füße, wobei er sich kolossal darüber ausließ, dass sie als Mutter und als Ehefrau total versagte, weil sie offenbar einfach nicht begriff, dass er zum Arbeiten Ruhe brauchte. Dann knallte er die Tür zu, und Rose rannte hin, legte die Hände gegen das Glas und sah ihm heulend nach, wie er durch den Garten zurück zum Atelier stapfte. Und doch hatte sie ihm seine wortkarge Wut nie übel genommen, nicht ein einziges Mal, ganz gleich, wie sehr seine Gefühlsausbrüche sie verunsichert hatten. Es hatte sehr lange gedauert, bis Rose ihm überhaupt mal Vorwürfe gemacht und sie begriffen hatte, dass ihr das ständige Gefühl, sich etwas zu erschwindeln, von ihm beigebracht worden war. Jetzt hatte sie sich wieder an ihn in seinem Atelier herangeschlichen. Würde er sie herumwirbeln und sie küssen, oder würde er sie hinauswerfen? Dieses Mal wusste sie die Antwort.

»Inwiefern?«, fragte John und beachtete Maddie gar nicht, die ihrerseits den alten Mann ignorierte und sich Zentimeter für Zentimeter an das Gemälde heranschlich, das sie offenbar viel mehr interessierte. Rose hatte keine Ahnung, wie sie es erklären sollte.

»Deine Bilder wirken freundlicher, als ich sie in Erinnerung habe. Weniger ... wie du. Und man kann etwas darauf erkennen. Ich kann mich von früher nur an ganz wenige solcher Bilder erinnern.« An zwei, um genau zu sein: seine Darstellung von Millthwaite, die sie all die Jahre behalten hatte, und ein Porträt von Tilda, der Frau, für die er Rose und ihre Mutter verlassen hatte, aber das hatte ihre Mutter verbrannt. Ob es wohl noch mehr Bilder von Tilda gab? Bilder, die sein Leben mit ihr festhielten? Rose war sich nicht sicher, ob sie es gut fände, wenn Tilda immer noch ein Teil von Johns Leben wäre. Einerseits wäre es wirklich bitterste Ironie des Schicksals, wenn er nicht mehr mit der Frau zusammen wäre, für die er Roses Leben zerstört hatte, wenn er sie genauso achtlos entsorgt hätte wie seine erste Familie. Andererseits hoffte Rose inständig, sie möge nicht plötzlich mit einem Tablett mit Tee für alle hereinkommen und sie »Liebes« nennen. John hatte sie noch nicht erwähnt, und Rose beschloss, sich nicht nach ihr zu erkundigen.

»Du meinst wahrscheinlich, sie sind kommerzieller«, folgerte John. »Das sind die Sachen, mit denen ich meine Rechnungen bezahlen kann. Meine richtige Arbeit habe ich woanders.«

»Ich finde das hier viel gefälliger fürs Auge.« Rose zeigte auf das Werk, das es ihr angetan hatte. »Gefällt mir gut.«

Die Andeutung eines Lächelns umspielte Johns Lippen. »In der Regel haben ausgerechnet die Leute mit dem meisten Geld am wenigsten Geschmack«, sagte er.

»Ich habe weder noch.« Seine Worte verletzten Roses Stolz, obwohl sie kaum glaubte, dass er sie als Beleidigung gemeint hatte. »Und du hast dich also auf das Malen von Postkartenmotiven verlegt? Nach allem, was du für deine Integrität als Künstler getan hast? Nachdem du für deine Arbeit die Leben anderer Menschen zerstört hast? Auf einmal hast du deinen künstlerischen Anspruch aufgegeben?«

Die Worte schossen ihr aus dem Mund wie Pistolenkugeln, sie gerieten ihr viel schärfer, als sie wollte, aber ihr Wunsch, ihm eine Retourkutsche zu verpassen, war offenbar stärker als ihre Selbstbeherrschung.

John zuckte die Achseln, ihre Spitzen fochten ihn nicht an. »Integrität ist was für junge Männer.«

»Ach? Ist mir gar nicht aufgefallen, als ich dich das letzte Mal sah.« Rose ging ein paar Schritte auf ihn zu und forschte in seinem Gesicht nach dem Vater, der mit ihr am Strand Steine und Muscheln gesammelt hatte. Keine Spur.

Ob er sich wohl an jenen Tag erinnern konnte, an dem sie sich das letzte Mal sahen? Daran, wie er sie auf der Treppe sitzen ließ und sich fröhlich von ihr verabschiedete? Rose erkannte, dass es ein aussichtsloser Kampf wäre, dass sie ihn nie dazu bringen würde, sich zu erinnern und Gefühle zu zeigen – weil er es nicht zulassen würde. Vielleicht konnte er es auch einfach nicht. Und obwohl sie wusste, dass sie auf dem Absatz kehrtmachen und sich diese schmerzliche und enttäuschende Erfahrung ersparen könnte, blieb sie.

»Wie dem auch sei«, sagte sie dann im Versuch, sich wieder zu sammeln. »Das hier ist Maddie. Deine Enkelin.«

John erwiderte nichts und richtete den Blick wieder auf die Leinwand.

»Möchtest du sie nicht wenigstens begrüßen?«, fragte Rose spitz. Seine Ungehobeltheit ihr selbst gegenüber konnte sie deutlich besser verkraften als die ihrer Tochter gegenüber.

»Soweit ich mich erinnere, habe ich zugestimmt, dir ein paar Fragen zu beantworten«, entgegnete John kühl. »Und ich erinnere mich sehr deutlich, gesagt zu haben, dass ich nicht an einer Familienzusammenführung interessiert bin. Das habe ich dir gesagt, Rose.«

»Ich bin auch nicht an einer Familienzusammenführung interessiert«, sagte Maddie so ruhig und entschlossen, dass John kurz zu ihr hinuntersah. »Ich wollte dich nur mal sehen. Du siehst alt aus und ziemlich schmutzig. Du interessierst mich nicht besonders. Aber ich wüsste gerne, wie sich die Farbe da zwischen deinen Fingern anfühlt. Die sieht viel schleimiger aus als Plakatfarben. Und steht richtig von der Pappe ab, das finde ich gut. Und die einzelnen Farben vermischen sich nicht, sondern wirbeln irgendwie ineinander. Wie geht das? Wie kann man die Farben zusammenrühren und trotzdem noch die einzelnen Farben sehen?«

John trat einen Schritt zurück und betrachtete seine Enkelin mit hochgezogenen Augenbrauen.

»Das ist eine Leinwand, keine Pappe«, sagte er. »Hier.« Er hielt ihr seine Palette mit den vielen Farbklecksen darauf hin, und Maddie tauchte den Finger in dunkelrote Ölfarbe. Sie verteilte sie zwischen den Fingerspitzen, hielt sie sich unter die Nase und schnupperte kräftig daran.

»Klebt«, sagte sie an Rose gerichtet, die in einiger Entfernung zu ihr stand. »Und ist irgendwie schmierig.«

Unbekümmert verteilte sie die Farbe auf dem Handrücken und drückte sich diesen dann gegen die Wange. Das kühle Gefühl und der strenge Geruch ließen sie lächeln. »Ich will auch damit malen.«

»Komm, Maddie.« Rose streckte die Hand nach ihr aus, sie wollte nicht, dass ihre Tochter enttäuscht wurde. »John hat keine Zeit für uns.«

»Wer sagt denn das?«, fragte John. »Ich habe gesagt, dass ich mit dir rede, also rede ich mit dir. Das Kind kann malen, während wir reden.«

Er wühlte in einem Haufen herum, der in Roses Augen wie Abfall aussah, und zog dann ein kleines Brett hervor. Er nahm einen ausrangierten Teller aus dem Regal, drückte aus vier, fünf ziemlich erledigt aussehenden Tuben dicke Farbkleckse auf den Teller, stellte ihn auf den Boden und warf noch ein paar alte Pinsel dazu. Das Brett lehnte er gegen die hintere Scheunenwand.

Maddie kniete sich sofort auf den staubigen Boden vor

dem Brett und nahm einen der Pinsel. »Was soll ich malen?«, fragte sie John.

»Mal einfach, was du siehst«, sagte John und wandte sich wieder seiner Arbeit zu. »Jeder Künstler sollte am Anfang einfach malen, was er sieht. Es kommt nämlich nicht darauf an, was man sieht, sondern wie man es sieht.«

Die plötzliche, nachgerade großväterliche Art ihres Vaters sowie sein freundliches Geplänkel mit Maddie verstörten Rose. Sie hatte Maddie nicht mit hierhergebracht, weil sie sich erhofft hatte, den liebenden Großvater in John herauszukitzeln. Sie hatte kühl und unbeteiligt auftreten wollen und er anscheinend auch, aber nun war er plötzlich umgänglich und fast schon freundlich gewesen. Sie wusste nicht mehr, was sie erwarten konnte, wie sie sich verhalten sollte. Rose wusste nur, dass der Vater, den sie als Kind hatte, der strahlende, riesige Mann, den sie so vergöttert hatte, nichts mehr mit dem hageren grauen Mann zu tun hatte, der sich jetzt wieder seiner Leinwand zuwandte, um verbissen an den Farben herumzuspachteln.

»Also los. Red schon«, forderte er Rose auf, die zunächst gar nicht wusste, was sie sagen sollte.

»Millthwaite ist eigentlich ganz nett. Kann man hier gut leben?«, fragte Rose unsicher. Sie fand es extrem schwierig, mit ihm Small Talk zu betreiben.

»So gut wie anderswo auch«, sagte John. »Ich bin hier halt irgendwie gelandet, muss allerdings sagen, dass die Landschaft für meine Arbeit sehr nützlich ist. Stadtmenschen gucken sich gerne Berglandschaften an und stellen sich dabei vor, sie hätten ein Leben abseits ihrer freud- und sinnlosen Existenz.«

»Das heißt, mit den Leuten von hier hast du gar nicht viel Kontakt? Hast du hier gar keine Freunde?« Rose zögerte. »Lebst du alleine?«

»Ich lebe alleine, ja. Hör zu, ich habe dich über zwanzig Jahre nicht gesehen. Wenn ich ohne meine eigene Tochter leben kann, dann brauche ich wohl kaum die Bestätigung von irgendwelchen Fremden.« Er sah sie gereizt an. »Genau darum geht es in meinem Leben. Genau das macht mich als Mensch aus. Ich will und brauche keine anderen Menschen um mich herum. Ich will für mich sein. Ich will in Ruhe gelassen werden. Und meistens bekomme ich das, was ich will.«

Rose holte Luft, sah zur angelehnten Scheunentür und unterdrückte das plötzliche Bedürfnis, hinauszustürzen und wegzulaufen. Den nächstbesten Hang hinaufzulaufen, bis ihre Lungen zu zerplatzen drohten und sie Luft einatmen konnte, die nicht auch in den Lungen dieses Mannes gewesen war, dieses gefühlskalten Fremden. War ihr Vater schon immer so gewesen? Waren die schönen Erinnerungen an den Mann, von dem sie einst glaubte, er würde sie lieben, allesamt Hirngespinste?

»Und darum musste auch Tilda dran glauben?« Rose bemerkte den metallischen Geschmack, sie biss sich in letzter Zeit einfach zu oft auf die Lippen. Sie suchte nach etwas, das in ihm *irgendein* Gefühl auslösen würde. »Hast du sie auch benutzt und dann weggeworfen? Nachdem du Mum verlassen und unser Leben ohne Rücksicht auf Verluste kaputt gemacht hattest, hast du ihr dasselbe angetan?«

»Was zwischen mir und Tilda passiert ist, geht dich überhaupt nichts an«, sagte John barsch. »Das sind zwei unterschiedliche Kapitel in meinem Leben. Und beide sind abgeschlossen.«

»Ist das deine Logik?« Ungläubig starrte Rose ihn an, es fiel ihr zusehends schwerer, sich genauso unbeteiligt zu geben wie er. »Du hast beschlossen, ein Leben hinter dir zu lassen und ein zweites anzufangen – oder vielmehr damit ebenfalls an die Wand zu fahren –, und meinst, das alles einfach so hinter dir lassen zu können? Als wäre nichts gewesen? Kleine Info: Kinder haben kein Verfallsdatum.«

»Offenbar nicht.« John seufzte, wischte die Spachtel am Hemdsaum ab und wandte sich dann wieder seinen Farbtuben zu. Seine Hand verharrte eine Weile unentschlossen, dann griff er nach gebrannter Umbra. Er sah zu Rose, die immer noch wie angewurzelt bei der Tür stand, und fragte: »Hast du schon mal drüber nachgedacht, mit deinem Mann zu reden? Wenn du jetzt zu ihm zurückgehst, ist es vielleicht noch nicht zu spät.«

»Wenn ich zu ihm zurückgehe?« Rose schüttelte den Kopf und zwang sich, nicht die Stimme zu erheben. »Dir ist wirklich jedes Mittel recht, um mich loszuwerden, was? Sogar verkuppeln würdest du mich dafür. Dabei hast du keine blasse Ahnung, durch welche Hölle ich gegangen bin.«

»Du bist nicht wie ich«, sagte John. »Du brauchst Leute um dich herum. Und wie du mir eben so nachdrücklich in Erinnerung gerufen hast, ein Kind braucht seinen Vater. Man sollte immer noch mal miteinander reden. Versuchen, die Beziehung zu retten.«

»So, wie du mit Mum geredet und versucht hast, eure Beziehung zu retten?«, schnappte Rose. Es war ihr einfach nicht möglich, ruhig zu bleiben. Sie neigte den Kopf zur

Seite. »Ach, entschuldige, ich vergaß: Du bist ja einfach eines Morgens abgehauen und hattest nicht mal den Mumm, sie zu wecken und ihr ins Gesicht zu sagen, dass du gehst. Hast es deiner Tochter überlassen, ihr das mitzuteilen, wenn sie wieder nüchtern war.«

Rose konnte sich nur allzu deutlich an jenen Morgen erinnern, an die verwirrte Stille im Haus, nachdem John die Tür zugezogen hatte. Sie war auf der untersten Treppenstufe sitzen geblieben und hatte sich gefragt, was da wohl gerade passiert war, sie war hin- und hergerissen gewesen zwischen dem Schmerz, der in ihrer Brust tobte, und dem kindlichen Wunsch nach Normalität. Sie hatte überlegt, so zu tun, als sei nichts passiert, als sei ihr Vater nicht gerade für immer gegangen, und falls doch, als werde er schon bald wiederkommen. Rose hatte die Treppe hinaufgesehen, nach oben, wo Marian noch den Rausch der Flasche Wein ausschlief, die sie am Vorabend getrunken hatte. Sie hatte sich an den Küchentisch gesetzt und leise weinend überlegt, ob sie ihre Mutter aufwecken sollte. Dann hätte Marian sie vielleicht in den Arm genommen, ihr über die Haare gestrichen und sie getröstet wie damals, als sie noch klein war, oder vielleicht hätte sie wieder angefangen zu weinen, hätte das Gesicht im Kissen vergraben und Rose ignoriert, die verunsichert auf der Bettkante saß und ihrer Mutter vorsichtig die Schulter streichelte, bis klar wurde, dass es Marian herzlich egal war, ob Rose da war oder nicht. Als Rose endlich auf der obersten Treppenstufe angekommen und das Märchen in ihrem Kopf zu seinem Ende gelangt war, erkannte sie die Wahrheit. Ihre Mutter lag immer noch im Bett und schlief. Sie kümmerte sich nicht um sie. Keiner kümmerte sich mehr um sie. Erst viel später begriff Rose, dass das lähmende Elend, das von ihrer Mutter Besitz ergriffen hatte, eine Depression war. Das kleine Mädchen, das in der Schlafzimmertür stand, verstand das noch nicht.

»Daddy ist weg.« Sie hatte Marian an den Schultern geschüttelt, so sehr sie konnte, bis ihre Mutter die Augen öffnete und sie ansah. »Zusammen mit dieser schicken Frau. Schon vor Stunden. Den ganzen Tag bin ich schon alleine, aber das interessiert dich ja nicht.«

Die neunjährige Rose war aus dem Schlafzimmer ihrer Mutter gestürzt, hatte die Tür hinter sich zugeknallt und war heulend die Treppe heruntergerannt. Die ganze Nacht hindurch war Schluchzen zu hören gewesen – Marians Schluchzen. Rose war in ihren normalen Klamotten und ohne sich die Zähne zu putzen oder die Haare zu kämmen ins Bett gegangen. Sie hatte so sehr gehofft, dass am nächsten Morgen alles wieder in Ordnung wäre. War es aber nicht. Es war nie wieder alles in Ordnung.

»Ich dachte, wenn ich dich wiedertreffe, dann würde mir einfallen, wie sehr ich dich geliebt und vermisst habe«, sagte Rose bitter. »Aber wenn ich dich jetzt so ansehe und dir zuhöre, dann fällt mir nur eins wieder ein: Wie sehr ich dich hasse.«

»Das kann ich dir nicht verdenken.« John drehte sich um und sah sie zum ersten Mal direkt an. »Ich habe Fehler gemacht, schlimme Fehler. Ich war dem Alkohol verfallen, ich war zutiefst … gedankenlos. Das will ich gar nicht leugnen. Ich bin, wie ich bin. Aber du bist nicht ich, also versuch nicht, deine eigenen Probleme loszuwerden, indem du sie mir in die Schuhe schiebst. Du hast ein Kind.

Vielleicht ist deine Ehe noch nicht am Ende, vielleicht ist sie noch zu retten. Vielleicht schafft ihr es noch. Vielleicht nimmt er dich ja zurück, dem Mädchen zuliebe.«

»Er mich zurücknehmen!« Die Wut, die seit ihrer Ankunft leise in ihr gebrodelt hatte, drohte hervorzubrechen. Verzweifelt versuchte sie, ihre Stimme zu beherrschen, um Maddie nicht vom Malen abzulenken. Sie zischte: »Weißt du was? Mum hätte dich auch zurückgenommen, nach allem, was du ihr angetan hattest, nach der Erniedrigung, selbst nach Jahren des Schweigens deinerseits. Selbst an dem Tag, an dem sie ins Meer ging und sich ertränkte, hätte sie dich noch zurückgenommen, John. Sie hat so viele Jahre damit verschwendet, dich zu lieben. Sie ist nie drüber hinweggekommen, ist nie weitergekommen. Ich weiß das, weil ich, seit ich neun Jahre alt war, jeden Tag da war und die Scherben aufsammeln musste. Jeden einzelnen Tag musste ich sie wieder aufrichten, so gut ich konnte, musste dafür sorgen, dass sie etwas aß und sich wusch. Jeden einzelnen Tag bis zu ihrem Tod habe ich mich um das Chaos gekümmert, das du hinterlassen hast. Ja, ich weiß, mein Mann würde mich zurücknehmen. Ich weiß, dass er mich sofort zurücknehmen würde, nichts wäre ihm lieber. Aber ich will nicht zurück. Ich werde nicht denselben Fehler machen wie Mum. Ich werde nicht zurückgehen, und keiner kann mich dazu zwingen, er nicht und du schon gar nicht.«

Die Luft zwischen ihnen knisterte förmlich vor Spannung. Zum ersten Mal seit ihrer Ankunft betrachtete er eingehend ihr Gesicht, und Rose wusste, dass er nach Hinweisen darauf suchte, was sie so wütend gemacht, was ihr solche Angst eingejagt hatte. In seiner Miene war fast so etwas wie Besorgnis zu erkennen, und als er das nächste Mal das Wort ergriff, klang seine Stimme viel sanfter, wenn auch immer noch etwas steif.

»Das muss schlimm für dich gewesen sein«, räumte er ruhig ein. »Die ganze Sache mit deiner Mutter.«

»Die ganze Sache.« Rose lachte bitter. »Auf welchen Teil beziehst du dich da? Darauf, dass ich zur Betreuerin meiner klinisch depressiven Mutter wurde? Oder darauf, dass sie sich ausgerechnet in dem Moment, in dem ich glaubte, es würde ihr endlich besser gehen, höchstwahrscheinlich das Leben genommen hat?«

»Auf alles natürlich«, sagte John. »Obwohl mir gar nicht bewusst war, *wie* krank sie eigentlich war. Natürlich war mir klar, dass sie niedergeschlagen war, aber ich hatte keine Ahnung, dass sie dir so zur Last wurde.«

»Sie war mir keine Last«, blaffte Rose ihn an. »Sie war meine Mutter. Ich habe sie geliebt. Aber deswegen war es noch lange nicht in Ordnung, dass du ein kleines Mädchen mit alldem allein gelassen hast. Wann hast du von ihrem Tod erfahren?«

Die Worte blieben fast in Roses Hals kleben. Denn obwohl ihre Mutter sie, nachdem John weg war, nie wieder in den Arm genommen, ihr über das Haar gestreichelt oder sie getröstet hatte, vermisste Rose sie immer noch jeden einzelnen Tag. Sie wünschte sich immer noch täglich ihre Mutter zurück.

»Ein paar Tage später.« John senkte den Blick. »Tilda hatte damals noch eine Freundin dort. Die hat uns angerufen und uns Bescheid gesagt. Hatte es wohl in der Zeitung gelesen.«

Rose riss sich von der Fluchtmöglichkeit der Tür los

und ließ sich auf einen alten Schemel sinken, der ohne ersichtlichen Grund mitten im Atelier stand.

»Du hast es gewusst?«, fragte Rose ungläubig. »Du hast gewusst, dass sie tot ist, und bist nicht gekommen? Hast mich mit allem allein gelassen? Ich kann ja verstehen, dass du Schwierigkeiten mit Mum hattest, aber – ich war doch ganz allein! Und du bist nie auf den Gedanken gekommen, nach mir zu sehen?«

John senkte den Kopf und kniff sich in die Nasenwurzel. »Nein«, sagte er schlicht und sah ihr schließlich wieder in die Augen. »Das Einzige, woran ich in jenen Jahren denken konnte, war mein nächster Drink. Und mein übernächster. Das war alles. Rose, ich bin müde, und du bist aufgewühlt. Vielleicht wäre es besser, wenn du jetzt gehst. Ich muss arbeiten.«

»Fertig!«, rief Maddie, kam fröhlich auf Rose zu, nahm sie bei der Hand und zog sie zu ihrem frisch gemalten Bild. Rose war mit einem Mal so kraftlos, dass sie sich einfach mitziehen ließ und das Werk ihrer Tochter betrachtete. Maddie hatte John beim Wort genommen und das gemalt, was sie von ihrem Platz auf dem Boden aus sehen konnte: die groben Bretter der Scheunenwand. Dicke schwarze Striche definierten die Umrisse jeder Latte, für die Maddie wiederum mehrere Farben großzügig übereinandergepinselt hatte, was eine sehr interessante Oberfläche und insgesamt ein ganz wunderbares Resultat ergab.

»Das ist ja großartig!«, hauchte Rose und sah, wie ein ganz seltener Anflug von Stolz und Freude über Maddies Gesicht huschte. »Das hast du wirklich ganz toll gemacht, mein Schatz.«

»Ist gut geworden«, sagte John, der sich im Hintergrund hielt und von dort aus das Bild betrachtete. »Das Mädchen hat einen guten Blick, so viel ist sicher.«

»Ja«, sagte Maddie glücklich. »Und ich hab mich gar nicht richtig angestrengt. Das ist einfach so ganz von selbst gekommen. Echt klasse. Malen ist total klasse.« Sie sah John direkt in die Augen. »Ich will wiederkommen und noch mehr malen. Bald.«

Roses Herz verkrampfte sich, sie wusste, dass ihrer Tochter, die selten so glücklich war, eine herbe Enttäuschung bevorstand.

»Dann kommt morgen wieder«, sagte John so leise, dass Rose glaubte, sich verhört zu haben.

»Wie bitte?«, fragte Rose.

»Kommt morgen wieder. Das Mädchen kann malen, ich kann arbeiten. Wir zwei können noch mehr reden.«

»Du willst mit mir reden?«, fragte Rose ungläubig.

Ihre Skepsis schien John ein wenig zu verletzen. Er wirkte plötzlich sehr zerbrechlich, als würde der Kontakt mit anderen Menschen ihm wirklich Energie abziehen.

»Rose.« Er sprach ihren Namen sehr bedächtig aus, als würde er ihn sich auf der Zunge zergehen lassen. »Bitte versteh das doch. Ich bin kein guter Mensch. Ich bin auch kein besonders netter Mensch. Ich eigne mich nicht zum Vater und auch nicht zum Großvater. Es kann sehr gut sein, dass ich dein Leben zerstört habe, und wenn … dann fürchte ich, hat der Alkohol schon vor Jahren jedes Schuldgefühl abgetötet. Aber du bist meine Tochter, und ich möchte für dich tun, was ich kann – so wenig das auch sein mag. Ganz ehrlich: Ich glaube nicht, dass dein Leben dadurch erträglicher wird, dass du mit mir redest, aber vielleicht hilft es dir ja, nach vorne zu schauen.«

»Aber du hast doch gerade davon geredet, dass ich zu meinem Mann zurückgehen soll?« Rose war verwirrt.

»Nein.« John wandte sich wieder seiner Arbeit zu. »Ich bin kein Mensch, der anderen vorschreibt, was sie zu tun oder zu lassen haben. Schon gar nicht gegen ihren Willen. Wenn du willst, dass das Kind noch mehr malt und dass wir noch mehr reden, dann komm morgen wieder. Wenn nicht, dann mache ich einfach weiter wie bisher.«

»Ich will wiederkommen«, sagte Maddie. »Und malen. Ich will wieder das Holz malen.«

»Wann?«, fragte Rose ihren Vater.

»Ist mir egal«, sagte John. »Ich bin den ganzen Tag hier in der Scheune.«

»Das hat Spaß gemacht«, freute Maddie sich, als sie und Rose über den Hof Richtung Auto gingen. Rose war ganz durcheinander. Sie hatte eben in der Scheune einen nie da gewesenen Zorn, ja sogar Hass auf ihren Vater verspürt. Bis in die letzte Faser ihres Körpers war sie von Abneigung und Groll durchdrungen gewesen – und doch hatten sie nun eine Verabredung. Rose konnte sich nicht erklären, wie es dazu gekommen war oder was es bedeutete. Sie wusste nur, dass John aus einem für sie unerfindlichen Grund wollte, dass sie wiederkam. Sonst hätte er sie nicht dazu aufgefordert.

»Ich kann John eigentlich ganz gut leiden«, sagte Maddie. »Er ist interessant.«

»Gut.« Rose blieb stehen und sah zu den sie umgebenden Bergen hinauf. Irgendwie waren ihr Alter und ihre

Erhabenheit wie Balsam für ihre Seele. »Ich glaube, er mag dich auch. Auf seine Weise.«

»Ihm hat gefallen, wie ich male«, stellte Maddie stolz fest, als sei das viel wichtiger als persönliche Zuneigung. »Ich bin verdammt gut.«

»Stimmt.« Rose lächelte und legte die Hand auf Maddies Schulter. Das Mädchen schüttelte sie sofort ab. Rose hatte ihre Tochter lange nicht so unbefangen erlebt wie heute in der Gesellschaft ihres seltsamen Großvaters und mit dem Pinsel in der Hand. Es war natürlich leicht, Richard die Schuld an Maddies ewiger Befangenheit zu geben, an ihrer verkrampften Miene und Haltung, an der ständig latent vorhandenen Angst, von der Rose glaubte, sie manchmal von ihrer Tochter ausgehend selbst spüren zu können. Aber vielleicht musste sie einen Teil der Verantwortung für das durch Richard vergiftete Leben auch auf ihre eigene Kappe nehmen. Wenn sie mehr Erfahrung mit Männern gehabt hätte, wenn sie auf ihr von Anfang an etwas ungutes Bauchgefühl gehört hätte, schon als sie noch wirklich glaubte, glücklich zu sein ... Aber sie hatte das verdrängt. Sie hatte es verdrängt und nicht auf ihren Instinkt gehört, weil sie sich so sehr das normale, glückliche Leben gewünscht hatte, das in ihren Augen alle um sie herum führten. Weil sie sich so sehr gewünscht hatte, anders zu sein als ihre Eltern.

Vielleicht war es in Wirklichkeit ihre stets besorgte, ängstliche, übertrieben fürsorgliche und verunsicherte Mutter, die Maddie erdrückte, ging es Rose durch den Kopf, und sie erinnerte sich daran, wie sie selbst als Mädchen immer im Schneckentempo von der Schule nach Hause gegangen und mit jedem Schritt befangener und ängstlicher geworden war. Denn zu Hause hatte ihre Mutter nur darauf gewartet, ihren Kummer und ihr Elend bei ihrer Tochter abzuladen. Jeden Tag hatte Rose Angst davor, den Schlüssel umzudrehen, weil sie wusste, dass auf der anderen Seite der Tür ein Meer des Jammers auf sie wartete, und doch schloss sie jeden Tag wieder auf, und doch ging sie jeden Tag wieder hinein. Was, wenn Maddies Eigenart, die sie so sehr von anderen Kindern ihres Alters unterschied, in Wirklichkeit durch Rose verursacht war, durch ihr Unvermögen, ihren eigenen Kummer für sich zu behalten? Ganz gleich, wie sehr sie sich bemühte, ihn vor ihrer Tochter zu verbergen, er drang ihr förmlich aus allen Poren. Von Richard frei zu sein, auch wenn es nur wenige Tage waren, schien ihre Lebensgeister zu wecken. Sie kam sich vor wie ein Aufziehspielzeug, das ewig im Regal gestanden hatte und sich endlich austoben durfte. Rose musste zugeben, dass sie sich hier, inmitten dieser wilden, ländlichen Umgebung, wie befreit fühlte – und vielleicht übertrug sich das auch auf Maddie.

Rose war nach Millthwaite gekommen, weil sie einem Hirngespinst hinterherjagte, einem schönen Traum, aber in Wirklichkeit zählte für sie nichts als Maddie. Denn wäre ihre etwas seltsame, ungeschickte, aneckende, verträumte kleine Tochter nicht gewesen – und jene Postkarte mit ein paar handschriftlichen Zeilen darauf –, dann wäre Rose ihrer Mutter schon lange ins Meer gefolgt, um in den kühlen, sanften Wellen zu versinken. Und genauso wenig, wie Rose wollte, dass Maddie Angst davor hatte, zu ihr nach Hause zu kommen, genauso wenig wollte sie ihr das gleiche Erbe hinterlassen wie ihre Mutter ihr selbst.

Wie auch immer, es war an der Zeit, nach vorne zu

schauen. Sie musste Frasier treffen. Auch er – oder vielmehr der Traum von ihm – hatte sie irgendwie am Leben erhalten. Und dann konnte sie versuchen, ihn endlich zu vergessen.

Albie hatte ihr gesagt, dass sie Frasier früher oder später ganz automatisch über den Weg laufen würde, weil er alle paar Tage in Millthwaite aufkreuzte. Wieder ging ihr durch den Kopf, wie merkwürdig es war, dass sie mehr oder weniger zufällig in diesem abgelegenen Winkel der Welt gelandet war und ausgerechnet hier die Fäden ihrer Vergangenheit und ihrer Zukunft zusammenliefen.

»Ich hätte Lust, auf einen dieser großen Hügel zu gehen.« Maddie sah mit zusammengekniffenen Augen zum Horizont, wo die Sonne ihr Bestes tat, um durch die dichten Wolken zu dringen.

»Wie, jetzt?«, fragte Rose. Eine derartige Unternehmung war das Letzte, was ihr jetzt in den Sinn gekommen wäre, aber Maddie hatte so selten Lust auf körperliche Aktivität, dass Rose ihr den Wunsch nicht sofort abschlagen wollte. Außerdem hatte Rose das Gefühl, wenn es irgendwo einen Ort gab, an dem sie den Kopf frei kriegen und ihre Verwirrung abschütteln konnte, dann konnte dieser Ort durchaus hier in diesen Bergen liegen. »Okay. Ein kleiner Spaziergang kann ja nicht schaden. Und nach Regen sieht es jetzt gerade auch nicht aus. Ich glaube, da drüben ist ein Weg.«

Rose zeigte zu einem Zauntritt auf der anderen Seite des Hofplatzes. Jenseits des Zauns weideten Schafe, und ein ziemlich schmaler Pfad wand sich die etwas sanfter ansteigende Seite des Berges hinauf.

»Au ja! Wir spielen, dass wir Archäologen sind, die das

verlorene Grab des Tutanchamun öffnen wollen!« Völlig unvermittelt preschte Maddie los und wurde um ein Haar von einem riesigen, glänzenden Audi-Geländewagen angefahren, der gerade auf den Hof rollte.

Während Maddie unbekümmert weiterrannte, stapfte Rose aufgebracht auf den Wagen zu, um den Fahrer zur Rede zu stellen. Sie riss die Fahrertür auf, noch bevor er den Motor ausgeschaltet hatte.

»Sagen Sie mal, spinnen Sie eigentlich?«, herrschte sie ihn an, als er ausstieg. »Sie hätten beinahe meine Tochter platt gemacht mit Ihrer rücksichtslosen Fahrerei!«

»Immer mit der Ruhe, ja? Wieso haben *Sie* denn nicht besser auf Ihr Kind geachtet?«, wehrte er sich, allerdings sichtlich erschrocken von dem Beinaheunfall. »Woher soll ich denn wissen, dass hier ein Kind herumläuft? Ich bin hier schon so oft gewesen, und hier sind sonst nie Kinder!«

»Hier sind sonst nie Kinder? Ist das allen Ernstes Ihre Ausrede? Also …« Rose verstummte, ihr Mund erstarrte, als sie begriff, wer da vor ihr stand. Der Mann, der beinahe ihre Tochter angefahren hatte, war Frasier McCleod. Der Augenblick, den sie sich so sehr herbeigesehnt hatte, war ohne jede Vorwarnung, ohne jeden Trommelwirbel plötzlich da. Ihr Hirngespinst, der Traum ihrer schlaflosen Nächte und Tage, stand etwas aufgeregt und aufgebracht in Fleisch und Blut vor ihr. Er hatte sich kein bisschen verändert, seit sie ihn damals gesehen hatte – damals, als er vor ihrer Haustür stand. Aus seiner Kleidung und seinem Auto konnte sie schließen, dass er erfolgreich und wohlhabend sein musste. Sie dagegen hatte sich praktisch vollkommen verändert, vor allem in den letzten vierundzwanzig Stunden. Wie gelähmt vor Schock wurde Rose klar, dass es Frasier McCleod war, der ihr da direkt in die Augen sah und nicht im Entferntesten ahnte, dass sie sich schon einmal begegnet waren. Er hatte sie vergessen.

Rose war nicht auf den Sturm von Gefühlen vorbereitet gewesen, der in ihr losbrach, als sie in seine meergrünen Augen sah. Sie versuchte, sich zusammenzureißen, aber ihr Herz schlug Purzelbäume beim Anblick dieses Mannes, der im Grunde doch ein Fremder war. Rose war, als sähe sie in die Augen eines alten Freundes – nein, mehr als das: in die Augen der Liebe ihres Lebens.

Frasier dagegen war offenbar, als sähe er in die Augen einer Furie, einer aufgebrachten Mutter, die ein Faible für jugendliche Klamotten hatte sowie eine Frisur, mit der sie aussah, als solle man sich mit ihr besser nicht anlegen. Rose war erstarrt, reglos wie eine durchgeknallte Schaufensterpuppe stand sie da, die Hände in die Hüften gestemmt.

»Wenn Sie mich dann entschuldigen würden. Ich bin schon spät dran«, sagte er in seinem weichen schottischen Akzent. »Ist ja nichts passiert.«

»Ist ja nichts passiert?«, presste Rose flüsternd hervor, während sie versuchte, die plötzlich aufsteigenden Tränen wegzublinzeln.

»Alles in Ordnung?« Frasier seufzte und sah sich um, als hoffe er auf Rettung. Er berührte Rose am Unterarm. »Soll ich jemanden holen?« Er klang so angespannt und ungeduldig, dass Rose kaum glauben konnte, dass dies der Mann sein sollte, für den sie so viele Hundert Kilometer zurückgelegt hatte.

»Mir geht es gut«, sagte Rose und wischte sich mit dem

Daumen die Tränen weg, als sie wieder wagte, ihn anzusehen. Er war älter geworden, ja, hatte kleine Falten um die Augen bekommen, und er strahlte jetzt mehr Selbstsicherheit aus, jedenfalls mehr als damals, aber ansonsten war Frasier McCleod noch in jeder Hinsicht so, wie sie ihn in Erinnerung hatte. Nur in einem Punkt war er anders: Er wirkte nicht besonders nett.

»Was ist? Gehen wir jetzt doch nicht in das Tal der Könige?«, fragte Maddie, die von dem Zauntritt zurückgekehrt war, auf dem sie eine ganze Weile gesessen und von dem aus sie in den Himmel geschaut hatte. Sie bedachte Frasier mit einem ziemlich finsteren Blick, offenbar gab sie ihm die Schuld daran, dass ihre Expeditionspläne zu platzen drohten.

»Ich habe mich nur ein bisschen mit diesem Herrn hier unterhalten«, erklärte Rose, der es schwerfiel, ihre Enttäuschung zu verbergen.

»Aha. Das Tal der Könige, ja?« Frasier grinste Maddie an. »Ein paar Mumien auswickeln, ja?«

»Nein, das wäre Leichenschändung.« Maddies Blick verfinsterte sich immer mehr. »Wir sind Archäologen, keine Grabräuber, und außerdem ist das hier gar nicht wirklich das Tal der Könige, das liegt nämlich in Ägypten.«

»Okay.« Frasier hob amüsiert eine Augenbraue, er schien von seinem Konfrontationskurs abzurücken. »Hören Sie, es tut mir leid. Ich hätte besser aufpassen müssen.«

»Ja«, pflichtete Rose ihm bei. »Allerdings.«

»Ich habe mich noch gar nicht vorgestellt. Ich bin Frasier McCleod, Kunsthändler und Agent. John Jacobs' Händler und Agent, um genau zu sein. Das hier ist sein

Privatgrundstück, was im Prinzip kein Problem ist, der Weg den Berg hinauf ist natürlich öffentlich, aber das heißt nicht, dass er es gerne hat, wenn Fremde hier durchspazieren, nur dass Sie's wissen. Er hat wohl schon mit Sachen nach Spaziergängern geworfen.«

»Wir wissen, wer John Jacobs ist«, mischte Maddie sich ein. »Er ist mein ...«

»John weiß, dass wir hier sind«, schnitt Rose ihrer Tochter das Wort ab.

»Ach ja?« Interessiert sah Frasier sie an. »Das sieht ihm aber gar nicht ähnlich, Besuch zu haben. Woher kennen Sie John?«

»Sie ist seine ...«, hob Maddie an.

»Ach, ich kenne ihn schon ganz lange«, wich Rose aus, zwinkerte ihrer Tochter zu und hoffte, sie möge den Wink verstehen. Aber es gehörte nicht zu Maddies Stärken, subtile Signale zu empfangen, und schon gar nicht jetzt, wo sie darauf brannte, Frasier zu erzählen, wer sie waren. Und woher sollte das Kind auch wissen, dass Rose nicht wollte, dass er auf diese Weise erfuhr, wer sie war? Sie wollte nicht mit ansehen, wie er vergeblich versuchte, sich an ihre erste Begegnung zu erinnern, an eine Begegnung, die für ihn offenbar flüchtig gewesen und ohne jede Folgen in der Bedeutungslosigkeit versunken war.

»Ach wirklich? Seltsam. Ich kenne ihn auch schon ziemlich lange, und trotzdem sind wir uns noch nie begegnet ...?« Frasier guckte verdutzt, und Rose konzentrierte sich ganz auf ihre Stiefelspitzen. »Na ja. Ist er in der Scheune?«

Rose nickte.

»Wir bringen Sie hin«, sagte Maddie. »Dann können Sie

auch mein Bild sehen. Das ist gut geworden. Sehr gut sogar. Und ich habe nur zwanzig Minuten dafür gebraucht. Ich weiß nicht, wieso John für seine Bilder so lange braucht.«

»Das frage ich mich auch ständig«, sagte Frasier und lächelte Rose an, die weiter seinem Blick auswich. Maddie lief ihnen voraus, hoch erfreut, noch mal zur Scheune zurückkehren zu dürfen, und Rose ging neben Frasier her und überlegte, ob er sich wohl an ihre einstige Begegnung erinnern würde, wenn erst rauskäme, dass sie John Jacobs' Tochter war.

Jetzt, da sie auf der Suche nach diesem Mann den weiten Weg hierher gemacht hatte, ging ihr auf, dass sie sich nichts mehr wünschte, als dass alles blieb, wie es war. Sie wollte Frasier als die hoffnungsvolle Erinnerung behalten, die er in den letzten Jahren gewesen war und die ihr so viel bedeutet hatte. In diesem Augenblick wünschte sie sich, diese letzten Sekunden, in denen sie sich fremd waren, würden sich ewig hinziehen – das wäre ihr lieber als die Verlegenheit, die unweigerlich folgen würde.

Rose hatte nicht bemerkt, dass Frasier unterwegs stehen geblieben war, das ging ihr erst auf, als sie die Scheune erreichte und er hinter ihr ihren Namen aussprach.

»Rose ...« Er sprach ganz leise, flüsterte fast, als sei er sich nicht ganz sicher. Rose blieb stehen, drehte sich um und sah ihm an, wie er sie wiedererkannte. »Sie sind ... Rose«, sagte er. »Na, so was. ›Allerliebste Rose‹.«

Rose fand es schwer auszuhalten, wie Frasier sie so durchdringend beobachtete.

»Tut mir wirklich leid. Ich dachte, ich würde Sie nie wieder sehen«, sagte er und klang dabei ein bisschen so, als hätte er das auch gehofft. Sein Ausdruck war der schieren Unglaubens. »Sie haben sich also endlich auf den Weg gemacht, um Ihren Vater zu besuchen. Ich hatte gedacht, ich würde mal von Ihnen hören, nachdem ich Ihnen vor ein paar Jahren seine Adresse geschrieben hatte. Nachdem ich ihn von der Flasche wegbekommen hatte. Und als ich nichts hörte, dachte ich, Sie seien weggezogen oder hätten beschlossen, nicht Kontakt zu ihm aufzunehmen.«

»Sie haben mir geschrieben?« Rose kam kaum mit. »Nach der Postkarte haben Sie mir noch mal geschrieben?«

»Ja. Haben Sie den Brief nicht bekommen?« Frasier schüttelte den Kopf. »Klingt ja fast wie bei Shakespeare. Ist wohl in der Post verloren gegangen. Ich hätte natürlich auch anrufen können, aber … Ich weiß auch nicht, auf den Gedanken bin ich irgendwie nie gekommen. Ich bin wohl einfach davon ausgegangen, dass Sie eine Entscheidung getroffen hatten, fertig.«

»Sie haben mir einen Brief geschrieben?«, sagte Rose. »Den habe ich nicht bekommen.«

»Na ja, ist ja jetzt auch egal«, winkte Frasier ab. »Jetzt sind Sie ja hier. Und wie haben Sie den alten Herrn gefunden? Ist ja gar nicht so einfach, so zurückgezogen, wie er lebt. Ich habe schon mit Journalisten gesprochen, die meinten, es sei leichter, den Heiligen Gral zu finden als Mr. Jacobs.«

»Ich …« Fast hätte Rose Frasier erzählt, dass sie gar nicht nach John, sondern nach ihm gesucht hatte, aber dann dachte sie an die Enttäuschung, die sie vor wenigen Sekunden empfunden hatte, und hielt sich zurück. Immerhin konnte Frasier sich überhaupt an sie erinnern.

Jetzt sollte sie gegenüber diesem unerreichbaren Mann auf keinen Fall noch mehr ihr Innerstes nach außen kehren. Zumal es in seinem Leben, wie Shona ihr so schonungslos deutlich gemacht hatte, höchstwahrscheinlich eine Frau, Kinder, Geliebte, Hunde und hundert weitere Gründe dafür gab, dass er gar nicht wissen wollte, dass sie hierhergekommen war, um ihm ihre Liebe zu gestehen. Der Blick, mit dem er sie jetzt ansah, dieser desinteressierte und abgeklärte Blick, machte ihr klar, dass sie die Gefühle, die sich über so viele Jahre in ihr angestaut hatten, auf gar keinen Fall zeigen durfte. »Genau genommen haben Sie mich auf seine Fährte gebracht. Die Postkarte war der einzige Hinweis, den ich hatte. Wegen der Postkarte bin ich nach Millthwaite gekommen. Ich hatte keine Ahnung, was mich hier erwarten würde. Wenn mich überhaupt etwas erwarten würde. Aber ich … hatte einfach das Gefühl, hierherkommen zu müssen. Und dann war er tatsächlich hier – das war fast schon ein Wunder.«

»Sie sind Ihrem Instinkt gefolgt.« Frasier betrachtete eingehend ihr Gesicht. »Sie haben sich verändert. Mit der Frisur sind Sie kaum wiederzuerkennen.«

Sofort fasste sich Rose in die noch ungewohnt kurzen Haare.

»Das hatte ich ganz vergessen … Ist noch ganz frisch. War eine spontane Idee gestern Abend.«

»Steht Ihnen.« Frasier lächelte kurz. »Ganz schön mutig.«

Bevor Rose ihn in seiner Annahme korrigieren konnte, tauchte John in der Tür auf.

»Das Kind quasselt mir in einer Tour die Ohren voll vom alten Ägypten. Ich habe ihr gesagt, dass mich das alte

Ägypten nicht interessiert. Aber das interessiert sie wiederum nicht.« Er sah Frasier von oben bis unten geringschätzig an. »Ach. Du.«

»John!«, begrüßte Frasier ihn freundlich, doch John seufzte nur und wandte sich dann sofort wieder ab. Er ging zurück in die Scheune, zurück zu seiner Leinwand. Frasier holte tief Luft, und Rose und er folgten ihm hinein.

»Das ist mein Gemälde«, erklärte Maddie feierlich und zeigte auf ihr immer noch an der Wand lehnendes Werk. »Er hat mir noch eine Pappe gegeben, damit ich weitermale und die Klappe halte, darum rede ich jetzt auch nicht mit euch.«

»Okay«, entgegnete Frasier liebenswürdig. »Klasse Arbeit. Sehr interessante Textur. Großartige Farben.«

»Genau«, sagte Maddie. »Das mit der Textur hab ich mir auch gedacht. Wenn du willst, kannst du es in deiner Galerie verkaufen und mir das Geld geben.«

»Hör mal, John.« Frasier trat behutsam etwas näher an ihn heran. »Die Kunden sind hinter mir her und wollen wissen, wann ihre Auftragsarbeiten fertig werden. Ich muss jetzt bald mal den Lieferwagen herbestellen. Ich habe dich zig Mal angerufen, John, um zu fragen, wann ich den Wagen schicken und die jüngsten Werke abholen kann, aber du gehst ja nie dran, und du rufst auch nicht zurück, obwohl ich dir eine Nachricht nach der anderen hinterlasse. Drei Kunden warten, John. Drei. Und sie sind bereit, einen Haufen Geld zu bezahlen. Aber wenn deine Bilder nicht bald kommen, dann kaufen sie eben Bilder von einem anderen. Ich weiß, das sind Idioten, aber so läuft das nun mal.«

»Gut«, brummte John. »Drei fette Firmenbonzen, denen Farbgebung wichtiger ist als Kunst – wieso sollte ich nach deren Pfeife tanzen?«

»John!« Es überraschte und amüsierte Rose, dass sich der eben noch so souveräne Frasier von Johns Feindseligkeit aus der Ruhe bringen ließ. Irgendetwas an ihrem Vater schien ihn aufzuregen. »Dir ist schon klar, dass es hier nicht nur um dich geht, ja? Es geht hier nicht nur darum, dass du in deinem Schuppen malen kannst. Hier geht es auch um meinen Ruf als Kunsthändler und Agent. Um all die Jahre, die ich investiert habe, um dich aufzubauen und zu einem erfolgreichen Künstler zu machen. Warum müssen wir jedes Mal, wenn ich dir eine Auftragsarbeit vermittle, dieselbe Diskussion führen? Du weißt doch genau, warum du das machst: Weil auch du deine Rechnungen zu bezahlen hast. Genau wie jeder andere, John.«

John zog den Pinsel von der Leinwand zurück. »Glaub mir, wenn ich ohne Geld leben könnte, würde ich es tun. Diese ganze Kunsthändlerszene ist einfach nur zum Kotzen. Das ist nichts anderes als Prostitution, es wird nur anders verpackt.«

Frasier seufzte, und Rose sah ihm an, wie er einen Kampf ausfocht, der ihm nicht neu zu sein schien: Er musste geschickt mit John und seinen aggressiven Ticks umgehen, damit er am Ende das erreichte, was er wollte. Rose staunte, dass ihr Vater jemanden so nah an sich und sein Leben herangelassen hatte, und dann auch noch einen Händler und Agenten; einen, mit dem er zankte, wie ein altes Ehepaar miteinander zankte, nämlich über immer dieselben Sachen.

Früher hatte John gewissermaßen gemalt, *weil* sich niemand für seine Arbeiten interessierte. Aber damals hatte er auch nicht diese großformatigen, wunderschönen Landschaften gemalt, die jetzt um ihn herumstanden. Er musste irgendwann einmal die Entscheidung getroffen haben – oder dazu ermuntert worden sein –, kommerziell zu werden, ging Rose auf, während sie Frasier dabei beobachtete, wie er versuchte, ihrem Vater gegenüber den richtigen Ton anzuschlagen. Was war bloß passiert, dass er heute genau das tat, was er nie tun wollte?

»Ich möchte doch nur, dass du hin und wieder mal dein Telefon einschaltest«, erklärte Frasier betont sachlich. »Oder den Laptop, den ich dir gekauft habe. Und dass du deine E-Mails liest.«

»Dieser verdammte neumodische Kram ist doch das reinste Gift. Rose!« John ihren Namen laut aussprechen zu hören kam so unerwartet, dass Rose ein klein wenig zusammenzuckte und sich beinahe umgesehen hätte.

»Ja?«, sagte sie.

»Bitte begleite McCleod in den Lagerraum.« John hielt ihr einen Schlüsselbund hin, vermutlich befand sich daran der Schlüssel für das Hängeschloss an der Trennwand. »Zwei von den Bildern, die er haben will, sind da drin und müssten trocken sein. Das hier wird Anfang nächster Woche fertig sein. Die Leute in der Stadt kriegen ihre hübschen Bildchen, und Mr. McCleod kriegt seine fünfzehn Prozent.«

»Und du kriegst auch dein Geld«, erinnerte ihn Frasier. »Danke, John. Wenn du mir das gleich gesagt hättest, als ich mich danach erkundigt habe, dann hätten wir uns das heute ersparen können. Dann könnten wir richtig gute Freunde sein.«

»Von Freundschaft war nie die Rede.« John zog eine Augenbraue hoch und sah zu Maddie, die – ihren Großvater imitierend – Frasier mit einem sehr hochmütigen Blick bedachte.

»Und das hier ist das Bild für die Bank in Berlin? Darf ich mal sehen?«, fragte Frasier.

»Nein, darfst du nicht.« John wandte Frasier den Rücken zu und versuchte, ihm mit seinen schmalen Schultern die Sicht auf das Gemälde zu nehmen. »Rose. Der Lagerraum.«

Rose konnte sich keinen rechten Reim auf diese plötzliche Dynamik zwischen ihr und ihrem Vater machen – er forderte sie auf, Dinge zu tun, und sie leistete Folge –, aber angesichts der Enttäuschung über ihr Wiedersehen mit Frasier war ihr das ganz recht. Wenn es ihrem Vater schon gegen den Strich ging, mit ihr zu reden, wie viel größer musste sein Widerwille dann sein, sich mit Frasier auseinanderzusetzen? Jedenfalls war es ihm sicher mehr als recht, jetzt ihr den schwarzen Peter zuschieben zu können. Sie war zu etwas nütze.

Als Rose endlich den richtigen Schlüssel gefunden und die Tür aufgeschlossen hatte, fanden sie sofort die beiden fertigen Gemälde – sehr zu ihrer Überraschung, denn sie hatten nicht damit gerechnet; sie hatten befürchtet, John hätte gelogen, aber dazu hatte er gar keinen Grund. Die Luft war schwanger vom süßen Geruch der Ölfarben. Durch zwei Oberlichter, die dem Raum etwas Sakrales, Geheimnisvolles verliehen, fielen zwei dicke Streifen Sonnenlicht auf den schmutzigen Boden. Frasier McCleod war jetzt, da er nicht mehr in Johns direkter Gegenwart agierte, spürbar entspannter. Seine gepflegten Hände ruhten auf seiner Hüfte, am Handgelenk blitzte eine teuer aussehende Golduhr.

»Wunderschön«, sagte er mehr zu sich selbst als zu Rose, als er die beiden großen Gemälde betrachtete. »Diese Farben. Und das Licht. Wahnsinn! Dafür lieben die Leute seine Arbeiten. John ist der einzige moderne Künstler, den ich kenne, der so etwas malen kann, ohne dass es an Intimität verliert.«

Rose stand neben ihm und betrachtete ebenfalls die Gemälde. Sie waren so anders als die spröden, abstrakten, konfrontativen Arbeiten ihres Vaters, an die sie sich von früher erinnerte. Das hier waren atemberaubende Landschaften, bei deren Anblick man sich fast vorkam, als stünde man mitten im Lake District, als könne man sich durch die dicken Farbschichten kämpfen und durch jeden einzelnen Pinselstrich, der, wenn man einen Schritt zurücktrat und das Gesamtwerk betrachtete, perfekt angebracht war. Die Gemälde waren wunderschön anzusehen, sie ließen den Betrachter zur Ruhe kommen. Sie waren all das, was John einst so verabscheut hatte.

Rose verstand immer noch nicht, was dazu geführt hatte, dass ihr Vater sich so grundlegend geändert hatte, und sah sich in dem ruhigen Raum nach weiteren Hinweisen um. Unmittelbar war da nichts, der Raum war kahl. Doch am Ende, vermutlich sogar am Ende der Scheune, befand sich eine weitere Wand mit einer Tür, die mit einem massiven Vorhängeschloss gesichert war. Der Schlüssel dazu hing vielleicht auch an dem Bund, den John ihr gegeben hatte. Was er dort wohl aufbewahrt?, fragte sich Rose und hegte düstere Gedanken. Die aufgespießten Köpfe seiner Exfrauen?

»Und Sie verkaufen die also?«, fragte Rose Frasier, als sie bemerkte, dass er sie jetzt eingehender betrachtete als die Bilder. »An wen?«

»Vor allem an Firmen.« Frasier richtete den Blick wieder auf die Leinwände. »Diese Bilder brauchen große Räume – Empfangshallen, Konferenzräume und so. John Jacobs' Arbeiten sind in der ganzen Welt gefragt, aber besonders viel verkaufen wir nach China und Russland. Die können gar nicht genug von ihm kriegen.«

»Echt?« Rose war beeindruckt. Sie hätte nie gedacht, dass die Arbeiten ihres Vaters in der ganzen Welt verteilt sein könnten. Wenn sie ihn sich so ansah, ihn und sein Haus und seine Lebensweise, dann war es kaum vorstellbar, dass er so etwas wie ein Global Player war.

»Haben Sie je das Bedürfnis verspürt zu malen?«, fragte Frasier und riss sie damit aus ihren Gedanken. »So, wie Ihre Tochter?«

»Ich? Nein.« Rose schüttelte den Kopf, die Frage überraschte sie. »Das hat mich nie interessiert, nicht mal als Kind. Ich hatte auch bis eben keine Ahnung, dass Maddie künstlerisches Talent besitzt. Ich habe allerdings auch nie viel dafür getan, es zu fördern …«

»Wen wundert's? Kunst ist für Sie mit Verletzungen und Schmerz verbunden, ist doch klar, dass Sie einen Bogen darum machen. Obwohl … Vielleicht sollten Sie auch irgendwann mal einen Pinsel in die Hand nehmen und gucken, was passiert. Man kann nie wissen, bei den genetischen Anlagen könnte auch in Ihnen ein großes Talent schlummern. Dass Sie kreativ sind, kann man ja schon daran sehen …«

»Wie ich aussehe?«

»Na ja. Ja.« Was genau er von Roses neuem Look hielt, war allerdings nicht zu durchschauen.

»Danke«, sagte Rose, die nicht wusste, was sie sonst sagen sollte.

»Tut mir leid.« Plötzlich lächelte Frasier. »Ich wollte Sie nicht in Verlegenheit bringen. Ich plappere immer einfach so drauflos und sage, was ich denke. Das liegt wie ein Fluch auf meinem Leben. Wenn ich nur öfter im richtigen Moment die Klappe gehalten hätte, dann wäre mein Leben jetzt bestimmt schon viel normaler. Aber gut, wer will schon ein normales Leben?«

»Sind Sie eigentlich schwul?«, platzte es völlig unvermittelt aus Rose hervor.

»Ach, Sie sind also auch so eine, die sagt, was sie denkt!« Frasier lachte so laut auf, dass Rose das Gefühl hatte, die feierliche Atmosphäre des Lagerraums würde gestört – aber auch sie musste kichern.

»Ich sage nie, was ich denke.« Lächelnd schüttelte Rose den Kopf. »Ich sage überhaupt nie was. Ich habe keine Ahnung, warum ich das gerade gesagt habe. Tut mir leid.«

»Ach was. Nein, ich bin nicht schwul. Ich habe nur irgendwie ein Talent dafür, mir immer wieder die falschen Frauen auszusuchen. Oder hatte. Inzwischen habe ich eine Freundin, eine ganz wunderbare Frau.«

Rose spürte, wie ihr Lächeln erstarrte und zu ersterben drohte. Da ging er hin, der letzte Rest ihres unreifen Traums.

»Und Sie?«, fragte Frasier. »Ihre Tochter ist jetzt wie alt? Sieben? Was ist Ihr Geheimnis einer guten Ehe?«

»Ich habe keins«, sagte Rose, die plötzlich dringend aus dem Lagerraum herauswollte. »Ich glaube, ich habe in meinem Leben nie echte Entscheidungen getroffen, ich habe mich immer einfach so treiben lassen.«

»Und so sind Sie jetzt hier gelandet.« Die beiden sahen sich in dem Dämmerlicht an und lächelten, während sie sich beide erinnerten, aber beide unterschiedlich. Für Rose war ihre erste Begegnung von allergrößter Bedeutung gewesen, für Frasier belanglos. Er hatte sie fast ganz vergessen.

»Ich freue mich, Sie zu sehen, Rose«, sagte Frasier.

»Ja«, sagte Rose und wünschte, sie hätte den Mut, noch viel mehr zu sagen. Aber ihr war jetzt klar, dass es zwischen ihnen nicht mehr als freundliche, aber distanzierte Vertrautheit geben würde. »Ich habe mich eigentlich immer bei Ihnen bedanken wollen. Dafür, dass Sie damals so nett zu mir waren.«

»Ach wirklich? Das weiß ich schon gar nicht mehr.«

Mit einem einzigen, gut gemeinten Satz fegte er die Bedeutung, die Rose in jene Begegnung mit Frasier gelegt hatte, beiseite.

»Ach ... so.« Rose wusste nicht, wohin sie sehen sollte, sie wollte nur noch raus aus dieser Situation.

»Hören Sie, Rose«, sagte Frasier sehr freundlich, »auf dem Weg nach Hause gehe ich immer im Pub einen trinken, um Ihren Vater zu verdauen. Wollen Sie nicht mitkommen? Dann könnten wir in Ruhe ein bisschen reden«, schlug Frasier vor und senkte die Stimme, als sie zurück zu John und Maddie kamen.

»Ich kann nicht«, antwortete Rose, die seine Nähe plötzlich nicht mehr ertragen konnte. »Ich habe Maddie versprochen, mit ihr spazieren zu gehen, und außerdem wartet meine Freundin auf uns.« Sie wusste genau, wenn sie noch mehr als fünf Minuten mit Frasier verbrachte, würde sie sich nicht länger zurückhalten können und ihm die Wahrheit sagen, damit alles kaputt und sich selbst nur noch lächerlicher machen. Natürlich hatte er eine Freundin – Shona hatte recht gehabt, und irgendwo hatte Rose auch damit gerechnet. Nein, was sie jetzt brauchte, war Abstand und die Möglichkeit, ihre Gedanken zu sortieren und alles sacken zu lassen.

»Schade«, sagte Frasier und klang dabei nicht sonderlich enttäuscht. »Aber auch okay. Ich habe heute Abend eine Ausstellungseröffnung, schreckliche Künstlerin, malt mit allen möglichen Pigmenten – mit Ketchup, Eiweiß und Körpersäften. Totaler Schrott, aber Edinburghs Schickeria fährt total drauf ab. In ein paar Tagen komme ich mit dem Lieferwagen wieder, um die Bilder abzuholen, vielleicht dann?« Frasier guckte nachdenklich. »Ich lade Sie zum Essen ein. Obwohl – in diesem Kaff heißt das, ich gebe Ihnen im Pub eine Tüte Erdnüsse aus.«

»Vielleicht. Ich weiß nicht, ob ich dann noch hier bin.« Rose sah zum Storm Cottage, das sich so klein und still gegen den Berg kauerte. Plötzlich kam sie sich inmitten der vielen Geschehnisse genauso winzig vor wie die windschiefe Kate. Die aber immerhin noch stand.

»Also, hier ist jedenfalls meine Nummer.« Frasier reichte ihr seine Visitenkarte. »Sagen Sie Bescheid, wenn Sie noch da sind. Das ist ja wohl das Mindeste, was ich tun kann: Die Tochter meines einträglichsten Künstlers mal ein, zwei Stunden zu unterhalten.«

Rose nahm die Karte und betrachtete sie, wie sie so unschuldig in ihrer Hand lag. So lange hatte sie davon geträumt, zu erfahren, wo er war, und jetzt, wo sie es wusste, stellte sie entsetzt fest, dass es nichts änderte.

»Ich würde mich freuen, Sie wiederzusehen.« Er nahm kurz ihre Hand. »Bitte verschwinden Sie nicht einfach wieder!«

Rose sah seinem Geländewagen nach.

»Ich? Damals sind Sie doch verschwunden«, sagte sie.

8

»Wie bitte? Er wusste nicht, wer du bist?«, fragte Shona, während sie großzügig Liquid Eyeliner unter ihren blassblauen Augen auftrug. Sie hatte etwas von einer Kriegerprinzessin, so wie sie die Striche in den Augenwinkeln katzenähnlich nach oben zog.

»Nein, jedenfalls nicht sofort, und das war ja eigentlich klar.« Rose betrachtete sich im Spiegel und wuschelte sich durch die Haare. Sie war dieses Aufbrezel-Ritual nicht gewöhnt, das Shona offenbar jedes Mal zelebrierte, bevor sie ausging. Sie hatte darauf bestanden, dass die Freundinnen sich mindestens eine Stunde, bevor sie zu Teds Gig erscheinen sollten, in ihrem Zimmer einschlossen, um sich »fertig zu machen«.

Rose hatte Maddie ganz Jenny überlassen – oder andersherum, denn das Kind erklärte nun Jenny sehr ernsthaft und sehr ausführlich die Komplexität von Farben – ein Wissen, das sie sich durch die Lektüre eines alten Buches mit dem Titel *Kunsttheorie* angelesen hatte. Sie hatte es in Johns Scheune auf dem Boden gefunden, und er hatte mit einer wegwerfenden Handbewegung gesagt, sie könne es mit nach Hause nehmen. Erst als Rose Jenny nach dem Abendessen dabei half, die Küche aufzuräumen, fiel ihr der Name des Autors auf: J. Jacobs. Maddie war so vertieft in das ziemlich trocken und schwierig aussehende Buch, dass Rose es ihr nicht einmal für eine Minute aus der Hand nehmen und somit nicht herausfinden konnte, ob ihr Vater tatsächlich in der Zeit, seit er von Rose getrennt gewesen war, ein Buch geschrieben hatte. Rose versuchte, sich John vorzustellen, wie er am Schreibtisch saß und theoretische Abhandlungen verfasste, wo er doch immer so instinktiv gearbeitet hatte. Es wollte ihr nicht recht gelingen, aber das lag natürlich auch daran, dass sie immer noch das alte Bild von ihm in sich trug, das Bild des Mannes, den sie einst gekannt hatte, und selbst dieses Bild war womöglich in Teilen das Ergebnis ihrer Fantasie. Der einsame, zornige alte Mann, der um diese Uhrzeit wahrscheinlich immer noch in seiner abgelegenen Scheune arbeitete, hatte nichts mit dem Vater zu tun, an den sie sich erinnerte – und genauso wenig mit ihr.

»Ja, wie, und dann hat er dich geküsst?«, fragte Shona und zückte einen Lippenstift. Sie trug ihn großzügig auf, presste die Lippen aufeinander und küsste dann in Ermangelung eines Kleenex den Spiegel am Frisiertisch.

»Nein! Überhaupt nicht«, antwortete Rose nachdenklich. »Ich hatte eher den Eindruck, dass er sich irgendwie über mich ... ärgerte. Aber er war sehr freundlich. Hat mir von seiner Freundin erzählt und hat mich sogar zum Essen eingeladen. Dienstlich natürlich. Nein, zwischen uns war nichts. Überhaupt nichts.«

Das stimmte nicht ganz. Für Rose war da sehr viel gewesen, aber das behielt sie erst mal für sich.

»Du hast gewusst, dass es so laufen könnte. Du hast gewusst, dass sein Leben vermutlich nicht einfach stillgestanden hat. Das hat das Leben nun mal so an sich, dass es nicht stillsteht. Also, das Leben der anderen jedenfalls.« Shona betrachtete sich im Spiegel und war offenkundig noch nicht zufrieden mit dem, was sie sah, denn sie machte sich daran, das hautenge weiße Oberteil aus- und ein schwarzes Top mit noch tieferem Ausschnitt anzuziehen. »Wow, jetzt bin ich bereit. Ich werde mich nicht retten können vor lauter Männern.« Sie grinste Rose über die Schulter an und wappnete sich mit ihrer unerschütterlichen Selbstsicherheit, die sie als Verteidigung gegen die Welt da draußen brauchte. »Du hast getan, was du tun wolltest: Du hast den Wichser verlassen, was mal das Wichtigste von allem ist, und du hast deinen Traummann gefunden. Ja, gut, er ist vergeben, und es wird nicht das Happy End geben, von dem du geträumt hattest, aber ist das denn so schlimm? Jetzt mal im Ernst? Ich meine, ein neuer Kerl, der dich dann auch wieder nur enttäuscht, ist doch wohl das Letzte, was du jetzt gebrauchen kannst. Und ich wette, er würde deine Erwartungen überhaupt nicht erfüllen, selbst wenn er an dir interessiert wäre. Pass auf, eh du dich's versiehst, furzt er im Bett und popelt in der Nase.«

»Soll ich mit ihm essen gehen?«, fragte Rose verunsichert. »Eigentlich klang das eher so, als fühlte er sich dazu verpflichtet.«

»Nein«, entschied Shona. »Das würde dich nur verwirren, und du musst jetzt unbedingt cool bleiben und dir darüber klar werden, was du als Nächstes tun wirst, wie du Richard endgültig loswirst, wie du endlich einfach nur du selbst sein kannst. Du darfst dein Herz jetzt nicht an jemanden hängen, der längst weitergezogen ist.«

»Wirklich? Ist das wirklich deine Meinung?« Rose

spürte, wie ihre – wenn auch getrübte – Freude darüber, Frasier wiedergesehen zu haben, verpuffte.

»Ich will nur, dass du auf dich aufpasst, Rose. Das Happy End, auf das du gehofft hattest, gibt es nicht, jedenfalls nicht so, wie du es dir vorgestellt hattest. So ist das nun mal im Leben. Glaub mir, ich kenne mich da aus. Aber das macht auch nichts, weil so ein Kunstschnösel nämlich auch gar nicht das glückliche Ende ist. Und überhaupt, du brauchst jetzt kein Ende, sondern einen Anfang. Und so, wie du aussiehst, wie du redest, wie du lächelst, wie deine Stimme klingt, dein Lachen, das ist genau das: Das ist dein Anfang, Rose, weil das nämlich du bist. Dein wirkliches Ich. Mir kommt es vor, als würdest du jetzt, wo du aus Richards Schatten getreten bist, endlich zu der Frau erblühen, die du eigentlich bist. Endlich lerne ich die echte Rose kennen, und weißt du was – ich finde sie klasse! So, und bevor ich jetzt noch mehr sentimentales Zeug sülze, würdest du mir bitte mal verraten, wann du dich fertig machen willst?«

»Ich bin fertig.« Rose sah an sich herunter. Sie steckte in denselben Sachen, die sie den ganzen Tag angehabt hatte.

»Ja, für 'ne Beerdigung vielleicht«, sagte Shona.

Rose blieb vor dem Pub stehen und kaute auf ihrer Lippe herum. Sie schmeckte ein bisschen seifig und ein bisschen fruchtig. Das kam von den diversen Lagen Lippenstift und Lipgloss, die Shona für sie aufgetragen hatte, nachdem sie in eins ihrer neuen Kleider geschlüpft war: ein klassisches schwarzes Kleines, aus schlichtem Jersey und mit raffiniertem Schulterausschnitt. In der Umkleidekabine hatte es so harmlos ausgesehen, aber jetzt fand Rose es unangenehm gewagt. Shona hatte alles versucht, um Rose dazu zu bewegen, auf den BH zu verzichten (»Du hast da doch eh nichts, da kann es doch echt egal sein!«) und eine Spitzenstrumpfhose anzuziehen, aber Rose hatte sich strikt geweigert. Sie wollte ihre Tochter nicht noch weiter traumatisieren, indem sie sich wie eine Nutte anzog. Letztendlich hatten sie sich darauf geeinigt, dass Rose das Kleid über einer engen Jeans und mit BH darunter trug; aber sie versprach, dass sie stets darauf achten würde, dass beide Schultern freilagen.

»Komm schon, neue Rose«, sagte Shona. »Du musst dich schon ein bisschen aufsexen, wenn du willst, dass Ted sich weiter für dich interessiert.«

»Nein«, sagte Rose. »Ich will mich nicht aufsexen, was auch immer das ist. Ted ist nicht an mir interessiert, und ich bin nicht an ihm interessiert.«

»Ich bin die personifizierte Aufsexung, und ich befinde mich auf einer Mission, Liebe zu verbreiten«, sagte Shona und zog ihr Top so weit herunter, dass ihr fast der Busen aus dem Ausschnitt quoll. »Und weißt du was? Das ist alles deine Schuld. Du hast mich dazu inspiriert, mich mal ein bisschen gehen zu lassen. Vielleicht reiße ich heute Abend irgendeinen Typen auf. Vielleicht fange ich noch mal ganz von vorne an, so wie du.«

»Ich fange eigentlich gar nicht von vorne an«, rief Rose ihr in Erinnerung. »Im Moment verstecke ich mich einfach nur. Sexy sein, das bin ich nicht. Weder die neue noch die alte Rose. Ich bin nicht ... Egal, das bin ich einfach nicht.«

»Würde dir aber mal ganz guttun«, beschied Shona. »Nur weil du viel zu lange mit dem unattraktivsten Widerling der Welt verheiratet warst, heißt das ja noch lange nicht, dass du den Rest deines Lebens als vertrocknete alte Jungfer fristen musst. Also, du hast Frasier wie eine Irre jahrelang im Geiste gestalkt, und dafür bewundere ich dich. Du bist auf gut Glück hierhergeflüchtet und deinem Ziel näher gekommen, als irgendjemand je gedacht hätte. Aber jetzt ist das abgehakt, und du musst zusehen, dass du weiterkommst. Und überhaupt mal ordentlich kommst. Am besten mit Ted.«

»Shona!«, zischte Rose, die sich sorgte, Jenny könnte vielleicht mit einem Ohr an der Tür im Flur stehen. Zuzutrauen wäre es ihr gewesen. »Hör jetzt bitte auf, ja? Ich will das überhaupt nicht. Ich will nicht … du weißt schon. Und ich will auch nicht drüber reden und keine Witze drüber machen, also bitte … lass es einfach, ja?«

»Okay.« Shona runzelte die Stirn. »Ist ja schon gut. Konnte ja nicht ahnen, dass dich das so fertigmachen würde. Wie dem auch sei, du musst dem Wichser jetzt nur noch klarmachen, wo genau er sich eure Ehe hinschieben kann.«

»Wie kommt es eigentlich, dass du immer so wahnsinnig gute Ratschläge gibst, aber nie welche annimmst?«, fragte Rose.

»Dasselbe könnte ich dich fragen«, hielt Shona dagegen. »Aber du hast recht. Und weißt du was? Wenn du das schaffen kannst, den Wichser für immer in die Wüste zu schicken, dann … dann schaffe ich das mit Ryan vielleicht auch.«

»Echt jetzt?« Rose war ganz gerührt, dass ihre Freundin so viel Vertrauen in sie hatte. »Du würdest es dir wirklich überlegen, endgültig mit Ryan Schluss zu machen?«

»Ja«, sagte Shona entschlossen. »Na ja. Also, vielleicht. So, und jetzt komm, wir gehen ein paar Landeier aufreißen.«

Maddie ignorierte ihre Mutter mehr oder weniger, als diese ihr auf dem Weg zur Tür hinaus einen Gutenachtkuss gab, und Shonas Aufzug reichte völlig, um Jennys berechtigte oder unberechtigte Sorge, ihr Sohn könne sich für Rose interessieren, zu zerstreuen.

»In Millthwaite gibt es keinen Rotlichtbezirk!«, rief sie ihnen hinterher, als sie zur Haustür hinausschlüpften und dabei kicherten wie zwei Teenager, die sich in Miniröcken und mit Eyeliner an ihrer Mutter vorbeischlichen.

»Ich hab so was noch nie gemacht«, sagte Rose ganz benommen von der plötzlichen Erkenntnis.

»Was? In die Kneipe gehen?«, entgegnete Shona, als würde sie das nicht im Geringsten überraschen.

»Nein, ich meine, ausgehen, sich zurechtmachen – was junge Frauen normalerweise halt so machen. Bevor meine Mutter starb, hatte ich immer das Gefühl, ich kann das nicht machen, ich kann nicht weggehen und Spaß haben, während sie allein mit einer Flasche Gin im Dunkeln zu Hause sitzt. Und später, als wir dann zusammengearbeitet haben, da hast du zwar versucht, mich ein bisschen unter deine Fittiche zu nehmen, aber so richtig habe ich so was alles nie gemacht. Ich hab nie mal so richtig gelacht wie du und die anderen Mädels. Ich saß doch immer nur in meinen schwarzen Klamotten still in der Ecke und habe zugesehen. Und dann ...«

»Und dann kam der Wichser«, sagte Shona. »Schön, und jetzt bist du frei, und wir sind am Arsch der Welt, keiner kennt uns, und weißt du was, Babe? Was in Millthwaite passiert, bleibt auch in Millthwaite! Komm, wir hauen jetzt mal so richtig auf die Kacke!«

Das war der Moment, in dem Rose vor dem Pub stehen blieb. Ihr wurde plötzlich bange.

»Ich weiß nicht, ob ich das kann«, sagte sie.

»Jetzt hör mal zu, Süße. Du bist von zu Hause abgehauen, du hast dir radikal die Haare geschnitten, und dein Vater ist ein berüchtigter Partylöwe. Irgendwas musst du doch von ihm haben! Jetzt mach dich mal locker, ja? Nur heute Abend. Heute feiern wir zur Abwechslung mal uns selbst – und dass wir zu uns selbst finden.«

Im Pub war es brechend voll. Jede Menge Leute aller Altersstufen, aber überwiegend jüngeres und überwiegend weibliches Publikum. So ein Konzertabend schien ein lokales Großereignis zu sein, denn Rose war sich ziemlich sicher, dass die meisten der anwesenden Gäste nicht aus dem winzigen Weiler stammten. Da, wo sonst der Billardtisch stand, hatte man aus umgedrehten Bierkisten eine Art Bühne aufgebaut, auf der sich ein ziemlich mitgenommen aussehender Lautsprecher befand sowie ein Mikrofon und hinten an der Wand ein Schlagzeug. Darüber hing ein handgemaltes Transparent mit der Aufschrift »The Cult of Creation«.

»Ach, du Scheiße, stehen da viele Leute an. Da können wir ja die halbe Nacht auf unsere Drinks warten«, sagte Shona, schnappte sich Roses Hand und zog ihre Freundin mit sich Richtung Séparée. »Komm, wir gehen Backstage und machen einen auf Groupies.«

»Ach, ich weiß nicht …« Rose versuchte, den Lärm zu übertönen. »Ich meine … Meinst du im Ernst, die Band findet das gut, wenn so 'n paar Mamis bei denen mitfeiern wollen?«

»Wir haben doch VIP-Pässe, oder etwa nicht?«

»Na ja, ich weiß ja nicht, ob Bierdeckel wirklich zählen«, brummte Rose, aber da war es bereits zu spät. Shona hatte die Tür zum Allerheiligsten der Band bereits aufgestoßen.

»Hey, Leute«, rief Shona, rauschte durch die Tür und schnappte sich sofort zwei Flaschen Bier, von denen sie eine an Rose weiterreichte. »Habt ihr nichts Stärkeres?«

»Shona. Rose ... Rose!« Ted erstarrte förmlich, als er die hinter Shona halb verborgene Rose entdeckte. »Alter Schwede, deine Haare! Hammer!«

Ted kletterte über einen Tisch voller leerer Bierflaschen zu ihnen hin.

»Mann, ey, total klasse! Ich bin begeistert!« Rose musste unwillkürlich lachen, als er ihre Hand nahm und sie seinen Bandkollegen vorführte, von denen einer allerdings so damit beschäftigt war, mit einer ungefähr Neunzehnjährigen herumzuknutschen, dass er sich für sie nicht weiter interessierte.

»Das ist Rose, ihr wisst schon, meine neue Freundin, von der ich euch erzählt habe«, erklärte Ted, ohne Roses Hand loszulassen. »Und das da ist ihre Freundin Shona.«

»Ach, ich bin also nicht *deine* Freundin?« Shona drückte sich um den Tisch herum, nahm den freien Platz ein, den Ted hinterlassen hatte, und grinste einen ziemlich erschrocken aus der Wäsche guckenden jungen Mann an, der sich später als Andy und Schlagzeuger der Band entpuppen sollte. »Na, Süßer, wen haben wir denn hier? Hast du's schon mal mit 'ner echten Mami gemacht?«

»Hättest du gerne was Stärkeres?«, fragte Ted Rose, indem er sie aus der Bar führte und hin zu einem kleinen Lagerraum am Ende des Flurs. »Hier habe ich meinen Geheimvorrat an Wodka. Ich versuche aber immer, mich vor dem Gig nicht schon zu sehr volllaufen zu lassen, außerdem muss ich noch fahren, aber du kannst gerne was haben.«

Roses Augen weiteten sich, als er ihre Bierflasche nahm und mit Wodka auffüllte, aber sie nahm sie trotzdem zurück und nippte vorsichtig daran.

»Mann, ich muss dich einfach ständig angucken. Diese Frisur, wow! Das war echt mutig von dir, Rosie. Die meisten Frauen glauben ja, sie würden mit langen Haaren am besten aussehen, und manchen steht das tatsächlich gut, aber du, du bist einfach der geborene Kurzhaartyp! Wahnsinn, echt. Du siehst wie ein richtiges Rockergirl aus.«

»Und du bist dir sicher, dass du nicht schon betrunken bist?« Rose konnte nicht anders, sie fühlte sich von seiner Begeisterung geschmeichelt.

»Betrunken bin ich nicht, höchstens berauscht, aber nicht vom Alkohol ...« Ted rückte ihr ein klein wenig näher, und Rose war sicher, dass er versuchen würde, sie zu küssen. Als sie sich gerade fieberhaft überlegte, wie sie seinen Lippen ausweichen könnte, steckte Andy den Kopf zur Tür herein und erntete dafür einen vernichtenden Blick von Ted.

»Wo ist der Wodka? Dieses Shona-Babe will welchen, und außerdem sind wir jetzt dran!«

»Ich komme«, sagte er, und dann an Rose gewandt: »Wir sehen uns dann da draußen, ja? Stellst du dich gleich neben die Bühne?«

»Ich werd's versuchen«, sagte Rose. »Aber eine verheiratete Mutter wie ich hat's nicht so mit Pogen.«

»Pogen.« Ted grinste liebevoll. »Du bist *so* süß.«

Ein Fan von Cult of Creation würde Rose ganz sicher nicht werden. Die Musik war einfach nur laut, obwohl sie zugeben musste, dass Ted eine tolle Stimme und eine gute Präsenz auf der Bühne hatte – auch wenn Letztere nur aus umgedrehten Kisten bestand. Sie saß während des Konzerts an der Bar, und Shona, die etwas mehr Wodka intus hatte als Rose, tummelte sich zwischen den überwiegend jungen, weiblichen Fans und warf Andy laszive Blicke zu. Ted ließ Rose während des gesamten Konzerts nicht ein einziges Mal aus den Augen und sang sie ständig direkt an – nur leider verstand Rose nicht, was er da sang. Sie fand es schon seltsam, dass Jenny offenbar recht hatte – Ted stand tatsächlich auf sie. Wahrscheinlich, weil sie anders und neu war, oder vielleicht, weil sie älter war. Rose kapierte es nicht, fand es aber durchaus prickelnd, dass jemand wie er sich für sie interessierte. Was man nicht von allen behaupten konnte. Da war zum Beispiel die junge Frau Mitte zwanzig, die, nachdem sie minutenlang vergeblich versucht hatte, Teds Aufmerksamkeit auf sich zu ziehen, sich wütend an Rose vorbeidrängte und zischte: »Was zur Hölle hast du, was ich nicht habe?« Aber abgesehen von alldem, war sein Interesse an ihr Balsam für ihre Seele. Frasiers Gleichgültigkeit hatte sie in ihrem Stolz doch mehr verletzt, als sie zugeben wollte.

»Na? Alles gut?« Shona tauchte an ihrer Seite auf, das T-Shirt klebte ihr auf der schweißnassen Haut. »Die sind echt klasse, Mann, und Andy steht total auf mich, das sehe ich ihm an, und Ted glotzt dich den ganzen Abend schon an.«

»Ist mir auch aufgefallen«, räumte Rose widerstrebend ein.

»Echt jetzt? Das ist ja mal ganz was Neues!«, rief Shona. »Gut, dann würde ich sagen, du, ich, Andy und Ted, wir machen's uns nach der Show hübsch gemütlich. Suchen uns einen Heuschober und knutschen oder so.«

»Nein, nein, ich muss Ted sagen, dass er sich keine Hoffnungen machen soll.« Roses Ernsthaftigkeit prallte an ihrer Freundin ab. »Würdest du Andy wirklich küssen, obwohl ihr euch gerade erst kennengelernt habt, und obwohl ...« Sie verkniff es sich, Ryans Namen auszusprechen, als fürchtete sie, ihn damit herbeizurufen.

Shona biss sich auf die Lippe, ihre funkelnden Augen weiteten sich. »Scheiße, ich glaube schon, ja. Was ist mit dir? Willst du Ted wirklich nicht küssen?«

»Nein.« Rose schüttelte entschieden den Kopf und sah zu Ted, der sich jetzt durch einen Haufen Mädchen, die mindestens zehn Jahre jünger waren als Rose, seinen Weg zum Séparée bahnte und sich den Unmut der schmachtenden Menge zuzog, indem er Rose bedeutete, ihm zu folgen. Ted war es offenbar gewöhnt, von Mädchen umschwärmt zu werden, er könnte jede von ihnen haben. Warum sollte er es ausgerechnet auf sie abgesehen haben?

»Das wäre falsch«, sagte sie und begegnete Teds Blick. »Das wäre absolut unverantwortlich.«

»Wieso?«, wollte Shona wissen, die das Gefühl hatte, ihre Freundin würde ihr nicht alles sagen. »Und jetzt sag nicht, dass es wegen dem Wichser ist.«

»Nein, ist es nicht. Ich bin Mutter, und er ist Jennys

Sohn. Ich bin immer noch in Frasier verliebt – und es wird auch noch eine Weile dauern, bis das vorbei ist –, und Ted ist ... na ja, er ist halt Ted. Wir sind nun wirklich die Allerletzten, die miteinander poussieren sollten.«

»Was für 'ne Pussy?« Shona lachte. »Maddie liegt gut aufgehoben in ihrem Bett, Jenny sitzt gut aufgehoben vor der Glotze, bevor sie sich in eins ihrer Porno-Negligés schmeißt, um ihren Brian zu perversen Sexspielchen zu verführen, und Frasier schmiegt sich gerade an seine Freundin. Alles gute Gründe dafür, dich mit Ted zusammenzutun. Und außerdem: Was in Millthwaite passiert, bleibt auch in Millthwaite. Schon vergessen?«

»Du verstehst das nicht«, sagte Rose.

»Mag sein. Weil du mir nicht die ganze Wahrheit sagst«, entgegnete Shona.

Doch bevor Rose antworten konnte, wurde Shona von der Mädchenmenge mitgerissen und kämpfte sich ebenfalls Richtung Separée durch. Sie bedeutete Rose, ihr zu folgen.

»Und? Wie hat's dir gefallen?«, fragte Ted sie, kaum dass sie den Raum betrat. Schweiß und Adrenalin traten ihm aus allen Poren. »Waren wir gut?«

»Sehr gut«, sagte Rose. »Das Publikum war restlos begeistert!«

»Hm ja, gut, wenn wir ehrlich sind, sind die von allem hier begeistert. Richtig ernst wird's erst in London, wenn wir versuchen, an einen Plattenvertrag zu kommen.«

»London! Wann?«

»Keine Ahnung. Wenn wir so weit sind.« Ted zuckte die Achseln. »Komm mal mit, ich will dir was zeigen.«

»Ja, wahrscheinlich die Briefmarkensammlung«, sagte

Shona, als Ted Rose bei der Hand nahm und aus dem Séparée heraus, durch die Küche und in die warme Sommernacht zog.

»Was machst du? Wo willst du mit mir hin?«, fragte Rose erschrocken. »Ich will das nicht, Ted. Ich will nicht mit. Was hast du vor?«

Ted blieb stehen, als er die Angst in ihrer Stimme hörte. »Was ist denn mit dir?«

»Ich will nicht ... ich kann nicht ... Geht es hier um Sex?«

»Um Sex?« Teds Augen weiteten sich. »Wenn du willst, gerne.«

»Nein! Nein, das will ich nicht. Ich möchte, dass das absolut klar ist, dass genau das nicht passieren wird. Verstehst du? Ich will nicht geküsst werden oder angefasst oder ... oder ... ich will das einfach nicht, wirklich, ich ...«

»Hey, ist ja gut.« Ted hob beschwichtigend die Hände. »Ich bin nicht Jack the Ripper. Du willst keinen Sex, hab ich kapiert. Kein Thema. Aber das heißt doch nicht, dass wir nicht zusammen abhängen können, oder? Ich will mit dir wohin fahren.« Ted öffnete die Beifahrertür seines Pick-ups.

Rose zögerte. Misstrauisch beäugte sie den Wagen.

»Alles gut, wie ich bereits sagte, ich habe nichts getrunken. Meine Mutter würde mich umbringen, wenn ich alkoholisiert Auto fahren würde.«

»Ich weiß nicht ...« Rose betrachtete die offene Wagentür und sah eine Falle.

»Du hast wirklich richtig Angst vor mir, stimmt's?« Ted nahm ihre Hand, ihre Reaktion bestürzte ihn. »Du zitterst ja!«

»Es ist nur ... Ich habe bisher ein ziemlich behütetes Leben geführt«, sagte Rose. »Ich will dir nichts vormachen. Ich will, dass du genau weißt, woran du mit mir bist.«

»Das weiß ich doch, das hast du sehr deutlich gemacht. Hör mal, Rose, du brauchst keine Angst vor mir zu haben. Ich bin einfach nur Ted vom Pub. Ich werde dich nicht entführen, ich werde dich nicht zu irgendetwas zwingen, was du nicht willst, weil ganz ehrlich: Ich habe es nicht nötig, Frauen zu etwas zu drängen. Ich will dir einfach nur was zeigen. Einen Ort. Meinen ganz besonderen Ort. Das ist alles.«

»Solange dir klar ist, dass ...«

»Das ist mir klar«, sagte Ted sanft. »Du findest mich abstoßend. Ist okay, das kann ich verkraften. Bei mir bist du in Sicherheit.«

»Okay. Also dann.« Rose kämpfte gegen ihre Irrationalität an. Ihr war bewusst, dass Richard und die vielen Jahre, in denen er sie kontrolliert hatte, ihr genauso viel Angst machten wie die Vorstellung, mit Ted allein zu sein. Ganz gleich, was als Nächstes passierte, sie würde nicht zulassen, dass es nur deshalb passierte, weil Richard sie systematisch fertiggemacht hatte. »Aber keine Annäherungsversuche.«

»Sag mal, hast du mir nicht zugehört? Das hab ich überhaupt nicht nötig.« Ted lächelte breit, als sie vom Parkplatz des Pubs rollten.

Fast zwanzig Minuten fuhren sie und sprachen kaum ein Wort. Rose war immer noch so verkrampft, dass sie Ted nicht einmal ansah. Und der konzentrierte sich anscheinend sehr auf die Windungen der Landstraße, die Stück für Stück im Scheinwerferlicht sichtbar wurde. Rose sah aus dem Fenster und betrachtete die ihr so fremde Landschaft, die Silhouetten der sich scharf gegen den noch leicht glühenden Sommerhimmel abhebenden Berge. Irgendwann bog Ted auf eine Seitenstraße ab, die Rose allein nie aufgefallen wäre, und nachdem sie etwa hundert Meter darüber hinweggerumpelt waren, schaltete er den Motor ab, stieg aus und ging um den Wagen herum, um Rose herauszuhelfen. Er fasste sie um die schmale Taille und hob sie hinaus, dann nahm er ihre Hand und führte sie zu einem kleinen Wäldchen, das erstaunlich hell vom Mond und den Sternen erleuchtet war. Schon bald konnte Rose fließendes Wasser hören, und dann folgte sie Ted vorsichtig einen felsigen Hang hinauf, bis sie eine Art Plateau erreichten. Von dort zwischen den im Mondlicht wie versilbert wirkenden Bäumen konnte Rose einen winzigen Wasserfall sehen, der sich rhythmisch plätschernd in den Fluss ergoss.

»Wow«, sagte Rose, als Ted eine Decke als Sitzunterlage ausbreitete. »Ist das schön hier.«

»Ich weiß«, sagte Ted leise. »Als ich klein war, sind Haleigh und ich in den Ferien immer hierhergekommen. Unsere Mutter hat uns ein Picknick gepackt und losgeschickt. Damals sind wir zu Fuß hierhergekommen, das hat eine gute Stunde gedauert, und dann waren wir den ganzen Tag hier und haben gefaulenzt. Haleigh hat immer behauptet, in den Bäumen würden Feen wohnen. Später, als es Haleigh zu peinlich wurde, mit ihrem kleinen Bruder abzuhängen, und sie anfing, sich für Jungs zu interessieren, bin ich dann allein hergekommen, und weißt du, was komisch ist? Ich finde, dieser Ort hier hat wirklich etwas Magisches. Das würde ich bestimmt nicht jedem sagen, klingt ja ein bisschen durchgeknallt, aber ist doch so, oder was meinst du?«

Lächelnd betrachtete Rose Teds Profil, als er sich auf seine Hände gestützt zurücklehnte und durch den Baldachin dünner, vom Wind gebeugter Bäume zum sternenklaren Nachthimmel sah.

»Hinter deiner taffen Rockstar-Fasssade bist du eigentlich ein ganz süßer Kerl, oder?«, fragte sie leise.

»Ich? Süß? Vergiss es.« Ted sah sie an. »Ich hab noch nie irgendjemanden mit hierhergebracht. Du bist die Erste. Weiß auch nicht so genau, warum. Ich wollte dein Gesicht anschauen, wenn du das siehst. Ich wusste, dass du lächeln würdest. Und ich weiß auch nicht, warum, aber ich habe das Gefühl, du lächelst viel zu wenig.«

»Seit ich hier bin, lächle ich schon viel mehr als vorher«, sagte Rose.

»Das kommt sicher daher, dass du mich kennengelernt hast.« Teds Miene war in der Dunkelheit schwer zu erkennen, aber seine Stimme klang spielerisch-leicht. Er flirtete mit ihr. Das hier war das, was sich Flirten nannte, ging es Rose durch den Kopf, und sie war erleichtert, dass sie so ganz allein mit Ted hier draußen gar nicht so eine Angst verspürte, wie sie befürchtet hatte. Genau genommen hatte sie überhaupt keine Angst.

»Rose? Darf ich dich was fragen?«, sagte Ted. »Hat auch nichts mit Küssen oder so zu tun.«

»Von mir aus.«

»War es mit deinem Mann wirklich so schlimm?«

Die Frage überraschte Rose. Sie hatte angenommen,

dass ihre Eheprobleme auf Teds Interessenliste ganz unten rangierten.

»Ja«, sagte sie nur, da sie das Gefühl hatte, es wäre sinnlos und falsch zu lügen. »Ja, es war wirklich richtig schlimm. Oder ist. Ich habe nicht mehr mit ihm gesprochen, seit ich von ihm weg bin.«

»Möchtest du darüber reden?«, fragte Ted.

Rose schüttelte langsam den Kopf. »Nicht hier, nicht an diesem besonderen Ort. Es ist zu schön hier.«

»Okay.« Ted zuckte kurz die Achseln.

»Weißt du was?« Rose war richtig gerührt von seiner aufrichtigen Sorge. »Du bist echt in Ordnung.«

Einige Minuten saßen sie einfach nur schweigend da. Rose konnte spüren, wie sie sich durch das Geräusch des Wasserfalls mehr und mehr entspannte und einem Zustand inneren Friedens annäherte, wie sie ihn seit … noch nie erlebt hatte. Plötzlich trennten sie nicht mehr nur die vielen Kilometer von Richard und dem unfreien Leben an seiner Seite, sondern ganze Universen – als sei sie mehrere Lichtjahre durch die Sterne gereist, die über ihr funkelten. Vielleicht war es tatsächlich möglich, neu anzufangen. Ja, in diesem Augenblick hatte sie das Gefühl. Dass sie die Verletzungen und den Schmerz der Vergangenheit aus sich herauswaschen könnte, bis sie so sauber und glatt war wie die vom ewigen Strom rund gewaschenen Kiesel im Fluss. Vielleicht könnte sie tatsächlich glücklich werden, auch wenn ihre Träume von Frasier nicht mit der Wirklichkeit in Einklang zu bringen waren.

Rose erschrak, als Ted sich plötzlich auf sie zubewegte und sie küsste. Mit einem Schlag war ihre Gelassenheit dahin. Sie kreischte auf und wich ihm aus.

»Ted!«, rief sie. »Ich dachte, du ...«

»Ich weiß, aber ... Ich hatte einfach so eine Lust, dich zu küssen.«

Rose starrte ihn durch die Dunkelheit an.

»Aber du kannst dich doch nicht einfach so auf mich stürzen«, protestierte sie, als die Angst, die in ihr aufgestiegen war, sich genauso schnell wieder auflöste, wie sie entstanden war.

»Ich weiß!« Ted verdrehte die Augen wie ein Teenager. »Es ist nur ... Es ist so ein schöner Abend, und ... Ich wollte nur mal eben checken, ob du dir wirklich ganz sicher bist, dass du mich nicht küssen willst.«

»Ich bin ein totales Fiasko, Ted, es wäre ein Fehler, irgendjemanden zu küssen, egal, wen«, erklärte Rose. »Das hat nichts mit dir zu tun, sondern ausschließlich mit mir.«

»O Gott.« Ted sah so niedergeschlagen aus, dass Rose ihn am liebsten berührt hätte. Aber sie konnte sich beherrschen. Schweigend saßen sie im Mondlicht beieinander. Rose musste an Richards Gesicht denken, als sie ihn zum letzten Mal gesehen hatte. Daran, wie ihr Vater es ständig vermied, sie anzusehen. Daran, wie Frasier ihr zum Abschied höflich die Hand geschüttelt hatte. Und auf einmal war ihr, als würde in diesem Augenblick weder die Vergangenheit noch die Zukunft zählen.

»Küss mich, Ted«, hörte Rose sich sagen.

»Was?« Erstaunt sah Ted sie an.

»Küss mich. Jetzt bin ich so weit«, sagte Rose ein bisschen ängstlich und schlug sich beide Hände vor den Mund. »Nein, warte ... okay. Jetzt. Jetzt bin ich so weit.«

Rose sah dabei zu, wie Ted sie bei der Hand nahm und ganz vorsichtig zu sich heranzog. Dann sah sie ihm in die schwarz im Mondlicht funkelnden Augen, und da berührten sich auch schon ihre Lippen. Rose schloss die Augen, spürte seine warmen Lippen auf ihren und wie seine Finger von ihrer Hand zu ihrem Unterarm wanderten. Da sie nicht protestierte, öffnete er kurz darauf mit der Zunge ihren Mund, und Rose spürte, wie sich seine Finger fester um ihren Arm legten und seine andere Hand ihre Taille umfasste, während er sie richtig küsste.

»Okay«, sagte Rose und entzog sich, als sie merkte, dass sie sich vielleicht doch ein wenig zu sehr im Jetzt verlor. »Okay. Super. Danke.«

»Danke?«, sagte Ted, das Gesicht immer noch nah bei ihrem, die Lippen noch feucht. »Wie war das so weit für dich?«

»Schön, danke«, flüsterte Rose, gefangen zwischen dem Wunsch, dieses rundum wunderschöne Gefühl noch einmal zu erleben, und dem Verlangen, die Flucht zu ergreifen.

»Für mich auch. Du küsst sehr gut«, sagte Ted, und Rose glaubte trotz der Dunkelheit sehen zu können, dass er errötete.

»Echt jetzt?«, fragte sie. »Aber ... wirklich?«

»Ja, echt. Viele Frauen sind immer so ... du weißt schon ... übereifrig. Da komme ich mir manchmal vor, als müsste ich einen menschenfressenden Tiger abwehren. Bei dir ist das anders. Mit dir ist Küssen einfach nur schön.«

»Einfach nur schön«, sagte Rose, als müsse sie sich an die Worte gewöhnen wie vorher an Teds Lippen. Jahrelang war Küssen etwas gewesen, das sie irgendwie ertragen musste, etwas, das sie gehasst hatte, das oft Ausdruck von Verachtung und Unterwerfung war. Nie, nicht einmal ganz am Anfang, hatte Rose es schön gefunden, Richard zu küssen. Geschweige denn »einfach nur schön«. Aber genau das war es mit Ted. Es war weich, lieblich, unschuldig und ... einfach nur schön.

»Können wir das noch mal machen?«, fragte sie. »Aber nur Küssen. Nichts anderes. Nichts mit Anfassen oder Heißwerden oder so. Einfach noch mal genauso wie eben. Nur küssen, aber gerne etwas länger.«

»Wie lange?«, fragte Ted, den ihr klar definiertes Ansinnen amüsierte. »Sollen wir einen Wecker stellen?«

»Bis ich nicht mehr will«, sagte Rose und vergrub das Gesicht in den Händen. »O Gott, ich klinge bestimmt, als hätte ich sie nicht mehr alle. Eine erwachsene Frau, die wie eine Zwölfjährige küssen will, aber wenn du wüsstest ...«

»Ich brauche nichts zu wissen«, unterbrach Ted sie. »Ich bin einfach nur happy, dass du es auch schön findest, mich zu küssen. Dass du ein gutes Gefühl dabei hast. Und wenn du willst, bin ich gerne bereit, dich zu küssen, bis die Sonne aufgeht.«

Und bevor Rose etwas erwidern konnte, küsste Ted sie schon wieder. Dieses Mal drückte er ihren Oberkörper sanft zurück, bis sie halb auf seiner Decke lag. Rose schloss die Augen und spürte, wie ihre Haut prickelte. So hatte sich Küssen mit Richard nie angefühlt, ging es ihr noch durch den Kopf, und dann auf einmal hörte sie ein Seufzen, das sich zu einem Stöhnen steigerte, und erst im zweiten Schritt begriff sie, dass dieses Stöhnen von ihr kam.

»Ich muss schon sagen«, raunte Ted ihr ins Ohr, »ich

finde es wirklich extrem angenehm, dich zu küssen. Sag Bescheid, wenn es dir *zu* angenehm wird.«

»Mach ich«, flüsterte Rose. »Aber im Moment ist alles gut, glaube ich.«

Rose hatte keine Ahnung, wie lange sie so weitermachten. Wie lange sie sich mit dem endlosen Sternenhimmel über sich und dem plätschernden Wasser neben sich küssten. Es war, als hätten nicht nur sie die Welt, sondern die Welt auch sie vergessen. Dann, auf einmal, aus heiterem Himmel, spürte sie, wie sich in ihr ein Schalter umlegte. Ein völlig unbekanntes Gefühl der Leidenschaft und Begierde stieg in ihr auf, und ohne dass sie es so richtig mitbekam, schlangen sich ihre Arme um Ted und zogen ihn fest an sie heran. Doch als ihr aufging, was sie da tat, ließ Rose von Ted ab, setzte sich auf und japste nach Luft.

»Oh«, sagte Rose, als seine Lippen sich wieder ihren nähern wollten. »O mein Gott!«

»Tut mir leid«, sagte Ted verunsichert. »Das wollte ich nicht. Habe ich dir Angst gemacht?«

»Nein.« Rose hielt die Luft an und spürte, wie ihre Wangen brannten. »Ich habe mir selbst Angst gemacht. Tut mir leid, Ted. Aber ich glaube, ich muss jetzt aufhören mit Küssen.«

»Aber hoffentlich nicht, weil ich was falsch gemacht habe?«, fragte Ted ehrlich besorgt. »Weil ... du hast etwas an dir, das mich Sachen empfinden lässt, die ... ich sonst nicht empfinde. Ich weiß auch nicht, was das ist oder warum, und im Moment ist mir das auch ziemlich egal, aber ich muss sagen ... Ich finde es unfassbar schön, dich zu küssen, Rose.«

Rose schüttelte den Kopf. Sie konnte einfach nicht

glauben, was er da sagte, und sie hatte Angst, dass die Küsse mit Ted etwas in ihr geweckt hatten, eine Leidenschaft, ein Gefühl, dem sie sich einfach noch nicht stellen konnte.

»Wie lieb von dir«, sagte sie ein bisschen wackelig. »Aber ich glaube, jetzt muss ich nach Hause.«

»Ich weiß.« Ted reichte ihr die Hand. »Und obwohl mich das echt fertigmacht: Es ist okay. Und solltest du je wieder in der Stimmung sein oder noch mal eine Runde therapeutisches Küssen brauchen – ich stehe gerne zur Verfügung.«

Rose sah ihn an und fragte sich, was zum Teufel sie da gerade getan hatte.

9

Am nächsten Morgen wachte Rose bereits auf, als das erste Tageslicht durch die dünnen Vorhänge drang. Sie hatte ein ungutes Gefühl im Bauch, als hätte sie irgendetwas furchtbar falsch gemacht. Dann spürte sie ihre leicht geschwollenen Lippen und die etwas gereizte Haut an ihrem Kinn und erinnerte sich wieder. Sie hatte einen nicht unbeträchtlichen Teil des Vorabends damit verbracht, mit Ted herumzuknutschen. Rose zog sich die Decke über den Kopf, aus Angst, Maddie könnte ihren Gesichtsausdruck sehen und darin sofort ablesen, was ihre Mutter getrieben hatte. Jetzt kamen ihr die langen, wohligen, sich wie eine halbe Nacht anfühlenden Minuten, die sie mit dem Geräusch fließenden Wassers und dem Gefühl von Teds Lippen auf ihren unter dem warmen Sternenhimmel zugebracht hatte, wie ein Traum vor. Ted küsste, wie sich herausgestellt hatte, wahnsinnig gut – nicht, dass Rose viele Vergleichsmöglichkeiten gehabt hätte, aber das war auch egal. Was zählte, war, dass sie gemeinsam eine Lücke in ihrer Vergangenheit gefüllt, dass sie etwas nachgeholt hatten: heimliche Teenie-Küsse unter freiem Himmel. Mit einunddreißig.

Hand in Hand waren sie wieder zum Auto zurückgegangen, und selbst auf der Fahrt hatte Ted ihre Finger mit seinen umschlungen und den Wagen einhändig über die gewundenen Landstraßen gelenkt. Als sie vor dem Pub hielten, in dem immer noch jede Menge los war, hatte Ted sie wieder küssen wollen.

»Ich glaube, es ist das Beste, wenn wir niemandem davon erzählen«, sagte Rose und wich zurück. »Nur weil ... also, nicht weil ... nur weil ich an Maddie denken muss. Und du an deine Mutter.«

»Okay«, sagte Ted. »Ich brüste mich erst damit, wenn du weg bist. Komm schon, jetzt mach dich mal locker, wir haben ein bisschen rumgeknutscht – das war nicht die Anfangsszene von *Romeo und Julia*!«

»Deine Mutter hält dich für sehr sensibel und meint, so ein bisschen Rumknutschen könnte dir ernsthaft wehtun.« Rose bekam ein schlechtes Gewissen, weil sie ihre Beteuerungen Jenny gegenüber, nicht an Ted interessiert zu sein, in einem Moment der Verrücktheit komplett über Bord geworfen hatte.

»Meine Mutter hält mich für einen kleinen Jungen«, sagte Ted kopfschüttelnd. »Und sie hat dich allen Ernstes gebeten, die Finger von mir zu lassen? Unglaublich, diese Frau ...« Er kicherte.

»Also, wie dem auch sei, wir erzählen niemandem davon und« – Rose wand sich ein bisschen bei dem, was sie dann sagte – »wir machen das auch nie wieder. Oder?«

»Du klingst nicht ganz überzeugt?« Ted zog eine Augenbraue hoch.

»Bin ich aber«, sagte Rose entschieden.

»Mal sehen«, hatte Ted gesagt. »Jetzt komm, ich will sehen, ob deine Freundin Shona Andy abgeschleppt hat.«

Unter der Bettdecke ging Rose durch den Kopf, dass

sie sich deutlich besser fühlen würde, wenn auch Shona herumgeknutscht oder sich mit Andy sogar auf mehr eingelassen hätte. Aber als sie den Pub erreicht hatten, trafen sie ihre Freundin zwar ziemlich betrunken, ziemlich aufgekratzt und ziemlich ausgelassen feiernd an, aber ohne männliche Begleitung.

»Oh!«, hatte sie gesagt, als sie Rose sah. »Wo seid ihr denn gewesen?«

»Frische Luft schnappen«, sagte Rose und erwartete einen von Shonas typischen sarkastischen Kommentaren. Doch ihre Freundin packte sie beim Arm und sagte:

»Bring mich *bitte* nach Hause. Ich habe den Scheißschlüssel verloren, den die alte Hexe mir gegeben hat, und ich glaube, Andy ist sauer auf mich, weil ich nicht mit ihm vögeln wollte. Abgesehen davon muss ich dringend ins Bett.«

»Wie? Du wolltest nicht?«, fragte Rose.

»Doch. Erst ja. Aber dann doch nicht, und dann musste ich an Ryan denken und konnte einfach nicht … Ich bin total breit.«

Rose legte den Arm um Shona und geleitete sie durch die Menge.

»Tschüss, Leute«, hatte Rose gesagt und Ted auf dem Weg zur Tür noch ganz kurz in die Augen gesehen. »Vielen Dank für alles.«

Rose überlegte, was sie jetzt tun sollte. Wie sollte sie Ted begegnen? Wie Jenny, Frasier, Maddie oder sonst wem? Woher sollte sie wissen, wie sie sich verhalten sollte, wenn sie Ted das nächste Mal sah? Was sollte sie tun, wenn sie das nächste Mal mit ihm allein war, und vor allem: Was sollte sie besser lassen? Es würde ihr sicher schwerfallen zu widerstehen, wenn sich ihr die Chance bot, sich noch mal so wunderbar zu fühlen wie letzte Nacht. Und wenn sie nachgab, hieß das, dass sie doch nicht in Frasier verliebt war und dass alles, woran sie die letzten sieben Jahre geglaubt hatte, mit einem einzigen Kuss oder mehreren Küssen und heftigem Gefummel einfach so passé war? Rose kroch noch weiter unter ihre Decke und kniff die Augen zu, um das Licht auszusperren. Dann fiel ihr auf, dass sie lächelte. Rose genoss es ausnahmsweise sehr, dass ihr Leben gerade kompliziert war.

»Und? Gutes Konzert?«, fragte Jenny sie argwöhnisch, als sie pünktlich um halb neun zum Frühstück erschien. Zumindest klang die Frage in Roses überaufmerksamen Ohren argwöhnisch.

»Super, danke«, sagte Rose und lächelte Maddie an, die einen ganzen Haufen Filzstifte, Kugelschreiber und Buntstifte aus Jennys Schlechtwetterkiste zusammengetragen hatte und nach jedem Bissen von ihrem Toast weiter daran arbeitete, einen Farbkreis aus dem alten Buch abzumalen. »Die Band war echt klasse. Ihr Sohn ist ein sehr talentierter junger Mann.«

Rose zuckte innerlich ein wenig zusammen, als sie sich so matronenhaft ausdrückte – vor allem der »junge Mann« kam ihr komisch vor.

»Ted konnte sich wahrscheinlich wieder mal kaum retten vor lauter Mädchen«, sagte Jenny und schwankte dabei zwischen Stolz und Missbilligung. »Ist immer so. Ich weiß gar nicht, was die alle an ihm so toll finden.«

»Hunderte«, bestätigte Rose. »Haben alle um seine Aufmerksamkeit gebuhlt.«

»Also, wenn Sie mich fragen, hat er nur Augen für eine gehabt«, mischte sich Shona ein, die die Treppe heruntergeschlichen war und ziemlich fahl aussah.

»Stimmt«, sagte Rose, »da war ein junges Mädchen, das es ihm ganz besonders angetan hatte. Gertenschlankes Ding.«

»Ja, das sieht meinem Ted ähnlich«, stellte Jenny zufrieden fest. Shona sah zu Rose und zog die Augenbrauen hoch, als Jenny wieder in die Küche verschwand, doch Rose schüttelte nur den Kopf und nickte Richtung Maddie.

»Mum? Wusstest du, dass Rot und Grün Komplementärfarben sind? Und das heißt nicht, dass sie besonders gut zusammenpassen, sondern dass Rot neben Grün noch röter aussieht und Grün neben Rot noch grüner. Hast du das gewusst?«

»Nein.« Rose lächelte.

»Ist echt interessant.« Maddie wandte sich wieder ihrem Buch zu.

»Jetzt erzähl schon!«, zischte Shona Rose zu, doch da klingelte es an der Tür. Roses Magen zog sich zusammen, sie war sich sicher, dass das Ted war und dass er ihr Techtelmechtel doch nicht für sich würde behalten können. Sie befürchtete, er würde hereinplatzen und verkünden, wo er sie das nächste Mal halb ausziehen wollte.

Aber nicht Ted erschien kurz darauf im Esszimmer, sondern John.

»Oh«, sagte Rose und erhob sich, warum auch immer. »Was ist los?«

»Nichts«, sagte John. Ihm war offenkundig unwohl in seiner Haut, wie er da so groß im Zimmer stand und Jennys missbilligender Blick sich in seinen Rücken bohrte.

»Ich dachte, anstatt darauf zu warten, dass ihr kommt, könnte ich dich und das Kind auch abholen.«

Rose starrte ihn an; diesen Mann, der einst ihr Vater gewesen war und der sich auf den Weg zu ihr gemacht hatte und jetzt vor ihr stand. Mit seinen spärlichen, abstehenden Haaren und den farbverschmierten Sachen wirkte er sehr fremd in diesem heimeligen Zimmer – als hätte er etwas von der Wildnis der Landschaft mit hereingebracht.

»Wirklich?«, fragte sie perplex nach. Schließlich war das der Mann, der ihr gestern noch gesagt hatte, dass er an einer Vertiefung der familiären Verhältnisse nicht interessiert war. Das hatte er sehr deutlich gemacht, und sie konnte sich nicht vorstellen, dass sich das in den letzten Stunden grundlegend geändert haben sollte. Also warum war er wirklich hier?

»Ich habe mir heute Morgen angesehen, was sie gestern gemalt hat«, sagte John, als sei das seine tägliche Übung: dem Enkelkind begegnen und ihm einen Pinsel in die Hand drücken. »Wirklich beeindruckend. Intuitiv und sehr interessant. Ich wüsste gerne, ob das Zufall war oder ob sie wirklich Talent hat. Ich würde gerne mehr sehen. Und zwar so bald wie möglich, darum ... bin ich hier.«

»Ah. Verstehe.« Eifersucht flammte in Rose auf. Als sie klein war, hatte John ihre künstlerischen Versuche durchaus auch wohlwollend kommentiert, aber nur so, wie andere Erwachsene das auch taten: Er hatte genickt und gelächelt und seinem Kind versichert, dass das ein ganz tolles Bild war. Aber er hatte nie dieses ehrliche Interesse gezeigt. Und darum ging es jetzt auch gar nicht, ermahnte sie sich. Es ging jetzt nicht darum, warum er hier war, sondern einzig darum, dass er hier war.

»Ich habe Talent«, erklärte Maddie selbstsicher. »Ich habe schon das ganze Buch gelesen und weiß jetzt alles über die Farbenlehre.«

»Alles Blödsinn«, sagte John. »Wahres Talent kann man nicht lehren. Das Buch hat irgendein alter Säufer geschrieben, der alles getan hätte, um an Geld für den nächsten Schnaps zu kommen. Glaub mir, ich weiß, wovon ich rede.«

»Na gut. Jedenfalls habe ich Talent«, sagte Maddie. Sie schob ihren halb fertig abgemalten Farbkreis über den Tisch auf ihn zu. »Guck mal. Und ja, ich will wieder zu dir und malen. Jetzt gleich. Ich bin fertig.«

Maddie, die noch in ihrem Schlafanzug steckte, erhob sich von ihrem Stuhl, ging zu John und nahm seine Hand. Er sah die Kinderhand an wie die eines Außerirdischen, ließ sie aber nicht los.

»Maddie, du bist ja noch nicht mal angezogen«, erhob Rose Einspruch. Sie fühlte sich von dieser neuen, unerwarteten Verbundenheit ins Abseits gedrängt.

»Zum Malen muss sie auch gar nicht angezogen sein«, sagte John. »Je älter die Klamotten, desto besser.«

»Siehste«, sagte Maddie.

»Das ist mir egal. Ich will, dass du nach oben gehst und dich anziehst. Die fünf Minuten wirst du ja wohl noch Zeit haben.«

»Ich geh mit und helfe ihr«, sagte Shona. Sie blieb kurz bei Jenny stehen, die immer noch resolut in der Tür stand. »Na, kommen Sie, Jenny, Sie können auch helfen.«

»Hmpf«, machte Jenny und folgte Shona nur widerwillig.

Rose und John betrachteten einander eine Weile.

»Du bist hierhergekommen, um *uns* abzuholen«, sagte Rose.

»Ich interessiere mich für ihre Begabung«, entgegnete John und sah dabei aus dem Fenster.

»Du bist *hierher*gekommen«, wiederholte Rose. »Was bedeutet das? Bedeutet es etwas? Normalerweise würde ich so etwas nicht fragen, aber ich habe einfach keine Lust mehr, nie zu wissen, woran ich bin. Das macht mich fertig. Ständig zu raten, was wohl gemeint sein könnte, ständig zu versuchen, alles richtig zu machen. Also würdest du mir bitte sagen, ob das irgendetwas bedeutet, dass du hergekommen bist, um uns abzuholen?«

John schüttelte den Kopf und zuckte entschuldigend die Achseln. »Ich weiß es nicht ...« Er zögerte, als sei er nicht sicher, was er ihr darauf sagen sollte. »Frasier und ich streiten uns immer, aber er ist mir ein Freund gewesen. Ist es noch immer. Wahrscheinlich mein einziger. Er hat mich gestern Abend angerufen, auf dem richtigen Telefon, er weiß, dass ich an das andere nie drangehe. Er war bei irgendeiner Party, im Hintergund war ein Höllenlärm. Er hat gesagt, er würde nicht zur Ruhe kommen, bevor er mir gesagt hat, dass ich ein kompletter Vollidiot wäre, wenn ich die Gelegenheit, mit dir Frieden zu schließen, nicht ergreifen würde. Ich weiß nicht, ob wir überhaupt Frieden schließen können, aber ich habe Respekt vor dem Mann. Wenn er nicht gewesen wäre, wäre ich jetzt sicher tot. Ich habe das Gefühl, dass du willst, dass ich bestimmte Dinge sage, tue, empfinde, damit du ... dich intakt fühlen kannst. Und ich habe den Verdacht, dass ich all das, was du gerne hättest, nicht kann. Auf dieser Grundlage bin ich hergekommen. Um zu sehen, ob und wenn ja, welche Art von Frieden wir miteinander schließen können. Und weil ich mich für das Kind interessiere.«

»Das hat Frasier gesagt?« Es fiel Rose schwer, das zu glauben, nachdem sie Frasier am Vortag so anders erlebt hatte. Der Frasier, den John da beschrieb, klang viel mehr nach dem Frasier, von dem sie so lange geträumt hatte.

»Ich heiße Maddie«, rief das Kind John in Erinnerung, als es in dem knallgrünen Spiderman-T-Shirt von Jennys Enkel sowie seiner roten Schlafanzughose wieder auftauchte und sofort wieder Johns Hand nahm. »Wusstest du, dass Rot und Grün Komplementärfarben sind? Das heißt ...«

»Kommst du mit?«

»Ja«, sagte Rose. »Natürlich.«

John ging mit Maddie hinaus und half ihr in seinen verbeulten alten Citroën. Shona hielt Rose auf ihrem Weg zur Tür hinaus kurz auf.

»Schaffst du das?«, fragte sie. »Kommt mir alles ganz schön dramatisch vor.«

»Welcher Teil meines Lebens ist nicht dramatisch?«, entgegnete Rose. »Ich habe wirklich keine Ahnung, was da auf mich zukommt, ob es funktionieren kann und wird. Aber eins weiß ich: Ich finde es nur heraus, wenn ich mitgehe. Tut mir leid, dass ich dich jetzt hier hängen lasse.«

»Hier wird niemand hängen gelassen«, meldete sich Jenny zu Wort. »Ich will schon seit über einem Jahr den Anbau ausmisten, in dem Brians Mutter vor ihrem Tod gewohnt hat, und mal sehen, was ich jetzt mit dem Platz mache. Shona, Sie könnten mir dabei helfen, dafür können Sie auch eine Nacht gratis hier wohnen. Einverstanden?«

»Einverstanden«, brummte Shona. »Obwohl ich auch überhaupt kein Problem damit hätte abzuhängen.« Sie wandte sich an Rose: »Sehen wir uns später im Pub?«

Dass Rose sofort knallrot wurde, konnte sie daran ablesen, dass Shonas Augen sich in diebischer Freude weiteten.

»Dann kannst du mir bei einem Bierchen in aller Ruhe alles haarklein erzählen«, flüsterte sie. »Wenn die Oberchefin mich nicht vorher umbringt.«

Den Großteil des Vormittags malte Maddie auf allem Möglichen, was John ihr vorlegte. Sie tobte sich mit den Farben auf Brettern und auf Karton aus. Manchmal malte sie konkrete Dinge, aber in erster Linie ließ sie einfach nur Farben sprechen. Als die Behelfsmaterialien aus waren, bat sie John um eine Leinwand, und nachdem er ungnädig das Gesicht verzogen hatte, ließ er sich dann doch dazu herab, ihr eine kleine, quadratische, bereits aufgespannte Leinwand zu überlassen, jedoch nicht ohne sie zu ermahnen, sich für ihr nächstes Werk viel Zeit zu lassen, weil es einige Tage dauern könnte, bis neue Leinwände zur Verfügung stünden.

»Okay, dann male ich einfach ganz kleine Sachen«, sagte Maddie, nahm sich einen feinen Pinsel aus Johns Sammlung, setzte sich vor die Staffelei, die er für sie in der richtigen Höhe aufgestellt hatte, und betrachtete nachdenklich die weiße Fläche.

»Sieht nicht aus, als wenn das eine deiner üblichen Arbeiten hätte werden sollen«, sagte Rose, an John gewandt. Sie suchte nach einem Gesprächsthema, nachdem sie John und Maddie seit ihrer Ankunft weitestgehend schweigend zugesehen hatte. Zwar hatte er ihr irgendwann einen Tee angeboten und ihr dann erklärt, wo sie in der Küche alles finden konnte, um ihn sich selbst zu machen, aber darüber hinaus hatten sie nicht miteinander geredet. War wahrscheinlich auch das Beste, die Sache langsam anzugehen, dachte Rose, während sie auf einem Schemel in der Ecke saß und sich daran zu gewöhnen versuchte, dass sie sich mit ihrem Vater in einem Raum befand. Er war so viele Jahre eher eine Art Märchenfigur gewesen, dass es ihr jetzt schwerfiel, an seine reale Existenz zu glauben.

»Ich wüsste nicht, dass es etwas gibt, was man als meine ›üblichen Arbeiten‹ bezeichnen könnte«, sagte John leicht schnippisch.

»Na ja, ich meine, im Vergleich zu den anderen Arbeiten, die ich gesehen habe, ist die Leinwand da sehr ... klein.«

»Die war für meine eigenen Sachen gedacht«, sagte John. »Nicht für das Zeug, das ich für McCleod mache.«

»Darf ich dich was fragen?«, erkundigte sich Rose vorsichtig.

John ließ Kopf und Schultern hängen. »Wenn's sein muss.«

»Wenn du diese Gemälde, die ich übrigens wunderschön finde, so hasst – warum malst du sie dann?«

John seufzte und trat einen Schritt zurück, um sich die jüngsten Pinselstriche aus der Entfernung anzusehen. »Geld.«

»Wirklich?«, hakte Rose nach. »Bist du so knapp bei Kasse?«

»Ich habe alles, was ich brauche, mir geht es gut. Und in

meinem Alter, nach allem ... ist mir das ziemlich wichtig. Ich bin nicht stolz auf diese Arbeiten, aber sie sind mir Mittel zum Zweck. Und dieser Zweck ist mir heilig. Ich male auch immer noch das, was ich eigentlich malen will, meine eigentlichen Arbeiten gibt es immer noch, und nur so schaffe ich es, nicht durchzudrehen. Und darum sind sie auch nicht zu verkaufen. Ich will nicht, dass dieser Teil von mir durch den anderen Teil von mir besudelt wird – den Teil, der mir Geld einbringt.«

»Ich habe den Eindruck, dass du ein sehr bescheidenes Leben führst. Frasier sieht eher so aus, als würde er sich in reichen Kreisen bewegen. Wozu brauchst du so viel Geld? Hast du Schulden?«

Johns Miene verhärtete sich, und Rose spürte, dass sie einen wunden Punkt getroffen hatte. Hatte er womöglich während seiner Saufjahre Schulden angehäuft? Vielleicht zahlte er bis heute teuer dafür, und dass er es tat, obwohl es seinen Stolz verletzte, beeindruckte sie sehr.

»Darf ich sie sehen?«, wechselte Rose das Thema. »Darf ich deine echten Arbeiten sehen?«

»Nein.« Johns Weigerung kam nicht unfreundlich oder ablehnend bei ihr an, sondern sehr sachlich. »Meine echten Arbeiten sind so etwas wie mein Tagebuch, sie sind viel zu intim, als dass ich sie irgendjemandem zeigen würde. Selbst ... schon gar nicht dir. Tut mir leid, wenn du das unter den gegebenen Umständen gemein findest.«

»Schon okay«, sagte Rose, war aber doch ein klein wenig enttäuscht und unsicher, was sie nun tun sollte. Wie sollte sie einen Mann kennenlernen, ihm vergeben und ihn lieben, der sich so von allem und jedem abschottete?

Rose saß da, beobachtete John und Maddie noch etwas länger und kam sich reichlich überflüssig vor. Wie das fünfte Rad am Wagen. Dabei war sie es doch, die sich versöhnen wollte.

»Ich ... geh mal kurz rüber. Ich muss mal. Ja?« Sie hatte das Gefühl, wenigstens für ein paar Minuten etwas Abstand zwischen sich und ihren Vater bringen zu müssen. Er reagierte nicht. Rose wartete kurz, dann zuckte sie die Achseln und überließ die beiden Künstler sich selbst und ihrer Arbeit.

Die Tür zum Storm Cottage war nicht verschlossen. Rose drückte sie auf und ging in den Wohnbereich, der unheimlich still wirkte, als warte er darauf, dass etwas passierte. Auf der Suche nach einer Toilette öffnete Rose eine Stalltür am anderen Ende der Küche – Fehlanzeige. Dahinter verbarg sich lediglich ein großer Vorratsraum, in dem allerdings kein Essen, sondern Farbtuben und -töpfe lagerten sowie diverse alte Terpentinflaschen mit bunten, undefinierbaren Flüssigkeiten darin – vielleicht waren es tatsächlich Terpentinreste, die ihr Vater aus unerfindlichen Gründen aufgehoben hatte. Und auch zahllose Behältnisse mit Pinseln in verschiedenen Stadien der Degeneration fanden sich dort, manche hatten gar keine Borsten mehr, aber John hob sie trotzdem alle auf – vielleicht war das eine Marotte von ihm, jeden Pinsel, mit dem er je einen Strich gemalt hatte, in alten Bechern und Einmachgläsern aufzureihen wie Kampfgefährten.

»Da drin ist nichts, was dich interessieren könnte«, erklang Johns Stimme hinter ihr. Erschrocken fuhr sie herum und fuhr sich mit den Fingern durch die zackig und aufsässig abstehenden Haare.

»Ich suche die Toilette«, sagte sie. »Ist Maddie jetzt allein in der Scheune?«

»Ja, und sie ist ganz vertieft. Ich hab ihr gesagt, dass ich kurz rübergehe, um mir ein Sandwich zu machen, und sie hat gesagt, sie möchte auch eins, nur mit Käse, ohne Butter, ohne Salat, und dass sie auch gleich kommt.« John schien die Eigensinnigkeit seiner Enkelin zu amüsieren. Rose fand es gut, dass er offenbar ein Mensch war, der Verschrobenheiten eher bewunderte als verurteilte – das konnte für das Verhältnis zwischen ihm und Maddie nur förderlich sein. Und doch konnte sie sich nicht vorstellen, dass es Maddie gut damit ging, in der Scheune allein zu sein.

»Das sieht Maddie eigentlich gar nicht ähnlich, dass sie allein sein will.« Rose zog die Augenbrauen hoch. »Normalerweise kommt sie einem nach wenigen Sekunden hinterhergerannt und ist felsenfest überzeugt, dass sich ein kinderfressender Gnom auf dem Dachboden versteckt. Dieser Ort hier muss irgendetwas an sich haben, das ihr ein Gefühl von ... Sicherheit gibt.«

»Liegt vielleicht daran, dass sie hier sein kann, wer sie ist, ohne dass jemand irgendwelche Erwartungen an sie stellt«, sagte John und deutete damit an, was er an seinem Leben im Storm Cottage am meisten schätzte. »Sie ist anders als andere Kinder. Einerseits reifer, andererseits naiver. Faszinierend.«

»Das ist sie.« Rose wand sich ein wenig. »Ich weiß nicht recht, was ich dagegen machen soll – ob ich überhaupt etwas dagegen machen soll. Ich liebe sie so, wie sie ist, nur die anderen ... Andere Kinder kommen nur schlecht mit ihr zurecht. Ich mache mir Sorgen um sie, weil sie in ihrer eigenen kleinen Welt aufwächst. Wie soll sie sich jemals einfügen, einen netten Jungen kennenlernen, einen Job finden? Ich hoffe immer, dass das nur eine Phase ist, aber ich weiß nicht ... War ich auch so, als ich klein war?«

John schüttelte den Kopf. Im Licht der Augustsonne sah er noch älter aus als gestern, seine Haut wirkte fahl und dünn und spannte sich eng um seinen Schädel. Er war mal ein sehr gut aussehender Mann gewesen, und das war immer noch erkennbar, fand Rose, während sie seine Adlernase betrachtete und das markante Kinn, dem ihres nicht unähnlich war. Dennoch kam sie in Sachen Aussehen viel mehr nach ihrer Mutter: klein, schmal, herzförmiges Puppengesicht. Rose sah John an, sah die dunklen Schatten unter seinen Augen, die silbergrauen Stoppeln an Kiefer und Hals, die leicht hängenden breiten Schultern – und sie stellte eine gewisse Zufriedenheit damit fest, dass die vielen Jahre des Alkoholmissbrauchs ihren Tribut gefordert hatten. Sie hätte es nicht richtig gefunden, wenn ein Mann, der ein solches Leben geführt hatte, dafür nicht irgendwie bezahlen müsste. Gleichzeitig kam er ihr aber auch schwach und zerbrechlich vor, und sie hatte plötzlich das Verlangen, ihn in den Arm zu nehmen. Was er ganz sicher entsetzt ablehnen würde.

»Du warst ein richtiger kleiner Sonnenschein«, sagte er. »Wolltest immer allen gefallen und warst über das kleinste bisschen Aufmerksamkeit glücklich. Du warst nie böse auf mich, auch nicht, wenn ich mit dir geschimpft habe. Vielleicht ist das der Grund ...«

»Was für ein Grund?«, fragte Rose.

»Vielleicht war das der Grund dafür, dass ich dich und deine Mutter so einfach verlassen konnte. Weil ich mir sicher sein konnte, dass du mir verzeihen würdest. Du hast mir immer verziehen.«

Rose schluckte. Mit einem Mal saß sie wieder auf der untersten Treppenstufe, und ihr Vater gab ihr fröhlich einen Abschiedskuss.

»Ist nicht so leicht, jemandem zu verzeihen, der nicht da ist«, sagte sie nur.

»Das kann ich mir vorstellen«, antwortete John.

»Ich verstehe es einfach nicht.« Rose schüttelte den Kopf und sah ihm fest in die Augen. »Das ist es, was ich einfach nicht kapiere. Dass du weggegangen bist und dann nie mehr etwas kam. Nichts. Kein Anruf, kein Brief, nichts. Und auch nicht, als Mum starb … nie. Nie, Dad. Ich finde es schön, mit dir hier zu sein, dir beim Arbeiten zuzusehen, dich mit Maddie zu sehen. Richtig schön. Seltsam, aber schön, und dann denke ich zurück … und ich komme einfach nicht drüber hinweg. Ich komme nicht drüber hinweg, dass du mich einfach so verlassen hast. Für immer und ohne ein weiteres Wort. Warum?«

John sah sie lange an, dann konnte Rose beobachten, wie sein gesamter Körper in sich zusammenzufallen schien. Er sank auf einen Stuhl.

»Du warst mir egal, Rose«, sagte er, sein Gesicht aschfahl und sichtlich bewegt. »Ich habe nichts für dich empfunden. Oder für Marian. Nicht mal für Tilda. Sie war einfach nur eine gute Ausrede, ein besserer Grund als der wahre Grund.«

»Und der war?«, fragte Rose ihn und zwang sich, angesichts seiner schonungslosen Worte die Fassung zu bewahren.

»Ich wollte woanders sein. Ich wollte allein sein, frei,

ich wollte trinken. Wirklich, ich wollte einfach nur trinken. Damals war mir sogar meine Arbeit egal.« John schloss die Augen, und Rose fragte sich kurz, ob er sie überhaupt je wieder öffnen würde, so abgekämpft und erschöpft, wie er aussah. »Es ist schwer, damit zu leben; zu wissen, was für ein Mensch ich mal war und was für ein Mensch ich heute bin. Ich hasse mich, mein Selbsthass frisst mich auf, und er ist selbst jetzt sicher noch tausendmal schlimmer als jeder Hass, den du gegen mich verspürst.« Mit versteinerter Miene sah er sie an. »Dass du hergekommen bist, dass du jetzt hier bist, ist fast zu viel für mich. Ich kann damit gar nicht umgehen. Und darum wollte ich, dass du wieder verschwindest. Dich zu sehen, Rose, heißt, mit dem konfrontiert zu werden, was ich getan habe. Und zu akzeptieren, dass ein ganz großer Teil von mir gar nicht will, dass du mir verzeihst, weil ich das gar nicht verdient habe. Das wäre zu einfach. Zu glatt. Ich muss leiden, Rose. Ich muss noch mehr leiden, als ich bereits gelitten habe. Und das hier, dass du und Maddie jetzt hier seid, das ist einfach zu viel. Ich kann damit nicht umgehen.«

Rose starrte ihn an. Sie verstand nicht, was er da sagte. Sie konnte nicht akzeptieren, dass er es sagte und dass er überhaupt so mit ihr redete. Wollte er ihr damit sagen, dass sie gehen sollte? Oder dass sie bleiben sollte? Sie war sich nicht sicher.

»Ich verzeihe dir nicht«, sagte sie. »Falls dir das hilft. Ich werde dir nie verzeihen. Nicht für das, was du Mum und mir angetan hast. Und was die Frage angeht, ob du uns verdient hast oder nicht: Vergiss es. Hier geht es nicht darum, was du verdienst. Es geht darum, was Maddie und ich verdienen. Darum sind wir hier, darum sind wir immer noch hier. Um dich kennenzulernen, um ein Teil deines Lebens zu werden, ob du das willst oder nicht. Wach auf, John. Es geht hier nicht um dich. Es geht ausnahmsweise mal um mich. Zum ersten Mal in meinem Leben geht es um mich. Das ist das Mindeste, was du mir schuldest, und darum werden Maddie und ich auch noch bleiben und sehen, was passiert. Nicht, weil ich dir verzeihe. Sondern weil ich dir nicht verzeihe.«

John nickte.

»Es gibt nur eine Toilette«, sagte er und zeigte hinter sich. »Die ist oben. Als ich hier einzog, war sie auf dem Hof. Mir hat das nichts ausgemacht, aber Frasier hat mich gedrängt, sie zu verlegen – hatte wahrscheinlich mit meinem Alter zu tun. Was für ein Aufstand! Tagelang gingen hier Leute ein und aus und haben alles dreckig gemacht. Ich hätte drauf verzichten können, aber alle anderen fanden es wohl unglaublich wichtig.«

»Alle anderen? Ich dachte, du redest mit niemandem? Und dass es dir egal ist, was die anderen denken?« Rose schloss die Tür zur Vorratskammer hinter sich.

»Stimmt. Aber ich habe in den letzten Jahren gelernt, dass man hin und wieder mal nachgeben muss, um seine Ruhe haben zu können.« John zog die geschlossene Hand aus der Hosentasche und öffnete sie. Auf der Handfläche lagen vier, fünf Zwanzig-Pfund-Scheine.

»Ich wollte das nicht vor Maddie sagen, aber ich dachte, ihr könntet vielleicht einen kleinen Zuschuss gebrauchen. Für das Bed & Breakfast?«

»Nein danke.« Rose war die Geste ein wenig unangenehm. »Im Moment habe ich noch genug. Ich hatte ein Sparkonto, das habe ich auf dem Weg hierher geräumt, von daher ist alles gut. Ich will kein Geld von dir. Das fühlt sich falsch an.«

John sagte nichts, sah aber ein wenig verletzt aus, als sei er zurückgewiesen worden. Ihr Geld anzubieten war seine einzige Möglichkeit, ihr zu zeigen, dass sie ihm – zumindest jetzt gerade – nicht egal war.

»Na dann«, sagte er und steckte die Scheine wieder ein, »werde ich mal Wasser aufsetzen.«

Das Obergeschoss war deutlich kleiner als das Erdgeschoss. Vermutlich war es erst nachträglich auf das Cottage draufgesetzt worden. Von einem kleinen, quadratischen Flur gingen drei Türen ab. Hinter der ersten, einen Spaltbreit geöffneten Tür befand sich das Schlafzimmer ihres Vaters, in dem lediglich ein Bett stand, umgeben von Bücher- und Zeitschriftenstapeln. Eine nackte Glühbirne hing von der Decke. Die einzigen weiteren Gegenstände waren eine Sammlung von bernsteinfarbenen Tablettenflaschen aus Plastik, die auf der breiten Fensterbank aufgereiht war. Vermutlich ein weiteres Relikt seines früheren Lebens.

Hinter der zweiten Tür befand sich eine Abstellkammer, gerade mal zwei Quadratmeter groß und so mit Zeug vollgestellt, dass Rose kaum die Tür öffnen konnte. Sie spähte durch den Spalt, neugierig, welche Schätze oder Nicht-Schätze, die nur ihm etwas bedeuteten, John hier aufbewahrte; am liebsten wäre sie hineingeklettert und hätte den Raum erforscht wie eine bis oben hin mit Grabbeigaben vollgestopfte ägyptische Grabkammer. Der Himmel allein wusste, welche Merkwürdigkeiten John im Laufe seiner planlosen Jahre so angesammelt hatte. Was, wenn sie hier etwas fand, irgendeine Kleinigkeit aus seiner Zeit mit ihr und ihrer Mutter, ein Foto oder sonst irgendein belangloses Ding, das ein ganzes Leben symbolisierte? Oder noch schlimmer: Was, wenn sie überhaupt nichts fand, das davon zeugte, dass Rose und ihre Mutter je ein Teil von John Jacobs' Existenz gewesen waren? Verwirrt zog Rose die Tür wieder zu – sie wollte sich den Dämonen, die möglicherweise in der Kammer lauerten, nicht stellen. John hatte recht, sie konnten nicht mir nichts, dir nichts plötzlich große Nähe und Verbundenheit erwarten. Wenn sie Zuneigung zueinander entwickeln wollten, dann würde das ein langer und schmerzvoller Prozess werden voller gegenseitiger Schuldzuweisungen – und das würde nur funktionieren, solange beide willens und in der Lage waren, diesen Prozess durchzustehen.

Das Bad war schlicht, aber modern. Rose erschrak beim Anblick der Toilettensitzerhöhung, mit der es dem alten Mann erleichtert werden sollte, sich zu setzen. Er war erst vierundsechzig, das war doch ziemlich jung, um seine Knie auf diese Weise zu schonen. Vielleicht steckten auch jene mysteriösen »anderen« dahinter, die ihn dazu überredet hatten, das Bad ins Haus zu verlegen. Vielleicht wollten sie ihn fürs Alter rüsten. War Frasier wirklich der einzige Mensch in seinem Leben? Rose war sich da nicht so sicher. Im Storm Cottage war es nicht ungepflegt und chaotisch, sondern sehr sauber. Rose konnte sich nicht vorstellen, dass John putzte oder einkaufen fuhr. Und noch weniger konnte sie sich Frasier vorstellen, wie er mit Gummihandschuhen vor dem Klo kniete und es schrubbte. Wer also sorgte dafür? Rose war sich nicht sicher, ob sie das wirklich wissen wollte.

Als sie die Treppe herunterkam, saß ihr Vater mit einem Becher Tee in der Hand in einem Sessel im Wohnzimmer. Vor ihm, auf einem handgefertigten Tischchen vor dem kalten Kamin, stand ein weiterer dampfender Becher für sie, und auf der Armlehne des Sessels balancierte ein Teller mit Sandwiches.

»Was machst du da?«, fragte Rose. Er hatte die Beine ausgestreckt und den Blick auf die grobe Steinwand gegenüber gerichtet.

»Ich gucke«, sagte John. Und nach einer Weile: »Ich denke nach. Überlege, wie ich dir klarmachen kann, warum ich damals so gehandelt habe.«

»Ich glaube nicht, dass ich das je verstehen werde«, entgegnete Rose.

»Ich glaube auch nicht, dass das nötig ist«, sagte John. »Aber du musst es nachvollziehen können.«

Er hielt inne. Sein Körper verkrampfte sich, als müsse er die Worte aus seinen Tiefen hervorpressen. Rose warf einen Blick hinüber zur Scheune, wo Maddie immer noch ganz allein war, zögerte kurz und setzte sich dann ihm gegenüber, weil sie das Gefühl hatte, es gelte jetzt-oder-nie.

»Kurz nachdem ich ... kurz nachdem ich euch ... nachdem ich Broadstairs verlassen hatte, fühlte ich mich regelrecht abgetrennt von allem, was ich zurückgelassen hatte, aber auch von mir selbst.« John sprach stockend, als fände er es selbst unangenehm, seine Stimme zu hören. »Der Wodka hatte mich komplett betäubt. Ich hatte angefangen zu trinken, um die Bauchschmerzen loszuwerden, und letztendlich habe ich damit alles in mir abgetötet. Ich konnte mich an nichts mehr erinnern – ich wusste nicht mehr, wie man etwas empfindet, wie man liebt, wie man Menschen vermisst, wie man sich um jemanden kümmert. Und das bekam auch Tilda zu spüren, die eines traurigen Tages aufwachte, weit weg von allem und jedem, den sie kannte, und sich fragte, auf was sie sich da bloß eingelassen hatte. Das Schlimmste von allem war, dass ich nicht mal malen konnte. Ich empfand nicht genug, um arbeiten zu können. Also habe ich noch mehr getrunken. Ich war manchmal wochenlang nicht nüchtern.«

Durch seinen sachlichen, abgeklärten Ton war es für Rose nur noch quälender, sich anzuhören, dass ihm einfach alles scheißegal gewesen war. Dass der Alkohol jedes einzelne Nervenende so lange betäubt hatte, bis es abgestorben war, bis nichts mehr übrig war außer seiner Leidenschaft für die Malerei und das Sammeln der gescheiterten Hoffnungen und Träume anderer Menschen.

»Und jetzt?«, fragte Rose vorsichtig. »Jetzt, wo du nüchtern bist? Empfindest du wieder was?«

John lehnte sich zurück und richtete den Blick auf den Kamin. Er war so still, dass Rose sich fragte, ob er sie überhaupt gehört hatte. Doch dann ergriff er wieder das Wort.

»Ich glaube, ich habe vergessen, wie man etwas empfindet«, sagte er und richtete den Blick aus seinen grauen Augen auf sie. »Vielleicht ist es zu spät. Vielleicht bleibt mir jetzt nur noch, anzuerkennen, dass ich vielen Menschen sehr wehgetan habe, und die Verantwortung dafür zu übernehmen. Viel mehr kann ich wohl nicht tun.«

In Rose schwoll ein immenser Redefluss an, aber sie hielt den Mund. Das, was er da gerade gesagt hatte, war das Bedeutendste, Wichtigste gewesen, seit sie hier auf ihn getroffen war.

»Deine Arbeiten, also ich meine, die Gemälde, die du für Frasier anfertigst – denen ist überhaupt nicht anzusehen, was du durchgemacht hast, sie sind überhaupt nicht von dem inspiriert, was du früher gemacht hast. Ich sehe da keinerlei Verbindung.«

»Es gibt ja auch keine.« Plötzlich rutschte John in seinem Sessel nach vorne. »Diese ... diese *Poster* sind nichts anderes als das Ergebnis eines rücksichtslos geführten Lebens, für das ich jetzt bezahlen muss.« Er hielt inne und verknotete seine Finger. »Ich könnte dir und Maddie helfen. Finanziell, meine ich. Ich könnte euch was für einen Neuanfang geben. Für ein neues Zuhause. Einen Zuschuss zur Miete. Oder ein Auto, bis du auf eigenen Füßen stehst. Das könnte ich machen, ich habe genug.«

»Du meinst, damit wir Millthwaite wieder verlassen?«, fragte Rose leise und ohne Groll, weil sie sehen konnte, dass er sich bemühte, etwas zu sein, von dem er so wenig verstand. Er versuchte, nett und zugewandt zu sein. »Du willst dir deine Einsamkeit zurückkaufen?«

John schüttelte den Kopf. »Nein, das meine ich nicht. Überhaupt nicht. Wenn ihr in Millthwaite bleiben wollt, bleibt. Ich bin schon dabei, mich daran zu gewöhnen, und Maddie ist einigermaßen erträglich dafür, dass sie ein Kind ist.«

Rose atmete tief ein und beschloss, dass es nun an ihr war, offen zu sprechen.

»Darf ich ganz ehrlich sein?«, sagte sie. »Ich bin nicht wegen dir in Millthwaite. Du warst nur zufällig auch da. Ich bin wegen jemand anderem hierhergekommen. Nachdem ich mein ganzes Leben im selben Ort verbracht hatte, war Millthwaite der einzige Fleck auf dieser Erde, an den es mich je gezogen hat. Und zwar mit der ziemlich naiven Vorstellung, dass ich hier etwas finde, was mich glücklich macht. Als ich erfuhr, dass du hier lebst, wollte ich dich erst gar nicht besuchen. Ich wusste einfach nicht, ob ich dich überhaupt sehen wollte. Das ist ein ziemlich blödes Gefühl, nicht zu wissen, ob man seinen eigenen Vater sehen will oder nicht. Was ich damit sagen will, ist: Ich bin gar nicht hier, um die große Familienversöhnung herbeizuführen oder einen dramatischen letzten Akt hinzulegen. Aber jetzt, wo ich hier bin, wird mir klar, dass es besser ist, dich – wie auch immer – kennenzulernen, als … als dich gar nicht zu kennen. Vielleicht können wir ja eines Tages sogar so was wie Freunde sein.«

John schwieg eine Weile. Dann, endlich, sagte er: »Ihr könntet hier bei mir wohnen. In der kleinen Kammer oben. Steht ziemlich viel Plunder drin, wir müssten gründlich aufräumen, aber wenn ihr wollt …«

Rose hielt die Luft an und lauschte dem Knarren und Atmen des Hauses, während er auf ihre Antwort wartete.

»Ich … glaube, dazu ist es noch zu früh. Du brauchst deinen Freiraum, deine Ruhe. Wir würden dich nur stören, und Maddie würde dich pausenlos löchern.«

»Du hast recht.« John verbarg sein Gesicht vor ihr, indem er es abwandte. »Natürlich. Ich … ich übertreibe mal wieder. Ich bewundere dich dafür, dass du dich davon nicht aus dem Konzept bringen lässt. Und jetzt möchte ich dich etwas fragen.« Rose wartete. »Was ist passiert, dass du hierhergeflohen bist?«

Rose verzog das Gesicht und wandte sich von ihm ab. »Dazu ist es noch zu früh. Ich möchte noch nicht darüber reden«, sagte sie. »Nur so viel: Ich hatte mir versprochen, wenn eine bestimmte Grenze noch einmal überschritten würde, dann würde ich gehen. Und sie wurde überschritten.«

John verzog keine Miene, während er diese Information verdaute.

»Wie dem auch sei«, sagte er. »Ich will tun, was ich kann, und wenn es noch so klein und unbedeutend erscheint, ich werde mein Bestes tun. Ich werde versuchen, dir so was wie ein Vater zu sein, so lange ich kann.«

»Ach, hier seid ihr!« Maddie platzte herein und merkte überhaupt nicht, wie angespannt und emotionsgeladen die Atmosphäre im Raum war. »Ich bin fertig mit der Leinwand. Wo drauf kann ich jetzt malen? Die Sandwiches da sind doch ohne Butter, oder?«

Rose kehrte allein zum Bed & Breakfast zurück. Sie hatte das Gefühl gehabt, für heute sei alles gesagt, doch Maddie hatte noch dort bleiben wollen. Auf die ihr so eigene, extrem beharrliche Art, die Rose durchaus an die chinesische Wasserfolter erinnerte, hatte sie John dazu gebracht, seine Arbeit zu unterbrechen und ihr ihre eigene Leinwand aufzuspannen. John fertigte sie so groß, wie Maddie lang war, im Quadrat, und instruierte sie, darauf etwas zu malen, mit dem sie mindestens eine Woche beschäftigt wäre. Maddie hatte fasziniert stillgehalten, als John sie mit einer Holzlatte ausmaß, die Enden schräg absägte und einen Rahmen daraus baute. Pausenlos fragte sie ihn, was er als Nächstes tun und wie lange das dauern würde. Für jemanden, der sich nicht gerne unterhielt, begegnete John Maddies übersprudelnder Neugier mit bemerkenswerter Geduld – und zwar auch dann noch, wenn sie ihre Fragen alle paar Minuten wiederholte. Es machte ihm Spaß, ging Rose langsam auf. Er redete gerne über Dinge, von denen er Ahnung hatte, und er freute sich besonders, dass es seine Enkelin war, der er sein Wissen mitteilte. Vielleicht war das so eine Art Urinstinkt: Nach so vielen Jahren allein in der Wildnis hatte John jemanden gefunden, der sein Andenken noch etwas länger am Leben erhalten würde – genau so, wie er die Relikte anderer aufbewahrte, die sonst inzwischen längst vergessen wären. Als er die fertig aufgespannte Leinwand an die hintere Wand der Scheune neben Maddies bisherige fruchtbare Produktion stellte, sagte Rose, nun sei es an der Zeit zu gehen.

»Aber guck doch mal!« Mit vor Sorge verzerrtem Gesicht zeigte Maddie auf die verlockend weiße Leinwand. »Guck!«

»Du kannst sowieso noch nicht darauf malen«, sagte John. »Ich muss sie erst grundieren, und dann muss sie mehrere Stunden trocknen.«

»Ich will aber nicht mehrere Stunden warten! Ich will jetzt malen!«, rief Maddie wütend. Rose seufzte. Das war einer ihrer »Anfälle«, die bei anderen Menschen stets auf Unverständnis stießen und den Eindruck einer verwöhnten Göre hinterließen. Es war aber nun mal so, dass Maddie tatsächlich jetzt sofort malen *musste* – zumindest in ihrer eigenen Welt.

»Maddie ...«, hob Rose an und merkte, wie das altbekannte Gefühl von Unbeholfenheit sich in ihr breitmachte.

»Du musst sowieso erst zeichnen«, erklärte John Maddie schulterzuckend. »Alle großen Künstler zeichnen erst mal wochenlang, bevor sie anfangen zu malen. Du hast bis jetzt noch gar nichts gezeichnet, das ist ziemlich amateurhaft.«

»Zeichnen ist langweilig. Ich zeichne nicht, ich male«, erklärte Maddie ihm mit Nachdruck. John wusste nicht, dass Maddie sich von umgekehrter Psychologie nicht beeindrucken ließ, wenn diese mit ihrer Vorstellung davon, wie die Dinge zu sein hatten, kollidierte.

»Hier.« John zog eine große Schublade auf, holte einen Skizzenblock daraus hervor und wedelte damit in Richtung seiner aktuellen Arbeit herum. »Das hier sind meine Zeichnungen für das Bild. So machen richtige Künstler das. Einfach nur Farbkleckse malen, ganz gleich, wie hübsch sie sind, ist wirklich einfach nur kindisch. Aber gut, du bist ja auch ein Kind.«

Rose zog die Augenbrauen hoch. Sie erwartete, dass Maddie das als Beleidigung auffassen und wütend werden würde – doch Maddie schien sich über das Gesagte Gedanken zu machen.

»Ich bin anders als andere Kinder«, sagte sie dann und klang dabei ein klein wenig traurig.

»Gut«, sagte John. »Andere Kinder mag ich nämlich nicht.«

»Und was soll ich zeichnen?«, fragte Maddie, die erstaunlich leichtfüßig und würdevoll von ihrem hohen Ross herunterstieg.

»Also, wenn deine Mutter es dir erlaubt, dann könnten wir zwei ein bisschen rausgehen und in der Natur zeichnen. Wir suchen uns eine schöne Stelle in den Bergen mit einem schönen Blick. Du wirst staunen, wie viel Bewegung, Tiefe und Struktur du damit hinkriegst.« John hielt einen Bleistift hoch. »Im Gegenzug musst du dann aber meinem verdammten Agenten erklären, warum ich den Großteil des Tages auf ein anspruchsvolles kleines Mädchen verschwendet habe.«

»Darf ich?«, fragte Maddie Rose, die unsicher guckte.

»Ich weiß nicht, ob ich dich jetzt hier allein lassen sollte ...«, sagte sie.

»Ihr wird schon nichts passieren«, sagte John leicht patzig.

»Nein, das ist es nicht, es ist nur ... Möchtest du das wirklich?«

Sie sah John durchdringend an, wollte ihm die Möglichkeit geben, sich noch mal genau zu überlegen, was er da gerade vorgeschlagen hatte.

»Erstaunlicherweise, ja«, sagte John. »Das erinnert mich an Spätnachmittage mit dir am Strand, als du noch klein warst. Daran, wie wir in den nassen Sand gezeichnet und dann darauf gewartet haben, dass das Wasser unsere Zeichnungen wegspült.«

Rose konnte nicht antworten. Die Erinnerung, die so lange in der Versenkung verschwunden gewesen war, tauchte mit einer Klarheit auf, die ihr die Luft abschnürte.

»Ich möchte gerne mit ihr zeichnen gehen. Ich bringe sie dir rechtzeitig zum Abendessen zurück.«

»Ich will zeichnen«, verkündete Maddie auf ihre übliche direkte Art.

»Okay«, sagte Rose. »Aber nimmst du bitte das von dir so verabscheute Handy mit? Für alle Fälle? Mir zuliebe? Maddie weiß meine Nummer.«

»Na gut«, seufzte John, fischte das Handy aus der Schublade und steckte es ein.

»Okay. Gut. Dann.« Rose sah zu Maddie, die auf dem

Boden saß und sich Johns Skizzenblock widmete. »Bis später, ja?«

Von Maddie kam natürlich keine Antwort.

Shona war nicht in ihrem Zimmer, und auch Jenny war in keinem der Räume, die sie sonst frequentierte, aufzufinden. Doch da Rose von irgendwo ein Radio hören konnte, wusste sie, dass die beiden im Haus sein mussten. Rose sah sich weiter um. Im Wohnzimmer fiel ihr ein Sofa auf, das normalerweise vor einer unbenutzten Tür stand und nun in den Raum gerückt war. Die Tür stand sperrangelweit offen. Rose trat durch einen schmuddeligen, schmalen Flur und kam sich ein bisschen vor, als würde sie gleich nach Narnia kommen. Dann öffnete sie eine weitere Tür, hinter der Shona und Jenny fröhlich alte Klamotten, Bücher und anderen Kram in Müllsäcke stopften.

»Hallo?«, sagte Rose. »Was macht ihr da, und wo bin ich?«

»Das hier ist der Anbau, in dem Brians Mutter gewohnt hat«, erklärte Jenny. »Sie ist vor zwei Jahren gestorben, und seitdem haben wir das hier als Abstellkammer benutzt. Immer wenn Brian sich nicht sicher ist, was er mit irgendetwas machen soll, stellt er es hier ab. Aber ich finde, das ist Verschwendung. Hier ist doch reichlich Platz. Da könnte man doch noch ein paar Zimmer draus machen.«

»Als wäre die Hütte jetzt ständig komplett ausgebucht«, warf Shona in freundlichem Ton ein und zwinkerte Rose zu, während sie ziemlich betagt aussehende Vorhänge in einen Sack stopfte. Statt wie üblich mit einer spitzen Retourkutsche zu kontern, hielt Jenny kurz inne und nickte dann.

»Stimmt«, sagte sie und sah sich traurig um. »Hier ist überhaupt nichts mehr los. Zu Eves Zeiten war das ganz anders. Da waren wir auch nicht immer ausgebucht, aber fast immer. Mir hat das richtig Spaß gemacht, Frühstück für so viele Leute zu machen und so viele verschiedene Menschen kennenzulernen. Aber seit Eve tot ist, könnte man meinen, die Welt hätte uns vergessen. Wenn es keinen Flatscreen-Fernseher in jedem Zimmer gibt und keine Samttapete und wenn man nicht irgendwas mit ›Boutique‹ heißt, interessiert sich keiner für einen.«

»Vielleicht sollten Sie mal ein bisschen modernisieren?«, schlug Rose zaghaft vor und dachte dabei an die altmodischen altrosa Bettüberwürfe.

»Ach, ich weiß nicht. Ich finde, ich bin zu alt für den ganzen neumodischen Kram mit Kräutertee zum Frühstück und einer ganzen Auswahl an Eiergerichten.« Jenny rümpfte die Nase. Sie konnte sich einfach nicht vorstellen, dass der Kunde zumindest ab und zu mal recht haben könnte. »Eve war eine entsetzliche alte Kuh, ja, tut mir leid, aber sie war wirklich eine Schwiegermutter, wie sie im Buch der Hölle steht, ständig hat sie mich herumgescheucht, und jedes Mal, wenn Brian in ihrer Nähe war, hat er sich in einen geschwätzigen Zehnjährigen verwandelt. Trotzdem muss sie uns irgendwie Glück gebracht – oder im Sterbebett einen Fluch über uns verhängt – haben, denn kaum war sie weg, ging hier alles den Bach runter.«

»Vielleicht könnte sie euch immer noch Glück bringen.« Shona nahm einen Fotorahmen zur Hand, dessen Glas völlig verstaubt war. Sie wischte mit der Hand drüber, dann zeigte sie ihn Rose. In dem Rahmen befand sich ein sepiabraunes Hochzeitsfoto, schätzungsweise aus den 1930er-Jahren, dachte Rose. Eine junge, pausbäckige, lächelnde Frau in einem langen cremefarbenen Kleid, das über die Stufen der Kirchentreppe hing, stand Arm in Arm mit einem ebenfalls gut gebauten jungen Mann da, der Brian wie aus dem Gesicht geschnitten war.

»Ich wüsste nicht, wie«, sagte Jenny. »Uns bleiben vielleicht noch sechs Monate, dann müssen wir verkaufen und von dem leben, was Brian verdient. Nicht, dass es mir etwas ausmachen würde, sparsam zu leben, aber ich habe gerne was zu tun, und früher hatte ich die ganzen Kinder hier. Ach, was soll's, letztendlich sind es ja doch nur Mauersteine und etwas Mörtel.«

Rose sah sich in dem Anbau um. Er bestand aus einer großen Wohnküche, einem Schlafzimmer und – vermutlich – einem Badezimmer.

»Also, der Pub war gestern brechend voll«, sagte sie nachdenklich.

»Was wollen Sie denn damit sagen? Dass ich hier einen Nachtclub eröffnen soll? Nein danke«, schnaubte Jenny.

»Nein, ich will damit sagen, wenn Ihnen etwas einfiele, was die Einheimischen genauso in Anspruch nehmen würden wie die Touristen ... Ich wette, an diesen Konzertabenden macht Albie den meisten Umsatz.«

»Wie wär's mit einem Lapdance-Club?« Shona wiegte die Schultern. »Ich könnte die Attraktion des Abends sein.«

»Ich hatte schon mal an ein Café gedacht«, sagte Jenny, »aber dafür brauche ich Startkapital, und außerdem gibt es schon so viele hier.«

»Wie wäre es mit einem Gemeinschaftsraum?«, sagte Rose. »Gibt es hier überhaupt ein Bürgerhaus?«

»Nicht mehr«, sagte Jenny. »Wurde vor ein paar Jahren abgerissen. War wohl einsturzgefährdet. Irgend so ein altes Fertighaus, das nur übergangsweise genutzt werden sollte und dann fünfzig Jahre dastand. Eigentlich war die Rede davon, was Neues zu errichten, aber passiert ist bisher nichts.«

»Und wie wäre es, wenn Sie hieraus einfach einen Ort machen würden, an dem … ich weiß nicht … Wo man gemeinsam feiern, wo sich ein Strickclub treffen oder wo mein Vater Mal- und Zeichenunterricht geben könnte?«

»Ihr Vater unterrichten? Nie!«, schnaubte Jenny.

»Sag niemals nie. Er hat sich gerade freiwillig bereit erklärt, den Nachmittag mit Maddie zu verbringen. Nichts ist unmöglich.« Rose freute sich zu sehen, dass diese Nachricht beide Frauen überraschte. Es war ihr trotz Maddies Begeisterung nicht leichtgefallen, ihre Tochter in Johns Obhut zu lassen. Er sah manchmal so … schwach aus. Rose hatte Bedenken, ob Maddies wilde Entschlossenheit nicht vielleicht zu viel für ihn war.

»Ich hab da neulich was im Fernsehen gesehen. War eigentlich ziemlich langweilig«, sagte Shona. »Da ging es um ein Dorf, das auch so 'n bisschen am A der Welt lag wie das hier. Da haben sie dafür gesorgt, dass einmal die Woche ein Friseur kam, einmal eine Kosmetikerin und lauter andere Sachen, die es in dem Dorf nicht mehr gab, weil die Nachfrage zu gering war, um dort fest ein Geschäft zu betreiben. War der Knaller, kam super an. Das hier würde sich dafür geradezu anbieten.«

»Sie könnten Kunsthandwerk aus der Region ausstellen

und bei Verkauf eine Komission verlangen«, warf Rose aufgeregt ein.

»Und wie, bitte schön, soll das alles hier reinpassen?«, fragte Jenny. »Kunsthandwerk und Friseur und alles?«

»Keine Ahnung.« Rose lachte. »Aber wie wär's denn, wenn Sie uns eine Tasse Tee machen und ich dabei helfe, den Rest hier rauszuschaffen, und dann denken wir weiter drüber nach.«

»Also«, sagte Shona, kaum dass Jenny gegangen war.

»Also was?«, fragte Rose nüchtern. »Du und Jenny, ihr kommt jetzt ein bisschen besser miteinander aus, oder? Hatte ich mir schon gedacht, dass ihr mehr gemeinsam habt, als euch bewusst ist.«

»Sie ist gar nicht so übel, aber wehe, du sagst ihr, dass ich das gesagt habe, dann bring ich dich um. Also, was ist, hast du Ted gevögelt?«

»Shona!«, keuchte Rose und sah sofort zur Tür, wo sie erwartete, Jenny zu sehen. »Nein!«

»Guck mich an.« Shona versuchte vergeblich, Blickkontakt zu Rose herzustellen. »Guck mich an! Irgendwas habt ihr doch gemacht, du kleine Schlampe. Was habt ihr gemacht?«

»Ja, okay, wir haben ein bisschen rumgeknutscht, aber das war wirklich alles.« Roses Mund verzog sich unwillkürlich zu einem leichten Lächeln, als sie an die letzte Nacht zurückdachte. »Ich dachte eigentlich, dass ich das nicht wollte, aber dann dachte ich, warum nicht? Warum nicht endlich mal was Verrücktes, was Dummes machen? Ich bin sonst nie die Verrückte, ich bin nie die Dumme ...«

»Da wär ich mir ja nicht so sicher«, sagte Shona.

»Wir haben uns geküsst, und das war schön. Also, das

Küssen an sich. Und ich habe an nichts und niemand anderen gedacht, nicht an Richard, nicht an Frasier, nicht an Maddie, nicht an Jenny, ich habe einfach nur geküsst. Und jetzt habe ich irgendwie ein schlechtes Gefühl deswegen und weiß nicht, was ich als Nächstes tun soll.«

»Schön?«, quietschte Shona flüsternd. »Mit Ted zu knutschen war *schön*? Er hat also nicht den Boden unter dir ins Wanken gebracht?«

»Nein, und das wollte ich auch gar nicht«, sagte Rose. »Es war schön, ihn zu küssen. Angenehm. Es fühlte sich unschuldig und rein an. In dem Moment. Und jetzt komme ich mir total blöd vor und bin verwirrt. Ich meine, ich weiß, dass das falsch war, schließlich bin ich noch verheiratet, und dann ist da noch Frasier, und ich habe Maddie, aber ...«

»Aber?« Shona sah sie erwartungsvoll an.

»Es hat sich gar nicht falsch angefühlt.« Auf einmal kicherte Rose und schlug sich die Hände vor den Mund. »Ich hatte solche Angst, dass ich hinterher Schuldgefühle haben oder mich – noch schlimmer – irgendwie schmutzig fühlen würde, aber nein. Ich habe mich einfach nur gefühlt wie ein Mädchen, das einen Jungen küsst, weil es schön ist. Und das war ganz *wunderbar*.«

»Warum solltest du von ein bisschen Geknutsche Schuldgefühle haben oder dich schmutzig fühlen?«, fragte Shona verwundert.

»Wer fühlt sich schmutzig?«, fragte Jenny, als sie mit einem Tablett mit Tee und Kuchen hereinkam.

»Rose, von dem vielen Malerkram bei ihrem Vater«, sagte Shona.

»Shona, vom vielen Räumen hier«, sagte Rose gleichzeitig, und beide Antworten waren gleichermaßen unpassend.

»Ich bin nicht von gestern«, sagte Jenny und schürzte die Lippen. »Ganz gleich, worum es gerade wirklich ging – ich glaube, ich will es gar nicht so genau wissen.«

10

Rose versuchte gerade, Maddie unter der Dusche die Ölfarbe abzuwaschen, als ihr Handy klingelte. Bis vor einer guten Stunde hätte der alte Klingelton ihr einen Schauer über den Rücken laufen lassen, da so ziemlich der einzige Mensch, der sie je anrief und ihre Nummer hatte, Richard war. Aber kurz vor dem Abendessen hatte sie beschlossen, nun lange genug gewartet zu haben, um Frasier gegenüber nicht zu übereifrig zu wirken, und ihm ihre Nummer gesimst. Er hatte sofort geantwortet, er werde sie später anrufen. Sie musste gar nicht auf das Display ihres Handys sehen, um zu wissen, dass er es war. War es falsch, dass sie ihn gerne wiedersehen wollte?

»Kann ich dich kurz allein lassen, Maddie?«, fragte Rose. Ihre Tochter saß im Schneidersitz auf dem Boden der Dusche und genoss es, wie ihr das Wasser über die Schultern rauschte und die Farbkleckse von überall auf ihrer Haut löste. Maddie nickte.

Rose holte tief Luft, als sie Frasiers Namen auf dem Display sah, und meldete sich mit einem möglichst lässigen Wer-ruft-mich-denn-jetzt-schon-wieder-an-mein-Telefon-hört-auch-nie-auf-zu-klingeln-Hallo.

»Hallo?«

»Hallo, Rose, ich bin's, Frasier. Störe ich?«

Seine sanfte Stimme an ihrem Ohr ließ ihr Herz schneller schlagen und ihre Knie weich werden. Sie setzte sich aufs Bett. Nicht einmal Ted mit seinem blendenden Aussehen und seinem unschlagbaren Charme sowie seinen unbestreitbar gewandten Lippen hatte das Gefühl, das sie für Frasier hegte, auslöschen können.

»Nein, gar nicht«, sagte sie und bemühte sich, unverbindlich und entspannt zu klingen.

»Ich habe gehört, Sie waren heute bei Ihrem Vater? Ich konnte es kaum glauben, er ist tatsächlich ans Handy gegangen! Wie war's?«

»Seltsam«, sagte Rose nachdenklich. »Verwirrend. Interessant. Nett.«

»Also unterm Strich gut?« Frasiers Ton klang nach Lächeln.

»Ich glaube schon«, sagte Rose. »Maddie findet, er ist der interessanteste Mensch, der ihr je begegnet ist.«

»Ha, das wird ihn freuen!«, sagte Frasier. »Eins hat Ihr Vater nämlich ganz vergessen, als er beschloss, sich in sein Schneckenhaus zurückzuziehen: dass er sich ganz gern bewundern lässt. Wenn ich ihn doch nur dazu bewegen könnte, mal hier und da einen Vortrag zu halten, zu unterrichten, generell in Erscheinung zu treten. Ich glaube, ich könnte ihn in der Welt der Kunst zu einem echten Promi machen. Aber er hat natürlich seine Gründe, und die respektiere ich.«

»Und einer der Gründe ist, dass er ein alter Kotzbrocken ist?« Rose lächelte.

»Ja, genau, das ist einer der Gründe«, räumte Frasier ein.

»Danke. Dafür, dass Sie mit ihm gesprochen haben.«

»Oh.« Frasier klang etwas betreten, als habe man ihn bei etwas erwischt. »Nicht der Rede wert.«

»So, jetzt aber: Abendessen. Ich komme morgen nach Millthwaite. Der Lieferwagen fährt mit den Bildern zurück nach Edinburgh, aber ich könnte noch bleiben. Ich könnte Sie einladen. In der Nähe von Ullswater gibt es ein ganz unglaubliches Restaurant – da wurde einst der Sticky-Toffee-Pudding erfunden.«

»Sie müssen sich nicht verpflichtet fühlen ...«

»Tu ich auch gar nicht«, sagte Frasier sanft.

»Ich brauche einen Babysitter«, warf Rose ein, die sich nicht sicher war, ob jetzt der richtige Zeitpunkt wäre, ihren Gefühlen freien Lauf zu lassen.

»Kann Ihre Freundin nicht aushelfen? Und wenn nicht, dann ...«

Aus dem Badezimmer erklangen ein spitzer Schrei und ein dumpfer Schlag, gefolgt von anschwellendem Heulen.

»Ich muss auflegen«, sagte Rose und stürzte zum Badezimmer. Maddie lag wie ein Käfer auf dem Rücken in der weiterlaufenden Dusche und strampelte.

»Was ist passiert? Bist du ausgerutscht?«, fragte Rose, die in voller Montur in die Dusche stieg und das Wasser abdrehte. Maddie nickte und schluchzte laut, als Rose ihr aufhalf und sie in ein warmes, weiches Handtuch wickelte. »Ach, Schätzchen, das tut mir leid. Wo tut's denn weh?«

Maddie zeigte auf ihren Rücken, und Rose rieb die Stelle vorsichtig, während sie das Mädchen im Arm hielt, bis es schließlich aufhörte zu weinen.

»Krieg ich jetzt einen blauen Fleck?«, fragte Maddie und versuchte, über die Schulter zu der schmerzenden Stelle zu gucken.

»Ich glaube nicht«, sagte Rose. »Höchstens einen ganz kleinen. Ich glaube, das war vor allem der Schreck.«

»Ist der andere blaue Fleck jetzt bald weg?« Maddie ließ das Handtuch von der Schulter rutschen und betrachtete das Hämatom, das den größten Teil ihrer Schulter bedeckte und sich ein Stück über ihren Rücken zog. »Blau und Gelb sind Komplementärfarben. Guck mal, das Gelb sieht so richtig gelb aus.«

Rose biss sich auf die Lippe, als sie die Verfärbung sah, und ihr Herz verkrampfte sich bei der Erinnerung daran, wie Maddie zu diesem Bluterguss gekommen war.

»Warum hat Daddy das gemacht?«, fragte Maddie ihre Mutter, während sie sich selbst weiter betrachtete. »Das hat sehr wehgetan. Und ich hab mich auch sehr erschreckt, aber vor allem hat es wehgetan.«

»Er war wütend«, sagte Rose. »Was er getan hat, war falsch, absolut und grundfalsch. Und böse. Er war wütend und wollte mich hauen, aber dann warst du plötzlich im Weg. Tut mir leid, mein Schatz. Es tut mir so leid.«

»Er wollte also gar nicht mir wehtun, sondern dir?« Maddie legte ihrer Mutter die Hände ums Gesicht, sodass Rose gezwungen war, dem Kind in die Augen zu sehen.

»Ja.« Tränen liefen Rose übers Gesicht. Es erwischte sie vollkommen kalt, dass Maddie einen Augenblick wie diesen dazu nutzen würde, um über das zu sprechen, was in jener Nacht passiert war. Jener letzten Nacht bei Richard. Rose war selbst noch nicht richtig bereit dazu. Aber Maddie sprach jetzt darüber, sie wollte das verstehen, was für ein kleines Mädchen nicht zu verstehen war: Warum ihr Daddy ihr wehgetan hatte. Rose durfte diese Gelegenheit, Maddie zu helfen, nicht ungenutzt verstreichen lassen.

»Es tut mir so leid, Maddie. Keiner wollte dir jemals wehtun.«

Gequält und verwirrt sah Maddie sie an. Sie war wieder verunsichert, war wieder das merkwürdige kleine Mädchen, das sie zu Hause immer gewesen war, die Abweichlerin, die Andersartige, die, die keiner verstand und die nirgendwo reinpasste. Sie zog die Schultern hoch, um die Erinnerung abzuwehren. Die Wahrheit.

»In der Nacht«, begann Rose zu erklären, während sie ihr Schluchzen zu unterdrücken versuchte, »als du schon längst im Bett warst, da haben Daddy und ich … geredet. Wir haben uns gestritten. Ich habe ihn sehr, sehr wütend gemacht, so wütend, dass er mich schlagen wollte. Ich wusste nicht, dass du aufgestanden warst, ich wusste nicht, dass du da warst, bis …« Rose brach ab. Da waren sie wieder, die Bilder in ihrem Kopf. Die Bilder davon, wie Richard seine siebenjährige Tochter bei den Schultern packte und mit einer solchen Wucht gegen die Tür schleuderte, dass diese mit einem Knall zufiel. Das Mädchen war ihm im Weg gewesen. Und er war auf dem Weg zu Rose, die nach einer Ohrfeige, von der ihre eine Gesichtshälfte taub war und ihre Ohren klingelten, bereits auf dem Boden lag.

»Maddie«, hatte Rose geschrien, als sie das vor Angst und Schmerz erstarrte Gesicht ihrer Tochter sah. Auch Richard hatte sie in dem Moment gesehen, ihre Schreie ernüchterten ihn. Er drehte sich um, sah Maddie und wurde blass vor Entsetzen. Das war der Augenblick, in dem Rose wusste, was zu tun war. Sie rappelte sich auf, schnappte sich Maddie, die sich an sie klammerte wie ein Äffchen, und stürmte an Richard vorbei, solange der noch wie gelähmt vor Schreck war. Sie holte die für genau diesen Fall fertig gepackte Tasche sowie das eckige Bündel aus dem Versteck ganz hinten in der Besenkammer. Dann nahm sie ihre Tasche und die Autoschlüssel an sich.

»Wo willst du hin?«, fragte Richard. »Was hast du vor? Du darfst keinem was sagen, das weißt du ... mein Job, mein Ruf ... Ich wollte das nicht!«

Doch Rose hatte ihn ignoriert und war hinaus in die Nacht gestürzt. Sie wusste, dass ihr nur wenige Minuten blieben, bis sein Schock nachließ, der Zorn wieder die Überhand gewann und er ihr nachlaufen würde. Sie verfrachtete Maddie auf die Rückbank, stieg ein und verriegelte alle Türen. Richard lief ihr nicht nach. Er versuchte nicht, sie davon abzuhalten, seine Tochter mitzunehmen – vermutlich, weil er nie erwartet hätte, dass seine duckmäuserische Frau den Mumm haben würde, sich weiter als einen Häuserblock zu entfernen. Rose hatte einen letzten Blick auf ihn geworfen, wie er in der Tür des Hauses ihrer Mutter stand, mit verschränkten Armen an den Pfosten gelehnt, die Ruhe selbst. Wie er sie beobachtete.

Er glaubt nicht, dass ich das schaffe, ging Rose auf. Er glaubt nicht, dass ich in der Lage bin, ihn zu verlassen. Und während sie das Lenkrad so fest umklammerte, dass die Fingerknöchel weiß hervortraten, war sie sich nicht sicher, ob er damit falschlag oder nicht.

»Los, Mummy, fahr«, flehte Maddie flüsternd vom Rücksitz. Ihre Stimme bebte vor Angst. »Fahr, Mummy.«

Es war dieses Flehen ihrer Tochter, das Rose schließlich den Zündschlüssel drehen und losfahren ließ.

»Wenn wir Daddy irgendwann mal wiedersehen«, sagte Maddie jetzt und wich Roses Blick dabei aus, »wird er dann immer noch wütend sein?«

»Nicht auf dich«, sagte Rose. »Nur auf mich.«

»Letztens war er auch nicht auf mich wütend. Und trotzdem hab ich jetzt das da.« Maddie strich sich über den Bluterguss an der Schulter.

»Ich weiß«, entgegnete Rose erschöpft. Sie war so müde, nichts wünschte sie sich gerade sehnlicher, als die Augen zuzumachen und zu schlafen, aber eine Sache musste sie Maddie noch sagen, solange die Gelegenheit sich bot. »Ich ... Maddie? Ich glaube nicht, dass ich weiter mit Daddy verheiratet sein kann.«

»Ich weiß.« Maddie nickte, als sei sie darauf schon selbst gekommen. »Ist okay. Wir können hierbleiben. Und ich werde Künstlerin, so wie John.«

»Würde dir denn gar nichts fehlen? Unser Haus? Die Schule? Daddy?«, fragte Rose, während sie Maddie zum Bett führte und ihr dabei half, den Schlafanzug anzuziehen. Es mochte ja gut sein, dass Maddie ihren Vater im Moment wirklich nie wiedersehen wollte – aber wie lange würde diese Haltung andauern? Rose wollte auf keinen Fall zu einer Entfremdung zwischen Vater und Tochter beitragen, obgleich sie wusste, dass Richard kein besonders guter Vater war. Der Schaden, den sie dadurch anrichtete, dass sie ihn komplett aus ihrem Leben heraushielt, könnte letztlich schlimmer sein als die blauen Flecken, die er ihr verursacht hatte. Die würden zumindest heilen.

»Nein«, sagte Maddie sehr bestimmt. »Die Schule zu Hause mag ich nicht, und dich mag ich hier viel lieber. Hier bist du viel interessanter. Du siehst interessanter aus und sagst interessantere Sachen. Du bist viel lieber und besser gelaunt und ... du lächelst viel mehr. Hier geht es dir viel besser, hier bist du glücklich. Und mich magst du hier auch lieber.«

»Was meinst du?«, fragte Rose und wagte sich nicht auszumalen, was Maddie zu wissen glaubte.

»Ich meine«, sagte Maddie langsam und deutlich, »dass du mich hier lieber hast als zu Hause. Weil du keine Angst hast und nicht so traurig bist.«

»Ich glaube, dadurch, dass du zurzeit nicht zur Schule gehst und nicht mitten in Daddys und meinen Konflikten stehst – obwohl wir wirklich versucht haben, das vor dir zu verbergen –, bist auch du nicht so ängstlich und fühlst dich etwas sicherer«, sagte Rose, die versuchte dahinterzukommen, wie es wohl in Maddie aussah und ob die Trennung von Richard dem Kind wohl eine ähnliche Erleichterung und Luft zum Atmen verschaffte wie ihr. »Darum mache ich mir weniger Sorgen um dich und darum, ob du irgendwo aneckst oder nicht. Aber ich mag dich hier nicht lieber als zu Hause, das geht gar nicht. Ich liebe dich, Maddie, mehr als alles andere auf der Welt.«

Maddie sah sie lange forschend an, als wolle sie von Roses Gesicht ablesen, was genau ihre Mutter da sagte – und dann warf sie sich plötzlich in Roses Arme und schmiegte den Kopf an ihren Hals. Das war eine ungewöhnliche und seltene Geste der Zuneigung, und Rose nahm sie glücklich an.

»Ich will Daddy nicht sehen«, sagte Maddie nach einer Weile in den Armen ihrer Mutter. »Und ich will nie wieder zur Schule gehen.«

»Ich glaube, was Daddy angeht, wirst du es dir noch

mal anders überlegen«, sagte Rose. »Und sobald wir entschieden haben, wo wir wohnen werden, musst du auch wieder zur Schule gehen. Das ist gesetzlich vorgeschrieben, mein Schatz.«

»Gut, dann wohnen wir hier«, sagte Maddie. »Hier haben wir ein Schlafzimmer und unser eigenes Bad. Und Jenny kocht.«

»Wir können hier nicht ewig bleiben«, sagte Rose, obwohl auch sie nichts dagegen gehabt hätte.

»Dann eben bei John. Obwohl John nicht kocht, hat er mir erzählt. Ich mag Jennys Essen.«

Rose seufzte und lächelte. »Du bist mir vielleicht ein Fräulein.«

»Kann ich Shona und Jenny noch gute Nacht sagen?«, fragte Maddie. Sie liebte es, barfuß die mit Teppich ausgelegte Treppe hinauf- und hinunterzuschleichen.

»Ja«, sagte Rose, nahm eine Haarbürste und striegelte Maddies feuchtes Haar. »Aber bleib nicht zu lange. In zehn Minuten bist du wieder hier.«

Ihr Telefon klingelte wieder, kaum dass Maddie die Tür hinter sich geschlossen hatte. Gedankenverloren nahm Rose ab. Sie freute sich, ihr Gespräch mit Frasier fortzusetzen, und hoffte, seine Stimme würde sie nach dieser heiklen Unterhaltung mit Maddie, die letztlich so glücklich verlief, beruhigen. Sie hatte einen wirklich schwierigen Tag hinter sich, einen Tag randvoll mit Gefühlen. Ihre Sorgen hatten sie eingeholt. Rose fühlte sich, als sei selbst der letzte Tropfen Kraft aus ihr herausgepresst worden. Es würde ihr guttun, Frasiers Stimme zu hören.

»Tut mir leid«, meldete sie sich.

»Das will ich auch hoffen.« Richards Stimme klang

ruhig und kalt. »Wo hast du meine Tochter hingebracht, Rose?«

»Hör zu, Richard.« Rose geriet in Panik. Sie wusste nicht, was sie sagen sollte oder wie, und überlegte, was sie tun sollte. Ihr erster Impuls war, aufzulegen, aber wenn sie nie mit ihm redete, würde die ständige Angst, was er wohl mit ihr machen würde, wenn er sie fand, nie aufhören, an ihr zu nagen. Sie musste sich ihm stellen, musste ihn konfrontieren, ihm klarmachen, wie die Dinge jetzt lagen. »Ich weiß, dass wir miteinander reden müssen, aber ich brauchte etwas Zeit...«

»Zeit? Zeit?« Zwar sprach Richard ruhig und kontrolliert, aber sein unbändiger Zorn lauerte unter der Oberfläche. »Du hast Maddie entführt, und jetzt bringst du sie gefälligst zurück. Und zwar sofort.«

Allein der Klang seiner Stimme reichte, um Rose in jene Sekunden zurückzuversetzen, als sie vor ihrem Haus im Auto saß, kurz bevor sie den Mut hatte, den Motor zu starten. Ein Leben, ohne ständig Richards Stimme im Ohr zu haben, ohne seine Forderungen, seine Wünsche und Bedürfnisse, war ihr in jenen Sekunden unmöglich erschienen. Woher sollte sie wissen, was zu tun war, wohin sie gehen und was sie sagen sollte, wenn er es ihr nicht vorgab? Richard hatte immer gewusst, was das Beste für sie war, hatte sie beschützt und gegen die Welt abgeschirmt. Und doch – Rose kämpfte gegen die Gewohnheit an nachzugeben – und doch war sie schließlich hier, und sie war hier aufgrund der Dinge, die er ihr angetan hatte und die sie am liebsten vergessen wollte. Sie war ein völlig anderer Mensch ohne ihn. Sie durfte jetzt nicht schwach werden.

»Ich komme nicht zu dir zurück«, sagte Rose und fand neuen Mut, indem sie diese Worte aussprach. Sie klang stark und entschlossen. Jetzt musste sie nur noch die Kraft finden, das durchzuziehen. »Und ich muss auch nichts tun, nur weil du es willst. Ich habe mich von dir befreit, Richard, und ich habe Maddie von dir befreit. Maddie ist sehr glücklich ohne dich, Richard. Sie hasst dich.« Rose wusste, die letzte Aussage war nicht nur unwahr, sondern auch unfair. Aber sie sagte es dennoch, weil sie wusste, dass es das war, was ihn am allermeisten verletzen würde, und weil sie ihm wenigstens einmal so sehr wehtun wollte, wie er ihr immer wieder wehgetan hatte. Rose hatte ihr ganzes Leben immer nur das Richtige getan und das, was man von ihr erwartete. Damit war jetzt Schluss.

»Ich hab's gewusst«, fuhr Richard sie an. »Ich hab gewusst, dass du labil bist. Dieser Zusammenbruch hat sich schon seit Monaten angekündigt, Rose. Du kannst das selbst nicht erkennen, weil du mittendrin steckst. Du bist geblendet, du hast dich in dieser Wahnvorstellung verloren, eine bedauernswerte, misshandelte Frau zu sein, die ihrem bösen, bösen Gatten entkommen muss. Aber das stimmt doch alles gar nicht, Rose, und wenn du mal einen Moment nachdenkst, wirst du es auch selbst einsehen. Ich liebe dich. Ich bin der einzige Mensch auf der Welt, der immer auf deiner Seite war. Ich bin der Einzige, der deine ganzen Probleme erträgt.«

»Waren meine Probleme der Grund dafür, dass du mich geschlagen hast? Und Maddie?«, fragte Rose. Jahrelang aus Gründen des Selbstschutzes unterdückte Gefühle, Worte und Fragen brachen aus ihr hervor. »Oder hast du mich nur geschlagen, weil ich mich *einmal* nicht fügen wollte, weil ich mich *einmal* gegen deine Tyrannei wehrte, weil du mich *einmal* nicht kontrollieren konntest?«

Am anderen Ende der Leitung war es lange still, und doch knisterte die Verbindung fast vor ohnmächtiger Raserei.

»So war das nicht, Rose«, sagte Richard schließlich, und seine Stimme klang wie abgeschnürt. »Deine Erinnerung spielt dir einen Streich. Ich wollte nur, was jeder normale Mann von seiner Frau will. Du hast überreagiert und bist total ausgeflippt. Du warst es, die Maddie wehgetan hat.«

Diese absolut ungeheuerliche Behauptung, hervorgebracht, als handele es sich um eine unwiderlegbare Tatsache, verschlug Rose kurzfristig die Sprache. Was führte er im Schilde? Was hatte er vor? Rose schnappte nach Luft.

»Sie hat einen dicken Bluterguss davongetragen, Richard!«, sagte Rose, und sie sprach immer lauter, je klarer ihr alles wurde.

»Und du hast ihn ihr verpasst«, entgegnete Richard ruhig. Offenbar hatte er sich wieder gefasst.

»Sie ist alt genug, um selbst zu wissen, was passiert ist. Und das wird sie auch jedem erzählen, der sie danach fragt«, konterte Rose.

»Sie ist ein verwirrtes Kind mit ganz eigenen Problemen, die vermutlich mit ihrer labilen und lieblosen Mutter zu tun haben«, sagte Richard. »Kleine Mädchen scheuen nichts mehr, als den Zorn ihrer Mutter auf sich zu ziehen. Sie würde alles sagen, damit du ihr nicht mehr wehtust.«

»Du ... du ... elender Lügner!«, schrie Rose. Tränen schossen ihr in die Augen, als Richard wieder einmal alles, was in ihrem Leben ansatzweise gut war, zu verzerren begann.

»Was meinst du wohl, wem sie glauben werden, Rose?«, sagte Richard dann natürlich. »Dem Hausarzt, dem liebenden, geduldigen Ehemann und Vater? Oder der Verrückten, die abgehauen ist, ohne ihrer Tochter auch nur ein paar frische Klamotten einzupacken? Überleg's dir. Wenn du jetzt nach Hause kommst, verlieren wir einfach kein Wort mehr über die Sache. Ihr seid schon so lange weg, und meine Frau fehlt mir. Du gehörst an meine Seite.«

Rose schloss die Augen, um sie herum drehte sich alles. »Warum?«, sagte sie leise. »Warum willst du mich haben, wenn du mich doch so hasst?«

»Weil du mir gehörst«, sagte Richard schlicht und fast schon zärtlich.

Trotz ihrer Wut und ihrer Entschlossenheit merkte Rose, wie sie plötzlich schwankte. Wie Schwäche sich in ihr breitmachte, als würden Richards Worte an ihrer Kraft zehren. Vielleicht sollte sie einfach zu ihm zurückgehen, das Leben wiederaufnehmen, das sie so gut kannte, das sie zu ertragen wusste. Vielleicht wäre das einfacher, als zu versuchen, in einer Welt, in die sie noch nie ganz hineingepasst hatte, allein zu bestehen. Doch dann musste Rose an den Bluterguss an Maddies Schulter denken und wusste, dass sie nie wieder zu ihm zurückkehren konnte. Ganz gleich, womit Richard ihr drohte, sie würde niemals zu ihm zurückkehren.

»Nein.« Roses Stimme zitterte, wurde aber mit jeder Silbe fester. »Ich gehöre dir nicht. Ich gehöre niemandem, und ich werde nicht zurückkommen. Du kannst sagen und tun, was du willst, Richard, aber mich schüchterst du nicht mehr ein. Ich bin fertig mit dir.«

»Das wirst du bereuen, Rose.« Richards Stimme war eiskalt und klang bedrohlich. »Wenn ich dich das nächste Mal sehe – und das wird sehr bald sein –, wirst du bitter bereuen, je so mit deinem Mann gesprochen zu haben.«

Als sie sicher war, dass er aufgelegt hatte, pfefferte Rose das Telefon durchs Zimmer. Es rutschte über den Teppich und unter den Frisiertisch. Sie schlang die Arme um sich selbst und hielt sich fest, bis ihre Atmung sich beruhigt hatte und sie begriff, dass Richard sich nicht im selben Zimmer befand. Seine Drohungen konnten ihr hier nichts anhaben. Er wusste noch immer nicht, wo sie war, und selbst wenn er es wüsste: Sie war nicht allein. Sie hatte Menschen um sich. Menschen, die für sie da waren und sich zwischen sie und ihn stellen würden.

»Zum letzten Mal: Nein, du darfst kein Porträt von mir zeichnen«, sagte Shona und lotste die plappernde Maddie ins Zimmer. Im selben Augenblick sah sie Roses blasses Gesicht und spürte sofort, unter welcher Anspannung ihre Freundin stand.

»Da fällt mir ein ... Ich habe meine Schuhe unten vergessen.« Shona legte Maddie eine Hand auf die Schulter und hielt sie davon ab, ganz ins Zimmer zu kommen. »Im Wohnzimmer. Holst du sie mir bitte?«

»Wozu brauchst du denn jetzt Schuhe?«, wollte Maddie wissen. »Wir gehen jetzt ins Bett.«

»Du gehst jetzt ins Bett. Ich bin erwachsen, ich gehe noch nicht ins Bett. Ich mache jetzt einen Spaziergang.«

»Wohin?«

»Würdest du mir bitte einfach meine Schuhe holen, Maddie?«, sagte Shona in solch autoritärem Ton, dass Maddie auf dem Absatz kehrtmachte und davonsauste.

»Was ist los?« Shona setzte sich neben Rose aufs Bett und legte den Arm um sie. »Was ist passiert?«

»Richard hat angerufen. Ich habe mit ihm gesprochen. Er ... er hat so schreckliche Sachen gesagt, Sachen, die er auch anderen erzählen wird, wenn ich nicht zu ihm zurückkomme – dass ich Maddie geschlagen habe, dass ich labil bin und eine schlechte Mutter. Aber ich kann nicht zu ihm zurück, Shona. Ich kann einfach nicht.«

»Du zitterst ja«, murmelte Shona wie eine Mutter, die ihr verängstigtes Kind tröstete und zog Rose ganz eng an sich heran, als könne sie das Zittern so anhalten. »Was hat er dir an dem Abend angetan? Was hat dir eine solche Angst gemacht, dass du nach so vielen Jahren der Tyrannei und der Erniedrigungen plötzlich abgehauen bist? Hat er ... hat er dich geschlagen?«

Rose nickte. »Ja. Ich habe ihn so wütend gemacht, da hat er so fest zugeschlagen, dass ich einmal quer durch den Raum flog. Und als Maddie kam, um nachzusehen, was das für Geräusche waren, hat er das Gleiche mit ihr gemacht. Aber das war noch nicht mal das Schlimmste«, flüsterte sie. Die schrecklichen Bilder der Minuten und Sekunden, bevor Maddie dazugekommen war, rauschten ihr in rascher Folge durch den Kopf.

»Und was war das Schlimmste?«, wisperte Shona.

»Er hat versucht, mich zu vergewaltigen«, flüsterte Rose. Bei den Worten wurde ihr speiübel. »Als ich mich wehrte, als ich nicht wollte – da hat er mich geschlagen. Er war so wütend auf mich. Das war nämlich das erste Mal.«

»Das erste Mal, dass er versucht hat, dich zu vergewaltigen?«, fragte Shona entsetzt.

»Nein. Das erste Mal, dass ich mich gewehrt habe.«

Als Maddie mit Shonas Schuhen zurückkam, stand Rose bereits unter der Dusche. Das heiße Wasser prasselte auf sie nieder und hinterließ rote Flecken auf ihrer blassen Haut. Shona saß mit verbissener Miene und immer noch geballten Fäusten auf dem Bett. Sie musste sich förmlich zwingen, die Finger zu öffnen und sich ein Lächeln abzuringen, als sie Maddie die Schuhe abnahm und sie anzog.

»Jenny mag es nicht, wenn du im Haus Straßenschuhe trägst«, rief Maddie ihr in Erinnerung. »Wo ist Mummy?«

»Unter der Dusche«, sagte Shona. »Sie hat mir gesagt, du darfst noch ein bisschen fernsehen.«

»Darf ich lieber was zeichnen?«, fragte Maddie und zog den übergroßen Skizzenblock hervor, den John ihr am Nachmittag geschenkt hatte. Kaum hatte sie sich mit der Idee angefreundet, das zu zeichnen, was sie um sich herum sah, war sie auch schon gleich wie besessen davon gewesen und hatte den Block zügig mit ziemlich detaillierten Skizzen von Landschaften, Schafen, Bäumen, Felsen, Teekannen, Schuhen, Büchern und sogar von John gefüllt. Zum ersten Mal in ihrem Leben hatte Maddie etwas gefunden, was ihr pure Freude bereitete, und das wollte sie nur äußerst ungern unterbrechen – nicht für etwas so langweiliges wie Fernsehen.

»Bitte«, sagte Shona achselzuckend.

»Darf ich dich zeichnen?«, beharrte Maddie.

Shona seufzte, warf einen besorgten Blick zur geschlossenen Badezimmertür. »Okay.«

In dem Moment fing Roses Handy unter dem Frisiertisch an zu klingeln. Maddie und Shona sahen in die Richtung, aus der das Klingeln kam, machten aber beide keine Anstalten, das Telefon hervorzuholen.

»Meinst du, wir ...?«

»Nein, lass es«, sagte Shona. »Kann ja eine Nachricht hinterlassen, wenn es was Wichtiges ist.«

Rose hatte keine Ahnung, warum sie nicht weinen konnte. Sie wollte gerne, sie konnte die Trauer wie einen schweren Stein in ihrer Brust spüren, die Trauer über all das, was sie so viele Jahre ihrer Ehe ertragen hatte, aber diese Trauer würde sich durch Tränen nicht auflösen. Richards Schikanen waren keine konstante Sache gewesen, nichts, womit sie täglich konfrontiert gewesen wäre wie so viele andere Frauen, die viel zu lange in einer Gewaltbeziehung blieben.

Die Angriffe waren selten und eher sporadisch gewesen, meist lagen Monate dazwischen, einmal sogar fast ein ganzes Jahr. Denn kaum hatte Richard von Roses Schwangerschaft erfahren, war sein sexuelles Interesse an ihr erloschen. Insgeheim war Rose erleichtert gewesen. Dieser Teil ihres Ehelebens war gelinde gesagt nicht sonderlich leidenschaftlich gewesen – sie hatten auch erst etwa eine Woche vor der Hochzeit überhaupt das erste Mal miteinander geschlafen. Rose war vollkommen unerfahren und darum sehr unsicher gewesen. Sie hatte sich ungeschickt angestellt und sich enorm verkrampft. Richard hatte sich alle Mühe gegeben, liebevoll zu sein. Doch obwohl er so viel älter war als sie, wusste er offenbar auch nicht, wie er sie dazu bringen konnte, sich zu entspannen, und wie er irgendetwas anderes in ihr auslösen könnte als Nervosität und Verunsicherung. Und doch war ihr erstes Mal schön gewesen, Rose erinnerte sich daran als einen wahren Akt der Liebe. Richard wollte sie unbedingt ganz für sich haben, als seine Ehefrau und seine Geliebte, und sie hatte sich zum ersten Mal seit sehr langer Zeit geliebt und aufgehoben gefühlt. Sie war mehr als bereit gewesen, ihn zu heiraten, mehr als glücklich, auf den Altar zuzuschreiten, allein, ohne irgendjemanden, der sie an ihren künftigen Ehemann übergab, und ohne irgendwelche Verwandten auf ihrer Seite des Kirchenschiffs. Und genauso waren auch die ersten Jahre ihrer Ehe verlaufen. Rose hatte Richard so blind vertraut, dass ihr gar nicht aufgefallen war, wie er sukzessive immer mehr kontrollierte, was sie tat, mit wem sie sich traf, wohin sie ging, ja sogar was sie dachte und wie sie sich fühlte. Ihr Sexleben war nie der Knaller gewesen, aber es war auch nie lieblos oder gar mit Gewalt verbunden gewesen. Nach ein paar Jahren Ehe schliefen sie noch ein-, zweimal im Monat miteinander, und Rose, deren primäres Anliegen es immer gewesen war, ihrem Ehemann zu gefallen und ihm alles recht zu machen, war damit zufrieden gewesen und überließ stets ihm die Initiative. Und dann war sie schwanger geworden.

Richard geriet außer sich vor Wut. Er flippte auf eine Art und Weise aus, wie Rose es nicht für möglich gehalten hätte – selbst wenn sie sich auf eine ablehnende Reaktion eingestellt hätte, was sie aber nicht hatte. Überglücklich machte sie es sich eines Abends zu seinen Füßen bequem, als er von seinem Lieblingssessel aus die Spätnachrichten sah, und erzählte ihm mit einem leisen Lächeln, dass sie ein Kind erwartete.

Sein Wutausbruch entsetzte und verwirrte sie. Wie das denn hatte passieren können?, wollte er wissen. Ob sie denn nicht die Pille nähme? Ob sie meinte, sie könnte ihm etwas unterschieben, von dem sie genau wusste, dass er es nicht wollte? Bestürzt sagte Rose, sie wisse nicht genau, wie es passiert sei, dass sie sich aber doch vor einem Monat oder so den Magen verdorben hatte, vielleicht sei es da passiert, ob das denn so wichtig sei?

Richard schubste sie von sich, marschierte wütend auf und ab und sagte, von nun an würde nichts mehr so sein wie früher. Jetzt wären sie nicht mehr für sich, und sie wäre nicht mehr sein perfektes, unverdorbenes Mädchen. Jetzt würde ein heulendes Blag ständig Roses Aufmerksamkeit fordern. Ein Kind würde alles verändern und einen Keil zwischen sie treiben. Er habe kein Interesse daran, Vater zu werden, er habe von Anfang an klargemacht, dass er sich keine Kinder wünschte.

Rose saß weiter auf dem Fußboden und beobachtete ihn. Sie war vollkommen durcheinander und begriff nicht, wie dieser glückliche Augenblick so entgleisen konnte. Sie konnte sich nicht erinnern, jemals von Richard gehört zu haben, wie er sich zur Kinderfrage stellte, und bat ihn, ihr auf die Sprünge zu helfen.

»Wenn ich gewollt hätte, dass du schwanger wirst«, entgegnete er, »hätte ich dir das gesagt. Das reicht ja wohl.«

Dann hatte er eine Flasche Portwein aus der Hausbar geholt und mit nach oben ins Schlafzimmer genommen. Rose rollte sich auf dem Sofa zusammen und wusste lange nicht, was sie tun sollte. Sie stand regelrecht unter Schock von seinen letzten Worten. Peu à peu dämmerte es ihr, dass der Mann, den sie geheiratet hatte, nicht nur die beschützerische, bewundernde und besorgte Seite hatte. Bis zu jenem Abend hatte ihr der Gedanke, ihm zu gehören, sein kostbarer Besitz zu sein, immer gefallen, aber dann ging ihr auf, dass er sie als genau das betrachtete: als seinen Besitz, als sein Eigentum, als etwas, das er ständig herumkommandieren konnte – zieh dies an, tu das, iss jenes, koche dies und denke das und nun also auch: Werd bloß nicht schwanger –, und sie hatte es zugelassen, dass er sie so behandelte. Sie hatte zugelassen, dass er komplett die Kontrolle über sie und ihr Leben übernahm, ohne es überhaupt zu merken.

Ihr war eiskalt geworden, und sie hatte gezittert, als die Wahrheit über ihr Leben ihr in diesem schrecklichen Moment mit aller Klarheit bewusst wurde. Rose fühlte sich wie ein Eindringling in ihrem eigenen Haus, ihrem Haus, das sie am Tag der Hochzeit arglos zur Hälfte ihrem Mann überschrieben hatte. Immerhin hatte er nichts von Abtreibung gesagt, zumindest noch nicht, und Rose glaubte auch nicht, dass er das tun würde. Die Maschen des medizinischen Versorgungsnetzes waren einfach zu klein, als dass er sie in eine Klinik in der Nähe schicken würde. Rose erschrak, als ihr aufging, dass sie den Gedanken, Richard könne sie zu einer Abtreibung zwingen, zwar entsetzlich und beängstigend fand, er sie aber im Grunde nicht überraschte. Er wäre absolut imstande, genau das zu tun. Die Frage war: Würde er es tun?

Nachdem Rose auch die letzten Schuppen von den Augen gefallen waren, setzte sie sich aufrecht hin, schlang die dünnen Arme um sich selbst und überlegte, wie sie es sich in dieser neuen Welt einrichten würde, in diesem goldenen Käfig, den Richard für sie gebaut hatte und dessen Gitterstäbe ihr erst jetzt aufgefallen waren. Wenigstens hatte sie jetzt ein Ziel, eine Aufgabe, die ganz allein ihre war. Sie musste sich überlegen, wie sie sich und das Baby beschützen und Richard ausreichend auf Abstand halten konnte. Sie musste ihn bei Laune halten, ihm alles recht machen und ihm so beweisen, dass ein Kind keine Belastung war, sondern eine Bereicherung. Sie sah zur Decke. Von oben konnte sie hören, wie Richard sich im Bett umdrehte. Sollte sie hoch und ins Bett gehen, sich bei ihm entschuldigen, klein beigeben, sich demütig und willig geben? Würde er überhaupt wollen, dass sie neben ihm lag? Vielleicht war es besser zu warten, bis er zu ihr herunterkam? Rose setzte sich auf die Sofakante, sah zur Decke und lauschte den Geräuschen von oben, bis es ganz still im Haus war und Richard offenbar schlief. Das Herz schlug ihr bis zum Hals, als sie auf Zehenspitzen ins Schlafzimmer schlich, sich im Dunkeln auszog und so unauffällig wie möglich ins Bett schlüpfte. Schlaf fand sie nur, weil das frühe Stadium der Schwangerschaft ihr bleierne Müdigkeit bescherte, und dann träumte sie die ganze Nacht davon, welche Entsetzlichkeiten der nächste Morgen ihr bringen würde.

Womit sie nicht gerechnet hatte, war Schweigen. Richard ignorierte sie einfach. Er sah sie nicht an, er berührte sie nicht, er richtete nicht ein einziges Wort an sie. Und das war fast schlimmer, als wenn er getobt und sie angeschrien hätte.

Wochenlang hielt Richard das durch. Er schwieg sie an, würdigte ihren sich verändernden Körper keines Blickes und konnte ihr nicht verzeihen, was sie zugelassen hatte. Auf dem Höhepunkt ihrer Isolation und ihrer Strafe für ihren Ungehorsam klingelte eines Vormittags ein freundlicher junger Mann an ihrer Tür und stellte ihr Fragen zu ihrem Vater. Diese eine Stunde mit Frasier wurde zu ihrem Lichtblick, zu ihrem Leuchtturm in undurchdringlicher Finsternis, und immer wenn sie daran zurückdachte, und das war ziemlich oft, bestärkte die Erinnerung sie in ihrem Entschluss. Ihrem Entschluss, sich und ihrem Baby eines Tages ein anderes Leben zu bieten.

Eine Zeit lang dachte Rose darüber nach, ob Richard sie wohl doch verlassen könnte, ob er sie mit dem Kind allein lassen könnte, und die Vorstellung ängstigte sie viel weniger, als sie erwartet hatte. Allerdings verliebte er sich mit Maddies Geburt auf einmal in seine neue Rolle als stolzer Vater und war wie berauscht davon, dass er quasi gottgleich dieses winzige, schreiende, meist wütende Wesen erschaffen und in die Welt gesetzt hatte. Vielleicht war das ja ein neuer Anfang, hoffte Rose, als Richard um sie und ihr Baby herumstolzierte. Vielleicht würde das Leben weitergehen wie vorher – vielleicht würde es sogar besser werden, weil Richard all seine Liebe und Aufmerksamkeit auf das Kind richten und Rose in Ruhe lassen würde. Doch diese Hoffnung starb schon wenige Monate nach Maddies Geburt, als Richard begann, sich wieder für seine Frau zu interessieren.

Maddie war ein schwieriges Kind, das nur wenig und unruhig schlief. Sie war nie lange satt, wirkte nie sonderlich zufrieden und weinte ständig – als sei sie sich selbst in ihrem zarten Alter ihrer Andersartigkeit bereits bewusst. Eines Abends legte die völlig erschöpfte Rose die endlich eingeschlafene Maddie in den Stubenwagen neben dem Bett, atmete erleichtert auf und freute sich auf ein halbes Stündchen wohlverdiente Ruhe. Da kam Richard herein und betrachtete das schlafende Baby.

»Sie ist schon ziemlich oft im Weg, was?«, sagte er, klang dabei aber nicht unfreundlich. »Ist ja Monate her, seit wir zuletzt ... du weißt schon.« Er setzte sich neben Rose aufs Bett, legte den Arm um sie und küsste ihren Hals.

»Richard ... nein«, sagte Rose, von seinem plötzlichen Interesse an ihr aus dem Konzept gebracht. Die letzten Monate seit Maddies Geburt waren alles andere als erholsam gewesen, aber Rose hatte sich an Richards mangelndes Interesse an ihr gewöhnt und sogar angefangen zu überlegen, ob sie zuvor vielleicht überreagiert hatte und seine Reaktion auf die Nachricht von ihrer Schwangerschaft zwar extrem, aber doch verständlich gewesen war. Ob ihr Leben jetzt vielleicht wenn schon nicht glücklich, so doch zumindest erträglich sein würde. Glück war in Roses Augen ein unerreichbarer Traum, von dem sie während der einen Stunde mit Frasier ein winziges bisschen gekostet hatte. Rose wollte so sehr an dieses Szenario glauben, dass sie Richard vor lauter Desinteresse abwies. Erst später begriff sie, dass das ein Fehler gewesen war.

»Ich bin so müde, ich wollte die Gelegenheit nutzen, selbst ein wenig zu schlafen«, sagte sie und lächelte ihn ermattet an.

»Komm schon, Rose«, sagte Richard und drückte sie rücklings aufs Bett. »Ist schon so lange her. Du willst doch wohl nicht, dass ich mich anderweitig umgucke, oder?«

»Aber sie ist gerade erst eingeschlafen«, flüsterte Rose nervös. »Und außerdem ... Ist es nicht noch zu früh? Die Naht und so ... Ich glaube, ich bin noch nicht so weit.«

»Die Geburt ist doch schon über sechs Wochen her, die Ausrede gilt nicht«, sagte Richard. Seine Miene ließ keinen Zweifel an seiner Entschlossenheit, als er ihr das Oberteil bis zum Hals schob. »Ich will dich jetzt.«

Er drückte sie aufs Bett und hielt sie fest, bis er fertig war. Selbst als das Baby anfing zu weinen, ließ er sie nicht los. Von da an lief es immer so ab, wenn er zu ihr kam. Zwar passierte das nur selten und war absolut unvorhersehbar, aber es war immer erzwungen. Rose bemühte sich, keinerlei Widerstand zu leisten, weil sie wusste, dass ihn das nur noch schärfer machte. Leider war Richard durchaus bewusst, dass sie seine Nähe und seine Berührungen nicht ertragen konnte – und das war ihm schon Befriedigung genug. Es ging ihm nicht um Sex, wie Rose ziemlich bald klar wurde. Sein sexuelles Verlangen nach ihr war nicht im Geringsten gewachsen, wenn überhaupt, dann hatte es nachgelassen und war so schwach wie nie zuvor. Nein, ihm ging es um Macht. Er hatte eine neue Methode gefunden, um sie zu kontrollieren. Er konnte Macht über sie ausüben, und sie konnte nie wissen, wann. Sie konnte ihm weder entkommen noch aus dem Weg gehen, noch ihn vergraulen. Und in diesen Minuten, als Maddie in ihrem Weidenkorb lag und weinte und Rose, den Blick an die Decke gerichtet, darauf wartete, dass Richard fertig wurde, machte sie sich eines klar: Wenn sie für sich und ihre Tochter das Beste tun wollte, dann würde sie eines Tages den Mut finden müssen, Richard zu verlassen.

11

»Ich sage ja nur, ich habe Connections«, meinte Shona. Jenny hatte sie am nächsten Tag alle mit einem opulenten Sonntagsbraten versorgt, wonach Rose unter dem Vorwand, etwas holen zu wollen, nach oben gegangen war. Shona war ihr gefolgt, um sie endlich wieder unter vier Augen zu erwischen. Sie hatte die Tür hinter sich geschlossen und sich auf die Bettkante gesetzt. Maddie war unten geblieben, sie zeichnete Brian, der mit offenem Mund im Sessel schlief und schnarchte, dass die Wände wackelten. Maddie fand das höchst amüsant.

»Zu Profikillern oder was?«, fragte Rose, die sich nach etwas umsah, das sie holen könnte, und sich schließlich für eine Tube Lippenbalsam entschied, bevor sie sich neben Shona aufs Bett setzte.

»Na ja, zu Typen, die wissen, was zu tun ist«, sagte Shona.

»Schlägst du mir gerade allen Ernstes vor, Richard umbringen zu lassen?«, fragte Rose mit hochgezogener Augenbraue.

»Pssst.« Shona sah sich um, als glaube sie, Roses Zimmer sei verwanzt. »Ich sage nur: Wenn es das wäre, was du willst, dann könnte ich dir bei der Durchführung behilflich sein. Ich schwöre dir, ich würde das auch höchstpersönlich erledigen, wenn mir der Drecksack zwischen die Finger kommt.«

»Alles ist gut«, sagte Rose, als überraschte sie das selbst ein wenig. »Mir geht's gut, Shona.«

»Nein, dir geht's nicht gut.« Shona schüttelte entschieden den Kopf. »Wie könnte es dir gut gehen nach allem, was der Brutalo dir angetan hat?«

»Ist es denn schlimmer als alles, was Ryan dir antut?«, fragte Rose.

»Aber hallo! Tausendmal schlimmer!«, sagte Shona. »Ryan ist ein blöder, rücksichtsloser, egoistischer Idiot. Aber er würde nie eine Frau zum Sex zwingen. Was Richard dir angetan hat ...«

»Wenigstens hat er mir nicht körperlich wehgetan. Also, nicht so richtig. Nicht bis zu jenem letzten Tag. Und davor, wenn er ... das hat er getan, weil er mich hasst. Ich glaube, er hasst mich schon ziemlich lange, und das zu wissen ... das macht es nicht wirklich besser, aber zumindest erträglich. Weil ich langsam verstehe, dass das Körperliche ... du weißt schon ... das ist mit dem, was Richard mir angetan hat, überhaupt nicht zu vergleichen. Das ist was ganz anderes. Kann sein, dass ich es niemals wieder machen möchte, aber das ist egal. Was zählt, ist, dass ich jetzt, wo ich verstehe, warum Richard handelt, wie er handelt, entkommen und mich von ihm befreien kann. Er hasst mich, und das Wissen finde ich unglaublich erleichternd. Das macht alles so viel einfacher.«

»Einfacher? Der Psychopath will dich fertigmachen, egal wie, und du weißt, dass er nicht lockerlassen wird, bis ihm das gelungen ist. Wie kannst du nur so ruhig sein?« Entsetzt und ungläubig sah Shona sie an. »Warum hasst du ihn nicht? Nach allem, was er dir angetan hat? Warum bist du nicht völlig am Ende mit den Nerven?«

»Glaub mir, ich hasse ihn«, versicherte Rose ihrer Freundin mit finsterer Miene, während sie den Lippenbalsam von einer Hand in die andere wandern ließ. »Aber verstehst du das denn nicht? Ich bin lange genug ein nervöses, wimmerndes Wrack gewesen. Damit ist jetzt Schluss. Dieses Mal lasse ich ihn nicht gewinnen. Ich bin nicht ruhig, Shona. Ich bin mir nicht sicher, aber vielleicht bin ich glücklich. Ich bin frei. Ja, er hat mir gestern Abend einen Schrecken eingejagt, ganz kurz hat er mir das Gefühl gegeben, genügend Macht über mich zu haben, um mich wieder an sich zu ziehen, ob ich wollte oder nicht. Und als ich dir dann von jenem Abend erzählt habe, war plötzlich alles wieder da, der Ekel, die Angst, die Verunsicherung. Aber als ich heute Morgen aufwachte, hatte ich keine Angst.« Lächelnd nahm Rose Shonas Hand. »Die Sonne fiel zwischen den Vorhängen ins Zimmer, Maddie war schon auf, zeichnete und summte vor sich hin. Ich dachte daran, meinen Vater wiederzusehen, und wie er wirklich versucht, mir jetzt so etwas wie ein Vater zu sein, und wie schwer das für ihn sein muss. Ich dachte an Frasier, wie er mich gestern anrief, um sich mit mir zu verabreden, und an dich und Jenny und, ja, auch an Ted und daran, wie wahnsinnig gut er küssen kann ...« Rose senkte den Blick und errötete bei der Erinnerung daran, wie schön es gewesen war, Ted zu küssen. Wie unverdorben und rein und Lichtjahre von allem entfernt, was Richard je mit ihr gemacht hatte. »Und ich dachte: So soll das Leben sein, genau so. Voller Komplikationen, Schwierigkeiten, Schmerzen und auch Enttäuschungen, aber auch mit der reellen Möglichkeit, dass irgendwann mal alles in Ordnung kommt.« Rose lachte und drückte Shona aus einer Laune heraus einen Kuss auf die Wange. »Siehst du das denn nicht? Dieses Gefühl habe ich schon ewig nicht mehr gehabt, und ich habe es mir selbst verschafft, ich habe mich am eigenen Schopf aus dem Sumpf gezogen. Er hat die ganze Zeit versucht, mich klein zu halten. Aber damit ist jetzt Schluss. Lass ihn mich doch finden. Lass ihn herkommen. Ich bin bereit. Und bis es so weit ist, übe ich mich darin, glücklich zu sein und endlich mein Leben zu leben! Und weißt du was? Das fühlt sich verdammt gut an!«

»Du bist scheiße cool drauf, weißt du das?« Shona schlang den Arm um Roses Hals und zog ihre Freundin zu sich heran, um ihr einen Kuss zu geben. In dem Augenblick klingelte erneut Roses Handy, das seit dem gestrigen Abend immer noch unter dem Frisiertisch lag. Rose versteifte sich, ihr Herz fing an zu rasen. Sie holte tief Luft. Einmal. Zweimal. Sie ließ das Handy klingeln, bis sie ihre übliche Angst im Griff hatte. Es war ja nur ein Telefon.

»Lass es klingeln«, sagte Shona, doch Rose schüttelte den Kopf, kroch auf allen vieren auf dem Boden herum und fand das blinkende, vibrierende Telefon ganz hinten an der Fußleiste.

»Oh«, sagte Rose, als sie den Namen auf dem Display sah, und nahm den Anruf hastig an, bevor die Mailbox anspringen konnte. »Hallo? Frasier?«

Shona verdrehte die Augen und grinste Rose an, wie sie auf dem rosafarbenen Teppich kniete und sich fest auf die Lippe biss, während sie ihm zuhörte.

»Ich weiß, tut mir leid. Maddie war in der Dusche ausgerutscht und hatte sich total erschrocken, und dann … Außerdem war das Handy auf lautlos. Ja, ja, sehr gerne. Ich freue mich. Storm Cottage, sechs Uhr. Ich bin da. Wunderbar. Bis später!«

Kaum hatte sie aufgelegt, drückte Rose das Handy an sich, sie konnte nicht anders.

»Also, ich weiß nicht.« Besorgt sah Shona sie an. »Ich meine, dir ist schon klar, dass du bei Frasier keine Chance hast, oder? Das hast du doch kapiert? Dass Frasier eine Freundin hat. Und ein Leben, zu dem du nicht dazugehörst. Ist mir egal, was du sagst, ich hab genug Nachmittagsfernsehen konsumiert, um zu wissen, dass du nach allem, was du durchgemacht hast, ganz schön plemplem sein musst.« Shona tippte sich an die Stirn, wie um ihre Aussage zu unterstreichen. »Ich meine, erst diese Rumknutscherei mit Ted, und jetzt willst du dich mit Frasier treffen – hältst du das wirklich für eine gute Idee?«

»Ja«, sagte Rose mit Nachdruck und erhob sich. »Für mich geht es darum, Gelegenheiten zu nutzen und frei zu sein. Zu tun, was ich will, was ich immer gewollt habe. Und ich habe schon immer mit Frasier McCleod essen gehen wollen. Ich weiß, dass Frasier und ich kein Happy End bekommen werden, aber ich habe ihm so viel zu verdanken, und er weiß es nicht mal. Wenn er und seine Postkarte nicht gewesen wären, hätte ich nie angefangen zu träumen, und dann wäre ich heute bestimmt nicht hier. Darum halte ich es für eine sehr gute Idee, mich mit ihm zu treffen und ihn außerhalb meiner Traumwelt besser kennenzulernen – auch wenn daraus keine Romanze wird.«

»Ich kann nur hoffen, dass du weißt, was du tust.« Roses klare Worte hatten nicht vermocht, die tiefen Sorgenfurchen auf Shonas Stirn zu glätten. »Ich finde einfach, dass du viel zu gefasst bist. Hat bestimmt was mit posttraumatischer Belastung zu tun.«

»Nein«, sagte Rose, ging zu ihrem Kleiderschrank und betrachtete ihre sehr übersichtliche Kollektion. Ob da wohl was dabei war, was sich für ein Abendessen in einem mit Michelin-Sternen dekorierten Landhotel eignete? »Nein, das ist es nicht. Das kommt von der Freiheit. Die steigt mir einfach zu Kopf.«

Im Auto auf der Fahrt zum Storm Cottage wenige Stunden später trippelte Maddie, die nun statt Bär und dem Buch über das alte Ägypten das Skizzenbuch an sich drückte, ungeduldig mit den Füßen. Sie hatte sich bereits abgeschnallt, bevor das Auto ganz zum Stillstand gekommen war, stürzte aus dem Wagen, ohne die Tür hinter sich zuzuschlagen, und rannte bereits Richtung Scheune, bevor der Motor verstummt war. Rose atmete tief durch und warf einen prüfenden Blick in den Rückspiegel.

Sie wollte auf keinen Fall zu erpicht aussehen und hatte sich letztlich für ein weißes Baumwollkleid mit rundem Ausschnitt und bauschigem Fünfzigerjahre-Rock entschieden, der knapp über ihren Knien endete. Dazu trug sie kirschrote Pumps aus einer der Klamottentüten, die Jenny ihr gegeben hatte. Sie hatte sich das Gesicht eingecremt, ein wenig Wimperntusche aufgetragen und war sich mit den Fingern durch die Haare gefahren – das war's.

»Du siehst aus wie ... wie eine professionelle Jungfrau«, sagte Shona, als sie aus dem Haus ging. »Aber der Look steht dir.«

Im Aussteigen bemerkte Rose, dass der Lieferwagen der Galerie bereits da, Frasiers Auto dagegen nicht zu sehen war. Er hatte gesagt, er würde sie um sechs abholen, und jetzt war es gerade mal fünf, aber Rose fragte sich trotzdem, ob er wirklich kommen würde. Ob er ihre Verabredung vergessen oder vielleicht lieber etwas mit seiner Freundin unternehmen oder es sich ganz einfach anders überlegen würde. Zum Glück war es ein warmer, sonniger Tag, sodass Rose in ihrem dünnen Baumwollkleid nicht allzu overdressed aussah, als sie Maddie über den Hofplatz folgte.

»Ich bin also der Babysitter, ja?« John schien das Wort nicht zu schmecken. Maddie hatte bereits ihren Posten in der einen Scheunenecke bezogen und übertrug mit hochkonzentrierter Miene eine ihrer Skizzen von der Berglandschaft mit Bleistift auf ihre kostbare Leinwand.

»Hat Maddie das gesagt?«, fragte Rose. »Ich hatte eigentlich andere Pläne. Aber sie wollte einfach unbedingt heute noch mal herkommen, und ich konnte sie nicht länger zurückhalten. Aber eigentlich wollte ich sie auf dem Rückweg bei meiner Freundin absetzen. Ich meine, wenn ich zu aufdringlich bin, wenn dir das zu viel ist, dann … Ich möchte dir nichts aufzwingen, was …«

»Ich will nicht zurück, ich will hier bei John bleiben«, sagte Maddie. »Das macht ihm bestimmt nichts aus.«

»Entschuldige bitte«, sagte Rose zu John. Dann wandte sie sich an Maddie: »Hör mal, Fräulein, du kannst dich doch nicht einfach selbst einladen …«

»Sie kann hierbleiben, wenn's sein muss.« John seufzte.

»Aber ich warne dich, Maddie«, sagte er streng. »Nach Feierabend wird es hier oben verdammt langweilig. Hier gibt's keinen Fernseher und kein Radio und nur ganz wenige Bücher. Und viel zu essen habe ich auch nicht im Haus – etwas Brot und nur leicht schimmeligen Käse, glaube ich.«

»Ich mag Käsebrot.« Maddie zuckte die Achseln, als sei das Problem damit gelöst.

Rose zögerte. Sie war sich nicht sicher, ob das klug war. Noch vor wenigen Tagen hatte John sie beide auf gar keinen Fall zu nah an sich heranlassen, ja, sie sogar aus seinem Leben ausschließen wollen. Nach allem, was er ihr erzählt hatte, konnte sie ein klein wenig verstehen, warum er sie unbedingt auf Abstand hatte halten wollen – und umso schwerer fiel es Rose, nun zu verstehen, wieso das alles plötzlich möglich war. Sie ärgerte sich über sich selbst, als sie merkte, dass sie argwöhnisch wurde.

»Ich würde sie dann nachher wieder abholen. Könnte allerdings spät werden«, sagte sie. »Das ist doch zu viel für dich. Und für Maddie. Ihr kennt euch noch gar nicht richtig.«

»Sie kann hier übernachten«, beharrte John. »Solange sie keine Angst vor den Geräuschen hat, die so ein altes Haus und der Wind machen – das klingt manchmal wie schreiende Geister.« Rose wusste, er versuchte nur, ein bisschen lustig zu sein, aber John hatte keine Ahnung, wie sehr Maddie dazu neigte, sich solche Dinge zu Herzen zu nehmen und sich binnen Sekunden in ein heulendes, die ganze Nacht aufbleibendes, vor Angst zitterndes Nervenbündel zu verwandeln. Allein diese Aussage zeigte in aller Deutlichkeit, wie wenig sie einander kannten.

»John«, sagte sie und schob ihn ein Stückchen beiseite, während Maddie seine aktuelle Arbeit studierte und dabei fast die Nase gegen die Leinwand drückte. »Es ist nur … Ich finde das alles ein bisschen plötzlich. Versteh mich bitte nicht falsch … Warum auf einmal?«

Zunächst sagte John gar nichts. Sein Gesichtsausdruck war undurchschaubar, während er überlegte, was er sagen sollte. »Ich habe dich auf Abstand gehalten, damit ich mich nicht mit meiner eigenen Schuld befassen musste«, erklärte er schließlich. »Weil ich gar nicht wissen wollte, was ich dir angetan und was ich alles verpasst hatte. Aber dann hat jemand was gesagt, das mich ins Nachdenken gebracht hat …«

»Wer?«, fragte Rose. »Frasier?«

»Ist doch egal, wer«, sagte John und winkte ab. »Was zählt, ist, dass ich endlich an einem Punkt in meinem Leben angekommen bin, wo ich zuhören kann. Ich bin alt, Rose.«

»Ach was. In den Sechzigern ist man heute noch nicht alt.« Rose sank das Herz, als ihr aufging, wie viel Zeit vergangen war, während ihr Leben stillgestanden hatte.

»Ich bin alt. Und ich habe mich lange genug selbst gehasst.« Johns Miene wurde weicher, und Rose fiel auf, dass in seinem auf sie gerichteten Blick mehr lag als einfache Zuneigung. Sein Blick war voller Liebe. »Du hast gesagt, du kannst mir nicht verzeihen, dass ich dich verlassen habe, und das erwarte ich auch gar nicht von dir. Ich weiß gar nicht, ob ich das überhaupt wollen würde. Aber ich hoffe, vielleicht unangemessenerweise, mich den Rest meiner Tage wenigstens nicht mehr selbst zu hassen. Und wenn du es zulassen könntest, dass ich dich und Maddie besser kennenlerne ... als der Mensch, der ich jetzt bin und der ich vorher nie war, dann besteht eine ganz kleine Chance, dass es mir gelingt.«

John streckte die Hand nach ihr aus, und Rose betrachtete sie, während ihr die Gedanken durch den Kopf schossen. Sie hatten einander noch kein einziges Mal berührt, seit sie sich wiedergetroffen hatten, und ihr war nur allzu bewusst, was es bedeuten würde, wenn sie seine Hand jetzt nahm. Ihr Zögern war qualvoll, doch dann erinnerte sie sich daran, dass ihr eigentliches Leben jetzt anfing – und offenbar auch Johns. Was sprach dagegen, dass sie diesen Schritt gemeinsam unternahmen? Warum sollte sie Wut, Verbitterung und Hass regieren lassen? Davon hatte Rose mehr als genug gehabt. Mehr als genug für ein ganzes Leben.

Sie ergriff seine Hand, spürte die raue Haut und nickte. Tränen glänzten in seinen Augen. Und in ihren.

»Danke«, sagte er mit erstickter Stimme. »Danke, Rose. Das ist mehr, als ich verdient habe.«

»Spielen wir Händestapeln?«, fragte Maddie, deren Aufmerksamkeit sich nun wieder auf die Erwachsenen richtete und die ihre Hand schwer auf Johns und Roses legte. »Heißt das, ich kann hier schlafen?«

»Sieht so aus.« Rose lächelte ihre Tochter an.

»Übrigens«, sagte John an Maddie gewandt. »Ich habe vorsichtshalber schon mal in der Abstellkammer aufgeräumt. Da ist jetzt freie Bahn zum Bett, und frisch bezogen ist es auch.«

»Wie aufregend!«, quietschte Maddie und hüpfte.

»Danke«, sagte Rose und war unsicher, wie es nun weitergehen sollte, nachdem diese erste echte Annäherung stattgefunden hatte. »Du musst wissen, dass Maddie öfter mal Angst bekommt ...«

»Stimmt doch gar nicht.« Offenbar fühlte Maddie sich von ihrer Mutter bloßgestellt. »Ich bekomme keine Angst. Ich tue nur so. Ist alles gut, Mum. Schließlich ist John mein Großvater. Kinder übernachten immer bei ihren Großvätern, da ist überhaupt nichts dabei. Mach dir keine Sorgen, du wirst mir nicht fehlen. Ich kann malen und zeichnen und Bücher lesen, und John wird mir Sachen erzählen, und ich kann ihn in Sachen Farbenlehre testen. Alles, was ich gerne mag, ist hier. Hier bekomme ich ganz bestimmt keine Angst. Und tue auch nicht so, als ob.«

Rose biss sich auf die Lippe. Sie fand das neue Selbstbewusstsein ihrer Tochter gleichermaßen erfreulich wie schwer verdaulich. Sie war es gewöhnt, dass Maddie vollkommen von ihr abhängig war, und sosehr sie sich genau diese Selbstständigkeit immer für sie gewünscht hatte, so schwer fiel es ihr jetzt, ihre Tochter loszulassen.

»Wenn du das sagst, Maddie. Aber du musst mir versprechen, dass du nicht so tun wirst, als hättest du Angst vor dem Wind.«

»Ist doch bloß der Wind«, sagte Maddie und machte, den Bleistift zwischen den Fingern, eine wegwerfende Handbewegung.

Maddie sah zu John, der einmal kurz nickte.

»Wind«, sagte Maddie und verdrehte die Augen. »Ich hab doch keine Angst vor *Wind*. Ich *mag* Wind.«

»Gut. Na dann.« Rose witterte einen weiteren Neubeginn. »Von mir aus kannst du hierbleiben.«

In dem Augenblick öffnete sich die Tür zum Lagerraum, und zwei Männer manövrierten unter einiger Anstrengung eine sorgfältig verpackte Leinwand heraus.

»Und das dritte ist noch nicht trocken, oder was sagten Sie?«, fragte der Ältere John.

»Ja, genau, das braucht noch zwei, drei Tage«, antwortete John.

»Das heißt, wir müssen noch mal hierhergurken«, stellte der Mann verschnupft fest.

»Ich vermute, Sie werden für jede Fahrt bezahlt«, entgegnete John ungerührt. »Ein wahrer Segen in diesen unsicheren Zeiten.«

Der Mann schimpfte vor sich hin, als er und sein Kollege das wertvolle Kunstwerk aus dem Studio trugen, doch Rose hörte gar nicht hin.

»Woran arbeitest du gerade?«, fragte sie John, der seit ihrem letzten Besuch eine kleine Leinwand für sich vorbereitet hatte – in exakt demselben Format wie Maddies Leinwand.

»An etwas Eigenem«, antwortete John. »Immer wenn ich mit einer Auftragsarbeit fertig bin, nehme ich mir Zeit für etwas Eigenes. Um nicht durchzudrehen.«

»Und was genau wird das?« Gespannt trat Rose einen Schritt näher.

John schüttelte den Kopf. »Das kann ich dir nicht sagen. Noch nicht. Es ist etwas sehr, sehr Privates.«

Rose warf einen Blick über die Schulter zu Maddie, die ihre Skizze minutiös auf die Leinwand übertrug. Ihre runden Wangen, ihre langen Wimpern rührten Rose fast schmerzhaft an.

»John«, sagte sie vorsichtig. »Darf ich dich was fragen? Kann sein, dass ich dir damit zu nahe trete, aber wenn ich

Maddie so ansehe, dann ... Ich habe niemanden, mit dem ich über sie reden könnte. Außer dir.«

John nickte und wappnete sich sichtbar für das, was nun kommen würde.

»Denkst du eigentlich jemals an Mum?«

»Ja«, sagte John schlicht und klang dabei, als würde ihn das sehr belasten. »Ich denke sogar oft an sie. Je älter ich werde, desto öfter denke ich an sie. Daran, wie sie damals war, als ich ihr das erste Mal begegnete. So klug, so vernünftig, so ... strahlend wie ein Leuchtfeuer. Ich wollte mich von ihr fernhalten – sie war eigentlich gar nicht mein Typ, viel zu brav, das nette Mädchen von nebenan –, aber es gelang mir nicht. Du weißt, wie das ist mit den Motten und dem Licht.«

»Aber in diesem Fall warst du doch das Licht«, stellte Rose traurig, aber ohne Vorwurf in der Stimme fest. »Und Mum war es, die verbrannte.«

»Darf ich rausgehen und mich auf den Zaun setzen und den Berg zeichnen?«, fragte Maddie. »Ich bleibe auch beim Zaun, versprochen. Ich muss mir den Berg aber noch mal *ganz genau* angucken. Für mein nächstes Bild.«

»Okay«, sagte Rose und schaffte ein Lächeln. »Aber du bleibst bei dem Zaun. Du gehst keinen Schritt weiter. Verstanden?«

»Verstanden«, rief Maddie über die Schulter und verschwand nach draußen.

»Sie war wie feines Porzellan.« John lächelte leise bei der Erinnerung an Marian. »Zierlich und zart wie du, aber in ihr loderte diese Leidenschaft, diese unbändige Lebenslust, mit der sie jeden um sich herum ansteckte.« Er warf einen seitlichen Blick auf Rose, während er verschiedene, halb zerquetschte Farbtuben durchstöberte. »In letzter Zeit habe ich viel an sie gedacht. Du erinnerst mich sehr an deine Mutter.«

»Ich weiß nicht recht, ob das gut oder schlecht ist.« Es gelang Rose nicht ganz, die Verbitterung aus ihrer Stimme zu verbannen, mit der sie immer noch kämpfte und die vermutlich nie ganz verschwinden würde. Verbitterung darüber, dass das Leben ihrer Mutter ohne eigenes Verschulden in Trauer versunken war. Die Frau, die John ihr beschrieb, hatte Rose nur ganz wenige Jahre gekannt – und selbst damals hatte ihre Lebenslust bereits Risse bekommen, und ihre Mutter hatte täglich um die Aufmerksamkeit des Mannes gekämpft, für den sie so viel aufgegeben hatte. Wie sehr musste sie sich angestrengt haben, damit er sie weiter schön und faszinierend fand. Wie schmerzhaft musste die Erkenntnis gewesen sein, dass er nie aufhören würde, sich nach anderen Frauen umzusehen – ganz gleich, wie recht sie es ihm machte.

»Ich habe ihr das angetan«, räumte John ein. »Ich habe sie kaputt gemacht, und ich bereue das zutiefst. Ich wünschte, ich hätte mich ihr zugewandt, als es drauf ankam. Ich bereue so vieles.«

»Aber stattdessen hast du uns für Tilda verlassen?«

»Ich habe schon lange vor Tilda keine echten Gefühle mehr gehabt – und nach ihr auch nicht mehr«, gab John zu. »Tilda war nicht die erste und nicht die letzte Frau, die ich für meine Zwecke missbraucht habe. Der einzige Unterschied bei ihr war, dass sie es zumindest eine Zeit lang geschafft hat, die Nebelwand aus Alkohol zu durchbrechen und in mein Bewusstsein zu dringen. Tilda ist eine starke, wilde Frau. Ich dachte, sie könnte mich ändern.«

Rose wandte sich von ihm ab. Es fiel ihr schwer, die in ihr aufflammenden Gefühle zu kontrollieren: Wut, Schmerz und irgendwie auch Erleichterung darüber, dass er endlich das aussprach, was schon lange ihre Meinung gewesen war – dass er schuld war. Und doch wollte Rose es irgendwie auch gar nicht wissen. Sie mochte diesen ruhigen Mann, der so gut mit Maddie umgehen konnte und ihr offenbar das Gefühl von Geborgenheit gab. Weitere Enthüllungen würden diesen Mann endgültig entzaubern, und dann würde sie mit der bitteren, übrig bleibenden Wahrheit zurechtkommen müssen. Sie durfte aber auch nicht den Fehler begehen, sich vorzumachen, John sei nicht die Sorte Mann, die er war. Das hatte sie mit Richard viel zu lange getan.

»Der Tag vor ihrem Tod ... war der glücklichste Tag meines Lebens«, sagte Rose. »Sie war so frei, so unbekümmert und liebevoll. Darum ergibt das alles überhaupt keinen Sinn.«

»Als ich erfuhr, wie sie ... gegangen war«, sagte John und drückte sich dabei ungewöhnlich beschönigend aus, »war ich betrunken. Ich dachte, ich hätte das vielleicht nur geträumt. Eine ganze Zeit lang redete ich mir ein, ich hätte das nur geträumt.«

Die beiden sahen einander unendlich traurig an.

»Und du bist nicht gekommen, um nach mir zu sehen oder um mich zu holen«, sagte Rose leise.

»Nein«, sagte John. »Ich bin nicht gekommen. Weil es mir egal war, Rose. Ich empfand überhaupt nichts. Es tut mir leid, Rose, aber so war's.«

Rose nickte und konnte nur schwer die Tränen zurückhalten. Sie hatte einen Kloß im Hals.

»Als Mum tot war«, sagte sie fast flüsternd und in dem Wissen, dass sie John so viel erzählen musste, wie sie nur konnte, dass sie sich von der Last ihrer Geheimnisse befreien musste, wenn sie eine Chance haben wollten, gemeinsam weiterzumachen, und dass dies vielleicht die erste und letzte Gelegenheit dazu war. »Kurze Zeit später habe ich meinen jetzigen Mann kennengelernt. Richard. Ich glaube, als er mich sah, wusste er, dass ich genau das war, was er suchte. Eine junge, unerfahrene Frau ohne familiäres Hinterland, ohne irgendjemanden, der ihr sagte, was sie tun oder lassen sollte, oder ihr Ratschläge gab. Ohne irgendjemanden, der sie beschützen konnte. Er wollte eine Frau, die ihn vorbehaltlos liebte, eine Frau, die er besitzen konnte. Und genau das hat er in mir gesehen. Wahrscheinlich stand es mir förmlich im Gesicht geschrieben: Einsames Mädchen sucht Zuflucht. Ich glaube nicht, dass er am Tag unserer Hochzeit geplant hatte, dass es so weit kommen würde, wie es nun gekommen ist. Ich glaube nicht, dass er voraussah, wie er werden würde.« Rose zwang sich, John in die Augen zu sehen, damit er all das sah, was sie auch sah, und all das fühlte, was sie auch fühlte. »Über die Jahre hat er mein Leben zunehmend und bis ins letzte Detail kontrolliert und überwacht, bis ich kaum noch wagte, in seiner Gegenwart zu atmen oder zu laut zu kauen oder falsch zu gucken. Ich glaube nicht, dass sein Plan war, sich ein Mädchen zu nehmen, das bereits schwach und verletzlich war, und es Stück für Stück weiter fertigzumachen, bis von seiner eigenen Persönlichkeit so gut wie nichts mehr übrig blieb. Ich glaube nicht, dass er irgendetwas davon wirklich geplant hat, aber trotzdem ist genau das passiert, ist *mir* genau das passiert nach

Mums Tod. Und wenn du da gewesen wärst, wenn du irgendwie Teil meines Lebens gewesen wärst, wenn ich mit dir hätte reden können, dann hätte ich vielleicht klarer gesehen und vielleicht … Vielleicht würde ich mich dann heute nicht vor Richard verstecken.«

John nickte und schluckte. »Das ist hart. Auch für mich. Ich habe dich im Stich gelassen, und das kann ich nie wiedergutmachen.«

»Nein«, sagte Rose. »Und ob du es glaubst oder nicht: Ich wünschte, du könntest es.«

»Aber du hattest doch noch einen letzten Rest Kraft in dir«, sagte John, sah ihr direkt in die Augen und legte die Hände auf ihre Schultern. »Dieser winzige Teil von dir, an den du dich geklammert hast, der war von deiner Mutter. Ihre Stärke hat dich davon abgehalten, dich restlos aufzugeben, und hat dir geholfen, dich zu wehren. Deine Mutter hat dich gerettet.«

»Meinst du? Ich würde das ja gerne glauben, aber Mum hat schließlich aufgegeben. Sie hat *sich* aufgegeben. Du dagegen hast deine Sucht besiegt – würdest du nicht sagen, dass du der Stärkere von euch beiden bist?«

John schüttelte den Kopf. »Nein. Ich würde sagen, dass ich der Feigling bin, der viel zu viel Angst vorm Sterben hat, obwohl … obwohl der Tod mit jedem Tag näher rückt. Deine Mutter war anders. Sie hatte keine Angst.«

»Hallo?«, hörten sie Frasiers Stimme von draußen, während sie sich auf der Suche nach Antworten immer noch unverwandt in die Augen sahen. Ob sie sie in diesen wenigen Sekunden, bevor Frasier hereinkam, finden würden?

»Meiner Meinung nach erfordert es größeren Mut weiterzuleben«, sagte Rose schließlich. »Und ich glaube, dass dieses bisschen Kraft in mir von dir stammt. Natürlich trage ich auch Mum in mir, aber du bist mein Vater, du bist auch ein Teil von mir.« Sie runzelte die Brauen, als ihr ein Gedanke kam. »Ich bin bisher noch nie darauf gekommen, dafür dankbar zu sein.«

Bevor John antworten konnte, kam Frasier mit einer sehr neugierigen Maddie an seiner Seite in die Scheune. Er trug ein farblich perfekt zu seinen Augen passendes meergrünes Hemd, dessen oberste Knöpfe offen waren, und sein blondes Haar war zerzaust, als sei er mit offenem Fenster gefahren.

»Hallihallo!«, rief er fröhlich und strahlte Rose in ihrem weißen Baumwollkleid an. »Sehr erfrischend«, sagte er. »Und Maddie, wie ich sehe, bist du ein hervorragender Lehrling. Deine Arbeit macht Riesenfortschritte!«

Maddie begutachtete ihre Zeichnung, als bezweifelte sie seine Aussage stark. Dieses Stadium planerischer Vorbereitung machte ihr ganz offenkundig längst nicht so viel Spaß wie das Skizzieren und das Hermfuhrwerken mit Farbe, aber sie gab sich wirklich Mühe, und das war ungewöhnlich.

»John, Greg hat mir gerade erzählt, dass ich noch weitere drei Tage auf das dritte Bild warten muss«, sagte Frasier und bemühte sich, streng zu gucken.

»Das hier ist das Atelier eines Künstlers«, sagte John. »Kein McDonald's Drive-in.«

Frasier lachte. »Egal, was du sagst, heute wirst du es nicht schaffen, mir die Laune zu verderben«, sagte er munter. »Ich habe fast alle Arbeiten dieser schrecklichen Frau verkauft. Und jetzt gehen Rose und ich den weltbesten Sticky-Toffee-Pudding essen!«

Weder Rose noch Frasier hatten damit gerechnet, dass John ein so geringschätzendes Gesicht machen würde.

»Pass ja gut auf sie auf«, brummte er, und dabei war es ihm anscheinend selbst ein bisschen peinlich, auf seine alten Tage noch diese Art väterlicher Fürsorge an den Tag zu legen.

»Dies hier ist ›die allerliebste Rose‹«, sagte Frasier mit einem Blick auf Rose. »Selbstverständlich werde ich gut auf sie aufpassen.«

Das Sharrow Bay House Hotel war ein direkt am Ufer des Ullswater gelegenes, weiß gestrichenes Haus im viktorianischen Stil, das Eleganz ausstrahlte. Rose hatte sofort das Gefühl, nicht schick genug angezogen zu sein, wusste aber auch, dass Haleighs »feinere« Ausgehklamotten ihr in diesem Fall auch nicht weitergeholfen hätten. Die Sonne sorgte zum Glück noch für einige Wärme, und Rose war entzückt, als sie einen Tisch auf der Terrasse mit Seeblick zugewiesen bekamen. Die Berge glühten golden in der Abendsonne.

»Wow«, staunte Rose angesichts des Ausblicks.

»Wahnsinn, oder?«, sagte Frasier. »In Augenblicken wie diesen wünschte ich, ich wäre Künstler und könnte das kreativ festhalten und das Bild dann verkaufen und reich werden, statt einfach nur hier zu sitzen und den Anblick zu genießen.«

»Aber dir geht es doch nicht nur ums Geld, oder?«, fragte Rose neugierig – und dankbar dafür, überhaupt ein Gesprächsthema gefunden zu haben. Im Auto hatten sie die meiste Zeit geschwiegen und nur ab und zu ein paar relativ belanglose Sätze gewechselt – aber sich zumindest aufs Du verständigt. »Wenn es dir nur ums Geld ginge, wärst du doch damals nicht zu mir nach Broadstairs gekommen, oder? Du hättest meinen Vater nicht lange gesucht und endlich ausfindig gemacht, nicht so viel zeitlichen – und wahrscheinlich auch finanziellen – Aufwand betrieben, um ihn aus seiner Alkoholsucht zu holen. Du hast ihm im Prinzip das Leben gerettet.« Und mir, dachte sie, und wagte es, ihn anzusehen. Am liebsten hätte sie seine markante Nase, seine zarten Lippen und sein ganzes Gesicht berührt. Hier heute mit ihm zu sitzen, in dieser wunderschönen Umgebung, kam ihr fast wie ein Traum vor. Die Angst und die Dunkelheit, die Richard um sich verbreitet hatte, waren Lichtjahre entfernt. Rose erkannte, dass sie sich verdammt würde anstrengen müssen, um auf dem Teppich zu bleiben, um nicht zu vergessen, dass Frasier in ihr nicht mehr sah als eine angenehme Begleitung, die Tochter eines sehr wertvollen Geschäftspartners – und ganz bestimmt nicht als seine Seelengefährtin.

»Ich habe deinen Vater aufgrund seiner Arbeit finden wollen. Seine eigentliche Arbeit ist wirklich bemerkenswert. Und wenn ich ehrlich bin: Ich wollte mich gerne mit den Federn schmücken, ihn entdeckt zu haben«, gab Frasier lächelnd zu. »Aber als ich ihn dann fand, war er ein Wrack. Er hatte niemanden, und ihm war alles egal. Ein Blick genügte, und ich wusste, viel Zeit würde ihm nicht bleiben, wenn er so weitermachte. Ich beschloss, was zu riskieren. Zu spielen, wenn Sie so wollen. Ich habe Geld auf ihn gesetzt – ich habe für seine Entgiftung und seine medizinische Betreuung bezahlt und gehofft, dass ich, falls er trocken würde und überlebte, doch noch meinen großen Auftritt als sein Entdecker haben würde. Meine Motive waren also nicht ganz so selbstlos, wie du offenbar vermutest.«

»Aber er hat Respekt vor dir«, sagte Rose. »Das sehe ich ihm an, ganz egal, wie brummig und abweisend er dir gegenüber ist. Ihm ist es sehr wichtig, was du sagst und denkst, auch wenn er das nie zugeben würde.«

»Ich habe auch großen Respekt vor ihm«, entgegnete Frasier. »Ich glaube, unter dieser ruppigen Oberfläche sind wir jetzt, nach all den Jahren, tatsächlich so was wie Freunde. Ich habe ihn gern. Wenn es nach mir ginge, würde er nicht am laufenden Band für große Unternehmen und Grußkartenhersteller malen. Er behauptet immer, ich würde ihn dazu nötigen, aber das stimmt nicht. In Wirklichkeit ist es bloß einfacher für ihn, mich als den herzlosen, kommerziellen Kunsthändler mit der Peitsche in der Hand darzustellen. In Wirklichkeit ist er es, der dauernd die gut bezahlten Arbeiten vorschiebt und mich seine ›eigentliche‹, ›richtige‹ Arbeit gar nicht sehen lässt.«

»Aber warum?«, fragte Rose, die vor lauter Faszination kurz vergaß, mit wem sie redete. »Das klingt überhaupt nicht nach dem Mann, den ich von früher kenne. Obwohl, offen gestanden, ich kenne ihn ja auch heute noch nicht so richtig.«

Allerdings kannte sie ihn heute schon viel besser als je zuvor, dachte Rose und erinnerte sich daran, wie er sie sanft an der Schulter gefasst hatte, als sie mit Frasier loszog – ein Zeichen dafür, dass sie beide hofften, zwischen ihnen würde sich nun endlich so etwas wie ein Vater-Tochter-Verhältnis entwickeln.

»Ich …« Frasier zögerte, dachte über Roses Frage nach – und was auch immer er im Sinn gehabt hatte, blieb unausgesprochen. »Er hat seine Gründe. Vielleicht hat er den Glauben an seine eigene Arbeit verloren. Vielleicht ist es zu schmerzhaft, sie zu zeigen. Ich hoffe, dass er es sich eines Tages anders überlegen wird, er ist nämlich nicht nur ein begnadeter Künstler, sondern auch wirklich ein toller Mensch. Das muss in deinen Ohren brutal klingen, wenn man bedenkt, was du größtenteils wegen ihm hast durchmachen müssen.«

»Nein, das klingt gar nicht brutal«, sagte Rose. »Ich kann mir gut vorstellen, dass manche Leute in manchen Zusammenhängen ganz wunderbare Zeitgenossen sind – und in anderen unausstehlich.« Rose richtete den Blick über den See und kräuselte kurz besorgt die Augenbrauen. »Ich habe ihm gesagt, dass ich ihm niemals würde verzeihen können – wahrscheinlich, um ihn zu verletzen –, und er hat das einfach akzeptiert. Und jetzt merke ich, dass ich ihm eigentlich wahnsinnig gerne verzeihen würde. Dass ich mich gerne von all den Jahren des Zorns befreien würde.«

Eine Kellnerin servierte die Vorspeisen und schenkte Wein nach, als die Sonne langsam hinter der Bergkette verschwand und die Oberfläche des fast völlig still daliegenden Sees entflammte.

»Erzähl mir von dir. Von deinem Leben, von deinem Mann, von Maddie – von allem«, forderte Frasier Rose freundlich auf, wobei er sich etwas nach vorn lehnte, als könne er es kaum abwarten, mehr über sie zu erfahren.

Rose dagegen wich ein klein wenig zurück, diese Frage

hatte sie nicht erwartet, und sie wusste auch nicht recht, wie sie sie beantworten sollte. Oder wollte. Richard auch nur zu erwähnen würde dieses Idyll empfindlich stören. Aber sie konnte ja auch nicht so tun, als gäbe es ihn gar nicht.

»Also ... Ehrlich gesagt, ich habe mich gerade von meinem Mann getrennt«, erzählte Rose etwas unbeholfen. »Ich habe ihn verlassen. Endgültig.«

Ihr ging durch den Kopf, dass es für Frasier vielleicht zwei Paar Schuhe waren, ob er nun eine verheiratete Frau zum Abendessen einlud oder eine frisch getrennte Single-Frau. Abgesehen davon, hatte Rose panische Angst davor, er könne irgendwann durchschauen, dass er der wahre Grund ihrer Reise nach Millthwaite gewesen war. Das durfte er nie erfahren.

»Oh nein.« Frasiers Miene drückte echtes Bedauern aus. »Wie schrecklich.«

»Nein.« Rose hob unbewusst trotzig das Kinn. »Gar nicht schrecklich.« Sie überlegte, wie sie ihre Ehe zusammenfassen konnte, ohne Frasier zu schockieren oder abzuschrecken. »Wir haben ... uns auseinandergelebt. Er hat mich nicht betrogen oder so, und ich ihn auch nicht. Es ist nur ... Ich konnte mit ihm als Mensch einfach nicht mehr länger zusammen sein.«

»Aber das muss doch hart sein, nach so vielen Jahren noch mal ganz von vorne anzufangen, nur du und Maddie?«

Rose sagte eine Weile gar nichts und spielte mit dem Stiel ihres Weinglases. »Hart« war nicht das richtige Wort. Sie hoffte und glaubte daran, dass die härtesten Zeiten bereits hinter ihr lagen, obwohl sie wusste, dass ihr noch einiges bevorstand, bevor sie ganz frei von ihrer Vergangenheit sein konnte.

»Ich glaube, es wird nicht ganz einfach werden«, sagte sie schließlich.

»Ihr trennt euch also nicht im Guten?«, fragte Frasier, dem die Sorgenfalten auf ihrer Stirn nicht entgingen.

»Nein«, räumte Rose ein und sah Frasier in die Augen. »Mein Mann hasst mich. Und ich … Ich habe keine Ahnung, was ich für ihn empfinde. Im Moment gar nichts. Allein der Gedanke an ihn löst völlige Taubheit in mir aus.«

»Wenn es irgendetwas gibt, was ich für dich tun kann, solange ihr hier seid …« Frasier zögerte keine Sekunde, ihr seine Hilfe anzubieten. »Ich kenne da einen hervorragenden Anwalt, der dir bestimmt weiterhelfen könnte.«

»Danke«, sagte Rose. »Aber im Moment konzentriere ich mich ganz darauf, hier zu sein. Alles zu seiner Zeit. Es ist ein ganz wunderbares Gefühl, an diesem Ort zu sein. Ich komme mir vor, als säße ich mitten in der Ansichtskarte, die ich seit sieben Jahren tagtäglich mit mir herumtrage.«

»Die du tagtäglich mit dir herumträgst?« Frasier griff die Bemerkung auf, ehe Rose sich recht bewusst war, sie geäußert zu haben.

»Ja, schließlich war sie meine einzige Verbindung zu John«, sagte sie und wich seinem Blick aus, während ihr ganz heiß wurde. »Albern, ich weiß.«

»Überhaupt nicht.« Frasiers Blick wurde eindringlicher. »Die Karte ist dein Talisman«, sagte er. »Deine Verbindung zu einem anderen Leben, einem Leben, das du hättest führen können – das du vielleicht immer noch führen könntest. Ich kann das gut verstehen.«

»Wirklich?«

»Ja. Allerdings halte ich mich nie lange mit dem auf, was hätte sein können. Das ist meine einzige Regel im Leben. Ich lebe im Hier und Jetzt und nehme an, was das Leben mir bringt. Und heute Abend hat es mir dich gebracht.«

»Wollen wir noch etwas am Wasser entlanggehen?«, fragte Frasier, nachdem er diskret die Rechnung bezahlt hatte.

Als sie sich bedankte, winkte Frasier ab. »Mein Vater war beim Militär. Er hat es nie recht verwunden, dass ich beruflich nicht in seine Fußstapfen getreten bin – da will ich ihm wenigstens im Privatleben nacheifern und mich Damen gegenüber stets als Kavalier erweisen.«

»Da bist du wohl ein seltenes Exemplar«, sagte Rose und nahm seinen ihr angebotenen Arm, während sie gemeinsam zum Ufer spazierten. Sie war überglücklich, ihm so nah zu sein, auch wenn ihr Treffen so förmlich ablief. Gleichzeitig war sie verunsichert.

Sie standen eine Weile am Wasser und lauschten dem sanften Platschen der Wellen, während Rose auszumachen versuchte, wo die dunkle Bergkette aufhörte und der Nachthimmel anfing. Behutsam entzog sie Frasier ihren Arm und war zufrieden damit, in diesem perfekten Augenblick einfach nur neben ihm zu stehen. Vielleicht würde die Erinnerung an diese Sekunden ihr die Energie für weitere sieben Jahre geben.

»Es ist so wunderschön hier«, flüsterte Rose. »Ich meine, nicht nur hier, wo wir jetzt sind, obwohl es hier natürlich auch schön ist. Aber ich meine die ganze Gegend. Wenn man in einer solchen Umgebung, inmitten einer solchen

Landschaft lebt, dann müssten einem doch die eigenen weltlichen Probleme total nichtig vorkommen.«

Frasier lächelte. »Heißt das, du überlegst, hierzubleiben? Deinen Vater würde das freuen.«

»Ich weiß es nicht. Ein Teil von mir sagt, jetzt ist Reisen angesagt, raus in die Welt und neue, fremde Orte erleben, die lang ersehnte Freiheit genießen. Aber heute Abend würde es mir sehr schwer fallen, hier wieder wegzugehen.«

»Und doch müssen wir von hier weg«, sagte Frasier unvermittelt. »Wie wäre es, wenn ich dich auf dem Nachhauseweg in Millthwaite noch schnell auf einen Drink einlade?«

»Musst du denn nicht nach Hause zu deiner Freundin?«, fragte Rose. »Macht es ihr gar nichts aus, dass du mit einer anderen Frau essen gehst?«

»Cecily und ich sind erst morgen früh wieder verabredet«, versicherte Frasier ihr. »Und du bist keine andere Frau, du bist die allerliebste Rose. Das heißt, ich gehe mit der Mona Lisa essen.«

»Wie wäre es dann, wenn ich dich auf den Drink einlade?«, fragte Rose. »Dafür reicht's gerade noch.«

»Abgemacht«, sagte Frasier lächelnd. Sie standen noch kurz so da und sahen einander an, dann nahm Frasier sie bei der Hand, und sie gingen zurück zum Auto.

Rose hatte nicht daran gedacht, dass Ted hinter dem Tresen stehen könnte, wenn sie mit Frasier in den Pub kam, und als seine dunklen Augen sie fixierten, kam sie nicht auf die Idee, dass ihre männliche Begleitung von Bedeutung sein könnte. Während Frasier sich an einen Tisch am Fenster setzte, ging sie zur Bar und lächelte Ted an.

»Was willst du denn mit dem?«, eröffnete er das Gespräch.

Etwas perplex sah Rose über die Schulter zu Frasier, der ihr zulächelte.

»Er hat mich zum Abendessen eingeladen, und jetzt lade ich ihn auf einen Drink ein«, sagte sie. »Einen Rotwein für mich und einen Single Malt Scotch für ihn, bitte.«

»Du hattest also gerade ein Date mit ihm?«, wollte Ted wissen.

»Nein, das war kein Date«, sagte Rose. »Es war einfach nur ein Abendessen.«

Auf dem Weg hierher über die dunklen, gewundenen Landstraßen hatten Frasier und Rose die meiste Zeit geschwiegen beziehungsweise hatte Rose die Gelegenheit genutzt, um bei John anzurufen, der ihr versicherte, Maddie sei quietschfidel und bisher nicht daran interessiert, ins Bett zu gehen. Dann hatte Rose darüber nachgedacht, wie sie sich umgewöhnen sollte. Bisher hatte sie den Frasier aus ihrer Fantasie gemocht, jetzt begann sie den echten Frasier kennenzulernen und zu mögen.

»Mit ... Frasier«, begann Rose nun, »... Frasier hat in den letzten Jahren eine wichtige Rolle in meinem Leben gespielt.«

»Rose«, sagte Ted auf einmal und sah sie dabei sehr ernst an.

»Ja?«, sagte Rose und warf abermals einen Blick über die Schulter zu Frasier, der einen Druck von viktorianischen Kindern mit Körben voller Äpfel studierte.

»Ich weiß, wir haben gesagt, der Kuss war einfach nur ... ein Kuss«, sagte Ted. »Aber Tatsache ist, ich glaube, für mich war das mehr. Nein, ich *weiß*, dass das für mich mehr war. Ist.«

Rose blinzelte ihn an. »Das ist nicht dein Ernst.«

»Doch«, sagte er und hielt ihrem Blick stand. »Doch, das ist mein Ernst. Und ich möchte dich gerne wieder küssen. Heute Abend.«

»Nein«, sagte Rose, die nicht wusste, was sie sonst sagen sollte. Die nicht wusste, was sie fühlen sollte. »Nein, nein.«

»Wir treffen uns später, ja?« Ted tat, als hätte er sie gar nicht gehört. »Wenn Mr. Schönling weg ist.«

»Ted …« Rose war verunsichert, er hatte sie kalt erwischt. »Ich … Es gibt da so vieles, das ich jetzt erst mal regeln und mit dem ich klarkommen muss. Ich glaube nicht, dass da auch noch Raum für dich ist. Es ist zu früh.«

»Natürlich ist da noch Raum für mich«, beharrte Ted. »Wenn du mal einen Moment drüber nachdenkst, wirst du merken, dass du es dir sogar wünschst. Ich werde auf dich aufpassen. Ich tue dir nicht weh, ich werde nichts tun, was du nicht willst. Ich möchte einfach nur mit dir zusammen sein, Rose. Nach Mitternacht bin ich unten im Bed & Breakfast. Ich habe einen Schlüssel, ich komme also selbst rein. Meine Eltern haben einen ganzen, vollkommen ungenutzten Anbau. Ich glaube, da steht sogar noch ein Bett.«

»Ted!«, japste Rose, die genau wusste, dass das Bett von Teds verstorbener Großmutter immer noch an Ort und Stelle war, obwohl Jenny Brian in den Ohren lag, er solle es zur Müllkippe bringen.

»Du bist so ein toller Typ«, sagte sie. »Und ich … Ich bin eine Katastrophe. Ich bin nicht gut für dich.«

»Aber ich werde gut für dich sein, wenn du es zulässt«, sagte Ted. »Ich werde da sein, ich warte auf dich, wenn es sein muss, die ganze Nacht.« Er lehnte sich über den Tresen, bis sie seinen Atem auf der Wange spüren konnte. »Ich möchte dich so wahnsinnig gerne wieder küssen, Rose. Nur küssen, nicht mehr. Versprochen.«

Rose zwang sich, die Drinks zu dem Tisch zu bringen, an dem Frasier auf sie wartete, statt sie in einem Zug zu leeren.

»Na dann. Gute Nacht«, sagte Rose, als Frasier sie zur Tür des Bed & Breakfast begleitete. Sie konnte natürlich nicht wissen, ob Jenny und Shona auf der anderen Seite der Tür warteten und lauschten, aber sie hatte das sehr deutliche Gefühl, mit Frasier nicht allein zu sein.

»Vielen Dank für den wirklich wunderschönen Abend«, sagte Frasier. »Ich fühle mich sehr wohl in deiner Gesellschaft.«

»Danke«, sagte Rose und überlegte, ob nach diesem Abend ein Gutenachtkuss legitim wäre. Ob sie Frasier wohl auf die Wange küssen durfte? Sie hätte nur zu gerne gewusst, wie sich die goldenen Stoppeln an ihren Lippen anfühlten ... Allein dieser Gedanke löste sofort wieder ein schlechtes Gewissen und Verunsicherung in ihr aus.

»Ich muss dich unbedingt mal Cecily vorstellen.« Frasier lächelte, als er seine Freundin erwähnte. »Sie wäre begeistert von dir. Und du bestimmt auch von ihr. Sie ist wahnsinnig komisch.«

»Äh. Ja. Sicher, warum nicht«, sagte Rose.

»Also, gute Nacht.« Frasier schüttelte ihre Hand. »Bis ganz bald.«

»Ja, bis bald!«, sagte Rose und steckte den Schlüssel ins Schloss. Doch die Tür öffnete sich, noch bevor sie ihn umgedreht hatte.

»Er hat dir die Hand geschüttelt, stimmt's?«, sagte Shona. »Hab ich durch den Spion gesehen. Sah alles ein bisschen komisch und ganz weit weg aus, aber er hat dir tatsächlich die Hand geschüttelt, oder?«

»Ja!«, blaffte Rose, schloss die Tür hinter sich und verschränkte die Arme vor der Brust. Jenny stand auf der zweiten Treppenstufe, heute in einem feuerroten Negligé mit schwarzen Spitzenrändern.

»Enttäuscht?«, fragte sie Rose mitfühlend. »Ich könnte mir vorstellen, dass Sie auf einen schönen Kuss aus waren.«

»Nein, ich bin nicht enttäuscht, und nein, ich hatte nicht mit einem schönen Kuss gerechnet und war schon gar nicht auf einen solchen aus!«, protestierte Rose entschieden zu heftig. »Frasier ist ein Bekannter, er hat eine Freundin namens Cecily, und ich bin seit wenigen Tagen Single. Es wäre schrecklich gewesen, wenn er mich geküsst hätte. Entsetzlich.«

»Grauenhaft«, sagte Shona. »Fast so schlimm, wie wenn er dich an einen entlegenen Ort entführt und dort nach allen Regeln der Kunst verführt hätte.«

»Shona!«, rief Rose und spürte, wie sie knallrot wurde. »Red nicht so einen Unsinn!«

»Na, na«, mischte Jenny sich ein. »Jetzt ärgern Sie das arme Mädchen doch nicht so. Sie haben ganz recht, meine Liebe. Das war nur gut, dass er Sie nicht geküsst hat. Das hätte nur noch mehr zur allgemeinen Verwirrung beigetragen. Aber nett gefunden hätten Sie es trotzdem, stimmt's?«

Rose lag im Dunklen und konnte nicht einschlafen. Ihr fehlten Maddies regelmäßiges Atmen und ihr kleiner Körper unter der Decke neben ihr. Bevor sie ins Bett gegangen war, hatte sie noch einmal bei John angerufen, der ihr leicht gereizt mitteilte, Maddie würde nun friedlich in ihrer »Festung« schlafen, wie sie das mit Büchern und Kisten vollgestopfte Zimmer getauft hatte, in dem sie untergebracht war. Sie hatte Käsetoast gegessen, viel gezeichnet, ihn eines Farbenlehrentests unterzogen und schließlich selbst darum gebeten, ins Bett gehen zu dürfen. Einmal war sie kurz ganz still geworden, als der Wind an den Fenstern rüttelte, aber da hatte John sie ermahnt, nicht kindisch zu sein, und Maddie hatte sich zusammengerissen.

»Okay«, hatte Rose ein wenig unsicher gesagt. Sie war angefressen und stolz zugleich, dass Maddie nicht den üblichen Aufstand geprobt und nach ihrer Mutter verlangt hatte. »Gut, dann hole ich sie gleich morgen früh wieder ab.«

»Heißt das, dass ich dann jetzt auch endlich schlafen darf, ja?«, brummte John.

»Ja, entschuldige. Und danke«, sagte Rose. »Gute Nacht, John.«

John antwortete nicht.

Inzwischen war es fast ein Uhr nachts, und Rose hatte sich keinen Zentimeter gerührt. Sie lag flach auf dem Rücken, die Bettdecke bis zum Kinn hochgezogen. Rose war wild entschlossen gewesen, sich von Teds »Angebot« nicht in Versuchung führen zu lassen, und hatte sich deshalb ein Schlafshirt mit einem fluffigen gelben Cartoonküken auf der Vorderseite angezogen. Sie war ins Bett gekrochen mit dem Vorsatz, es auf gar keinen Fall wieder zu verlassen, und schon gar nicht, um mit dem Sohn der Vermieterin herumzuknutschen.

Und doch – sie konnte nicht einschlafen, Gedanken und Bilder fuhren in ihrem Kopf Karussell. War sie wirklich über Richard und alles, was er ihr angetan hatte, hinweg? So einfach konnte das doch nicht sein. Vielleicht hatte Shona recht, vielleicht stand ihr noch viel mehr bevor, als sie sich selbst eingestehen wollte, und vielleicht war die Euphorie, die sie gerade verspürte – ja, genau, das war es, was sie jetzt verspürte –, in Wirklichkeit nur Ausdruck ihrer grenzenlosen Erleichterung. Sie musste keine Angst mehr haben. Jedenfalls nicht heute Nacht.

Sie konnte sein, wer sie wollte. Vielleicht sogar eine Frau, die sich von einem Mann küssen ließ, ohne sich über ihre Gefühle für einen anderen Mann im Klaren zu sein.

Während Rose so dalag und an die Decke starrte, wusste sie genau, was sie für Frasier empfand – und dass das echte Gefühle waren und keine Einbildung. Sie hatte sich in ihn verliebt, und zwar schon vor sieben Jahren. Und dieses Gefühl würde nicht einfach so wieder verschwinden, nur weil das echte Leben irgendwie nicht richtig dazu passte und es eine bildhübsche Freundin namens Cecily gab.

Aber das hinderte Rose wiederum nicht daran, an Ted zu denken. Immer wieder wanderten ihre Gedanken zu ihm zurück. Zu ihm, der im Erdgeschoss auf sie wartete und der sie küssen und berühren wollte wie neulich. Schlagartig wurde Rose bewusst, dass sie das auch wieder wollte. Dass sie das alles wieder genau so spüren wollte.

Sie setzte sich auf.

Sie wusste, sie durfte jetzt nicht zu lange über ihre Beweggründe nachdenken, und kletterte schnell aus dem Bett. Sie zog Haleighs Schlafshirt über ihren nackten Hintern, blieb vor dem Frisierspiegel stehen und stellte ein klein wenig zufrieden fest, dass sie unter dem weich fallenden Material gar keine schlechte Figur machte. Es war lange her, seit Rose sich selbst als Frau wahrgenommen hatte oder gar als Frau, die Männer attraktiv finden könnten. Das jetzt zu tun, war aufregend und beängstigend zugleich und fast so, als würde sie wieder ganz von vorne laufen lernen. Wenn sie jetzt zu Ted hinunterging, war das ein weiterer Schritt auf ihrer Reise, erklärte sie sich selbst, während sie sich die Treppe hinunterstahl, ein weiterer Schritt auf der Suche nach ihrem wahren Ich und auf dem Weg herauszufinden, was es eigentlich hieß, Frau zu sein.

Rose hielt die Luft an, als sie ins Wohnzimmer schlich, wo es dunkel und bis auf das Ticken der Uhr auf dem Kaminsims still war. Kein Ted. Rose war kurz enttäuscht und kam sich doof vor, aber sie war auch erleichtert. Doch dann erinnerte sie sich an den Anbau, wo laut Ted ja noch ein Bett stand. Ihr Herz hämmerte wie wild, während sie über den Teppichboden und durch den dunklen, schmalen Flur huschte und dann die Tür zum Anbau öffnete. Vor den Fenstern waren keine Vorhänge, sodass das Mondlicht geisterhafte Schatten warf und einen silbrigen Pfad direkt zum Schlafzimmer beleuchtete.

Rose überlegte, was genau sie Ted sagen wollte, falls sie den nötigen Mut dazu fand.

Ted saß auf der Kante des nackten Bettes und richtete sich abrupt auf, als sie hereinkam. Er schnappte kurz nach

Luft, als er sie sah, und erst da fiel Rose wieder ein, dass sie halb nackt war. Sie verbarg sich, soweit es ging, hinter dem Türrahmen und winkte ihm zu. Was eigentlich eine ziemlich merkwürdige Geste in einer ziemlich merkwürdigen Situation war.

»Hi!«, quiekte sie nervös, keine Spur mehr von ihrer Entschlossenheit.

»Ich dachte schon, du würdest nicht mehr kommen.« Ted stand auf und ging ein paar Schritte auf sie zu.

»Ich auch«, sagte Rose. »Ted …«

»Schon gut«, sagte Ted, kam ihr ganz nah, nahm ihre Hand und zog Rose mit sich ins Mondlicht. »Ich weiß, du bist nervös, und ich verspreche dir, ich werde nichts tun, was du nicht willst. Wow«, sagte er dann, als er sie genauer betrachtete. »Wie schräg ist das denn? Das ist das Nachthemd von meiner Schwester.«

»Ich glaube nicht, dass du ganz verstanden hast, was …« Rose wandte sich wieder der Tür zu. »Ich muss dir sagen, dass … Du musst wissen, dass ich …«

Blitzschnell legte Ted die Hände auf ihre Hüften und zog sie so nah an sich heran, dass sich ihre Körper beinahe berührten.

»Ich weiß«, flüsterte Ted. »Und es ist mir egal. Ich möchte mich nur so gerne noch einmal so fühlen wie neulich nachts. Das reicht mir völlig, Ehrenwort.«

»Ted«, sagte Rose und sah ihm in die Augen. »Du bist ein ganz wunderbarer Mann. Und ich … Ich bin kaputt. Ich will dich nicht auch kaputt machen.«

»Und wenn schon.« Ted legte die Hände um ihr Gesicht. »Kapierst du es denn nicht? Ich bin total hin und weg von dir.«

Rose hielt die Luft an, als sie endlich begriff, dass Ted es wirklich ernst gemeint hatte, als er ihr sagte, er habe sich in sie verliebt.

Sie war überwältigt davon, diesen wunderbaren, liebevollen Mann völlig ungeplant so tief berührt zu haben. Wie er sie ansah, wie er sie jetzt berührte – all das ließ ihr Herz rasen. Aber war das Liebe? Sie sollte besser gehen, sich beruhigen, nichts überstürzen. Doch Rose wollte nicht gehen.

»Ach, Ted«, flüsterte sie. »Ich weiß nicht, was ich sagen soll.«

»Ich hatte eigentlich gehofft, dass du gar nichts sagen würdest. Ich dachte, wir würden uns einfach noch ein bisschen küssen. Damit ich wieder etwas habe, an das ich denken kann, wenn ich nicht bei dir bin.«

Rose schluckte. Die Dringlichkeit in seiner Stimme, die unterdrückte Leidenschaft, der intensive Blick aus seinen dunklen Augen drohten ihr den Teppich unter den Füßen wegzuziehen. Sie hatte keine Ahnung, wie sie damit umgehen sollte. Für sie war es völlig neu, wunderbar aufregend und erschreckend zugleich, dass ein Mann sie so ansah. Trotzdem musste sie ehrlich mit ihm sein. Das war sie ihm schuldig.

»Weißt du noch, wie ich dir oben auf dem Berg erzählt habe, dass ich einen anderen Mann liebe? Dieser andere Mann ist Frasier. Ich liebe ihn wirklich. Schon lange. Ich wünschte, es wäre anders – das würde vieles viel leichter machen –, aber das Gefühl geht einfach nicht weg. Nicht einmal für einen so rundum wundervollen Mann wie dich.«

Zunächst sagte Ted gar nichts, dann wandte er den

Blick von ihr ab. Rose dachte, das wäre womöglich die Gelegenheit wegzulaufen.

»Soll ich gehen?«, fragte sie. »Sag doch was.«

»Ich kann nicht.« Ted schüttelte den Kopf. »Ich weiß nicht, was ich sagen soll. Außer dass ich trotzdem alles geben würde, um dich wieder küssen zu dürfen. Als wir auf dem Berg waren, warst du auch in Frasier verliebt und hast mich geküsst. Was ist jetzt anders?«

»Was jetzt anders ist?« Rose überlegte fieberhaft. »Neulich bedeutete das alles noch nicht so viel.«

»So hat sich das aber nicht angefühlt«, entgegnete Ted ernst. »Das hat sich angefühlt, als würde es dir sehr viel bedeuten. Auf andere Weise als für mich, das ist mir schon klar, aber du hast gesagt, mich zu küssen würde die Dunkelheit vertreiben und dich reinigen. Gut, dann liebst du eben einen anderen. Und? Er ist heute Abend nicht hier, und er wird auch morgen Abend nicht hier sein, und vielleicht wird er nie hier sein. Wenn es dir guttut und mich auch nur für kurze Zeit glücklich macht, wenn wir uns noch einmal küssen, dann kann es doch eigentlich gar nicht schaden, oder?«

Ted trat auf sie zu und berührte ihre Wange mit den Fingerspitzen.

»Bitte, Rose«, flüsterte er und näherte sich ihren Lippen mit seinen. »Bitte.«

Rose würde ihn bitten aufzuhören. Das würde sie. Sobald sie seinen weichen, warmen Atem auf ihrer Wange spürte, würde sie ihn stoppen. Sobald seine Lippen ihre berührten, sein Arm sich um ihre Taille schlang und sie eng an sich zog. Wirklich, sie würde das abbrechen. Und sie wusste ja, dass sie sich auf Ted verlassen konnte. Dass er sofort aufhören würde, wenn sie ihn darum bat. Dieses Vertrauen, kombiniert mit dem Gefühl von Liebe und Zärtlichkeit, das sie in Teds Armen empfand und das sie mit so viel Hoffnung erfüllte und das so wunderschön war, führte letztlich dazu, dass der Moment, in dem sie ihn bitten würde aufzuhören, nie kam.

12

»Ich will aber nicht, dass du nach Hause fährst«, sagte Rose, während Shona ihre Taschen packte. »Bitte, Shona. Bleib doch noch ein bisschen.«

»Kann nicht, Süße«, sagte Shona und lächelte bedauernd. »Ich bin jetzt schon über eine Woche weg, meine Mutter hat keinen Bock mehr auf die Jungs, und abgesehen davon vermisse ich die Racker auch! Ich muss nach Hause und mein Leben in Ordnung bringen, genau wie du.«

Rose bezweifelte, ob sie ihr Leben tatsächlich in irgendeiner Weise in Ordnung brachte. Vier Tage war es jetzt her, seit sie morgens im Anbau aufgewacht war, die Sonne durch das Erdgeschossfenster fallen sah und feststellen musste, sich splitternackt in Teds Armen zu befinden. Sie hatte keine Ahnung gehabt, wie spät es wohl war – aber ihr war bewusst gewesen, dass Jenny in Kürze aufstehen und Frühstück machen würde, und darum musste sie umgehend zurück in ihr eigenes Bett.

Sie würde einige Zeit brauchen, um die Ereignisse jener Nacht zu verdauen. Ted hatte eine Leidenschaft in ihr entfacht, über die sie keine Kontrolle hatte. Was zwischen ihnen passierte, erforderte keinerlei Worte, keinerlei Erklärung. Rose hatte sich in seinen Armen vollkommen gehen lassen, hatte sich seinem und ihrem eigenen Genuss hingegeben und in jenen Stunden alles um sie herum vergessen bis auf die für sie völlig neue und wunderbare Erfahrung, mit einem Mann zusammen zu sein, der sie weder verletzen noch demütigen wollte. Ted war so zärtlich und liebevoll gewesen, am Anfang auch so zögerlich. Er wusste, dass Rose noch lange nicht bereit war für Sex, und er hatte sie auch in keiner Weise in dieser Richtung bedrängt. Er hatte ihr lediglich immer neue Freuden und Genüsse bereitet und sie so ihr derzeit etwas kompliziertes Leben für einige wundervolle Stunden vergessen lassen.

Bei Tageslicht betrachtet fiel es Rose dann allerdings schwer zu glauben, dass die Frau, die die Nacht mit Ted verbracht hatte, und sie selbst ein und dieselbe Person sein sollten. Dieses zierliche, nackte Wesen hatte keine Ahnung, wie es so leidenschaftlich und gleichzeitig so nüchtern hatte sein können. Behutsam hatte sie sich unter dem müden Arm des jungen Mannes heraus befreit, ihr Nachthemd übergezogen und war so schnell und leise, wie sie konnte, nach oben gesaust, wo sie sich erleichtert ins Bett fallen ließ. Dort blieb sie glockenwach liegen und wartete, bis es Zeit war aufzustehen.

Ted musste sich, nachdem er allein aufgewacht war, aus dem Haus geschlichen haben, bevor Jenny mit dem Frühstück zugange war, denn als Rose herunterkam, war ihre Vermieterin bestens aufgelegt und offenbar vollkommen ahnungslos, dass ihr heiß geliebter Sohn von ihrer Mieterin verführt worden war. Dass Ted seiner Mutter nichts erzählt hatte, schloss Rose daraus, dass Jenny sie nicht umgebracht hatte – sie selbst hatte von Ted nämlich seit ihrem Stelldichein nichts mehr gehört. Was nicht daran lag, dass sie ihm aus dem Weg gegangen wäre – mal abgesehen davon, dass sie nicht in den Pub ging. Eigentlich kam es ihr langsam eher so vor, als würde er ihr aus dem Weg gehen, und das löste in Rose alle möglichen Befürchtungen aus. Was hatte sie falsch gemacht? Hatte sie ihn womöglich enttäuscht? Ihn abgestoßen? War das, was für sie sorgloses weibliches Erblühen gewesen war, für ihn womöglich ein Desaster, das seine berufliche Zukunft torpedierte? War sie zu naiv gewesen, das selbst zu sehen?

Und ausgerechnet jetzt reiste Shona ab.

»Ja, aber ... Wie wäre es denn, wenn die Jungs hierherkämen? Wie wäre es, wenn wir uns zusammen was suchen und dann alle hierbleiben? Stell dir das doch mal vor! Das wäre genial!« Rose klatschte in die Hände wie ein Kleinkind vor einem Schaufenster voller Spielsachen, aber Shona schien die Idee längst nicht so zu entzücken.

Sie runzelte die Stirn, legte Rose ihre kühle Hand auf die Stirn und sah ihrer Freundin in die Augen. »Bist du krank? Hör mal, Schätzchen, ich ziehe nicht hierher. Erstens habe ich mit Schafen nichts am Hut – die haben so einen bösen Blick und laufen so komisch –, und zweitens werde ich für ein paar Bauerntrampel doch nicht die Jungs aus der Schule und ihrer gewohnten Umgebung reißen und meine Mutter und meine Heimat verlassen. Ich hab dich lieb, und du wirst mir sehr fehlen. Und ich bin stolz auf dich, ich finde es toll, wie weit du gekommen bist – in jeder Hinsicht. Sogar bis *hierher*.« Shona grinste sie an. »Ich bin zum Händchenhalten hergekommen, und dann hast du mich kaum gebraucht. Und jetzt bin ich dran. Jetzt muss ich herausfinden, was *ich* eigentlich will.«

»Es ist nur ... Also ... Was ist mit Ryan?«, fragte Rose zögerlich, weil sie Angst vor der Antwort hatte.

»Was soll mit ihm sein?«, fragte Shona, wich Roses Blick aus und wandte sich wieder der Packerei zu.

»Gehst du zu ihm zurück?«, fragte Rose.

Shona sagte nichts, sie konzentrierte sich darauf, einen BH zusammenzulegen.

»Shona! Ich habe dich mit ihm telefonieren hören!«

Rose bezog sich auf ein geflüstertes Telefonat, das zusammen mit Shonas Zigarettenrauch durch ein offenes Fenster zu ihr hereingewabert war und das Rose wirklich nicht belauschen wollte. Shona hatte mit unendlich sanfter, von Liebe erfüllter Stimme gesprochen, und Rose, die nur zu gut wusste, was es bedeutete, in einer unmöglichen Beziehung gefangen zu sein, konnte das einfach nicht verstehen. Wie Shona so zugewandt und zärtlich mit dem Mann reden konnte, der sie derartig hatte hängen lassen, ging über ihren Verstand.

»Gehst du zu ihm zurück?«

»Nein!«, sagte Shona und fügte dann leise hinzu: »Ich weiß es noch nicht.«

»Bitte nicht, Shona. Mach ihn nicht wieder zu einem Teil deines Lebens!«, rief Rose verzweifelt. »Ich meine, was würdest du denn sagen, wenn ich jetzt verkünden würde, weißt du, Shona, jetzt, wo ich ein paar Tage drüber nachgedacht habe, finde ich eigentlich, dass Richard gar nicht sooo übel ist und ich ihn ja doch vielleicht irgendwie missverstanden habe und dass ich dann jetzt doch zu ihm zurückkehren werde? Du würdest mich umbringen!«

»Das ist was anderes«, wehrte Shona sich. »Was ganz

anderes sogar. Ryan ist kein Psycho. Der ist einfach nur ein Arschloch. Und er liebt mich. Wirklich.«

»Du gehst also zu ihm zurück.« Rose wusste, dass sie Shona nicht zurückhalten konnte, und hoffte nur, dass sich alles so entwickelte, wie ihre Freundin sich das vorstellte.

»Ich gehe nicht sofort zu ihm zurück.« Shona zuckte die Achseln. »Aber vielleicht später. Wenn alles läuft. Wenn er mir beweisen kann, dass er sich wirklich verändert hat. So blöd bin ich nun auch wieder nicht, dass ich direkt zu ihm zurückrenne, als wenn nichts gewesen wäre. Aber ich liebe ihn nun mal, Süße, und am Ende ist das doch das Einzige, was zählt, oder?«

»Tja, was kann ich dagegen noch sagen? Außer dass ich hoffe, dass du das Richtige tust, Shona. Und dass ich dir wünsche, dass ihr es hinkriegt, Ryan und du. Wenn irgendjemand eine zweite Chance im Leben verdient, dann du.«

Shonas Lächeln war ein klein wenig traurig. »Danke dir, Liebe.«

»Aber kannst du nicht bitte, bitte noch eine Nacht bleiben?«, flehte Rose sie an.

»Nein! Aber ich fahre ja nicht sofort, sondern erst gegen Abend. Ich habe Jenny versprochen, ihr mit den letzten Handgriffen im Anbau zu helfen, damit sie sich dann überlegen kann, was sie als Nächstes damit machen will. Ich werde die Nacht durchfahren. Und rechtzeitig wieder zu Hause sein, um meine kleinen Männer zu drücken und abzuknutschen. Ich hab zwar echt Spaß mit dir gehabt hier, aber ich habe sie trotzdem vermisst. Und durch dich ist mir klar geworden, was ich als Nächstes zu tun habe.

Ich weiß jetzt, dass ich selbst tun muss, was in meiner Macht steht, um glücklich zu sein.«

»Du wirst mir fehlen«, sagte Rose, der plötzlich die Tränen kamen. »Ich weiß auch nicht, warum, aber das hier fühlt sich irgendwie an wie ein endgültiger Abschied.«

»Ach, so ein Quatsch, wieso denn endgültig? Und außerdem«, sagte Shona und wuschelte Rose durchs Haar, »hast du's noch nicht bemerkt oder was? Dein Leben findet jetzt hier statt, dir ist ja regelrecht anzusehen, wie viel freier du dich hier fühlst und wie wichtig es für dich ist, deinen Vater kennenzulernen. Selbst diese Anhimmelei von dem Kunstfritzen, in den du angeblich verliebt bist, scheint dir gut zu bekommen.«

»Ich finde es hier wirklich sehr schön«, sagte Rose und umarmte ihre Freundin. »Aber wenn du abreist und ich hierbleibe, dann fühlt sich das alles plötzlich viel weniger vorübergehend an und viel mehr ... na ja, wie eine bewusste Entscheidung.«

»Ist doch gut, oder etwa nicht?«, fragte Shona. »Noch mal von vorne anfangen, genau darum geht es doch. Wie du dich allerdings zwischen Ted und Frasier entscheiden wirst, kann ich überhaupt nicht einschätzen.«

»Da gibt es nichts zu entscheiden. Es geht nicht um Frasier *oder* Ted.«

Rose vermutete, dass es das Beste war, Ted seit ihrem Stelldichein im Anbau nicht gesehen zu haben. Er hatte in jener Nacht so viele Dinge gesagt, Dinge, die sie nicht erwidert hatte. Ein bisschen Abstand war jetzt vielleicht ganz gut. Sie brauchte ein wenig Zeit, um ihre Gewissensbisse abzubauen – sie hätte nicht zulassen dürfen, dass er sie küsste, wenn sie doch wusste, dass diese Küsse für sie beide von ganz unterschiedlicher Bedeutung waren.

»Da wäre ich mir nicht so sicher«, sagte Shona. »Frasier ist diese Woche schon zweimal hier gewesen, und morgen fährt er mit dir und Maddie nach Edinburgh. Ganz schöner Aufwand für einen Mann, der mit einer anderen Frau zusammenlebt.«

»Frasier ist einfach nur nett. Du hast doch selbst gesagt, dass er einer von den Menschen ist, die freundlich zu jedermann sind. Er weiß, dass ich gerade eine schwierige Zeit durchmache, und er hat beschlossen, mir zur Seite zu stehen – wahrscheinlich vor allem, um Dad bei Laune zu halten. Er ist ein Freund«, sagte Rose und spürte, wie ihr jedes Mal ganz warm ums Herz wurde, wenn sie seinen Namen aussprach. »Und das ist viel mehr, als ich erwarten konnte, als ich hier mit irrem Blick und nichts weiter als einer Postkarte aufgekreuzt bin.«

Frasier war Montagabend kurz vor dem Abendessen im Bed & Breakfast aufgetaucht und hatte angeboten, mit Rose und Maddie nach Keswick zu fahren und dort mit ihnen Fish & Chips zu essen.

Nachdem sie sämtliche Spuren ihrer Nacht mit Ted gründlich abgeduscht hatte, war Rose recht früh an jenem Morgen zu John gefahren, um Maddie abzuholen. Großvater und Enkelin saßen bereits in einträchtigem Schweigen in der Scheune vor ihren Leinwänden und arbeiteten und fühlten sich in der Gesellschaft des jeweils anderen offenbar so wohl, dass es Rose fast leidtat, sie zu stören. Maddie hatte zur Tür gesehen, als sich diese mit einem Knarzen öffnete, und ihre Mutter angestrahlt.

»Hallo, Mum. Komm, guck mal.«

Auch John war guter Laune gewesen, obwohl er etwas müde aussah und vielleicht ein wenig blasser, als Rose für gesund hielt. Sie fragte sich, ob er sich wirklich von schimmeligem Käse und Brot ernährte.

»Hat sie dich nicht schlafen lassen?«, fragte Rose, doch John schüttelte den Kopf.

»Nein, sie war um Mitternacht im Bett. Mich plagt das Alter. Schon komisch, je älter und je müder man wird, desto weniger Schlaf will der Körper einem zugestehen.«

»Soll ich ein paar Besorgungen für dich erledigen?«, bot Rose an. Er sah wirklich spitz aus, und sie vermutete, dass das ihrer Tochter zu verdanken war.

»Nein danke. Dafür habe ich jemanden.«

Nach dieser höflichen Ablehnung fragte sich Rose, wer dieser Jemand wohl war, und verbrachte den Vormittag damit, Maddie beim Malen und Zeichnen zuzusehen. Sie spürte die Wärme der durch das Oberlicht scheinenden Sonne im Nacken und warf verstohlene Blicke zu John, der die Arbeit vorbereitete, die sie erklärtermaßen noch nicht würde sehen dürfen. Trotz der aufwühlenden letzten Nacht empfand sie eine große innere Ruhe.

Später war Frasier gekommen und hatte sie zu Fish & Chips eingeladen – angeblich war er zufällig vorbeigekommen und hatte sich gedacht, wäre doch nett, den Abend mit den beiden bezauberndsten Damen des Dorfes zu verbringen. Rose fiel beim besten Willen kein Grund ein, weshalb er zufällig hätte vorbeikommen sollen, es sei denn … nun ja, es sei denn, er hätte extra einen Umweg gemacht, um sie zu sehen.

Es war ein wunderbar entspannter Abend gewesen, wie er mit Richard undenkbar gewesen wäre, selbst ganz am

Anfang. Maddie hatte Frasier mit Fragen über Kunst gelöchert, hatte sein Wissen in puncto Farbenlehre getestet (er stellte sich absichtlich dumm, damit sie sie ihm erklären konnte), und als ihr einfiel, dass sie ja Angst hatte, an einer Gräte zu ersticken, hatte er in aller Seelenruhe ihren Fisch seziert. Rose fand es schön, einem Mann zu begegnen, der einem Kind – und noch dazu einem so besonderen Kind wie Maddie – so viel Geduld entgegenbrachte, und je länger Rose ihn dabei beobachtete, wie er sich auf Maddie einließ, desto hoffnungsloser verehrte sie ihn. Der echte Frasier war genauso toll wie der aus ihrer Fantasie, den sie schon so lange liebte, und das war irgendwie ein Trost. Es bedeutete, dass sie die letzten Jahre nicht damit verschwendet hatte, sich nach jemandem zu sehnen, der im echten Leben unausstehlich war.

»Du kannst gut mit ihr umgehen«, hatte Maddie leise zu ihm gesagt, als Maddie in der Kinderecke nach Malstiften suchte. »Das ist sehr nett von dir. Die meisten Leute finden sie schwierig.«

»Sie ist überhaupt nicht schwierig.« Frasier schüttelte den Kopf. »Ein bisschen exzentrisch vielleicht und auch ein bisschen ungewöhnlich, aber doch nicht schwierig. Und im Übrigen ist sie künstlerisch außerordentlich begabt, das finde ich interessant. Ich mag sie sehr. Sie erinnert mich daran, dass ich eigentlich auch gerne mal Kinder haben wollte.«

»Na, du hast doch noch genug Zeit, so alt bist du doch nicht«, stellte Rose fest, doch die Vorstellung von einer dickbäuchigen Cecily, die Frasiers Kind unter dem Herzen trägt, war ziemlich schmerzhaft.

»Cecily möchte keine Kinder«, erzählte Frasier und

klang dabei ein wenig traurig. »Sie will, dass wir zu zweit bleiben.«

»Komisch«, entfuhr es Rose. »Genau das Gleiche hat Richard auch zu mir gesagt. Und Cecily ist also deine große Liebe? Die Frau, mit der du den Rest deines Lebens verbringen wirst?«

In diesen Fragen, die Rose ausgesprochen hatte, bevor es ihr selbst recht bewusst war, lagen so viel Sehnsucht und versteckte Hinweise. Frasier wandte sich ihr zu, neigte den Kopf etwas zur Seite und versuchte ganz offensichtlich zu verstehen, was genau sie meinte.

»Ich habe noch nie darüber nachgedacht, wie es ohne Cecily wäre«, sagte er. »Wir sind jetzt seit fast zwei Jahren zusammen, und sie ist wirklich toll.«

»Na dann.« Rose rang sich ein schwaches Lächeln ab. »Geht mich ja auch gar nichts an. Ich glaube, ich habe mich bei Jenny mit Neugieritis angesteckt. Wie dem auch sei, vielen, vielen Dank, dass du mit uns hierhergefahren bist – wo du doch noch so einen weiten Nachhauseweg hast.«

»Nein, nein«, sagte Frasier. »Heute mal nicht. Heute bleibe ich über Nacht bei John. Im Prinzip gegen seinen Willen, aber nun. Sein drittes Gemälde ist morgen transportbereit, und ich möchte bei der Verladung gern dabei sein. Außerdem kann ich dann vielleicht mal mit ihm über seinen nächsten Auftrag reden. Nachmittags habe ich noch nichts vor – hättest du Lust auf einen Spaziergang? Ich könnte dir ein paar von meinen Lieblingsstellen zeigen.«

»Ein Spaziergang? Ja, gerne, danke«, sagte Rose, die gleichermaßen überrascht und verwirrt war. Gerade als sie glaubte zu wissen, wo sie steht, warf Frasier wieder alles über den Haufen. »Du bist wirklich wahnsinnig nett zu mir.«

»Das ist ja auch nicht besonders schwer«, sagte Frasier und lächelte vielleicht ein bisschen zu geziert. »Ich bin froh, dass ich endlich Gelegenheit dazu habe. Und ich hatte mir überlegt, dich und Maddie am Freitag früh abzuholen und euch meine Galerie zu zeigen. Kleiner Tagesausflug. Ihr könntet ein paar von Johns Werken sehen, und Maddie würde sich ja vielleicht auch noch für andere Kunst interessieren – wir könnten zum Beispiel in die Nationalgalerie gehen, wenn sie Lust hat.«

»Im Ernst?« Rose sah ihn an. »Du willst mit uns losziehen? Aber solltest du nicht besser noch mehr Künstler entdecken oder was mit Cecily unternehmen?«

»Ach, Cecily hat viel zu viel um die Ohren, als dass sie sich unter der Woche mit mir abgeben könnte.« Frasier grinste liebevoll. »Solange ich freitags ab achtzehn Uhr präsentabel bin und zur Verfügung stehe, ist alles gut. Außerdem … na ja, also … Du hast so einiges mitgemacht in letzter Zeit. Ich weiß, du willst nicht drüber reden, aber ich weiß, dass du Freunde brauchst. Wie du mit alldem umgehst, wie du mit John umgehst … Ich finde das bewundernswert, wirklich. Ich habe natürlich keine Ahnung, was genau zwischen dir und deinem Mann gewesen ist, aber eins weiß ich: Als ich dich damals vor sieben Jahren sah, da wirktest du so unsagbar traurig und verloren und irgendwie … gefangen. Und wenn ich ehrlich bin, bist du mir seither nicht mehr aus dem Kopf gegangen. Ich habe mich immer wieder gefragt, wie es dir wohl geht und wo du wohl bist. Ich hoffte, dich einfach nur an einem schlechten Tag erwischt zu haben und dass du in Wirklichkeit glücklich warst. Es tut mir sehr leid, jetzt von dir zu erfahren, dass die meiste Zeit das Gegenteil der Fall war.«

»An dem Tag war ich nicht glücklich.« Rose dachte sieben Jahre zurück und verzog schmerzhaft berührt das Gesicht. »Und nur kurze Zeit nach unserer Begegnung ging mir auf, wie schrecklich meine Ehe eigentlich war. Ich wusste nur nicht, wie ich da rauskommen sollte. Die eine Stunde mit dir, die hat …« – sie hielt inne und überlegte, wie sie den Rest des Satzes weniger bedeutungsvoll formulieren konnte – »… mir gezeigt, wie das Leben auch sein könnte.«

Sie schwiegen beide, als Maddie mit so vielen Stiften, wie sie mit ihren beiden kleinen Händen halten konnte, zu ihnen zurückkehrte, ihre Beute auf den Tisch legte und zum unübersehbaren Missfallen der Kellnerin noch einmal loszog, um auch die restlichen Stifte zu holen.

»Reserve«, erklärte das Mädchen.

»Ich kann den Gedanken kaum ertragen, dass du so einsam und traurig gewesen bist«, sagte Frasier und versuchte mit einem Lächeln, sie beide etwas aufzumuntern. »Und jetzt bist du plötzlich hier und wirkst so lebensfroh und verheißungsvoll«, fuhr er fort, während Maddie die Stifte farblich sortierte. »Und obwohl ich weiß, dass wir uns kaum kennen, kann ich dir versprechen, dass es kaum jemanden auf der Welt gibt, der sich mehr darüber freut, dich so zu sehen, als ich.«

»Ich glaube, da könntest du recht haben«, sagte Rose lächelnd und dachte an ihren sehr überschaubaren Freundeskreis. »Und wenn es tatsächlich so ist, dann habe ich wirklich ganz schönes Glück, einen so guten Freund zu haben, der tatsächlich für mich da ist, wenn ich ihn brauche.«

Frasier lächelte. »Du tust mir also den Gefallen und lässt mich dir mein Imperium zeigen?«

»Du hast ein Imperium?«, fragte Maddie, die nun sämtliche im Restaurant vorhandene Malstifte vor sich ausgebreitet hatte und sich vollkommen unangefochten von den empörten Blicken der Kellnerin wieder setzte und anfing zu malen.

»Na ja, ich habe eine Galerie, ein paar Büros und einen Laden«, sagte Frasier bescheiden.

»Das kann man ja wohl kaum ein Imperium nennen.« Maddie verdrehte die Augen. »Ein Imperium sind jede Menge Länder, die man sich mit Gewalt unterworfen hat. Kein Laden und ein Büro.«

»Touché«, sagte Frasier.

Maddie schlief während der gesamten Fahrt nach Hause, den Bauch voller Pommes und Fisch ohne Gräten. Frasier hielt vor Jennys Bed & Breakfast.

»Ich freue mich schon auf unseren Spaziergang morgen«, sagte er, lehnte sich zu Rose hinüber und küsste sie ganz leicht auf die Wange.

Ihr Spaziergang am nächsten Tag war schön gewesen. Die Sonne schien, es wehte eine warme Brise, Maddie plapperte wie ein Wasserfall und dachte sich Kobolde und Trolle und flüsternde Geister aus, die sich hinter jeder Wegbiegung und jedem knorrigen Baum versteckten. Rose und Frasier redeten nicht viel, aber das machte Rose nichts aus. Sie fühlte sich sehr wohl in seiner Gesellschaft und nahm auf ihrem Weg auf einen der weniger hohen

Berge an einer etwas kniffligen Stelle gerne seine ihr dargebotene Hand. Und er ließ ihre Finger einen Tick später los, als nötig gewesen wäre. Alles fühlte sich richtig an, als sie sich an Johns Haus voneinander verabschiedeten.

Rose stellte zu ihrer Freude fest, dass sie einerseits verwirrt und andererseits regelrecht betört war von Frasier McCleod. Denn ganz gleich, ob Frasier nun nur nett zu ihr war, weil sie die Tochter seines besten Künstlers war, und ganz gleich, ob Teds Schwärmerei für sie nun ernst war oder nicht – beides war um Klassen besser als das, was sie vorher hatte.

»Jetzt hast du wieder diesen verträumten Blick!«, stellte Shona triumphierend fest und holte Rose damit zurück in die Gegenwart. »Den hast du in letzter Zeit so oft! Ich wette, das ist dein ›Ich-denke-gerade-an-einen-Mann-Blick‹. Ist nur die Frage, an welchen du denkst. An Ted, jung und verwegen? Oder an Frasier, händchenhaltend und unerreichbar?«

»Du versuchst doch bloß, das Thema zu wechseln«, sagte Rose mit fester Stimme, errötete aber dennoch ein klein wenig. Komisch, wie Shona dauernd annahm, sie könne sich zwischen zwei Männern entscheiden, wo doch in Wirklichkeit keiner für sie infrage kam. »Mir geht es darum, dass ich Angst habe, ohne dich nicht klarzukommen.«

»Jetzt bist du aber extrem albern«, sagte Shona. »Du kommst doch schon die ganze Zeit ohne mich klar, seit ich hier angekommen bin. Merkst du das gar nicht? Du brauchst niemanden mehr, Rose. Du schaffst das auch so.«

Als Rose die Treppe herunterkam, stand Maddie mit ihrem Skizzenblock unterm Arm an der Haustür, sah ihre Mutter ziemlich ernst an und sagte: »Können wir jetzt los?«

»Los wohin?«, fragte Rose, die immer noch ganz neben der Spur war von der Nachricht, dass Shona heute abreisen würde. Dass Shona sie sich selbst überlassen würde. Dass sie zum ersten Mal, seit sie achtzehn war, ganz auf sich gestellt sein würde.

»Na, zu Opa!«, rief Maddie.

»Aber wir haben doch gar nicht geplant, Opa heute zu besuchen. Er erwartet uns nicht«, sagte Rose. »Und ich finde, wir beiden haben eigentlich nicht besonders viel Zeit miteinander verbracht, seit wir hier sind. Es ist wunderbares Wetter, und ich dachte, wir könnten doch mal spazieren gehen oder zu einem der Seen fahren und vielleicht ein Boot mieten?«

Maddie sah sie an, als hätte sie gerade vorgeschlagen, zum Mond zu fliegen.

»Wir müssen nicht planen, Opa zu besuchen«, sagte Maddie. »Wir können einfach hinfahren. Und spazieren waren wir gestern schon. Ich will zu Opa. Ich will malen.«

Rose seufzte. Was sollte sie tun? Eigentlich wollte sie John auch gerne sehen. Wenn sie ihm mehr als nur höfliche Freundlichkeit entgegenbringen und ihrem Verhältnis mehr Tiefe geben wollte, musste sie etwas dafür tun. Am Anfang hatte sie gedacht, das würde ihr reichen. Doch nun war das anders. Sie war so lange elternlos gewesen, dass sie ihre Sehnsucht nach einem Menschen, der immer für sie da war, an den sie sich jederzeit anlehnen konnte, unterschätzt hatte. Das beunruhigte sie aber auch, denn sie wollte von John nicht mehr erwarten, als er geben konnte, und sie wollte gar nicht erst damit anfangen, ihn regelrecht zu brauchen, selbst jetzt nicht, wo es vielleicht am dringendsten war. Es war einfach zu riskant, sich jetzt, wo alles einigermaßen im Gleichgewicht war und sie auf eigenen Füßen stehen können sollte, auf einen Mann wie John zu verlassen. Shona hatte ihr gesagt, sie bräuchte überhaupt niemanden, aber Rose war sich da nicht so sicher. Sie kam sich eigentlich die meiste Zeit so vor, als würde sie allen etwas vormachen, als würde sie ihr Leben überhaupt nicht in den Griff bekommen, sondern lediglich wie ein kopfloses Huhn herumrennen und hier und da impulsive Entscheidungen treffen, ohne den gesunden Menschenverstand einzuschalten, um nur bloß nicht der Tatsache ins Auge zu sehen, dass ihr altes Leben, ihr dunkles, schwieriges, schlechtes Leben sich nicht einfach so in Luft aufgelöst hatte, sondern darauf wartete, dass sie sich noch einmal damit befasste und es zu einem ordentlichen Abschluss brachte.

Aber schließlich war John doch ihr Vater, und er war hier, und er freute sich, wenn sie kam. Vor allem wegen Maddie. Die Verbindung zwischen den beiden hatte nicht nur Roses Beziehung zu John verbessert, sondern auch die zu ihrer Tochter. Der Druck, unter dem sie beide gestanden hatten, und die Abhängigkeit voneinander waren gesunken, und es war spürbar, wie die Spannung nachließ.

John war jetzt ein Teil ihres Lebens, und ganz gleich, was kam, ob er sie näher an sich, an sein Inneres heranlassen würde oder nicht – Rose wusste, dass sie nicht wieder ohne ihn sein wollte.

»Na gut«, sagte Rose und lächelte beim Gedanken an einen weiteren Nachmittag in der Scheune mit ihrer Familie. »Wir fahren zu Opa und gucken mal, was er so treibt.«

Sie wollten gerade ins Auto steigen, als Rose Ted die Straße hinunterkommen sah. Sie dachte, er sei vielleicht auf dem Weg zu ihr, und winkte ihm zu.

»Hallo!«

Ted blieb wie angewurzelt stehen, betrachtete sie kurz mit der zögerlich winkenden Hand und machte dann auf dem Absatz kehrt, ohne sie auch nur ansatzweise zu grüßen. Gut, das bestätigte es also: Er ging ihr aus dem Weg, und Rose konnte ihm das nicht einmal übel nehmen. Du bist wirklich zu blöd, dachte Rose bei sich. Lässt dich vom Zauber des Augenblicks mitreißen – und jetzt ist Ted sauer auf dich.

»Ted hat so getan, als hätte er dich nicht gesehen«, stellte Maddie mit der für sie typischen Klarheit fest. »Dann mag er dich wohl nicht mehr. Das ist genau wie mit Lucy und Caroline. Die haben aufgehört, mit mir zu spielen. Und alle anderen dann auch.«

»Das war überhaupt nicht nett von Lucy und Caroline«, sagte Rose und kämpfte mit ihren verwirrten Gefühlen, während sie Ted nachsah. »Ich frage mich, wer wohl überhaupt mit so gemeinen Mädchen befreundet sein will.«

»Ich hätte nichts dagegen gehabt«, sagte Maddie ein klein wenig wehmütig, bevor sie hinzufügte: »Na, nun komm schon. Wir wollen Opa besuchen!«

Maddie rüttelte an der Scheunentür. Sie war verschlossen.

»Hier ist er nicht«, sagte Maddie ungeduldig. »Wo ist er denn dann? Er ist doch immer hier.«

»Na ja«, sagte Rose, als sie die Scheune erreichte. »Er ist ja nicht rund um die Uhr in der Scheune. Komm, wir gucken mal, ob er im Haus ist. Wir haben uns ja nicht angekündigt, wie du weißt, also vielleicht ist er gar nicht da. Vielleicht ist er unterwegs.«

»Opa ist nie unterwegs«, hielt Maddie überzeugt dagegen, und Rose musste sich eingestehen, dass er seit ihrem ersten Auftauchen hier in der Tat genau den Eindruck hinterlassen hatte. Sie hatte ihn bisher nur ein einziges Mal außerhalb der Grundstücksgrenzen des Storm Cottage gesehen, nämlich als er sie im Bed & Breakfast aufgesucht hatte. Sie konnte sich nicht vorstellen, dass er sich auf einem spontanen Ausflug befand.

Maddie rannte den Weg zum Haus hinauf und stellte sofort fest, dass die Haustür nicht verschlossen war, was aber überhaupt nichts zu bedeuten hatte. Rose hatte die Tür nicht ein einziges Mal verschlossen erlebt, und sie war sich ziemlich sicher, dass John nicht abschloss, wenn er wegging. Sie betraten Küche und Wohnbereich. Es war ganz still im Cottage. Eine halbleere Flasche Milch stand auf dem Tisch, am Fuß der Treppe befand sich ein Paar uralte, farbbekleckste Stiefel.

»Er ist da! Opa!«, rief Maddie und zeigte auf die Stiefel. »Opa!«

»Psst«, machte Rose, die sich wie ein Eindringling vorkam, während sie sich nach weiteren Hinweisen auf ihren Vater umsah.

»Warum?«, quietschte Maddie in einer Tonlage, die so gar nicht zu der staubigen Stille in dem kleinen Haus passte. »Wenn er nicht hier ist, kann er mich ja nicht hören, und wenn er hier ist, soll er uns doch hören.«

Da hörten sie von oben einen dumpfen Schlag.

»Opa!«, schrie Maddie und wollte schon die Treppe hinaufstürzen.

»Halt! Warte mal«, sagte Rose und hielt sie zurück. Irgendetwas stimmte nicht. Sie wusste auch nicht, was es war, aber ganz gleich, was es war, sie wollte nicht, dass Maddie es vor ihr herausfand. »Vielleicht sitzt er auf der Toilette. Oder er liegt noch im Bett. Oder …« *Er ist sturzbetrunken, weil die Wiedervereinigung mit seiner Tochter doch zu viel für ihn war,* dachte Rose düster. »Du wartest hier. Ich gehe hoch und sehe nach.«

»Ich will aber auch mit.« Maddie wollte schon wieder die Treppe hinaufsausen.

»Maddie!« Rose musste ihren Namen mit deutlich mehr Autorität als sonst ausgesprochen haben, denn statt wie üblich weiterzulaufen, kehrte Maddie tatsächlich um, ließ sich auf einen Stuhl am Küchentisch fallen, verschränkte die Arme vor der Brust und schmollte.

Rose holte tief Luft und stieg die steile, klapprige Treppe hinauf. Ihr gingen alle möglichen Szenarien durch den Kopf, die sich ihr nun bieten könnten: John, bewusstlos, mit einer leeren Flasche Wodka im Arm. John, im Bett mit »Jemand«, die Besorgungen für ihn machte und wer weiß was sonst noch. Oder vielleicht auch nicht John, sondern eine riesige, fleischfressende Ratte.

»John?«, rief Rose im Flüsterton, als sie die oberste Stufe erreichte. »Bist du da?«

345

Keine Antwort. Kein weiterer Schlag, kein Kratzen von ihrem Vater oder überdimensionalen Nagern. Rose bewegte sich langsam durch den Flur und öffnete die Tür zum Badezimmer. Leer. Sie spähte durch den Spalt der Tür zur Abstellkammer. Fast das ganze Gerümpel, das sich bei ihrem ersten Besuch dort befunden hatte, war weg, das kleine Zimmer wirkte nun, obwohl nach wie vor nur Platz für ein schmales Bett darin war, schön hell und geräumig. Inzwischen war Rose sich sicher, dass John nicht zu Hause war und dass der dumpfe Schlag eine Art Lebenszeichen des alten Hauses gewesen war. Um jeden Zweifel auszuräumen, bevor sie wieder hinunterging, öffnete sie die Schlafzimmertür.

Da sah sie, dass John im Bett war – zumindest zur Hälfte. Rose schlug die Hände vor den Mund und ließ den Anblick kurz auf sich wirken. Es sah ganz so aus, als sei ihr Vater aus dem Bett gefallen, nein, gestürzt. Seine langen Beine hatten sich in den Laken verheddert, während sein Rumpf verdreht auf dem Boden lag. Sein Gesicht war der Wand zugewandt, seine Haut schimmerte weiß.

»John!«, flüsterte Rose, ging neben ihm in die Knie und war mit einem Mal wieder das kleine Mädchen, das sich damals neben das Bett ihrer Mutter gekniet hatte. »John?«

Erleichtert atmete Rose aus, als John den Kopf drehte und sie ansah, doch die Erleichterung war nur von kurzer Dauer. Sein Gesicht war blass, und er hatte dunkle Ringe unter den tief in den Höhlen liegenden Augen. Wie lange lag er wohl schon so da?

Der scharfe Geruch im Zimmer und der feuchte Fleck auf dem zerknitterten Laken sprachen für sich.

»Bist du betrunken?«, fragte Rose und zog in einem Anflug von Misstrauen die Hand zurück.

»Rose ...« John verzog das Gesicht, offenbar bereiteten ihm das Atmen und das Sprechen Schmerzen. »Mir war ein bisschen schwindlig und dann die alten Knochen. Ich wollte aufstehen und bin hingefallen. Mein Rücken. Ich kann mich nicht bewegen.«

»Dein Rücken? Wie lange liegst du schon so hier?« Roses Hände tanzten in der Luft, sie wusste nicht, ob sie ihn anfassen sollte oder nicht und was sie überhaupt tun sollte. »Wie konnte das passieren? Hast du getrunken?«

»Nein!«, antwortete John so energisch, wie es ihm möglich war. »Nicht mal Wasser. Ich habe Durst ... Ich komm mir so blöd vor.«

»Komm, ich helfe dir auf.« Rose wollte ihn unter den Armen packen, wie sie es, seit sie klein gewesen war, mit ihrer zierlichen Mutter gemacht hatte, aber er war schwerer, als seine hagere Gestalt es vermuten ließ, und bewegte sich keinen Zentimeter. Je mehr sie es versuchte, desto mehr tat sie ihm weh.

»Tut mir leid, John, aber das schaffe ich nicht alleine«, sagte Rose verzweifelt. »Ich muss Hilfe holen.«

»Auf dem Block neben ...«

»Ich rufe einen Krankenwagen«, sagte Rose.

»Nein, nein!«, widersprach John wieder so energisch wie möglich. »Auf dem Block neben dem Bett steht eine Telefonnummer. Ruf da an.«

»Wessen Nummer ist das?« Rose rappelte sich auf und griff nach dem Block. Es handelte sich um eine Nummer in Keswick, so viel konnte sie sehen. »Die von deinem Arzt?«

»Nein«, keuchte John. »Ich will keinen verdammten Quacksalber. Die tun doch eh nie was.«

»Und wer ist das dann?«, fragte Rose verunsichert.

Eine halbe Ewigkeit hielt John die Luft an, dann atmete er unter Schmerzen aus und stieß hervor:

»Tilda. Sie weiß Bescheid. Sie weiß, was zu tun ist.«

13

Tilda in der Haustür ihres Vaters stehen zu sehen war für Rose, als stünde sie dem Leibhaftigen gegenüber. Sie schnappte nach Luft. Wie oft hatte sie abends im Bett gelegen und dieser Frau die Schuld daran gegeben, dass ihr Leben ein Scherbenhaufen war? Wie oft war sie morgens aufgewacht und hatte ihr die Pest an den Hals gewünscht? Die längste Zeit ihres Lebens war Tilda für Rose der Mensch gewesen, der sie ihres Glückes beraubt hatte – und jetzt stand sie da, war die in einem Notfall als Erste zu benachrichtigende Person in Johns Leben und sah nicht bedrohlicher aus als jede andere künstlerisch angehauchte Frau Mitte sechzig.

»Wie geht es ihm?«, fragte Tilda, als Rose befangen zur Seite trat, um sie hereinzulassen. Selbst wenn sie mehr Erfahrung im Umgang mit heiklen zwischenmenschlichen Situationen gehabt hätte – für Rose war und blieb dieser Augenblick eine enorme Herausforderung. Nach ihrem kurzen, fast schon surrealen Telefonat mit Tilda, das die ältere Frau überhaupt nicht weiter zu kratzen schien, hatte Rose behutsam Johns Beine vom Bett gehoben und ihm ein Kissen unter den Kopf geschoben, damit er wenigstens etwas gepolstert lag. Sie hatte sich neben ihn auf den Boden gesetzt und ihm – wie seinerzeit ihrer Mutter –

schweigend dabei geholfen, in Minischlucken etwas Wasser zu trinken. Damals hatte sie ihrer schluchzenden Mutter über die Haare gestrichen, und jetzt wusste sie kaum mehr, weshalb.

»Als es Mum richtig schlecht ging«, erzählte Rose, »habe ich sie auch manchmal auf dem Boden gefunden – eigentlich so oft, dass es fast normal war. Ich kam von der Schule nach Hause, trank ein Glas Saft, hob Mum vom Boden auf, half ihr ins Bett. Mit ihr ging das, an ihr war ja kaum was dran. Tut mir leid, dass ich dich nicht heben kann.«

»Dir muss überhaupt nichts leidtun«, sagte John und sah nun, da er etwas getrunken hatte, etwas besser aus. »Ich bin es, dem es leidtun müsste. Ich will mich endlich mal um dich kümmern, und dann läuft es wieder andersrum.«

»Um mich muss sich niemand kümmern«, hatte Rose reflexartig erwidert, und es waren dieselben Worte, die sie damals zu ihrer Mutter gesagt hatte. Aber jetzt entsprachen sie der Wahrheit, wie Rose in diesem Moment klar wurde. »Ich möchte einfach nur mit dir zusammen und Teil einer Familie sein. Das reicht mir schon. Das ist mehr als genug. Ich muss endlich auf eigenen Füßen stehen, um Maddie eine Zukunft bieten zu können.«

Es war Rose wie eine Ewigkeit erschienen, wie sie da neben ihm auf dem Boden gesessen hatte, und das Klopfen an der Tür war für ihren Geschmack viel zu früh gekommen.

»Bitte lass es nicht an ihr aus«, hatte John gesagt. »Es ist nicht ihre Schuld.«

Rose hatte nichts erwidert.

»Den Umständen entsprechend«, sagte sie jetzt zu Tilda. »Was ist mit ihm? Trinkt er wieder? Er hat keine Fahne, aber ... Ich will einfach nur wissen, was los ist. Ich bin schließlich seine Tochter.«

Rose sah zu Maddie, die auf dem Sofa saß und alles aufmerksam beobachtete.

Tilda antwortete nicht. Ihre Hand lag auf dem Treppengeländer, sie wollte ganz eindeutig schnell nach oben zu John, um ihm zu helfen. Sie bremste sich aber, weil sie Rose nicht einfach ignorieren konnte.

»Ich freue mich, dich zu sehen, Rose«, sagte sie vorsichtig. »Und mir ist klar, dass das hier schwierig für dich ist. Ich weiß, John hat dir nicht erzählt, dass wir immer noch ... in Kontakt stehen. Wenn es dir hilft, dann kann ich dir sagen, dass er lange nicht so glücklich gewesen ist wie jetzt, seit du wieder in sein Leben getreten bist. Auch wenn der Unterschied quasi homöopathisch dosiert ist.«

Tilda wagte ein winziges Lächeln angesichts dieser versuchsweise lustigen Bemerkung, aber Rose konnte es beim besten Willen nicht erwidern.

Sie öffnete den Mund, schloss ihn dann aber wieder, ohne dass ihr ein Wort über die Lippen gekommen wäre. Sie wusste einfach nicht, was sie sagen sollte. Sie war noch vollauf damit beschäftigt, die vielen neuen Informationen zu verarbeiten.

Wie es aussah, war Tilda immer noch Johns heimliche Geliebte. Rose hatte ihn nie gefragt, was aus ihr geworden war, sie war davon ausgegangen, dass die zerstörerischste aller Geliebten ihres Vaters irgendwo auf der Strecke geblieben war wie alle anderen lieblos entsorgten Gefährtinnen. Aber sie hatte sich geirrt. Er hatte ihr verschwiegen, dass Tilda immer noch da war. Nach all diesen Jahren hatte er sie wieder belogen.

»Gut … dann.« Tilda war sichtlich unwohl in ihrer Haut. »Wenn es dir nichts ausmacht, gehe ich mal nach oben. Als das zum ersten Mal passiert ist, hat mir eine Krankenschwester eine spezielle Hebetechnik gezeigt. Damit müsste ich es schaffen.« Rose sah Tilda nach, als sie die Treppe hinaufeilte, und fühlte sich wieder aus dem Leben ihres Vaters ausgeschlossen – wieder war sie das kleine Mädchen am Fuß der Treppe, dem der Vater einen Abschiedskuss gab.

Rose sah Tilda heute nicht zum ersten Mal. Sie hatte die Frau, die es offenbar geschafft hatte, John eine wahre Lebensgefährtin zu sein, schon einmal gesehen, als Tilda für John in seinem Studio Modell saß. Damals hatte Rose das Unbehagen ihrer Mutter über das, was möglicherweise am Ende des Gartens vor sich ging, daran ablesen können, wie sie den Blick starr aus dem Küchenfenster gerichtet und denselben Becher immer und immer wieder abgetrocknet hatte. Rose hatte beschlossen, die Lage zu untersuchen.

Kaum war sie zur Ateliertür hereingeschlichen, sah sie auch schon Tilda, wie sie sich nackt auf einer alten Chaiselongue räkelte, die John extra für dieses Gemälde angeschafft hatte. Rose war so fasziniert gewesen, zum ersten Mal in ihrem Leben einen nackten Menschen – außer sich selbst – zu sehen, dass sie ganz vergessen hatte, sich vor Johns Wutausbruch zu fürchten, der folgen würde, wenn er sie entdeckte. Er hatte ihr sehr deutlich erklärt, dass sie im Atelier nicht willkommen war, wenn er Tilda malte. Die Anweisung hatte sie so sehr geschmerzt wie einer von

Johns seltenen, aber gemeinen Schlägen quer über ihre Beine, wenn er sauer auf sie war. Rose war klar gewesen, dass John seine Tochter lieber mochte als seine Frau – er machte auch gar kein Geheimnis daraus, verschwor sich oft mit Rose gegen die arme Marian –, und der Gedanke, dass er vielleicht bald einen neuen Liebling haben könnte, hatte ihre kindliche Eifersucht entfacht. Als sie Tilda dann so auf dem schwarzen Samt daliegen sah, hatte Rose selbst in jenem zarten Alter begriffen, was John an dieser nicht von dieser Welt zu sein scheinenden Frau so faszinierte.

Tildas Körper war völlig anders als der ihrer Mutter. Er war üppig, ein Exzess milchweißen, kurvenreichen Fleisches, über das ihr dunkles Haar sich wie ein Wasserfall ergoss. Vor Tilda hatte John nie mit lebenden Modellen gearbeitet, und selbst damals, als kleines Mädchen, ahnte Rose bereits, dass sein neu erwachtes Interesse an Figurenmalerei in allererster Linie diesem speziellen Modell geschuldet war. Rose konnte den Blick nicht von Tilda abwenden. Das konnte John auch nicht – bis er Rose in der Ecke entdeckte. Er geriet außer sich vor Wut, packte sie beim Schlafittchen und warf sie im hohen Bogen aus dem Atelier in den dunklen, regnerischen Nachmittag. Von dem Augenblick an hatte Rose Tilda gehasst. Nun schien das ikonenhafte Bild, das über all die Jahre in ihrem Gedächtnis eingebrannt gewesen war, nur sehr wenig zu tun zu haben mit der Frau, die vor wenigen Minuten das Haus ihres Vaters betreten hatte. Nein, es hatte sogar gar nichts mit dieser älteren Dame zu tun.

Die schwarzen Haare waren zwar immer noch voll und lang, aber inzwischen ergraut. Sie legten sich über ihre massiven Schultern, und der einst so sinnlich-üppige

Körper war dick geworden. Ihre beeindruckende Oberweite füllte das lose bestickte Top reichlich aus. Ihre schwarzen Augen waren immer noch mit schwarzem Kajal umrahmt, und ihr fleischiger gewordenes Gesicht trug immer noch die Züge von damals: die schweren Lider, die gerade Nase und die vollen Lippen, die auf John so verführerisch gewirkt hatten – alles noch da. Aber noch verführerischer war der Alkohol gewesen, dachte Rose. John hatte schließlich den Wodka Tilda vorgezogen, und auch das war ihr an den Falten rund um Augen und Mund anzusehen. Trotzdem war sie immer noch hier. Keine Frage, sie war der geheimnisvolle Jemand, der einkaufte, putzte und wusch. Waren sie ein Paar? Frasier hatte ihr gegenüber Tilda mit keiner Silbe erwähnt, und John hatte ihr erzählt, Tilda hätte ihn vor Jahren verlassen. Was bedeutete es, dass sie immer noch Teil seines Lebens war? Und war das jetzt, wo ihr Vater aschfahl und geschwächt im Bett lag, überhaupt wichtig? Es erwischte Rose kalt, dass sie nie einen Gedanken daran verschwendet hatte, Tilda könnte im Leben ihres Vaters immer noch präsent sein. Sie war davon ausgegangen, dass er auch diese Beziehung vor die Wand gefahren hatte, wie er so vieles in seinem Leben vor die Wand gefahren hatte. Dass Tilda immer noch in der Nähe war, in welcher Funktion auch immer, bedeutete, dass Rose sich in einer Hinsicht ganz grundlegend in John getäuscht hatte: Er hatte zwar viele, die ihm mal etwas bedeutet hatten, verloren oder verstoßen. Aber nicht alle.

Nervös ging Rose am Fuß der Treppe auf und ab und fragte sich, was da oben wohl vor sich ging.

»Warum können wir nicht nach oben gehen?«, fragte

Maddie ungeduldig. »Und wer ist die Frau? Die sieht so komisch aus.«

»Sie ist eine Freundin von John«, sagte Rose und sah zur Decke.

»Opa hat keine Freunde«, sagte Maddie. »Außer uns und Frasier.«

»Anscheinend doch«, sagte Rose.

»Ja, aber wir sind seine Verwandten«, sagte Maddie. »Wir sind wichtiger. Ich will wissen, was mit ihm los ist. Ich bin die ganze Zeit hier unten geblieben. Warum darf ich jetzt nicht nach oben?«

»Kleinen Moment noch«, sagte Rose, die vermutete, dass John nicht sonderlich erpicht darauf wäre, sich von ihnen dabei zusehen zu lassen, wie Tilda ihm half, sich zu waschen und anzuziehen. Schweigend saßen sie noch eine halbe Stunde da und lauschten den dumpfen Schlägen und dem Scharren von oben, dem Geräusch des durch die Rohre rauschenden Wassers. Dann endlich hörte Rose, wie Tilda sie rief. Und da die ein sehr besorgtes Gesicht machende Maddie auch nicht länger zurückzuhalten gewesen wäre, bedeutete Rose ihr mitzukommen.

»Na, komm schon.« Sie legte den Arm um Maddies Schultern. »Aber keine Fragen. John ist müde, und es geht ihm nicht gut. Bestimmt freut er sich, dich zu sehen – aber nur, wenn du nicht permanent quasselst.«

»Würde ich nie tun!«, empörte Maddie sich und folgte Rose die Treppe hinauf. Ein klein wenig nervös war sie wohl – schließlich hatte sie keine Ahnung, was sie nach allem, was um sie herum vorgegangen war, erwartete.

Oben angekommen, umklammerte Maddie Rose von hinten, und als sie das Schlafzimmer erreichten, sahen sie

Tilda auf der Bettkante sitzen. John hatte den Arm lose um ihre Taille geschlungen, und sie strich ihm ein paar Strähnen aus der Stirn. Es war eine Szene voller Liebe und Zärtlichkeit, voller entspannter Zuneigung. Wie heimliche Geliebte wichen sie auseinander, als Rose und Maddie erschienen, und Rose gewann den Eindruck, dass sie noch immer ein Liebespaar waren. Auf dem Nachttisch lagen drei Blisterkarten Tabletten, alle halb leer. Tilda lächelte der hinter Roses Beinen hervorlugenden Maddie aufmunternd zu, sah kurz zu Rose und drückte dann eine Tablette aus der Packung und verabreichte sie John. Sie hielt ein Glas Wasser an seine Lippen zum Nachspülen.

»Was ist das?«, fragte Rose und betrat das Zimmer, während Maddie verunsichert in der Tür stehen blieb. »Was geben Sie ihm da?«

»Schmerztabletten«, sagte Tilda und legte beschützend die Hand auf Johns Hand – eine Geste, die Rose aus diffusen Gründen auf die Palme brachte. Vielleicht lag es daran, dass John neben Tilda plötzlich noch schwächer wirkte, weil sie ihn buchstäblich klein machte.

»Wozu? Was ist los mit dir, John?«

»Vor ungefähr einem Jahr...«, hob Tilda an, doch John schnitt ihr das Wort ab.

»Ich habe Arthritis. Die Scheißkrankheit macht mir mein ganzes Leben kaputt. Ich rede am liebsten gar nicht darüber. Und manchmal vergesse ich, meine Medikamente zu nehmen – das sind inzwischen richtig viele. Ich hab da keine Lust drauf. Und dann muss ich den Preis dafür zahlen. Ich falle aus dem Bett und kann mich nicht bewegen, ich alter Vollidiot. Bin total eingerostet.«

»Aber du hattest doch was von einem Schwindelanfall

gesagt?« Rose biss sich auf die Lippe. Irgendetwas verschwieg er ihr doch?

»Ja. Der kam davon, dass ich die blöden Medikamente nicht genommen hatte. Das wird schon wieder. Ich muss mich nur ein bisschen ausruhen, was essen und trinken. Machst du dir Sorgen um mich?« John streckte eine zitternde Hand nach Rose aus. Rose ging auf das Bett zu und verdrängte Tilda, als sie sich neben ihren Vater setzte. Sofort kam Maddie hinterher und sah mit unverhohlenem Misstrauen zu Tilda auf.

»Warum hast du mir nichts von deiner Arthritis erzählt?«, fragte Rose und warf einen Blick auf Tilda, die nun in der Nähe der Tür stand. »Ich hätte dir die Tabletten doch holen können! Ich hätte dir doch dabei helfen können, sie nicht zu vergessen!«

»Ich wollte nicht, dass du nach all den Jahren ohne Vater hierherkommst und dich um mich kümmerst, als wäre ich dein Kind«, sagte John mit fester Stimme. »Und außerdem weiß Tilda ja, was zu tun ist. Ich muss mich nur ein paar Stunden ausruhen, die Medikamente wirken lassen. Dann geht es mir wieder gut, und alles ist wieder normal.«

»Du siehst grau aus«, sagte Maddie. »Wirst du sterben?«

»Eines Tages, ja.« John lächelte schwach, als er Maddie kurz über die Wange strich. »Aber heute noch nicht. Versprochen.«

»Und morgen auch nicht«, sagte Maddie. »Und überhaupt nicht, bevor ich meine Bilder fertig gemalt habe, ja?«

»Abgemacht«, sagte John und musste ein wenig lächeln.

»Ich geh dann mal runter«, sagte Tilda. »Ich habe eingekauft. Möchtest du eine Kleinigkeit essen, Maddie? Ich habe auch Saft mitgebracht. Ich glaube, deine Mutter und John wollen ein bisschen reden.«

Maddie verzog rebellisch den Mund, und Rose wappnete sich bereits für einen ihrer typischen Anfälle. Doch der blieb erstaunlicherweise aus. Verdutzt beobachtete Rose, wie Maddie ganz offensichtlich herunterschluckte, was sie eigentlich sagen wollte, weil sie ahnte, dass es nicht gut ankommen würde, und einfach nur nickte.

»Na gut. Aber ich mag keine Butter auf meinen Sandwiches.«

Rose wartete, bis sie Tilda und Maddie die Treppe hinuntergehen hörte. Sie sah zu Johns Hand, die immer noch in ihrer ruhte. So alt und – jetzt, wo sie es sich bewusst machte – von der Arthritis immer krummer und schiefer werdend wie ein knorriger alter Baum. Sie kämpfte gegen die Tränen an.

»Und du hast wirklich nur Arthritis? Sonst nichts?«, fragte sie.

»Mir geht es gut«, sagte John. »Spätestens in ein paar Stunden. Das berührt mich sehr, dass du dir solche Sorgen machst.«

»Selbstverständlich mache ich mir Sorgen!«, sagte Rose. »Wie sollte ich nicht? Wir kennen uns zwar immer noch kaum – aber ich könnte es nicht ertragen, dich jetzt wieder zu verlieren.«

John drückte ihre Finger und brachte keinen Ton heraus.

»Tilda und du – ihr seid immer noch zusammen?«, fragte Rose leise, den Blick weiter fest auf seine Hand gerichtet.

»Wir sind … verheiratet«, sagte John. »Aber wir leben

schon lange nicht mehr zusammen. Mindestens zehn Jahre.«

»Verheiratet!« Entsetzt sah sie ihn an. Ihr war nie in den Sinn gekommen, dass er Tilda hätte heiraten können. »Seit wann?«

John entzog ihr seine Hand. »Seit die Scheidung von deiner Mutter durch war. Wir haben zum falschen Zeitpunkt und aus den falschen Gründen geheiratet. Ich kann mich kaum an unseren Hochzeitstag erinnern. Eigentlich an das ganze erste Ehejahr nicht. Tilda verließ mich, als das mit dem Trinken überhandnahm und es ihr zu viel wurde. Sie hatte gehofft, ich würde mich ihr zuliebe ändern und dass wir Kinder kriegen, ein Zuhause schaffen, ein normales Leben führen würden, aber daraus wurde nichts. Sie hat sehr viel für mich aufgegeben, und letzten Endes habe ich ihr nichts dafür zurückgegeben. Ich habe es geschafft, fast die ganze Liebe, die sie mal für mich empfunden hat, abzutöten. Sie brachte es nicht über sich, zu mir zurückzukehren, als ich trocken war, und ich war mir auch nicht sicher, ob es richtig wäre. Ich hatte sie einfach viel zu sehr verletzt. Und ich kann gut verstehen, dass sie das nicht noch einmal riskieren wollte. Sie wohnt jetzt in Keswick, hat da einen kleinen Schmuckladen. Sie mag mich immer noch genug, um einmal pro Woche für mich einzukaufen und ab und zu mal sauber zu machen. Und mir zu helfen, wenn ich ... krank bin. Wir sind wohl gute Freunde. Tut mir leid, dass ich dir das noch nicht erzählt hatte, seit du hier bist. Ich wusste einfach nicht, wie.«

»Ich fasse das einfach nicht«, sagte Rose entgeistert. Vor wenigen Stunden war Tilda nicht mehr gewesen als ein Geist aus der Vergangenheit, eine unwillkommene Erinnerung, und jetzt war sie plötzlich hier und sehr gegenwärtig und die *Ehefrau* ihres Vaters. »Ich habe die ganze Zeit gedacht, wir zwei würden Fortschritte machen – und du hast nichts Besseres zu tun, als heimlich mit ihr über mich zu reden.«

»Das stimmt nicht. Ich habe ihr nur gesagt, wie sehr ich mich freue, dass du hier bist und dass ich dich nicht vergraulen wollte, indem ich dir von ihr erzähle. Das hat sie ziemlich verletzt, aber sie hat es verstanden. Ich kann mir gut vorstellen, wie sehr du Tilda hasst, Rose, und wahrscheinlich hast du allen Grund dazu. Aber sie ist kein schlechter Mensch. Ich will nicht, dass du sie hasst, bitte. Ich …«

Rose wartete darauf, dass er den Satz beendete, aber mehr kam nicht, und dann lehnte er sich zurück in sein Kissen und sah plötzlich sehr erschöpft aus.

»Tut mir leid«, sagte Rose, die seine Zerbrechlichkeit erschreckte. »Dass Tilda hier ist, wird mich nicht vergraulen, und ich will sie auch nicht hassen. Es ist nur … Ich hatte nicht damit gerechnet, dass du noch Kontakt zu ihr hast, und auch nicht damit, dass du schon so … alt bist.«

Der Anflug eines Lächelns huschte über Johns graue Lippen.

»Das habe ich wohl verdient«, sagte er.

»Ich meine das nicht böse«, sagte Rose. »Ich will damit nur sagen, dass du in meiner Vorstellung immer so ein bärenstarker, unbesiegbarer Mann gewesen bist. Und jetzt kann ich sehen, dass du das nicht bist.«

»Ich bin alles andere als das«, sagte John, und die Lider wurden ihm schwer.

»Du musst schlafen, Dad«, sagte Rose.

»Sag das noch mal«, hauchte John.
»Du musst schlafen«, wiederholte Rose.
»Nein, den letzten Teil.«
»Dad«, sagte sie und lächelte, als er gleich darauf friedlich einschlummerte.

Als Rose nach unten kam, saßen Tilda und Maddie schweigend am Küchentisch, und Maddie musterte Tilda reichlich misstrauisch über ein großes Glas Saft hinweg.

»Es tut mir wirklich leid, dass wir uns unter diesen Umständen kennenlernen«, sagte Tilda und erhob sich etwas steif vom Küchenstuhl. »Ich finde es so schön, dass du hier bist. Das bedeutet John so viel.«

»Er hat schon mehr als genug gesagt, um mir mitzuteilen, wie es in ihm aussieht«, sagte Rose im Bewusstsein, dass Maddie sehr aufmerksam zuhörte.

»Das muss wirklich seltsam für dich sein«, sagte Tilda und lächelte freundlich. »Du hast sicher sehr gemischte Gefühle dabei, mir zu begegnen, und das kann ich gut verstehen. Darum lege ich jetzt am besten gleich die Karten auf den Tisch. Ich werde gar nicht erst versuchen, mich bei dir anzubiedern und dir meine Freundschaft anzutragen. Ich will John und dir nicht im Wege stehen, wenn ihr euch besser kennenlernt, aber wenn John meine Hilfe will oder braucht, werde ich kommen wie immer. Und ich möchte dich bitten, dich nicht zwischen uns zu stellen und das bisschen, was uns geblieben ist, zu torpedieren. Können wir uns darauf einigen?«

»Darauf können wir uns einigen«, sagte Rose, erleichtert darüber, dass sie der Frau, die sie zuletzt splitternackt gesehen und die so lange einen dunklen Schatten auf ihr

Leben geworfen hatte, nicht gleich um den Hals fallen und ihr alles verzeihen musste. Auch wenn Tilda, diese Frau von paarundsechzig, ihr heute wie ein völlig anderes Wesen vorkam als die Frau, die sie bisher wie ein böser Geist verfolgt hatte. Wenigstens konnte sie diesen Geist jetzt endgültig vertreiben.

»Wer ist diese Frau noch mal?«, platzte Maddie heraus und sah Rose an.

»Ich bin Tilda«, sagte Tilda. »Ich bin eine gute Freundin von John. Ich schaue ab und zu mal nach ihm.«

»Das ist jetzt nicht mehr nötig«, sagte Maddie, die die Spannung zwischen den Frauen womöglich spürte. »Er hat jetzt nämlich uns. Wir sind mit ihm verwandt.«

»Ich weiß, und ich finde das ganz wunderbar, aber John und ich ...«

»Ist ja auch egal«, sagte Maddie. »Jetzt braucht er Sie nicht mehr. Stimmt doch, Mum, oder? Jetzt, wo wir hier einziehen?«

Tilda sah zu Rose, die ganz schnell ihre eigene Überraschung zu kaschieren versuchte, als sie dem Blick der älteren Frau begegnete.

»Ist das wahr?«, fragte Tilda. »Das hat John noch gar nicht erwähnt.«

»Ach, er erzählt Ihnen also wohl nicht alles?«, sagte Rose und klang dabei gemeiner, als sie eigentlich wollte. »Wir bleiben heute auf jeden Fall über Nacht hier, um sicherzugehen, dass es ihm gut geht. Aber wir haben eigentlich nicht vor, hier zu wohnen. Jedenfalls noch nicht.«

»Okay«, sagte Tilda. »Ich habe Zutaten für einen Shepherd's Pie mitgebracht, den isst er immer besonders gerne nach ...«

»Den kann ich auch machen«, sagte Rose und warf einen bedeutungsvollen Blick Richtung Tür. »Falls Sie gehen möchten.«

Tildas Miene zuckte. »Natürlich. Wenn es das ist, was du willst. Sag ihm, er soll mich anrufen, falls er ...«

»Entschuldigung«, sagte Rose, der plötzlich aufging, dass ihre Gemeinheit nicht die sinnliche Verführerin traf, die ihr den Vater gestohlen hatte, sondern eine sehr besorgte ältere Frau. »Ich will nicht gemein zu Ihnen sein. Es ist nur ... Bis gerade eben habe ich von Ihrer Existenz nichts gewusst. Und es würde mir sehr viel bedeuten, mich heute Abend und Nacht um meinen Vater kümmern zu können.«

»Das verstehe ich«, sagte Tilda. »Was passiert ist, Rose, das ... tut mir alles sehr leid. Es tut mir leid, dass ich dazu beigetragen habe, dir Schmerz zuzufügen.«

»Danke«, sagte Rose, der keine bessere Antwort einfiel.

Tilda nahm ihre Tasche und ging, und sie tat Rose fast ein bisschen leid, als sie ihr trauriges Gesicht sah. Sie wusste, dass sie sich gerade unmöglich benahm und die Frau ungerecht behandelte, aber sie konnte das neunjährige Mädchen in sich nicht stoppen, das die Frau hinauswarf, die ihr so wehgetan hatte. Sie und Tilda würden sich einander schon noch annähern. Aber nicht heute.

»Wer war die Frau?«, fragte Maddie erneut, als Tilda gegangen war und Rose in eine Tüte mit Einkäufen sah und überlegte, ob sie überhaupt wusste, wie man Shepherd's Pie machte.

»Das war Opas Frau«, sagte Rose.

»Also meine Oma?«, fragte Maddie mit weit aufgerissenen Augen.

»Nein. Opas zweite Frau. Sie ist nicht mit uns verwandt.«

Mit jeder Menge Glück und kreativer Hilfe von Maddie gelang es Rose, etwas, das einem Shepherd's Pie relativ ähnlich sah, zusammenzuschustern. Maddie schälte mit viel Spaß die Kartoffeln, wobei Rose ihr zwischendurch irgendwann Einhalt gebieten musste, als sie mit zunehmender Versessenheit kugelrunde Kartoffeln produzieren wollte und sie fast bis auf Murmelgröße heruntergeschälte. Rose tippte aufs Geratewohl, was wohl mit dem Lammhackfleisch gemacht werden musste, damit es schön lecker braun aussah.

Richard hatte eine Liste von Lieblingsgerichten, deren Zubereitung Rose in Perfektion beherrschte: vom Steak-and-Ale-Pie bis zu Tintenfisch. Shepherd's Pie dagegen mochte Richard nicht, und darum hatte Rose nie gelernt, ihn zuzubereiten. Schon wieder ein ganz neuer, unerwarteter Aspekt in ihrem Leben, dachte sie und lächelte in sich hinein, als Maddie tat, als würde sie abwaschen, während sie in Wirklichkeit einfach nur ein bisschen mit dem warmen Seifenwasser spielte. Jetzt konnte sie ganz neu kochen lernen. Sie konnte sich an exotischen Gerichten wie Shepherd's Pie und Toad in the Hole versuchen und, wenn sie ganz verwegen sein wollte, vielleicht sogar an einer Lasagne. Als Rose so über ihr Leben nachdachte und darüber, wie verzweifelt es gewesen war, wie fast schon grotesk beschränkt, hätte sie am liebsten laut gelacht. Aber sie hielt sich zurück, weil sie immer noch Angst hatte, dass Richard sie hören könnte. Richard hatte es nie gemocht, wenn sie laut lachte.

»Ich find das schön«, sagte Maddie, füllte eine Milchflasche mit Wasser und goss es sich über die Hand. »Also nicht, dass Opa krank ist, das finde ich natürlich nicht schön, aber er stirbt ja nicht, und darum kann ich das hier doch schön finden, oder? Dass wir beide zusammen kochen. Ich find das gut.«

»Ich auch«, sagte Rose. »Ich weiß gar nicht, wieso wir das nicht schon früher mal gemacht haben.«

»Ich will hier wohnen, Mum«, sagte Maddie unvermittelt und drehte sich zu Rose um, Manschetten aus Spülischaum an den Handgelenken. »Ich mein das ernst, was ich vorhin zu der Frau gesagt habe. Ich will hier bei Opa wohnen und mit dir zusammen kochen und jeden Tag malen.«

Rose schob den fertigen Pie in den altersschwachen Ofen, von dem sie nicht sicher war, ob er überhaupt heiß genug war, und dachte einen Moment nach.

»Wenn wir hier wohnen wollen, müssten wir erst mal über so einiges nachdenken.«

»Zum Beispiel?«, fragte Maddie.

»Die Schule«, sagte Rose. »Bevor du dich's versiehst, fängt auch schon das neue Schuljahr an. Wir müssten eine neue Schule für dich finden.«

»Aber wieso denn?«, jammerte Maddie. »Ich find Schule doof. Die Lehrer mögen mich nicht, die anderen Kinder mögen mich nicht, und ich mag sie auch nicht. Ich bin nun mal kein Schulkind. Ich könnte doch zu Hause bleiben und ein Genie werden, wenn du mich lässt.«

Voller Liebe und Mitgefühl für ihr süßes, ungelenkes, ausgegrenztes kleines Mädchen ging Rose auf Maddie zu und schloss sie in die Arme.

»Das stimmt doch gar nicht«, sagte sie. »Dass die Leute dich nicht mögen. Du bist einfach nur anders als die meisten anderen Kinder, und darum fällt es ihnen etwas schwer, mit dir umzugehen. Ich meine, wie viele Siebenjährige wissen denn wohl so gut über das alte Ägypten Bescheid wie du? Oder wollen malen und zeichnen, statt mit Puppen zu spielen oder fernzusehen? Aber du brauchst nun mal Freunde in deinem Alter, und wenn wir hierbleiben, dann musst du zur Schule gehen. Und ich verspreche dir, dann eine bessere Mutter zu sein. Ich würde den Leuten helfen zu verstehen, was für ein ganz wunderbares Mädchen du bist, weil ich weiß, dass sie dich dann mögen werden.«

Ausnahmsweise entspannte sich Maddie mal und ließ die Umarmung ihrer Mutter zu.

»Wenn wir hierbleiben, würde ich es noch mal versuchen mit der Schule«, sagte Maddie.

»Und was ist mit Daddy?«, fragte Rose vorsichtig. »Wenn wir hier wohnen, würde das heißen, dass wir ziemlich weit weg sind von ihm.«

»Das macht nichts«, sagte Maddie und löste sich ein wenig aus der Umarmung, um ihre Mutter ansehen zu können. »Daddy ist doch ein schlechter Mensch, oder? Er hat mir und dir wehgetan, und er bringt dich so oft zum Weinen.«

Rose starrte die so entschlossen wirkende Maddie an und hätte am liebsten geheult.

»Ich weiß nicht«, sagte sie. »Ich weiß nicht, ob Daddy ein schlechter Mensch ist. Ich habe auch mal geglaubt, Opa wäre ein schlechter Mensch, und er hat auch ganz bestimmt ziemlich viel falsch gemacht, aber jetzt sind wir dabei, uns anzufreunden, ziemlich eng anzufreunden sogar, und jetzt glaube ich nicht mehr, dass er ein schlechter Mensch ist. Ich glaube, dass Daddy und ich nicht zusammengehören. Wir machen uns gegenseitig sehr unglücklich. Aber ich würde dich deinem Vater nie wegnehmen wollen, Maddie. Auch nicht, nachdem er uns eine solche Angst eingejagt hat.« Roses Mund wurde ganz trocken, als sie die Worte laut aussprach, die sie kaum zu denken wagte.

»Zu mir ist er vorher immer nett gewesen«, sagte Maddie. »Hat immer gelächelt, hat mich ihm vorlesen lassen, hat Ausflüge mit mir gemacht, damit ich etwas lerne. Aber so ist er jetzt nicht mehr. Er hat sich in einen Troll verwandelt.« Maddies Miene verschloss sich, als sie an die Geschehnisse jenes Abends zurückdachte. »Er hat mir wehgetan. Er ist nicht mehr mein Daddy.«

»Ich weiß«, sagte Rose leise und wusste nicht, wie sie erklären sollte, was sie selbst nicht recht verstand. Dass Richard seine unbändige Wut – wenn auch ohne böse Absicht – gegen Maddie gerichtet hatte, hatte sie bis ins Mark erschüttert, und sie hatte fürchterliche Angst, dass seine Hemmschwelle jetzt, wo er ihr einmal wehgetan und damit, wenn auch unbeabsichtigt, ein Tabu gebrochen hatte, gesunken war. Die ganze Zeit, die sie darüber nachgedacht hatte, Richard zu verlassen, vor ihm zu fliehen, war sie nie zu einem Schluss gekommen, ob das auch bedeuten würde, ihn vollkommen aus Maddies Leben auszuschließen und sie von ihrem Vater zu trennen, wie sie von ihrem getrennt gewesen war. »Ich bin mir sicher, dass es Daddy sehr leidtut, was passiert ist. Ganz sicher. Vielleicht kannst du eines Tages mit ihm darüber reden«, sagte Rose verunsichert. »Also, wenn du das möchtest.«

»Okay«, sagte Maddie. »Hauptsache, wir bleiben hier.«

»Ich weiß nicht, ob wir tatsächlich hier im Storm Cottage wohnen könnten«, sagte Rose. »Erstens gibt es hier nur ein sehr kleines zusätzliches Schlafzimmer – da passt du alleine ja schon kaum rein! –, und zweitens lebt John sehr gerne allein. Ich glaube nicht, dass er uns hier haben wollen würde.«

»Doch, würde er«, sagte John. Maddie und Rose sahen auf. John bewegte sich, das Geländer umklammernd, langsam die Treppe hinunter. »Ich würde mich freuen, wenn ihr hier wohnen würdet. Und Platz genug ist auch. Da.« Er nickte in Richtung einer Tür, die Rose bislang gar nicht aufgefallen war, weil sich eine Ansammlung von Kisten davor stapelte. »Da ist noch ein recht großzügiges Zimmer. Ich drücke mich seit geraumer Zeit davor, es zu meinem Schlafzimmer zu machen und ein Duschbad einbauen zu lassen, weil ich einfach nicht einsehen wollte, dass ich die Treppe bald nicht mehr schaffe. Aber ihr könntet da gut unterkommen, Rose, bis ich es umbauen lasse. Platz genug ist also, wenn ihr hier wohnen wollt.«

»Siehst du?«, sagte Maddie glücklich. »Schon geritzt. Kannst du schon wieder malen, Opa?«

»Kleinen Moment mal, Maddie«, sagte Rose und half John die letzten beiden Stufen herunter. »Darfst du überhaupt schon wieder aufstehen, Dad?«

»Mir geht's gut«, sagte John. »Hab doch gesagt, ich muss mich nur ein bisschen ausruhen und meine Tabletten nehmen.«

»Du siehst aber nicht gut aus«, sagte Rose und betrachtete Johns gräulich wächserne Haut.

»Es geht mir gut«, sagte er und schüttelte sie ab. »Ich

habe euch beide hier unten reden hören. Das war schön. Ich würde gerne mit dir unter einem Dach wohnen, Rose. Nicht, damit du meine Krankenschwester spielst und dich um mich kümmerst. Ich werde es schon noch eine Weile aus eigener Kraft machen, und wenn … falls das mal vorbei ist, werde ich anderweitige Hilfe in Anspruch nehmen.« John sah sie an und holte tief Luft, wie um Mut zu sammeln, um ihr das zu sagen, was er sich offenbar bereits zurechtgelegt hatte: »Ich würde mich freuen, wenn du hier einziehst, weil du mein kleines Mädchen bist. Und weil ich dich all die Jahre vermisst habe. Weil ich egoistisch und schwach bin, und je älter ich werde, desto dringender wünsche ich mir Vergebung.«

»Und weil du mich magst«, rief Maddie, die ungern übergangen werden wollte, ihm in Erinnerung.

»Und weil ich dich *sehr gerne* mag«, erklärte John dem Kind voller Zuneigung.

»Hier einziehen?« Rose sah sich in dem winzigen, ziemlich vollgestopften Zimmer um. »Und was ist mit Tilda?«

»Tilda bedeutet mir sehr viel«, sagte John. »Mehr, als ich sagen kann. Aber wir sind nur Freunde, nicht mehr. Ich kann niemals wiedergutmachen, was ich ihr alles genommen habe: die Chance auf ein glückliches Leben mit Kindern und Enkelkindern. Ich will sie nicht verlieren, und darum würde ich dich bitten zu versuchen, sie zu akzeptieren – oder dich eines Tages sogar mit ihr anzufreunden.«

Rose rieb sich das Gesicht. Das hier ging alles so schnell. Hatte ihr Vater sie nicht vor einer Woche noch so gut wie ignoriert? Konnten sich die Dinge wirklich so schnell ändern? Binnen eines Wimpernschlags? So vieles musste bedacht werden – die Konsequenzen, falls es nicht klappte, waren kaum auszudenken. Dabei ging es Rose nicht nur um Maddie, der sie nicht zumuten wollte, sich erst an ein neues Zuhause zu gewöhnen und dann wieder entwurzelt zu werden, sondern vor allem um sich selbst. Um den Schmerz, den es ihnen beiden zufügen würde, wenn John dann doch nicht mit ihnen unter einem Dach leben und sich um sie kümmern konnte, wie er sich das vorstellte. Rose war nicht stark genug, um ein weiteres Mal abgewiesen zu werden – nicht von ihrem Vater. Nicht schon wieder.

Und dann musste sie daran denken, wie ihre Mutter eines Morgens das Haus verließ und nie wiederkam, wie Richard eines Tages in das Eiscafé kam und das Kommando über ihr Leben übernahm, wie sie sich die Haare abgeschnitten und blond gefärbt hatte, wie sie sich von einem Mann, den sie kaum kannte, am ganzen Körper hatte küssen lassen. So war das Leben. Es war ein Blatt im Wind. Es stand ständig auf der Kippe. Das Leben war ein prekärer Zustand voller Unsicherheiten, und das hatte sie nur aufgrund ihrer Isolation in der Ehe mit Richard bisher nie so recht begriffen.

»Gut«, sagte Rose schließlich zu Maddies Entzücken. »Vielleicht könnten wir am Wochenende einziehen? Erst mal versuchsweise, um zu sehen, wie es läuft? Aber ja, Dad, ja. Wir würden sehr gerne hier bei dir wohnen.«

»Gut.« John lächelte und ließ sich ziemlich abrupt auf einen Stuhl plumpsen, sodass sowohl Maddie als auch Rose ihm sofort zur Seite eilten. »Herrgott noch mal, jetzt hört schon auf, mich wie einen Invaliden zu behandeln!

Wenn ihr so weitermacht, überlege ich es mir doch noch mal anders.«

»Hier willst du wohnen? Zusammen mit deinem Vater?« Shona betrachtete sich das Storm Cottage von außen. »Hat die Hütte ein richtiges Klo?«

Rose hatte Shona angerufen und ihr von ihren Plänen erzählt, und Shona war auf ihrem Weg nach Hause vorbeigekommen, um sich ordentlich zu verabschieden. Es war schon spät, fast elf, aber der Himmel war immer noch hell vom Mond und den Sternen.

»Ich will es versuchen«, sagte Rose vorsichtig. »Wer hätte das gedacht? Ich bin mit dem unausgegorenen Plan, mir Frasier zu angeln, hergekommen und habe meinen Vater, ein neues Zuhause und neue Freunde gefunden. Einen Ort, an dem Maddie sich wohlfühlt. Besser geht's doch gar nicht, oder? Meinst du, das ist es jetzt, Shona? Meinst du, jetzt sind wir endlich dran mit Glücklichsein?«

»Ja«, sagte Shona. »Ich glaube, wir sind jetzt endlich dran mit Glücklichsein. Du und ich. Ich habe das im Gefühl, Rose. Ganz stark.«

Die beiden nahmen sich in den Arm und hielten sich lange fest. Rose wollte ihre Freundin nur ungern gehen lassen.

»Jenny wird ganz schön enttäuscht sein, wenn du es ihr sagst.« Shona verdrehte die Augen. »Heute Nachmittag sah es ganz kurz mal so aus, als hätte sie einen neuen Gast. Da ist so ein Typ aufgetaucht, der hat behauptet, er sei ein Wanderer. Ich wette, der wandert von Pub zu Pub. Na, jedenfalls hat er sich kurz umgesehen, dann beschlossen, dass es ihm nicht gefiel, und ist wieder verschwunden. Wenn du ausziehst, hat sie keine Gäste mehr.«

»Ich werde schon etwas finden, wie ich ihr helfen kann«, sagte Rose. »Sie ist zwar gruselig, aber sie ist auch nett zu mir gewesen.«

»Hilf ihr dabei, ein Konzept zu finden, wie sie mit dem Anbau Geld verdienen kann, das wäre ein guter Anfang«, sagte Shona. Sie nickte Richtung Auto. »Ich muss dann mal.«

»Fahr vorsichtig«, sagte Rose. »Mach eine Pause, wenn du müde wirst. Und kein Alkohol am Steuer.«

»Nee, den könnte ich ja verschütten.« Shona kicherte. »Würde ich doch nie tun. Wer bist du, meine Mutter? Ach nein, das ist ja die wütende Frau, die zu Hause mit meinen Kindern festsitzt. Bis bald, Süße.«

»Bis bald«, sagte Rose. Sie blieb im Hof stehen, bis das Licht des kleinen Nissan von der Dunkelheit verschluckt wurde.

Jetzt war es so weit. Jetzt fing sie tatsächlich ein neues Leben an. Schluss mit den Proben. Jetzt wurde es ernst.

14

»Brauche ich meinen Pass?«, fragte Maddie, als sie und Rose früh am nächsten Morgen in Frasiers Auto saßen. Der Himmel wusste, wann er aufgestanden war, um sie um Punkt acht Uhr am Freitagmorgen abzuholen. Er wirkte sehr besorgt, als er von Johns seltsamem Zwischenfall hörte. »Soll ich den Spezialisten anrufen?«, hatte er John gefragt, kaum dass er zur Tür hereingekommen war und sich neben ihn an den Küchentisch gesetzt hatte. John beäugte ihn verächtlich von der Seite, es ging ihm also deutlich besser.

»Ach, bloß das Übliche«, sagte John. »Diese blöde Arthritis, die Tabletten, die Entzugserscheinungen, wenn ich vergesse, sie zu nehmen. Jetzt geht's mir wieder gut. Rose ist letzte Nacht hiergeblieben, und morgen kommen die beiden wieder und bleiben. Vielleicht für immer, wenn ich Glück habe.«

»Wirklich?« Frasier strahlte Rose an. »Was für wunderbare Nachrichten! Endlich jemand im Haus, der ans Telefon geht!«

»Das Telefon schalte ich gar nicht erst ein«, sagte John trocken und hob provokativ die Augenbraue. »Und jetzt sag mir mal bitte, wo du meine Tochter heute hinbringst. Und warum.«

»Oh. Äh … Ich wollte ihr nur mal die Galerie zeigen, einen kleinen Tagesausflug machen, ihr ein paar deiner Arbeiten zeigen und so«, hatte Frasier gesagt und war dabei etwas verlegen auf dem Stuhl herumgerutscht – wie ein Teenager, der zum ersten Mal vom grimmigen Vater seiner Freundin ins Kreuzverhör genommen wurde. »Du darfst gerne mitkommen. Aber bisher hast du ja immer, wenn ich dich gefragt habe …«

»Lieber würde ich mir die Augen mit einem rostigen Nagel herausbohren, als mich auch nur auf weniger als zehn Meilen diesem Pfuhl des Kommerzes zu nähern.« John schürzte die Lippen auf eine Art, die entweder auf totale Geringschätzung oder auf ein unterdrücktes Lächeln hindeuten konnte. Rose war sich da nicht ganz sicher.

»Wir müssen den Ausflug nicht machen«, meldete Rose sich zu Wort. »Wenn du lieber nicht allein sein willst, bleiben wir hier.«

»Ich komme prima allein zurecht«, sagte John. »Ich werde es sogar in vollen Zügen genießen, noch ein letztes Mal meine Ruhe zu haben, bevor mein Leben sich für immer ändert. Abgesehen davon hat Tilda gesagt, sie würde noch mal vorbeikommen und nach mir sehen.«

Rose war aufgefallen, dass Frasier große Augen gemacht und sie dann angesehen hatte, vermutlich, um ihre Reaktion auf die Nachricht, dass Tilda immer noch ein Teil des Lebens ihres Vaters war, abzuschätzen. Also hatte er auch die ganze Zeit von ihr gewusst. Ob ihr Vater wohl noch mehr Geheimnisse hatte, die Frasier für sich behielt? Rose hatte nicht viel Zeit gehabt, über alles nachzudenken. Die vergangene Nacht hatte sie für den Fall, dass

John nach ihr rufen würde, mit Maddie in dem schmalen Bett in der Abstellkammer verbracht. Maddie war in ihren Armen sofort eingeschlafen – Rose dagegen machte kaum ein Auge zu, weil die Gedanken in ihrem Kopf Karussell fuhren.

»Denk daran, dass du meine Tochter auf keine von mir als unangebracht eingestufte Weise anzufassen hast«, hatte John gesagt, und dieses Mal hatte seinen Mund ganz eindeutig ein Lächeln umspielt.

»Niemals-nicht, ich würde niemals ...«, hatte Frasier gesagt, und Rose war beinahe ein bisschen enttäuscht gewesen – doch dann folgte mit einem Grinsen: »... nicht ohne Roses Zustimmung.«

Rose hatte den ganzen Weg zum Auto gelächelt.

»Nein, du brauchst keinen Pass«, antwortete Frasier Maddie. »Jedenfalls jetzt noch nicht. Vielleicht wird es in ein paar Jahren schwerer für euch Sassenachs, die Grenze zu überqueren, aber heute geht's noch.«

»Was ist ein Sassenach?«, fragte Maddie ihn.

»Ein nicht besonders netter Spitzname der Schotten für die Engländer«, sagte Frasier und zwinkerte Rose zu, die aus dem Fenster sah und ein Lächeln unterdrückte.

»Das finde ich nicht nett«, sagte Maddie und schmollte. »Oder, Mum? Das ist überhaupt nicht nett.«

Es folgten ein paar Sekunden betretenes Schweigen. Dann fragte Frasier: »Wer will ›Ich sehe was, was du nicht siehst‹ spielen?«

Der arme Frasier McCleod hatte sein ganzes Leben noch kein einziges Mal mit Roses Tochter ›Ich sehe was, was du nicht siehst‹ gespielt. Er konnte nicht ahnen, worauf er sich da eingelassen hatte.

Nach fast zwei Stunden hielt Frasier endlich vor einem vier Stockwerke hohen, beeindruckenden, in grauem Stein im Regency-Stil erbauten Haus auf der Queen Street, gleich gegenüber einer gepflegten Parkanlage hinter dekorativen schmiedeeisernen Zäunen. Das Haus fügte sich in eine sehr elegant wirkende Häuserreihe ein und beherbergte, soweit Rose das bei einem ersten Blick aus dem Autofenster beurteilen konnte, auf allen vier Etagen die Galerie McCleod's Fine Arts. Frasier stieg aus, ging ums Auto und öffnete Rose die Tür, dann hob er Maddie von der Rückbank und setzte sie auf dem Gehsteig ab.

»Hier sieht's aus wie im Ausland«, sagte Maddie und blickte interessiert an dem Gebäude hoch. »Wie weit ist das Ungeheuer von Loch Ness von hier entfernt? Muss ich Schottisch können, um hier was zu verstehen? Wird man mich festnehmen, weil ich ein Sassa-Dingsbums bin?«

»Wie wär's, wenn wir mit etwas Tee und Kuchen anfangen?«, sagte Frasier, nahm Maddies Hand und führte sie in die Galerie. »Und nein, niemand wird dich festnehmen, versprochen. Ich muss schon sagen, junge Dame, ich habe ja schon öfter in meinem Leben ›Ich sehe was, was du nicht siehst‹ gespielt, aber bisher ist es nie so kompliziert gewesen. Du bist eine wahre Expertin.«

»Ich bin keine Expertin«, widersprach Maddie stolz, obwohl sie ganz offensichtlich genau das von sich selbst dachte. »Ich bin bloß sehr genau, wenn es darum geht, Dinge zu beschreiben, und darum muss ich manchmal mehrere Anfangsbuchstaben verwenden.«

»Ich wäre nie im Leben drauf gekommen, dass das blau-grüne-und-ein-bisschen-rosa Ding mit W eine Wolke war, die wir vor ungefähr dreißig Kilometern gesehen hatten!«, sagte Frasier mit erstaunlichem Wohlwollen, wenn man bedachte, dass Maddie den Großteil der Fahrt damit verbracht hatte, seine Grenzen auszutesten. Rose lächelte. Es freute sie, dass Maddie nun noch einen erwachsenen Freund hatte. Als Nächstes würde sie jemanden in Maddies Alter finden müssen, der ihre Tochter verstand.

»Ja, aber nur, weil du dich nicht richtig konzentriert hast«, sagte Maddie, die sich gerne von ihm an der Hand nehmen und in die Galerie führen ließ. »Dabei hab ich dir das doch die ganze Zeit gesagt!«

Die junge rothaarige Frau am Empfang strahlte Frasier an und kam hinter dem Tresen hervor, um Maddie und Rose zu begrüßen. Einen schrecklichen Augenblick lang dachte Rose, dieses bezaubernde junge Wesen in der Blüte seiner bildhübschen Jugend sei Cecily, doch dann stellte sich heraus, dass sie Tamar hieß, Kunst studierte und hier jobbte, um sich ihr Studium zu finanzieren. Dass sie in Frasier verknallt war, war nicht zu übersehen: Sie blinzelte ihm aufgeregt zu und kicherte, als er sie bat, Tee und Kuchen zu bringen. Doch an Frasier schien ihre offenkundige Bewunderung abzuperlen. Er hatte wahrscheinlich nur Augen für Cecily, dachte Rose.

»Kommt, wir sehen uns ein bisschen Kunst an«, sagte Frasier, nachdem er Tamar losgeschickt hatte. »Maddie, ich möchte, dass du mir deine Meinung zu meinen jüngsten Neuerwerbungen mitteilst. Du musst mir sagen, mit welchen ich Geld verdienen kann und welche ich besser zum Künstler zurückschicken sollte.«

Rose und Frasier ließen sich ein paar Schritte zurückfallen, als Maddie durch den großen Raum spazierte, der vermutlich aus ehemals vier bis fünf Einzelzimmern entstanden war. Frasier erklärte, er habe keine Kosten und Mühen gescheut, um diesen Hauptausstellungsraum zu schaffen, von dem noch ein paar kleinere Räume abgingen.

»Ich bin beeindruckt«, flüsterte Rose, die irgendwie meinte, hier nicht laut reden zu dürfen. »Und das alles hattest du bereits, als du bei mir in Broadstairs warst?«

»Gott bewahre, nein.« Frasier schüttelte den Kopf. »Damals war ich total abgebrannt. Aber ich wollte nicht, dass du das weißt. Ich wollte unbedingt einen guten Eindruck bei dir machen. Ich wusste, du würdest nicht mit irgendeinem billigen Hochstapler reden – und das war ich natürlich auch nicht. Ich war nur ... gerade dabei, ganz neu anzufangen, nachdem ich jahrelang für andere Leute gearbeitet hatte.«

Rose blieb stehen, als Maddie ganz dicht vor einem Gemälde verharrte, das in Roses Augen nicht viel mehr als einen großen lilafarbenen Klecks darstellte, ihre Tochter aber offenkundig faszinierte. Maddie betrachtete es ganz genau.

»Du hast auf jeden Fall Eindruck hinterlassen bei mir«, sagte Rose und sah ihn scheu an. »Einen viel tieferen, als dir bewusst ist.«

»Ich? Wirklich?«, entgegnete Frasier leise. »Und ich habe all die Jahre gedacht, du hättest mich für total ungehobelt gehalten, weil ich wie aus heiterem Himmel bei dir aufgekreuzt bin und alle möglichen schrecklichen Erinnerungen in dir geweckt habe, nur um ein Gemälde zu finden und zu Geld zu machen.« Er wandte sich ihr zu, und als sie seinen Blick auf ihrer Wange spürte, erwiderte Rose ihn. »Ich wollte damals so viel sagen, so viel tun. Du hattest etwas an dir, das war so … überwältigend. Du wirst lachen, Rose, du wirst mich albern finden, aber du kannst dir gar nicht vorstellen, wie schwer es mir damals fiel, dich dort zurückzulassen. Ich wollte das nicht. Ich kannte dich kaum, und doch … Ach, man kann im Leben so vieles bereuen. Zum Beispiel, dass man bestimmte Dinge nicht gesagt hat, und …«

Er bremste sich und senkte den Blick, worauf Rose instinktiv seine Hand nahm.

»Weißt du was?«, wisperte sie, plötzlich ermutigt von seinem Blick, dem Klang seiner Stimme und dem Bedürfnis, ihm die Wahrheit zu sagen. »Die paar Minuten mit dir an dem Tag haben mir all die Jahre die Kraft gegeben, weiterzumachen und die Hölle meiner Ehe auszuhalten. Immer wieder habe ich an dich gedacht und daran, wie du mich an dem Tag angesehen und wie du mit mir gesprochen hast. Mit jedem Mal, das ich an dich dachte, wurde ich ein klein wenig stärker, und der Grund dafür, dass ich …«

»Darling! Da bist du ja!« Blitzschnell entzog Frasier Rose seine Hand und drehte sich um. Eine große, schlanke, perfekt proportionierte, echte Blondine in gebügelter weißer Leinenhose und einem weißen Spaghettiträgertop aus Spitze, das nur wenig der Fantasie überließ, marschierte quer durch den Raum auf sie zu. Sie hatte eine fantastische Figur, musste Rose zähneknirschend eingestehen, und die musste natürlich zur Schau getragen werden.

»Cecily! Das ist ja eine Überraschung!« Frasier ging auf sie zu und wirkte etwas überrascht, als sie ihn direkt auf den Mund küsste. »Ich hatte gar nicht damit gerechnet, dich heute zu sehen. Ich dachte, du müsstest zu diesem ...«

»Du meinst das PR-Networking-Mittagessen«, sagte Cecily und strahlte abwechselnd Rose und Maddie an. »Ja, da muss ich auch noch hin, aber da du ja schon geduscht hattest und aus dem Haus warst, bevor ich heute Morgen aufgestanden war, und weil ich dich vermisst habe, dachte ich, ich schau mal kurz vorbei und sage guten Tag, bevor ich stundenlang so tun muss, als würde mich das, was deutlich weniger spannende Leute als ich so zu sagen haben, interessieren.« Cecily zwinkerte Maddie zu, und Maddie lächelte.

»Ich finde auch immer, dass alle anderen weniger spannend sind als ich«, stellte Maddie eifrig fest, als hätte sie soeben eine Seelenverwandte getroffen.

»Ist doch schrecklich langweilig, oder?« Cecily lächelte Maddie warmherzig an. »Also, was ist, Darling? Willst du mich deinen Gästen nicht vorstellen?«

Sie wandte sich Frasier zu, und der fragende Blick in ihren Augen verriet Rose, dass er seiner Freundin nichts von ihnen erzählt hatte.

»Natürlich. Cecily McLelland – Rose Jacobs«, sagte Frasier förmlich. Cecily reichte ihr die Hand und schüttelte sie einmal kräftig. »Die Tochter von John Jacobs. Sie ist zurzeit bei ihrem Vater zu Besuch und wollte sich die Galerie ansehen. Und da John für ungefähr sechzig Prozent unseres Jahresumsatzes sorgt, dachte ich, den Gefallen kann ich ihr ruhig tun.«

»Rose!«, sagte Cecily erfreut und überraschte Rose damit, dass sie sie in den Arm nahm wie eine alte, lange vermisste Freundin. »Wie schön, Sie endlich kennenzulernen! Ich habe mich schon oft gefragt, wie es wohl ist, das Kind eines Genies zu sein – und Ihr Vater ist ein Genie, da besteht überhaupt kein Zweifel. Sicher ist es für Sie manchmal genauso schwer, seine Tochter zu sein, wie für ihn, Künstler zu sein.«

Rose blinzelte. »Ach, ich weiß nicht. Wir hatten ja gut zwanzig Jahre gar keinen Kontakt.«

»Ach, natürlich«, sagte Cecily bestürzt. »Entschuldigung, wie unsensibel von mir. Ich habe wirklich ein Talent dafür, in Fettnäpfe zu treten – ich glaube, ich sollte einen PR-Berater nur für mich allein anheuern. Ich hoffe, dass sich zwischen Ihnen alles wieder einrenken wird. Für Sie beide. Ich bin hoffnungslose Romantikerin, müssen Sie wissen, ich glaube eisern an das Happy End.«

»Ich auch«, entgegnete Rose, regelrecht bestürzt darüber, dass die zwar etwas exaltierte und überkandidelt gekleidete Cecily eine richtig nette, anständige und nicht zuletzt gut aussehende Frau war.

»Eines schönen Tages«, sagte Cecily, schlang den Arm um Frasiers Taille und drückte ihn eng an sich, »werden wir beide unser Happy End bekommen, da bin ich mir ganz sicher. Ich wüsste nur zu gerne, wie Ihr Vater so ist, wenn er glücklich ist. Bis jetzt fand ich ihn eher abschreckend.«

»Sie kennen meinen Vater?«, fragte Rose erstaunt.

»Na ja, ich bin ihm einmal begegnet. Frasier hat mich mal mitgenommen. Da hat er eine ziemliche Show abgezogen und so getan, als könnte er mich nicht ausstehen!« Cecily lachte glockenhell. »Ach, was rede ich da? Er konnte mich wirklich nicht leiden. Na ja. Ich muss jetzt los zu stundenlangem hohlem Gelaber. Ich überlasse euch wieder ganz euch selbst.« Cecily drückte Rose noch einmal an sich. »Hat mich sehr gefreut, Rose. Achten Sie darauf, dass Frasier sich gut um Sie kümmert. Und du, Darling? Bist du wirklich nicht zum Abendessen zu Hause? Ich mache eins von meinen berühmten Wok-Gerichten.«

»Ich ... nein«, sagte Frasier entschuldigend. »Ich bringe Rose und Maddie dann noch zurück nach Millthwaite. Wird spät. Tut mir leid.« Er küsste sie auf den Kopf.

»Gut, dann erwarte ich eben gespannt deine Rückkehr«, sagte Cecily kokett. »Vielleicht ziehe ich mir sogar meinen besten Schlafanzug an.«

»Den haben Sie doch schon an«, sagte Maddie, doch Cecily rauschte bereits auf klackernden Absätzen über den Holzfußboden aus der Galerie.

»Das ist also Cecily«, sagte Rose. »Scheint mir eine tolle Frau zu sein.«

»Ja, sie ist toll.« Frasier hatte den Blick noch auf die Tür gerichtet, durch die Cecily soeben verschwunden war. »Wahrscheinlich viel zu toll für mich. Ich habe sie gar nicht verdient.«

»Gut.« Rose versuchte, sich innerlich aufzurichten. Bevor Cecily aufgetaucht und so ausgesucht freundlich gewesen war, hatte Rose ganz eindeutig das Gefühl gehabt, zwischen ihr und Frasier gebe es eine Verbindung – so als hätte sie ihm in dem Augenblick alles erzählen können und als hätte er sie angehört und vielleicht sogar so empfunden wie sie. Jetzt wusste Rose nicht, wie sie zu jenem Augenblick zurückkehren konnte – nicht, nachdem sie mit eigenen Augen gesehen hatte, auf welchen Typ Frau Frasier stand. Rose war vollkommen anders als Cecily und damit Lichtjahre davon entfernt, in

Frasiers Beuteschema zu passen. »Und was machen wir jetzt?«

Rose versuchte, nicht an Cecilys Stippvisite zu denken, als sie mitten in der Galerie auf einer Decke auf dem Boden saßen, Tee tranken, Kuchen aßen und redeten. Maddie war vollkommen hingerissen von diesem Drinnen-Picknick.

Alles war fast perfekt. Aber nur fast. Denn natürlich trat nicht das ein, was sie sich in ihren vielen Träumen immer ausgemalt hatte: Dass Frasier sie nur ansehen und sich seiner Liebe zu ihr bewusst werden würde und sie fortan und bis an ihr Lebensende glücklich miteinander waren. Rose wusste auch gar nicht recht, wie sie überhaupt auf die Schnapsidee gekommen war, eine solche Entwicklung der Dinge sei möglich. Vielleicht hatten die vielen Jahre, in denen sie von Frasier geträumt und ihn sich immer als den schönen Prinzen aus den Märchen vorgestellt hatte, die sie der meist wenig interessierten Maddie vorlas, ihren Blick verschleiert. Wenigstens hatte ihr Entschluss, dem Ruf ihres Herzens zu folgen und sich auf den Weg zu machen, ja, zu einer ziemlich kühnen Reise aufzubrechen, sie aus dem Turm befreit, in dem Richard sie eingeschlossen hatte, und sie zu ihrem Vater geführt. Darauf musste sie sich konzentrieren und darauf, dass sie Frasier ganz offensichtlich sehr am Herzen lag. Wenn sie sich doch nur diese fixe Idee aus dem Kopf schlagen könnte, ihn zu lieben und seine Freundin zu hassen, dann hätte sie in ihm vielleicht einen guten Freund. Und Rose wusste, dass sie jetzt und in der nächsten Zeit viele gute Freunde brauchen würde.

Sie musste endlich erwachsen werden und Maddie die Mutter sein, die sie brauchte und verdiente. Und selbst auch wieder Tochter sein. Und damit aufhören, sich von jüngeren Männern bei Mondschein auf einem Felsen küssen zu lassen. Rose seufzte, als sie dabei zusah, wie Maddie Frasier zu den um sie herum ausgestellten Werken ausfragte. Nur gut, dass sie nicht in Ted verliebt war, dachte sie, nachdem er sich jetzt so abrupt von ihr abgewandt hatte, aber schade war es schon, dass es mit der Küsserei nun ein Ende hatte – zumal Frasier in festen Händen war. Vielleicht war das der ultimative Test, ob man erwachsen war: Wenn man es schaffte, einfach so für sich zu leben, ohne überhaupt in irgendjemanden verliebt zu sein. Und wenn es nur in der eigenen Vorstellung war.

»Komm mal mit.« Frasier war aufgestanden und streckte die Hand nach Rose aus. »Den einen Raum habe ich mir bis zum Schluss aufgehoben. Der ist nur für dich.«

Rose beschloss dieses Mal, seine Hand nicht zu nehmen. Einer von ihnen musste schließlich eine Grenze ziehen, wenn sie einfach nur gute Freunde waren. Aber sie folgte ihm quer durch den Ausstellungsraum zu einer geschlossenen Tür am anderen Ende.

»Es handelt sich um eine der sehr wenigen Arbeiten von John Jacobs, die nicht schon verkauft waren, bevor er sie überhaupt gemalt hatte«, erklärte Frasier, die Hand bereits auf der Klinke. »Er hat es ein paar Wochen, bevor du kamst, gemalt, und ich glaube, dass du es lieben wirst. Er hasst es natürlich – ich habe ihn dabei erwischt, wie er es hinter der Scheune verbrennen wollte. Ich habe ihm gesagt, wenn er das macht, dann verbrennt er im Prinzip bares Geld, woraufhin er es natürlich erst recht verbrennen wollte, aber ich konnte ihn dann doch noch davon abhalten. Gott sei Dank, denn gerade habe ich es verkauft. Für eine sehr anständige Summe.«

Frasier öffnete die Tür zu einem langen, hell erleuchteten, in Weiß gehaltenen Zimmer, dessen hintere Wand komplett von einem Landschaftsgemälde eingenommen wurde. John Jacobs hatte sich von der Gegend um Storm Cottage inspirieren lassen und ihr mithilfe seiner Fantasie etwas Magisches, Traumhaftes verliehen. Für Rose war das fast ein bisschen surreal, da sie sich vorkam, als stünde sie vor dem auf Leinwand gebannten Traum ihres Vaters.

»Das ist wunderschön«, sagte Rose vollkommen fasziniert von dem, was sie da sah. »Ich verstehe einfach nicht, warum er diese Arbeiten so verabscheut.«

»Sehr interessant, das Orange da im Himmel«, sagte Maddie. »Opa kann wirklich was mit Farben. Er hat ja auch schon ein Buch drüber geschrieben.«

»Guck mal hier.« Frasier wollte Roses Hand nehmen, dachte dann aber an ihre Reserviertheit vor wenigen Minuten und winkte sie nur herbei, näher an das Gemälde heran. Ganz oben auf einem der Hügel konnte sie gerade so eine winzige Gestalt erkennen, ein sitzendes, in die Ferne blickendes Kind. Rose konnte den Blick lange nicht abwenden, ihre Augen füllten sich mit Tränen, und ihr Herz schwoll an, als sie begriff, was sie da sah. Es handelte sich um eine exakte Minireproduktion des Bildes, das ihr Vater von ihr als Kind gemalt hatte. Seine *Allerliebste Rose* saß da alleine in der Berglandschaft, eine winzige, verletzliche Gestalt, ganz allein den Naturgewalten ausgesetzt. So stellte John sie sich vor: allein und verloren.

»Das bin ich«, sagte Rose leise, als Maddie sich neben

sie stellte und die Darstellung betrachtete, die im Gesamtbild so winzig klein war, dass man sie glatt übersehen würde, wenn einen nicht jemand darauf hinwies. »Er hat mich gemalt.«

»Oder mich«, meldete Maddie sich ein bisschen neidisch zu Wort. »Ich finde, die sieht mir ein bisschen ähnlich.«

Rose wandte sich an Frasier. »Das heißt, er hat an mich gedacht. Schon bevor ich herkam, bevor ich bei ihm vor der Tür stand, hat er an mich gedacht. Ich war ihm nicht gleichgültig. Er hat etwas für mich empfunden.«

»Ich glaube, das hat er immer getan. Ich bin so froh, dass ich es dir noch zeigen konnte, bevor es nach Texas verschickt wird. Es ist ein Beweis für das, was dein Vater dir womöglich nie selbst glaubhaft vermitteln könnte: Dass es ihm leidtut, so unendlich leid, dass er dich verloren hat. Und dass er immer an dich gedacht hat.«

»Danke«, flüsterte Rose, und Tränen liefen ihr über die Wangen, als sie es etwas ungelenk zuließ, dass Frasier sie in den Arm nahm. »Du kannst dir gar nicht vorstellen, wie viel mir das bedeutet.«

»Und du kannst dir gar nicht vorstellen, wie viel es mir bedeutet, dir nach all den Jahren dieses Geschenk machen zu können.« Frasier wischte ihr mit dem Handballen eine Träne aus dem Gesicht. Maddie drehte sich um und sah zu Frasier und ihrer Mutter auf, die sich in den Armen hielten, während ihre Mutter weinte und gleichzeitig lächelte.

»Kann es sein, dass du in meine Mum verliebt bist?«, fragte sie.

Es war schon spät, als sie zum Bed & Breakfast zurückkamen, in dem Maddie und Rose die letzte Nacht vor ihrem Umzug ins Storm Cottage verbrachten. Der Rest des Tages in Edinburgh war damit vergangen, dass Frasier Maddie durch die Nationalgalerie führte, ihnen die schöne Stadt zeigte und sie im weltberühmten The Witchery zum Abendessen einlud. Frasier hatte sicher irgendwelche Beziehungen spielen lassen, um so kurzfristig dort einen Tisch zu bekommen. Dann hatte er sie wieder in seinen Audi gepackt und den weiten Weg zurück nach Millthwaite gefahren – dieses Mal allerdings in gegenseitigem Einvernehmen ohne die »Ich sehe was, was du nicht siehst«-Folter.

»Und jetzt willst du wirklich noch wieder ganz zurück nach Edinburgh fahren?«, fragte Rose, als er den Wagen parkte, und sah in Frasiers müdes, aber wunderschönes Gesicht. »Ich habe Angst, dass du am Steuer einschläfst. Das könnte ich mir nie verzeihen. Schließlich bist du heute nur so viel gefahren, um Maddie und mich herumzukutschieren.«

»Vielleicht hast du recht«, räumte Frasier zögerlich ein. »Ich bin wirklich langsam ein bisschen kaputt. Es ist nur – Cecily bringt mich um, wenn ich heute Abend nicht nach Hause komme. Andererseits will sie mich wahrscheinlich lieber später und lebendig zurückhaben als früher und tot. Obwohl, so sicher ist das gar nicht ...« Er lächelte, lehnte den Kopf an die Nackenstütze und sah Rose unergründlich an. »Nein, wenn ich es mir recht überlege, ist es wohl wirklich besser, wenn ich hierbleibe.«

»Wenn sie dich doch umbringt«, meldete Maddie sich hilfsbereit zu Wort und quetschte sich von hinten zwischen die beiden Vordersitze, »dann rufen wir die Polizei«.

»Wirst du bei meinem Vater übernachten?«, fragte Rose, die ihn nur ungern gehen lassen wollte, obwohl sie wusste, dass ihr das gar nicht zustand.

»Könnte ich machen.« Frasier warf einen Blick auf das Bed & Breakfast und sah dann wieder zu Rose. Er hatte da offenbar eine Idee, auf die Rose so schnell noch gar nicht gekommen war. »Ich könnte aber auch hier ein Zimmer mieten, und dann könnten wir uns noch ein bisschen unterhalten, wenn Maddie im Bett ist. Vielleicht könnten wir auch noch was zusammen trinken?« Rose wusste, dass es sie nicht über alle Maßen freuen sollte, dass Frasier soeben entschieden hatte, lieber noch mehr Zeit mit ihr zu verbringen, statt nach Hause zu seiner Cecily zu fahren. Sie wusste, dass er selbstverständlich einfach nur sehr vernünftig handelte, weil er auf dem Weg zu Cecily nicht irgendwo im Graben landen wollte – und doch war sie froh, dass ihre Versuche, freundschaftliche Grenzen zu setzen, von beiden Seiten in dem Moment verschoben worden waren, in dem er ihr das Gemälde ihres Vaters gezeigt hatte. Und sie wusste, dass es keinen Sinn ergab, so zu tun, als würde sie ihn nicht lieben.

Die Vorstellung, noch ein paar Minuten mit Frasier zu verbringen, war einfach zu schön, um sie sich von äußeren Umständen – nämlich Jennys wachsamen Blicken – verderben zu lassen. Außerdem würde der Umstand, dass sie einen zusätzlichen Mieter ins Haus brachte, Jenny vielleicht ein wenig milde stimmen, was ihren morgigen Auszug anging. Rose wusste, dass ihre Vermieterin das sehr bedauerte – und zwar nicht nur aus finanziellen Gründen.

Jenny freute sich in der Tat über den unerwarteten Gast und platzte fast vor Neugier ... Warum wollte er die Nacht unter demselben Dach verbringen wie Rose? Sie brachte die nörgelnde, todmüde, aber glückliche Maddie ins Bett und überließ es Brian, Frasier ein Einzelzimmer auf einer anderen Etage zuzuweisen. (»Bei uns wird nicht von Bett zu Bett gehüpft«, warnte Jenny Frasier, während sie mit Maddie die Treppe hinaufging, die prompt krähte: »Ich hüpfe dauernd von Bett zu Bett. Von meinem in Mums und von Mums in meins ...«)

Nachdem die Formalitäten erledigt waren, wünschte Brian ihnen eine gute Nacht. Er selbst habe einen anstrengenden Tag hinter sich, erklärte er, aber sie dürften gerne noch, so lange sie wollten, im Wohnzimmer sitzen. Kaum hatten sie die Wohnzimmertür geschlossen, hörten Frasier und Rose auch schon ein hitziges Wortgefecht auf der Treppe.

Brian versuchte Jenny davon abzubringen, noch einmal hinunterzugehen und sich quasi als Anstandswauwau ins Wohnzimmer zu setzen. Und obwohl ein Anstandswauwau ja überhaupt nicht nötig sein würde, war Rose doch dankbar, dass es Brian gelang, Jenny mit ein paar leisen Worten und etwas, das wie ein kräftiger Klaps auf den Hintern klang, zu einer Kursänderung zu überreden. Jedenfalls kicherte Jenny, als sie die Treppe wieder nach oben ging.

»Möchtest du ein Glas Wein?«, fragte Rose. »Ich hab in meinem Zimmer noch eine Flasche, die Shona mir dagelassen hat. Ein echter Tankstellenkauf, aber gar nicht so schlecht.«

»Ja, gerne«, sagte Frasier und fing an, sich Jennys Puppenhaus genauer anzusehen, als Rose hinausging. »Wirklich erstaunlich ...«

Maddie schlief bereits, als Rose ins Zimmer kam, den Skizzenblock mit einem mehr als nur passablen Porträt von Frasier gleich auf der ersten Seite unter dem Arm. Rose zog ihn vorsichtig hervor und betrachtete es. Die Nase stimmte nicht ganz, und die Schatten unter seinen Augen waren etwas zu dunkel geraten und ließen ihn älter aussehen, aber vor allem fiel Rose eins auf: Die Zeichnung zeugte von großer Zuneigung. Maddie mochte Frasier.

Rose nahm die Weinflasche vom Frisiertisch und dachte kurz nach. Vielleicht wäre jetzt der richtige Moment, Frasier das Geschenk zu geben, das sie von zu Hause für ihn mitgebracht hatte. Das Geschenk, von dem sie seit sieben Jahren hoffte, es ihm eines Tages geben zu können.

Sie konnte sich kaum einen besseren Zeitpunkt vorstellen, um es ihm zu zeigen. Allerdings befürchtete Rose, dass, sobald er es gesehen hatte, ihre Geschichte mit Frasier endlich einen Abschluss finden würde, und sie war sich nicht sicher, ob sie das überhaupt wollte. Andererseits hatte sie sich versprochen, nie wieder auch nur eine Sekunde in einem Leben stecken zu bleiben, das für sie so nicht weitergehen konnte, und mit Frasier würde es nicht weitergehen, jedenfalls nicht so, wie sie es sich erhofft hatte. Vielleicht war jetzt der richtige Zeitpunkt, um das letzte kostbare Kapitel im Buch ihrer Hoffnungen und Träume rund um Frasier abzuschließen und ein neues Buch aufzuschlagen, ein Buch über Freundschaft und Vertrauen, denn darauf konnte sich Rose – das wusste sie nach der Zeit, die sie heute gemeinsam verbracht hatten – verlassen. Frasier wusste so wenig darüber, wie ihr Leben mit Richard gewesen war, er hatte ihr so wenige Fragen dazu gestellt, und doch, war Rose sich sicher, ahnte er sehr viel. Darüber und über sie. Denn nur ein Mann, der sie wirklich verstand, konnte wissen, wie viel es ihr bedeuten würde, jenes Gemälde zu sehen. Frasier hatte ihr gezeigt, dass sie ihm vertrauen konnte, auf seine Freundschaft vertrauen konnte, und darum wollte sie ihm nun zeigen, dass sie ihm tatsächlich vertraute, indem sie ihm dieses kostbare Objekt gab.

Entschlossen kniete Rose sich neben ihr Bett und zog das immer noch in eine Decke gewickelte Paket darunter hervor. Sie drückte es sich an die Brust wie ein Kind und verabschiedete sich flüsternd von ihm.

Als sie wieder ins Wohnzimmer kam, hatte Frasier die Tür der Puppenhaus-Glasvitrine geöffnet und den Kopf tief in den Salon gereckt. »Meinst du, das ist ein Original?«, hörte sie ihn fragen.

»Ein Original-Puppenhaus?«, fragte Rose verwirrt.

»Ein Original-John-Gramere-Aquarell«, sagte er und zeigte auf ein winziges, an der hinteren Wand des Puppenhauses hängendes Gemälde, wie Rose sah, als sie über seine Schulter spähte. »Ich müsste es mir genauer ansehen, um ganz sicher zu sein, aber es sieht eigentlich zu gut aus, um eine Kopie zu sein, und er hat auch ziemlich viel Zeit hier in der Gegend verbracht. Könnte ein paar hundert Pfund wert sein ... Danke.« Er nahm Rose das Glas Rotwein ab, trank einen Schluck und riss sich sehr zusammen, um nicht das Gesicht zu verziehen.

»Nicht ganz aus dem Stoff, den du sonst so gewöhnt bist«, sagte Rose und lächelte, als Frasier sich in Brians Sessel setzte.

»Absolut widerlich«, räumte Frasier ein. »Aber zum Glück kompensiert die gute Gesellschaft so einiges. Ich bin froh, dass ich mich entschieden habe, heute Nacht hierzubleiben. Wir haben kaum Zeit allein miteinander verbracht, und mir ist aufgefallen, dass ... du mir fehlst, wenn du nicht da bist.«

Was folgte, war betretenes Schweigen. Frasier sah aus, als bereute er seine Worte, kaum dass er sie ausgesprochen hatte, und Rose wusste einfach nicht, wie sie reagieren sollte.

»Ich muss dir was sagen, Frasier«, hob sie schließlich an. Sie verknotete die Finger, als sie beschloss, die Sache trotz dieses Momentes der Verunsicherung hinter sich zu bringen, und atmete tief durch. »Wahrscheinlich klingt das alles ziemlich verrückt in deinen Ohren, aber ich möchte dich bitten, mir zuzuhören. Ich möchte dir die Geschichte zu dem hier erzählen.« Rose holte das Päckchen von der Anrichte, wo sie es zuvor abgelegt hatte, platzierte es auf Frasiers Schoß und kniete sich vor ihn hin. Eine gefühlte Ewigkeit beobachtete er sie im Schein der Lampe und sah aus, als lägen ihm tausend Worte auf der Zunge, von denen aber keins den Weg über seine Lippen fand.

»Okay«, sagte er schließlich, um einen entspannten Ton bemüht. »Klingt spannend.«

»Gut. Also.« Rose holte tief Luft. »Damals, als du vor meiner Tür standst, als du das Gemälde von mir als kleines Mädchen suchtest. Da hast du gemerkt, dass irgendetwas überhaupt nicht in Ordnung war, und du hattest recht.« Rose rutschte ein wenig auf ihren Knien herum und holte abermals tief Luft, um diesen Augenblick, nach dem sie sich so gesehnt und vor dem sie nun panische Angst hatte, zu überstehen. Aber sie hatte sich geschworen, nie wieder Angst zu haben, rief sie sich in Erinnerung, und so hob sie das Kinn und trat die letzte Etappe ihrer Reise an.

»Ich hatte solche Angst. Jede einzelne Sekunde, die du da warst, war ich vollkommen panisch. Ich hatte Angst, dass mein Mann nach Hause kommen würde, bevor du wieder weg warst, hatte Angst, dass er dich antreffen würde, denn ich wusste, dann würde er sehr, sehr wütend werden. Schon damals mochte er es nicht, wenn ich in seiner Abwesenheit mit anderen Menschen sprach, vor allem mit Männern. Schon damals sorgte er dafür, dass ich so viel Zeit wie möglich im Haus verbrachte, gab mir das Gefühl, wertlos und nutzlos und ohne sein Wohlwollen überhaupt nicht lebensfähig zu sein. Bis dahin hatte er mich noch nie geschlagen – das kam erst sehr viel später –, aber er schaffte es, mir Angst zu machen, ohne je Hand an mich zu legen. Er übte psychisch die totale Kontrolle über mich aus. Und ich glaubte ihm. Ich glaubte ihm, weil mein Vater mich und meine Mutter verlassen hatte und meine Mutter von jenem Tag an immer kleiner und schwächer und farbloser wurde, bis sie schließlich starb. An dem Tag, an dem du kamst, war mein ungeborenes Kind alles, was ich hatte. Ich hatte solche Angst davor, es in eine Ehe und ein Zuhause hineinzugebären, wo es keine Liebe und keine Hoffnung gab. Und ich dachte, du hältst mich bestimmt für spröde, verschlossen und etwas unwirsch. Aber du hast gespürt, dass irgendetwas nicht stimmte, und du hattest recht: Ich hatte Angst.«

»Ach, Rose.« Frasier lehnte sich in seinem Sessel nach

vorn. »Ich wusste es. Ich wusste, dass du gequält warst. Als ich dich zum ersten Mal sah, hätte ich dich am liebsten unter den Arm geklemmt und mitgenommen wie der bescheuerte Ritter auf dem weißen Pferd. Aber du warst verheiratet, du warst schwanger, du wohntest in einem schönen Haus, dein Mann war Arzt. Ich dachte, ich würde mir etwas einbilden und dass du sicher glücklich warst. Wenn ich dich doch nur darauf angesprochen hätte. Wenn ich dir doch nur hätte helfen können.«

»Du hast mir geholfen«, sagte Rose. »Du warst so nett zu mir, du hast einen eigenständigen Menschen in mir gesehen, jemanden, der interessant und wichtig war, jemanden mit einer Geschichte und einem Leben, jemanden von Wert. Und ich ... Ich bin seither so dankbar gewesen für diese eine Stunde mit dir, denn als die Dinge zwischen mir und Richard immer schlimmer wurden – und sie wurden sehr viel schlimmer –, konnte ich mich in die Erinnerung an dich flüchten, an dein Lächeln und daran, wie du mich angesehen hattest. Und dann wusste ich, ganz gleich, wie oft Richard mir erzählte, wie nutzlos und dumm ich war, dass das nicht stimmte. In solchen Momenten habe ich die Postkarte, die du mir geschickt hattest, hervorgeholt und immer wieder gelesen und Kraft daraus gezogen. Von dem Tag an, an dem du vor meiner Tür standst, bin ich Stück für Stück stärker geworden, bis ich endlich stark genug war, um ihn zu verlassen. Und ich hatte mir geschworen, dich eines Tages ausfindig zu machen und dir persönlich zu danken.« Rose legte die flache Hand auf das Päckchen. »Und jetzt ist es so weit.«

Frasier schüttelte den Kopf, und Rose fragte sich, ob er

wohl schon wusste, was sie jetzt sagen würde, und nicht wollte, dass sie es aussprach.

»Rose«, sagte er sehr ernst, »du weißt, dass ich wiedergekommen wäre, wenn ich all das gewusst hätte, ja? Dir ist hoffentlich klar, dass ich dich auf gar keinen Fall dort zurückgelassen hätte. Ich habe mir so lange Vorwürfe gemacht, dich im Stich gelassen und nicht genug für dich getan zu haben. Als ich dir schrieb, dass ich John gefunden hatte, und von dir keine Antwort kam, dachte ich – hoffte ich –, dass du glücklich seist, dass du weitergekommen seist. Das habe ich mir regelrecht eingeredet. Ich würde es mir nie verzeihen, wenn ...«

»Frasier«, unterbrach Rose ihn, da sie wusste, der Mut würde sie verlassen, wenn sie nicht bald sagte, was sie sagen wollte. »Ich war noch nicht fertig. Lass mich bitte ausreden.«

»Ja, natürlich. Tut mir leid«, sagte er. »Ich bin bloß ... ziemlich überwältigt. Und jetzt, wo du mir erzählst, was du so viele Jahre gedacht und gefühlt hast, kommt auch in mir wieder alles hoch.«

»Ich weiß«, sagte Rose, schauderte und holte Luft. »Und darum muss ich dir auch noch etwas sagen. Frasier, ich bin nicht wegen meines Vaters hierhergekommen. Ich hatte keine Ahnung, dass er hier ist. Ich bin hierhergekommen, weil das hier das Motiv auf der Postkarte ist und weil die Postkarte meine einzige Verbindung zu *dir* war. Ich bin *wegen dir* hierhergekommen. Ich wollte dir danken und dir das hier geben.« Sie nickte in Richtung Paket. »Ich habe nicht ganz die Wahrheit gesagt damals, bei unserer ersten Begegnung. Ich weiß auch nicht, warum. Wahrscheinlich, weil es das Einzige war, was ich noch von ihm hatte. Ich hatte es vor Richard versteckt, ganz hinten im ehemaligen Atelier. Und jetzt gehört es dir.«

Frasier runzelte die Stirn und schwieg, als sie den Bindfaden aufzog, mit dem sie die Decke zusammengebunden hatte, und den Inhalt freilegte. Frasier schnappte nach Luft und starrte ihn an.

»*Allerliebste Rose!*«, flüsterte er. »Du hattest es doch! Du hattest das Original. Die ganze Zeit.« Er sah zu ihr auf, seine Augen glänzten vor Freude. »Ach, Rose, du weißt nicht, wie lange ich schon darauf warte, es mit eigenen Augen zu sehen. Es ist wunderschön, genau, wie ich erwartet hatte, wenn nicht noch schöner. Ich hätte nie gedacht, dass ich das noch erleben darf.« Als er wieder zu ihr aufsah, hatte er Tränen in den Augen. »Danke, Rose. Danke, dass ich es sehen und anfassen durfte.«

»Ich schenke es dir«, sagte Rose überglücklich, weil sie ihm offenbar eine so große Freude machen konnte. »Es ist mein Geschenk an dich, mein Dank dafür, dass du mich gerettet hast. Auch wenn du nicht da warst, du hast mich trotzdem gerettet. Du hast mir das Leben gerettet.«

Frasier verschlug es kurz die Sprache, dann stand er sehr, sehr vorsichtig auf, legte das Bild auf den Tisch und kniete sich neben Rose auf den Boden.

»Das kann ich nicht annehmen«, sagte er sanft. »Dieses Bild ist mehr als nur ein Kunstwerk, es ist das, was die Verbindung zwischen dir und deinem Vater über all die Jahre aufrechterhalten hat. Es ist ein Objekt, von dem du dich nicht trennen solltest – nicht für deinen Mann, nicht für mich und auch nicht für Geld –, und es ist das Bild, das auch deinen Vater nie losgelassen hat. Ich kann das nicht annehmen, Rose. Es gehört dir und John, und da muss es auch bleiben. Ach, und übrigens«, sagte er und griff in die Innentasche seines Sakkos, »ich will dir auch noch etwas zeigen.«

Frasier zog ein zusammengefaltetes Stück Papier hervor und reichte es ihr. Mit zitternden Fingern faltete sie es auf. Rose stockte der Atem, als sie begriff, was sie da sah. Es war die Kopie der Skizze von *Allerliebste Rose*. Die, die Frasier ihr damals gezeigt hatte, als er bei ihr vor der Tür stand.

»Siehst du?«, sagte Frasier. »Du brauchst mir dein Bild nicht zu schenken. Du warst all die Jahre ganz nah bei mir.«

Rose wandte den Blick ab. Sie wusste nicht, was sie sagen oder denken sollte. Die Hoffnung, dass Frasier zumindest ansatzweise die gleichen Gefühle für sie hatte wie sie für ihn, war so unendlich zart, dass sie es jetzt, in diesem entscheidenden Augenblick, fast dabei belassen wollte.

»Aber ... aber ich wollte mich doch bedanken«, sagte Rose, »und ich wüsste nicht, wie sonst. Ich will es dir schon so lange geben.«

»Ich weiß«, entgegnete Frasier und umschloss ihr Gesicht mit beiden Händen. »Aber ich bin mir sicher, dass du dich tief in deinem Inneren nicht davon trennen möchtest. Und das musst du auch nicht. Dass ich es mit eigenen Augen sehen konnte, reicht mir völlig. Und dich zu kennen reicht mir auch völlig.«

Rose schmiegte ihre Wange in seine Hand, sie konnte seinem Blick nicht begegnen, als sie entsetzt spürte, wie er sie forschend ansah.

»Rose ...« Es fiel Frasier schwer, die Worte auszusprechen, derer er sich selbst nicht ganz sicher war. »... ich verstehe mich selbst und meine Gefühle gerade nicht. Ich dachte, ich hätte alles geregelt und mein Leben wäre jetzt so, wie ich es haben wollte. Ich dachte, ich wüsste, wohin ich gehe, was ich tue und dass ich eine einzige Stunde, die ich vor sieben Jahren mit einer wildfremden Frau verbracht hatte, die ich seither nicht mehr vergessen konnte, hinter mir gelassen hätte.«

Frasiers Hand bewegte sich, er hob Roses Kinn so an, dass sie gezwungen war, ihn anzusehen, und sein Blick schnürte ihr fast die Luft ab. »Aber seit wir uns wiederbegegnet sind, steht alles kopf. Ich bin wieder bei dir zu Hause, sitze wieder an deinem Küchentisch, sehe dich an und glaube, so unglaublich das klingen mag, dass ich mich zum ersten Mal in meinem Leben richtig verliebt habe. Und ich glaube es nicht nur, ich weiß es. Ich kann mich nicht mehr davor verstecken, Rose. Ich liebe dich. Ich habe dich damals geliebt, und ich liebe dich jetzt immer noch. Wahrscheinlich habe ich dich immer geliebt.«

Rose brachte keinen Ton heraus. Sie nickte nur und bebte am ganzen Körper.

»Tut mir leid«, sagte Frasier. »Das ist natürlich das Letzte, was du jetzt gebrauchen kannst. Dass ich dir eine Liebeserklärung mache, wenn du doch so viel anderes um die Ohren hast – dein Mann, dein Vater. Aber ich musste es einfach loswerden, Rose, weil praktisch alle anderen außer dir es längst gemerkt haben. Sogar Cecily hat mich durchschaut. Ich bin nun mal ein elender Schauspieler, und natürlich möchte ich sie nicht verletzen, aber ich kann mich einfach nicht mehr verstellen.« Zögernd nahm Frasier seine Hände von ihrem Gesicht und lächelte befangen. »Du musst dich jetzt zu nichts verpflichtet fühlen.«

»*Verpflichtet?*« Rose berührte mit den Fingerspitzen seinen Arm. »Du bist mir vielleicht einer! Willst du mir wirklich sagen, dass du keine Ahnung hast, dass es mir mit dir ganz genau so geht? Jahrelang habe ich gehofft und mich danach gesehnt, wieder mit dir in einem Zimmer zu sein, und jetzt kann ich kaum glauben, dass es wahr ist. Mir geht es wie dir, Frasier, natürlich! Auch seit dem ersten Tag. Ich liebe dich, Frasier.«

Ungläubig verharrten sie beide – dann nahm Frasier ihre Hand und zog Rose an sich heran.

Langsam und unendlich zärtlich küsste er sie, so leicht, dass es kaum zu spüren war, und doch spürte Rose es in jeder einzelnen Zelle ihres Körpers, und die vielen Jahre unterdrückter Sehnsucht stiegen in ihr auf wie eine gewaltige Flutwelle. Sie empfand keinerlei Unsicherheit, keine Angst. Das hier hatte nichts mit der unbekümmerten, experimentierenden Küsserei mit Ted zu tun. In Rose war nur ein einziges Gefühl: dass sie endlich da war, wo sie hingehörte. So lange hatte sie geglaubt, einen Märchenprinzen zu lieben, ein perfektes Wesen ihrer eigenen ausgehungerten Fantasie, aber jetzt, jetzt wusste sie, dass die Liebe, die sie für Frasier empfand, echt war, weil sie den Mann aus ihren Träumen endlich im echten Leben kannte, und da war er noch viel wunderbarer.

»Du bist so zart, ich habe Angst, du könntest in meinen Händen zerbrechen«, flüsterte Frasier und konnte kaum atmen vor lauter Liebe.

»Ich bin aber nicht so zart, dass du mich nicht noch mal küssen dürftest«, flüsterte Rose und schmiegte sich enger an ihn. Ihre Küsse wurden ein wenig mutiger, eindringlicher, bis Frasier sich zurückzog.

»Wir brauchen nichts zu überstürzen«, sagte er. »Nicht, nachdem wir so lange gewartet haben.«

»Hast du es dir anders überlegt?«, fragte Rose ängstlich und auf das Schlimmste vorbereitet.

»Nein, nein ... Gott, Rose, überhaupt nicht. Nichts täte ich jetzt lieber, als mit dir ins Bett zu gehen. Aber du hast so viel durchgemacht, und ich habe fast acht Jahre auf diesen Augenblick, auf dieses Leben mit dir gewartet. Ich will nichts zerstören. Alles muss seine Ordnung haben, bevor wir uns richtig zusammentun. Es gibt Menschen um uns herum, die es verdient haben, mit Respekt behandelt zu werden: Cecily, dein Vater, Maddie. Und vor allen Dingen du. Du bist wie eine Blume, eine Rose, die leicht zerdrückt werden kann, und ich möchte nicht, dass irgendjemand von uns einen übereilten, falschen Schritt macht und dadurch dich oder das, was wir vielleicht zusammen haben werden, gefährdet.« Er lächelte, zog sie in seine Arme, hielt sie fest und küsste ihre Haare. »Es kommt mir vor wie ein Wunder, dich endlich lieben zu dürfen und dass du meine Liebe erwiderst, und ich möchte nicht, dass irgendeine dumme Kleinigkeit das kaputt macht. Und darum werde ich dich jetzt noch einmal küssen, allerliebste Rose, und dann werde ich dir gute Nacht sagen, und falls ich dann wirklich schlafen sollte, was ich stark bezweifle, dann wird es in dem Wissen sein, dass ich mich in die Frau, die ich schon immer geliebt habe, verliebt habe, und morgen früh werde ich anfangen, alles zu regeln, damit wir den Rest unseres Lebens zusammen verbringen können.«

»Wirklich? Meinst du das ernst? Richard wird uns das

Leben schwer machen, das weißt du, ja? Er wird mich verletzen und bestrafen wollen dafür, dass ich ihn verlassen habe.«

»Das soll er nur mal versuchen«, sagte Frasier. »Aber mit mir an deiner Seite hat er keine Chance. Abgesehen davon bist du viel stärker, als dir selbst klar ist, Rose. Sieh doch nur mal, was du schon alles geschafft hast, nur um jetzt hier sein zu können. Also, ich würde sagen, du hast ganz schön Haare auf den Zähnen.« Frasier rappelte sich auf und half auch Rose auf die Füße.

»Gute Nacht, Rose«, sagte er und begleitete sie die Treppe in den ersten Stock hinauf.

»Ich bin so glücklich«, sagte Rose und kräuselte die Braue, als sie auf ihre Zimmertür zuging. »Und das macht mir Angst. Angst, dass doch noch etwas schiefgeht.«

»Dieses Mal nicht«, sagte Frasier. »Versprochen. Gute Nacht, meine Liebste.«

»Gute Nacht, Frasier«, sagte Rose.

Als sie endlich unter die Decke schlüpfte, die kühlen Laken auf der Haut spürte und wusste, dass Frasier nur ein Stockwerk über ihr war und Maddie friedlich neben ihr schlief, war Rose tatsächlich restlos glücklich. Glücklicher, als sie es in ihrem gesamten Erwachsenenleben je gewesen war, weil sie zum ersten Mal eine Zukunft hatte, auf die sie sich freuen konnte.

15

»Mum? Du summst«, sagte Maddie, als Rose ihr die Haare bürstete, um sie für das Frühstück in irgendeine Form von Frisur zu bringen. »Warum summst du?«

»Weiß nicht«, sagte Rose glücklich und dachte an die Sekunden, in denen ihre Finger letzte Nacht auf dem Treppengeländer Frasiers Finger berührten. »Es ist ein wunderschöner Morgen, wir ziehen ins Storm Cottage, du bist eine großartige Tochter. Ich bin wohl glücklich.«

»Ich auch«, sagte Maddie nachdenklich. »Ich bin auch glücklich. Obwohl mir Jennys Essen fehlen wird.«

»Na, dann komm.« Rose streckte ihre Hand aus. »Wir gehen runter und schwelgen ein letztes Mal in Jennys Spezialfrühstück.«

Rose und Maddie plapperten fröhlich weiter, als sie den Frühstücksraum betraten, wo Frasier bereits am Tisch saß. Ihm gegenüber befand sich zu Roses Überraschung und Entsetzen Ted. Im Handumdrehen verwandelte sich Roses stille Zufriedenheit in fürchterliche Unruhe. Was machte Ted denn hier? Was wollte er? Und viel wichtiger: Was wollte er sagen? Und wem?

Ganz ruhig bleiben, sagte Rose sich selbst. *Schließlich ist das hier ja Teds Elternhaus. Es ist sein gutes Recht, hier zu sein, und wahrscheinlich hat das überhaupt nichts mit dir zu tun.*

Die beiden Männer sahen auf, als Rose und Maddie hereinkamen, und strahlten sie an.

»Rose«, sagte Frasier nur und hielt sich damit an das Versprechen, ihre Verbindung geheim zu halten, bis alle Hindernisse aus dem Weg geräumt waren. Aber seine Augen sagten mehr als tausend Worte. Rose fand das ziemlich aufregend und kam sich vor wie in einem Roman von Jane Austen, in dem zwei heimlichen Geliebten nicht mehr möglich war, als sich sehnsüchtige Blicke zuzuwerfen und sich hin und wieder flüchtig zu berühren. Allerdings versetzte Teds Anwesenheit der Romantik einen gewaltigen Dämpfer. Rose spürte instinktiv, dass er aus einem betimmten Grund gekommen war und dass dieser Grund etwas mit ihr zu tun hatte. Würde schon alles gut gehen, beruhigte Rose sich selbst. Ted war ihr Freund, er würde nicht versuchen, sie zu verletzen.

»Hallo, Rose«, sagte Ted und erhob sich halbwegs, als sie sich näherte. Rose hätte sich gerne an einen anderen Tisch gesetzt, aber Maddie marschierte schnurstracks auf Frasier zu und setzte sich neben ihn. »Ich bin so froh, dass ich dich noch erwische, bevor du zu deinem Vater ziehst.«

»Ach?« Rose bemühte sich, unbekümmert zu wirken.

»Hat deine Freundin dich umgebracht?« Maddies neugierige Frage an Frasier unterbrach Ted vorerst.

»Noch nicht«, sagte Frasier und sah lächelnd zu Rose. »Vielleicht später. Ziemlich sicher sogar.«

»Hoffentlich nicht«, sagte Maddie. »Ich kann dich nämlich ganz gut leiden.«

»Ich wollte kurz mit dir reden«, sagte Ted, als Rose sich widerstrebend neben ihn setzte, und lenkte damit Frasiers Interesse von seinem knusprigen Speck ab. »Unter vier Augen, bitte?«

»Was hast du denn unter vier Augen mit meiner Mieterin zu besprechen, junger Mann?«, fragte Jenny misstrauisch, die gerade mit einer frischen Kanne Tee hereinkam.

»Wenn ich dir das sagen würde, wäre es nicht mehr unter vier Augen, oder?« Ted zwinkerte der kichernden Maddie zu. »Hast du ein paar Minuten, Rose? Wir könnten kurz in den Anbau gehen.«

»In den Anbau?«, rief Jenny aufgeregt. »In den Anbau? Weißt du, was du bist, Ted? Du bist keinen Deut besser, als du sein solltest.«

»Alles klar, Mum. Ich hab keine Ahnung, was du damit eigentlich meinst«, entgegnete Ted, dem es ganz offensichtlich sehr wichtig war, das loszuwerden, was er loswerden wollte. »Rose? Bitte?«

»Äh … okay. Aber nur kurz«, sagte Rose und lächelte schwach in Richtung Frasier, der ein äußerst besorgtes Gesicht machte, als Rose mit Ted verschwand.

»Mum zieht andauernd mit Ted los«, hörte Rose Maddie noch sagen. Das Kind gab sich wieder einmal ganz seiner Leidenschaft hin, Dinge einfach nur deshalb zu sagen, weil sie so schön dramatisch klangen. »Als hätten sie irgendein Geheimnis oder so.«

»Hör zu, Ted …«, hob Rose an, kaum dass sie unter sich waren. Sie wollte das hier so schnell wie möglich hinter sich bringen und dann zu Frasier in den Frühstücksraum zurückkehren. »Es ist alles gut. Du musst nichts sagen.«

»Doch«, beharrte Ted. »Ich muss dir sagen, dass es mir leidtut.«

Rose wartete ab, doch mehr kam nicht. Er sah zu dem uralten Fransenlampenschirm auf, als könne der ihm etwas soufflieren.

»Gut. Wunderbar. Kein Problem. Schon vergessen«, sagte Rose, doch bevor sie sich abwenden konnte, sprach Ted dann doch weiter.

»Es tut mir leid, dass ich neulich kehrtgemacht und so getan habe, als hätte ich dich nicht gesehen. Und es tut mir leid, dass ich mich seit neulich nachts nicht mehr bei dir gemeldet habe. Du hältst mich sicher für einen ganz schönen Arsch.«

»Ist schon gut«, wiederholte Rose und bewegte sich langsam in Richtung Tür. »Das muss dir nicht leidtun, und du musst mir auch nichts erklären. Ich verstehe das. Wir haben uns da zu etwas hinreißen lassen – ich habe mich da zu etwas hinreißen lassen – also, lass uns die ganze Sache einfach vergessen und nach vorn schauen, ja?«

Entgeistert starrte Ted sie an. »Das ist es nicht, was ich sagen will. Überhaupt nicht.«

»Was?« Rose sah sehnsüchtig zum Ausgang, den Ted ihr versperrte. »Wie bitte?«

»Du hast bei mir eingeschlagen wie eine Bombe«, sagte Ted. »Und darum habe ich mich nicht mehr bei dir gemeldet seit ... neulich. Ich habe versucht, einen klaren Kopf zu bekommen. Und ehrlich gesagt, hat es jetzt einfach so lange gedauert, bis ich endlich den Mut hatte, es dir zu sagen.«

»Oh«, machte Rose, die nur ungern jemandem wehtun

wollte, der so gut zu ihr gewesen war. »Oh, Ted, das tut mir so leid ...«

»Sag jetzt bitte nicht, dass es dir nicht genauso geht«, sagte er unglücklich. »Ich weiß, dass es dir genauso geht, weil ich nämlich niemals etwas so stark empfinden könnte, wenn es nicht gegenseitig wäre. Das weiß ich einfach.«

»Es ging mir ganz kurz so wie dir«, sagte Rose so behutsam wie möglich. »Ich dachte, ich könnte auch tiefere Gefühle für dich entwickeln. Und du liegst mir wirklich sehr am Herzen, Ted, aber ansonsten empfinde ich leider nicht so wie du. Wirklich nicht.«

»Ich weiß schon«, fuhr Ted fort, als hätte er sie nicht gehört. »Ich weiß schon, was du jetzt sagen wirst: dass du älter bist als ich, noch verheiratet und dass du an dein Kind denken musst. Aber wenn du mal überlegst, Rose – wenn du mal ehrlich bist –, dann sind das doch bloß Ausreden. Du wirst bei deinem Vater einziehen und damit ganz in meiner Nähe wohnen. Ist doch genau das Richtige für uns, um uns in aller Ruhe besser kennenzulernen. Kein Druck.« Ted hielt die flache Hand in die Luft, wie um seine Worte zu unterstreichen. »Und du wirst ja nicht ewig verheiratet bleiben. Ich kann dir bei der Scheidung helfen und mich sogar um deinen Ex kümmern, wenn er dir auf die Pelle rückt.«

»Ted«, sagte Rose wieder in dem Versuch, sich Gehör zu verschaffen. Ihr war ganz elend zumute. Sie hätte nie gedacht, dass ihre erste spontane Handlung im Leben zu so etwas führen könnte und dass sie nun auf einmal Ted verletzen musste. »Das geht nicht. Ich will das nicht. Ich bin nämlich ...«

Doch bevor Rose den Satz fertig sprechen konnte,

hatte Ted sie bei den Armen gepackt und versuchte, sie zu küssen. Rose geriet sofort in Panik, wandte das Gesicht ab und versuchte, sich aus seinem Griff zu befreien. Für sie ging es in diesem Augenblick einzig und allein darum, von ihm wegzukommen, von einem Mann wegzukommen, der sich ihr mit Gewalt aufdrängen wollte.

»Nein!«, schrie sie. »Nein, nein, nein!«

In dem Augenblick betraten Jenny und Frasier das Zimmer.

»Sie meinen also, das könnte so eine Art Atelier werden? Für Kunstmaler auf Reisen oder so …?«, hörte Rose Jenny wie aus weiter Ferne sagen.

»Ted!«, rief Jenny dann entsetzt. »Lass sofort Rose los! Was fällt dir ein?«

»Was zum Teufel ist hier los?«, fragte Frasier, als Rose zurückwich und nach Luft schnappte. Ihr Herz raste, während sie versuchte, die Erinnerungen an Richard, der sie gegen ihren Willen festhielt, abzuschütteln. Das hier hat überhaupt nichts damit zu tun, sagte sie sich selbst, das hier ist bloß Ted, der einfach nicht zuhören wollte, was sie sagte. Und doch konnte sie das Zittern nicht abstellen und auch nicht den Drang, aus dem Zimmer zu fliehen und sich irgendwo zu verstecken. Auf einmal fühlte sie sich wieder so schmutzig und schämte sich.

»Gar nichts«, sagte Rose, wobei das Zittern in ihrer Stimme vom Gegenteil zeugte, als sie versuchte, sich wieder zu fassen. Doch ihr bis ins Mark verängstigter Körper rebellierte noch. »Nur ein kleines Missverständnis. Ted dachte … Ted glaubt mich zu mögen … Aber ich habe ihm erklärt, dass das nicht funktioniert. Dass ich mit dir zusammen bin.«

Rose begriff zu spät, wie kalt ihr Versuch, gefasst zu erscheinen, auf Ted wirken musste, der doch im Grunde nichts anderes getan hatte, als ihr sein Herz auf einem Silbertablett zu servieren – und der jetzt erleben musste, wie sie vor den Augen anderer darauf herumtrampelte. Der Schmerz über die Zurückweisung stand ihm im Gesicht geschrieben, während er sie entsetzt anstarrte.

»Bist du total übergeschnappt?«, sagte Jenny und haute Ted leicht gegen den Hinterkopf. »Wie kannst du es wagen, dich Rose so aufzudrängen? Erstens könnte sie praktisch deine Mutter sein, und zweitens habe ich dir doch wohl andere Manieren beigebracht, du Flegel.«

»Es sah wirklich nicht danach aus, dass Ted die Botschaft verstanden hatte«, fügte Frasier hinzu und legte schützend den Arm um Rose. Teds leichte Gesichtsrötung verfärbte sich feuerrot. »Alles in Ordnung, Rose?«

»Mir geht's gut«, sagte Rose, die spürte, dass der nicht nur zurückgewiesene, sondern auch gedemütigte Ted kurz davor war, zu explodieren und um sich zu schlagen. Jetzt würde Rose ihn kaum noch zurückhalten können. »Wirklich, das ist alles überhaupt nicht Teds Schuld, sondern meine.«

»Allerdings«, sagte Ted plötzlich sehr kalt und verächtlich. »Das kannst du laut sagen, dass das deine Schuld ist. Frauen, die hinter dem Rücken ihrer Männer andere Männer küssen, sind nämlich in der Regel immer daran schuld, wenn die Dinge außer Kontrolle geraten. Abgesehen davon: Was geht Sie das an?«, wollte Ted von Frasier wissen. »Und ich habe mich ihr überhaupt nicht *aufgedrängt*. So etwas würde ich nie tun. Ich habe versucht, sie zu küssen, wie ich es schon hundert Mal getan habe, seit sie hier aufgeschlagen ist, und die anderen Male hat sie nichts dagegen gehabt. Im Gegenteil. Sie konnte gar nicht genug davon kriegen. Davon und noch von so einigem anderen. Rose und ich haben praktisch schon alles durch.«

»Ted!«, keuchte Jenny. »Wie kannst du nur so etwas sagen?«

»Sie bewegen sich auf sehr dünnem Eis, junger Mann«, sagte Frasier, der die Zähne aufeinanderbiss und die Hände zu Fäusten ballte.

Dann bemerkten erst Jenny und dann Frasier Roses mehr als schuldbewusstes Gesicht, und bei beiden fiel im selben Moment der Groschen: Ted log nicht. Zumindest nicht von vorne bis hinten.

»Rose?«, sagte Frasier, die Stimme zum Zerbersten geladen mit Gefühlen. »Sag mir, dass das nicht wahr ist.«

»Das ist nicht wahr«, beeilte Rose sich zu sagen. »Jedenfalls nicht ganz. Ted übertreibt. Ja, wir haben uns geküsst. Aber das war ... Das war, weil ... Ich weiß nicht, wie ich es erklären soll. Wir haben uns einfach nur geküsst, das hat überhaupt nichts bedeutet.«

»Ach ja?«, hielt Ted wütend dagegen. »Das heißt, wir haben uns nicht zweimal verabredet, Rose? Wir haben nicht fast eine ganze Nacht nackt zusammen in dem Bett da verbracht?« Er nickte in Richtung der abgezogenen Matratze hinter ihnen, und Rose spürte, wie Frasiers Arm schwer von ihren Schultern rutschte.

»So war das nicht, Ted«, sagte sie. »Und das weißt du auch.«

»Ich weiß ganz genau, wie das war.« Ted grinste sie anzüglich an, womit jeder Zug des Mannes, der ihr ans Herz gewachsen war, aus seinem Gesicht verschwand.

»Bitte, Ted. Lüg jetzt nicht«, flehte Rose leise. »Bitte. Ich weiß, du bist verletzt, aber ...«

»Ich bin nicht verletzt«, schnitt Ted ihr das Wort ab. »Mir geht das sonst wo vorbei.«

»Sie haben meinem Sohn nachgestellt?«, fragte Jenny und hielt Ted so davon ab, noch mehr zu sagen, von dem sie als seine Mutter wusste, dass er es womöglich bereuen würde. Rose hatte sich bis zu diesem Augenblick so sehr darauf konzentriert, Ted davon abzuhalten, ihre zarten Bande mit Frasier zu zerstören, dass sie Jennys Anwesenheit völlig vergessen hatte. Und es war ihr überhaupt nicht in den Sinn gekommen, dass Ted auch ihre Beziehung zu Jenny zerstören könnte.

»Nein!«, wehrte sie sich. »Ich habe ihm nicht nachgestellt. Es ist einfach passiert, und wir wussten beide, dass es unklug war ... und letztlich ist ja auch gar nicht viel passiert. Stimmt doch, Ted, oder?« Rose sah wieder zu Ted und hoffte, ihn dazu zu bewegen, die Wahrheit zu sagen: dass wirklich nicht mehr passiert war. Dass sie sich nur geküsst hatten. Allerdings teilweise nackt.

»Och, das würde ich so nicht sagen.« Ted verschränkte die Arme vor der Brust und hob trotzig das Kinn. Die folgenden Worte richtete er an Frasier. »Sie war echt rattig, Mann. Passen Sie besser auf. Die geht ab wie 'ne Rakete, glauben Sie mir. Also, wenn man erst mal weiß, wie man sie scharf macht. Ich kann Ihnen da gerne ein paar Tipps geben, wenn Sie wollen.«

Rose schnappte nach Luft, als Frasier den Raum mit einem einzigen großen Schritt durchmaß, Ted beim Kragen packte und gegen die Wand drückte. Seine Faust verharrte in der Luft.

»Na los«, provozierte Ted ihn. »Schlagen Sie zu. Ich verspreche Ihnen, Sie werden zu keinem zweiten Schlag mehr kommen, Sie alter Sack.«

Es kostete Frasier einige Beherrschung, die Faust wieder herunterzunehmen und Ted abzuschütteln wie ein Stück widerlichen Abfalls.

»Frasier«, begann Rose zu erklären, als sie ihr Glück vor ihren Augen zugrunde gehen sah. »Das war, als ich noch völlig verwirrt war, als ich noch dachte, aus uns beiden könnte niemals etwas werden, und Ted verzerrt jetzt die Tatsachen, weil er wütend ist und verletzt ...«

»Ach, das war ich also für dich? Ein Lückenbüßer? Ein Zeitvertreib?«, fragte Ted. »Ich bin nicht wütend. Und auch nicht verletzt. Ich könnte mir bloß in den Arsch beißen, auch nur eine Minute mit dir verschwendet zu haben.«

»Du warst gerade mal ein paar Tage hier, Rose«, sagte Frasier leise und machte dabei ein gequältes Gesicht. »Wir hatten kaum eine Gelegenheit gehabt, uns besser kennenzulernen, geschweige denn, uns über unsere Gefühle füreinander klar zu werden. Ich dachte ... Ich dachte, du empfindest das Gleiche für mich wie ich für dich und dass du hierhergekommen bist, um endlich deine Gefühle und Träume Wirklichkeit werden zu lassen. Dass du, nachdem wir beide so lange gewartet hatten, auch noch ein bisschen länger würdest warten können. Ich hätte nie gedacht, dass du auf Nummer sicher gehen und mit jemand anderem ins Bett gehen würdest, während du darauf wartest, wie sich die Dinge mit uns entwickeln.«

»Ich bin nicht mit ihm ins Bett gegangen!«, protestierte Rose. »Jedenfalls nicht so!« Ihre Stimme erstarb, als ihr Blick auf das Bett von Teds Großmutter fiel, in dem sie mehr oder weniger genau das getan hatte, was Frasier ihr jetzt vorwarf. Wie dumm war sie gewesen, dass sie einfach nicht gesehen hatte, wohin ihre Neugierde sie führen könnte. Rose hatte sich – das wusste sie jetzt – den ungünstigsten Zeitpunkt überhaupt ausgesucht, um endlich mal spontan zu sein.

»Mir reicht's«, schnaubte Ted wütend, rauschte aus dem Zimmer und schlug die Tür so heftig hinter sich zu, dass sie sich gleich wieder öffnete.

»Na dann«, sagte Jenny gleich darauf mit verkniffener Miene. »Sie möchten sicher Ihre Rechnung, damit Sie schnell loskönnen. Ich mache alles fertig. Ach, und wenn ich die Sachen meiner Tochter bitte bis morgen gewaschen und ordentlich zusammengelegt zurückhaben könnte. Vielen Dank.«

Rose sah den beiden Menschen, die sie in Millthwaite aufgenommen hatten, als sie ganz alleine und ohne jeden Freund hier ankam, traurig nach. Wahrscheinlich würden sie für immer aus ihrem Leben verschwinden. Nur wenige Sekunden lang hatte sie sich gestattet, das Gehirn auszuschalten und ihren Gefühlen nachzugeben – und das war jetzt das Ergebnis. Ihr aufkeimendes Glück löste sich im Handumdrehen auf und endete in Chaos und gegenseitigen Vorwürfen. Das alles war ihre eigene Schuld, und darum musste sie jetzt auch mit den Konsequenzen leben.

Rose wandte sich an Frasier, der wie angewurzelt dastand und sie nicht ansah. Das war doch alles nicht wahr, oder? Sie würde das doch noch retten können, oder? Das Universum würde ihr Frasier doch nicht wegnehmen, jetzt, wo sie ihn gerade erst gefunden hatte? Wegen eines blöden kleinen Fehlers, der ihr als solcher bis eben nicht einmal bewusst gewesen war?

Langsam bewegte sich Rose auf Frasier zu und streckte die Hand nach ihm aus. Sie wartete ein paar Sekunden, dann ließ sie sie sinken.

»Versteh das bitte nicht falsch«, versuchte sie zu erklären. »Ich war so lange in meiner Ehe gefangen, da wollte ich einfach mal ausprobieren, wie sich das anfühlt, frei zu sein. Normal zu sein. Ich bin wegen dir hierhergekommen. Alles, was ich dir gestern Abend erzählt habe, ist wahr. Aber als ich hier ankam ... Da kam ich mir so doof vor, weil ich ernsthaft geglaubt hatte, du könntest dasselbe für mich empfinden, schließlich hattest du ja Cecily und ein Leben, das von außen ziemlich perfekt aussah. Ich bin herumgeeiert, habe Halt gesucht, habe versucht herauszufinden, wer ich eigentlich ohne Richard bin. Ted war gut zu mir. Ich weiß, das ist jetzt schwer zu glauben, aber er war richtig nett zu mir. Und er hat mir gutgetan. Er hat mich zum Lachen gebracht. Er hat mir das Gefühl gegeben ... ein Mensch zu sein. Ein neuer Mensch. Ich habe ihm von Anfang an gesagt, dass ich einen anderen liebe, und ich bin mir sicher, wenn er sich erst wieder beruhigt hat, wird er auch die Wahrheit sagen.«

»Heißt das, du gehst mit jedem ins Bett, der nett zu dir ist?«, fragte Frasier steif. »Hast du es wirklich so nötig?«

»Ich habe nicht mit ihm geschlafen!«, setzte Rose sich lautstark gegen Frasiers zutiefst verletzende Worte zur Wehr. »Aber weißt du was, jetzt wünschte ich mir fast, ich hätte es getan. Also wirklich! Es steht mir bis *hier*, dass Männer mir erzählen wollen, was ich zu tun und zu lassen habe, was ich zu denken oder zu fühlen habe. Es steht mir bis *hier*, dass Männer mich behandeln, als wäre ich ihr ... ihr Eigentum, das in Kartons verpackt werden und auf dem Regal gelagert werden kann, bis es den Herren genehm ist, sich mit mir zu befassen.« Rose marschierte auf ihn zu und baute sich wütend über die ungerechte Behandlung vor ihm auf. »Ich habe *sieben Jahre* auf dich gewartet, Frasier. Sieben Jahre. Und du bist *kein einziges* Mal wieder aufgetaucht. Ich habe dich die ganze Zeit geliebt, nicht eine Sekunde habe ich damit aufgehört, nicht einmal, als mir viel Schlimmeres passierte, als von einem Halbwüchsigen geküsst zu werden.« Rose musste innehalten, um Luft zu holen, und schmeckte das Salz ihrer eigenen Tränen. »Und selbst in der Situation, selbst als die Wahrscheinlichkeit, dich zu finden, minimal war, habe ich trotzdem nach dir gesucht, bei der *ersten* sich mir bietenden Gelegenheit habe ich nach dir gesucht, und zwar *sofort*. Zählt das denn gar nicht? Ist das dein Ernst, dass für dich alles, was wir uns gestern Abend erzählt und gestanden haben, null und nichtig ist, nur weil ich einen anderen Mann geküsst habe? Wenn ja, dann habe ich wirklich die ganze Zeit eine Traumfigur geliebt, und du bist absolut nicht der Mann, für den ich dich gehalten habe.«

Frasier konnte sie immer noch nicht ansehen.

»Ich weiß nicht, was ich denken oder fühlen soll«, sagte er und klang dabei kalt und distanziert. »Gestern Abend wäre ich bereit gewesen, mein Leben für dich zu geben, mit Cecily Schluss zu machen, alles zu tun, um deinen Vater und Maddie für mich zu gewinnen. Ich dachte, das mit uns, das sei etwas Besonderes, Unbeflecktes. Aber jetzt ... Jetzt weiß ich auch nicht.«

Ungläubig starrte Rose ihn an. »Frasier. Ich weiß, dass

ich besser hätte nachdenken sollen. Ich bin da mit Ted in etwas hineingestolpert, aber das macht doch keinen anderen Menschen aus mir, und an meinen Gefühlen für dich hat das auch nichts geändert. Zumindest bis jetzt.«

Frasier schüttelte den Kopf. »Dann tut es mir leid, Rose«, sagte er. »Ich bin nicht der richtige Mann für dich. Offenbar bin ich auch nicht der Mann, für den ich mich selbst gehalten habe. Ich wollte stark sein für dich, aber das hier ... tut mir leid.«

Entgeistert sah Rose ihm nach, als er ging und sie in dem nackten, armseligen kleinen Anbau allein ließ. Alle ihre Träume und Hoffnungen waren dahin, einfach so. Benommen setzte sie sich auf das Bett, in dem Ted und sie sich so leidenschaftlich geküsst hatten, und versuchte, das alles zu verstehen. Ja, es stimmte, dass sie für kurze Zeit geglaubt hatte, aus der Sache mit Ted könnte vielleicht etwas werden. Und tief in ihrem Inneren hatte sie auch die ganze Zeit gewusst, dass alles umso komplizierter würde, je mehr sie sich auf ihn einließ. Doch am Vorabend in Frasiers Armen war sie sich vollkommen sicher gewesen, dass *er* der Richtige für sie war. Für sie hatte es immer nur diesen einen Mann gegeben. Und genau der hatte es sich, nachdem er sich scheinbar jahrelang nach ihr verzehrt hatte, auf einmal anders überlegt?

Wenn seine Gefühle für mich wirklich so leicht zu beeinflussen sind, dachte Rose, dann hatte Shona doch recht: Ich habe mir die ganze Zeit etwas vorgemacht. Diese große Liebe war eine Illusion, der wir uns beide kurze Zeit hingegeben haben. Und jetzt hatte sie sich in Luft aufgelöst.

»Was machst du hier, Mum?«, fragte Maddie und rümpfte die Nase, als sie den immer noch etwas muffigen

Anbau betrat. »Ich finde es hier doof, und da drinnen finde ich es auch nicht besser. Jenny ist ohne Grund sauer und hat alle unsere Sachen vor die Haustür gestellt. Ich habe sie gefragt, warum, und sie hat gesagt, ich soll dich fragen.«

»Wirklich?« Rose seufzte und fühlte sich plötzlich in Millthwaite gar nicht mehr so zu Hause. Ihr Neuanfang war ein Scherbenhaufen. Sie holte tief Luft und tat das Einzige, das sie in diesem Moment tun konnte: Sie riss sich zusammen, um weiterzumachen.

»Tja, dann wollen wir mal.« Sie rang sich für Maddie ein Lächeln ab. »Bei Opa einziehen.«

»Ich freu mich schon so!«, sagte Maddie. Dann blieben sie im Flur noch einmal stehen, wo Jenny mit verschränkten Armen und einem zerknitterten Umschlag in der einen Hand auf sie wartete.

Sie reichte ihn Rose. »Hier ist Ihre Rechnung. Sie können das Geld einfach durch den Blitzschlitz werfen, wenn Sie es haben. Sie brauchen nicht anzuklopfen.«

»Könnte ich auch jetzt bezahlen?«, fragte Rose und griff nach ihrer Tasche. »Ich muss nur eben …«

»Mir wäre es lieber, wenn Sie jetzt gehen«, sagte Jenny und drückte Rose den Umschlag in die Hand.

»Auf Wiedersehen, Jenny«, sagte Rose und seufzte. »Ich bin Ihnen sehr dankbar, dass Sie uns so freundlich aufgenommen haben. Und ich hoffe, Sie werden bald einsehen, dass ich mich gar nicht so sehr danebenbenommen habe, wie Sie derzeit glauben.«

Jenny ignorierte Rose, als diese hinaus zu ihren achtlos hingeworfenen Taschen ging. Ihr sorgsam wieder eingepacktes Gemälde lag mitten auf dem Gehsteig, wo jeder darübertrampeln konnte. Schweren Herzens hob

Rose das Paket auf und legte es auf die Rückbank ihres Autos.

»Warum sind plötzlich alle so schlecht gelaunt, Mum?«, fragte Maddie, als sie ins Auto kletterte und sich neben das Gemälde setzte. »Was ist passiert? Du hast doch vorhin noch gesummt, und Jenny war gut drauf, und jetzt ist Frasier weggefahren, ohne sich zu verabschieden, Ted hat auf dem Weg nach draußen gegen einen Stuhl getreten, und Jenny sieht mich überhaupt nicht mehr an. Habe ich was falsch gemacht? Habe ich was Falsches gesagt?«

»Nein!«, sagte Rose, die überhaupt nicht auf den Gedanken gekommen war, dass Maddie glauben könnte, der Grund für die schlechte Stimmung zu sein. »Nein, mein Schatz, überhaupt nicht. Ich bin schuld. Ganz allein ich. Ich habe eine Dummheit begangen und es geschafft, damit alle gegen mich aufzubringen, die ich bis eben noch für unsere Freunde hielt. Tut mir leid. Ich bin wieder mal an allem schuld. Ich bin dir keine besonders gute Mutter, was?«

»Also, ich finde dich eigentlich ziemlich in Ordnung«, sagte Maddie so aufrichtig, dass Rose eine Träne wegblinzeln musste.

Auf einmal fühlte Rose sich so kraftlos, dass sie sich neben ihre Tochter auf die Kante des Rücksitzes sinken ließ.

»Mach dir keine Sorgen«, sagte Maddie und tätschelte ihrer Mutter die Schulter. »Mir passiert das dauernd: dass Leute sauer auf mich sind, obwohl ich sie überhaupt nicht sauer machen wollte. Das tut eine Weile weh, wenn die Leute nicht mehr mit dir reden und dich nicht mehr mögen, aber wenn du so tust, als wäre dir das egal, dann lassen sie dich irgendwann in Ruhe, und dann kannst du wenigstens so tun, als wenn es dir gut geht, auch wenn das nicht ganz stimmt.«

Rose legte die Hand auf Maddies Wange und staunte über diese offenen Worte, die ihre eigenen Probleme ziemlich relativierten. »Sind das deine Erfahrungen aus der Schule?«, fragte sie. Maddie hatte ihr nie so richtig erzählt, wie es früher für sie in der Schule gewesen war, jedenfalls nicht so detailliert.

»Ja«, sagte Maddie nüchtern und zuckte dazu leicht die Achseln. »Ich nerve die Leute, sie regen sich über mich auf. Niemand mag mich, weil ich unsympathisch bin. So bin ich halt, daran kann ich nichts ändern. Manchmal denke ich, es hat gar keinen Sinn, mich mit irgendjemandem anzufreunden, weil die Freundschaft sowieso wieder kaputtgeht. Darum mache ich mir manchmal schon gar nicht mehr die Mühe.«

»Ach, Maddie«, sagte Rose. »Ich hatte ja keine Ahnung. Aber das stimmt doch auch überhaupt nicht, dass du unsympathisch bist. Du bist ein ganz wunderbarer, liebenswerter Mensch.«

»Ist schon gut, Mum«, sagte Maddie. »Ist mir egal. Außerdem wohnen wir jetzt ja hier. Und hier fühlt sich alles anders an. Ich habe das Gefühl … netter zu sein. Wird bestimmt alles gut, wenn die Schule wieder anfängt, und egal, was du gemacht hast, weswegen jetzt alle sauer auf uns sind – tu einfach, als wäre dir das egal. Dann ist es dir irgendwann wirklich egal, und den anderen wird es langweilig und sie lassen dich in Ruhe.«

»Das ist ein guter Rat«, sagte Rose.

»Und außerdem haben wir ja Opa«, sagte Maddie. »Das

mag ich fast am meisten an ihm. Dass er uns so mag, wie wir sind.«

Rose fühlte sich ihrer Tochter so nah und verbunden wie noch nie zuvor. Sie setzte sich auf den Fahrersitz in dem Wissen, sie würde ganz von vorne anfangen müssen, um das wieder aufzubauen, was sie geglaubt hatte, sich bereits neu aufgebaut zu haben. Und obwohl sie sich sicher war, dass der Schmerz und die Enttäuschung später noch über sie hereinbrechen würden, machte das alles jetzt, in diesem Moment, gar nicht so viel aus, wie sie befürchtet hatte. Denn jetzt verstand sie zum ersten Mal in ihrem Leben, wie ihre Tochter sich fühlte, und diese Einsicht war unbezahlbar. Und sie war auf dem Weg nach Hause zu ihrem Vater.

Ja, sie hatte ein Zuhause. Und das war jetzt gerade das Wichtigste überhaupt.

16

Maddie sprang aus dem Auto, sobald es zum Stillstand gekommen war, rannte als Erstes zur Scheune und dann, als sie diese verschlossen vorfand, zum Cottage. Rose lächelte. So glücklich hatte sie ihre Tochter noch nie gesehen. Ihre Haare flatterten, und ihre Füße berührten kaum den Boden, so eilig hatte sie es, John mitzuteilen, sie seien zu Hause. Rose holte ein paar Taschen aus dem Kofferraum und hielt dann kurz inne, um die wunderbare Luft einzuatmen und die Landschaft um sie herum zu bewundern. Mit einer gewissen Vorfreude dachte sie, dass der Anblick dieser erhabenen Berge bald alltäglich für sie sein würde.

Maddie hatte die Haustür offen stehen lassen, sodass Rose die Taschen gar nicht absetzen musste, als sie hineinging. Sie ließ sie allerdings erschrocken fallen, als sie ins Wohnzimmer kam, und war zunächst wie gelähmt.

Maddie saß im Schneidersitz auf dem Boden neben John, der völlig regungslos auf dem Bauch lag. Soweit Rose das sehen konnte, war sein auf den Fliesen liegendes Gesicht kreidebleich und wächsern. Der stechende Geruch von Urin hing in der Luft, und Rose wusste sofort, dass die Arthritis nicht das einzige gesundheitliche Problem ihres Vaters sein konnte.

»Er ist tot!« Maddie sah zu ihr auf und stand ganz offensichtlich unter Schock. »Er atmet nicht mehr!«

»Doch, er atmet noch«, widersprach Rose, die den ersten Schock überwunden hatte und nun aktiv wurde. Neben seinem Kopf war etwas Erbrochenes, also konnte er von Glück reden, dass er auf dem Bauch liegen geblieben war. Rose rollte ihn in die stabile Seitenlage. Verzweifelt tastete sie nach seinem Puls, und als ihr klar wurde, dass sie viel zu aufgeregt war, um sich zu konzentrieren, legte sie den Kopf auf seine Brust und wartete. Nach einer gefühlten Ewigkeit hoben und senkten sich seine Rippen unter ihr.

»Er atmet«, sagte Rose, packte ihn bei den Schultern und schüttelte ihn kräftig – so wie sie es mit ihrer Mutter immer gemacht hatte. »Dad! Aufwachen!«

Rose schob ihm ein staubiges Kissen unter den Kopf, rollte eine Wolldecke vom Sofa auf und legte sie so hinter ihn, dass er nicht auf den Rücken rollen konnte.

»Es wird alles gut, Maddie«, wollte Rose ihre Tochter beruhigen, die immer noch regungslos im Schneidersitz dasaß, ganz leise und beherrscht, die Augen weit aufgerissen vor Angst. Aber sie war nicht dabei, in Panik zu geraten, das spürte Rose.

Sie legte John die Hand auf die Stirn, die nicht heiß, sondern im Gegenteil kalt war. Dann holte sie ihr Telefon hervor und rief beim Notdienst an. So ruhig und präzise wie möglich beschrieb sie die Symptome, dann bat sie Maddie, die Tablettenschachteln von Johns Nachttisch zu holen, und las die Namen der Präparate vor. Ihr kam das alles so unwirklich vor, und als man Rose sagte, der Rettungshubschrauber würde binnen weniger Minuten bei ihnen sein, fühlte sie sich wie losgelöst, als hätte sie mit all dem, was da gerade passierte, gar nichts zu tun – genau wie damals, als ihre Mutter nicht mehr zurückkam. Aber das war ja hier und heute nicht der Fall, machte sie sich klar. Hier und heute würde niemand sterben.

Um Maddie abzulenken und zu schonen, schickte Rose sie hinaus, um nach dem Hubschrauber Ausschau zu halten, dann rief sie Frasier an. Es überraschte sie nicht, dass sie direkt auf seiner Mailbox landete.

»Frasier«, sagte sie so gefasst, wie sie nur konnte. Sie wollte nicht, dass er die Tränen und die Panik hinter ihrer ruhigen Fassade heraushören konnte. »John ist wieder zusammengebrochen. Dieses Mal ist es schlimmer. Er ist nicht bei Bewusstsein. Ich habe beim Notarzt angerufen, ein Hubschrauber ist unterwegs. Bitte komm, meinem Vater zuliebe, bitte. Er braucht dich. Wir beide brauchen dich.«

Sie legte auf und rief dann sofort bei Tilda an – dankbar, die Nummer doch gleich abgespeichert zu haben.

»Tilda's Things, guten Tag?«, flötete Tilda ahnungslos.

»Mein Vater«, presste Rose hervor, dann fing sie endlich an zu schluchzen. »Der Rettungshubschrauber ist unterwegs. Es sieht nicht gut aus, Tilda. Ich ... ich glaube, er stirbt.«

»Ich komme«, sagte Tilda und legte auf.

Tildas Wagen bog schnittig in den Hof ein, während Rose dabei zusah, wie ihr Vater, das Gesicht halb hinter einer Sauerstoffmaske verborgen, in den Hubschrauber geladen wurde. Die Rotorblätter drehten sich mit einem Heidenlärm.

»Wir können Sie leider nicht mitnehmen«, rief eine junge Rettungssanitäterin ihr zu. »Wir bringen ihn ins Furness General. Da ist man entsprechend ausgerüstet, um herauszufinden, was genau mit ihm los ist. Wir sind in wenigen Minuten da, also machen Sie sich keine Sorgen, okay?«

»Okay«, sagte Rose matt. Tilda hielt sich schützend die Arme über den Kopf, als sie durch die von den Rotorblättern aufgewirbelte Luft auf sie zulief.

»Er hat Krebs«, rief sie der Sanitäterin atemlos zu und vergaß in der Aufregung offenbar, dass Rose diese nicht ganz unwichtige Information bezüglich des Gesundheitszustands ihres Vaters zum ersten Mal hörte. »Leber, Darm, Bauchspeicheldrüse. Bestrahlungen und Chemotherapie hat er schon durch und auch eine Darm-OP.«

»Gut«, sagte die Sanitäterin, deren Augen sich mit jeder Information mehr weiteten. »Danke. Wenn Sie beim Krankenhaus ankommen, melden Sie sich bitte an der Rezeption. Dort wird man Ihnen sagen, wo Sie hinmüssen.«

Sie lief zum Hubschrauber zurück, und Maddie klammerte sich an Roses Beine, als er mit Getöse abhob und sie fast wegpustete. Rose rührte sich nicht vom Fleck, bis der Helikopter außer Sichtweite war. Dann wandte sie sich an Tilda.

»Können Sie fahren?«, fragte sie sie. »Ich glaube, ich kann mich jetzt nicht konzentrieren.«

Tilda nickte. »Hör zu, Rose ...« Aschfahl vor Sorge wollte Tilda ihr etwas erklären.

»Nein.« Rose schüttelte den Kopf und zeigte auf Maddie, die ihnen mit angstgeweiteten Augen sehr genau zuhörte. »Nicht jetzt.«

Rose lächelte ihre Tochter an und hoffte, sie so ein wenig zu beruhigen.

»Wir bringen dich jetzt zurück zu Jenny, mein Schatz, weil ich nicht weiß, wie lange ich bei Opa im Krankenhaus bleiben muss. Ich glaube, es ist das Beste, wenn du bei Jenny übernachtest.«

»Aber Jenny mag uns nicht mehr«, protestierte Maddie verunsichert. »Ich kann gut warten. Wirklich. Ich nehme meinen Zeichenblock mit.«

»Jenny ist sauer auf *mich*«, sagte Rose freundlich, aber mit Nachdruck. »Nicht auf dich. Komm schon, Maddie. Wir haben keine Zeit, das lange zu diskutieren. Bitte tu, was ich dir sage.«

Maddie nickte widerstrebend und stieg ins Auto, während Rose ihre Tasche holte.

»Haben Sie einen Schlüssel?«, fragte sie Tilda, als ihr auffiel, dass sie das Cottage gar nicht abschließen konnte.

Tilda schüttelte den Kopf. »Nein. John schließt nie ab. Ich glaube, er weiß selber nicht, wo der Schlüssel ist.«

»Na dann«, sagte Rose mit einem Blick auf die grobe, heruntergekommene Tür. »Lassen wir es dabei. Dann ist alles genau so, wie er es kennt, wenn er wieder nach Hause kommt.«

Schön hatte Rose es nicht gefunden, mehrfach klingeln und dann sogar den Fuß in die Tür stellen zu müssen, damit Jenny sie ihr nicht vor der Nase zuschlug.

»Jenny«, sagte Rose eindringlich, wohl wissend, dass Maddie sie vom Auto aus genau beobachtete. »Bitte, hören Sie mir zu. Mein Vater ist zusammengebrochen und bewusstlos, der Rettungshubschrauber hat ihn gerade geholt. Er hat Krebs. Das habe ich eben gerade erst erfahren. Bitte, bitte, können Sie sich um Maddie kümmern? Ich weiß nicht, wann ich zurück bin, und außer Ihnen habe ich niemanden, den ich fragen könnte. Bitte. Maddie hat keine Schuld an alldem hier. Bitte lassen Sie es nicht an ihr aus, dass ich mich danebenbenommen habe.«

Da riss Jenny die Tür auf. Sie guckte zwar etwas verkniffen, aber nicht völlig abweisend.

»Selbstverständlich kann sie hierbleiben«, sagte sie. Rose bedeutete Maddie auszusteigen. Maddie bewegte sich nur sehr langsam und zögerlich und beäugte Jenny mit einer gehörigen Portion Argwohn.

»Werden Sie gemein zu mir sein?«, fragte sie Jenny.

»Nein, Liebes, natürlich nicht«, sagte Jenny reichlich erschrocken über Maddies Zurückhaltung.

»Danke«, sagte Rose, drückte Maddie kurz an sich und sah zu Jenny. »Ich bezahle natürlich für die Übernachtung.«

»Nicht nötig«, entgegnete Jenny steif. »Sie gehören ja jetzt zu den Einheimischen.«

»Jenny, Sie sind so gut zu mir gewesen«, sagte Rose aufrichtig, »als ich niemand anderen hatte. Ich habe nie etwas in der Absicht getan, Ihnen oder Ihrer Familie wehzutun, das müssen Sie mir glauben.«

Jenny nickte und biss sich auf die Unterlippe. »Tue ich«, sagte sie. »Aber Ted ist mein Junge, und ich kenne ihn. Ich weiß, dass seine Gefühle viel tiefer gehen, als er je zugeben würde. Ich gehe davon aus, dass sich alles wieder beruhigen wird. Nun fahren Sie schon zu Ihrem Vater. Und, Rose, Liebes? Ich drücke die Daumen, dass es nicht allzu schlimm um ihn steht.«

Rose war dankbar für diese letzten freundlichen Worte, gab Maddie noch einen Abschiedskuss und lief dann zurück zum Auto. Tilda fuhr bereits an, während sie sich noch anschnallte.

»Jetzt können Sie reden«, sagte Rose und sah Tilda von der Seite an. »Erzählen Sie mir alles.«

»Er ist natürlich schon ziemlich lange krank«, hob Tilda an, die Geschichte zu erzählen, die sie lieber nicht auswendig gekannt hätte. »Aber er hat es nie zugegeben. Und wollte auch nie zu einem Arzt. Jedenfalls nicht, solange er die Schmerzen irgendwie aushalten konnte. Als es nicht mehr anders ging, hat Frasier ihn in die Praxis geschleift wie einen aufmüpfigen Schuljungen. Er war so wütend.« Tilda musste bei der Erinnerung leicht lächeln, den Blick stets auf die kurvenreiche Straße gerichtet, während Rose sie nicht aus den Augen ließ. »Frasier war der Einzige, der es überhaupt schaffte, ihn zum Arzt zu bewegen. Gott sei Dank.«

»Und wie lange hat es dann gedauert, bis er eine Diagnose bekam?«, fragte Rose und hatte das seltsame Gefühl, als würden sie diese schrecklichen Neuigkeiten gar nicht wirklich betreffen. Sie wusste aber auch, dass solche Nachrichten – Nachrichten, von denen man sich nicht so leicht erholte – lange brauchten, bis sie die psychischen und körperlichen Abwehrmechanismen durchdrungen hatten und man sie wirklich verstand. Damals, nachdem man die Leiche ihrer Mutter gefunden hatte, war es genauso gewesen. Es hatte Tage gedauert, bis Rose es richtig kapiert hatte – Tage, in denen alle möglichen Leute nett zu ihr waren, gedämpft sprachen und ihr warmes Essen vorbeibrachten. Rose kannte sich aus mit Verlusten und wusste, dass sie diese Phase der Benommenheit nutzen musste, um so viel wie möglich in Erfahrung zu bringen und zu versuchen zu verstehen, warum ihr Vater ihr nichts davon gesagt hatte, dass er todkrank war.

»Ich glaube, der Arzt wusste sofort Bescheid. Aber es wurden natürlich Untersuchungen gemacht. Viele Untersuchungen. Biopsien. Ich habe ihn begleitet. Frasier und ich waren bei ihm, als man ihm die Ergebnisse mitteilte. Darmkrebs, fortgeschritten, Metastasen in der Leber und in der Bauchspeicheldrüse. Sie haben gesagt, mit Heilung sei nicht mehr zu rechnen, sie könnten lediglich sein Leben auf unbestimmte Zeit verlängern. Ich hatte eigentlich fast erwartet, John würde dankend ablehnen und sich mit dem Sterben abfinden, aber das tat er dann doch nicht.«

Tilda hatte den Blick weiter auf die Straße gerichtet, aber Rose konnte ihrer Stimme anhören, dass sie mit den Tränen kämpfte.

»Und warum nicht?«, fragte Rose. »Wegen Ihnen?«

»Wegen dir«, sagte Tilda. »John hatte schon lange die Hoffnung aufgegeben, dich noch einmal wiederzusehen. Nach der Krebsdiagnose hat er mir sogar gesagt, das sei das Letzte, was er jetzt noch wollte: dich zu sehen, dich wiederzufinden – und dich dann gleich wieder zu verlieren. Aber die ganze Arbeit der letzten Jahre, die hat er nur für dich gemacht. Das ganze Geld, das er damit verdient hat, ist in einen Treuhandfonds zu deinen Gunsten geflossen. Er wusste, Geld würde niemals wiedergutmachen können, dass er dir nie ein richtiger Vater gewesen war, aber er hat gesagt, es würde ihm ein besseres Gefühl geben, dass du nach seinem Tod wenigstens wüsstest, dass er an dich gedacht und dich vermisst hat. Selbst wenn du das Geld nie angerührt oder vielleicht sogar verschenkt hättest – das war ihm egal. Als die Ärzte ihm dann sagten, dass sie ihm mit Operationen, Bestrahlungen, Chemotherapie und anderen Medikamenten zu maximal zwei weiteren Jahren verhelfen könnten, hat er zugeschlagen. Er wollte so viel Geld für dich verdienen, wie er nur irgend konnte.«

»Mein Gott«, sagte Rose leise. »Das ist so ungerecht. Warum jetzt? Warum jetzt, wo ich ihn gerade erst gefunden habe?«

»Wenigstens hast du ihn gefunden«, sagte Tilda. »Und selbst wenn ihr jetzt nur noch eine kurze Zeit miteinander habt – immer noch besser als gar keine. Daran musst du dich festhalten. Und ich möchte wetten, bis wir da sind, sitzt er schon wieder im Bett und meckert herum.«

Doch Tilda sollte nicht recht behalten. Nach einer Stunde Fahrt und längerem Suchen nach einem Parkplatz hatte es dann auch noch eine Weile gedauert, bis sie herausgefunden hatten, wo John zu finden war. Er lag in einem Einzelzimmer und hatte immer noch die Sauerstoffmaske im Gesicht. Eine Krankenschwester führte sie zu ihm und berichtete, er sei seit seiner Einlieferung nicht bei Bewusstsein gewesen und dass in Kürze ein Arzt kommen und sie über alles Weitere informieren würde.

Rose setzte sich auf den merkwürdigen rosa Plastikstuhl neben Johns Bett und betrachtete ihren Vater. Er sah so zerbrechlich aus, so schwach. Als sei die natürliche Kraft, die ihn zu dem gemacht hatte, was er war, entwichen und habe nur eine Hülle zurückgelassen.

»Ich besorge uns mal etwas Tee«, sagte Tilda und legte die Hand auf Roses Schulter. »Mach dich nicht allzu verrückt, Rose. Es ist nicht das erste Mal, dass es deinem Vater schlecht geht. Und auch nicht das erste Mal, dass sein Leben auf der Kippe steht. Aber so, wie ich ihn kenne, wird er nicht aufgeben. Er wird kämpfen bis zum letzten Atemzug. Für dich und für Maddie. Das garantiere ich dir.«

Rose nickte. »Danke«, sagte sie leise und fügte ebenso ruhig hinzu: »Ich bin froh, dass du hier bist.«

»Ach, Rose.« Tilda tätschelte ihr die Schulter. »Ich bin froh, dass *du* hier bist.«

Sie standen im Flur vor Johns Zimmer.

Der Arzt, der in Roses Augen aussah, als sollte er noch die Schulbank drücken und nicht über Leben und Tod eines von ihr geliebten Menschen verhandeln, erklärte: »Sein größtes Problem im Moment ist, dass er dehydriert und unterernährt ist. Vermutlich hat er schon eine ganze Weile Schmerzen und hat deswegen nicht ordentlich gegessen. Wir gehen im Moment von einem Darmverschluss aus, aber ich möchte das nicht näher untersuchen, solange wir nicht seine neuesten Werte haben. Morgen sind wir schlauer, bis dahin, würde ich vorschlagen, fahren Sie erst mal nach Hause und ruhen sich aus.«

»Und wenn es ein Darmverschluss ist?« Rose war ganz blass. »Was passiert dann? Wird er operiert?«

»Ich weiß es nicht«, räumte der Arzt widerstrebend ein. »Wir brauchen seine Akte aus Leeds. Wir müssen wissen, was bisher gemacht wurde, ob eine Operation das Richtige wäre oder ... ob wir auf eine palliative Behandlung setzen sollten.«

»O Gott«, schluchzte Rose und schlug die Hände vors Gesicht. Der junge Arzt verlagerte betreten das Gewicht von einem Fuß auf den anderen und hoffte, der Situation möglichst schnell zu entkommen.

»Wie soll ich das bloß Maddie erklären?«, fragte sie Tilda und warf durch die Schlitze der Jalousie vor dem Fenster zu seinem Zimmer einen Blick auf ihren Vater, der regungslos dalag und von der Aufregung um ihn herum überhaupt nichts mitbekam.

Wach auf, Dad, flehte sie still. Bitte, bitte, wach auf. Gib jetzt bitte nicht auf.

Rose wusste zunächst gar nicht, wo sie war, als sie blinzelnd die Augen öffnete. Schwaches, gräuliches Licht fiel durch die dünnen Krankenhausvorhänge, der Herzmonitor machte rhythmische Geräusche – und doch dauerte es eine Weile, bis ihr dämmerte, dass sie die Nacht im Krankenhaus verbracht hatte. Bei der Erkenntnis wurde ihr sofort wieder eng ums Herz vor lauter Sorge um ihren Vater.

Sie hob den Kopf und zuckte zusammen, als ihr ein Schmerz durch Nacken und Schulter schoss. Da erinnerte sie sich, dass sie beschlossen hatte, die Nacht an Johns Bett zu verbringen, um bei ihm zu sein, wenn er aufwachte. Und jetzt war sie davon aufgewacht, dass er ihre Hand gedrückt hatte.

»Scheißkrankenhaus«, krächzte John. »Warum bin ich hier?«

»Hier.« Rose versuchte, ihre grenzenlose Erleichterung zu kaschieren, indem sie eine Schnabeltasse mit Wasser vom Nachtschrank nahm und an seine Lippen hielt. »Ich vermute mal, du bist hier, weil du dein Bestes getan hast, um deinen Krebs im Endstadium zu ignorieren.«

Johns Blick wanderte zur Decke, die seine dunklen, tief in den Höhlen liegenden Augen eine Weile studierten. Rose saß wie gelähmt an seiner Seite – es war ihr unmöglich, die vielen Gefühle zum Ausdruck zu bringen, die sich in ihr aufgestaut hatten. Außerdem vermutete sie, dass eine in Tränen aufgelöste Tochter an seinem Bett das Letzte war, was John jetzt brauchte.

»Ich will nicht hier sein«, sagte er schließlich. »Ich will nach Hause. Ich habe zu arbeiten.«

»Dad.« Rose stützte sich mit den Unterarmen auf dem Bett auf und legte kurz die Stirn auf seine Hand. »Warum hast du mir das nicht gesagt?«

»Keine Zeit«, krächzte John. »Du bist doch gerade erst gekommen. Das ist wohl meine gerechte Strafe. Dich jetzt zu verlieren.«

»Du wirst nicht sterben«, sagte Rose voller Mitgefühl, obwohl sie nicht sicher war, ob es stimmte. »Jedenfalls nicht jetzt. Und überhaupt eine ganze Weile nicht. Der Arzt nimmt wohl an, dass du so einige Symptome ignoriert hast. Ich bin mir sicher, die flicken dich jetzt wieder zusammen, und dann machen wir weiter wie geplant. Dann wohnen wir alle zusammen im Storm Cottage wie eine richtige Familie.«

»Vielleicht«, sagte John. »Vielleicht.«

»Bitte verlass mich nicht, Dad«, flehte Rose inständig. Ihr Entschluss, ihre Gefühle nicht zu zeigen, wackelte. »Bitte. Nicht schon wieder.«

»Ich tu, was ich kann«, sagte John. »Rose … Du weißt, wie leid mir das alles tut, ja?«

»Du brauchst das nicht zu wiederholen.« Rose schüttelte den Kopf und wandte den Blick ab.

»Doch. Nicht für dich, aber für mich. Sooft es geht, muss ich sagen, dass es mir leidtut. Bitte lass mich. Lass mich mein schlechtes Gewissen wenigstens ein klein wenig erleichtern.«

»Guten Morgen!« Ein großer und insgesamt viel zu gut gelaunter Krankenpfleger rauschte herein und zerstörte den Moment, bevor Rose etwas erwidern konnte.

»Na, sieh mal einer an, wer schon wieder so gut wie auf den Beinen ist!«, sagte er an John gerichtet. »Sie dürfen nichts zu sich nehmen, bis der Arzt Sie gesehen hat – aber Ihnen kann ich gerne eine Tasse Tee bringen, wenn Sie möchten?« Er sah Rose an, die dankbar nickte.

»Ich bin hier demnächst wieder raus«, erklärte John dem Pfleger und wedelte mit der Hand herum. »Bringen Sie mir doch schon mal das Formular …«

»Dad!« Rose schüttelte den Kopf. »Kommt überhaupt nicht infrage. Du bleibst hier. Und du wirst alles tun, um mir noch so lange wie möglich erhalten zu bleiben.«

»Da hat sie ganz recht«, sagte der Pfleger und klang immer noch sehr aufgekratzt. »Die letzten Wochen im Kreis der Lieben sind die wertvollsten Wochen überhaupt. Also immer sachte, nehmen Sie jeden Tag, den Sie noch kriegen, als Geschenk an.«

John seufzte und ließ den Kopf zurück aufs Kissen sinken. »Meinetwegen.«

»Du bleibst jetzt hier. Ich rufe Maddie an und erzähle ihr, wie es dir geht«, sagte Rose.

»Aber sag ihr nichts von …«, warf John bange ein.

»Mach ich nicht. Jedenfalls noch nicht«, sagte Rose und

fragte sich, wie sie all das hier ihrer Tochter erklären sollte. »Erst wenn wir Genaueres wissen. Aber Maddie ist anders als andere Kinder. Je mehr sie weiß, desto weniger Sorgen macht sie sich. Also, sobald wir etwas wissen, rede ich mit ihr. Und jetzt bleib schön liegen.«

»Ich hatte auch nicht vor, mich aus dem Fenster abzuseilen«, brummte John.

»Wie geht es ihm?« Frasiers Stimme ließ Rose auf ihrem Weg den Krankenhausflur hinunter erstarren. Langsam drehte sie sich um. Er stand nur wenige Meter von ihr entfernt und sah äußerst besorgt aus. Rose beherrschte sich, ihm nicht um den Hals zu fallen und ihn zu bitten, sie in den Arm zu nehmen, obwohl sie sich nichts sehnlicher gewünscht hätte. Stattdessen straffte sie die Schultern und hob das Kinn ein klein wenig an. Du bist jetzt eine andere Frau, rief Rose sich mit der Stimme ihres Vaters in Erinnerung. Du brauchst keinen Mann, der sich um dich kümmert, nicht einmal Frasier. Du kannst und du wirst das hier allein schaffen.

»Die Ärzte wissen es selbst noch nicht so genau«, sagte sie und klang erschöpft. »Ich habe gerade erst von seinem Krebs erfahren. Und ich weiß nicht, was dieser Zusammenbruch bedeutet, anscheinend weiß das niemand so genau ...« Sie verstummte, als ihre Stimme zu brechen drohte.

»Rose.« Frasier blieb auf Abstand und fuhr sich mit den Fingern durch das blonde Haar. »Es tut mir leid, dass ich davon wusste und es dir nicht gesagt habe. Dein Vater wollte das nicht. Er wollte nicht, dass du dich verpflichtet fühlst, bei ihm zu bleiben und ihm zu verzeihen.«

»Ich weiß.« Rose nickte müde. Sie hatte keine Kraft, um wütend zu sein. »Ich verstehe das. Ich kann nicht sagen, dass ich es lieber nicht gewusst hätte. Aber ich verstehe, warum du nichts gesagt hast.«

»Danke«, sagte Frasier sehr manierlich und distanziert. In diesem Augenblick war er ihr fremder als damals, als er zum ersten Mal vor ihr stand.

»Rose?« Der Pfleger, der ihr den Tee holen wollte, rief sie. »Der Arzt würde dann jetzt gerne mit Ihnen und Ihrem Vater reden.«

Die Fahrt zurück zum Storm Cottage war lang, und im Auto wurde nicht viel geredet. Rose wäre lieber wieder mit Tilda gefahren, aber die hatte bereits am späten Abend den Nachhauseweg angetreten, um einige Dinge rund um ihren Laden zu regeln. Frasier hatte Rose angeboten, sie nach Hause zu fahren, damit sie alles für Johns Rückkehr am nächsten Tag vorbereiten konnte.

»Er kommt also wieder nach Hause«, sagte Frasier, als er Rose die Haustür öffnete und alle Lichter einschaltete. »Das sind doch gute Nachrichten.«

»Er kommt nach Hause, um zu sterben«, sagte Rose nüchtern, als sie den kleinen, stillen Raum betrat, der ohne ihren Vater so leer wirkte. »Inoperabel. Austherapiert. Jetzt geht es nur noch darum, die Schmerzen zu lindern und noch so viele gute Tage wie möglich zu erleben. Ich verliere ihn also wieder.«

Sie lehnte sich gegen den Küchentisch und versuchte verzweifelt, ihre zuckenden Schultern zu kontrollieren. Wie sehr sie sich danach sehnte, in den Arm genommen und getröstet zu werden! Aber der einzige Mensch, der ihr diesen Gefallen hätte tun können, rührte sich keinen Millimeter vom Fleck.

»Ich kann verstehen, dass dir das so vorkommt«, sagte Frasier, dem es offenkundig schwerfiel, jetzt, da die äußeren Umstände sie wieder zusammengeführt hatten, die richtigen Worte zu finden. »Aber sieh es doch mal so: Ihr habt nun Zeit, kostbare Zeit, um ...«

»Frasier«, schnitt Rose ihm erschöpft das Wort ab und schaffte nur gerade so, sich ihm zuzuwenden und ihn anzusehen. »Bitte versuch jetzt nicht, mir zu sagen, dass diese gemeinsame Zeit ein Geschenk ist. Sie ist kein Geschenk, sie ist eine Strafe, ein grausamer Streich und ganz bestimmt kein Geschenk. Ich war so dumm zu glauben, ich könnte ein ganz neues Leben anfangen, an einem neuen Ort mit neuen Menschen. Ich dachte, ich könnte hier mit alldem glücklich sein. Aber da hab ich mich ja wohl getäuscht, oder wie siehst du das?«

»Nein«, widersprach Frasier. »Rose, ich ... habe mich hinreißen lassen, als wir allein waren. Wahrscheinlich wollte ich genau so gerne an das Märchen glauben wie du, und das war ein Fehler. Ich hätte der romantischen Vorstellung nicht nachgeben dürfen, und ich hätte dir keine Vorwürfe machen dürfen wegen der Sache mit Ted ...«

»Zwischen mir und Ted ist nichts gewesen!«, rief Rose und trat wütend ein paar Schritte auf ihn zu.

»Ist ja auch egal.« Frasier wich zurück. »Geht mich überhaupt nichts an. Ich war so dumm, mich hinreißen zu lassen und mich mit dir einzulassen, obwohl ich doch genau wusste, dass du noch gar nicht so weit bist.«

»Meinst du nicht, dass ich selbst entscheiden kann, wie weit ich bin und worauf ich mich einlassen kann?«, fragte

Rose spitz. »Hier geht es gerade überhaupt nicht um mich, Frasier, hier geht es um dich und darum, dass du es dir schlicht und ergreifend anders überlegt hast.«

Frasier widersprach nicht. »Ich glaube, es lag an dem Gemälde. Und an unserem Wiedersehen. Und ... ach, ich weiß nicht. Ich bin einfach nur ein hoffnungsloser alter Romantiker«, stellte er zerknirscht fest. »Es tut mir leid, wenn ich dich verletzt habe. Aber ich möchte, dass du weißt, dass ich für dich und John da bin. Ich bin dein Freund, solange du das möchtest.«

Rose starrte in sein schönes Gesicht und hätte ihm am liebsten rechts und links eine runtergehauen. Aber sie konnte nicht. Sie konnte sich jetzt nicht gehen lassen. Sie musste an John denken und an Maddie, der sie versprochen hatte, sie bei Jenny abzuholen, bevor es Schlafenszeit war.

»Komm mit«, sagte sie und nahm einen Schlüsselbund aus einer der Küchenschubladen.

Frasier folgte ihr zur Scheune, wo der verschlossene Lagerraum für Johns persönliche Werke zu finden war.

»Dad braucht etwas, auf das er sich konzentrieren kann«, sagte sie und zögerte ein klein wenig, ob sie das wirklich tun sollte. »Etwas, das ihn in Gang hält. Da drin sind seine persönlichen Werke. Er will nicht, dass ich sie sehe, also gehst du da jetzt rein. Du siehst dir die Sachen an und guckst, wie viele da sind und ob sie gut genug sind.«

»Gut genug wofür?«, fragte Frasier.

»Für eine Ausstellung«, sagte Rose. »Für eine Ausstellung der Werke, die ihm am meisten bedeuten und die seine wahre Identität als Künstler ausmachen. Ich will, dass du ihn in deiner Galerie ausstellst und der Welt endlich zeigst, was für ein großartiger Künstler er ist. Ich will, dass du ihm seine Selbstachtung zurückgibst.«

»Okay«, sagte Frasier und betrachtete unsicher die Tür, die Rose inzwischen geöffnet hatte. »Er reißt mir den Kopf ab, wenn er dahinterkommt.«

»Na ja«, sagte Rose und musste ein ganz klein wenig lächeln. »Dann hat die ganze Sache doch wenigstens ein Gutes.«

Eine gefühlte Ewigkeit stand Rose in dem großen Innenraum der Scheune und beobachtete den Staub, der im durch die Oberlichter fallenden Licht des Spätnachmittags tanzte. Dann endlich hörte sie Frasier wieder aus dem Lagerraum kommen, die Tür schließen und das Vorhängeschloss zudrücken.

»Nein?«, fragte Rose.

Frasier schwieg kurz, dann schnappte er sich Rose ohne jede Vorwarnung, hob sie hoch, wirbelte sie zweimal herum und setzte sie dann ein bisschen wackelig auf den Beinen wieder ab.

»Entschuldigung«, sagte er, als ihm etwas zu spät aufging, wie unpassend das gerade gewesen war. »Ich musste einfach …«

»Jetzt raus damit.« Rose ärgerte sich schon wieder darüber, wie er mit ihr umging.

»Großartig«, sagte Frasier schlicht und strahlte. »Großartige, epische, persönliche, emotionale, bahnbrechende, wegweisende Werke eines wahren Genies. Das wird die größte, beste und wichtigste Ausstellung, die ich je zusammengestellt habe, und ich werde dafür sorgen, dass die ganze Welt sie sehen wird.«

»Gut«, sagte Rose. »Wunderbar. Jetzt müssen wir uns nur noch überlegen, wie wir das meinem Vater beibringen.«

17

Drei Tage war es jetzt her, seit John aus dem Krankenhaus entlassen worden war. Frasier hatte ihn abgeholt und nach Hause gefahren, doch sein Zuhause hatte sich ziemlich verändert, seit er zuletzt dort gewesen war. Im einer Generalreinigung unterzogenen Arbeitszimmer, das vorläufig Roses Zimmer hatte sein sollen, standen jetzt Johns Bett und eine Kommode. Rose wusste, dass ihr Vater sich fürchterlich darüber aufregen würde, und bat Tilda, ihm zu erklären, dass er Rose keineswegs zur Last fallen würde. Rose hatte ein neues Bett bestellt, das seinen Platz im bisherigen Schlafzimmer ihres Vaters fand, und sie und Tilda hatten ziemlich viel Zeit damit verbracht, all die Dinge, mit denen John sich so gerne umgab – Bücher und Zeitschriften, Fotos, Bilder und Drucke –, vom Schlafzimmer in das nun ehemalige Arbeitszimmer zu räumen. Die beiden Frauen waren nicht plötzlich beste Freundinnen, und insgesamt war die Stimmung zwischen ihnen immer noch eher kühl, aber sie hatten ein gemeinsames Ziel: John die letzten Wochen mit ihnen so angenehm und friedlich wie irgend möglich zu gestalten. Nein, von wachsender Zuneigung zwischen Rose und Tilda konnte keine Rede sein, vielmehr von abnehmender Feindseligkeit – und damit schienen beide für den Moment zufrieden zu sein.

Die Ärzte hatten ihnen mitgeteilt, für John nichts mehr tun zu können, als seine Schmerzen zu lindern und ihm die letzte Zeit so erträglich wie möglich zu machen. Sie hatten den Darmverschluss operativ beheben können, und Rose freute sich sehr, dass die Furchen, die der Schmerz in sein Gesicht gegraben hatte, nicht mehr ganz so tief waren. Er hatte wieder etwas Farbe im Gesicht und wirkte deutlich entspannter, als sie ihn am Vorabend besucht hatte, um ihm von den Änderungen im Haus zu erzählen und ihm zu versichern, sie habe alles nach bestem Wissen und Gewissen so eingerichtet, wie sie glaubte, dass es ihm gefallen würde.

»Ich wollte eigentlich erst ins Erdgeschoss ziehen, wenn ich die Treppe nicht mehr schaffe«, brummte John ein wenig griesgrämig. »Aber danke, ich weiß, du willst mir helfen. Was mir allerdings am meisten hilft, ist das Wissen, dass du da sein wirst. Das habe ich gar nicht verdient.«

Weder Frasier noch Rose hatten ihm jedoch von ihren Plänen für eine Ausstellung seiner persönlichen Werke erzählt. Frasier sagte, er müsse erst ein paar Dinge regeln. Er müsse die für die nächsten zwei Monate in der Galerie geplanten Veranstaltungen und Ausstellungen absagen, und das hieße, er müsse andere Künstler besänftigen sowie eine ganze Armee von PR-Leuten mobilisieren. Unter den gegebenen Umständen konnten sie die Ausstellung auf keinen Fall aufschieben, aber sie durften natürlich auch nicht auf das übliche Marketing-Tamtam verzichten – gerade weil alles so kurzfristig war. Bei einem Glas Wein in der Küche des Storm Cottage hatten Rose und Frasier eines späten Abends beschlossen, dass sie John erst in die

Ausstellungspläne einweihen würden, wenn der Löwenanteil der Arbeit bereits getan war. Die Spannungen zwischen Rose und Frasier hatten deutlich nachgelassen, Frasier versteckte seinen Ärger über ihre Liaison mit Ted mittlerweile hinter einem höflichen, besorgten Lächeln und freundlicher Zuwendung. Seit Frasier sie zum Storm Cottage zurückgebracht hatte, hatte keiner mehr ein Wort verloren über jene innigen Stunden in Jennys Wohnzimmer, in denen sie sich so viel gestanden und versprochen hatten. Weg waren die Hoffnung und das Glücksgefühl jener Nacht – als hätte es sie nie gegeben, als hätte Frasier jene vierundzwanzig Stunden aus seinem Leben gelöscht. Als hätten sein Leben mit Cecily, die Galerie und die Sorge um John die Ereignisse jener Nacht und des folgenden unschönen Vormittags unter sich begraben.

Wann immer Rose seither mal Zeit zum Nachdenken gehabt hatte, fragte sie sich, ob das alles tatsächlich passiert war oder ob es sich um ein Produkt ihrer Fantasie handelte, um einen Traum, der ihr so echt vorkam, dass sie ihn für die Wirklichkeit hielt. In jedem Fall schien es ihr das Klügste zu sein, alles so zu belassen, wie es jetzt war. Selbst wenn sie tatsächlich nur Millimeter von einem gemeinsamen Leben mit Frasier entfernt gewesen war – jetzt lagen wieder Lichtjahre zwischen ihnen. Und vielleicht hatte das weniger mit ihrem Fehlverhalten zu tun als damit, dass er kalte Füße bekommen und nach einem Ausweg gesucht hatte.

Nach einigem Nachdenken war Rose zu dem Schluss gekommen, Maddie noch vor Johns Rückkehr aus dem Krankenhaus zu erzählen, wie es um ihren Großvater stand. Alles andere wäre ihr unfair erschienen. Sie wollte dem Kind eine Chance geben, sich auf den bevorstehenden Verlust vorzubereiten. Rose war deutlich älter gewesen, als sie ihre Mutter verlor, aber sie konnte sich noch sehr gut erinnern, wie sehr sie sich nach deren Tod gewünscht hatte, sie hätte von ihrem nahenden Ende gewusst. Dann hätte sie die letzten Tage, Stunden, Minuten mit ihr viel bewusster gelebt und nicht eine Sekunde verschwendet. Vielleicht wäre das alles zu viel für Maddie, aber Rose hatte in den letzten Wochen erkannt, dass ihre Tochter ein bemerkenswerter Mensch war, dass sie mit einer für ihr Alter völlig untypischen Gemütsruhe in einer Welt zurechtkam, in der es schwierig war, seinen Platz zu finden.

Roses Tochter hatte am Küchentisch gesessen und eine sehr bunte Willkommenskarte für John gemalt, als Rose fragte: »Hast du Lust, mir zu helfen, eine leckere Suppe für Opa zu kochen? Nach der Fahrt vom Krankenhaus hierher kann er sicher eine Stärkung gebrauchen. Und vielleicht wollen Frasier und Tilda auch noch mitessen.«

»Au ja!« Maddie sprang auf, die Hände noch voller Farbe. »Ich kann Kartoffeln schälen! Und dann können Opa und ich uns wieder an die Arbeit machen, und du kannst mir eine Schule suchen, und ich kann üben, nett zu den Leuten zu sein und Freunde zu finden.«

»Ich weiß nicht, ob er schon wieder arbeiten kann, Maddie. Jedenfalls nicht in der Scheune«, sagte Rose. »Er ist operiert worden und hat noch Schmerzen, und außerdem ist er wirklich sehr, sehr krank, Maddie.«

»Ich weiß«, sagte Maddie. »Rettungshubschrauber kommen nur zu Leuten, die sehr, sehr krank sind.«

»Ja, aber ...« Rose reichte Maddie ein paar Kartoffeln und hatte keine Ahnung, wie sie ausdrücken sollte, was sie sagen wollte. »Aber Opa wird nicht wieder gesund.«

»Opa ist ja auch alt«, gab Maddie zu bedenken. »Bei alten Leuten dauert immer alles etwas länger.«

»Was ich sagen will, Maddie ... Er wird nie wieder so sein wie vorher, bevor der Hubschrauber kam. Er ist sehr krank und ... Ich finde, du solltest das wissen, dass ... Du sollst dich darauf vorbereiten können, weil ... weil er nämlich ziemlich bald ...«

Rose brachte es nicht fertig, den Satz zu beenden. Schluchzer steckten ihr im Hals fest, und Tränen liefen ihr über die Wangen.

Sie wandte sich von Maddie ab, wollte ihren Kummer vor ihrer Tochter verbergen und sich zusammenreißen, aber es misslang ihr.

»Opa stirbt«, stellte Maddie fest und strich ihrer Mutter mit der flachen Hand über den Rücken. »Wann?«

»Bald«, sagte Rose. »Genau weiß das keiner. Wenn wir Glück haben, lebt er noch ein paar Wochen, vielleicht sogar Monate. Tut mir leid, Maddie, ich hätte dir das nicht sagen sollen.«

»Schon gut«, hatte Maddie ruhig entgegnet, sich den Kartoffelschäler genommen und losgelegt.

Seither hatte sie Rose gegenüber praktisch kein Wort mehr darüber verloren und auch nicht darüber, wie es ihr damit ging. Rose fürchtete, einen Fehler begangen zu haben, indem sie Maddie die Wahrheit sagte, doch als John dann von Frasier gestützt hereinkam, war Maddie schnurstracks auf ihn zugegangen und hatte die Arme um seine Taille geschlungen.

»Das tut mir so leid, dass du stirbst, Opa«, sagte sie. »Ich hab dich lieb.«

»Ich dich auch.« John verbarg seine Überraschung hinter einem kurzen Husten. »Ich dich auch.«

Maddie nahm ihn bei der Hand und hielt diese fest, während Frasier ihm zu seinem Sessel half. »Aber wir haben ja noch ein paar Wochen. Vielleicht sogar Monate. Am besten denken wir da jetzt nicht dauernd dran, ja?«

»Abgemacht«, sagte John, während er sich unter Schmerzen setzte. Maddie schnappte sich ihre Karte und reichte sie ihm: Es war ein Porträt von ihm, wie er in der Scheune malte, und er sah darauf genauso mürrisch aus wie immer, wenn er arbeitete.

»Da steht ›gute Besserung‹«, sagte Maddie betreten. »Als ich das geschrieben habe, wusste ich noch nicht, dass du stirbst.«

»Sie ist ganz wunderbar«, sagte John und unterdrückte ein grimmiges Lächeln, als er seine Enkelin ansah. »Genau wie du.«

»Danke«, sagte Maddie. »Ich hab dir auch eine Suppe gekocht. Mum hat ein bisschen geholfen.«

Frasier und Tilda blieben tatsächlich zum Essen. Sie alle saßen um Johns Sessel herum und löffelten die Suppe aus Schälchen, die sie auf ihren Knien balancierten. John aß nur sehr wenig und verschüttete beinahe alles, als er während Frasiers Vortrag darüber, wie wichtig es für das Leben und den Ruf eines Künstlers sei, neue Arbeiten auszustellen, einnickte.

»Opa!«, rief Maddie und rettete die kippende Suppenschale inklusive Tablett von seinem Schoß. John wachte wieder auf.

»Ich glaube, ich leg mich mal besser hin«, sagte John und lehnte den Kopf zurück. »Das kommt von den neuen Tabletten, die sie mir gegeben haben. Die nehme ich noch ein, zwei Tage, und dann mal sehen, wie ich ohne sie zurechtkomme.«

»Du kannst nicht einfach so aufhören, deine Medikamente zu nehmen, Dad.«

»Rose hat recht«, mischte Tilda sich vorsichtig ein. »Du kannst nicht einfach so ignorieren, was die Ärzte sagen.«

»Ich kann verdammt noch mal tun und lassen, was ich will«, schnauzte John. »Ist schließlich mein Körper. Und ich möchte die mir verbleibende Zeit lieber im Wachzustand verbringen, statt nur noch vor mich hin zu dösen.«

»Opa?« Maddie biss sich auf die Lippe. »Wenn du einschläfst, dann wachst du doch auch wieder auf, oder?«

»Ich tue mein Bestes«, versprach John, dann half Frasier ihm auf.

»Okay, ich beobachte dich«, sagte Maddie. »Und pikse dich, falls du aufhörst zu atmen oder so.«

»Maddie«, sagte John liebevoll und legte ihr die Hand auf den Kopf. »Hatten wir uns nicht gerade darauf geeinigt, nicht dauernd daran zu denken?«

»Ich denke nicht daran«, sagte Maddie. »Ich pass bloß auf.«

»Hier.« John griff in die Tasche und holte einen Schlüssel hervor. »Du kannst die Scheune haben. Als dein Atelier. Ich schenke sie dir. Du gehst jetzt da rüber und arbeitest für uns beide. Dann kannst du dir ziemlich sicher sein, dass ich wieder aufwache. Schon vor lauter Sorge, dass du da drüben ein Chaos veranstaltest.«

»Okay!«, rief Maddie erfreut und sauste davon, ohne die Haustür hinter sich zu schließen.

»Ich weiß ja nicht, ob das so eine gute Idee ist, einer Siebenjährigen eine ganze Scheune zu schenken«, sagte Rose, die hin- und hergerissen war zwischen ihrer Sorge als Mutter und der Freude darüber, dass Maddie gerade so glücklich ausgesehen hatte.

»Papperlapapp«, sagte John, der mit Frasiers Hilfe bereits auf dem Weg in sein neues Schlafzimmer war. »Die Kinder heutzutage werden viel zu sehr in Watte gepackt. Und außerdem macht es doch tausendmal mehr Spaß, sich in einer Scheune auszutoben, als an meinem Sterbebett Wache zu halten, oder?«

»Ich dachte wirklich, es wäre das Richtige, ihr die Wahrheit zu sagen.« Rose versuchte, es John in seinem Bett bequem zu machen, nachdem Frasier und Tilda sich diskret zurückgezogen hatten.

»Ganz deiner Meinung. Kinder haben es verdient, mit Ehrlichkeit und Respekt behandelt zu werden. Auch so eine Lektion, die ich leider zu spät gelernt habe.« Er ließ sich ins Kissen sinken und sah zum Fenster hinaus auf die Felswand. »Dieses Kind ist in einem Zuhause voller Lügen und Hinterhältigkeiten aufgewachsen – jetzt hungert es nach der Wahrheit, auch wenn sie nicht einfach ist. Maddie hat gelernt, sich von der Welt zurückzuziehen und abzuschotten, genau wie du. Genau wie ich. Und es ist teilweise meine Schuld, dass sie all das durchleben musste und für normal hielt. Natürlich will ich, dass du sie beschützt, Rose, aber du darfst sie nicht belügen. Du darfst nicht zulassen, dass sie sich zurückzieht wie wir. Dafür gibt es viel zu viele schöne Dinge in dieser Welt.

Ich will nicht, dass euch das alles entgeht. Das habe ich nie gewollt.«

»Glaubst du, ich habe ihr geschadet?«, fragte Rose. »Ich habe schließlich zugelassen, dass sie so lebt. Ich dachte immer, sie hätte kaum etwas mitbekommen, weil sich nichts von alldem vor ihren Augen abspielte. Erst seit wir hier sind, seit ich sie in dieser völlig neuen Umgebung erlebe, wird mir klar, dass sie genauso durch die Hölle gegangen ist wie ich. Ich hätte Richard schon viel früher verlassen sollen, schon am Tag ihrer Geburt, nein, schon vor ihrer Geburt. Warum habe ich das nicht gemacht? Warum war ich nicht stark genug?«

»Es hat keinen Zweck, sich mit solchen Fragen aufzuhalten«, sagte John und sah sie aufmerksam an. »Ja, Maddie hat Schaden genommen und du auch. Aber du hast noch ein ganzes Leben Zeit, um diesen Schaden zu reparieren, und genau darauf musst du dich jetzt konzentrieren. Versprich mir, dass du dich darauf konzentrieren wirst, wenn ich nicht mehr bin.«

Rose nickte. »Ich verspreche es.«

»Ich hatte eigentlich gehofft, mit Blick auf den Gipfel den Löffel abzugeben«, sagte er schläfrig und sah wieder zum Fenster hinaus. »Und jetzt glotze ich gegen eine Felswand.«

»Tut mir leid«, sagte Rose.

»Ach was.« John lächelte und streckte die Hand nach ihrer aus. »Auf einmal schaffe ich die Treppe nicht mehr, so ist das eben. Kann man nichts machen. Danke, dass du dieses olle Zimmer so schön für mich hergerichtet hast.«

Rose sagte nichts. Sie saß auf der Bettkante und betrachtete die Felswand vor dem Fenster.

»Fühlst du dich gefangen?«, fragte John. »Du weißt, dass du nicht bleiben musst, ja? Ich erwarte das nicht von dir. Du bist zu nichts verpflichtet.«

»Ja, ich weiß«, sagte Rose. »Und ja, ich fühle mich gefangen, aber nicht von dir und auch nicht von dem Berg. Ich versuche bloß, mich mit meinem Leben abzufinden, das mir ständig Türen vor der Nase zuschlägt, kaum dass es sie mir geöffnet hat. Deshalb fühle ich mich gefangen: weil es offenbar mein Schicksal ist, immer nur ganz kurz glücklich zu sein. Mit dir, mit Mum, mit Richard ...« Mit Frasier, fügte sie ihm Geiste hinzu.

»Sag doch so etwas nicht. Du hast Maddie, und ich finde, sie ist mit Abstand das interessanteste Kind, das mir je begegnet ist. Und auch wenn deine Mutter nicht mehr da ist und auch ich bald gehen werde, so werden wir trotzdem immer bei dir sein. Ich frage mich, ob ich sie wohl wiedersehen werde, wenn es vorbei ist. Ich hoffe es. Ich würde mich sehr gerne bei ihr dafür entschuldigen, so ein Arschloch gewesen zu sein.«

»Das wird gar nicht nötig sein«, sagte Rose. »Mum hatte dir schon lange vor ihrem Tod verziehen. Nur sich selbst nicht. Es waren ihre eigenen Schwächen, für die ihr die Nachsicht fehlte.«

»Dann werde ich mich eben dafür entschuldigen.« Johns Augenlider wurden immer schwerer. »Deine Mutter war die großartigste Frau, die mir je begegnet ist. Wenn ich sie doch nur genug hätte lieben können! Dann wäre ich ein sehr glücklicher Mann gewesen.«

Er atmete sehr lang und rasselnd aus und schlief ein. Rose stand auf und ging zurück ins Wohnzimmer.

Tilda war nicht mehr da. Nur Frasier stand vor der Küchenspüle, den Blick aus dem Fenster gerichtet, mit von der Nachmittagssonne vergoldetem Gesicht. Er sah so jung aus wie damals bei ihrer ersten Begegnung. Sie blieb einen Augenblick stehen und beobachtete ihn. Wünschte sich, sie könnte jetzt einfach zu ihm hingehen, ihm über die Wange streichen und ihn küssen. Vielleicht waren ihre Gefühle für ihn mehr oder weniger Einbildung gewesen, als sie in Millthwaite ankam, aber seltsamerweise liebte sie ihn jetzt, nachdem er sich von ihr zurückgezogen hatte, noch viel mehr. Mit jeder Faser ihres Körpers.

»Hallo«, sagte sie, weil ihr nichts Besseres einfiel, um ihm ihre Gegenwart bewusst zu machen.

»Hallo.« Frasier drehte sich um und lächelte. »Tilda ist nach Hause gefahren. Du sollst sie anrufen, wenn du irgendetwas brauchst. Ich glaube, ihr fällt das hier alles ziemlich schwer – den richtigen Abstand zu wahren und tapfer zu sein. Sie gibt sich alle Mühe, es dir recht zu machen.«

»Ich weiß«, sagte Rose. »Und ich weiß, dass ich mir auch mehr Mühe geben muss. Das kommt noch.«

»Ich habe ihr von der Ausstellung erzählt«, fuhr Frasier fort. »Sie findet die Idee grandios und richtet sich terminlich alles ein. Die PR-Leute sind auch in den Startlöchern. Jetzt müssen wir nur noch mit deinem Vater reden und ihn dazu bringen, dass er mir erlaubt, seine Werke abzuholen, zu fotografieren, rahmen zu lassen, aufzuhängen und der Welt zu präsentieren.« Er zögerte und lächelte. »Ich dachte, das könntest du vielleicht übernehmen?«

»Ich?« Bei der Vorstellung wurde Rose bange. »Ich weiß nicht. Ich habe Dad versprochen, seine Arbeiten nicht anzusehen, solange er nicht bereit ist, sie mir zu zeigen. Und das Versprechen habe ich bisher auch nicht gebrochen. Ich finde, du solltest das machen.«

»Oder vielleicht wir beide«, schlug Frasier freundschaftlich vor. »Mit vereinten Kräften. Und Maddie könnten wir auch noch dazuholen. Wenn sie dabei ist, wird er nicht ganz so heftig aufbrausen.«

Rose grinste. »Wenn der wüsste, wie sehr wir uns immer noch von ihm einschüchtern lassen.«

»Das wird sich auch so schnell nicht ändern, jedenfalls nicht, was mich angeht«, sagte Frasier. »Er ist absolut einzigartig.«

Die beiden standen in der späten Nachmittagssonne, lächelten einander an und wurden sich wieder all der Jahre bewusst, die zwischen ihnen lagen – wie eine Kluft, über die keine Brücke mehr zu führen schien.

»Ich muss los«, sagte Frasier. »Ein Abendessen.«

»Ja, Cecily wartet sicher schon«, sagte Rose.

»Nein.« Frasier zögerte. »Mit Cecily habe ich Schluss gemacht. Das Ganze war einfach nicht fair ihr gegenüber. Ich habe sie nicht geliebt, jedenfalls nicht so, wie ein Mann seine Frau lieben sollte. Und so, wie sie reagiert hat, vermute ich, dass sich ihre Liebe zu mir auch in Grenzen hielt. Ich fand, sie wirkte sogar erleichtert.«

»Oh.« Rose wusste nicht, was sie sagen sollte. »Und ich dachte, nach allem ... was passiert ist.«

Betretenes Schweigen stellte sich ein, als keiner von beiden wusste, was er als Nächstes sagen sollte.

»Ich komme morgen wieder«, sagte Frasier schließlich. »Solange er hier ist, werde ich jeden Tag herkommen und für John da sein, wenn ich kann.«

Er zögerte kurz, dann trat er einen Schritt auf Rose zu und küsste sie ganz leicht auf die Wange. »Bis morgen, Rose.«

Rose wartete, bis sein Auto weg war, dann ließ sie ihren Tränen freien Lauf.

Sie musste eingeschlafen sein, wenn auch nur für wenige Minuten. Sie saß im Sessel ihres Vaters, die Sonne streichelte ihre Wange. Rose schrak auf mit dem Gefühl, sie hätte etwas vergessen oder – noch viel schlimmer – dass irgendetwas ganz und gar nicht stimmte. Abrupt richtete sie sich auf. Ihr Herz hämmerte, und auf einmal packte sie nackte Angst.

Ihr erster Impuls war es, nach John zu sehen. Dessen Brust hob und senkte sich immer noch regelmäßig im Schlaf. Dann hörte sie es: einen Stimmfetzen, vom Wind durchs offene Fenster herübergetragen. Maddies Stimme. Und obwohl es sich nur um eine Sekunde gehandelt hatte, war Rose überzeugt, Angst aus ihr herausgehört zu haben.

Rose ging auf, dass ihre Tochter sich seit über einer Stunde allein in der Scheune befand, und eilte panisch hinüber. Doch Maddie war nirgends zu sehen. Die offene Tür hing in ihren Angeln und schlug im zunehmenden Wind immer wieder lautstark gegen das Schloss. Rose machte auf dem Absatz kehrt, ließ den Blick über den Hofplatz schweifen, lief dann aufgeregt hin und her und suchte die Hänge nach dem gepunkteten Sommerkleid ihrer Tochter ab. Vielleicht war sie übermütig geworden und auf eigene Faust spazieren gegangen?

»Nein!«

Rose schnappte nach Luft. Maddies Stimme kam doch aus der Scheune, aber nicht aus dem ersten großen Raum, der war ja leer gewesen. Sie musste in dem Raum sein, in dem John seine Arbeiten trocknen ließ. Das Herz schlug Rose bis zum Hals, als sie zurückrannte und die Scheune betrat. Das Vorhängeschloss an der Tür zum Trockenraum hatte jemand mit Gewalt geöffnet, die Tür jedoch war geschlossen.

Rose war ganz schlecht vor Angst, als sie die Tür öffnete und Maddie erblickte, die trotzig zu ihrem Vater aufsah. Er hatte die Hände auf ihre Schultern gelegt und sprach so leise mit ihr, dass Rose kein Wort verstand. Dann sah er auf, entdeckte sie und wandte sich ihr lächelnd zu, eine Hand immer noch besitzergreifend auf Maddies Schulter.

Rose schnappte nach Luft. Ihr Körper wollte rennen, so schnell er konnte, hin zu ihrer sich in akuter Gefahr befindenden, nur wenige Meter entfernten Tochter, aber ihr Herz zwang sie, an Ort und Stelle stehen zu bleiben. Richard hatte sie gefunden, und er war extrem wütend.

Sie beobachtete ihn – seine Schultern, die Neigung seines Kopfes, während er mit Maddie sprach – und versuchte wie schon tausend Male zuvor, an seiner Körpersprache abzulesen, in welcher Gemütsverfassung er war. Wer ihn weniger gut kannte als Rose, hätte gesagt, er sei völlig entspannt und ausgeglichen.

Doch Rose wusste es besser. Sie wusste, dass ihr Mann ein Meister darin war, seinen Zorn hinter einem Lächeln und einem freundlichen Ton zu verbergen. Maddie dagegen war schwerer zu deuten. Sie sah ruhig aus, entschlossen sogar, aber sie hatte die Hände zu Fäusten geballt, und obwohl sie sich nicht rührte, konnte Rose ihr ansehen, wie sie innerlich vor ihrem Vater zurückwich und seinen Berührungen entkommen wollte.

Jetzt war es so weit, erkannte Rose und kämpfte gegen die in ihr aufsteigende Angst an. Jetzt konnte sie nicht weglaufen, sich nicht verstecken. Jetzt musste sie sich ihm stellen. Jetzt würde sie herausfinden, ob sie wirklich in der Lage war, auf eigenen Füßen zu stehen, ihre Tochter zu beschützen, die Frau zu sein, die sie sein musste, um endlich frei von ihm zu sein.

»Rose«, begrüßte Richard sie. Sicher hatte er es Maddies Miene angesehen, dass ihre Mutter hereingekommen war. »Ich habe deine Tochter ganz allein und unbeaufsichtigt in einer Scheune angetroffen, in einem Gebäude, in dem es vor tödlichen Gefahren nur so wimmelt. Ich finde das nicht besonders verantwortungsvoll von dir, wenn ich das mal so sagen darf. Nicht, dass mich das überraschen würde. Und wenn ich mir deine Haare so ansehe, dann kann ich nur sagen: Dieses Mal bist du wirklich komplett durchgedreht. Du siehst beknackt aus.«

»Warum bist du hier eingebrochen?«, fragte Rose und wandte den Blick nicht von ihm ab. Sie fürchtete, wenn sie ihn nur eine Sekunde aus den Augen ließ, könnte etwas Schreckliches passieren, gegen das sie machtlos wäre.

»Ich bin hier nicht eingebrochen«, sagte Richard, doch Maddies Zusammenzucken, als seine Finger sich tiefer in ihre Schulter gruben, strafte ihn Lügen. »Die Tür war bereits offen.«

Warum war er hier hereingekommen, statt ins Haus zu gehen und Rose zur Rede zu stellen? Warum hatte er Maddie an einen Ort gebracht, an dem man sie nicht hören und sehen konnte? Auf welche schreckliche Weise hatte er sich an ihr rächen wollen?

»Komm her, Maddie«, sagte Rose so ruhig wie möglich und streckte die Arme nach ihrer Tochter aus. Maddie trat einen Schritt nach vorn, kam aber nicht weiter, weil die Hand ihres Vaters sie davon abhielt.

»Was machst du da?«, fragte Rose so ruhig wie möglich. Wie immer in den vielen letzten Jahren wollte sie ihm nicht zeigen, dass sie Angst hatte, und wie immer wusste er es wahrscheinlich trotzdem.

»Mein kleines Mädchen hat mir gefehlt«, sagte Richard in einem so kalten, gefühllosen Ton, dass Rose sich fragte, ob er ihre Tochter überhaupt je geliebt hatte oder ob das alles auch nur ein Teil seiner sorgfältig konstruierten Maske des perfekten Familienvaters gewesen war. Vom mütterlichen Beschützerinstinkt getrieben, ging Rose auf Maddie zu, nahm sie bei dem einen Arm und entfernte ohne großen Widerstand seine Hand von der anderen Schulter. Richard schien ihr Einschreiten eher zu amüsieren, als einzuschüchtern.

Rose ging ein paar Schritte zurück Richtung Tür, Maddie schützend an sich gedrückt. Sie sah die roten Abdrücke seiner Finger auf ihrer Haut, die schon bald blau werden würden.

»Was willst du, Richard?«, fragte sie.

»Das überrascht mich jetzt aber, dass du mich das fragst«, entgegnete er mit seinem eiskalten Lächeln. »Du haust ab ohne ersichtlichen Grund und nimmst mein Kind mit und informierst mich nicht mal, wo du bist oder wie es meiner Tochter geht. Erwartest du wirklich von mir, dass ich nicht nach euch suche? Du weißt doch, wie sehr ich euch beide liebe und dass dein Platz zu Hause bei mir ist.«

»Ich bin nicht ohne Grund abgehauen.« Rose zwang sich zu sprechen, obwohl sie eigentlich gelähmt war vor Angst. Sie wusste, wozu ihr Mann imstande war. Je länger sie so mit ihm redete, desto größer war die Chance, hier herauszukommen, Maddie wegzuschaffen. Rose wusste, dass dieses höfliche Gespräch nur an der sehr dünnen Oberfläche geführt wurde und den Zorn, der darunter brodelte, kaum verbarg. Wenn Richard bereit war, seine Tochter einzuschüchtern, um seinen Willen durchzusetzen, dann war nicht vorauszusehen, was er sonst noch tun würde. Fast sah es so aus, als hätte ihr Freiheitsdrang das bisschen Selbstbeherrschung, das ihm noch geblieben war, verdrängt. Jetzt fühlte er sich im Recht, alles zu tun, was nötig war, um die Kontrolle wiederzugewinnen, und Rose war sich im Klaren darüber, dass er nur auf eine Gelegenheit wartete, um sie zu zerstören. Sie wusste auch, dass es ihr womöglich nicht gelingen würde, ihm zu entkommen.

Denk an Maddie, sagte sie sich selbst, spannte jeden Muskel in ihrem Körper an und verbot sich selbst, vor seinen Augen zu zittern. Du musst Maddie retten.

»Ich habe dich verlassen, Richard, und du weißt sehr genau, warum«, sagte sie.

Richards Augen verengten sich kaum wahrnehmbar, und dann lächelte er dieses fürchterliche, bedrohliche Lächeln, das Rose so gut kannte. Es war seine letzte Warnung.

»Du hast mir auch gefehlt, Rose. Ich kann es kaum abwarten, dich ganz neu kennenzulernen«, sagte Richard und bewegte sich langsam auf sie zu.

»Los, Maddie, lauf zu Opa«, sagte Rose plötzlich, schob ihre Tochter zur Tür und baute sich selbst zwischen Ausgang und Richard auf. »Sag ihm, wo ich bin.«

»Aber ...« Maddie blieb in der Tür stehen, hin- und hergerissen zwischen dem Impuls wegzurennen und dem Wunsch, ihre Mutter nicht allein zu lassen.

»Los, geh«, sagte Rose mit so fester Stimme wie möglich und ohne zu lächeln. »Ich schaff das schon.« Auch Rose wollte natürlich eigentlich nicht von ihrer Tochter getrennt sein, aber sie konnte sie schlecht als menschlichen Schild missbrauchen, und sie konnten nicht ewig in dieser Pattsituation bleiben. Falls Richard zuschlug, war es besser, wenn Maddie nicht dabei war. Maddie sah ihre Mutter noch einmal an, dann rannte sie los. Die Scheunentür wurde vom Wind zugeschlagen, dass die ganze Scheune wackelte.

Rose wandte sich wieder Richard zu und wappnete sich für das, was auf sie zukam. Ihre Erleichterung darüber, Maddie aus der Schusslinie gebracht zu haben, währte nur sehr kurz. Ihre Vernunft sagte ihr, dass sie ihrem Ehemann gegenüberstand, dass sie viele Jahre mit ihm verheiratet war – er würde sie schon nicht umbringen. Doch ihr Instinkt sagte ihr, dass in Richard irgendetwas kaputtgegangen war, dass seine letzte Hemmschwelle verschwunden und er zu allem fähig war.

»Na dann.« Er packte sie am Arm, kaum dass Maddie draußen war, zerrte sie weiter in den Raum und schloss die Tür.

»Fass mich nicht an!«, fauchte Rose und riss sich los. Sie funkelte ihn wütend an und stellte zufrieden fest, dass ihr Gefühlsausbruch ihn überraschte, was ihr aber auch nicht half. Im Handumdrehen hatte er sie in dem Raum gefangen und blockierte den Ausgang.

»Du fasst mich nie wieder an, Richard«, sagte sie kühn. Er war es nicht gewöhnt, dass sie ihm Widerstand leistete, er kannte sie nur kleinlaut und gefügig. Wenn sie ihm zeigte, wie stark sie geworden war, würde er vielleicht den Rückzug antreten. Das war eine dünne Hoffnung, aber etwas anderes fiel Rose in dem Moment nicht ein.

»Ach nein?« Richard beobachtete sie und schien sich über ihre missliche Lage zu amüsieren.

»Hör zu«, sagte Rose, um Fassung bemüht und mit lauter, fester Stimme, einfach um *irgendetwas* zu sagen, um *irgendetwas* zu tun, das die Situation entschärfen könnte, »denk doch mal einen Augenblick nach ... Und sieh dir an, was du hier tust. So muss es doch gar nicht laufen. Wir müssen uns nicht hassen. Wir sollten einfach nur das Richtige tun. Wir sollten uns scheiden lassen, und dann kannst du Maddie natürlich regelmäßig sehen. Ich werde mich dem nicht in den Weg stellen. Ich will nur ...«

»Netter Versuch«, fiel Richard ihr ins Wort und kam ihr immer näher. »Aber dafür ist es zu spät. Ich will, dass meine Familie zu mir nach Hause zurückkehrt. Ich will dich und meine Tochter wieder bei mir zu Hause haben, wo ihr hingehört. Und wenn ich fertig bin, gehst du rein, packst deine Sachen, und wir fahren. Aber vorher ist es wohl höchste Zeit für eine kleine Wiedervereinigung, meinst du nicht?«

»Nein.« Rose schüttelte den Kopf und presste die Lippen aufeinander, um nicht mit den Zähnen zu klappern. »Nein, Richard, bitte nicht ...«

»Hör auf, mit mir zu streiten, Rose«, sagte Richard, gefährlich kurz davor, den kühlen Kopf zu verlieren.

»Warum?«, fragte Rose verzweifelt und versuchte, sich um ihn herum zur Tür zu drücken. »Warum willst du das tun? Du liebst mich doch schon seit Jahren nicht mehr. Hast mich vielleicht nie geliebt. Von Anfang an hast du nichts anderes getan, als mich einzusperren und zu quälen und sogar deinem eigenen Kind wehzutun, nur um mich für etwas zu bestrafen, und ich weiß nicht einmal, wofür. Warum?«

»Wie oft muss ich dir das noch sagen?«, fragte Richard wütend. »Du gehörst zu mir. Du schuldest mir etwas. Ich habe dich gerettet, Rose. Ich habe dich aufgesammelt, als du in der Gosse lagst, und ich war dir ein Mann, habe dir ein Leben geschenkt, eine Familie, ein Zuhause. Und jetzt wirst du für all die Anstrengungen und Mühen bezahlen, die ich wegen dir auf mich genommen habe. Du wirst mir dabei helfen, mich besser zu fühlen. Wie es sich für eine gute Ehefrau gehört.«

Richard drückte sie mit dem Rücken gegen die Wand. Sein Mundgeruch stieg ihr in die Nase und verursachte ihr Brechreiz.

»Tu einfach genau, was ich dir sage«, murmelte er, als er die letzten Zentimeter zwischen ihnen schloss und sie weiter gegen die Wand drückte.

Rose biss die Zähne aufeinander, fest entschlossen, die Angst nicht überhandnehmen zu lassen. Sie wusste genau, was als Nächstes kommen würde.

»Nein«, sagte sie und sah ihm direkt in die Augen. »Ich werde nie wieder tun, was du mir sagst. Nie wieder.«

Mit der Präzision einer Peitsche haute Richard ihr

so heftig eine herunter, dass Rose mit der unversehrten Wange gegen die Wand knallte. Rose blinzelte gegen die Dunkelheit an, die plötzlich ihren Blick umwölkte, und taumelte seitwärts, als sie Sternchen sah. Das Adrenalin in ihrem Körper bewahrte sie vor der Ohnmacht – und das Wissen, Maddie und John auf gar keinen Fall mit Richard allein lassen zu dürfen.

»Siehst du, wozu du mich gebracht hast?«, fragte er. »Mich, der ich noch nie Hand an dich gelegt habe, egal, wie wütend ich war. Und jetzt hast du mich dazu gebracht, dir wehzutun. Ich hoffe, du schämst dich, Rose. Du solltest dich wirklich schämen.«

Trotz der Schmerzen im Nacken sah Rose zu ihm auf.

»Du bist so was von armselig«, sagte sie trotzig und staunte selbst über ihre Kampflust. »Dass du die Leute immer einschüchtern musst, damit sie tun, was du willst. Ich habe keine Angst mehr vor dir, Richard. Du ödest mich an.«

»Du bist meine Frau«, sagte Richard mit zornverzerrtem Gesicht, drückte sie mit einer Hand gegen die Wand, machte sich mit der anderen an ihrem Hosenknopf zu schaffen und zog ihr dann die Jeans herunter. »Und ich glaube, es ist Zeit, dass ich dich daran erinnere. Ich habe dich vermisst, Rose.«

»Nein!«, rief Rose und kratzte jedes Fitzelchen Kraft, das sie finden konnte, zusammen, um ihn so heftig zurückzustoßen, dass er sie kurz losließ. Sie entwand sich ihm, zog die Hose wieder hoch und sprintete zur geschlossenen Tür. Doch Richard packte sie am Arm, bevor sie sie erreichen konnte, zerrte daran und schleuderte sie auf den Betonboden. Sie schlug mit dem Hinterkopf auf, und als er sich stehend über ihr aufbaute, konnte sie ihn nur verschwommen erkennen. Nicht ohnmächtig werden, schärfte sie sich selbst wütend ein. Bloß nicht ohnmächtig werden!

»Du bist meine Frau«, wiederholte Richard, als er sich zwischen ihre Beine kniete. »Du gehörst mir.«

Rose versuchte, sich gegen das Gewicht seines Körpers zu stemmen, als er sich auf sie legte, den einen Arm über ihre Kehle legte und ihr fast die Luft abdrückte. Mit der anderen Hand zog er die Jeans wieder herunter, bis sie den rauen, kalten Beton unter ihrer Haut spüren konnte.

Rose brachte kein Wort heraus, ja, sie bekam kaum noch Luft, als ihr schlagartig klar wurde, wie verzweifelt ihre Lage war. Wenn sie sich weiter zur Wehr setzte, wer weiß, wozu er dann fähig wäre, und was wäre dann mit Maddie und John, das durfte Rose nicht zulassen.

Also hörte sie auf, sich zu wehren, und wandte den Kopf ab. Sie heftete den Blick auf die Wand, vor der sie neulich gestanden und eins der schönen Gemälde ihres Vaters bewundert hatte. Mit aller Macht versuchte sie, sich an alle Details zu erinnern, an jeden Pinselstrich und jede Farbe, um sich von der Scham abzulenken und von dem Wissen, dass ganz gleich, wie stark ihre Herzens- und Willenskraft war, ihre körperliche Kraft nie ausreichen würde, um gegen ihn anzukommen, und dass er deshalb immer gewinnen würde.

»Braves Mädchen«, sagte Richard und drückte ihr nicht mehr ganz so heftig die Luft ab. »Na, siehst du? So schön kann das sein, wenn du einfach tust, was ich dir ...«

»Stehen Sie auf.« Wie aus weiter Ferne hörte Rose eine bekannte Stimme in ihrem Kopf widerhallen, und sie überlegte, ob das wohl Einbildung war. »Ziehen Sie Ihre Hose hoch und stehen Sie auf, habe ich gesagt. Sie dreckiger Widerling.«

Mit einiger Anstrengung gelang es Rose, den Kopf ein wenig zu drehen. Sie sah Jenny in der Tür stehen, die Hände in die Hüften gestemmt. So unscharf ihr Blick immer noch war, Rose konnte erkennen, dass Jenny kreidebleich war vor Entsetzen und vor Angst und großer Unsicherheit, ob sie hier überhaupt etwas ausrichten könnte. Richard richtete sich auf, um sie zu beäugen, und Rose nutzte die Gelegenheit, um sich ihm zu entziehen und sich unter Schmerzen so weit wie möglich von ihm zu entfernen. Gleichzeitig zog sie sich, so gut es ging, wieder an.

»Raus hier«, blaffte Richard Jenny an. In seinen Augen funkelte Verachtung. »Sie ist meine Frau, und das hier geht Sie überhaupt nichts an.«

»Sie ist meine Freundin«, sagte Jenny, deren Stimme mit einem Mal wieder fest und laut war. »Meine Freundin, und ich lasse nicht zu, dass Leute wie Sie sie angrapschen. Haben Sie gar keine Selbstachtung? Kommen Sie sich so etwa besonders männlich vor?«

Wenn es Jennys Absicht war, Richard von Rose abzulenken, dann gelang ihr das ziemlich gut. Richard rappelte sich auf und wischte sich mit dem Handrücken über den Mund, während er den Blick fest auf Jenny gerichtet hatte.

Rose war schwindlig und übel, ihr Kopf schmerzte fürchterlich. Sie stützte sich an der Wand ab, um wieder auf die Füße zu kommen, und taumelte ein paar Schritte vorwärts, hin zu Jenny und zum Ausgang.

»Ich habe die Polizei gerufen«, sagte Jenny, ohne Richard aus den Augen zu lassen, der sie seinerseits immer noch anstarrte. »Die ist jeden Moment hier. Und wollen Sie wissen, warum? Ihre Tochter. Die hat mich angerufen. Hat mir gesagt, dass der Vater, der sie geschlagen hatte, hier oben ist, am Storm Cottage. *Ihre Tochter* hat mich gebeten, die Polizei zu rufen. Was sind Sie bloß für ein Mann?«

Sie schleuderte ihm diese Worte mit solch unverhohlener Verachtung entgegen, dass Richard, nicht gewöhnt, von Fremden durchschaut zu werden, für einen Moment aus dem Konzept geriet. Als ihm dann klar wurde, dass er sich so oder so in eine missliche Lage gebracht und darum nichts mehr zu verlieren hatte, flammte der alte Zorn in ihm wieder auf, und Rose japste, als er sich mit zum Schlag erhobener Faust auf Jenny stürzte, die laut aufschrie.

Erst hinterher begriff Rose, was passiert war. Gerade eben noch wollte Richard ihre Freundin schlagen, und im nächsten Augenblick lag er auf dem Boden, und Rose stand direkt über ihm, eine Holzlatte in der Hand. Die Sirenen näherten sich und wurden immer lauter.

Rose und Jenny sahen sich über Richard hinweg an, der sich stöhnend auf den Rücken rollte.

Rose blinzelte. Erst langsam sah sie wieder scharf. Blitzende Lichter und dunkle Schatten erschwerten es ihr, sich auf alles einen Reim zu machen.

»Sie haben ihm gründlich eins über die Rübe gezogen«, sagte Jenny mit geweiteten Augen.

»Maddie?«, stieß Rose mit Mühe hervor. Sie schwankte bedenklich und ließ die Latte laut klappernd zu Boden fallen, als ihre Finger vollkommen erschlafften.

»Ist drinnen. Es geht ihr gut«, sagte Jenny.

»Sie haben mir geholfen, Jenny«, schluchzte Rose unendlich dankbar. »Sie haben mir geholfen.«

»Ja«, sagte Jenny, als zwei Polizisten den Raum betraten. »Aber Sie allein haben ihn außer Gefecht gesetzt.«

Was danach passierte, bekam Rose gar nicht so recht mit. Jemand sorgte dafür, dass sie sich auf den Hocker im Atelier ihres Vaters setzte, und ein besorgter junger Polizist drückte ihr Verbandsmull an den Kopf und versicherte ihr, alles würde gut werden. Rose sah, wie ihr Mann mit eiserner Hand von einem anderen Polizisten abgeführt wurde.

»Du hörst von mir«, sagte er steif und um Fassung bemüht. »Das hier ist noch nicht vorbei. Ich werde dich drankriegen wegen Körperverletzung.«

Noch bevor Rose darauf etwas erwidern konnte, schaltete sich die neben ihr stehende Jenny mit einem trockenen Lachen ein: »Sie wollen Ihre Frau drankriegen? Wohl kaum. Dieses Mal sind Sie zu weit gegangen, Freundchen. Freuen Sie sich schon mal auf Ihr Dasein als Hausarzt mit Vorstrafenregister.«

Rose konnte erst wieder richtig atmen, als Richard außer Sichtweite war. Ihre Knie gaben nach, und sie fing unkontrollierbar an zu zittern, rutschte vom Hocker und zurück auf den Boden.

»Ich habe einen Krankenwagen gerufen«, sagte der Polizist und kniete sich neben sie. »Er ist in einer Minute hier.«

Rose schüttelte entschieden den Kopf. »Ich fahre nirgends mit hin. Ich muss hierbleiben. Mein Vater ist krank.«

»Aber es kann wohl kaum schaden, wenn Sie mal kurz

durchgecheckt werden«, sagte er und betrachtete die Schürfwunde an ihrer Wange.

»Mir geht's gut, wirklich«, beharrte Rose. Und dann drehte sich alles um sie herum, und alle Lichter gingen auf einmal aus.

»Ich will nicht ins Krankenhaus«, wiederholte Rose, als sie auf dem Sofa im Wohnzimmer wieder zu sich kam. Trotz des stechenden Schmerzes im Nacken und der immer noch eingeschränkten Sehkraft wollte sie auf keinen Fall weggebracht werden. »Mir geht es gut.«

»Hmmm.« Die Rettungssanitäterin leuchtete ihr in die Augen. »Na ja. Ich kann Sie nicht zwingen, mitzukommen, wenn Sie absolut nicht wollen.«

Sie sah zu Jenny auf. »Achten Sie bitte darauf, ob sie Symptome für eine Gehirnerschütterung zeigt. Wenn ihr übel ist oder sie zerstreut wirkt, bringen Sie sie bitte sofort ins Krankenhaus. Und sorgen Sie dafür, dass die Polizei Fotos macht und eine Aussage zu Protokoll nimmt. Die Sache muss wenigstens aktenkundig werden.«

»Genau das habe ich auch gesagt.« Jenny warf einen Blick auf die von mehreren Kissen gestützte Rose. Ihr Vater saß in seinem Sessel und beäugte sie ängstlich. »Aber sie will das nicht.«

»Es geht mir gut«, sagte Rose. »Wirklich. Ich bin einfach nur froh, dass es vorbei ist.«

»Es ist aber leider nicht vorbei«, gab der junge Polizeibeamte namens Brig zu bedenken und wand sich ein wenig dabei. »Ihr Mann behauptet, Sie hätten ihn ohne jede Veranlassung tätlich angegriffen.«

»Das ist erstunken und erlogen!«, widersprach Jenny

sofort. »Ich war da, ich hab's gesehen. Ich bin Augenzeugin!«

»Und genau deshalb möchten wir Ihre Aussagen gerne zu Protokoll nehmen und Beweise sammeln. Ich empfehle Ihnen dringend, Ihren Mann anzuzeigen.«

»Sprechen Sie mit ihnen«, redete die Sanitäterin ihr sanft ins Gewissen. »Sie sollten zumindest alles, was passiert ist, zu Protokoll geben, selbst wenn Sie sich nicht zu weiteren Schritten entschließen. Ich sehe das so oft: Die Frauen wollen einfach nur, dass das alles aufhört, und die Männer machen weiter, wie es ihnen passt. Sie müssen ihm jetzt zeigen, dass Sie es ernst meinen, sonst kommt er immer wieder.«

Rose sah zu Maddie, die auf der Armlehne von Johns Sessel saß und ihrem Opa den Arm um den Hals gelegt hatte. Sie hatte sich Rose noch nicht wieder genähert, als hätte sie Angst, ihre Mutter zu berühren. Stattdessen saß sie einfach nur da, starrte Löcher in die Luft und versuchte zu begreifen, was da gerade passiert war, was ihr Vater jetzt wieder getan hatte. Rose wollte nicht, dass ihre Tochter das alles anhören musste, sie hatte heute schon genug durchgemacht.

»Das werde ich«, versprach Rose und sah Brig an. »Aber nicht jetzt. Bitte. Meine Tochter ... Es geht mir gut, wirklich.« Sie wandte sich John zu. »Es tut mir so leid. Das konntest du jetzt natürlich am allerwenigsten gebrauchen.«

»Wenn ich doch nur aus dem Bett gekommen wäre ...« John guckte zornig. »Ich habe mich so schwach und nutzlos gefühlt. Maddie wusste, was zu tun war. Maddie hat Hilfe gerufen.«

Maddie sagte nichts. Sie hatte den starren Blick immer noch auf ihre Mutter gerichtet, als versuche sie, alles zu verstehen. Rose streckte die Arme nach ihr aus, doch Maddie blieb, wo sie war.

»Danke«, sagte Rose an Jenny gewandt. »Für alles, was Sie für uns getan haben. Seit wir hier sind, meine ich, nicht nur heute. Aber vor allem Danke dafür, dass Sie heute hergekommen sind, vor allem, weil ... na ja, nach dem, was passiert ist. Wenn Sie nicht gekommen wären ... Ich danke Ihnen wirklich von ganzem Herzen.«

»Hrmpf«, machte Jenny und schürzte die Lippen. »Ich hab's noch nie leiden können, wenn irgendwelche Typen sich aufspielen und an Schwächeren vergreifen.«

»Hallo?«

Rose sah auf. Ted streckte den Kopf zur Haustür herein und machte ein ziemlich entsetztes Gesicht, als er die vielen Leute sah. Aber er wirkte auch verunsichert, weil er nicht wusste, wie Rose auf ihn reagieren würde. Und sie wusste es selber nicht.

»Ich habe deine Nachricht eben erst bekommen, Mum, tut mir leid.« Er sah zu Rose. »Darf ich reinkommen?«

Rose nickte und senkte den Blick, als er hereinkam. Die Sanitäterin griff nach ihrer Tasche, um zu gehen.

»Na wunderbar«, sagte Jenny. »Mit einer Stunde Verspätung, aber immerhin.«

»Es war auf lautlos!«, verteidigte Ted sich und konnte Rose dabei nicht ansehen. »Hast du Dad angerufen?«

»Ja, und sein Handy war offenbar auch auf lautlos«, sagte Jenny. »Egal. Wir haben das auch so hingekriegt, stimmt's, Rose?«

Rose nickte. Sie konnte es immer noch nicht glauben,

dass sie die körperliche Kraft aufgebracht hatte, Richard zu Boden gehen zu lassen. Sie sah zu Maddie und fragte sich, ob sie wohl wusste, was ihre Mutter getan hatte, und sich deshalb von ihr fernhielt. Was, wenn Maddie nun auch Angst vor ihr hatte?

»Er wollte mir gerade eine reinhauen – mir, deiner Mutter! –, aber da hat sie« – Jenny zeigte auf Rose – »einfach diesen riesigen Balken genommen, als wenn er ein Streichholz wäre, und ...«

»Jenny«, sagte Rose und nickte Richtung Maddie.

»Hier, Maddie.« Ted fischte den Autoschlüssel aus seiner Jeanstasche. »Geh doch mal kurz zu meinem Auto und guck ins Handschuhfach. Ich bin mir ziemlich sicher, dass da noch ein Mars liegt. Kannst du haben, wenn du willst.«

»Danke.« Maddie nahm den Schlüssel wenig begeistert und gab ihn Ted dann direkt wieder. »Aber eigentlich mag ich gar kein Mars. Aber wenn ihr über Sachen reden wollt, die ich nicht hören soll, kann ich gerne eine Weile nach oben gehen und mein Buch angucken.«

»Ach, Maddie«, sagte Rose und versuchte sich aufzusetzen. Diesen impulsiven Versuch bereute sie sofort, denn um sie herum fing alles an, sich zu drehen. Es ärgerte sie, dass Ted sich in eine Situation einmischte, mit der er überhaupt nichts zu tun hatte. »Du musst überhaupt nirgends hingehen, wenn du nicht willst.«

»Ich will aber. Ich bin müde.«

»Maddie?«, versuchte Rose, sie aufzuhalten. »Alles in Ordnung mit dir? War vielleicht alles ein bisschen viel, hm?«

Maddie sah sie an. »Mir geht's gut«, sagte sie dann.

Rose blickte ihr besorgt hinterher, als sie die Treppe hinaufschlurfte und dabei den Kopf hängen ließ.

»Ich gehe mit ihr hoch«, sagte Jenny. »Leiste ihr ein bisschen Gesellschaft. Vielleicht redet sie ja mit mir.«

»Wir würden auch gerne noch mit dem Mädchen reden«, sagte Brig, und als er Roses Gesicht sah, fügte er hinzu: »Nicht jetzt gleich. Wenn sie so weit ist. Wir brauchen so viele Aussagen wie möglich.«

»Gut«, sagte die Sanitäterin. »Ich muss dann jetzt los. Aber ich meine das ernst: Wenn sich Ihr Zustand verschlechtert, fahren Sie ins Krankenhaus. Und lassen Sie den, der Ihnen das angetan hat, nicht ungeschoren davonkommen.«

»Danke«, sagte Rose unter Schmerzen. »Vielen Dank für Ihre Hilfe.«

»Ich kann ihn mir gerne mal für dich vorknöpfen.« Ted ging hinter dem Sofa auf und ab. »Ich kann mich gerne mal sehr deutlich mit ihm unterhalten. Mit meinen Fäusten.«

»Das habe ich jetzt nicht gehört«, sagte der Polizist. »Sehen Sie, wenn das Krankenhaus ihn gleich wieder entlässt, haben wir heute Abend praktisch keine Möglichkeit, ihn festzusetzen. Ich glaube nicht, dass er hierher zurückkommen wird – er ist ja nicht blöd und versucht schließlich, sich selbst als Opfer zu inszenieren –, aber passen Sie auf, ja?«

Ted begleitete die Polizisten und die Sanitäterin hinaus, während John und seine Tochter einander anblickten.

»Wer von uns beiden ist denn hier wohl krank?«, fragte Rose und wich dem Blick ihres Vaters aus. »Das ist doch wirklich zu blöd. Was für ein Aufstand für nichts.«

»Ich habe dir das angetan«, sagte John. »Wenn ich dich nicht so vernachlässigt hätte, hättest du dich nicht auf einen Mann eingelassen, der ...« Er brachte die nächsten Worte nicht über die Lippen. »Ich ertrage das nicht. Ich ertrage nicht, dass ich dir das angetan habe.«

Rose beobachtete ihn schweigend und wünschte, sie könnte ihm widersprechen, wünschte, sie könnte ihm sagen, er trage an alldem keine Schuld, aber sie wusste nicht, wie.

»Wahrscheinlich hätte ich nicht mit achtzehn geheiratet, wenn meine Eltern in der Nähe gewesen wären«, sagte sie bedächtig. »Aber trotzdem ist das ja mein Leben, Dad, und es war meine Entscheidung, Richard zu heiraten. Irgendwo tief in mir drin wusste ich von Anfang an, dass Richard und ich nicht zusammenpassten. Aber ich konnte ihn und unsere Beziehung ja mit nichts vergleichen, und ehrlich gesagt, hatte ich keine Lust, auf diese innere Stimme zu hören. Ich wollte heiraten, ich wollte eine Familie, ich wollte Geborgenheit. Und ich hätte ihn ja verlassen können. Hundertmal hätte ich ihn verlassen können und habe es nicht getan, weil ... ich einfach nicht den Mut hatte.« Ihre Stimme brach, als ihr endlich klar wurde, welchem Szenario sie nur knapp entkommen war. »Nicht mal heute. Ich dachte, ich wäre jetzt stark und frei. War ich aber nicht. Ich habe aufgegeben. Ich habe den Widerstand gegen ihn aufgegeben, und wenn Jenny nicht gekommen wäre, dann hätte er ... In den paar Sekunden war ich bereit, zu ihm zurückzukehren, nur um meine eigene Haut zu retten. Ich war überhaupt nicht mutig.«

»Du bist eine bemerkenswerte junge Frau«, sagte John und biss die Zähne aufeinander. »Und niemand in diesem Raum hat mehr Mut als du.«

»Aber warum fühlt sich das dann nicht so an?« Rose hielt sich die Hände vors Gesicht und weinte heiße Tränen des Schmerzes. »Warum habe ich das Gefühl, dass er schon wieder gewonnen hat?«

»Rose.« Ted ging vor ihr in die Hocke und berührte sie am Arm, den sie sofort zurückzog, ohne Ted anzusehen. Ted betrachtete seine abgewiesene Hand, und als er Johns versteinerte, missbilligende Miene sah, erhob er sich wieder und zog sich zurück.

»Ich muss dir sagen, wie leid mir das alles tut«, jammerte Ted und konnte Rose dabei nicht ansehen. »Wie entsetzlich leid es mir tut, wie ich mich neulich benommen haben, was ich gesagt habe, wie ich versucht habe …« Er verstummte bei der Erinnerung daran, wie er Rose dazu zwingen wollte, ihn zu küssen. Erst jetzt wurde ihm klar, warum seine plumpe Annäherung so eine heftige Abwehrreaktion bei ihr ausgelöst hatte. »Ich bin nicht wie er, Rose. Das weißt du doch, oder? Ich war verletzt und blöd und ich war im Unrecht und ich habe gelogen, aber ich würde niemals … Ich bin nicht wie er, und es tut mir so wahnsinnig leid.«

»Was tut dir leid?«, fragte John, fest entschlossen, dieses Mal einzugreifen.

»Ach nichts«, wehrte Rose ihn ab. »Bloß etwas, das total aufgebauscht wurde.« Da endlich sah Rose Ted an. »Ich weiß, dass du nicht wie er bist«, sagte sie. »Aber du hast mir Angst gemacht, Ted, und du hast Lügen über mich erzählt. Du warst seit sehr langer Zeit der erste

Mann, dem ich glaubte vertrauen zu können, und du hast Lügen über mich erzählt.«

»Und ich hasse mich selbst dafür«, lamentierte Ted. »Wirklich.«

»Ich glaube dir.« Angesichts der anderen Geschehnisse verblasste Roses Wut auf Ted ziemlich schnell. Sie sah ihn an. »Es war nicht allein deine Schuld, und offen gestanden würde ich die ganze Sache am liebsten vergessen, wenn du nichts dagegen hast?«

»Danke«, sagte Ted, und als er sah, wie finster John ihn ansah, fügte er hinzu: »Mag sein, dass dir die Vorstellung nicht gefällt, und ich weiß, als wir uns das letzte Mal sahen, war ich der letzte Arsch, aber was heute Nacht betrifft, halte ich an meinem Entschluss fest, und keiner wird mich davon abbringen. Ich schlafe hier auf dem Sofa und passe auf euch drei auf. Damit jemand da ist, falls er wieder aufkreuzt.«

Rose wusste nicht recht, ob sie Ted wirklich über Nacht dahaben wollte – andererseits wäre es in der Tat beruhigend.

Die Polizisten glaubten nicht, dass Richard wiederkommen würde, und auf jeden einigermaßen vernünftigen Mann hätte diese Annahme sicher zugetroffen – aber Richard war alles andere als vernünftig. In Roses Augen war er sogar vollkommen irre.

»Danke, ich würde mich in der Tat besser fühlen, wenn du hierbleibst.«

»Gut.« Ted wirkte sehr erleichtert, etwas wiedergutmachen zu können. »Super.«

»Was ist los?«, fragte Jenny, die die Treppe herunterkam. »Was hast du vor, Edward?«

»Nichts weiter. Ich bleibe bloß über Nacht hier«, sagte Ted. »Passe auf die drei auf.«

»Also, wenn du hierbleibst, bleibe ich auch hier – um auf dich aufzupassen«, sagte Jenny. »Ich nehme das Sofa, du kannst den Sessel haben.«

»Mum ...«, wollte Ted protestieren.

»Keine Widerrede, junger Mann. Die Entscheidung steht.« Jenny verschränkte die Arme vor der Brust.

»Es ist überhaupt nicht nötig, dass irgendjemand über Nacht hierbleibt«, sagte John, dem die gut gemeinte Invasion offenbar gegen den Strich ging. »Ich kann gut allein auf meine Tochter aufpassen.«

»Sie könnten nicht mal auf eine junge Katze aufpassen«, hielt Jenny in der ihr eigenen unverblümten Art dagegen, die John glücklicherweise gut gefiel. »Wir bleiben hier und basta. Ich rufe nur mal eben bei Brian an und sag ihm Bescheid, sonst denkt er, ich bin mal wieder mit dem Viehzüchter abgehauen.«

Etwas später, während Jenny Maddie ins Bett brachte und John in seinem Sessel döste, war Rose zum ersten Mal seit dem Zwischenfall in Jennys Anbau mehr oder weniger allein mit Ted. Keiner von ihnen sagte etwas. Rose wusste einfach nicht, was sie zu diesem jungen Mann sagen sollte, der binnen weniger Tage ein guter Freund geworden und ihre Träume zerstört hatte.

»Ich kann's verstehen, wenn du mich hasst«, sagte Ted auf einmal ohne sie anzusehen mit sehr belegter Stimme. »Dafür, dass ich dich dazu bringen wollte, mich zu küssen, wie dieser ... dieses Ungeheuer. Ich wusste ja, dass du irgendetwas Schreckliches durchgemacht haben musstest, sonst hättest du nicht so eine Angst gehabt, Rose, aber darauf wäre ich nie gekommen. Und jetzt weiß ich, dass ich keinen Deut besser bin als er. Kein Wunder, wenn du mich jetzt hasst.«

»Ich hasse dich nicht«, sagte Rose leise und neigte sich ihm ein wenig zu. Ihr Hals schmerzte immer noch, am Hinterkopf hatte sie eine Beule und auf der Wange einen Bluterguss, aber zumindest konnte sie jetzt wieder klarer denken. »Ich habe einfach keine Kraft mehr, irgendjemanden zu hassen.«

Ted schüttelte den Kopf und wischte sich schnell ein paar Tränen weg. Er wollte nicht, dass Rose ihn weinen sah.

»Ted«, sagte Rose und brachte ihn dazu, sie anzusehen. »Du bist tausendmal besser als er. Hunderttausendmal besser. Ja, du hast dich echt bescheuert aufgeführt, aber du bist auch sehr gut zu mir gewesen. Wenn überhaupt, dann ist das alles meine Schuld. Ich hätte es überhaupt nicht so weit kommen lassen dürfen mit uns beiden. Du bist da in das Chaos einer sehr verwirrten und sehr dummen Frau hineingeraten.«

»Kannst du wirklich nicht so für mich empfinden wie ich für dich?«, fragte Ted sie ernst und sah sie dabei aus seinen dunklen Augen so intensiv an, dass Rose sich fast wünschte, sie könnte es. Vielleicht, wenn sie sich anstrengte, würden die Gefühle noch kommen? Aber wenn sie eines gelernt hatte im Leben, dann das: Sie musste auf die innere Stimme hören, die ihr sagte, wenn etwas nicht das Richtige für sie war, ganz gleich, wie perfekt es oberflächlich aussah.

Rose schüttelte den Kopf. Eine Träne des Bedauerns lief ihr über die Wange. »Tut mir leid.«

Ted nickte, wandte das Gesicht ab und holte tief Luft.

»Aber wir könnten versuchen, wieder Freunde zu sein. Ich könnte nämlich dringend einen gebrauchen. Und Maddie auch.«

»Das hätte ich nie gedacht, dass ich mal derjenige sein würde, der den ›Lass uns Freunde bleiben‹-Spruch zu hören bekommt.« Ted seufzte kleinlaut. »Aber gut, dann sind wir Freunde. Möchtest du, dass ich als dein Freund mal mit Frasier rede und ihm sage, was zwischen uns wirklich gewesen ist?«

Rose schüttelte den Kopf. »Ich glaube, der Zug ist abgefahren«, sagte sie. »Und das ist wahrscheinlich auch besser so.«

»Rose«, sagte Ted traurig. »Deine Augen, dein Gesicht, deine Haltung sprechen eine andere Sprache. Du liebst ihn immer noch. Glaub mir, ich habe einen Blick für so etwas.«

Rose hatte keine Lust, ihm zu widersprechen. Er hatte ja recht. »Aber offenbar soll es einfach nicht sein – was kann ich da machen?«, sagte sie. »Außerdem habe ich jetzt genug andere Sachen um die Ohren, da kann ich mir nicht auch noch Gedanken über einen Mann machen. Ich muss mich um meinen Vater und um Maddie kümmern und mir hier ein neues Leben aufbauen. Und weißt du was? Ja, die Sache mit Frasier tut weh – aber es ist wirklich besser so. Es wird Zeit, dass ich zu mir selbst finde.«

»Bei euch zweien wieder alles in Ordnung?«, fragte Jenny, die soeben wieder herunterkam, etwas keck, worauf John sich in seinem Sessel rührte.

»Unglaublich. Wie ein paar Teenager hinter dem Rücken der Erwachsenen miteinander anzubandeln. Hat man so was schon gehört«, brummte Jenny. »Aber gut, ich glaube, ich habe ein bisschen überreagiert. Ich vergesse einfach immer wieder, dass Ted ein erwachsener Mann ist, weil er sich ständig noch wie ein Kind aufführt. Aber gut, da habt ihr's.«

»Was haben wir, Ma?« Ted zwinkerte Rose zu.

»Na, was ich gesagt habe.«

»Mum?«, stupste Ted sie an.

»Ja, gut, mir tut es auch leid«, knurrte Jenny und begab sich dann sofort an die Spüle, wo sie sich sehr geräuschvoll dem Abwasch zuwandte und brummte: »Ich möchte wirklich mal wissen, welcher normale Mensch heutzutage noch freiwillig auf eine Spülmaschine verzichtet.«

18

Weder Frasier noch John wussten recht, wie sie mit den Folgen von Richards Aufkreuzen umgehen sollten. Beide fühlten sich – jeder auf seine Weise – vollkommen machtlos. Frasier passte es ganz offenbar nicht, dass ausgerechnet Jenny und vor allem Ted bereits vor Ort waren und sich um Rose kümmerten, als er das Storm Cottage erreichte. Aber darüber hinaus hatte Rose keine Ahnung, was wohl in seinem Kopf vor sich ging. Er war genauso höflich, zuvorkommend und freundlich wie vorher, allerdings wirkte er gleichzeitig irgendwie distanziert, als fiele es ihm schwer, in Roses Nähe zu sein. Aber das überraschte sie nicht weiter. Für die Umwelt war es immer schwierig, mit einem Menschen umzugehen, der Ähnliches wie sie durchgemacht hatte, kaum einer wusste, was er sagen oder wie er sich verhalten sollte. Unter anderen Umständen hätte Rose ihn gebeten, sich ihr gegenüber so zu geben wie immer, aber jetzt herrschte da diese Distanz. Sie würden miteinander arbeiten und die Ausstellung vorbereiten können, sie würden mit John und Maddie Zeit verbringen und sich ohne Probleme alle im selben Raum aufhalten können, aber sie würden sich nichts von Bedeutung mehr sagen können.

Am meisten Sorgen machte sich Rose jedoch über

Johns Reaktion auf Richards kurzes, aber destruktives Eindringen in sein Leben.

Er sank in sich zusammen, quälte sich mit Selbstvorwürfen und Zorn und wollte am nächsten Tag überhaupt nicht aufstehen. Er konnte Rose nicht in die Augen sehen, wollte nichts essen und lag einfach nur im Bett und starrte die kahle, weiß getünchte Wand an. Nicht einmal Frasier konnte ihn aus der Reserve locken, den er doch sonst immer so gerne triezte. Ganz offensichtlich gab John sich – obwohl Rose versucht hatte, ihm das auszureden – selbst die Schuld an allem, und jetzt war er wütend und frustriert, weil er so krank und schwach war und ihm bewusst wurde, dass er seine Tochter schon bald allein und schutzlos zurücklassen würde. Rose wollte auf keinen Fall, dass John die letzte Zeit, die er mit ihr und Maddie hatte, von diesen Gefühlen beherrscht war, und gleichzeitig wurde ihr schmerzlich klar, dass sie ihn nicht gut genug kannte, um ihn da herauszuholen.

Rose stand in der Küche und versuchte, eine Lasagne zuzubereiten, und als Frasier den Bluterguss auf ihrer Wange sah, verschloss sich seine Miene. Ted war nach Hause gefahren, aber Jenny war noch da und wuselte überall herum. Sie wischte Staub, nutzte die Gelegenheit, um jede Schublade aufzuziehen, und erzählte Frasier binnen fünf Sekunden auf ihre alles auf den Punkt bringende Art die Kurzversion der Ereignisse aus ihrer Sicht. Dafür war Rose ihr dankbar, denn sie hatte überhaupt keine Lust, Frasier zu erklären, was passiert war.

»Und wo ist er jetzt?«, fragte Frasier, sein Gesicht immer noch unlesbar.

»Ich weiß es nicht.« Rose schüttelte den Kopf. »Wahrscheinlich zu Hause. Das vermutet zumindest die Polizei. Die haben mich angerufen. Er hat mich nicht angezeigt – hat wohl eingesehen, dass er damit nicht durchkommen wird. Und wenn ich ihn anzeige, gibt es einen Skandal. Sein Ruf, sein Leben, seine Praxis – das geht alles den Bach runter.«

»Und warum tust du es dann nicht?«, fragte Jenny.

Rose zuckte die Achseln. »Ich will einfach nichts mehr mit ihm zu tun haben. Ich will mich nicht noch monatelang mit Rechtsanwälten und einem Gerichtsverfahren herumschlagen. Denn selbst wenn er für schuldig befunden würde – er hat keinerlei Vorstrafen, er hat sich noch nie etwas zuschulden kommen lassen. Man wird ihm auf die Finger hauen und ihn laufen lassen. Und er wird nur noch wütender auf mich sein. Was soll das bringen?«

»Wenn du nichts mehr mit ihm zu tun haben willst, musst du ihm zeigen, dass eure Beziehung wirklich vorbei ist«, sagte Frasier. »Eine Anzeige wäre eine Möglichkeit, das zu tun.«

Rose schwieg und hielt an ihrem Entschluss fest.

»Also, ich bleibe jedenfalls hier, bis wir sicher sein können, dass er nicht mehr in der Gegend ist.« Frasier heftete den Blick auf Roses Wange.

»Letzte Nacht hat Ted hier geschlafen«, krähte Maddie, der Rose im Bemühen, sie irgendwie abzulenken, aufgetragen hatte, Mehl zu sieben. »Aber ich hab keine Angst vor Dad«, erklärte sie Frasier, als würde sie laut nachdenken. »Mum hat ihn nämlich k. o. geschlagen. Eigentlich müsste er Angst vor Mum haben.«

»Wie schön für Ted«, presste Frasier hervor. »Aber jetzt ist er ja weg, und bis er wiederkommt, bleibe ich hier.«

Er sah zu Jenny. »Wenn Sie noch ein paar Minuten Zeit hätten, bevor Sie gehen. Ich habe ein paar Beispiele mitgebracht, ein paar Broschüren, die ich mir habe schicken lassen. Ich hatte ganz vergessen, dass wir darüber gesprochen hatten, bis sie im Briefkasten lagen. Ich dachte, Sie würden sie sich vielleicht mal ansehen wollen?«

Bevor Rose dahinterkam, was Frasier und Jenny wohl miteinander zu besprechen haben könnten, hörte sie ein schwaches Rufen aus dem ehemaligen Arbeitszimmer.

»Dad«, sagte Rose. »Ich mache mir solche Sorgen um ihn, er ist so niedergeschlagen. Könntest du ihn nicht mal so richtig ärgern? So, dass er irgendetwas nach dir wirft oder dich sogar rausschmeißt? Ich würde alles tun, um endlich wieder den mürrischen Alten um mich zu haben.«

»Na ja, ich könnte ihm von der Ausstellung erzählen, das lenkt ihn garantiert ab«, meinte Frasier vorsichtig. »Ich werde sehen, was ich tun kann.«

Rose folgte Frasier bis zur Zimmertür und hoffte, so außer Hörweite von Jenny zu sein, die nun den Kühlschrank reinigte und etwas von Kolibakterien vor sich hin murmelte, während Maddie weiter Mehl in das Sieb löffelte.

»Es macht ihm sehr zu schaffen, was da mit Richard passiert ist, er macht sich riesige Vorwürfe«, erzählte Rose Frasier leise.

»Da ist er nicht der Einzige.« Frasier hob die Hand und berührte sachte gleich unter dem Bluterguss ihr Gesicht. »Ich hätte dich hier nicht allein lassen dürfen.«

»Weshalb hättest du bleiben sollen?«, fragte Rose flüsternd. »Keiner von uns konnte ahnen, dass Richard ausgerechnet an dem Tag hier aufkreuzen würde. Ich mache mir Sorgen um meinen Vater. Ich habe Angst, dass ihn die Sache so fertigmacht, dass er ... aufgibt.«

»Warum flüstert ihr?«, fragte Maddie, die mit mehlbedeckten Händen am Fuß der Treppe auftauchte.

»Weil wir etwas Privates zu besprechen haben«, antwortete Rose etwas strenger als gewollt. »Ach, und übrigens, wir beide werden uns in ein paar Tagen deine neue Schule ansehen. Die Rektorin ist so nett, uns reinzulassen, obwohl noch Ferien sind.«

»Oh.« Maddies Begeisterung hielt sich in Grenzen. »Na ja, wird schon okay sein. Aber wenn sie mir nicht gefällt, gehe ich da nicht hin.«

»Kommst du?«, fragte Frasier, als Maddie sich wieder ihrem Mehlsiebprojekt zuwandte.

»Nein, du zuerst. Er guckt immer so furchtbar traurig, wenn er mich sieht.« Rose biss sich auf die Lippe. Frasier berührte in einer Geste des Trostes kurz ihre Schulter, dann ging er in Johns Zimmer und schloss die Tür hinter sich.

Fast eine Stunde später rief Frasier Rose dazu. John saß im Bett, eine Schreibunterlage auf den Knien und diverse geschäftlich aussehende Papiere um sich herum auf der Decke verteilt. Frasiers Besuch hatte ihn offenbar wirklich abgelenkt, dachte Rose dankbar. Was auch immer er da tat, es war besser, als nur dazuliegen und Löcher in die Luft zu gucken.

»Gut«, begrüßte ihr Vater sie, als sie das Zimmer betrat. »Frasier und ich haben uns um deine Situation gekümmert. Dieser Mann wird nur über meine Leiche wieder in deine oder Maddies Nähe kommen, und da der entsprechende Zustand bei mir nicht mehr weit ist, habe ich jetzt Maßnahmen ergriffen, um dich nach meinem Ableben in Sicherheit zu wissen.«

»Maßnahmen?«, fragte Rose verwirrt und setzte sich auf die Bettkante.

»Ich habe bei der Polizei in Keswick angerufen. Die schicken jemanden raus, der deine Aussage zu Protokoll nehmen wird. Mit Jenny wollen sie auch sprechen. Sie haben gestern ja schon Fotos von deinen Verletzungen gemacht, und sie werden heute noch mehr machen.«

»Dad!«, protestierte Rose. »Ich will das nicht! Was ist mit Maddie? Hast du mal darüber nachgedacht, was das mit ihr macht, wenn sie weiß, dass die Polizei hinter ihrem Vater her ist?«

»Ich tue das auch für Maddie«, sagte John mit fester Stimme. Er wirkte wieder deutlich lebendiger. »Schließlich war Maddie es, die nach der Polizei verlangt hat. Ich weiß nicht, was einen Menschen dazu bewegen kann, sich so aufzuführen wie dein Mann gestern, und ich weiß, dass er Maddies Vater ist, aber das muss ein Ende haben. So, wie Frasier meiner Trinkerei ein Ende bereitet hat, indem er mich monatelang eingesperrt hat. Richard muss Einhalt geboten werden, bevor er dein und Maddies Leben vollkommen zerstört. Und das hier ist der erste Schritt. Ich weiß, das wirkt extrem, aber vielleicht hilft das Einschalten der Behörden, ihm klarzumachen, was er getan hat und was für ein Mensch aus ihm geworden ist.«

Nachdenklich senkte Rose den Kopf. »Okay, vielleicht hast du recht. Aber ich will nicht hier mit der Polizei reden. Ich will nicht, dass Maddie das mitbekommt. Sie wollen doch auch mit Jenny reden, dann können wir das doch bei ihr im Bed & Breakfast machen.«

»Von mir aus«, sagte John. »Weiter: Eigentlich wollte ich dir das noch gar nicht erzählen, aber ich glaube, Tilda hat dir schon etwas angedeutet. Ich habe vor ein paar Jahren einen Treuhandfonds für dich eingerichtet. Eigentlich hast du erst nach meinem Tod darauf Zugriff, aber unter den gegebenen Umständen habe ich Frasier, der meinen Nachlass verwaltet, gebeten, dafür zu sorgen, dass dir ein Teil der Summe bereits jetzt ausgezahlt wird. Das Geld soll dir helfen, Anwälte und Gerichtskosten zu bezahlen, dir ein neues Leben aufzubauen und auch sonst noch ein paar Wünsche zu erfüllen. Außerdem wird er Kontakt zu einer Rechtsanwältin aufnehmen, die dich beraten und dir dabei helfen wird, die Scheidung einzureichen. Sie heißt …?« John sah zu Frasier, der die ganze Zeit stumm, aber aufmerksam neben ihm gestanden hatte.

»Janette«, sagte Frasier. »Janette Webb. Sie ist hervorragend.«

»Ach ja?« Etwas atemlos sah Rose Frasier an. Es ärgerte sie ein wenig, in welchem Affentempo die beiden mal eben so ihr Leben für sie organisierten. Sie wusste, dass sie ihr nur helfen wollten, aber sie fühlte sich kontrolliert. Als würde ihr Leben schon wieder fremdbestimmt.

»Mir geht das alles ein bisschen zu schnell«, sagte sie. »Ich weiß nicht, ob ich dazu jetzt schon bereit bin.«

»Rose.« John sprach ihren Namen mit großem Nachdruck aus. »Mir bleibt nichts anderes übrig, als schnell zu handeln, verstehst du das denn nicht? Ich will dich nicht überrumpeln, aber ich kann nur gehen in dem Wissen, dass ich alles in meiner Macht Stehende getan habe, um dich und Maddie in Sicherheit zu bringen. Ja, sicher, ich habe es nicht verdient, mit einem ruhigen Gewissen abzutreten, ich weiß, du gibst mir die Schuld, aber bitte, Rose: Lass mich dir ein Vater sein.«

Rose biss sich auf die Lippe, hin- und hergerissen zwischen dem Wunsch, ihren Vater glücklich zu sehen, und dem Entschluss, ihr Leben endlich selbst in die Hand zu nehmen. Aber hier ging es nicht um irgendeinen Kerl, der sie manipulieren und kontrollieren wollte, machte sie sich selbst klar. Hier ging es schlicht um einen Vater, der seiner Tochter helfen wollte.

»Gut«, gab sie nach. »Ich werde mit der Polizei und mit dieser Janette reden. Aber danach entscheide ich selbst, wie es weitergeht, okay?«

»Einverstanden«, sagte John, offenbar zufrieden damit, dass er sie zum ersten Schritt auf ihrem Weg zur endgültigen Trennung von Richard bewegen konnte – und Rose wusste im Grunde ihres Herzens ja, dass er recht hatte. Jede Verlängerung des derzeitigen unentschiedenen Zustands zwischen ihr und ihrem Mann würde die Dinge nur komplizierter und schwieriger machen. Sie musste Richard zeigen, dass ihr Leben als Frau an seiner Seite für immer vorbei war – und wenn nötig, würde sie dafür offizielle Stellen einschalten müssen. Der räumliche Abstand reichte nicht aus, um ihn auf Dauer fernzuhalten, und wenn sie jetzt alles so ließ, wie es war, würde er bald wieder vor der Tür stehen. Und das durfte Rose auf keinen Fall zulassen.

»Einverstanden«, sagte auch sie. »Ich tue, was du willst, Dad. Für dich und für Maddie.«

»Und für mich«, fügte Frasier so leise hinzu, dass Rose sich nicht sicher war, ob sie richtig gehört hatte.

»Aber ich möchte, dass du auch etwas für mich tust«, fuhr sie fort und sah zu Frasier, der genau wusste, was sie jetzt sagen würde. »Etwas, das mir wahnsinnig viel bedeuten würde.«

Misstrauisch blickte John sie über den Rand seiner Brille an.

»Frasier und ich möchten deine persönlichen Arbeiten ausstellen – und zwar in zwei Wochen.« Rose hoffte, je schneller sie die Worte ausspuckte, desto eher würde ihr Vater positiv darauf reagieren. Doch da lag sie schief.

»Kommt überhaupt nicht infrage«, entgegnete John erregt und lief dabei so rot an, dass Rose sich zusätzlich auch noch Sorgen um sein Herz machte. »Ich verstehe nicht, wie du das von mir verlangen kannst! Diese Arbeiten stehen nicht zum Verkauf. Sie sind für niemand anderen bestimmt als für mich. Sie sind mein … Tagebuch, mein Erbe, mein Geschenk an dich, wenn ich mal nicht mehr bin, und ich werde nicht zulassen – ich wiederhole: ich werde *nicht* zulassen, dass dieser Mann einen Zirkus um sie veranstaltet, nur um seine Provision absahnen zu können.«

Vorwurfsvoll zeigte er auf Frasier. »Das mache ich nicht, Rose. Tut mir leid, ausgeschlossen. Ich habe dir gesagt, dass ich nicht möchte, dass du die Bilder siehst, solange ich noch lebe, und wenn ich es könnte, würde ich auch verhindern, dass du sie siehst, wenn ich tot bin. Sie dokumentieren die Seite meiner Persönlichkeit, die ich am allermeisten hasse.«

Entsetzt beobachtete Rose ihren Vater, wie er den

Kopf senkte, sich die Brille von der Nase riss und die Nasenwurzel massierte. Aus seinen fest zusammengekniffenen Augen liefen Tränen.

»Dad«, sagte sie, rutschte vom Bett und kniete sich neben ihn auf den Boden. »Bitte wein doch nicht. Das lag überhaupt nicht in unserer Absicht. Wir wollen der Welt doch bloß zeigen, was für ein großartiger Ausnahmekünstler du bist. Und ich habe die Bilder noch nicht gesehen. Das habe ich dir versprochen, und ich habe mich daran gehalten. Frasier hat sie sich angesehen, und er findet sie umwerfend, wunderbar, fantastisch.«

»Stimmt«, sagte Frasier und nahm Roses Platz auf dem Bett ein. »John. Du darfst das der Welt nicht vorenthalten. Diese Arbeiten sind wichtig. Sie müssen gezeigt werden.«

»Und dieses dringende Anliegen von dir«, sagte John, der sich langsam wieder fasste, »hat überhaupt nichts damit zu tun, wie viel der Wert eines Gemäldes steigt, wenn der Künstler erst tot ist?«

Frasier machte ein verletztes Gesicht und wandte sich ab. »Ich weiß, dass du das nicht wirklich von mir glaubst. Ich weiß, dass du weißt, dass ich dein Freund bin und dass ich stets mein Bestes für dich getan habe und tun werde.« Als Frasier John wieder ansah, guckte er sehr entschlossen. »Ich habe schon viele boshafte Bemerkungen von dir eingesteckt, John, aber das hier geht zu weit. Und außerdem würde sich diese Ausstellung gar nicht um dich drehen, sondern sie wäre für Rose. Du könntest ihr damit zeigen, wie es wirklich in dir aussieht, deine wahre Seele. Rose hat auf dich gehört, und jetzt hörst du auf mich. Tu's für deine Tochter. Es ist das Beste, was du noch für sie tun kannst. Und wenn es dir hilft, dann machen wir eben klar, dass die Werke nicht zum Verkauf stehen. Dass sie einfach nur gezeigt werden. Eine Retrospektive und die Enthüllung eines großartigen britischen Talents auf einen Streich.«

»Ich mache mich doch nicht zum Gespött der Leute«, widersprach John nun etwas weniger vehement. »Ich werde dastehen wie ein dummer alter Mann, der sich sein Geld damit verdient hat, Motive für Pralinenschachteln zu malen, und der jetzt, wo er im Sterben liegt, doch noch auf ein bisschen echte Anerkennung von den Kritikern hofft. Die werden sich totlachen. Tut mir leid, Rose, ich will dich wirklich nicht enttäuschen, aber nein. Ich will das nicht.«

»Darf ich dir mal was zeigen?« Rose ging zum Bücherregal in der Ecke und zog etwas dahinter hervor. Aufgrund der Decke, in die es eingewickelt war, wusste Frasier sofort, was es war. »Eigentlich wollte ich es aufhängen, bevor du wieder nach Hause kamst, aber ich habe so schnell keinen Hammer gefunden«, sagte Rose und legte das Gemälde frei. Sie stellte es behutsam so auf das Fußende des Bettes, dass John es betrachten konnte, und blieb dahinter stehen.

Schweigend studierte John das Bild. Sein Blick wanderte Zentimeter für Zentimeter darüber, und er machte ein Gesicht, als habe er soeben nach vielen Jahren einen lieben Freund wiedergefunden und wisse nicht, wie er reagieren sollte.

»Dieses Bild«, erzählte Rose über den Rand der Leinwand hinweg, »oder zumindest die Skizze dazu war der Grund, weshalb Frasier dich vor fast acht Jahren im ganzen Land gesucht hat.« Sie sah kurz zu Frasier und wandte sich dann wieder an John. »Wenn dieses Bild nicht gewesen wäre, wären Frasier und ich uns nie begegnet, und ich hätte dich nie hier gefunden. Dieses Bild, von dem ich weiß, dass du es nie vergessen hast – du hast es nämlich immer wieder gemalt.«

Vater und Tochter sahen einander tief in die Augen und sagten sich in diesen Sekunden mehr, als sie es mit tausend Worten vermocht hätten. Rose hatte bewiesen, dass sie John nie vergessen hatte – und John, dass Rose immer in seinen Gedanken gewesen war, selbst in seinen schlimmsten Zeiten.

»Das hier ist kein Motiv für eine Pralinenschachtel, Dad«, sagte Rose. »Das hier hast du nicht gemalt, um Geld zu verdienen oder berühmt zu werden. Das hier war eine Begegnung zwischen diesem kleinen Mädchen und seinem Vater. Ich habe es die ganze Zeit aufbewahrt, was auch immer sonst so passierte in meinem Leben. Auch nachdem ich es Frasier schenken wollte und er es ablehnte. Ich habe es immer an einem sicheren Ort aufbewahrt, denn wenn ich es betrachte, kann ich die Liebe spüren, die du für mich empfandest, als du das Bild gemalt hast. Von diesem Bild habe ich mich nie trennen können, weil es das Einzige war, was mir von dir geblieben war.«

John betrachtete das Gemälde sehr lange, bevor er sprach. »Du hast auf der Fensterbank gesessen und hinausgesehen. Die Sonne schien auf dein Haar. Ich habe damals schnell eine Skizze gemacht, damit ich die Neigung deines Kopfes nicht vergesse, den Schneidersitz und die Position deiner Hände, aber dann konnte ich mich doch auch so an alles erinnern. Ich musste mich nämlich nur an das Gefühl erinnern, das ich in dem Augenblick hatte, an die Liebe, die ich für dich empfand. Du hast recht, ich habe das nie vergessen, obwohl die Erinnerung daran manchmal kaum zu ertragen und im Alkohol ertränkt war.«

»Und dieses Motiv wiederholt sich«, erklärte Frasier Rose auf die Gefahr hin, Johns Zorn auf sich zu ziehen. »Immer und immer wieder, nicht nur in dem Gemälde, das ich dir in der Galerie gezeigt habe, sondern auch in den Arbeiten in der Scheune.«

»Ist das wahr, Dad?«, fragte Rose leise, hob vorsichtig das Bild vom Bett und lehnte es gegen die Wand.

John nickte und senkte den Blick. »Aber das reicht ja wohl kaum, oder? Man kann doch nicht sein ganzes Leben nur von der Erinnerung an einen Moment der Liebe leben. Ich schäme mich so, Rose, ich schäme mich in Grund und Boden für das Leben, das ich geführt habe. Und ich will diese Scham, diese Schande nicht in Ruhm verwandeln.«

»Und wenn du sie in eine Geschichte verwandeln würdest?«, fragte Rose und stellte sich wieder neben das Bett. »Wenn du sie in eine Reihenfolge bringen und mit einer Wegbeschreibung versehen würdest? Damit ich dir besser folgen, dich besser verstehen kann? Und dann überleg doch mal, wie viel du organisieren und bestimmen kannst. Du könntest Frasier nach Herzenslust herumkommandieren und so schwierig und starrsinnig sein, wie du möchtest. Und je mehr du dich mit irgendetwas beschäftigst, desto …« Rose verstummte, als ihr klar wurde, was sie sagen wollte.

»Desto länger lebe ich«, beendete John den Satz für sie. »Darum geht es also?«

»Ich habe dich doch gerade erst gefunden«, sagte Rose. »Maddie kennt dich kaum. Ich will jede Sekunde, die ich nur kriegen kann.«

»Na dann«, sagte John und nahm ihre Hand. »Warum hast du das nicht gleich gesagt?«

Es war ein sehr langer Tag gewesen, und Rose war froh, dass er vorbei war. Tilda war – vermutlich um Rose etwas Zeit mit ihrem Vater zu ermöglichen – am späten Nachmittag aufgetaucht, und sie hatten alle von Roses Lasagne gegessen. Dann hatte Jenny sich endlich verabschiedet, und Rose hatte dafür gesorgt, dass Tilda sich zu John in sein Zimmer gesellte, damit sie auch mal mit ihm allein sein konnte.

Rose hatte gerade Maddie ins Bett gebracht, und als sie erleichtert die Treppe herunterkam, fand sie den Anblick von Frasier, wie er auf dem Sofa saß und den Arm auf die Rückenlehne gelegt hatte, als wolle er sie dazu einladen, sich an seine Seite zu schmiegen, fast schon grausam. Natürlich lud er sie nicht dazu ein, dachte sie traurig, natürlich legte er es auf nichts dergleichen an, und darum nahm Rose sich einfach nur das Glas Wein von der Anrichte, das Frasier für sie eingeschenkt hatte, und setzte sich ihm gegenüber auf den Sessel ihres Vaters.

»Wie lief es mit der Polizei?«, fragte Frasier. Nach dem Mittagessen hatte Rose Wort gehalten und war zum Bed & Breakfast gefahren, um dort mit dem Polizisten zu reden. Maddie hatte sie gesagt, sie würde ein paar Besorgungen machen.

»Ich fand es schwierig«, gab Rose zu. »Das Schlimmste sind die Gesichter der Leute, wenn ich versuche, ihnen zu erklären, wie mein Leben die letzten Jahre war. Ich kann ihnen ansehen, was sie denken: Wie blöd ist die denn, wieso hat sie ihn nicht gleich bei den ersten Anzeichen seiner Psychopathie verlassen? Was die meisten nicht wissen: Es gibt keine ersten Anzeichen. Es ist genau so wie bei dem Experiment mit dem Frosch, von dem wir alle als Kinder hören: Wenn man einen Frosch in einen Topf mit kaltem Wasser setzt und den Topf auf den Herd stellt und das Wasser langsam erhitzt, dann kann man den Frosch zu Tode kochen, ohne dass er es überhaupt merkt. Genau so war das mit Richard. Er hat mich ganz langsam erstickt, und ich habe mich so an den Mangel an Sauerstoff gewöhnt, dass ich es gar nicht gemerkt habe.« Rose trank einen großen Schluck Wein. »Aber gut, jetzt haben sie meine Aussage, es gibt ein Protokoll. Und auch Jenny hat ausgesagt. Gott sei Dank wollten sie nicht auch noch mit Maddie reden. Und mir geht's besser. Ich habe das Gefühl, jetzt wirklich einen Anfang gemacht zu haben und mein Leben wieder selbst in die Hand zu nehmen.«

Rose lächelte ihn über den einen Meter, der gleichzeitig eine riesige Kluft zwischen ihnen darstellte, hinweg an. »Danke, dass du hier bist.«

»Ehrlich gesagt, ich wüsste nicht, wo ich sonst hinsollte«, sagte Frasier. »Allerdings werde ich wohl in ein neues Sofa investieren, falls ich länger hierbleiben sollte. Oder vielleicht mache ich sogar etwas ganz Verrücktes und kaufe ein Schlafsofa.«

Beide schweigen, während Frasier seinen Gedanken nachhing und Rose überlegte, wie es wohl wäre, Frasier bei der Hand zu nehmen und nach oben in ihr Schlafzimmer zu führen.

»Ich hatte keine Ahnung«, sagte Frasier, als Rose endlich den Mut hatte, ihn wieder anzusehen. »Ich wusste, dass deine Ehe mit Richard nicht gut war, dass du dich gefangen fühltest und unglücklich warst, aber mir war nicht klar, wie schrecklich alles war, was er ... dir angetan hat.«

Rose zuckte die Achseln und sah tief in ihr Glas. »Über diese Dinge redet man nicht gerne. Ich komme mir so blöd vor, so schwach, so armselig.«

»Du bist alles andere als schwach und armselig«, sagte Frasier. »Du bist stark, beeindruckend stark sogar. Du bist zäh, besonnen, bemerkenswert.«

Rose lächelte verlegen. »Ach, hör schon auf, so nett zu sein, Frasier. Das sind ja wohl kaum Eigenschaften, mit denen man auf einem Online-Datingprofil für sich werben würde, oder?«

»Du hast ein Online-Datingprofil?«, fragte Frasier erschrocken.

»Nein! Sieh dich doch mal um. Wenn Dad tatsächlich Eigentümer eines Notebooks ist, wie du behauptest, dann hat er es verdammt gut versteckt. Ich habe es jedenfalls noch nicht gefunden. Und abgesehen davon: Nein, ich interessiere mich nicht fürs Online-Dating. Und auch sonst kein Dating. Eins weiß ich nämlich inzwischen mit Sicherheit: Dass ich absolut noch nicht so weit bin, mich wieder auf einen Mann einzulassen. Wie die Sache mit Ted zur Genüge bewiesen hat.«

Frasier nickte und verzog keine Miene.

»Wobei ›die Sache mit Ted‹ nichts anderes war als Herumknutschen«, sagte Rose, die, vom Wein ermutigt, spontan beschloss, den Stier bei den Hörnern zu packen.

»Und ich bereue nicht, es getan zu haben, obwohl es ... solche Auswirkungen auf uns zwei gehabt hat. Ted war sehr lieb zu mir. Er hatte Verständnis. Er hat mir etwas zurückgegeben, was ich verloren hatte, und er wollte keine Gegenleistung dafür. Es tut mir leid für ihn, dass für ihn dann plötzlich mehr Gefühle im Spiel waren, und vor allem tut es mir natürlich leid, dass ich dadurch etwas zwischen uns beiden zerstört habe. Aber es tut mir nicht leid, dass ich ihn geküsst habe, Frasier. Ted hat mir nämlich gezeigt, dass Küssen wunderschön sein kann, und das war ein richtiges Geschenk.«

»Das freut mich«, sagte Frasier und fügte dann zögernd hinzu: »Ich wünschte, ich hätte dir dieses Geschenk gemacht.«

Rose sah ihn scharf an. »Hör bitte auf damit«, sagte sie, mit einem Mal wütend.

»Womit?«, fragte er überrascht.

»Ich kann nie wissen, woran ich bei dir bin«, beklagte Rose sich. »Mal hältst du meine Hand, und im nächsten Augenblick erzählst du mir, wie toll Cecily ist. Oder du erzählst mir, dass du mich schon immer geliebt hast, und dann, ach nein, sorry, war ein großer Irrtum. Dann sagst du, mehr als Freundschaft ist nicht drin zwischen uns, und jetzt auf einmal heißt es, du hättest mich gerne anstelle von Ted geküsst. Das ist nicht fair, Frasier!«

Rose stand auf und ging hinüber zur Anrichte, wo die angebrochene Weinflasche stand. »Ich weiß jetzt, wo ich stehe. Das hast du sehr deutlich gemacht. Und ich will, dass das so bleibt. Du schläfst da auf dem Sofa, ich schlafe oben in meinem Bett, und gemeinsam arbeiten wir als Freunde für meinen Vater. Sollte ich je in der Lage gewesen sein für mehr – jetzt bin ich es nicht mehr. Dafür hast du höchstpersönlich gesorgt. Ich will jetzt einfach nur allein sein und meinem Herzen eine Auszeit geben.«

Frasier lehnte sich auf dem Sofa zurück und schwieg. Seine Wangen waren feuerrot.

»Ich wollte dich nicht verletzen, Rose …«

»Gute Nacht«, sagte Rose, obwohl es gerade mal neun war, und schnappte sich ihr Weinglas. »Bis morgen.«

Erst als Rose die Treppe erreicht hatte, fand Frasier die Sprache wieder.

»Rose«, sagte er. »Es tut mir leid.«

Rose spürte, wie ihre Wut verpuffte, und antwortete traurig: »Ich weiß.«

19

»Und?«, fragte Rose John, der inzwischen immerhin die meiste Zeit des Tages aus dem Bett kam, allerdings dünner, grauer und ausgemergelter aussah denn je. »Schon aufgeregt? Wegen der Vernissage heute Abend?«

»Ich bin ein nervliches Wrack«, stellte John trocken fest. »Siehst du das nicht?«

»Ich bin aufgeregt!« Maddie hüpfte von einem Fuß auf den anderen. »Ich bin am alleraufgeregtesten von allen, weil Frasier mir nämlich erzählt hat, dass es eine Überraschung für mich gibt. Und darum bin ich toootal aufgeregt. Ich weiß nicht, was es ist. Vielleicht ein Fernseher für mein Zimmer, das wäre cool. Oder ein iPad.«

»Weder noch«, sagte Frasier, der mit nassen Haaren und einem Handtuch um den Nacken die Treppe herunterkam. Er hatte trotz der etwas angespannten Stimmung zwischen ihm und Rose Wort gehalten und war mit eingezogen. Seine Geschäfte erledigte er, soweit er konnte, mit seinem Laptop, und er hatte – sehr zu Johns Missfallen – seine Drohung wahr gemacht und ein Schlafsofa liefern sowie WLAN installieren lassen.

»Das Sofa habe ich seit fünfzehn Jahren«, hatte John unglücklich angeführt, als das alte Schätzchen aus dem Wohnzimmer und erst mal hinüber in die Scheune getragen wurde. »Habe ich bei einer Haushaltsauflösung erstanden. Die Frau, der es gehörte, lag ewig und drei Tage im Sterben. Am Schluss ist sie auf dem Sofa friedlich eingeschlafen. Und hat sich nie darüber beklagt, dass es unbequem wäre.«

»Vielleicht ist sie deshalb gestorben«, sagte Maddie nachdenklich. »Vielleicht ist sie an Unbequemeritis gestorben.«

»Ist ja nur vorübergehend«, hatte Frasier John versichert. »Sobald alles geregelt ist, stelle ich das olle Sterbesofa wieder hin und nehme das neue mit zu mir. Ich brauche sowieso neue Möbel. Cecily ist offenbar der Meinung, nach unserer Trennung Anspruch auf unsere gemeinsame Wohnung zu haben. So schlimm ist das nicht, sie ist ja nur gemietet, aber das heißt, dass ich obdachlos bin, und das Büro in der Galerie ist nicht optimal. Ich werde mir was Neues suchen müssen.«

Frasier war offenbar ganz schön am Rotieren. Er führte die Firma vom Storm Cottage aus, fuhr regelmäßig zur Galerie und zurück, beaufsichtigte den Abtransport von Johns geheimen Werken, die Rose immer noch nicht gesehen hatte, weil sie das Versprechen, das sie ihrem Vater gegeben hatte, halten wollte, bis sie in der Galerie hingen. Und obwohl Rose ihr Bestes tat, um Frasier beim Marketing, bei der Gästeliste und der Pressearbeit zu helfen, sah er jeden Abend unendlich müde und abgespannt aus, als würde ihn etwas belasten, von dem Rose nichts wusste. Wahrscheinlich vermisste er Cecily, dachte Rose. Das wäre ganz natürlich. Sicher fragte er sich auch, warum sein Leben plötzlich so mit ihrem, dem von Maddie und dem ihres Vaters verwoben war und wie es dazu kommen konnte. Insgeheim befürchtete Rose, dass sie inzwischen eine Belastung für ihn geworden waren, aber sie sagte nichts, weil sie annahm, dass er sich, sobald die Ausstellung abgeschlossen war, unauffällig zurückziehen würde. Und in gewisser Weise freute sich Rose auf den Seelenfrieden, der damit einhergehen würde, dass sie ihn nicht mehr jeden Tag um sich hatte, während er gleichzeitig unerreichbar für sie war.

Frasier war es gelungen, ein beträchtliches Interesse an der Ausstellung zu wecken, was sie John allerdings nicht erzählten. Der war immer noch überzeugt, dass man sich nur über ihn lustig machen und ohnehin praktisch niemand kommen würde. Da ihn diese Vorstellung irgendwie zu trösten schien, wollten Rose und Frasier ihn in dem Glauben lassen.

Was John aber ganz offensichtlich in vollen Zügen genoss, war die Zeit, die er mit Frasier verbrachte, und dass er sich mit einem anderen menschlichen Wesen über seine – diese persönliche – Arbeit unterhalten konnte; dass er erklären konnte, was er erklären wollte, während er über anderes einfach schwieg. Da er vor der Vernissage nur schlecht nach Edinburgh kommen konnte, legte Frasier ihm die Pläne vor, sogar ein Modell der gesamten Galerie brachte er mit, mit nummerierten Pappschildchen, die für die fast dreißig Werke standen. Rose sah den beiden dabei zu, wie sie sich ständig darüber stritten, welches Bild wo hängen sollte. Frasier gab am Ende immer nach, und dafür liebte Rose ihn nur noch mehr – so aussichtslos ihre Liebe auch war. Frasier ließ John stets seinen Willen, aber er wusste, dass es John Spaß machte, sich mit ihm auseinanderzusetzen und zu streiten, hin und her zu debattieren. Und Rose vermutete, dass ihr Vater wusste, dass Frasier das wusste. Eigentlich handelte es sich bei diesen hitzigen Gesprächen also um nichts anderes als den liebevollen Austausch zweier sich achtender und respektierender Freunde.

Tilda war in diesen Wochen auch viel da gewesen, wenn auch nicht jeden Tag. Ihr Laden brachte einfach nicht genug ein, als dass sie sich viele Mitarbeiter hätte leisten können, und darum konnte sie nicht immer so weg, wie sie gerne wollte. Und obwohl sie nie darüber sprachen, war Rose überzeugt, dass sie sich ganz bewusst zurückhielt, damit Rose so viel Zeit wie irgend möglich mit ihrem Vater verbringen konnte, ohne immer wieder gestört zu werden und auf die Wünsche und Bedürfnisse anderer Rücksicht nehmen zu müssen. Immer wenn Tilda da war, war die Liebe, die sie trotz allem für ihn empfand, und seine Liebe zu ihr deutlich spürbar. Ihre Mimik und Gestik sprachen eine sehr eindeutige Sprache. Tilda fragte Rose regelmäßig und ausgesucht höflich, ob sie ihr bei irgendetwas helfen könne, und Rose hatte stets die eine oder andere Aufgabe für sie. Meist handelte es sich um Wäsche, da John sich nie eine Waschmaschine angeschafft hatte, und manchmal bat Rose Tilda, etwas Zeit mit Maddie zu verbringen, während sie selbst sich mit ihrem Vater unterhielt. Aber Rose achtete auch darauf, dass Tilda und John unter sich sein konnten, meist in Johns Zimmer.

Eines Nachmittags hatte sie sacht angeklopft und die Tür geöffnet, um die beiden zu fragen, ob sie ihnen Tee bringen sollte, und da lagen sie in Johns Bett und schliefen: Tildas Kopf ruhte auf seiner Brust, er hatte den Arm um sie geschlungen. In Roses Augen war das ein sehr intimer Moment gewesen, und darum hatte sie sich leise wieder zurückgezogen und die Tür hinter sich geschlossen. Rose war froh, Zeugin dieser innigen Szene geworden zu sein.

Sobald sie die Vernissage hinter sich hätten, wollte Rose Tilda anbieten, ebenfalls im Cottage zu wohnen. Sie wollte einen Großteil des Geldes, das John ihr bereits jetzt zur Verfügung gestellt hatte, in eine Mitarbeiterin investieren, die sich so lange um Tildas Laden kümmern konnte wie nötig. Rose war klar geworden, wie unmenschlich es wäre, wenn John sich in seinen letzten Wochen zwischen den Menschen, die er am meisten liebte, entscheiden müsste – und wenn sie ihm unbeabsichtigt das Gefühl gegeben hatte, genau das tun zu müssen, dann wollte sie dem schnellstmöglich ein Ende bereiten.

Rose war zurückhaltend optimistisch, was Maddies Einleben in die neue Schule betraf. Die Schulleiterin hatte, als sie ihnen die kleine Schule zeigte, die vielen Fragen der Siebenjährigen mit Freude beantwortet und sich von Maddies Direktheit und Taktlosigkeit nicht beirren lassen. Maddie hatte die Schule gefallen, und sie war sogar schon bei einer zukünftigen Klassenkameradin zum Spielen gewesen und hatte es geschafft, einen ganzen Nachmittag lang niemanden zu beleidigen oder gegen sich aufzubringen.

Rose hatte die Gelegenheit genutzt, um noch einmal zum Einkaufen nach Carlisle zu fahren. Vor allem ein Kleid für die Vernissage hatte sie gesucht. Es war ein seltsames Gefühl gewesen, mit Geld in der Tasche durch die Geschäfte zu schlendern und sich Dinge kaufen zu können, die ihr – und nur ihr – gefielen. Ihr ging auf, dass sie angefangen hatte, ihren eigenen Stil zu entwickeln. Sie wusste, dass dieser Stil nicht Richards Geschmack entsprach und weit entfernt war von Haleighs gewagter, jugendlicher Mode. Anfangs war sie noch unsicher gewesen und hatte alle möglichen Teile mit in die Anprobe genommen, aber von Laden zu Laden wusste sie besser, welche Kleidungsstücke ihr gefielen und worin sie sich wohlfühlte. Am Ende entschied sie sich für die Vernissage für ein knielanges meergrünes Bleistiftkleid, das ihre schlanke Figur unterstrich und in schönem Kontrast zu ihren blonden Haaren stand. Als Rose sich im Spiegel der Umkleidekabine betrachtete, fuhr sie sich mit den Fingern durch die inzwischen etwas länger gewordenen und am Ansatz dunkel nachgewachsenen Haare. Ihr wurde bewusst, dass sie nicht zu ihrer alten Frisur zurückkehren wollte. Noch nicht. Sie erinnerte sie einfach zu sehr an ihr altes Leben.

Sie steckte noch in dem Kleid, als sie sich auf den Hocker in der Umkleidekabine setzte, ihr Handy hervorholte und bei Shona anrief.

»Kommst du und schneidest und färbst mir noch mal die Haare?«, fragte sie und brachte Shona damit zum Kichern.

»Nein. Geh gefälligst zum Friseur oder zu einem Schafscherer oder was die da oben sonst so haben. Du willst also bei blond bleiben?«

»Ja«, sagte Rose und sah in den Spiegel. »Ja, die blonde Rose gefällt mir gut. Wie du weißt, hat die blonde Rose ihrem Mann nämlich eins mit der Latte übergezogen.«

»O ja, nicht zu fassen! Und wie geht es dir jetzt mit dem allem?«, wollte Shona wissen. »Ich hab meiner Mutter davon erzählt, und die hat es großzügig weitererzählt. Und seit die Polizei ihn in seiner Praxis aufgesucht und vernommen hat, geht's richtig rund. Berichte in der Lokalpresse und alles. ›Vorwurf häusliche Gewalt: Hausarzt verhört‹! Ich hab den Artikel ausgeschnitten und schick ihn dir.«

Rose wusste bereits davon, aber sie sagte nichts. Eigentlich hatte sie Richard nicht anzeigen wollen, aber als er sie immer wieder angerufen und ihr Nachrichten geschickt hatte, die immer bedrohlicher im Ton wurden, war ihr klar geworden, dass sie gar keine andere Wahl hatte. Sie hatte die Polizei gebeten einzuschreiten und dann – nach nur sehr kurzem Zögern – auf dem Anrufbeantworter der Redaktion der Lokalzeitung einen anonymen Hinweis hinterlassen. Richard nachhaltig abzuwehren war ihr nur möglich, indem sie ihm zeigte, dass sie seinen kostbaren Ruf zerstören konnte. Und dieses Mal hielt Rose sich nicht zurück.

»Dads Ausstellung steht vor der Tür«, sagte Rose. »Ich kann an nichts anderes mehr denken. Ich würde mich so freuen, wenn du dabei sein könntest. Alles in Ordnung bei dir?«

Shona zögerte kurz. Dann sagte sie: »Ich habe Ryan verlassen. Endgültig.«

»O nein«, sagte Rose. »Was hat er denn jetzt schon wieder gemacht?«

»Nichts. Das ist ja das Problem«, sagte Shona. »Ich habe es satt zu warten. Er war total lieb und süß zu den Kindern – aber ich wusste genau, dass das nicht anhalten würde. Und das wollte ich nicht noch einmal miterleben. Und darum habe ich beschlossen, es mir zu ersparen. Und habe ihn verlassen. Beziehungsweise, um genau zu sein, habe ich ihn hochkant rausgeschmissen. Und weißt du was? Ich fühle mich großartig. So frei. Ein scheiße gutes Gefühl.«

»Wow.« Rose musste lächeln. »Wir beide sind echt klasse, oder?«

»Das kannst du laut sagen«, lachte Shona. »Wir sind krass cool.«

Der Termin mit der Rechtsanwältin, auf dem ihr Vater bestanden hatte, war auch gut gelaufen. Frasier hatte sie zur seelisch-moralischen Unterstützung begleitet, und Rose hatte eine seltsame Mischung aus Angst und Heiterkeit empfunden, als sie die ersten Schritte hin zu ihrer Scheidung unternahm. Was sie jedoch überhaupt nicht empfand, war Bedauern. Das ging ihr auf, als die Anwältin vergeblich versuchte, sie davon zu überzeugen, von Richard Unterhalt für sich und Maddie zu fordern. Nicht eine Spur davon.

»Aber das Haus gehört Ihnen«, sagte die Anwältin.

»Und ich bin darin nie glücklich gewesen«, sagte Rose. »Er kann es gerne haben. Ich will weder mit ihm noch mit dem Haus etwas zu tun haben.«

»Alles in Ordnung?«, hatte Frasier sie auf dem Rückweg im Auto gefragt.

»Glaube schon«, sagte Rose. »Ich schätze, ich muss immer noch jede Menge Gedanken und Gefühle sortieren. Ich habe das alles noch gar nicht richtig verarbeitet, was Maddie und ich durchgemacht haben. Aber das werde ich wohl müssen, wenn ich wirklich einen richtigen Neuanfang will, oder?«

»Ja, das wirst du wohl müssen«, stimmte Frasier ihr zu.

»Na ja, heute war ja schon mal ein Anfang«, sagte Rose und lächelte ihn an. »Und ich glaube, das reicht auch für heute.«

Wenigstens konnten Rose und Frasier miteinander umgehen, und Rose war froh, ihn in diesen entscheidenden Zeiten ihres Lebens an ihrer Seite zu haben – auch wenn er eine andere Rolle spielte als die, von der sie in so vielen unglücklichen Stunden geträumt hatte.

Kurz bevor sie los mussten, als Frasier, Tilda und Maddie bereits draußen waren und Maddie einen Aufstand darum machte, wer in Frasiers riesigem Auto wo sitzen sollte, hatte Rose ihren Vater zum ersten Mal an diesem Tag kurz für sich.

»Wie geht es dir?«, fragte sie ihn. »Und ich will eine ehrliche Antwort.«

John zuckte die Achseln. »Wie einem Mann, den der Tod bereits auf der Schippe hat, würde ich mal sagen.«

»Hör auf, Witze darüber zu machen!«, sagte Rose. »Nie kann ich mit dir mal ein ernstes Wort reden, immer musst du alles durch den Kakao ziehen!«

»Meine allerliebste Rose«, sagte John und lächelte sie liebevoll an. »Kein Mensch möchte seine letzten Tage damit verbringen, darüber nachzudenken, dass es seine letzten Tage sind. Genauso wenig, wie er stundenlang in einem Auto sitzen will, um nach Schottland zu kommen, wo er nicht tot überm Zaun hängen möchte. Aber da du mich zu dem einen gezwungen hast, könntest du wenigstens bei dem anderen Nachsicht zeigen.«

»Ja, okay, hast recht«, sagte Rose und legte ihre Hand auf seine. »Es ist nur ... Ich hab dir doch noch so viel zu erzählen, Dad, und ich will noch so viel mit dir besprechen. Ich kann nichts dafür, aber irgendwie will ich wohl alles nachholen, was wir in den letzten Jahren versäumt haben.«

»Besser nicht«, sagte John, legte die Arme um sie und drückte seine Tochter gegen seine magere Brust. »Denn die meisten dieser Jahre war ich kein guter Mensch und wäre dir auch kein guter Vater gewesen. Und jetzt, jetzt, wo ich endlich vielleicht annähernd ein guter Vater sein könnte, ist das Beste, was ich für dich tun kann – und du für mich –, dass wir im Hier und Jetzt leben. Mit dir und Maddie und Tilda und vielleicht sogar Frasier. Ihr seid meine Familie, und das ist viel, viel mehr, als ich zu hoffen gewagt hatte.«

Rose nickte, verblieb dabei aber in seiner Umarmung und genoss diese seltene Geste der Nähe und Vertrautheit.

Draußen hupte es. Offenbar hatte Maddie sich endlich für einen Platz entschieden, und Frasier saß am Steuer, um sie nach Edinburgh zu fahren.

»Bist du bereit?«, fragte Rose. »Die Kunstwelt wartet auf dich.«

John seufzte schwer. »Mit ein bisschen Glück sterbe ich auf dem Weg.«

20

Der Abend war angenehm warm, als sie die Galerie erreichten, die kräftige Sonne ließ die düstere graue Steinfassade des Gebäudes rosa glühen. Frasier half Tilda und John aus dem Wagen, während Maddie bereits voraus- und auf Tamar zupeste, die in der Tür stand und dem Mädchen so begeistert zuwinkte, als sei sie genauso aufgeregt wie sie.

»Alles ist fertig«, verkündete Tamar stolz, als John und seine Entourage die Treppe hinaufkamen. »Und alles ist ganz genau so, wie Sie es gerne haben wollten, Mr. Jacobs.«

»Wohl kaum, meine Liebe«, sagte John und lächelte sie an. »Schließlich wollte ich, dass alle diese Bilder bis zu meinem Tod in meiner Scheune unter Verschluss gehalten werden. Aber ich danke Ihnen für Ihre Bemühungen.«

»Oh«, sagte Tamar etwas ratlos, da sie nicht sicher war, ob John Jacobs vielleicht nur Witze machte.

»Beachten Sie ihn gar nicht«, sagte Rose und lächelte ihr zu. »Ich für meinen Teil kann's kaum abwarten, die Ausstellung zu sehen.«

»Also, John«, sagte Frasier, »ich würde vorschlagen, du gehst jetzt in aller Ruhe mit Rose und Maddie durch die

Ausstellung und zeigst ihnen deine Werke selbst, bevor die Gäste kommen. Ich finde, ihr drei solltet unter euch sein, wenn Rose die Bilder zum ersten Mal sieht. Das ist ein sehr privater, persönlicher Moment.«

»Und was ist mit meiner Überraschung?«, krähte Maddie. »Das ist doch das Allerwichtigste. Wo ist meine Überraschung?«

John warf einen Blick in die Ausstellungsräume und machte dabei ein so verängstigtes und verletzliches Gesicht, dass Rose ihn am liebsten direkt wieder ins Auto gepackt und nach Hause gebracht hätte.

»Na, dann komm«, sagte er, bot Rose seinen Arm an und stützte sich dann an ihr ab, als sie sich unterhakte. »Aber ich warne dich: Ich hab die alle nüchtern gemalt.«

Stimmengemurmel, Gläserklirren und leise Klaviermusik erfüllten die Galerie, in der es vor kunstinteressierten Menschen nur so wimmelte. Die Leute waren zum Teil von weit her angereist, um die Arbeiten ihres Vaters zu sehen, stellte Rose fest. Sie selbst hielt sich jetzt, nachdem sie in den Genuss einer Privatführung gekommen war, vornehm zurück und beobachtete an eine Wand gelehnt das Treiben. John lachte und unterhielt sich sehr angeregt mit ein paar Leuten, die er noch nie zuvor gesehen hatte. Er legte dabei eine erstaunliche Energie sowie ein bewundernswertes Selbstvertrauen an den Tag. Tilda wirkte stolz und wich nicht von seiner Seite, während Maddie um ihn herumhüpfte und jeden Erwachsenen, dessen sie habhaft werden konnte – und das waren bereits einige gewesen –, zum Herzstück der Ausstellung führte, das gleichzeitig ihre Überraschung gewesen war und aufgrund dessen sie vor Stolz fast platzte. Roses und Maddies Runde durch die Galerie zusammen mit John, bevor die Öffentlichkeit hereinströmte, war eine Reise durch Roses Leben gewesen, durch ein Leben, von dem sie gar nichts gewusst hatte, durch ihr Leben, wie John es sich vorgestellt hatte: durch das Leben, das er zu seinem größten Bedauern so sinnlos zerstört hatte, und durch das Leben, wie es hätte sein können, wenn er ein anderer gewesen wäre.

Während er Rose von Bild zu Bild führte und dabei nur wenig zu jedem Gemälde sagte, verstand sie immer besser, warum er am Morgen nicht über die Vergangenheit hatte reden wollen, warum er keine kostbare Zeit mehr darauf verschwenden wollte – denn jetzt konnte sie es hier alles sehen. Jede Erinnerung, an die er sich geklammert hatte, jedes Bedauern, jeder Fehler, das Bild von Rose als Kind, dasselbe Bild, immer und immer wieder – das alles war da, das alles hatte er nun mit brutaler, ergreifender Offenheit vor ihr ausgebreitet.

Auch Tilda hatte Eingang in seine Kunst gefunden. Mal allein, mal zusammen mit Rose. Aber seine Darstellung von Marian, Roses Mutter, als die wunderschöne, selbstbewusste junge Frau, in die er sich einst verliebt hatte, berührte Rose am meisten. Marian, die hellblond gewesen war und an die Rose sich am liebsten aus jener Zeit erinnerte, als Rose noch klein gewesen war und Marian eine Frohnatur. Als Rose Johns Gemälde von ihrer Mutter betrachtete, erweckte das nicht nur ihre kostbare Erinnerung, sondern was noch viel ergreifender war: Im Bildnis ihrer Mutter in jungen Jahren erkannte Rose sich selbst wieder. Sie war ihrer Mutter wie aus dem Gesicht geschnitten. Und vielleicht war das das größte Geschenk, das John ihr machen konnte: das Gefühl, dass sie ihr neues Leben auch für ihre Mutter lebte.

Das jüngste und letzte Gemälde von John zeigte dann Maddie, die mit ausgestreckten Armen förmlich auf den Betrachter des Bildes zuflog. Und da stießen sie dann auch auf Maddies Überraschung.

Gerahmt und direkt neben Johns Porträt von ihr hing eins von Maddies Bildern. Es zeigte John vor seiner Staffelei, seine Enkelin zeichnend zu seinen Füßen und Rose mit ihren kurzen blonden Haaren, wie sie auf einem Hocker sitzt und ein Buch liest, während sie darauf wartet, dass die Künstler mit der Arbeit fertig sind. Es kam der Darstellung einer perfekten, wenn auch unkonventionellen Familie näher als alles, was Rose je gesehen hatte, und es bedeutete ihr mehr, als sie ausdrücken konnte, dass ausgerechnet Maddie diesen schönen Moment erkannt und eingefangen hatte.

Nach diesem Rundgang hatte Rose ihren Vater gut in die Kunstwelt da draußen entlassen können, und es freute sie, zu beobachten, wie sehr er es genoss, von so vielen Menschen gesagt zu bekommen, was für ein wunderbarer Mensch und Künstler er war. Und genau so sollte es sein, befand Rose. Er hatte sein Licht viel zu lange unter den Scheffel gestellt und sich selbst für einen schlechten Menschen gehalten. Mochte ja sein, dass er damit auch mal recht gehabt hatte, aber jetzt verhielt es sich anders.

»Wahnsinn, oder?«, sagte Frasier, der an ihrer Seite aufgetaucht war.

»Ja.« Lächelnd wandte Rose sich ihm zu. »Noch viel schöner, als ich es mir vorgestellt habe. Sieh ihn dir bloß an. Was hat er für einen Aufstand gemacht, und jetzt ist er in seinem Element!«

»Ich fand es schon immer eine Schande, dass er sich partout in den Bergen verkriechen wollte«, pflichtete Frasier ihr bei. »Aber ehrlich gesagt, ich glaube nicht, dass er das hier ohne dich geschafft hätte. Wir stünden heute nicht hier, wenn du nicht aufgekreuzt wärest und ihr euch nicht versöhnt hättet. Gott sei Dank hast du ihn in Millthwaite aufgespürt!«

»Ja«, sagte Rose und lächelte nachdenklich, während sie John dabei beobachtete, wie er über etwas, das Maddie gesagt hatte, schallend lachte. »Ich war wirklich auf der Suche nach Liebe, als ich nach Millthwaite kam. Nur wusste ich da noch nicht, nach welcher Liebe.«

Sie hatten überlegt, nach der Vernissage in Edinburgh in einem Hotel zu übernachten, doch John wollte unbedingt wieder nach Hause mit der Begründung, wenn er schon sterben musste, dann wenigstens in seinem eigenen Bett.

Sie fuhren noch nicht lange, da war Maddie bereits an ihren Großvater gelehnt eingeschlafen, und auch John nickte bald ein, das Kinn auf der Brust. Weder Tilda noch Frasier noch Rose sprachen ein Wort auf dem Weg nach Hause. Sie alle genossen das Schweigen und die Stille, weil es ganz einfach nichts zu sagen gab.

»Da wären wir«, sagte Frasier, als er den Motor vor dem Storm Cottage ausschaltete. »Ich trage Maddie nach oben ins Bett. Könntest du bitte Licht für mich einschalten, Tilda? Und Johns Bett aufschlagen? Bin gleich wieder da, Rose, dann helfe ich dir mit John.«

Rose stieg aus und streckte sich. Sie betrachtete den

Sternenhimmel, der hier auf dem Land so enorm weit war und funkelte. Müde, aber glücklich ging sie ums Auto und öffnete die hintere Tür.

»Dad«, flüsterte sie und zupfte an Johns Ärmel. »Wir sind zu Hause, Dad.«

»Ach ja?« John hatte Mühe, die Augen zu öffnen. »Gut. Freut mich. Endlich.«

Der Abend hatte ihn offenbar sehr angestrengt. Ohne Frasiers Stütze hätte er es nicht bis ins Haus geschafft, und er ließ sich sofort und komplett angezogen auf sein Bett sinken. Rose verließ diskret das Zimmer, damit Tilda ihm beim Ausziehen und Waschen helfen und ihn ins Bett bringen konnte. Als Tilda gehen und ihre Tasche holen wollte, war Rose schnell zur Stelle.

»Willst du nicht über Nacht bleiben, Tilda?«, fragte Rose und nahm ihre Hand, bevor sie nach der Tasche greifen konnte. »Du könntest doch bei Dad schlafen. Ich weiß, dass er sich freuen würde, wenn du morgen früh, wenn er aufwacht, bei ihm wärst. Und nicht nur morgen früh, sondern jeden Morgen. Ich könnte dir dabei helfen, jemanden für den Laden zu finden, und morgen holen wir bei dir zu Hause, was du so brauchst. Ich möchte, dass du hier bei uns bist. Wir alle möchten das.«

Tilda nickte wortlos, ihre Augen füllten sich mit Tränen. Rose spürte, dass es besser war, nicht mehr zu sagen. Dass Tilda sich nach diesem hochemotionalen Tag erst einmal sammeln musste.

Dann schniefte sie und sagte: »Ich mach uns mal einen Tee. Für dich mit Milch und ohne Zucker.«

Rose ging in Johns Zimmer. Das Licht war bereits aus und er fast wieder eingeschlafen.

»So, jetzt ist es ja wohl amtlich«, sagte sie, setzte sich auf die Bettkante und nahm die Hand, die er ihr reichte. »Die Welt liebt dich und hält dich für ein Genie.«

»Ja, ja. Das sagen sie, solange ich mithören kann«, brummte John, aber in Wirklichkeit freute er sich.

»Und das werden sie auch in Zukunft sagen«, unterstrich Rose und fügte dann beiläufig hinzu: »Übrigens, ich gehe davon aus, dass du nichts dagegen hast, aber ich habe Tilda angeboten, hier einzuziehen, bis … also, so lange, wie sie will. Ist doch okay, oder?«

»Ja«, sagte John und drückte ihre Hand. »Danke.«

Sie schwiegen einträchtig, bis John wieder das Wort ergriff.

»Liebst du mich, Rose?«, fragte er sie. »Ich komme mir ziemlich blöd vor, das zu fragen, aber irgendwie ist das im Moment das Einzige, was für mich zählt.«

»Ja«, sagte Rose mit fester Stimme und küsste die dünne Haut seines Handrückens. »Ich habe dich immer geliebt, Dad. Ich habe nie aufgehört, dich zu lieben, nicht mal, als ich dich gehasst habe. Und jetzt weiß ich auch, warum. Du kannst nämlich tatsächlich *ziemlich* gut malen.«

John lächelte. »Du musst wissen, dass ich dich immer geliebt habe, selbst in meinen dunkelsten, egoistischsten Zeiten. Auch als ich selbst nicht mehr wusste, wie ich hieß. Meine Liebe zu dir war nie weg. Ich danke dir, dass du zurückgekommen bist, Rose. Und für heute Abend.«

Rose blieb noch eine Weile bei ihm sitzen.

»Tilda kommt gleich wieder«, sagte Rose und stand auf. »Übertreib's nicht.«

»Marians Haare haben immer nach Honig geduftet«, sagte John plötzlich, und Rose blieb bei der Tür stehen.

»Und sie hatte so ein wunderbares Lachen, damit hat sie Licht in die dunkelsten Ecken gebracht. Du bist wie sie, Rose. Du bist ihr Erbe. Wenn ich dich ansehe, sehe ich sie. Klug, mutig und stark wie die junge Frau, die ich damals kennenlernte. Du bist sie. Und du wirst ihrem Andenken gerecht werden, das weiß ich.«

»Danke, Dad«, sagte Rose mit erstickter Stimme. »Das will ich hoffen. Bis morgen früh.«

»Ja«, sagte John. »Bis morgen früh.«

Fast drei Wochen nach der Ausstellungseröffnung wachte Rose morgens auf und wusste sofort, dass John für immer eingeschlafen war.

Das Haus fühlte sich anders an, leerer und eines Lebens beraubt, das so lange in ihm stattgefunden hatte. Verunsichert stand Rose auf und tapste barfuß nach unten und über die kalten Fliesen. Tilda saß regungslos am Küchentisch, den Blick leer auf seine raue Oberfläche gerichtet.

»Tilda«, sagte Rose und legte der älteren Frau die Hand auf die Schulter.

»Er ist ...« Tilda sah mit schwimmenden Augen zu ihr auf.

»Ich weiß«, sagte Rose. »Wann?«

Tilda schüttelte den Kopf. »Ich weiß es nicht. Als ich aufwachte, war er nicht mehr da. Ich bin neben ihm liegen geblieben und habe ihn umarmt, bis ... er kalt war.«

Rose setzte sich neben die Frau ihres Vaters und nahm ihre Hand. »Und genau so hatte er es sich gewünscht«, sagte sie, erfüllt von innerem Frieden. »Zu Hause, in seinem Bett, mit dir an seiner Seite und Maddie und mir in seinem Leben. Genau so hatte er es sich gewünscht.«

»Ja«, stimmte Tilda zu, und eine Träne lief ihr übers Gesicht. »Aber das ändert nichts an der Sache, oder? Es ist trotzdem unendlich traurig, dass er jetzt nicht mehr ist.«

»Stimmt«, sagte Rose und spürte, wie sich ein Schluchzen in ihr aufbaute. »Es ändert nichts. Ganz gleich, wie viel Zeit ich noch mit ihm gehabt hätte, es wäre so oder so nicht genug gewesen.«

Einander in den Armen liegend, saßen sie am Küchentisch und weinten, bis das graue Licht des frühen Morgens sich in goldenes Spätsommerlicht verwandelte und der erste Tag der Welt ohne John Jacobs ein perfektes blaues Himmelszelt aufspannte.

Epilog

Rose liebte es, an Winterabenden, wenn es draußen kalt wurde und Maddie, glücklich, aber erschöpft nach einem weiteren Tag in der Schule im Bett lag, vor dem Kamin zu sitzen und den Flammen bei ihrem Tanz zuzusehen.

Ihr Leben im Storm Cottage hatte über die letzten Monate zu einer angenehmen Routine gefunden, in der es ihr endlich gelungen war, zur Ruhe zu kommen und an Herz und Seele zu heilen.

In den Wochen nach Johns Tod wurde Rose klar, dass sie dank der Vorsorge ihres Vaters eine äußerst wohlhabende Frau war, die, wenn sie es nicht wollte, nie wieder würde arbeiten oder sich um Geld Sorgen machen müsste. Die Verantwortung, die ihr dadurch gleichzeitig zuteilwurde, überwältigte sie, und sie hatte auch Respekt davor. Sie ergriff unmittelbar drei Maßnahmen: Mit Janettes Hilfe richtete sie einen Treuhandfonds für Maddie ein, sie verdoppelte die ohnehin großzügige Summe, die John Tilda hinterlassen hatte, und sie kaufte sich – nach ewigen Diskussionen mit Jenny – in deren Bed & Breakfast ein. Sie übernahm einen Teil des Geschäftes, nicht die Immobilie, und stellte so sicher, dass Jenny und Brian sich keine Sorgen mehr um ihr Zuhause machen mussten und endlich schuldenfrei waren.

Dann machten sich Rose und Jenny gemeinsam daran, den Plan in die Tat umzusetzen, zu dem Frasier an jenem unglückseligen Morgen, an dem er von Roses Techtelmechtel mit Ted erfuhr, die Idee gehabt hatte. Die Idee war in ihrer Schlichtheit absolut genial. Mit dem Geld, das Rose in die Pension investierte, wurde das gesamte Haus renoviert und modernisiert und insgesamt viel heller und frischer gestaltet. Im Anbau wurden alle Wände eingerissen, um ein schönes, großes Atelier zu schaffen, und ab sofort wurde das Bed & Breakfast als Refugium für Künstler und Schriftsteller ganz neu beworben. Die Verbindung mit John Jacobs erwies sich dabei durchaus als förderlich fürs Geschäft. Nach längeren Diskussionen und der Zusage, ihr bezahltes Personal zur Seite zu stellen, konnte Rose Jenny sogar überreden, die Frühstückszeit zu erweitern und auch Kaffee anzubieten. Als Nächstes wollte sie Jenny davon überzeugen, auch aus ihren Kochkünsten mehr Kapital zu schlagen und ihren Gästen Abendessen anzubieten. Doch das würde Rose ihr erst im neuen Jahr vorschlagen – sie hatte von Brian gelernt, dass Jenny neuen Ideen gegenüber deutlich aufgeschlossener war, wenn sie glaubte, sie stammten von ihr.

Es waren schöne, glückliche Wochen gewesen, in denen das Bed & Breakfast zu neuem Leben erwachte und in denen Rose ab und zu im Pub ein Bier trinken ging und quasi dabei zusehen konnte, wie Teds Flirtereien mit diversen Mädchen sich schließlich auf eine junge Frau konzentrierten: auf Tamar aus Frasiers Galerie, die einmal die Woche nach Millthwaite kam, um Johns hinterlassene Werke für Versicherungszwecke zu katalogisieren und zu taxieren. Rose war Frasier sehr dankbar für diese Geste.

Sie wusste, er wäre gerne selbst gekommen, wenn sie ihm nicht gesagt hätte, dass sie dringend allein sein musste – nicht nur, um den Verlust ihrer über so viele Jahre für die wahre Liebe gehaltenen Hoffnungen zu verschmerzen, sondern auch, um sich in ihrem neuen Leben, in dem sie selbst Herrin über ihr Schicksal war, zurechtzufinden. Tamar war Ted schon gleich bei ihrem ersten Besuch aufgefallen, und Rose war sich ziemlich sicher, dass sich zwischen ihnen etwas Ernsthaftes entwickeln würde. Frasier sah Rose nur selten, und doch war die besondere Verbundenheit zwischen ihnen, die unbeschwerte Freude, die sie früher in der Gesellschaft des jeweils anderen empfunden hatten, langsam wiedergekehrt. Und manchmal gestattete Rose sich für den Bruchteil einer Sekunde den Gedanken, dass es vielleicht … ganz vielleicht doch eine zweite Chance für sie beide gebe.

Genau das hatte sie gerade wieder gedacht, als ein Geräusch an der Haustür sie aufschreckte. Sie drehte sich um und sah, dass ein langer weißer Umschlag unter der Tür hindurchgeschoben worden war. Erfreut und alarmiert zugleich ging Rose hin und hob ihn auf, und als sie Frasiers Handschrift erkannte, bekam sie Herzklopfen.

Allerliebste Rose,
ich werde nie vergessen, wie ich dich zum ersten Mal sah – ich war vollkommen hin und weg. Ich verliebte mich auf den ersten Blick in dich – nicht in deine Schönheit, sondern in deinen Mut, in das Feuer in deinen Augen, als du so reglos dasaßt und so leise sprachst. Ich habe mir damals gesagt, ich müsste verrückt sein, mich in eine Frau zu verlieben, die nicht nur verheiratet, sondern auch schwanger war, in eine Frau, der ich gerade erst begegnet war, und ich habe

alles versucht, um dich zu vergessen. Trotzdem habe ich dir damals die Karte geschrieben, ich konnte einfach nicht anders, um dir wenigstens zwischen den Zeilen möglichst viel zu sagen.
Als wir uns jetzt wiedersahen, waren all diese Gefühle sofort wieder da. Nicht, dass sie je ganz weg gewesen wären – ich habe all die Jahre von dir geträumt. Ich habe deinen Vater sehr geliebt, aber ich muss gestehen, ich hatte insgeheim die Hoffnung, durch ihn eines Tages dich wiederzusehen. Je mehr wir beide uns anfreundeten, desto mehr Gründe fand ich, dich zu lieben, aber ich hätte nie gedacht, dass du das Gleiche für mich empfinden könntest. Als du mir von der Karte erzähltest und von deinem wahren Grund, nach Millthwaite zu kommen, war ich so unendlich glücklich, alles schien perfekt. Ich bin nicht stolz auf das, was danach passierte, darauf, wie ich mich verhalten und dich beleidigt habe – ausgerechnet dich, die du das am allerwenigsten verdient hattest. Ich glaube, ich war einfach vollkommen überwältigt, und jetzt ist mir auch klar, wie das ausgesehen haben muss, aber ich bin nicht weggelaufen, Rose. Jedenfalls nicht vor dir. Ich bin weggelaufen vor der schrecklichen Aussicht, dass mein Traum endlich wahr wird und ich dich enttäusche.
Wenn ich doch nur ein Gramm von deinem Mut hätte!
Ich kann nur hoffen, dass du mir mein blödes Verhalten inzwischen verzeihen konntest und weißt, wenn du mir eine zweite Chance gäbest, würde ich den Rest unserer Tage alles tun, um deiner würdig zu sein.
Allerliebste Rose, du bist die tapferste, schönste, humorvollste, klügste Frau, der ich je begegnet bin, und ich bekomme immer noch Herzrasen, wenn ich dich sehe – wie damals, beim ersten Mal. Und nur, dass wir uns recht verstehen, Rose: Ich liebe dich.
Dein Frasier
PS: Ich stehe vor der Tür.

Rose presste den Brief an ihre Brust. Sie wusste bereits in diesem Augenblick, dass sie ihn den Rest ihres Lebens immer wieder lesen würde. Und dann, mit Freudentränen in den Augen, legte sie die Hand auf die Klinke und öffnete die Haustür.

Dank

Als Allererstes möchte ich all jenen Frauen meinen tiefsten Dank aussprechen, die so mutig waren, mir im Laufe meiner Recherchen zu diesem Buch von ihren Erfahrungen mit häuslicher Gewalt zu erzählen. Als ich dazu aufrief, mit mir in Kontakt zu treten, hätte ich nie mit einer so überwältigenden Resonanz gerechnet. Ich fand jede Geschichte widerwärtiger und schrecklicher als die andere und war entsetzt, wie verbreitet das Phänomen häuslicher Gewalt in unserer Gesellschaft ist, mit welcher Regelmäßigkeit Frauen in ihren eigenen vier Wänden Misshandlungen ausgesetzt sind. Dagegen muss dringend etwas unternommen werden!

Die englische Ausgabe von *Im siebten Sommer* erschien genau zehn Jahre nach meinem ersten Roman, der 2002 herauskam. In diesen zehn Jahren war viel passiert: Ich hatte Kinder bekommen, mich scheiden lassen, wieder geheiratet, noch mehr Kinder bekommen. Nur eins hatte sich nicht geändert: Durch alle Höhen und Tiefen hindurch habe ich nie aufgehört zu schreiben. Ich schätze mich unendlich glücklich, durch diese turbulenten Jahre hindurch von so vielen Menschen bei Random House unterstützt worden zu sein und immer noch unterstützt zu werden, und bin unendlich dankbar dafür.

Ganz besonderer Dank gilt dabei meiner Lektorin Georgina Hawtrey-Woore, mit der es sich so wunderbar zusammenarbeiten lässt und deren Freundschaft ich sehr schätze.

Außerdem herzlichen Dank an meine Agentin und Freundin Lizzy Kremer, die immer an meiner Seite war und zu mir gehalten hat. Manchmal ist sie der einzige Mensch auf der Welt, der mich davor bewahrt durchzudrehen!

Ich habe das wahnsinnige Glück, eine ganze Reihe von Autorinnen zu meinen Freundinnen zählen zu dürfen – wir sind eine tolle Gemeinschaft und unterstützen uns gegenseitig. Namentlich erwähnen möchte ich Katy Regan, Katie Fforde, Trisha Ashley, Caroline Smailes, Serena Mackesy, Cally Taylor, Elle Amberley, Keris Stainton und Tamsyn Murray, aber es gibt noch so viele mehr, die mich inspirieren, aufheitern und täglich zum Lachen bringen.

Auch meinen lieben Freundinnen Jenny Matthews, Margi Harris, Catherine Ashley, Kirstie Seaman, Claire Winter, Rosie Woolley, Cathy Carter, Sarah Darby und, ja, auch dir, Katy Regan, gilt mein Dank. Ich liebe euch.

Durch die sozialen Netzwerke stehe ich plötzlich mit Leserinnen aus der ganzen Welt in Kontakt. Manche sind mittlerweile Freundinnen geworden, und alle tragen mit ihren guten Wünschen und ihrer Anerkennung meiner Arbeit dazu bei, mich stets zu motivieren. Danke an alle da draußen, ihr habt ja keine Ahnung, wie sehr ich mich freue, an einem Montagmorgen eine Nachricht aus Texas, Thailand oder Twickenham zu lesen!

Zu guter Letzt ein großes Dankeschön an meine Familie, an meinen Mann Adam, dessen Glaube an mich und dessen Liebe mir so viel bedeutet. Und an meine unglaublichen, großartigen, begabten, witzigen, hinreißenden Kinder Lily, Fred, Stanley und Aubrey – und meinen Stiefsohn Harry. Ihr haltet uns ganz schön auf Trab, und ihr schafft uns – aber ohne euch wäre das Leben langweilig!

Wer Sonne im Herzen hat, wird bei Regen nicht nass

Rowan Coleman
Wolken wegschieben
Roman

Aus dem Englischen
von Marieke Heimburger
Piper Taschenbuch, 448 Seiten
€ 9,99 [D], € 10,30 [A]*
ISBN 978-3-492-30796-3

Manchmal hat Willow das Gefühl, unter einer dicken Regenwolke zu leben. Sie könnte es darauf schieben, dass sie ein paar Pfunde zu viel auf die Waage bringt. Oder den Falschen liebt. Oder dass ihre Chefin zu viel verlangt. Doch der eigentliche Grund liegt tief in ihrer Vergangenheit. Willow weiß: Sie muss etwas ändern! Denn nur Verlierer stehen im Regen – wahre Gewinner schieben die Wolken einfach weg.

Von der Autorin des Bestsellers »Einfach unvergesslich«

Leseproben, E-Books und mehr unter www.piper.de